D1727648

KAMBIZ POOSTCHI
SPUREN DER ZUKUNFT
VOM SYSTEMDENKEN ZUR TEAMPRAXIS

Kambiz Poostchi
Spuren der Zukunft
Vom Systemdenken zur Teampraxis

Terra Media Verlag
Berlin

KAMBIZ POOSTCHI
SPUREN DER ZUKUNFT
VOM SYSTEMDENKEN ZUR TEAMPRAXIS

1. Auflage 2006
© by Kambiz Poostchi
© für die deutsche Ausgabe by Terra Media Verlag, Berlin

Printed in Czech Republic
ISBN 3-89483-111-1

WIDMUNG

Ich widme dieses Buch all jenen Menschen,
die unbeeinträchtigt vom Wechsel und Wandel der Welt
eine dieser Qualitäten verinnerlicht und entfaltet haben:

Menschen, die mutig sind, sich hohe Ziele setzen
und diese unbeirrt verfolgen.

Menschen, die im Anfang das Ende sehen und
Begonnenes mit Ausdauer zu Ende führen.

Menschen, die Spuren der Einheit ziehen und
ein fröhliches Herz und ein strahlendes Antlitz besitzen.

Menschen, die vorurteilsfreie Wahrheitssucher sind
und die Dinge mit offenem Geist und eigenen Augen betrachten.

Sie sind Wegbereiter und Hoffnungsspender.
Mögen sie sich auch dessen selbst nicht gewahr sein,
so sind diese Menschen in besonderer Weise
wertgeschätzt und ausgezeichnet.

INHALTSÜBERSICHT

Dieses Buch richtet sich an Leserinnen und Leser gleichermaßen. Dass immer Personen beiderlei Geschlechts wertschätzend gemeint sind, erscheint mir als selbstverständlich, auch wenn ich aus Gründen des besseren Leseflusses im Folgenden auf die gleichzeitige Berücksichtigung einer weiblichen und männlichen Form verzichte.

EIN WORT DES DANKES

Meine Gedanken und mein Herz wenden sich zu allererst *Badieh*, meiner mir teuren Ehepartnerin zu, die mir mit ihrer Geduld, Liebe und Herzensweisheit auf allen Wegen Begleiterin und ermutigende Partnerin ist. Mit ihr bin ich verbunden in einer Einheit, die Raum und Zeit überdauern soll.

In inniger Freundschaft und kostbarer Vertrauensbeziehung fühle ich mich mit *Kristina Breschan* und *Andreas Penz* tief verbunden, die mit Begeisterung, klarer Vision und tatkräftiger Unterstützung dieses Buchprojekt von Anfang an begleitet und in teamgemäßer Zusammenarbeit Ideen beigetragen und unermüdlich Zuversicht gespendet haben.

Eine besondere Mentorin für mich ist *Helga Breuninger*, die in einzigartiger Weise Klarheit im Denken, tief gelebte Geistigkeit und aufrichtige Herzenswärme verknüpft und mit praktischen Füßen den Weg des Dienstes an Menschen aus allen Teilen unseres Erdballs beschreitet. Im Kreise ihres Teams der Breuninger Stiftung durfte ich persönliche Freundschaft mit *Volker Hann* und *Eike Messow* schließen und gemeinsam mit ihnen an der Entwicklung und Umsetzung des Wasan-Projekts[1] in praktischer Kooperation und Teamarbeit mitwirken.

Mein Freund *Peter Spiegel* ist mir ein ausgezeichnetes Vorbild mit seiner visionären Schau und seinem unermüdlichen Einsatz im Rahmen zahlreicher internationaler Projekte für Nachhaltigkeit und Gerechtigkeit in der Welt, sowohl innerhalb und als auch außerhalb seines von ihm gegründeten *TERRA One World Network*. Auch bin ich ihm dankbar dafür, dass er mich mit *Ervin Laszlo* zusammengebracht hat, dessen Lebenswerk ihn zu einem der bedeutendsten Vertreter der Systemphilosophie und der neuen Wissenschaften macht. Ihn durfte ich als *Creative Member* im Rahmen des *Club of Budapest* näher kennen lernen und seinem Genius des Systemdenkens mit tiefer Bewunderung folgen.

---

[1] *WASAN-Project - Integral Education for Global Responsibility* ausgezeichnet offizielles Projekt der UN-Dekade „Bildung für nachhaltige Entwicklung".

Als Auftakt zur Realisierung dieses Buches haben neben *Kristina Breschan* und *Andreas Penz* folgende Freunde mit ihren vielfältigen Beiträgen und den Abschriften des Startseminars die erste Grundlage für dieses Projekt geliefert: *Michael Breschan, Petra Liebl, Bernd Obermayr, Maria Penz, Judith Resinger, Lisi Sandbichler, Eva und Markus Schnitzer* und *Norbert Waldnig.*

Aufrichtigen Dank und tiefe Wertschätzung möchte ich auch all jenen Wegbegleitern ausdrücken, mit denen ich in all den Jahren in diversen Teams und Gremien dienen durfte. Die gemeinsamen Lernschritte dienen mir als reicher Erfahrungsschatz bei der Vermittlung und Anwendung der Teamberatung in den unterschiedlichsten Kontexten des privaten und beruflichen Lebens. Einen speziellen Platz nimmt die Erinnerung an die regelmäßigen Sitzungen unseres Familienrates mit unseren Söhnen *Rahá* und *Pooya* ein, die von klein auf meiner Frau und mir Partner waren im Erlernen und in der praktischen Umsetzung der Kunst der Beratung.

Letztlich ist es mir ein Bedürfnis, den bunten Reigen meiner Seminarteilnehmer zu erwähnen, die für mich stets eine Quelle beflügelnder Ermutigung und Freude waren und sind. Durch sie habe ich viel gelernt und durfte in meiner Faszination für die Unermesslichkeit der menschlichen Wesenheit Gedanken und Erkenntnisse mit ihnen teilen, die uns oft zu begeisterten Lerngemeinschaften systemischer Vision zusammenschweißten.

VORWORT

von Dr. Helga Breuninger

Dr. Helga Breuninger wurde 1947 als Tochter des Stuttgarter Kauf-
hausunternehmers Heinz Breuninger geboren. Nach dem Studium der
Volkswirtschaftslehre in Tübingen und der Psychologie in München
promovierte sie 1980 und gründete ein Forschungsinstitut an der
Universität Essen für die Behandlung von Lern- und Leistungsstörun-
gen. Sie ist Mitbegründerin und Kuratorin des Fachverbandes für
integrative Lerntherapie e.V., dem sie von 1989 bis 1997 vorstand. Ihr
Arbeitsschwerpunkt sind systemisch orientierte Beratungskonzepte für
den Bildungsbereich und die Nachfolgeberatung in Familienunternehmen. Den Generationswechsel im eigenen Unternehmen hat Helga
Breuninger in der vierten Generation maßgeblich mitgestaltet. In
diesem Rahmen wurde die Breuninger Stiftung GmbH gegründet, die
sie seit 1989 leitet. Ihre persönliche Erfahrung bringt sie als geschäfts-
führende Gesellschafterin und Beraterin in die *successio* - Gesellschaft für integrative Nachfolgeberatung mbH, Stuttgart, ein. 1999 wurde sie vom Bundespräsidenten Johannes Rau mit dem Bundes-
verdienstkreuz ausgezeichnet, 2003 wurde ihr die Ehrensenatorinnenwürde durch die Universität
Stuttgart verliehen.

Kambiz Poostchi wagt den Blick in die Zukunft und verlängert dabei die
sichtbaren Spuren der Menschheit, er richtet seinen kundigen Blick ver-
stehend und erklärend auf den Entwicklungsprozess unserer Beziehungen in der Familie und in der Arbeitswelt. Dadurch wird seine Spurensu-
che der Zukunft nicht zur Utopie, sondern zu einer folgerichtigen Fortsetzung unserer Evolution. Ihm gelingt eine bildhafte Darstellung der
Entwicklung der Menschheit aus der Stufe der Abhängigkeit über die
Unabhängigkeit in die Gegenseitigkeit – analog der Entwicklung des
Kindes über die Adoleszenz in die Reife des Erwachsenen.

Unsere gegenwärtige weltpolitische Krise ist danach zu verstehen als
ein verzweifeltes Festhalten an einer illusionären Form von Freiheit als
dem erstrebenswerten Ziel von Menschen und ganzen Nationen. Die
Freiheitsstatue in New York ist sozusagen das Sinnbild des Aufatmens
nach den erlebten Desastern zweier Weltkriege geworden und sie stand
damals für die beginnende politische Mündigkeit unterdrückter Gruppen

und kolonisierter Länder sowie die Überwindung unmenschlicher Ausbeutung durch die Pionierzeit der Industrialisierung.

Systemisches Denken führt unmittelbar zur Erkenntnis, dass jeder Mensch, jede Familie und jedes Unternehmen in ein übergeordnetes System eingebunden ist, das es zu erhalten gilt. Das Sprichwort „Säge nicht an dem Ast, auf dem Du sitzt" versinnbildlicht diese Zusammenhänge. Systemisches Denken entlarvt falsch verstandene Freiheit als Illusion, die das Eingebundensein in einen gemeinsamen Systemzusammenhang leugnet: Wenn wir unser übergeordnetes System, unseren Planeten vernichten, vernichten wir uns selbst.

Was wir heute bräuchten, wäre vielmehr ein *Verantwortungssymbol*, das uns daran erinnert, dass es keine isolierte Unabhängigkeit auf unserem Planeten geben kann. Alle Menschen sind mit ihrer natürlichen Umgebung in Wechselwirkungen und miteinander verbunden. Verantwortungsvolle Freiheit bedeutet schließlich, die reife Wahl zu haben, sich für den individuellen Beitrag zum größeren Ganzen entscheiden zu können.

Freiheit für etwas, nicht Freiheit von allem.

Freiheit als Drang des Weg-von-Unerwünschtem ist typisch für das Jugendalter. Wer frisch der Abhängigkeit der Schule entwachsen ist und der vermeintlichen Freiheit und „Unabhängigkeit" einer Universität entgegenstrebt, dem fällt es leichter zu sagen, was er oder sie *nicht* möchte, als ein klares Lebensziel zu entwerfen. Leider ist diese fehlende Ausrichtung auf eine Aufgabe nicht nur typisch für Schulabgänger, sondern beschreibt den derzeitigen Zustand vieler Bürgerinnen und Bürger. Viele sind stolz auf ihre Ungebundenheit und überhöhen die Unabhängigkeit aus Angst vor Verbindlichkeit, die durch Sinnstiftung und Bindung an Menschen, Unternehmen, soziale oder politische Aufgaben oder selbst durch die Ausrichtung auf übergeordnete Werte entsteht. Unverbindlichkeit führt aber unweigerlich in die Sinnkrise, die letztlich unsere Vitalität bedroht und uns lebensmüde und schließlich auch körperlich krank macht. Da hilft auch keine Spaßgesellschaft mehr zur Ablenkung und Aufmunterung.

Das Ziel der Menschen sollte menschliche Reife sein, eine Haltung des Erwachsenseins, aus der heraus wir unsere Wechselseitigkeit anerkennen und kompetent, d.h. nachhaltig und sozial gerecht gestalten. Miteinander statt gegeneinander ist angesagt. Viele Unternehmen wie Ikea und Redken haben dies erkannt und ihre Unternehmensziele und -strategien bereits erfolgreich danach ausgerichtet.

Die Breuninger Stiftung möchte durch ihre vielfältigen internationalen Aktivitäten im Bildungsbereich und für die Bürgergesellschaft diesen Reifeprozess unterstützen, denn davon hängt unseres Erachtens das Überleben der Menschheit sowie die Lebensqualität Einzelner wie auch ganzer Gruppen ab. In unserem internationalen Wasan Project: *Integral Education for Global Responsibility*[2] unterstützt uns Kambiz Poostchi dabei, junge Führungskräften aus Vereinen und Bürgerinitiativen, Schulen und Firmen zu befähigen, systemisches Denken und interdependentes Verhalten in ihre Organisationen zu bringen.

Mit dieser Mission beseelt, haben wir nach dem Motto „Walk What You Talk" vor drei Jahren bei uns selbst angefangen. Mit Kambiz Poostchi als Prozessbegleiter haben wir als Stiftungsteam begonnen, unsere gewachsene, familiäre Struktur in Richtung eines interdependenten Systems zu entwickeln, in dem es keine Positionen mehr, sondern nur noch echte Funktionen gibt. Wir sind noch längst nicht am Ziel angelangt, aber der Nebel hat sich schon etwas gelichtet, und wir sehen alle klarer, worauf es ankommt.

Als Chefin könnte ich über die in diesem Buch beschriebenen Entwicklungskrisen lustige und auch konfliktbeladene Erfahrungsberichte liefern. Ich weiß heute, was ein Führungsvakuum auslöst und ich habe die Blockierungen in den verschiedenen Rückfallstadien aus der Unabhängigkeit in die Abhängigkeit (Co-Abhängigkeit und Gegen-Abhängigkeit) schmerzvoll erfahren. Ich würde heute viel früher darauf bestehen, dass alle Mitarbeiterinnen und Mitarbeiter sich eindeutig für die von mir vorgegebene Unternehmensmission entscheiden, denn ich habe Funktionen in einem Team anzubieten und keine Jobs. Ich möchte mit einem Team arbeiten, in dem sich *kollektive Intelligenz* entfalten kann, und dafür bin ich bereit, mich in diesem Experiment selbst infrage zu stellen, Führung als Funktion im Team zuzulassen, mich durch Coaching und Supervision zu disziplinieren und ständig Neues zu lernen.

Wir haben uns allen viel zugemutet – manchmal zuviel. Kambiz Poostchi musste uns mehrfach aus bedrohlichen Krisen befreien, indem er unsere Situation mit dem passenden Input präzise beschrieben hat und dabei heiter-gelassen scherzte. Das hat die Situation aufgelöst, weil jeder erkennen konnte, warum wir uns so verhakt hatten: „Gefahr erkannt – Gefahr gebannt".

---

[2] www.breuninger-stiftung.de

In Stuttgart begleitet uns eine Supervisorin mindestens einmal pro Monat bei der Kommunikation, Reflektion und Neuausrichtung unseres Lernprozesses. Das ist für mich kein Luxus, sondern die Voraussetzung für die Schaffung einer Lernatmosphäre, die Ehrlichkeit zulässt, Vertrauen bildet, unterschiedliche Lernerfahrungen würdigt und Reflektion ohne Schuldzuschreibung und Vorwürfe ermöglicht.

Diese Entwicklung würde ich mir auch für unsere Schulen wünschen, damit für Kinder Lernen in der Gemeinschaft keine ermüdende Quälerei bleibt, sondern zum inspirierenden Erlebnis wird. Unsere Kinder werden heute noch für ein veraltetes Ziel erzogen: Sie sollen in abhängigen Organisationen funktionieren! Eine postindustrielle Wissensgesellschaft braucht aber kreative, eigenverantwortliche und teamfähige Bürger.

Besonders deutlich wird die Notwendigkeit dafür am Beispiel des Computersoftwarekonzerns SAP, bei dem im März 2006 nach einer Betriebsabstimmung 92% aller Mitarbeiter sich dafür ausgesprochen haben, ihre Arbeitszeit flexibel nach Kriterien der individuellen Arbeitsfähigkeit und der Gruppenerfordernisse einzuteilen, um die Verantwortung zu übernehmen, wie sie ihre Zielvorgaben erfüllen. Doch die in der Abstimmung unterlegenen restlichen 8% der Mitarbeiter kämpfen nun gemeinsam mit der Gewerkschaft gegen eine solche Regelung, weil sie zu „Selbstausbeutung" führe.

Hautnah können wir in Reinhard Kahls Film „Treibhäuser der Zukunft"[3] miterleben, mit welcher Einsatzbereitschaft und Lust sich einzelne Pioniere im Schulbetrieb an den längst fälligen Umbau wagen und welche positive Resonanz dies bei ihren Schülern auslöst. Diese Pioniere zeigen, was Menschen für ihren Lernprozess brauchen: Zutrauen, Wertschätzung, die Bereitstellung förderlicher Rahmenbedingungen für die Bewältigung von herausfordernden Aufgabenstellungen, für die es keine einfachen und eindeutigen Lösungen gibt und eine sozial- sowie sachkompetente Prozessbegleitung und Führung.

Zutrauen zu anderen setzt Selbstvertrauen voraus, das aus der Erfahrung erwachsen kann, Teil eines Ganzen zu sein und in dieser Welt mit all ihren Widersprüchen und Umbrüchen meinen sinnvollen Beitrag zu finden, der wertgeschätzt wird.

---

[3] *Treibhäuser der Zukunft. Wie in Deutschland Schulen gelingen.* Eine Dokumentation von Reinhard Kahl, Archiv der Zukunft, 2005

Förderliche Rahmenbedingungen für menschliche Lernprozesse zu schaffen fällt uns interessanterweise fast schwerer als uns für eine artgerechte Umgebung für Tiere einzusetzen. Wissen wir über Tiere mehr als über uns selbst?

Und wie sieht eine Führung aus, in der sich Lernprozesse für die Einzelnen gleichermaßen wie für das Ganze konstruktiv entwickeln können? Führung, die beim Bewusstsein des Einzelnen ansetzt und zu Kooperation befähigt. Die Pioniere unter den Führungspersonen sehen sich als Gastgeber für ihnen anvertraute Personen und empfangen die Schüler als Gäste im Lernraum Schule. Was für die Schule gilt, passt auch für die Familie und das Unternehmen. Es geht darum ein Umfeld zu schaffen, in dem soziales Miteinander und persönliche Reife gedeihen können, mit den erwünschten Folgen für das sichtbare Ergebnis.

Dafür kann dieses Buch als eine Art Kompass dienen und wir sind Kambiz Poostchi dankbar, dass er die Mühe und den Freizeitverzicht auf sich genommen hat, dieses Buch als Praktiker für die Praxis zu schreiben.

EINLEITUNG

Bei meinen Seminaren und Lehrgängen beobachte ich ein wachsendes Interesse und eine zunehmende Faszination für alle Informationen, die den Themenbereich Team und Teamberatung betreffen. Ein tiefgehendes Bedürfnis nach Formen der Zusammenarbeit, die nicht auf Machtkampf, Konkurrenzdenken und Entmündigung beruhen, findet Ausdruck in einer Offenheit und Lernbereitschaft vieler Menschen aus unterschiedlichsten Bereichen und Schichten der Gesellschaft. Wenn die Sprache auf diese Themen kommt und praktische Erfahrungen ausgetauscht werden können, beginnen Augen zu leuchten, Gesichter zu strahlen und der Puls schneller zu laufen. Ich habe oft den Eindruck, als bestünde eine tiefe Sehnsucht nach einer reiferen Form von Beziehung, Austausch und Kooperation, nach einer Kommunikationsform, die Wertschätzung und Anerkennung als Grundlage hat und den tiefen Respekt für die Würde aller Beteiligten zum Ausdruck bringt. Dennoch oder vielleicht gerade deshalb erlebe ich auch immer wieder Skepsis und Frustration, wenn Menschen die tradierten Formen des Zusammenspiels als „unüberbrückbare Wirklichkeit" betrachten. Hoffnung und Zweifel wechseln sich ab. Erwartungen finden nicht immer sofort ihre Erfüllung. Starkes Ergebnisdenken schränkt den Blick für die Entwicklungsschritte in einem Wachstumsprozess ein. Daher werden dann manchmal Maßnahmen gesetzt, die irgendwelche Abkürzungen versprechen oder einen Aufguss überholter Formen darstellen. Aus diesem Grund habe ich mich entschlossen, in meinen Seminaren und auch in diesem Buch den Blick auf den Gesamtprozess, die positiven Signale der Veränderung in unserer Zeit und die notwendigen Maßnahmen als Voraussetzung und Nährboden für echte Teamarbeit zu lenken.

Authentische Teamleistung kann nicht als Etikett vergeben werden, noch darf sie der Kurzlebigkeit von Modeerscheinungen und fehlgeleiteten Erwartungen von Quick-Fix-Rezepten zum Opfer fallen. Exzellenz und Kompetenz in einer mündigeren Form von Zusammenwirken brauchen nun mal den ganzen Menschen einschließlich seiner Beziehungsqualitäten und Kommunikationsfertigkeiten. Teamerfolg kann nur Ausdruck eines erneuerten Bewusstseins über den Wert und die Würde des Menschen auf der einen Seite und der Bedeutung der gesellschaftlichen Entwicklung auf der anderen Seite sein.

Doch sollten wir uns nicht der Illusion hingeben, dass wir uns auf einem vorgeebneten Weg bewegen. Wir stehen an einem Punkt der Entwicklungsgeschichte der Menschheit, wo wir für „Kommunikation auf gleicher Augenhöhe" und auf Gleichwertigkeit beruhende Formen von Entscheidungsfindung in der Vergangenheit kaum Modelle und Vorbilder finden werden. Eine gehörige Portion an Pioniergeist, visionärer Bereitschaft und Prozesswillen sind daher vonnöten, wenn man die Zukunft mitgestalten will. Man darf sich durch Unkenrufe nicht entmutigen lassen, Schritt für Schritt diesen Weg zu beschreiten und am Aufbauprozess mitzuwirken. Teamberatung ist nicht eine leicht erlernbare Technik, da sie die Entwicklung der individuellen Persönlichkeit wie auch einer interdependenten Beziehungskultur mit einschließt. Eine bezeichnende Metapher von C. S. Lewis, die diese Situation gut umschreibt, drückt es folgendermaßen aus: *„Es mag beschwerlich erscheinen, dass ein Ei sich zu einem Vogel entwickelt, aber es wäre sicherlich weit schwieriger für den Vogel noch als Ei fliegen lernen zu wollen!"*

Seit meiner Jugend hatte ich das Vorrecht, Beratung und Entscheidungsfindung in Teamsystemen, in der Familie, bei verschiedensten Projekten und im Berufsleben praktisch zu erfahren, was in mir die Überzeugung gefestigt hat, dass die gegenwärtigen Entwicklungen im privaten, beruflichen wie auch sozialen Umfeld wegweisend in diese Richtung eines erweiterten Bewusstseins sozialer Vernetztheit und der kooperativen Zusammenarbeit gehen. Steve DeShazer, der bekannte Psychologe und Entwickler der *Lösungsorientierten Kurzzeittherapie* wurde einmal gefragt, was die Menschen machen müssten, damit sie in eine harmonische Beziehung eintreten könnten. Er antwortete, dass die Frage falsch gestellt sei. Man müsste vielmehr fragen, was die Menschen machen, dass sie *nicht* zu harmonischen Beziehungen kämen. Denn die Menschen seien miteinander verbunden und vernetzt und es müsste das Natürlichste auf der Welt sein, dass sie eine reife Beziehung fänden! In dieselbe Richtung weist auch Ervin Laszlo, wenn er feststellt, dass *das Leben ein verwobenes Netzwerk aus Beziehungen ist, das seine unzähligen Elemente miteinander verbindet und weiterentwickelt.*[4]

---

[4] Ervin Laszlo, HOLOS - die Welt der neuen Wissenschaft, 2002

Angesichts der bedeutsamen Herausforderungen und Veränderungen der Gegenwart bekommen viele Menschen Angst und suchen ihre Zuflucht in tradierten Abschottungen und darin, sich klein und unbedeutend zu machen. Doch wie Nelson Mandela 1994 in seiner Antrittsrede sagte, kann das *„Klein-Spielen"* der Welt nicht dienen, noch entspricht es unserer Wirklichkeit. *„Wir fragen uns selbst, wer bin ich schon, um hervorragend, großartig, talentiert, unglaublich zu sein? Doch tatsächlich, wer bist du, es nicht zu sein? Im Schrumpfen liegt nichts Erleuchtetes, wenn um dich herum andere Menschen sich unsicher fühlen müssen. Wir wurden alle erschaffen, um zu leuchten, wie es Kinder tun. Und wenn wir unser Licht leuchten lassen, geben wir unbewusst anderen Menschen die Erlaubnis, es auch zu tun."*

Die größte Versuchung in unserer stark ergebnisorientierten Welt mag vielleicht darin liegen, die Energien in Bemühungen um die *Pflege des Scheins*, in eine Ausrichtung an den vordergründigen Verlockungen der weit verbreiteten, kurzlebigen Image-Ethik zu investieren. Dem steht die innere Schau und Gewissheit entgegen, dass eine nachhaltige und für alle lohnende Entwicklung nur aus der *Förderung des Seins* erwachsen kann und den Lebensprinzipien der Charakter-Ethik folgen muss. Vieles, das wir im Leben angehen, der Weg unserer persönlichen Entwicklung, die Ausrichtung unserer Begegnungen, die Qualität unserer Freundschaften und Beziehungen und letztlich auch die Bereitschaft zur Zusammenarbeit und Kooperation hängen sehr stark mit unserem Welt- und Menschenbild zusammen. Daraus schöpfen wir Sinn und Motivation, wie auch die Kraft, oberflächliche Erscheinungsformen hinter uns zu lassen und zur Tiefe der Wesenheiten vorzudringen. Schwierigkeiten können uns nicht hindern noch Rückschläge entmutigen, wenn die Klarheit der Vision den Weg weist. Das Menschenbild, das mich persönlich leitet, entspringt einer erhebenden Metapher, die ich in den Schriften Bahá'u'lláhs gefunden habe:

> *„Betrachte den Menschen als ein Bergwerk*
> *reich an Edelsteinen von unschätzbarem Wert."*[5]

Vor einigen Jahren erwähnte ich dieses Gleichnis im Rahmen eines Seminars mit englischsprachigen Teilnehmern und erläuterte es dahinge-

---

[5] Kambiz Poostchi, *Im Land der Einheit*, Horizonte Verlag, Stuttgart

hend, dass bei jeder zwischenmenschlichen Begegnung der eigentliche Gewinn darin bestehe, diese verborgenen Edelsteine zu entdecken. Mit jedem Edelstein, der ans Tageslicht gefördert würde – ob bei anderen oder bei sich selbst, werde die Welt reicher und wertvoller. Tatsache sei jedoch, dass diese Schätze nicht an der Oberfläche lägen, sondern in der Tiefe der Mine zu finden wären. Es bräuchte also den Blick des Experten, Ausdauer und die Bereitschaft, Geröll und taubes Gestein abzubauen, um zu den wertvollen Adern zu gelangen. Nach einer Weile nachdenklicher Stille meldete sich ein Teilnehmer zu Wort: „Das ist sehr interessant, was Sie da erwähnt haben. Im Englischen haben wir nämlich einen speziellen Ausdruck, wenn wir jemandem sagen wollen, dass wir sie oder ihn gern haben. Umgangssprachlich sagen wir zu dieser Person: ‚I dig you' und das passt genau zu dieser Metapher."

Bei einer anderen Gelegenheit, als wir über das Prinzip der Gleichwertigkeit in Teamsystemen sprachen, brachte ein Seminarteilnehmer einmal den Begriff „Gleichwürdigkeit" ein, was deutlich macht, dass die Grundlage echter Teambeziehung Wertschätzung, Respekt, Fürsorge füreinander und Vertrauen ist. Das Team stellt ein Umfeld dar, in dem nicht nur gelernt wird, sondern worin verborgene Talente der Mitglieder entdeckt, gefördert und entwickelt werden. Darüber hinaus findet ein Synergie-Effekt zwischen komplementären Fähigkeiten und Qualitäten statt, was dazu führt, dass das Ergebnis der Teamleistung tatsächlich bedeutend mehr ist als das bloße Aneinanderfügen der Einzelleistungen der Mitglieder. Die für echte Teamarbeit notwendige Kommunikationsform ist eine, die den Umgang zwischen mündigen, reifen und gleichwertigen Menschen zum Inhalt hat und nicht eine hierarchische Form der Befehlsausgabe gegenüber abhängigen Befehlsempfängern darstellt, was eher den traditionellen Formen der Kommunikation entspricht.

Entwicklung und Förderung von Teamarbeit darf somit nicht bloß als eine organisatorische Aufgabe verstanden werden, sondern stellt vielmehr eine Herausforderung im Prozess der Sozialisierung dar, wobei die Persönlichkeitsentfaltung der Beteiligten ebenso von Bedeutung ist wie deren Beziehungsqualität interdependenter Reife. Es genügt nicht, einige Personen willkürlich auszuwählen und sie „Team" zu nennen. Zu einem Team wächst eine Gruppe durch die Förderung der einzelnen Mitglieder ebenso wie durch die Entwicklung der internen Kultur im Zuge eines organischen Prozesses heran. Das heißt, es hat etwas mit dem Reifegrad des Einzelnen zu tun, aber auch mit seiner Fähigkeit, Beziehungen zu erhalten, die aufbauend und verbindend sind.

Die Merkmale der gegenwärtigen Entwicklung weisen in Richtung einer Menschheitskultur umfassender Dimension. Eine Welt tut sich auf, die technologisch zu einem globalen Dorf zusammengewachsen ist und sich an der Schwelle einer neuen Evolutionsstufe der Herausforderung gegenübersieht, in einem gemeinsamen Bemühen lernen zu müssen, die Vielfalt der Nationen, Kulturen, Religionen und Wirtschaftssysteme im Zuge eines sozialen Lernprozesses zu einer funktionalen Ganzheit zu integrieren. Im Mittelpunkt dieses Prozesses des Wandels und der dynamischen Veränderung steht nichts Geringeres als die Menschheit in ihrer Gesamtheit, und als *Lernende Weltgemeinschaft* benötigt sie dafür dringend Modelle. Taugliche Vorbilder für die anstehende Lernkultur können jedoch nicht vorrangig Einzelpersonen mit ihren individuellen Lernerfahrungen sein, sondern gefragt sind Modelle für *kollektives Lernen*, wie Lernende Familien, Schulen, Teams und Lernende Organisationen. Gerade wenn Schulen und andere Bildungssysteme sich der Aufgabe stellen wollen, die Menschen tatsächlich für das künftige Leben vorzubereiten, führt für sie kein Weg daran vorbei, über die individuelle Wissensvermittlung hinaus die Fähigkeit des Teamlernens als Grundstufe des sozialen Lernens allgemein zu fördern. Dieser Prozess, der in der Familie beginnen muss, findet nach der Ausbildung ihre Fortsetzung in der Arbeitswelt in der Form des organisationalen Lernens und der kollektiven Entscheidungsfindung durch Teamberatung.

Der Zukunftsblick auf das Team als Modell und Nukleus einer sich erneuernden Gesellschaft stellt in diesem Sinne keinen utopischen Wunschtraum abgehobener Romantiker dar, sondern bringt zum Ausdruck, was heute von Experten unterschiedlichster Fachbereiche als unverzichtbare Schlüsselqualifikation für Nachhaltigkeit bei Einzelpersonen, Organisationen und Gemeinschaften angesehen wird. Systemisches Denken, soziales Lernen, Teamfähigkeit und persönliche Integrität gelten zweifellos als die unterscheidenden Merkmale einer Entwicklungsphase, die alle Zeichen der integrativen Reifestufe in sich trägt.

TEIL 1

EINE WELT VON SYSTEMEN

Viele kleine Leute an vielen kleinen Orten,
die viele Schritte tun,
können das Gesicht der Welt verändern.

Afrikanisches Sprichwort

ZEITZEUGEN
FÜR KRISEN UND CHANCEN

Man erzählt sich die Geschichte einer südamerikanischen Stadt, in der der Brauch bestand, genau zur Mittagszeit von den stadtumgebenden Festungen einen Kanonenschuss abzufeuern. So konnten die Einwohner der Stadt ihre Uhren nach diesem Signal einstellen. Dies funktionierte alles ganz gut, bis eines Tages ein durchreisender Fremder feststellte, dass der Kanonenschuss immer ungefähr zwanzig Minuten zu spät abgefeuert wurde. Er ging hinauf in die Festung und fragte den Kommandanten der Festungswache, wo er denn die Zeit herbekäme, um den Kanonenschuss zu lösen. Der Offizier erklärte ihm stolz, dass er jeden Tag einen seiner Soldaten hinunter in die Stadt schickte, und dass dieser Soldat mit seiner Taschenuhr die Zeit von der Auslage des einzigen Uhrmachers der Stadt abnahm. Dort stand nämlich ein besonders exakter nautischer Chronometer. Der Soldat verglich täglich seine Uhr mit dem Chronometer und brachte die richtige Zeit mit hinauf in die Festung. Der Durchreisende ging dann hinunter und fragte den Uhrmacher, wo er seine genaue Zeit herbekäme. Und dieser sagte ihm stolz, dass er seinen Chronometer jeden Mittag mit dem Kanonenschuss, der von der Festung gelöst wurde, vergliche und dass es seit Jahren keine Abweichung gegeben habe.

Dieses Beispiel einer in sich geschlossenen und von der Außenwelt abgeschnittenen Gemeinschaft macht deutlich, dass Verhalten und Gewohnheiten, die in dieser Weise aufeinander abgestimmt sind, einer Wahrnehmung für Abweichungen und Verzerrungen entzogen sind, solange der Blick der Beteiligten durch die Grenzen des Systems beschränkt bleibt und ihre Beurteilungskriterien aus demselben Umfeld bezogen werden. Nichts *innerhalb* eines Rahmens kann etwas über den Rahmen aussagen. Erst die Perspektive eines Außenstehenden kann deutlich machen, dass dieses systemkonforme Verhalten möglicherweise nicht mehr im Einklang mit den gültigen Prinzipien der äußeren Wirklichkeit steht. Selten jedoch wird dies für die Menschen innerhalb der isolierten Gemeinschaft direkt nachvollziehbar sein. Eher wird man beobachten können, dass die alten Strukturen im eigenen Beharrungsstreben verbleiben, und jede abweichende Information als fehlerhaft oder als Bedrohung gewertet wird. Das System wehrt sich gegen eine Veränderung! Somit bleibt in solchen Fällen in der Regel der Weg des Lernens nur über die Folgen der einsetzenden Destabilisierung und Auflösung der bestehenden Ordnung.

Doch vielfach führt sogar die Erfahrung von offensichtlichem Mangel, zunehmender Verwirrung und wachsendem Chaos zunächst nicht zwangsläufig zu einer Bewusstseinsänderung, da sie meist eine anderweitige Interpretation findet, so dass die Wahrnehmung für die Zeichen der Veränderung verschleiert und Lernen blockiert wird. Die Einstellung des „Nicht sein kann, was nicht sein darf" bewirkt, dass fast mit nostalgischen Gefühlen am traditionellen Weltbild festgehalten wird, auch wenn alle Anzeichen für eine Erneuerung sprechen. Die Entwicklung geht nicht derart vor sich, dass das Neue das Alte direkt ablöst, sondern dass es eine längere oder kürzere Phase eines parallelen Prozesses gibt.[6] In dieser Übergangzeit beobachtet man einerseits einen zunehmenden Prozess der Auflösung im alten Ordnungssystem und andererseits eine wachsende Zunahme des aufbauenden Prozesses des neuen Paradigmas[7]. Neue Weltbilder stießen stets auf Zurückhaltung, Widerstand oder sogar Feindschaft. Das klassische Beispiel eines Paradigmenwechsels mit all seinen Konsequenzen war im sechzehnten Jahrhundert die fortschrittliche Idee eines Nikolaus Kopernikus, dass die Erde nicht im Mittelpunkt

---

[6] Die paradoxe Tatsache ist nur zu gut bekannt, wie schwer in der Praxis irgendeine Änderung in einem starr festgelegten Beziehungssystem zu erzielen ist, in dem Menschen anscheinend die *Übel des Gewohnten* lieber ertragen, als die *Unsicherheit des Neuen*.

[7] Das Wort *Paradigma* stammt vom griechischen *paradeigma* (Muster): Paradigmen stellen Bezugsrahmen dar, wie wir die Welt aufnehmen, verstehen, interpretieren. Man kann sie mit Landkarten vergleichen. Eine Karte ist nicht das Land, sondern eine Erklärung gewisser Aspekte eines Territoriums, eine Theorie, eine Erklärung oder ein Modell der Wirklichkeit. Ein Modell von Grundannahmen, welche eine Weltsicht festlegen (Webster). Eine Konstellation von Konzepten, Werten, Sicht- und Handlungsweisen, die von einer Gemeinschaft geteilt wird und welche eine spezielle Vision der Wirklichkeit darstellt, als Grundlage dessen, wie die Gemeinschaft sich organisiert (Thomas Kuhn). Ein Rahmenwerk des Denkens, ein Schema für das Erfassen und Erklären besonderer Aspekte der Wirklichkeit, Transformation des Bewusstseins (Marilyn Ferguson).

des Universums lag. Seine mathematischen Berechnungen zeigten, dass mit der Annahme, dass die Sonne im Mittelpunkt stünde, viele unverständliche Planetenbewegungen eine Erklärung fanden. Doch diese Annahme wurde von den damaligen wissenschaftlichen und vor allem kirchlichen Autoritäten als Häresie angesehen, was tief greifende Sanktionen und Verfolgungen nach sich zog. Dennoch war die Entwicklung nicht aufzuhalten. Achtzig Jahre später bestätigte Johannes Kepler die Theorie des sonnenzentrierten Planetensystems und verhalf ihr zum Durchbruch. Die kopernikanische Revolution übte einen einschneidenden Einfluss auf die damalige Weltsicht und das damit verbundene Denken und Handeln der Menschen aus. Sie veränderte nicht nur das Denken über den Himmel, sondern hatte auch weit reichende Auswirkungen auf der Erde.

Einige historische Beispiele für derartige Paradigmenwechsel sind:

- Die Entdeckungen Galileo Galileis, der damit die aristotelische Physik ablöste
- Die Abkehr von den römischen Zahlen nach 200 Jahren des Widerstands und zahlreicher Missverständnisse und der unaufhaltsame Durchbruch zur Einführung der so genannten *arabischen Ziffern* in Europa, wodurch diese letztlich zu einer tragenden Rolle in Naturwissenschaft, Technik, Wirtschaft und Verkehr sämtlicher Kulturvölker der Erde gelangt sind
- Die Entdeckung der modernen Physik von Isaac Newton
- Albert Einsteins spezielle Relativitätstheorie und allgemeine Relativitätstheorie, welche die ursprünglichen Ideen von Äther, absoluter Bewegung, Zeit und Raum umwarfen
- Einflüsse der Quantenmechanik auf die moderne Physik, Biologie, Kosmologie und Geistes- und Sozialwissenschaften durch Beiträge von Wegbereitern wie Heisenberg, Pauli, Schrödinger, Bohr, Planck und anderen Wissenschaftlern in der ersten Hälfte des 20. Jahrhunderts
- Zusammenbruch des atomistisch-mechanistischen Welt- und Menschenbildes zu Beginn des 20. Jahrhunderts, welches auf der Grundlage der Newtonschen Wissenschaft das physische Universum als einen gigantischen Mechanismus betrachtete, der deterministischen Bewegungsgesetzen gehorcht, und Aufbruch

zu den *Wissenschaften organisierter Komplexität*, den Systemwissenschaften, zu deren neuem Weltbild Forscherpersönlich-
keiten wie Bertalanffy (allgemeine Systemtheorie), Prigogine
(Thermodynamik des Ungleichgewichts), Wiener (Kybernetik),
Shannon (Informationstheorie), Rössler, Mandelbrot und Abra-
ham (Chaostheorie) und viele andere beitrugen.

Viele dieser Paradigmenwechsel hatten ihre Bedeutung zunächst
mehr im wissenschaftlichen Bereich, wo sie zwar dramatische Veränderungen bewirkten, aber das normale Leben der Menschen nicht beein-
flussten. Andere wirkten sich erst mit beträchtlicher Zeitverzögerung aus
und wieder andere waren von derart umfassender Dimension, dass sie
auf alle Bereiche des Lebens der Menschen ihren Einfluss ausübten,
sogar dann, wenn die wenigsten sich der Quelle und Natur der Umwälzungen bewusst waren. In seinem Buch über Paradigmen beschreibt
Thomas Kuhn das Verhalten von Wissenschaftlern in ihrer Auseinandersetzung mit einem völlig neuen Weltbild *(Kuhn, 1996)*: Sobald die neue
Schau einen Paradigmenwechsel in ihrem Denken erfordert, versuchen
diese stets und mit aller Kraft, das neue Weltbild in ihr traditionelles Bild
der Welt „einzubauen", also mit diesem abzugleichen. Gelingt ihnen dies
nicht, so verwerfen sie ihre Ideen oder interpretieren diese völlig anders.
Das geschieht natürlich meist unbewusst. Lieber wären sie blind für die
neue Information, als dass sie das lieb gewonnene Alte aufgäben; ja noch
schlimmer: Sie würden das Neue nicht einmal sehen, es nicht wahrnehmen; es würde für sie ganz einfach nicht existieren. Jeder Paradigmenwechsel durchschreitet eine Phase, in der er von seiner Umgebung boy-
kottiert wird. Wie oft passiert es, dass man mit einem innovativen Ansatz
in Berührung kommt, um ihn kurze Zeit später als „auch nichts Neues"
abzutun? Wie oft erlebt man zukunftsorientierte Leadership-Methoden
und tut so, als wäre da nichts gewesen? Wie oft werden Erfolge als „Ab-
normitäten", „Zufälle" oder „Ausnahmen von der Regel" bezeichnet?
Wie schwierig scheint es zu sein, die Signale des Neuen als radikale
Gegensätze zum Gewohnten und als Wegbereiter einer neuen Zukunft
anzuerkennen? Diese Beispiele mögen uns auch vor Augen halten, wie
schwierig es für uns sein mag, ein neues Paradigma überhaupt zu erkennen, selbst wenn wir direkt davon betroffen sind. Auf diese Phänomene
der Übergangsphase trifft der Ausspruch aus den Aphorismen von Stafford Beer besonders gut zu: *„Akzeptierte Ideen haben nicht mehr die*

Wirkkraft, aber wirkungsvolle Ideen sind noch nicht akzeptiert. Das ist das Dilemma unserer Zeit."

Wenn man diese und ähnliche Veränderungen einschneidender Art in der Menschheitsgeschichte betrachtet, scheint die Entwicklung jeweils folgende Stadien zu durchlaufen, die George Starcher in seiner Publikation „Toward a New Paradigm of Management"[8] anführt:

1. Auftreten von Abweichungen und Anomalien, die mit den Ansätzen des anerkannten Paradigmas nicht zu erklären sind. Anfangs mag man diese Abweichungen als unbedeutend oder falsch zurückweisen, oder man versucht, das bestehende Modell zu „strecken", um diese irgendwie einzubinden.
2. Eine Zunahme in der Anzahl derartiger Abweichungen bis man sie nicht mehr so einfach übergehen oder verdrängen kann. Es wird erkannt, dass das bestehende Paradigma fehlerhaft sein könnte.
3. Formulierung eines neuen Paradigmas, welches Erklärungen liefert für die beobachteten Abweichungen.
4. Eine Übergangsphase, in der das neue Paradigma einer starken Bewährungsprobe und einer Herausforderung durch das Establishment ausgesetzt ist. Dies führt manchmal zu bitteren Anfechtungen seitens jener, die sich dem alten Paradigma verschrieben haben.
5. Akzeptanz des neuen Paradigmas, in dem Maße wie es weitere Beobachtungen erklärt und neue Entwicklungen voraussieht.

Stephen Covey weist auf die Lektion der Geschichte hin, die nachvollziehbar zeigt, *dass Menschen und Zivilisationen sich immer dann entfalten und aufblühen konnten, wenn sie nach den richtigen Prinzipien lebten.* An der Wurzel gesellschaftlicher Zerfallserscheinungen lägen immer *Verhaltensweisen, die diesen Prinzipien zuwiderlaufen.*[9] Das Beeindruckende daran ist, dass nur wenig Energie benötigt wird, um einen Paradigmenwechsel auszulösen, wenn die Zeit für eine Idee oder ein

---

[8] Eine Publikation des European Bahá'í-Business Forums, EBBF 1991
[9] Stephen Covey, *Die effektive Führungspersönlichkeit*, 1999

Modell gekommen ist. Dem Phänomen des „Schmetterlingseffekts"[10] entsprechend benötigt man keinen großen Motor, um einer Idee zum Durchbruch zu verhelfen, wenn diese einmal reif ist. Ein kleiner unbedeutend erscheinender Impuls als Ursache reicht aus, um große systemweite Auswirkungen hervorzurufen.

Das Ende eines Weltbildes und der Übergang zu einem neuen Paradigma sind durch Krisen, aber auch neue Chancen gekennzeichnet. Gerade in unserer heutigen Zeit werden wir zu Zeugen einer ähnlichen Entwicklung globaler Dimension. Tiefgreifende Zeichen von Veränderung sind auf ökologischer, politischer und ökonomischer Ebene ebenso wie in vielen Disziplinen der wissenschaftlichen Forschung und auch im allgemeinen Denken und Handeln der Menschen zu beobachten. Neues Wissen und neue Erkenntnisse haben jahrhundertealte Glaubensmuster und Gewohnheiten erschüttert. Das bis vor wenigen Jahren noch vorherrschende mechanistische Weltbild, das gemäß der newtonschen Auffassung die Welt als ein mechanisches Uhrwerk ansah und von Grund auf reduktionistisch war, steht endgültig vor der Ablösung. Eine derart simplizistische Weltsicht mit der Absicht, einfache Modelle und Lösungen zu erhalten, lässt sich nur schwer auf ganzheitliche Probleme anwenden. In allen Bereichen der Gesellschaft, ob Wirtschaft, Politik, Religion oder Kultur ist ein Prozess fundamentalen Umbruchs zu beobachten. Die zunehmende Beschleunigung im Wandel globalen Ausmaßes lässt keinen Menschen unberührt und stellt die Wertmaßstäbe und Erfahrungen der Vergangenheit vor eine beispiellose Herausforderung. Die sich vertiefende Krise, in der sich die Menschheit heute findet, macht zusätzlich die Unfähigkeit der alten Systeme deutlich, wenn es darum geht, den Erfordernissen einer Übergangzeit gerecht zu werden. Mehr und mehr Menschen erkennen die Untauglichkeit und Hilflosigkeit der traditionellen Modelle und bemühen sich um Alternativen, die jedoch meist nur einzelne Teildisziplinen erfassen. Immer öfter ist beispielsweise die Rede von neuen Methoden im Gesundheitswesen, ein holistisches

---

[10] Als *Schmetterlingseffekt* bezeichnet man das Phänomen, dass in manchen Systemen kleine Ursachen große, meist unvorhersehbare Wirkungen haben können. Die einprägsame Bezeichnung *Schmetterlingseffekt* stammt aus einer Arbeit von Edward N. Lorenz aus dem Jahr 1963 zur bildhaften Veranschaulichung dieses Effekts am Beispiel des Wetters: *Der Schlag eines Schmetterlingsflügels im Amazonas-Urwald kann einen Orkan in Europa auslösen.* (in seiner ursprünglichen Form verwendete er allerdings den Flügelschlag einer Möwe statt dem des Schmetterlings).

Konzept beruhend auf der Annahme der gegenseitigen Abhängigkeit von Körper, Geist und Umwelt. In der Erziehung verstärkt sich eine Entwicklung weg von der Prämisse, dass Erziehung gleichzusetzen ist mit Wissensvermittlung, hin zu dem Konzept, dass das Wesen der Erziehung darin besteht, innewohnende Potentiale freizusetzen und zu kultivieren, womit Lernen als ein lebenslanger Prozess verstanden wird und sich nicht allein auf die Jugendzeit beschränkt. Im Management hat man längst erkannt, dass das traditionelle Führungsmodell nicht den neuen Anforderungen gerecht werden kann, und die Suche nach neuen Methoden des Leadership ist im Gange. Aber so richtig und wichtig die Ansätze auch sind, so kann Stückwerksdenken der Dimension des heutigen Wandels nicht gerecht werden. Die Veränderungen sind viel weit reichender und umfassender. Sie betreffen alle Gebiete des privaten wie auch des öffentlichen Lebens in ihrer Gesamtheit und sind systemischer Natur.

Fast unbemerkt für die Mehrheit hat sich die Welt um uns dramatisch verändert. Neue Wirklichkeiten sind entstanden. Wie über Nacht finden sich viele eingetaucht in eine neue Welt globaler Vernetzung. Fachleute sprechen von einem tief greifenden Paradigmenwechsel, der sämtliche Lebenskreise auf unserem Planeten erfasst hat. Die Zeichen des Wechsels und Wandels gewinnen tagtäglich an Kraft und Deutlichkeit. Dennoch hat sich diese Entwicklung noch nicht maßgeblich auf das allgemeine Bewusstsein geschweige denn auf das Handeln ausgewirkt. Durch Tradition und Gewohnheiten gefestigte Denk- und Verhaltensmuster prägen weiterhin das Erscheinungsbild unserer Gesellschaft und werden unreflektiert von Generation zu Generation weitergegeben. Die Folgen der Unzulänglichkeiten und die damit einhergehenden Leiden der Menschheit nehmen schier unaufhaltsam zu, während die Zeichen für Chaos und Auflösung unübersehbar sind. Verwirrung, Ängste, Werteverfall, Auflösung von traditionellen Ordnungsprinzipien und allgemeine Ratlosigkeit bilden einige der deutlichen Merkmale der Übergangszeit. Unaufhaltsam wird man dessen zunehmend gewahr, dass Denk- und Handlungsprinzipien, auf die man sich über Generationen verlassen hatte, nicht mehr funktionieren und dass sie mehr Chaos als Ordnung zu produzieren scheinen.[11] Die Beschleunigung von Maßnahmen zur Effi-

---

[11] Auf die Hintergründe und Zusammenhänge des allgemein beobachtbaren Auflösungsprozesses geht Manfred Wöhlcke in seinem Buch „*Soziale Entropie*" ausführlich ein.

zienzsteigerung, Krisenmanagement und die Hektik der Dringlichkeit können nicht über den Mangel an Effektivität hinwegtäuschen. Denn im Gegensatz zu den historischen Krisen, die vorwiegend struktureller Natur waren und als *Steuerkrisen* bezeichnet werden, haben wir es bei den heutigen globalen Problemen mit *Zielkrisen* zu tun, die gesamtsystemischen Ursprungs sind.[12] Nicht selten finden sich Menschen heute in einer vergleichbaren Lage wie in dem Beispiel, das Stephen Covey anführt:

„Stellen Sie sich vor, Sie wollen an einen bestimmten Punkt im Zentrum Frankfurts gelangen. Dafür bedienen Sie sich eines Stadtplans. Aber Sie haben einen falschen Stadtplan. Woran Sie sich zu orientieren versuchen, ist in Wirklichkeit der Plan von Hannover. Können Sie sich ausmalen, wie frustriert Sie wären, wie wenig effektiv ihre Bemühungen wären, an Ihr Ziel zu gelangen?

Sie könnten Ihr Verhalten verändern – sich mehr Mühe geben, noch fleißiger oder doppelt so schnell sein. Aber Ihre Bemühungen würden Sie nur noch schneller an den falschen Ort bringen.

Sie könnten Ihre Einstellung verändern – positiver denken. Sie würden noch immer nicht an den richtigen Ort anlangen, aber vielleicht würde Ihnen das nichts mehr ausmachen. Ihre Einstellung wäre so positiv, dass Sie überall glücklich wären.

Leider sind Sie immer noch verloren. Das grundlegende Problem hat nichts mit Ihrem Verhalten oder Ihrer Einstellung zu tun. Es hängt damit zusammen, dass Sie eine falsche Karte haben.

Wenn Sie einen richtigen Plan von Frankfurt haben, dann wird Fleiß wichtig. Wenn Sie unterwegs auf frustrierende Hindernisse treffen, dann kann es wesentlich auf Ihre Einstellung ankommen. Aber die erste und wichtigste Bedingung ist die Genauigkeit des Stadtplans." [13]

Der bekannte Physiker und Psychologe Peter Russell bekräftigt die Meinung, dass sich die Menschheit an einem Wendepunkt befindet. Die Menschen spürten es und sprächen darüber. Während wir uns nicht genug wundern könnten über das riesige Potential des persönlichen und sozialen Wachstums und der Transformation, könnten wir gleichwohl

---

[12] *Steuerkrisen* können innerhalb des bestehenden Systems bei verbesserter Managementkompetenz gelöst werden. Von *Zielkrisen* spricht man dann, wenn entweder unvereinbare Zielsetzungen auftreten oder wenn Ziele, die mit dem bestehenden System nicht zu erreichen sind, dennoch unverändert weiter verfolgt werden, ohne einen notwendigen Systemwandel zu vollziehen.

[13] Stephen Covey, *Die sieben Wege zur Effektivität*, 1992

die Tatsache nicht ignorieren, dass wir von Nuklearwaffen umgeben sind und mit dem ökologischen Zusammenbruch liebäugelten. Doch verweist er auf Anzeichen einer nächsten Entwicklungsstufe, die eine hoffnungsvolle Aussicht für die Zukunft vermitteln: Die Menschheit als eine Art globales Nervensystem, als ein geeintes System, welches im Bewusstsein ihrer Einheit planetare Synergie bewirkt. Russell deutet an, dass das so genannte „Informationszeitalter" oder „Computerzeitalter" und sogar die Fortschritte bei den Geisteswissenschaften bald vor dem rapiden Wachstum des Bewusstseins verblassen werden: *„Der primäre Sprung innerhalb der menschlichen Evolution sind nicht die Computer oder die Genwissenschaften"*, sagt Russell, *„sondern das Bewusstsein, die Evolution des Bewusstseins. Zuerst geschah die Evolution der Materie, dann die Evolution des Lebens und jetzt die Evolution des Bewusstseins. Wir sehen gerade nur die Anfänge."*[14] In seinem Buch *„The Global Brain"* schreibt Russell weiter: *„Die Veränderungen, die diese Entwicklungen mit sich bringen, werden so bedeutend sein, dass ihre tatsächliche Auswirkung sehr wohl jenseits unserer Vorstellungskraft liegt. Wir werden uns nicht mehr als isolierte Einzelmenschen betrachten; wir werden wissen, dass wir Teil eines extrem schnell integrierenden globalen Netzes sind, die Nervenzellen eines erwachten globalen Gehirns."*

Wie turbulent auch die Zeitgeschichte der Menschheit sich darstellt, wie lähmend die Zukunftsängste und wie verzweifelt die Bemühungen sein mögen, die Lebensumstände mit den gewohnten Mitteln in den Griff zu bekommen, es führt kein Weg daran vorbei, sich für die neue Dimension des Wandels zu öffnen. Zwar schreitet der Prozess der allgemeinen Desillusionierung unaufhaltsam voran und für viele erscheinen die Horizonte noch dunkel, doch ebnen der offensichtliche Bankrott überholter Ideen und der fortschreitende Zusammenbruch untauglicher Konzepte gleichzeitig auch den Weg zu einem klareren Verständnis der Bedeutung und des Wesens der gegenwärtigen Wendezeit. In dem Maße wie es gelingt, die systemischen Zusammenhänge, die mit dem Paradigmenwandel einhergehen, zu verstehen, werden wir den vor uns liegenden Herausforderungen besser gewachsen sein. Die Kennzeichen zunehmender Verantwortlichkeit und wachsender Bereitschaft sind unübersehbar. Allmählich gewinnt eine neue Weltsicht in den Köpfen fortschrittlicher Denker an Form und hat zu bemerkenswerten Forschungsergebnissen

---

[14] aus einem Interview von Rex Weyler

voneinander unabhängigen Disziplinen der Wissenschaft geführt, die alle auf ein neues Konzept der Realität hinweisen. Die Richtung ist zweifelsfrei holistisch: *Ob in Physik, Biologie oder Psychologie, an vorderster Front ihrer jeweiligen Disziplin betrachten die Wissenschaftler die Dinge, die sie erforschen, eher als organisches Ganzes und nicht als Ansammlung getrennter und trennbarer Teile. Die Schlüsselbegriffe, die sie verwenden, um die holistischen Eigenschaften dieser Dinge zu beschreiben, sind „Korrelation" und „Kohärenz". Kohärente Einheiten entstehen durch die Korrelation von Teilen in einem Ganzen und von Ganzheiten in ihrer Umgebung. ... Sie treten sowohl im Reich der Mikroteilchen am einen Ende des Spektrums als auch in der Dimension von Galaxien und der Metagalaxie an dessen anderem Ende zutage. Auch in der Welt des Lebens und des Bewusstseins kommen sie vor. Sie sind eine Bestätigung für fortwährend wiederkehrende Ahnungen, wie „Alles ist mit allem anderen verbunden" und „Das Ganze ist mehr als die Summe seiner Teile".*[15]

---

[15] Ervin Laszlo, *HOLOS - die Welt der neuen Wissenschaft*, 2002

KENNZEICHEN UMFASSENDEN WANDELS

Darum ist das Merkmal des Reifen
die immer wache Bereitschaft zu neuer Verwandlung.
Michael Baican

Wir sind Zeitzeugen einer beeindruckenden Epoche in der Menschheitsgeschichte mit besonderen umfassenden Möglichkeiten. Zeiten des Wandels eröffnen unermessliche Potentiale an kreativen Ressourcen und innovativen Weichenstellungen. Das Alte vergeht und findet im Neuen die Fortführung. Prozesse der Auflösung laufen parallel zu aufbauenden und Gestalt gebenden Entwicklungen und bieten ungeahnte Chancen. Während eine wachsende Unzufriedenheit mit dem traditionellen Paradigma und dessen Ordnungssystemen unverkennbar ist, sind für den scharfen Beobachter die Anzeichen für das Entstehen einer kooperativen ganzheitlichen Weltschau nicht zu übersehen. Der kontinuierliche Transformationsprozess ermöglicht es, besser die Natur und die Besonderheiten des fundamentalen Paradigmenwechsels auszumachen und zum Verständnis der damit einhergehenden neuen Realitäten zu gelangen. Auch wenn wir noch zu nahe an diesem Ereignis stehen, um die Bedeutung und Tragweite des Ganzen einschätzen zu können, sind sich herausragende Denker und Forscher einig, dass wir es gegenwärtig nicht nur mit einem einfachen Paradigmenwechsel zu tun haben. Manche sprechen von einem doppelten, andere sogar von einem dreifachen Wandel, dessen Prozesse ineinander greifen und einander bedingen, Prozesse, die unser aller Leben beeinflussen. In dem Maße, wie wir diese besser verstehen und unser Denken und Handeln sowie unsere Entscheidungen in Einklang mit den Gesetzmäßigkeiten der neuen Entwicklungsphase bringen, zeichnet sich eine hoffnungsvolle Vision der Zukunft ab. Das Überlebensvermögen menschlicher Sozialsysteme, Staaten, Ökonomien, Organisationen etc. hängt in hohem Maße von ihrer Fähigkeit ab, sich wechselnden externen Realitäten anzupassen. Die Herausforderung ist jedoch nicht bloß eine externe, sondern auch eine interne, da jedes System auch von ihrer inneren Kultur geprägt ist. Die Wahrnehmung und Einschätzung der Dynamik externer Realität stellen in sich kein absolutes unabhängiges Kriterium dar, sondern leiten sich stark vom Bewusstsein der Mitglieder und der Führung dieser Gemeinschaften ab. Demnach hat man es sowohl mit einer Herausforderung der Veränderung äußerer Bedingungen als auch der notwendigen Erweiterung des Denkens und des Bewusstseins im Inneren zu tun.

Die Ablauflinien des neuen mehrschichtigen Paradigmas, die sich immer deutlicher herauskristallisieren, umfassen folgende drei Bereiche:

1. allgemein fortschreitender Entwicklungsprozess
   der Reifeevolution
2. Strukturwandel in den menschlichen Sozialsystemen
3. Wandel der Denksysteme

Paradigma systemischer Reifeevolution

Transformation zur Interdependenz

Offene, lebende Systeme[16] wie Einzelpersonen, Organisationen, Gemeinschaften oder die Menschheit durchlaufen als Ganzheit einen zyklischen Entwicklungsprozess entlang des Kontinuums systemischer Reifeevolution, analog zu den Stufen der Kindheit, Jugend und des Reifealters beim Einzelnen. Wenn auch in anderen Zeitdimensionen, so durchmisst auch die Menschheit als systemische Einheit dieselben Phasen der Evo-

---

[16] Das Wort *System* (griechisch Systema = Gebilde, das Zusammengestellte, Verbundene) hat verschiedene Bedeutungen - die jedoch alle die „Zusammenstellung" aus mehreren Elementen, die untereinander in Wechselwirkung stehen, gemeinsam haben. Jedes System besteht aus Elementen (Komponenten, Subsystemen), die untereinander in Beziehung stehen. Meist bedeuten diese Relationen ein *wechselseitige*s Beeinflussen – aus der Beziehung wird ein Zusammenhang. Ein System in diesem Sinn lässt sich von seiner Umwelt (den übrigen Systemen) weitgehend abgrenzen. Bei Systemen unterscheidet man die Makro- und die Mikroebene: Die Makroebene beschreibt das System als Ganzes, auf der Mikroebene befinden sich die Systemelemente. Strukturierung, Eigenschaften und Wechselwirkungen der Elemente auf der Mikroebene bestimmen die Eigenschaften des Gesamtsystems auf der Makroebene mit. (Näheres siehe Abschnitt über Systeme)

lution. Der Übergang von jeder Phase zur anderen stellt eine umwälzende Veränderung der Werte, Prinzipien und Möglichkeiten dar. Gesetzmäßigkeiten und Regeln, die für die eine Stufe Gültigkeit hatten, weichen neuen. Potentielle Fähigkeiten und Chancen eröffnen sich. Nicht immer wird dieser Wechsel von den Beteiligten als angenehm empfunden, da er das Ablegen alter Gewohnheiten und die Förderung neuer Qualitäten bedeutet. Solch einschneidende Entwicklungsschübe werden Paradigmenwechsel genannt.

Ausgangspunkt des Paradigmenwandels unserer Zeit, ist ein allgemein beobachtbarer Evolutionsprozess der Veränderung in der Gesellschaft, der sich infolge des Übergangs aus einer Entwicklungsphase der Reifeevolution in die nächste ergibt. In einer kohärenten und umfassenden Weltsicht erkennen wir, wie jedes offene System, jeder Organismus durch die aufeinander folgenden Epochen der Evolution geht und einen Reifungsprozess von der Stufe der Abhängigkeit (*Dependenz*) über die Stufe der Unabhängigkeit oder Selbständigkeit (*Independenz*) zur Stufe sozialer Reife (*Interdependenz*) durchläuft. Dieses organische Wachstum trifft auf soziale Gemeinschaften und Beziehungen genauso zu wie auf Einzelpersonen. Jede Phase ist für sich notwendig und unumgänglich und bereitet den Boden für die Weiterentwicklung zur nächsten Stufe. Keine Stufe kann übersprungen werden, noch gibt es Abkürzungen irgendwelcher Art. Als Einzelindividuum beginnen wir unser Leben als Kleinkind im Rahmen der Kernfamilie in vollkommener Abhängigkeit von anderen Personen, wie unseren Eltern, Großeltern oder Geschwistern. Wir werden genährt und versorgt und genießen die Geborgenheit und den Schutz des Familiensystems, in dessen Rahmen wir heranwachsen, unsere Erfahrungen machen dürfen, von Bezugspersonen lernen und unsere Persönlichkeit entwickeln. Diese Stufe des Kindes ist frei von Verantwortung und ist gekennzeichnet durch eine starke Ausrichtung auf die Eltern und deren Zuwendungen. Ohne dieses Umfeld der Familie wäre schon das bloße Überleben des Kleinkindes in Frage gestellt. Im Laufe der weiteren Jahre entwickelt sich das Kind sozusagen im Kokon der Familie zu einer zunehmenden Unabhängigkeit und Selbständigkeit – physisch, mental, emotional und geistig. Die bekannte Ausformung dieser Stufe der Independenz entspricht der Adoleszenz, in der die eigenständige Persönlichkeit des jungen Menschen Gestalt annimmt. Auch wenn diese Zeit Erschwernisse und Herausforderungen für alle Beteiligten mit sich bringt, so stellt sie die unverzichtbare Lebensphase dar, in der wir alle Prinzipien, Werte und Erfahrungen, die wir mitbekommen haben, überprüfen und nach eigenen Kriterien auswählen. Paul Watzlawick bezeichnet diesen Prozess als einen, in dem die Jugendlichen den Schrank, den die Eltern eingeräumt haben, ausräumen, um ihn dann ihrem Ermessen nach neu zu ordnen. Die eigentliche Bedeutung dieser Phase liegt in einem neuen Bewusstsein, einer neuen Identität und der Fähigkeit selbständiger Entscheidungen als Ausdruck eines eigenständigen Willens. In dem Maße wie der jugendliche Mensch weiter reift und sich sein Bewusstsein dahingehend erweitert, dass er sich als interdependentes Mitglied der Familieneinheit begreift, wird er bereit sein, seinen Anteil an der Entwicklung und dem Wohlergehen der Familie beizutragen. Dies entspricht nicht nur der Reifestufe des Einzelmitglieds, sondern markiert auch eine neue Phase in der Entwicklung des Gesamtsystems Familie. Die Aufgabe jedes Mitglieds eines Gemeinwesens, welches diesen Transformationsprozess durchläuft, ist demnach eine zweifache:

1. die eigene persönliche Reifeentwicklung in Richtung der eigenen selbständigen Identität voranzutreiben und Potentiale und soziale Fähigkeiten zu entwickeln (Qualität der Independenz)
2. und die Belange der Gesamtheit zu fördern und sich zum Wohl des umfassenden Ganzen einzubringen (Qualität der Interdependenz).

Da wir nicht nur Mitglieder unserer Kernfamilien sind, sondern gleichzeitig auch der umfassenden Gesellschaft mit ihren aufbauenden mehrschichtigen Strukturebenen angehören, erfahren wir auch eine soziale Reifung in dem Maße, wie unsere Fähigkeit und unsere Bereitschaft sich entfalten, über die Familiengrenzen hinaus soziale Verantwortung zu übernehmen. So durchlaufen auch Sozialsysteme ihren Reifungsprozess, wenn sie wie ihre Bestandteile als Subsysteme in Beziehung zum übergeordneten Ganzen an Independenz und Interdependenz zunehmen und erkennen, dass die ganze Gesellschaft aus einem vielschichtigen durchgängigen Gewebe interdependenter Zugehörigkeit und Zusammengehörigkeit besteht. Aus dieser Erkenntnis heraus erwächst jeweils die Bereitschaft für Verantwortung, nicht als Last, sondern als Ausdruck des Bewusstseins der organischen Einheit. In diesem Sinne ist zu beobachten, wie sich als Merkmal unserer gegenwärtigen Epoche weltweit ein zunehmendes Maß an Unabhängigkeit und Selbständigkeit nicht nur bei Einzelpersonen, sondern auch bei Gemeinschaften sozialer, ethnischer, nationaler, religiöser oder politischer Prägung abzeichnet. Gleichzeitig ist unsere Welt durch ein technisch-wirtschaftliches Netzwerk zunehmend zu einer globalen Einheit zusammengewachsen. Wenn wir die heutige soziale Szene sogar mit jener von vor hundert Jahren vergleichen, sehen wir eine ungeheure Zunahme an Interdependenz, Komplexität und Differenzierung.

Der Transformationsprozess zur Reife

DEPENDENZ	= *Kindheit*	**Abhängigkeit**

Entwicklung system- relevanter Fähigkeiten, Soziale Kompetenz ⇩		Freiheit von ... weg von Problemen ANTI-Haltung

INDEPENDENZ	= *Jugend*	**Unabhängigkeit** **Selbständigkeit**

Bewusstsein der Zugehörig- keit und freie Willensent- scheidung für Systemver- antwortung ⇩		Freiheit zu ... hin zu Zielen/Visionen PRO-Haltung

INTERDEPENDENZ	= *Reife*	**Zugehörigkeit** **Zusammengehörigkeit**

Um die Zusammenhänge und Hintergründe vieler Entwicklungen in der Gesellschaft, in Wirtschaftsunternehmen und Organisationen besser einordnen zu können, bietet sich ein Blick auf diesen Prozess im Rahmen der Reifeevolution an. Während der Übergang von der Dependenz zur Independenz einen Entwicklungsprozess, also eine Leistung im Sinne der Entfaltung persönlicher und sozialer Fähigkeiten darstellt, beruht jener von der Independenz zur Interdependenz auf der Qualität eines erweiterten Bewusstseins der Zugehörigkeit und ist das Ergebnis einer autonomen, auf Einsicht und Erkenntnis beruhenden Entscheidung zur Verantwortung für das System. Nur unabhängige, freie Menschen können sich zur Interdependenz entscheiden. Das Bewusstsein der organischen Zugehörigkeit zu einem gemeinsamen Ganzen und die gelebte Zusammengehörigkeit im Netzwerk können als Ausdruck des Reifegrades in der Entwicklung betrachtet werden.

Ein anderer Blickwinkel auf die Gesamtentwicklung, die genauso für die sozialen Systeme unserer Gesellschaft Gültigkeit hat, zeigt einen zunehmenden Grad an Freiheit. Doch im Prozess von der Abhängigkeit zur Unabhängigkeit erlebt man diese als eine Form von Freiheit *weg von* dem, was man vermeiden oder hinter sich lassen möchte. „Ich will weg von zu Hause, weg von der Firma, weg aus der Beziehung." „Ich will nicht, dass mir irgendjemand sagt, was ich tun soll!" Independente wissen genau, was sie *nicht* wollen. Es ist genau diese *Weg-von-Orientierung*, die die Energiequelle der Motivation bildet. Oft definiert man in dieser Phase die eigene Persönlichkeit und die eigenen Ansätze über *Antihaltungen* – gegen Krieg, gegen Umweltverschmutzung, gegen diese oder jene Gruppierung, ja nicht so sein wie X oder Y etc.

Mit Erreichen der Stufe der Interdependenz öffnet sich der Blick für erweiterte Möglichkeiten. Freiheit wird als eine *Hin-zu-Orientierung* zu Erwünschtem, zu Prinzipien, Werten, klaren Zielen und Visionen erfahren. Sie richtet sich nicht gegen andere, sondern drückt sich in einer *Pro-Haltung* aus. Aus einem Akt eigenständiger Entscheidung heraus finden sich starke Verbindlichkeit, Beständigkeit und Klarheit in den Beziehungen wieder, ob im privaten, sozialen oder beruflichen Kontext. Natürlich beinhaltet eine Zielorientierung die Tatsache in sich, dass man in dem Maße wie man sich dem erwünschten Zustand nähert, sich gleichzeitig von dem entfernt, was unpassend oder überholt erscheinen mag. Reife innerhalb eines Systems bedeutet demnach, dass

1. Fähigkeiten und Möglichkeiten entwickelt werden, so dass jedes Mitglied Verantwortung für das Gemeinwohl übernehmen kann (Independenz) und

2. aus dem klaren Bewusstsein der Zugehörigkeit zum Ganzen abgeleitet, eine freie und verbindliche Willensentscheidung der Systemmitglieder getroffen wird, in diesem Kontext Mitverant-

wortung für das Wohl und die Interessen des Ganzen und dessen Funktionsverwirklichung zu tragen (Interdependenz).

Reife setzt die unabhängige Befähigung und die bewusste, freie Entscheidung der Systemmitglieder voraus. Ohne Befähigung würde Verantwortung zur Bürde und Entwicklungsblockade für die einzelnen, andererseits führt bei vorhandener Befähigung und Möglichkeit ein Verweigern der Verantwortungsentscheidung bei den Systemmitgliedern zu einer regressiven Rückentwicklung zu unterschiedlichen Formen von Dependenz sowie gesamtheitlich zu Auflösungstendenzen auf allen Ebenen innerhalb des Systems, da Zusammenhalt und Ordnung nur aus der eindeutigen Zuordnung zum verbindenden System erwachsen. Man kann also unschwer erkennen, dass Reife keinen absoluten Begriff darstellt, sondern abhängig ist vom Kontext der Systemzugehörigkeit. Man kann verschiedenen Systemen gleichzeitig angehören und jeweils kontextbezogen auf unterschiedlichen Reifestufen stehen. Jemand kann sich im Rahmen der Familieneinheit durchaus als verantwortlich und reif erweisen, aber auf der gesellschaftlichen Ebene sich auf einer Stufe der Abhängigkeit oder Independenz befinden. Wesentlich ist jedoch, dass es in jedem Fall von der höheren Ebene Rückwirkungen auf die Ebene der Subsysteme gibt. Der Reifestufe der heutigen Entwicklungsstufe globaler Interdependenz entspricht es daher, sich dem Dienst am ganzen Menschengeschlecht zu widmen. Im Verständnis dessen, würde sich jemand nicht lediglich damit zufrieden geben, dass er seine Familie, seine Rasse oder sein Vaterland liebt, sondern dass er sich der ganzen Menschheit zugehörig fühlt, worin alle anderen Ebenen harmonisch einbezogen sind und woraus sie Sinn, Wert und Lebensenergie ableiten.

Die Stufe der Unabhängigkeit steht der Reife näher als jene der Abhängigkeit. Ohne die Phase der Selbständigkeit zu durchschreiten, können weder Einzelpersonen, noch Beziehungssysteme oder Organisationen zu den Fähigkeiten und Potentialen gelangen, die inhärent in ihnen angelegt sind. So wichtig und entscheidend diese Zwischenstufe der Reifeevolution auch sein mag, es stellte eine Verzerrung der sozialen Prinzipien dar, an diesem Punkt hängen zu bleiben oder sie als die ultimative Krönung der Entwicklung glorifizieren zu wollen. Beziehungsfähigkeit und Partnerschaftlichkeit erstehen nicht aus selbstbezogener Einstellung, sondern können nur das Ergebnis der Stufe der Mündigkeit und Sozialisierung sein. Mahatma Gandhi betont, dass gerade darin die soziale Natur des Menschen zum Ausdruck kommt: *„Interdependenz muss genauso als Ideal des Menschen gelten wie Selbständigkeit. Der Mensch ist ein soziales Wesen."*

Dennoch erleben wir allerorten, wie das gegenwärtige Gesellschaftssystem die Unabhängigkeit auf den Thron hebt und sie zum erklärten Ziel von Einzelpersonen und ganzer sozialer Bewegungen macht. Der *„Kult des Individualismus"* treibt seltsame Blüten und Unverbindlichkeit wurde zum erklärten Ideal in vielen Beziehungen und Verbindungen. Unabhängigkeit wird bei den meisten Programmen der Persönlichkeitsentwicklung derart zum Mittelpunkt gemacht, dass Sozialkompetenz, Kommunikation, Kooperation und Teamarbeit als Kompromisse erscheinen. Tatsächlich kann diese Überbetonung der auf Unabhängigkeit ausgerichteten Verhaltensmuster in der Gesellschaft als Gegenreaktion auf Formen von Machtmissbrauch und von entmündigender Abhängigkeit in der Vergangenheit verstanden werden, als sich die Menschen dominiert, kontrolliert, manipuliert und ausgenützt vorkommen mussten. In dem Versuch, alte Fesseln abzuwerfen, werden jedoch viele Rezepte für Selbstbefreiung, Selbstverwirklichung oder Unverbindlichkeit unkritisch übernommen, und dies oft zum hohen Preis, dass Partnerschaften zerbrechen, Kinder entwurzelt werden und ein Beziehungsvakuum globalen Ausmaßes entstanden ist.

Wahrscheinlich stellt eine der größten Herausforderungen, denen sich Einzelpersonen, Ehepartner, Familienmitglieder, Institutionen und Regierungen gegenübersehen, die Verwirklichung einer konfliktfreien, effektiven, vernünftigen, gerechten und sinnvollen Kommunikation zwischen Einzelmenschen und Gruppen dar. Nicht selten wird die zwischenmenschliche Kommunikation durch Konflikte, Uneinigkeit, Verletzungen und Ungerechtigkeit belastet. Wie oft müssen Personen, trotz ihres Wunsches und ihres Bemühens, ihre Kommunikation zu fördern und deren Qualität zu heben, zu ihrem Leidwesen eine zunehmende Verschlechterung in ihren Beziehungen feststellen. Es gibt viele Gründe für diese Tatsache und man könnte eine Reihe von Erklärungen dafür anführen. Doch bleibt letztlich die Erkenntnis, dass die Natur und Qualität zwischenmenschlicher Beziehungen und der Kommunikation das Maß der Reife und der zugrunde liegenden Zielvorstellungen reflektieren.[17]

---

[17] Hossein Danesh, *Conflict-Free Conflict Resolution*, Aufsatz an die Canadian Nuclear Association, 1987

Während eine Untersuchung der vorherrschenden Arten der zwischenmenschlichen Kommunikation eine Vielzahl Konflikt beladener Formen aufzeigt, zeichnet sich heraus, dass die am weitesten verbreiteten Kennzeichen unserer traditionellen Kommunikation Dominanz und Manipulation darstellen. Diese beiden Merkmale, die charakteristisch sind für die späte Kindheit und die Pubertätsphase, bilden die Ursache für tiefgehende Konflikte in Beziehungen jeglicher Art. Modelle für interdependente Kooperationen scheinen für manche nach Rückschritt in die Abhängigkeit zu riechen und es wird übersehen, dass es in der Entwicklung keinen Stillstand geben kann. Stillstand führt automatisch zu Rückschritt. So erleben wir heute eine breite Zunahme an verkappten Formen von Abhängigkeitsbeziehungen auf Grund der fehlenden harmonischen Weiterentwicklung in Richtung charakterlicher Eigenständigkeit und Reife. So wichtig die Phase der Abhängigkeit für Kinder ist, stellt sie für Erwachsene eine Form der Unreife dar. Wo Dependenz aufrecht erhalten bleibt oder die weiterführende Entwicklung aus der Independenz heraus unterbunden wird, führt es zu regressiven Fehlentwicklung in Beziehungen und zu einer Blockade des Lernens, da Feedback aus dem System nicht mehr wahrgenommen wird.

Formen der Erwachsenen-Abhängigkeit

Gegenabhängigkeit

Eine der Ausformungen von Dependenz in Beziehungen wird als *Gegenabhängigkeit* bezeichnet. Sie zeichnet sich durch eine gegenseitige Abhängigkeit von zwei Per-

Kommunikationsschleife der Gegenabhängigkeit

sonen oder Personengruppen aus, die in einem privaten oder beruflichen Beziehungsverhältnis stehen können. Ihr aufeinander abgestimmtes Verhaltensmuster ist derart angelegt, dass sie sich gegenseitig in typische Kommunikationsmuster hineinmanövrieren. Jeder Partner legt ein derartiges Verhalten an den Tag, welches bei der anderen Person eine Reaktion auslöst, die wiederum das ursprüngliche Verhalten der ersten Person in Gang setzt oder verstärkt. Gegenseitige Beschuldigungen und Rechtfertigungen sind an der Tagesordnung, und dennoch können die Kontrahenten nicht voneinander lassen. In diesem Zustand des gegenseitigen Misstrauens nimmt jede Partei nur die Verhaltensweise der Gegenseite wahr und hat die Wahrnehmung für die eigene Reaktion ausgeblendet. Eine *mentale Lähmung* ist die Folge, da beide jeweils der Überzeugung sind, nichts verändern zu können, solange die andere Seite sich nicht ändert. Bei eigener Blockade im gewohnten Reaktionsmuster erwarten und fordern sie Flexibilität vom Gegner. Gleichzeitig sind sie unfähig über ihre individuellen Definitionen und Interpretationen der Beziehung auf einer Metaebene zu kommunizieren. Sie betrachten sich selbst jeweils als *Opfer* und halten einander in diesem Zustand der Unreife gefangen.

Ein oft zu beobachtendes Eheproblem tritt in unterschiedlichsten Facetten auf: Der Mann arbeitet sehr intensiv und macht darüber hinaus auch noch Überstunden. Die Ehefrau, die viel Zeit allein verbringt, macht ihm Vorhaltungen, dass er nie für sie da wäre. Seine Reaktion auf diese Vorwürfe ist, dass er in seiner Freizeit öfters ins Wirtshaus geht oder sich mit seinen Freunden trifft. Dies verstärkt natürlich die Heftigkeit der Kritik seitens der Ehefrau, was bei ihm wiederum eine verstärkte Flucht aus den häuslichen vier Wänden zur Folge hat. Würde man jetzt die beiden nach der Ursache befragen, so bekäme man jeweils die Antwort, dass der Partner an der Misere schuld sei: „Die ewige Nörgelei ist ja nicht zum Aushalten, also versuche ich mich auswärts zu erholen. Das kann mir doch niemand verübeln." Die andere Sichtweise kommt ebenso überzeugend zum Ausdruck: „Er ist durch seinen Beruf ohnehin so wenig zu Hause und wenn er dann heimkommt, muss er noch mit seinen Kumpeln ausgehen." Beide fühlen sich als ohnmächtige Opfer der Einstellungen und Handlungen des Partners und sind überzeugt davon, dass die Lösung nur darin liegen könne, dass die andere Person sich ändert. Sie könnten da nichts tun, da der Partner schuld sei! Während sie selbst statisch an ihrem Verhaltensmuster festhalten, verlangen sie Flexibilität und Veränderungswillen vom Partner. Das ist ein typisches Beispiel für eine systemische Blockade in Form einer Gegenabhängigkeit.

Wer kennt sie nicht, jene Chefs, die sich darüber beschweren, dass sie alles selber machen müssten und dass ihre Mitarbeiter so unselbständig und uninteressiert wären? „Was ich nicht selber mache, entspricht einfach nicht den erforderlichen Standards. Man kann sich auf niemanden verlassen!" Die Mitarbeiter wiederum sind frustriert und schlittern in Richtung ‚innerer Kündigung': „Nichts kann man ihm Recht machen. Man wird nur kritisiert und entmündigt. Warum soll ich mich da groß einsetzen?" Das Grundschema ist dasselbe: Beide Seiten fühlen sich als Opfer der Haltung der Gegenseite und sind in ihren Reaktionsmustern gefangen. Den Schaden hat das Unternehmen als übergeordnetes System.[18] Ein ähnliches Gefüge findet man auch in manchen Familien zwischen Elternteilen und heranwachsenden Kindern. Eine Form wechselseitiger Dependenz entsteht, wenn Kinder nicht zur Selbständigkeit und sozialen Reife erzogen werden. Wenn Kinder nie abnabeln, wenn sie nicht eigenverantwortlich werden und lernen, Mitverantwortung zu tragen, bleibt die Eltern-Kind-Beziehung in der Art der Gegenabhängigkeit stecken. Systemisch gesehen ist die organische Reifeentwicklung sowohl für das Selbstwertgefühl und die Persönlichkeitsentwicklung der Jugendlichen als auch für die Reifestruktur des Familiengefüges von entscheidender Wichtigkeit. Die Frucht dessen wird ein neuer Ausdruck von Beziehung sein, die aber nicht mehr eine Beziehung von Abhängigen sein wird, sondern eine Beziehung von autonomen Partnern im Geist der Zusammengehörigkeit. Eltern und Kinder im Erwachsenenalter können eine erfüllende Beziehung haben, wenn diese eine interdependente, reife Form darstellt. Dazu aber ist der Zwischenschritt der Unabhängigkeit und Selbständigkeit Grundvoraussetzung, ansonsten würde die notwendige freie Entscheidung zu einer partnerschaftlichen Beziehung reifer und mündiger Menschen fehlen.

In einem mir bekannten technischen Büro herrschte ein derart verfahrenes Klima von Misstrauen, dass der Chef über Videokameras und Monitore alle Arbeitsplätze in seinem Büro überwachte. Würde er das nicht tun, würde niemand wirklich arbeiten, war seine Überzeugung! Tatsächlich wurde von den Angestellten jede Gelegenheit genutzt, privaten Interessen nachzugehen, wenn er abwesend war. Dies bestärkte ihn darin, dass er noch exzessivere Maßnahmen ergreifen müsste, während die

---

[18] Ricardo Semler, einer der weltweit angesehensten Vorreiter des Change-Managements in Organisationen und erfolgreicher CEO der Semco-Gruppe in Brasilien, wurde einmal in einem Interview gefragt, was das Geheimnis seines Erfolgs wäre. Seine knappe Antwort war: *„Wissen Sie, wir stellen erwachsene Menschen ein und behandeln sie auch als Erwachsene!"*

Mitarbeiter meinten, dass sie nur das Verhalten zeigten, das er von ihnen erwartete und wie er sie einschätzte. Wenn er kein Vertrauen zu ihnen hätte, müssten sie sich auch nicht vertrauenswürdig verhalten! Eine unselige Verstrickung, in der keine Seite die Möglichkeit noch die Notwendigkeit sah, aus der eigenen Position auszusteigen und Initiative für eine reifere Form des Umgangs zu ergreifen. Sie hielten sich ja beide für Opfer der Gegenseite!

Auf der Ebene der politischen Weltbühne setzte eine ähnliche Konstellation ein Wettrüsten zwischen den beiden Supermächten USA und der Sowjetunion in Gang, welches vierzig Jahre lang die ganze Welt in Atem hielt. Während beide Seiten betonten, dass sie das Ziel der Vormachtstellung nicht anstrebten, beklagten sie, dass sie gezwungen wären, diesen Wettlauf mitzumachen. Führer wechselnder Regierungen sahen sich gefangen in dem Würgegriff dieses destruktiven Kreislaufes, der sowohl die amerikanische als auch die sowjetische Wirtschaft völlig erschöpfte. Das dahinter liegende Denkmuster war ebenso einfach wie verheerend. Die amerikanische Seite vertrat folgenden Standpunkt:

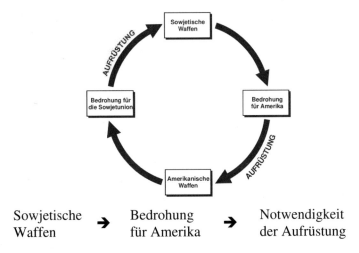

| Sowjetische Waffen | → | Bedrohung für Amerika | → | Notwendigkeit der Aufrüstung |

Die Sichtweise der sowjetischen Führung war der amerikanischen ziemlich konform:

| Amerikanische Waffen | → | Bedrohung für die Sowjetunion | → | Notwendigkeit der Aufrüstung |

Die Ursache für diesen Wettlauf des Horrors und der Angst lag weniger in den rivalisierenden politischen Ideologien noch in der jeweiligen Waffentechnologie, sondern schlicht und einfach in einem Denkmuster der Gegenabhängigkeit. Aus der jeweiligen Perspektive war die andere Supermacht der Aggressor und die eigene Handlungsweise bestand in einer defensiven Reaktion auf die offensichtliche Bedrohung durch die Gegenseite. Das *Gleichgewicht des Schreckens* konnte nur auf dem Nährboden von Misstrauen und der Opferhaltung bestehen.[19]

Blockaden dieser Art, die das Grundmuster bei Gegenabhängigkeiten darstellen, nennt man auch Kommunikationsschleifen. Dabei kann man nicht mehr feststellen, wer von beiden angefangen hat und wer das Reaktionsmuster zeigt, was auch letztlich nicht von Bedeutung ist. Entscheidend ist vielmehr, dass jeder Partner nur das Verhalten der anderen Person erkennt und nicht den eigenen Beitrag zur Aufrechterhaltung der Kommunikationsschleife. Deswegen befinden sich beide in einer Opferrolle und fühlen sich der anderen Person ausgeliefert. Damit halten sie sich gegenseitig in der Abhängigkeit und blockieren jegliche Reifeentwicklung sowohl im individuellen Wachstum als auch in der Beziehung an sich. Verschärfend tritt hinzu, dass oft gerade in diesen Zeiten des Konflikts die Kommunikation mit dem Partner eingeschränkt oder gar abgebrochen wird. Man zieht die Botschafter ab, hüllt sich in Schweigen oder zieht sich schmollend in die eigene Ecke zurück, anstatt aktiv Wege verbesserter Kommunikation zu suchen. Oft werden derart störende Verhaltensmuster durch fehlendes Systemverständnis bzw. Mangel- und Konkurrenzdenken noch weiter vertieft. Aus der Kommunikationsschleife aussteigen kann man nur, wenn zumindest ein Partner den Zusammenhang und den eigenen Anteil an dieser Situation erkennt und bereit ist, Verantwortung zu übernehmen und das eigene Verhalten proaktiv zu ändern.

---

[19] Joad schrieb in seiner Analyse über das Wettrüsten zwischen den Großmächten: „.... *Wenn, wie behauptet wird, die Vorbereitung auf den Krieg das beste Mittel zur Erhaltung des Friedens ist, so ist keineswegs klar, weshalb dann alle Nationen im Rüsten anderer Nationen eine Bedrohung des Friedens sehen.* (zit. bei Watzlawick, *Menschliche Kommunikation*)

Co-Dependenz

Muster der Co-Dependenz

Eine andere Form der Er-
wachsenen-Abhängigkeit
nennt man *Co-Dependenz*.[20]
Personengruppen, die sich in
einer *Co-Abhängigkeit* befinden, empfinden ihre Beziehung mitunter als sehr

HHH⟶ FEIND

Gruppe, vereint
gegen einen
gemeinsamen Feind

kameradschaftlich und preisen ihren Sinn für Zusammengehörigkeit.
Nach außen kann sogar der Anschein einer Gruppe in großer Einigkeit
entstehen. Das Tückische daran ist jedoch, dass sich diese Einigkeit bei
näherer Betrachtung als Verbündetsein gegen einen gemeinsamen
„Feind" entpuppt. Nicht nur, dass die Gruppenmitglieder sich nicht auf
der Ebene der Interdependenz befinden, genau durch die Orientierung
auf einen gemeinsamen Gegner blockieren sie ihre persönliche und
gruppenspezifische Reifeentwicklung. Gemeinsam im Schulterschluss
gegen einen äußeren Feind zu sein, bedeutet noch lange nicht, dass man
eine reife Beziehung aufrecht erhält oder ein Team ist. Im Gegenteil
entsteht genau dadurch der Nährboden für jegliche Manipulation und für
grassierende Vorurteile, welche nur im Sumpf der Unwissenheit sowie
mentaler und sozialer Unreife wuchern können.

Beispiele für diese Art der Erwachsenen-Abhängigkeit gibt es zuhauf
und auf allen Ebenen der gesellschaftlichen Stufenleiter:

- Situationen, in denen sich Mitarbeiter gegen den Chef oder die
  Führungsebene verbünden und gegen diese opponieren, ohne zu
  erkennen, wie sie damit dem Unternehmen schaden
- Unternehmen und Organisationen, in denen ganze Abteilungen
  gegenüber anderen Bereichen Feindbilder aufgebaut haben, und
  sie einander aufs heftigste bekämpfen. Merkmal solcher Entwicklungen ist oft ein übersteigertes Abteilungsdenken auf Kosten der
  Interessen des Gesamtunternehmens

---

[20] Der Begriff „Co-Dependenz" wird im Deutschen bisweilen auch für „Gegenabhängigkeit" verwendet.

- Beispiele von Gesellschaftsgruppen, die jeweils die Schuld für Krisen anderer Gruppierungen zuweisen und „Sündenböcke" suchen
- Auch die Diskriminierung von sozialen, ethnischen, religiösen oder politischen Minderheiten weisen ähnliche Muster auf
- Zahlreiche Beispiele regionaler oder internationaler Feindseligkeiten
- Diverse Beispiele von Mobbing, wenn Gruppen oder Abteilungen die Schuld für ihre Probleme auf einzelne Personen projizieren und diese zur Zielscheibe ihrer offenen oder verdeckten Attacken machen.

Allen gemeinsam ist, dass sie durch die Fixierung an Feindbildern und der Vertiefung von Vorurteilen selber auf der Ebene der Unreife mit allen zugehörigen Verhaltensmustern hängen bleiben. Damit wird jegliche Reifeentwicklung unterbunden, die Anfälligkeit für Manipulation und Hetze erhöht und ein systemischer Lösungsansatz im Sinne von Win-Win-Ergebnissen verhindert. Solcherart entsteht ein Nährboden, auf dem unmenschliche und oft im Rückblick unverständliche und beschämende Handlungen wachsen.

Paradigmenwechsel in sozialen Systemen

An der Basis des gegenwärtig zu beobachtenden Wandels liegt eine kontinuierliche Entfaltung der Menschen entsprechend den Entwicklungsstufen der Reifeevolution. Wir befinden uns in einer Übergangszeit systemischer Prägung. Auch wenn wir zurzeit im Allgemeinen eher die Merkmale der ungestümen sozialen Jugendphase der Menschheit erleben, sind die Anzeichen für den Übergang zu reiferen Formen des Umgangs, der zwischenmenschlichen Kommunikation und Lösungsfindung nicht zu übersehen. Die Problematik, die sich aus dieser Veränderung ergibt, liegt eher in dem Widerspruch, dass sich viele Menschen, Organisationen und Institutionen nicht auf den notwendigen inneren Strukturwandel eingestellt haben und weiterhin so fortfahren, als hätten sie es mit denselben Modellen und Systemmitgliedern zu tun wie vor zweihundert Jahren. Die Folge ist, dass vieles, was bisher gut funktioniert hat und auf Tradition begründet ist, nicht mehr die erwarteten Erfolge bringt. Die meisten Manager und Führungspersonen werden heute noch für Mitarbeiter ausgebildet, die es in dieser Art nicht mehr gibt. Aber solange man, wie in der Geschichte der Stadt mit dem Kanonenschuss, Teil eines geschlossenen Systems ist, kann man die eigentliche Ursache für die Krisen nicht entdecken und verstärkt eventuell noch die tradierten Verhaltensmuster und damit den Auflösungsprozess. Um die veränderten Zusammenhänge zu erkennen und sich entsprechend darauf einzustimmen, benötigt es sozusagen des Außenblicks, der Metaperspektive.

Gerade in einer solchen Übergangsphase ergeben sich machtvolle Herausforderungen und Chancen, in der große Organisationen aufsteigen und niedergehen. Es braucht die Vision und den Mut beispielgebender Pioniere und Führungspersönlichkeiten, die sich aus dem Spinnennetz überholter Modelle lösen und den Anforderungen der Zukunft stellen. Dies kann durchaus einen schmerzhaften Marsch bedeuten, bevor als Ergebnis einer Neukonzeptionierung der kritischen Variablen ein neues Ordnungssystem mit umfassenden Prinzipien und eigener Logik erwächst. Bezeichnend für einen solchen Prozess ist, dass die Vertreter des traditionellen Paradigmas die Veränderungen oft als Bedrohung für ihre erprobten Werte auffassen und mit Widerspruch und Widerstand reagieren. *„Die eigensinnigsten Gewohnheiten, die einer Veränderung mit größtem Widerstand entgegenstehen, sind jene, die eine zeitlang gut funktionierten und dem Anwender für diese Verhaltensweisen Anerkennung einbrachten. Wenn man einer solchen Person plötzlich mitteilt, dass ihr Rezept für Erfolg nicht mehr gültig ist, straft ihre persönliche Erfahrung diese Diagnose Lügen. Der Pfad, diese zu überzeugen, ist hart. Es ist Stoff für klassische Tragödien.“[21]*

Wie nun vorher ausgeführt, vollzieht sich ein Wandel in einem umfassenden sozialen Umfeld nicht durch einen unmittelbaren Wechsel von einem System zum anderen. Vielmehr erleben wir eine Übergangsphase, in der die alte Ordnung einen allmählichen Auflösungsprozess durchläuft, während das neue Paradigma merklich an Kraft und Einfluss gewinnt und zunehmend wirksam wird. Wir durchlaufen also eine Wendezeit, während der die Menschen noch großteils im Rahmen des tradierten Modells die Prinzipien und Spielregeln des neuen Ordnungssystems erlernen und ihr mehr und mehr Raum geben können. Dennoch ist zu bedenken, dass man die Prinzipien des neuen Systems nicht vollständig

---

[21] Charles Hampden-Turner und Linda Arc, *The Raveled Knot: An Examination of the Time-to-Market Issue at Analog's Semi-conductor Division,* (zit. bei Gharajedaghi 1999)

innerhalb des alten Systems anwenden kann. *Man kann nicht den neuen Wein in die alten Schläuche füllen, da sie zerbersten würden.* Dies gilt auch für Organisationen und Gesellschaftsordnungen in der Übergangszeit. Es erscheint von Bedeutung, sich mit den sozialen Systemen und Organisationsformen, die gegenwärtig in Kraft sind, auseinander zu setzen und ihre jeweilige Struktur und ihre internen Regeln zu verstehen, um das eigene Handeln und Wirken in Einklang mit den zukunftsorientierten Prinzipien bringen zu können. Folglich wird es auch verständlich, dass Teamberatung und Teamarbeit nicht bloß Rezepte für mehr Erfolg im herkömmlichen Kontext bedeuten können, sondern ihre Wirksamkeit und Bedeutung erst entfalten können, wenn sie tatsächlich in ein Umfeld eingebettet werden, das den Voraussetzungen interdependenter offener Sozialsysteme entspricht.

Systemische Entwicklungsformen von Organisationen und sozialen Systemen

Soziale Systeme sind geprägt durch ihre innere Struktur und die damit in Einklang stehende Kultur. Das Verhalten der Systemmitglieder baut darauf auf und spiegelt den Grad der Reifeentwicklung wider. In dem Maße wie die Einzelindividuen einen Entwicklungsprozess durchmachen, muss sich diese Veränderung auch zwangsläufig in der Struktur und der sozialen Kultur der Organisation niederschlagen. Der innere Aufbau, der Mitgliedern auf der Stufe der Dependenz entspricht, kann nicht derselbe sein, der den Bedürfnissen und Anforderungen der Independenz oder Interdependenz gerecht werden kann. In der Regel gibt es einen Schwellenwert an kritischer Masse, bei deren Überschreiten der Grad innerer Unordnung zunimmt bis zu dem Punkt, ab dem das System durch eine angepasste Strukturänderung den neuen Erfordernissen gerecht wird oder ein Prozess beschleunigter Auflösung einsetzt. Die Krise unserer gegenwärtigen Sozialsysteme besteht genau darin, dass der veränderten Reifeentwicklung der Menschen und Subsysteme strukturell und kulturell nicht entsprochen wird. Um dieser Herausforderung tatsächlich gerecht zu werden, bedarf es mehr als oberflächlicher kosmetischer Korrekturen. Was als Merkmal des gegenwärtigen Paradigmenwandels deutlich wird, ist die Herausforderung, dass im Bewusstsein der veränderten Kriterien dringend eine Evolution in den Strukturen der Systeme ansteht.

Das kybernetische Modell
der monozentrischen Hierarchie

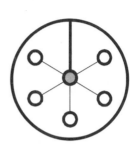

Soziale Systeme und Organisationen, die mit dependenten Mitgliedern funktionieren müssen, bedürfen eines inneren Aufbaus, der den Besonderheiten dieser Entwicklungsstufe entsprechen kann. Im Umgang mit Dependenz haben sich in der Regel Organisationsformen bewährt, die dem so genannten *kybernetischen Modell* folgen und sich nach Annahmen und Prinzipien orientieren, die genauso einfach wie elegant sind. Eine Organisation wird als ein Organismus angesehen, der von einem Zentrum aus in Einklang mit der Grundabsicht des Systems gesteuert wird (*uniminded system*)[22]. Diese zentrale Führungsinstanz besitzt als einziges Element Systembezug und Systemverbindlichkeit. Sie trägt damit die Verantwortung für das Ganze und weist die Kompetenz für die Erhaltung und Entwicklung im Sinne der Gesamtfunktion auf. Diese sicherzustellende Absicht wird mit Blick auf die Verwundbarkeit und instabile Struktur derartiger Systeme mit dem *Überleben* definiert. Um zu überleben, müssen gemäß konventioneller Auffassung biologische Organismen wachsen. *Wachstum* wird also zum Maßstab für *Erfolg*, zum einzigen bedeutenden Leistungskriterium für Organisationen dieser Art, und *Profit* zum Mittel, um dieses Ziel zu erreichen.

Diese hierarchisch strukturierte Organisationsform besitzt zwar als Gesamtheit Wahlmöglichkeiten, dessen Einzelelemente oder Subsysteme jedoch nicht. Bis auf das zentrale Führungselement befinden sich alle anderen Teile der Organisation in einer Abhängigkeitsbeziehung. Sie besitzen kein Bewusstsein für das Ganze, keine Wahlfreiheit und tragen keine direkte Systemverantwortung. Sie funktionieren nach kybernetischen Prinzipien in Reaktion auf die Anweisungen und Informationen, die sie erhalten. Der Prozessablauf ist zur Gänze unter der Kontrolle der zentralen Steuerungsinstanz, die über vorgegebene Verbindungskanäle

---

[22] Jamshid Gharajedaghi, *Systems Thinking - Managing Chaos and Complexity*

ihre Informationen von einer Vielzahl von speziellen Teilen erhält und Führung gibt, um relevante Regionen im System entsprechend zu aktivieren. Die beherrschende Grundannahme hierbei ist, dass jede Fehlfunktion innerhalb eines normalen Systems dependenter Struktur die Folge von Informationsmangel oder von Störungen im Kommunikationskanal ist. Daher lautet die Antwort, die man als Lösung für die meisten Probleme in derartigen Organisationen erhält: mehr Information und bessere Kommunikation.

Das für viele Attraktive an zentral geführten Organisationen kommt genau darin zum Ausdruck, dass die Teile für sich keine eigene Wahlfreiheit haben. In ihrer Abhängigkeit erhalten sie den notwendigen Systembezug, die gemeinsame Ausrichtung sowie Schutz, Geborgenheit und Wohlergehen über die zentrale Autorität. Je besser die Teile auf dieses Zentrum ausgerichtet sind, desto besser funktioniert das Ganze. Wenn nun innerhalb eines hierarchischen Systems die Teile eigenes Bewusstsein entwickelten oder eigene Entscheidungen treffen wollten, geriete der Organismus in echte Schwierigkeiten. Jedes Abkoppeln hätte Negativfolgen für die Elemente und für das Gesamtsystem. Chaos und Existenzgefährdung wären die Folge. Wenn also die Einzelnen innerhalb dieses Modells die Stufe der Unabhängigkeit und Eigenständigkeit erreichen und am Entscheidungsprozess partizipieren wollen, werden Konflikt und Konfliktbewältigung auf einmal zum zentralen, alles beherrschenden Thema. Solange jedoch mit der Autorität des Patriarchats als Unternehmenskultur agiert wird, sind Konflikte schnell gelöst. Die Imperative des *„Vater weiß am besten..."* oder *„Gib das Spielzeug deiner Schwester..."* werden zu einer effektiven Form der Konfliktbereinigung.

Ein zentral geführtes Unternehmen, das auf Dependenz der Mitglieder aufbaut, kann somit nur so lange seiner Funktion entsprechen, als die Elemente sich ihrer Abhängigkeit zu der Steuerungsperson bewusst sind und loyal ihren Anweisungen und Entscheidungen Folge leisten. Was im Sinne des Ganzen gut ist und dem Allgemeinwohl zuträglich, kann nur von dieser Instanz entschieden werden. Lob und Tadel, Anerkennung und Kritik als Feedback und Orientierung, inwieweit die eigene Leistung den Organisationszielen entspricht, können ebenfalls nur dieser zentralen Autorität entspringen, die als einzige Überblick und Einblick im Sinne des Systems besitzt. Andererseits tragen die übrigen Mitglieder auch keine Verantwortung und Verbindlichkeit für das Ganze. Diese wird ihnen abgenommen, es wird für sie gesorgt. Sie sind nur verantwortlich dafür, dass sie ihre Arbeit den Anweisungen entsprechend ausführen. Danach werden sie auch beurteilt. Loyalität und Konformität stellen in patriarchalischen Kulturen Kerntugenden dar, die den Erfolg sicherstellen. Diese Werte werden im Gegenzug durch die Sicherheit verstärkt, die durch die Zugehörigkeit zu einer Gruppe vermittelt wird, die ihre Mitglieder beschützt und ihnen das Gefühl von Geborgenheit vermittelt. Das Überleben des Ganzen hängt von dem ungestörten Ablauf im Zusammenspiel entlang vorgegebener Richtlinien ab. Informationsweitergabe in vertikaler Richtung wird dosiert und abgestimmt auf die jeweilige Aufgabe. Mitarbeiter müssen nicht alles wissen, sondern nur das, was für die Umsetzung der ihnen übertragenen Verantwortung notwendig ist. Diese Haltung findet ihren Ausdruck in Handlungslinien und Informationen mit entsprechender Qualifizierung wie „secret" oder „top secret" sowie in Geheimsitzungen oder Geheimabsprachen. Ausmaß und Grad der Information ist von der Position in der Organisation abhängig und wird oft auch zum Mittel, diese Positionen zu behaupten. Wissen und Informationsvorsprung als Machtmittel sind eine logische Weiterentwicklung dieser Grundhaltung.

Aus dem Verständnis der inneren Struktur des hierarchischen Modells von Organisationen wird es nachvollziehbar, dass man in der Regel auch nicht sonderlich daran interessiert ist, dass die Mitarbeiter untereinander zu starke Beziehungen aufbauen. Dies könnte die Sache verkomplizieren, neue Kommunikationswege und Loyalitäten eröffnen und das Risiko erhöhen, dass systemrelevante Informationen gar nicht oder zu spät zur Spitze gelangen. Nachvollziehbar auch, dass in Organisationen mit abhängigen Mitgliedern Kontrolle eine so dominante Rolle einnimmt und die Strukturen darauf ausgelegt sind, das Ganze zentral zu überschauen, die Dinge zu lenken und bei Bedarf sofort korrigierend eingreifen zu können.

Es soll aber auch nicht untergehen, dass das Patriarchat als leitendes Grundmodell für viele Organisationen durchaus erfolgreiche Unternehmen ins Leben gerufen hat, an deren Spitze die Gründerväter die Zügel in Händen hielten und in schwierigen Zeiten Sicherheit und Erfolg aller garantierten. Dieses Paradigma stellte in der Vergangenheit das vorherrschende Ordnungsprinzip dar und ihre hierarchische Struktur konnte auf allen Ebenen wiedergefunden werden. Die traditionellen Formen von Organisationen und Institutionen entsprachen in der Regel durchgängig diesem Modell. Ob in der Ehe oder Familie, ob im Arbeitsumfeld oder in

Gesellschaftsstrukturen, ob in kirchlichen oder politischen Institutionen, überall war das hierarchisch-patriarchalische System das vorherrschende Modell. Unsere aus der Tradition stammenden Kommunikations- und Entscheidungsmuster sind folglich derselben Natur, die Beziehungen von Personen innerhalb von Organisationen nach Positionen geordnet und nicht Ausdruck von Gleichwertigkeit und Eigenverantwortlichkeit. Die Rollen waren verteilt und die Ebenen bestimmt. Das Ganze funktionierte solange gut, als alle in der Abhängigkeit blieben und ihrer Rolle entsprachen.

Doch so sehr diese Form sich für Personengruppen eignet, die sich noch auf der Stufe der Dependenz befinden, so labil wird das System, wenn es mit unabhängigen oder gar mit interdependenten, eigenverantwortlichen Beteiligten umgehen soll. Nicht nur dass Organisationen dieser Prägung dann schwer zu managen sind, sie werden auch verwundbarer gegenüber den Handlungen einiger weniger, die ihren eigenen Willen entdeckt haben. Mitglieder von Organisationen reagieren eben, anders als biologische Elemente, nicht einfach passiv auf eine Information, die sie erhalten. Diese Erfahrung machen Eltern, deren Kinder in das Pubertätsalter kommen, genauso wie Führungspersonen in Unternehmen und politische Verantwortliche auf örtlicher, nationaler oder internationaler Ebene. Ebenso finden sich kirchliche Autoritäten in der Situation, sich entgegen aller aus der Tradition stammenden Erfahrung dieser Entwicklung in Richtung Eigenständigkeit und Mündigkeit stellen zu müssen.

Das sozio-kulturelle Modell der polyzentrischen Heterarchie

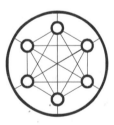

Ein sozio-kulturelles Modell entspricht mehr der Strukturform einer mehrschichtigen Heterarchie[23] und wird definiert als eine Gemeinschaft von interdependenten Mitgliedern mit klarem Sinn und Zweck, die aus freier Entscheidung zusammengefunden haben, um ge-

---

[23] *Hierarchie* (*hieros* – der Heilige, Obere herrscht), *Heterarchie* (*hetero* – der jeweils andere herrscht). Heterarchien ermöglichen, ja erfordern Selbstverantwortung bei jedem einzelnen, weil die Kontrolle von oben automatisch wegfällt, sobald es dieses „Oben" nicht mehr gibt. (von Foerster und Pörksen, 1999).

meinsam ein Bedürfnis des Umfelds abzudecken (*multiminded system*).
Hier findet man also nicht nur Interdependenz und Selbstorganisation,
sondern auch Wahlfreiheit und eine durch Sinn und Zweck getragene
Zielorientierung vor. Die Verbindlichkeit und die aus freier Willensentscheidung getragene Zugehörigkeit zum System manifestiert eine Wahlfreiheit sowohl in Bezug auf die Ergebnisse als auch auf die einzuset-
zenden Mittel. Dies stellt eine völlig neue Wirklichkeit dar. Das Verhalten eines Systems, dessen Bestandteile freie Wahlmöglichkeiten ausüben, kann nicht mehr durch mechanische oder biologische Modelle
definiert werden. Macht, Kontrolle, Lenkbarkeit und Voraussagbarkeit
verlieren an Bedeutung und müssen neuen, auf Umgang mit Mündigkeit
ausgerichteten Fähigkeiten weichen. Da die Mitglieder mitverantwortlich
zum Lauf des Ganzen beitragen, ist folglich auch eine andere Art der
Entscheidungsfindung und Meinungsbildung notwendig als durch hierarchische Vorgaben.

In stark paternalistischen Kulturen können Konflikte durch das Ein-
schreiten einer starken Vaterfigur gelöst werden. Aber die Realität von
weiterentwickelten Sozialordnungen interdependenter Prägung ist grundsätzlich anders. Die Mitglieder von Gemeinschaften, die aus dem sicheren, behütenden Netz patriarchalischer Kultur herausgewachsen sind,
streben echte Mitentscheidung an. Der Preis für diese Transformation
mag zunächst in einer Zunahme an Unsicherheit und Konflikten bestehen. Eigenständige Persönlichkeiten rufen ungeahnte Ebenen von Konflikten hervor, sowohl was das Ergebnis als auch die Mittel betrifft, solange sie nicht die Entwicklungsstufe der sozialen Reife erreicht und
durch ein gemeinsames Bewusstsein der Zugehörigkeit verbunden sind.
Viele Führungspersonen und Manager fühlen sich durch die Vorstellung
eingeschüchtert, dass ein bedeutendes Ausmaß an Energie innerhalb von
Organisationen durch Bemühungen zur Konfliktlösung aufgebracht
werden könnte. Gefühle von Überforderung und Ratlosigkeit sind keine
Seltenheit. Doch trotz der Schwierigkeiten und Herausforderungen der
Übergangzeit gibt es keinen Weg zurück in die Unmündigkeit, genauso
wenig wie man ein halb gekochtes Ei ungekocht machen kann. Auch das
Idealisieren einer konfliktfreien Organisation stellt sich eher als problematisch heraus. Der Weg zu einer konfliktfreien Organisation könnte nur
über eine Einschränkung des freien Willens führen, was einer Entmündigung der Mitarbeiter und der Rückkehr zur Stufe der Dependenz gleich-
käme. Die Herausforderung, die die Grundlage für echte Teamarbeit

bildet, besteht eben im Erlernen der Kunst, derart mit Vielfalt und Komplexität von komplementären Sichtweisen und Erfahrungen umzugehen, dass man zu höherwertigen und für alle Beteiligten befriedigenden Lösungen gelangt – Lösungen, die mehr sind als einsame Entscheidungen einzelner Leitfiguren, die mehr sind als bloße Kompromisse, sondern Lösungen jener Qualität, die sowohl die Mündigkeit der Mitglieder achten als auch den Bedürfnissen des Ganzen gerecht werden, Lösungen, die tatsächlich die Summe der Einzelbeiträge übersteigen.

Die kritische Variable im sozio-kulturellen System besteht in der Ausrichtung durch Sinn und Zweck. Obwohl die Möglichkeit von Wahlfreiheit notwendig ist für ein sinnvolles und zweckorientiertes Handeln, so ist diese allein nicht ausreichend. Die Mitglieder einer solchen Organisation werden durch gemeinsame Visionen, Zielvorstellungen und übereinstimmende akzeptable Vorgehensweisen zusammengehalten. Sie teilen gemeinsame Werte und Prinzipien, die Teil ihrer Kultur sind. Die Kultur bildet das Zement, welches die Teile zu einem verbundenen Ganzen zusammenschweißt. Als ein System mit Sinn und Zweck ist eine derartige Organisation Teil eines größeren Systems mit Sinn- und Zweckorientierung, der Gesellschaft. Gleichzeitig beherbergt es Einzelpersonen mit Sinn- und Zweckausrichtung als dessen Mitglieder. Das Ergebnis ist daher ein Multi-Level-Netz von sinn- und zweckgebundenen Systemen auf mindestens drei Ebenen. Diese Ebenen sind derart miteinander verwoben, dass eine optimale Lösung nicht auf einer Ebene allein, losgelöst von den anderen, gefunden werden kann. Die übereinstimmende Ausrichtung der Interessen der Einzelelemente untereinander mit jenen des Gesamtsystems bleibt die große Herausforderung, der sich Führungspersonen in Organisationen gegenübersehen, wenn es darum geht, Identifikation, Motivation und gemeinsame Visionen zu vermitteln. Anders als bei technischen Geräten, wo die Integration der Teile zu einem kohärenten Ganzen eine einmalige Aufgabe darstellt, ist in sozialen Systemen die Aufgabe der Integration ein wiederkehrender, fortlaufender Prozess. Die effektive Integration von mehrschichtigen, sinn- und zweckgebundenen Systemen setzt voraus, dass die Erfüllung der Einzelinteressen im Einklang steht mit den Erfordernissen des größeren Ganzen und umgekehrt. Der Komplexität dieser vielschichtigen Erfordernisse kann nur eine Organisation gerecht werden, welche auf interdependente Mitglieder aufbaut, die aus freien Stücken sich mit dem System verbunden fühlen und volle Mitverantwortung für die Erhaltung, Ausrichtung und das Wohlergehen des Ganzen tragen. Erst aus diesem grundlegenden und unterscheidenden Merkmal der Systemverbindlichkeit eines jeden Elements heraus kann ein wechselseitiges Beziehungsnetzwerk erwachsen, das in dem Maß immer dichter und komplexer werden kann, wie die Zusammenarbeit sich verbessert und entwickelt. Das Wohlergehen des Ganzen, der Geist der Zusammengehörigkeit und des gegenseitigen Vertrauens können erst entstehen, wenn das Bewusstsein der Zugehörigkeit zum verbindenden Ganzen in jedem Mitglied fest verankert und durch Erfahrung gefestigt ist.

Das Fehlen einer auf Abhängigkeit beruhenden Form der Führung erfordert ein Modell kollektiver Entscheidungsfindung, welches sowohl dem Reifegrad und der Vielfalt der Mitglieder als auch dem gemeinsamen Systeminteresse gerecht werden kann. Die Kommunikationsform entspringt der Gleichwertigkeit aller Teile des Systems und bildet ein Kanalsystem, durch das die notwendige Information zu jedem Mitglied fließen kann. Der Ausspruch, dass *„Information die Währung in Systemen"* darstellt, erhält dadurch echte Bedeutung. Zurückhalten von Informationen, Geheimabsprachen und dergleichen Vorgehensweisen haben keinen Platz unter gleichwertigen, mitverantwortlichen Partnern. Das Denken in *Positionen*, das eine Grundstruktur des hierarchisch strukturierten Systems darstellt, weicht einem Denken in systembezogenen *Funktionen*. Auch wenn Funktionen innerhalb des Systems auf unterschiedlichen Ebenen angesiedelt sein können, ist die Gleichwertigkeit der Zugehörigkeit der Mitglieder eine Grundvoraussetzung für das harmonische Wirken eines interdependenten Systems. Gleichwertigkeit darf in diesem Zusammenhang nicht mit Gleichheit oder gleiche Aufgaben und Funktionen verwechselt werden. Ganz im Gegenteil sind Vielfalt und Komplementäres Voraussetzung für die Erzielung der angestrebten hochwertigen Ergebnisse in diesem Zusammenhang.

Eine Gegenüberstellung der Besonderheiten und strukturbedingten Unterschiede der beiden angeführten Strukturmodelle (Tabelle 1) macht deutlich, in welche Richtung die Veränderung und die Entwicklung allgemein geht. Während es sinnvoll und durchaus empfehlenswert ist, im Rahmen bestehender hierarchischer Organisationen bewusste Prozessschritte zu mehr Mitverantwortung und Selbständigkeit zu setzen und Qualitäten und Fähigkeiten zu fördern, die dem sozio-kulturellen System entsprechen, so darf nicht übersehen werden, dass letztlich der Gesamtprozess systemischer Strukturveränderung unausweichlich ist. Visionäre

Führungskräfte, die die Chancen und Zeichen erkennen und als Gestalter aktiv werden wollen, fördern Selbständigkeit und Eigenverantwortlichkeit der Mitarbeiter und verändern durch Delegation, Schaffen von Vertrauen, Steigern von Kompetenzen, Einbeziehung in Entscheidungsprozesse, Kreieren von gemeinsamen Visionen sowie Bilden von Synergien und Teams in besonders offenen Bereichen des Unternehmens den Nährboden und die Kultur für eine reifere Struktur soziokulturellen Zusammenwirkens. Im geschützten Rahmen und in der Geborgenheit des hierarchischen Systems können die Mitarbeiter ihren Sozialisierungsprozess in Richtung Independenz und Interdependenz beschreiten, ihren Bezug zum System aufbauen und Einfluss nehmen auf die systemische Veränderung des Gesamtunternehmens im Sinne eines organischen Wandlungsprozesses, bei dem die Teile und das Ganze in einem Prozess gegenseitiger Befruchtung stehen.

Hierarchie (uniminded system)	Heterarchie (multiminded system)
• Linien- oder Matrixorganisation • Dependente Mitglieder • Machtorientiert (Positionen) • Loyalität zur Zentralinstanz • Lineare Kommunikation • Strukturen der Abhängigkeit • Kontrolle und Lenkung • Mangeldenken • Konkurrenzdenken • Einzelentscheidungen	• Netzwerkorganisation • Interdependente Mitglieder • Einflussorientiert (Funktionen) • Verbindlichkeit zum System • Vernetzte Kommunikation • Strukturen der Reife + Gleichwertigkeit • Mitverantwortung und Partnerschaft • Denken in Fülle • Kooperation • kollektives Entscheidungsprinzip (Teamberatung)

- Tabelle 1 -

Dasselbe geschieht innerhalb einer Familie, wenn Kinder, in dem Maße wie sie heranwachsen und reifen, zunehmend Aufgaben und Verantwortung für die ganze Familie übertragen bekommen, damit sie Systemverantwortung lernen. Auch kann in diesem Zusammenhang die Einrichtung eines Familienrates und die regelmäßige Durchführung von Familienberatung den Sozialisierungsprozess und damit Vertrauen und Zusammengehörigkeit fördern.[24] In einem Umfeld, in dem der Wert eines jeden Familienmitglieds unabhängig von den Aufgaben und Funktionen der Beteiligten geachtet und erlebt wird, wird die Rebellion der Pubertät mit ihrer Identitätssuche nie so drastisch und zersetzend ausfallen, dass das Familiengefüge in Mitleidenschaft gezogen würde.

Das Problem von Independenz in einer interdependenten Welt

Als Reaktion auf historische Fehlentwicklungen in traditionellen hierarchischen Ordnungssystemen autokratischer Prägung, die die Abhängigkeit der Systemmitglieder missbraucht und zum Nutzen einer Minderheit absolutistische und diktatorische Ausprägungen geschaffen und mit Starrsinn aufrechterhalten haben, kam es allenthalben zu gewaltsamen Befreiungsschlägen und Revolutionen. Nicht nur auf der politischen Weltbühne, sondern auch im Arbeitsumfeld von Organisationen und Unternehmen ebenso wie in Familien und zwischen den Geschlechtern rückten Konfrontation und Befreiungskampf für mehr Unabhängigkeit in den Mittelpunkt. Jung und Alt, Männer und Frauen, Arbeitgeber und Arbeitnehmer, Minderheiten und Majoritäten werden bis heute eher als Kontrahenten mit divergierenden Interessen und nicht als Partner in gemeinsamen Systemen gesehen. Die schwere Geburt der zunehmenden Unabhängigkeit und Selbständigkeit und der parallel laufende Prozess der Aushöhlung ethischer und geistiger Wertesysteme haben zu einer Verherrlichung des Einzelindividuums, seiner so teuer bezahlten Freiheit und seiner materiellen Wünsche und Bedürfnisse geführt. So wird auch der unaufhaltsame Prozess der Globalisierung mehr von der konsumorientierten und wirtschaftlichen Seite erfahren und gerät solcherart zur „Falle", da der fehlende Geist der Zugehörigkeit und Zusammengehörigkeit auf der höheren Ebene menschlicher Existenz die Situation mit dem Kampf um den „Kuchen" begrenzter Ressourcen immer stärker ausweitet. Die Qualität von Interdependenz und sozialer Reife lässt sich aber nicht allein auf der Ebene materieller Bedürfnisse und Sehnsüchte errei-

---

[24] siehe Abschnitt über Familienberatung

chen, sondern stellt eine Herausforderung an die höhere Wirklichkeit des Menschen als geistig-soziales Wesen dar. Ohne verbindende spirituelle und gemeinschaftliche Werte nimmt es nicht Wunder, wenn sich im Kern der gegenwärtigen zivilisatorischen Krise ein *Kult des Individualismus* findet, der sich durch Überwindung aller Beschränkungen materiellem Besitzstreben und persönlichem Vorankommen verschrieben hat. Die drohende Gefahr zeigt sich in der daraus resultierenden *Atomisierung der Gesellschaft* als eine neue Stufe im Prozess gesellschaftlicher Desintegration.

Solange der Mensch sich als nichts anderes als ein höheres Tier begreift, kann Globalisierung nur zur Ausweitung des Dschungels und damit des Primats des Stärkeren führen. Damit wäre die Befreiung aus der Abhängigkeit aber sehr teuer bezahlt worden und hätte nicht die Früchte gebracht, die einer Reifeentwicklung innewohnen. Dieser notwendige und organische Evolutionsprozess wäre damit stecken geblieben, und das Risiko, in Anarchie und Chaos zu verfallen, hätte stark zugenommen. Soziale Reife und Freiheit sind ohne Verantwortlichkeit und Verbindlichkeit zum gemeinsamen Ganzen nicht möglich. Ohne Verantwortung kann man auch den Lauf der Dinge nicht beeinflussen, weil man weder das System in dem man eingebettet ist versteht, noch die Rückkopplungskreisläufe als Signale zu deuten imstande ist. Man wird zum Getriebenen äußerer Zwänge, aus deren Abhängigkeit man sich nicht befreien kann. Verantwortlichkeit darf aber nicht mit vorwurfsvoller Schuldzuweisung gleichgesetzt werden. Vielmehr beinhaltet sie die reife Fähigkeit, mit dem Blick für das Ganze auf Abläufe zu reagieren und für Wahlmöglichkeiten offen zu sein. Symptombehandlungen ändern am eigentlichen Problem nichts, dass nämlich die Akteure der heutigen Entwicklungsphase erkennen müssen, dass das Ziel ihrer Reise noch vor ihnen liegt. Es gilt genau jenes Rüstzeug, das sie durch ihre Freiheit und Unabhängigkeit erworben haben, zu einem aus moralischer Verantwortung und bewusster Erkenntnis der Interdependenz getragenen Willensakt einzusetzen. Der gemeinsame Wille zu einem System interdependenter Vernetztheit, welches nicht den Gesetzen des Dschungelkampfes folgt, sondern ihre Energie und Vision aus der Schau einer kollektiven Einheit des gesamten Menschengeschlechts bezieht, ist Voraussetzung für eine Reifestufe auf globaler Ebene. Nur dann kann das latente Potential in einer aufblühenden Menschheitskultur zu Synergien führen, deren Ergebnisse mehr sind als die Summe der Einzelkomponenten nationaler, ethnischer oder kultureller Art.

Übergangsprozess zur Reifestufe der Menschheit

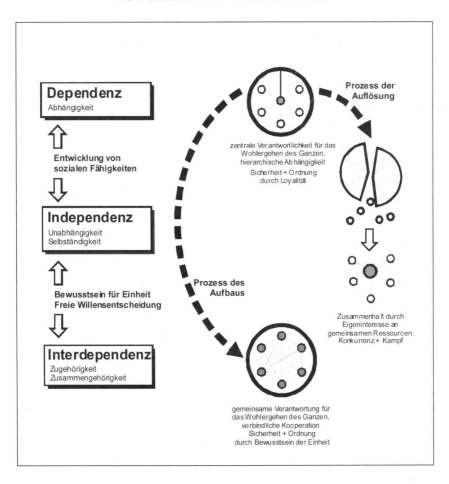

Die labile Struktur hierarchischer Systeme wird einer harten Zerreißprobe ausgesetzt, wenn sich die Mitglieder aus der Stufe der Abhängigkeit zu Selbständigkeit und Eigenverantwortlichkeit entwickeln. Die traditionelle Kultur hat darauf keine Antwort und das Verstärken von

Druck und Kontrolle erzeugt die entgegen gesetzte Wirkung. Konfliktlösung und Krisenmanagement werden in der Folge zum alles beherrschenden Instrumentarium der Führung, welche zunehmend an Vertrauen und Kompetenz einbüßt. Wenn die evolutionäre Entwicklung seitens der Verantwortlichen nicht rechtzeitig erkannt und ein systematischer Struktur- und Kulturwandel in Richtung größerer Einbindung aller Beteiligten eingeleitet wird, sind krisenhafte Entwicklungen unvermeidbar. Diese können entweder darin gipfeln, dass eine Zunahme an Fluktuation einsetzt und die reiferen Mitglieder aus der Organisation abwandern und/oder dass das System letztlich an diesen Turbulenzen zerbricht. Diese Situation stellt sowohl für die hierarchischen Systeme eine Existenzfrage dar als auch für die Einzelindividuen, die auf der Stufe der Autonomie aus der systemischen Zugehörigkeit herausfallen und ihre Entwicklung in Richtung Interdependenz nicht fortsetzen.

Befreit vom Joch der Abhängigkeit bleiben viele infolge ihrer bitteren Negativerfahrung in der Phase der Unabhängigkeit stecken und suchen fortan vorwiegend ihren persönlichen Vorteil. Viele Modelle independenter Ausrichtung, die zumeist im Aufruhr gegen Unterdrückung und Entmündigung entstanden sind, haben es verabsäumt, nach Erreichung des Zieles der Unabhängigkeit ihre revolutionären Elemente abzulegen, die für die gewiss notwendige Sturm- und Drangperiode der gesellschaftlichen Entwicklung charakteristisch waren, aber in der Folge einer Weiterentwicklung zu Interdependenz und Kooperation im Wege stehen. Grundsätzliche Skepsis gegen jedwede Form von Verbindlichkeit zeichnet vielfach das Bild der allgemeinen Einstellung, und Unverbindlichkeit wurde zum vorherrschenden Beziehungsmerkmal. Der *Kult des Individualismus* tritt fast missionarisch dafür ein, dass sich das Wohl des Ganzen dem Wohl der Einzelnen unterzuordnen hat. Infolge des Fehlens eines gemeinsamen übergeordneten Systembezugs entspringt das einzig verbindende Element aus der Befriedigung persönlicher Bedürfnisse und Vorteile. Interessensgemeinschaften bilden sich, wenn es darum geht, ein größeres Stück vom „Kuchen" sicherzustellen und zerfallen wieder, wenn diese Absicht erreicht wurde oder das Interesse anderweitig besser zu verwirklichen ist. Ein Rückfall in Formen von Gegenabhängigkeit und Co-Dependenz mit Feindbildern ist allgegenwärtig. Im Kampf um den Kuchen herrscht das Gesetz des Dschungels vor, welches dem Stärkeren das größere Stück zusichert. Verdrängungsbemühen, Konkurrenzstreben und Mangeldenken prägen das Bild der Gesellschaft.

Unabhängigkeit und Autonomie haben vor allem die Freisetzung der Wahlmöglichkeit und des Ausdrucks des freien Willens als Ziel. Sinn und Zweck dieser Entfaltung kann jedoch nicht in einem Verharren in Trotzreaktionen, im Schaffen von Feindbildern und in einer Fortdauer von Anti-Haltungen beruhen. Ganz im Gegenteil würden Selbständigkeit und Freiheit ohne eine entsprechende Weiterentwicklung zur Reife und Verantwortlichkeit von eigensinnigen Motiven und Interessen unterjocht und zum Sklaven beschränkter und beschränkender Leidenschaften werden. Bloße Freiheit im Sinne des Freiseins von externen Zwängen kann ein wertloser Gewinn sein, da sie häufig in Hilflosigkeit resultiert und dem Gefühl, als Opfer äußerer Kräfte gefangen und machtlos zu sein. Eine Freiheit, die segensreich und fruchtbringend die Geschicke der Menschen beeinflussen möchte, braucht eine klare Orientierung auf Ziele und Visionen, die das übergeordnete verbindende System der Zugehörigkeit zum Inhalt haben. Interdependenz darf nicht mit Independenz verwechselt werden, da sie die freie Wahl aller Beteiligten sowie klares Bewusstsein und einen verbindlichen Willensakt aller Systemmitglieder voraussetzt. Respekt, Gleichwertigkeit und Wertschätzung in der Vielfalt der Menschen gehören genauso zu den unverzichtbaren Prinzipien eines heterarchischen Systems wie das Schaffen von gesellschaftlichen Strukturen, die dem Wesen des Menschen in seiner Reifestufe und der Notwendigkeit gemeinsamen Lernens und kollektiver Willensbildung und Entscheidungsfindung Rechnung tragen. Freiräume, in denen sich die unverzichtbare Individualität und Einzigartigkeit des Menschen behaupten und Spontaneität, Initiative und Vielfalt gedeihen können, garantieren die Lebensfähigkeit jeder reiferen Gesellschaftsform. Weder wird die freie Entfaltung und Würde des Einzelnen unterdrückt noch das Einzelindividuum derart hervorgehoben, dass es sich zu einem asozialen Wesen und damit zu einer Gefahr für die Gesellschaft entwickelt. [25]

---

[25] Es gibt einige Beispiele von richtigen Prinzipien, die der Reifestufe menschlicher Beziehungen entsprechen, die jedoch in ihrer gegenwärtigen Umsetzungsform zu Konflikten und Blockaden führen, weil sie mit einer Anti-Haltung der Independenz und des Konkurrenzdenkens verfolgt werden. Anstatt systemische Einheit zu bewirken, führt diese Vorgehensweise sogar zu polarisierenden Feindbildern, blockierenden Dependenzformen und erschöpfenden Kämpfen um Anteile am „Kuchen". Einige dieser aktuellen Themen sind: Gender-Themen und die Gleichberechtigung der Geschlechter / Lösungsansätze zur Einräumung von Minderheitenrechten / Europäische Union als Wirtschaftstopf oder gemeinsames Haus Europa? / Streik als Machtmittel im Kampf zwischen Interessensgruppen

Ohne die Weiterentwicklung der Einzelnen wie auch der Gesellschaft in Richtung Interdependenz laufen wir Gefahr, die Früchte der Selbständigkeit und Freiheit wieder zu verlieren und sogar tiefer als zuvor in Abhängigkeiten und polarisierenden Feindbildern zu versinken. Durch die unaufhaltsame technische und wirtschaftliche Globalisierung unseres Planeten erhöht sich diese Gefahr noch zusätzlich, zumal die vorhandenen Strukturen, die oft eine Renaissance überholter Formen anbieten wollen, nicht selten Zeugen ihres eigenen Bankrotts werden. Nur eine einheitsstiftende Schau über das Wesen des Menschen und der Gesellschaft kann die Grundlage und den Nährboden anbieten für eine dringend notwendige organische Neustrukturierung der Ordnungssysteme auf allen Ebenen. Die Leitmotive und Prinzipien eines derartigen Aufbauprozesses erhalten ihre Energie aus dieser gemeinsamen Vision und setzen das kollektive Kreativpotential aller Beteiligten frei. Anders als in der Vergangenheit, da man auf das Genie einzelner herausragender Persönlichkeiten gebaut hat, wird die tragende Einheit für Fortschritt und Erfolg in Organisationen in Zukunft das Team sein mit seinem Synergiepotential an Weisheit, Kreativität und Umsetzungswillen. Eingebettet in einem fortdauernden Lernprozess, zeigt sich die Reifestufe der Entscheidungsfindung immer deutlicher in den Vorzügen kollektiver Teamberatung, gemeinsamer Erkenntnisfindung und der daraus resultierenden Motivation zum Handeln und wird immer stärker zum kennzeichnenden Merkmal Lernender Organisationen und Gemeinschaften. Doch sind die Regeln und Prinzipien von Teamberatung und Teamentscheidung nicht mit den tradierten Methoden und Gewohnheiten umzusetzen. Sie gehören nicht dem alten System autokratischer Hierarchieformen an, sondern ergeben sich aus dem Bewusstsein und der Kenntnis um das neue System interdependenter Zugehörigkeit. Die neuen Bausteine und das Rüstzeug für den Umgang in partnerschaftlichen Systemen müssen erst entwickelt und neu gelernt werden. Auf dieses Feld begeben wir uns als Pioniere mit allen notwendigen Qualitäten und Charakterzügen wie visionärer Schau, Mut, Unternehmergeist, kreativem Schöpferwillen und einem offenen Blick für Chancen und latenten Potentialen.

Übergangsprozess und Konfliktformen

Ein Übergang aus Strukturformen der Abhängigkeit zu Modellen erweiterter Mitbestimmung und vernetzter Kooperation kann nur als geleiteter Entwicklungsprozess in aufeinander abgestimmten Schrittfolgen gelingen, wenn unnötige Turbulenzen vermieden werden sollen (Grafik: Beispiel 1 zu 4). In stark hierarchischen Strukturen haben wir es mit einem Zustand zu tun, in dem der Führungsebene ein großer Entscheidungs- und Wirkungsfreiraum zur Verfügung steht, während die Mitarbeiter je nach Positionsebene sich in einem eingeschränkten Bereich bewegen, der dem Grad ihrer inneren Abhängigkeit entspricht. Das Ziel in Richtung größerer Mitsprache, Beteiligung und Mitverantwortung kann nur in einer genau dosierten und der Entwicklungsstufe der Beteiligten entsprechenden Abfolge von Handlungslinien angegangen werden. Der Rückzug der Führung und das Anbieten eines größeren Spielraums müssen mit der Entwicklung von Verbindlichkeit, Verantwortlichkeit und Kompetenz auf Seiten der Mitarbeiter einhergehen. Dies entspricht einer organischen Entwicklung und Bereitschaft und wird sich letztlich auf alle drei Ebenen – der Mitarbeiter, der Organisation und des Umfelds positiv auswirken.

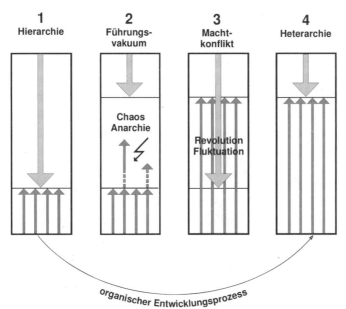

Sollte dieser Prozess jedoch infolge mangelhafter Systemschau zu abrupt vorangetrieben werden, treten unweigerlich Probleme auf, die von zweierlei Spielart sein können. Die eine nicht selten zu beobachtende Form (Grafik: Beispiel 2) tritt auf, wenn die Führung – aus welchen Gründen auch immer – sich zurückzieht, aber die Mitarbeiter in ihrer Entwicklung und Bereitschaft dem nicht gewachsen sind, Mitverantwortung zu übernehmen. Sie verharren in gewohnten Verhaltensmustern, ohne den freigegebenen Raum wahrzunehmen. Ein Vakuum entsteht. In diesem Vakuum der Führungslosigkeit und Unsicherheit kommt es oft zu chaotischen und anarchischen Zuständen. Der konfliktgeladene Prozess, der in der Folge einsetzt, beginnt damit, dass der Rückzug als Führungsschwäche gewertet wird und einzelne Mitarbeiter, manchmal auch wohlmeinend, vorpreschen und versuchen dieses Vakuum auszufüllen. Sie werden nicht selten vom Gefühl geleitet, die ganze Organisation breche auseinander und irgendjemand müsse das Unternehmen retten. Ambitionen werden geweckt, dem traditionellen Vorbild entsprechend Positionen und Aufgaben zu übernehmen, die ihnen jedoch, systemisch gesehen, nicht übertragen wurden. Diese Entwicklung wird von anderen Mitarbeitern als Machtspiel empfunden, die ihrerseits Ansprüche geltend machen. Neid, Wettstreit, Konflikte und Positionskämpfe brechen aus. Zunehmende Turbulenzen veranlassen dann in der Regel die neue Führung zu verzweifelten, heftigen Gegenreaktionen nach dem Muster des traditionellen Führungsstils der starken Faust. Nur beschleunigt diese Reaktion den Auflösungsprozess noch weiter, da Mitarbeiter, die einen gewissen Grad an Unabhängigkeit erfahren haben, nicht zurück in die Abhängigkeit zu führen sind. Eine derartige Entwicklung kann leicht zur Ursache für den Niedergang und die Auflösung einst erfolgreicher Unternehmen werden.

Die Eisbären-Story

Es war einmal ein Zoo. Alle Tiere waren in engen Käfigen eingesperrt. Nur wenige Quadratmeter zum Hin- und Herlaufen. Tiere im Schaukasten. Ein alter Zoo – wie im letzten Jahrhundert. Eines Tages übernahm ein neuer, junger Zoodirektor die Leitung des Zoos. Er war voll des guten Willens und voller Bewunderung für alle Tiere.

Bereits am ersten Tag, bei einem Rundgang durch seinen Zoo, sah er den Eisbären in seinem Käfig. Fünf mal vier Meter. Ein großer, kräftiger Eisbär. Offensichtlich noch mit ungebrochener Lebenskraft. Auf und ab. Hin fünf Meter. Wendung. Zurück fünf Meter. Auf und ab. In rhythmischer Gleichmäßigkeit. Bei jeder Wendung ein dröhnendes Grollen. Furcht erregend schön. Doch der Zoodirektor hatte Mitleid mit diesem stolzen Tier. Diese prächtige Vitalität, eingesperrt auf zwanzig Quadratmeter.

Also beschloss er, ein großes Freigehege bauen zu lassen. Mit Felsen zum Klettern und Sonnen und mit Wassergräben zum Schwimmen und Tollen. Das Geld war nach anfänglichen Schwierigkeiten bald aufgebracht. Die Bauarbeiten konnten beginnen. Der Zoodirektor fieberte mit wachsender Spannung auf den Tag, an dem der Eisbär aus seinem engen Verließ in das große Freigehege springen würde. Ihm schien es auch, dass der Eisbär von Zeit zu Zeit neugierig dem Schaffen und Treiben der Bauarbeiter von seinem Käfig aus zuschaute.

Dann kam endlich der monatelang heiß ersehnte Tag.

Viele, alle waren eingeladen, beim großen Ereignis dabei zu sein. Die lokalen Politiker aller Parteien ließen es sich nicht nehmen, die Wichtigkeit des Ereignisses durch ihre Anwesenheit zu unterstreichen. Ebenso die Bischöfe beider großen Konfessionen. Die Journalisten der Lokalblätter und sogar zweier überregionalen Blätter warteten mit ihren Fotografen auf sensationelle Bilder. Zoodirektor, Bürgermeister und Bischöfe hielten ihre kurzen, aber besinnlich schönen Reden. Dachten doch auch alle an die neue Attraktion der Stadt, die sicherlich viele Touristen anlocken würde - und damit auch Geld.

Dann, endlich, kam der große Augenblick.

Der Tierarzt des Zoos nahm ein Gewehr und schoss dem Eisbären eine Ampulle mit Betäubungsmittel in den Pelz. Nach einer halben Minute schlief der Eisbär fest. Die Bauarbeiter hatten genügend Zeit, die Gitterstäbe des alten Käfigs auszubauen und wegzutragen. Der Eisbär lag im Freien.

Alle warteten nun darauf, dass der Bär aufwacht, aufspringt und in das Gelände läuft, um es in Besitz zu nehmen. Der Bär wacht auf. Reckt sich. Schreit dröhnend, so dass jedermann erschrickt und das animalische Verhalten bewundert. Jetzt, jetzt wird er loslaufen! Alle halten gespannt ihre Hände zum Klatschen und ihre Münder zum Jubeln und Aufschreien bereit.

Der Bär steht auf und nimmt seinen Trott wieder auf: fünf mal vier Meter. Hin fünf Meter. Wendung. Zurück fünf Meter. Auf und ab. In rhythmischer Gleichmäßigkeit. Bei jeder Wendung ein dröhnendes Grollen. Furcht erregend schön.[26]

[26] aus Kambiz Poostchi, *Goldene Äpfel – Spiegelbilder des Lebens*

Nicht nur in Fällen, bei denen die Führungsebene fortschrittlich sein will und ohne Berücksichtigung der Entwicklungsstufe der Mitarbeiter sich zurückzieht oder zu einem „Laisser-faire-Führungsstil" übergeht, beobachtet man derartige Entwicklungen. Ähnliche Interferenzen treten auch mitunter in patriarchalisch geführten Familienunternehmen auf, wenn mit einem Generationswechsel auch eine Veränderung im Führungsverhalten eintritt. Nicht selten empfinden Firmengründer das Unternehmen und alle Mitarbeiter als „ihre Kinder", die Schutz und Führung bedürfen. Sie bestimmen die Werte und die Richtung, sie treffen die Entscheidungen, sie beurteilen die Personen und ihre Leistungen. Auch wenn dies aus einem aufrichtigen Motiv der Verantwortlichkeit und Obsorge geschieht, bleibt die Tatsache, dass patriarchalische Führungspersonen die Mitarbeiter nicht darin unterstützen, sich zu mehr Selbständigkeit und Kompetenz zu entfalten. Im Gegenteil schöpfen sie nicht selten eine gewisse Genugtuung daraus, dass ohne sie nichts läuft, und wie sehr sie von den anderen gebraucht werden. Sie identifizieren sich mit ihrem Unternehmen, wie auch alle Mitarbeiter sich mit der Vaterfigur. Wie stark diese Bindung ist, zeigt sich oft daran, dass Firmengründer auch nach einer Übergabe oder der Pensionierung nicht wirklich loslassen können. Täglich erscheinen sie weiterhin in der Firma und geben Direktiven und treffen Entscheidungen, was viele Mitarbeiter in eine Zwickmühle der Loyalität zwischen alter und neuer Führung bringt.

In der Zeit der aktiven Firmenleitung wird selten über die geordnete Nachfolgeregelung nachgedacht und wenn, dann bleibt die Nachfolgegeneration unter der hierarchischen Führung in einem Abhängigkeitsverhältnis, in dem sie sich und ihre Führungspersönlichkeit nicht zur Reife bringen kann.[27] Gibt der Firmengründer schließlich die Leitung des Unternehmens ab, dann entsteht unerwartet ein Vakuum, weil weder die Folgegeneration ihren Führungsstil gefunden hat, noch die Mitarbeiter adäquat darauf vorbereitet wurden. Der zwangsläufig neue Führungsstil wird von diesen dann als Schwäche angesehen. Bei vielen verstärkt sich die Ansicht, die neue Firmenleitung sei überfordert, und man müsse aus Loyalität zum Unternehmen versuchen, das sinkende Schiff zu retten.

---

[27] Rund 52.000 Unternehmen – vor allem Klein- und Mittelbetriebe – müssen österreichweit in den nächsten Jahren an einen Nachfolger übergeben werden. 440.000 Arbeitsplätze sind betroffen. Die bisherigen Erfahrungen zeigen, dass 27 Prozent dieser Betriebe die Übergabe nicht schaffen. (Auszug aus dem Leitartikel *Zeitbombe Nachfolge* der Tiroler Wirtschaft, 1.08.2003)

Und gerade diese Haltung führt ins totale Chaos und zum eigentlichen Niedergang des Unternehmens. Beispiele dieser Art gibt es leider zur Genüge.

Eine weitere Konsequenz verabsäumter Reifeentwicklung zeigt die Brüchigkeit des Zusammenhalts auf, der auf der Grundlage der Abhängigkeit ruht. Solange die patriarchalische Führungsperson die Bedürfnisse der Untergebenen befriedigt, scheint unter diesen Einheit zu herrschen sowie eine kompetente Ausübung der Aufgaben gegeben zu sein. Aber in Wirklichkeit sind es nicht die Mitarbeiter, die dies sicherstellen, denn alles hängt von der Loyalität gegenüber der Vaterfigur ab. Dieser hierarchische Führungsstil fördert grundsätzlich Verhaltensformen von Bindung und Unselbständigkeit, welche kreative Einzelinitiativen und den Sinn für Eigenverantwortung lähmen. Als Konsequenz dessen droht das Ganze auseinander zu brechen, sobald die Leitfigur das Unternehmen verlässt, da niemand sonst die Fähigkeit, das Wissen, die Erfahrung oder die Initiative zu besitzen scheint, diese würdig zu ersetzen. Es mag durchaus bequem erscheinen, Teil einer Gruppe zu sein, die dieserart geführt wird. Die Führung bemüht sich um alles, und für die Mitglieder der Organisation wird gesorgt. Man kann sich derart daran gewöhnen, dass man vielleicht sogar die Erwartung aufbaut, all dies stünde einem zu. Häufig weisen gerade Mitglieder von hierarchisch geführten Organisationen großen Widerstand gegenüber Veränderungen auf, die von ihnen ein höheres Maß an Eigenverantwortlichkeit abverlangen. Im Falle eines Führungswechsels ertönt nicht selten der Ruf nach einer Fortführung des gewohnten Modells. Die Idee, dass man eigenverantwortlich und partnerschaftlich die Angelegenheiten des Unternehmens mittragen könnte, wird oft sogar bekämpft, da sie als Verlust gewisser Privilegien und persönlicher eingesessener Rechte betrachtet wird. Dieses Verhaftetsein in der Trägheit der Abhängigkeit ist mit ein Grund dafür, dass der Entwicklungsprozess von einem zentral geführten Unternehmen zu einer Organisationsform von Mitbeteiligung und Mitentscheidung nicht in einem Schritt zu erreichen ist. Jedes Übergangsmodell muss dieser Tatsache Rechnung tragen und die Beteiligten behutsam dort abholen, wo sie stehen und sie nicht durch überhastet angestrebte Idealvorstellungen überfordern.

Ein gelungenes Beispiel für die prozesshafte Umgestaltung eines Unternehmens mit ursprünglich stark patriarchalisch, pyramidenhafter Hierarchie unter der Führung einer autokratischen Führungsperson zu einer demokratisch-partizipativen Organisation mit einem hohen Maß an Mitbeteiligung der Mitarbeiter stellte die Firma Semco in Brasilien unter der Leitung von Ricardo Semler dar. Zum Zeitpunkt der Übernahme der Firmenleitung von seinem Vater und Firmengründer sah sich Semler Junior Anfang der Achtzigerjahre nicht nur radikalen Umwälzungen im brasilianischen Wirtschaftsumfeld gegenüber, sondern fand ein Unternehmen vor, welches am Tiefpunkt angelangt und in höchstem Maße konkursgefährdet war. In den folgenden Jahren krempelte er die starre Managementstruktur in Richtung einer flexibleren Organisation um, die auf drei unabhängigen Kernprinzipien aufbaute: Einbeziehung der Mitarbeiter, Gewinnbeteiligung und freier Fluss der Information. Seine Devise war unter anderem: *„Der beste Weg, den Gewinn des Unternehmens zu investieren ist, diesen an die Mitarbeiter weiterzugeben. "* Semler war überzeugt davon, dass alle Menschen den Wunsch in sich trügen, Außergewöhnliches zu bewirken. Autokratische Führung würde nur die Motivation und Kreativität der Mitarbeiter unterdrücken, daher beschloss er, bei Semco die *Autorität der Entscheidung* gleichmäßig zu verteilen. Um das Gefühl von Zugehörigkeit und Identifizierung (*sense of ownership*) zu vermitteln, führte er Mitte der Achtzigerjahre ein Netzwerk an selbstorganisierten Teams ein, die jeweils die Verantwortung für den Produktionsablauf übertragen bekamen, inklusive Budgeterstellung und Zieldefinierung. Das kennzeichnende Merkmal des Unternehmens war die Gewinnbeteiligung der Mitarbeiter, deren Programm und Durchführung einem demokratisch gewählten Komitee übertragen wurde. Der Demokratisierungsprozess wurde noch verstärkt durch die Partnerschaft der Mitarbeiter in allen Bereichen wie Planung, Entscheidung und Implementierung. Eine Atmosphäre von gegenseitigem Vertrauen und Orientierung an einer dynamisch weiterentwickelten gemeinsamen Vision schaffte ein hohes Maß an Begeisterung, Innovation und Initiative.

Natürlich ging ein so tief greifender Wandel nicht ohne Widerstand speziell im Bereich des mittleren Managements ab, welches zunächst Angst vor Machtverlust und Entbehrlichkeit hatte. Aber nach und nach begannen die Führungspersonen ihre neue Rolle bei Semco als Prozessförderer zu verstehen, deren Aufgabe es war, die Potentiale der Mitarbeiter und deren Selbständigkeit zu wecken, sowie alles bereitzustellen, damit diese in den Teams zu Entscheidungen auf der Grundlage umfassender Informationen kamen. Die Mitarbeiter hatten Zugang zu allen firmenspezifischen Informationen. Sogar Besprechungen standen jedem offen, der den Wunsch hatte, daran teilzunehmen. Aus einer Organisation mit ursprünglich zwölf Hierarchieebenen mit einem Übermaß an Bürokratie entstand ein schlankes Unternehmen, das aus einer Struktur von drei konzentrischen Kreisebenen aufgebaut war. Semlers Anforderung an seine Führungspersonen war, dass diese *„locker, sicher, gerecht, freundlich, partizipativ, vertrauenswürdig und höchst kompetent"* sein sollten.

Die größte Herausforderung, der sich ein Unternehmen gegenübersieht, ist Veränderung. Es braucht sehr viel Mut, Flexibilität und Vertrauen auf die Fähigkeiten der Menschen, einen solchen Weg einzuschlagen, wofür Semler mit seiner Organisation zum Modell wurde. Auch wenn der Gesamtprozess fünfzehn Jahre dauerte, zeigt sich im Rückblick, dass es durchaus lohnend war und der Erfolg ihm Recht gab. Was mich jedoch noch mehr als der wirtschaftliche Erfolg beeindruckt, ist die Anekdote um einen der Semco-Mitarbeiter, welche Semler gerne erzählt und die deutlich macht, dass echte Veränderung das Sein betrifft und sich nicht am Schein orientiert. Ein solcher Lernprozess umfasst den ganzen Menschen in allen seinen systemischen Wirkbereichen: *„Vor nicht langer Zeit suchte die Ehefrau einer unserer Mitarbeiter ein Mitglied des Human-Ressource-Stabs auf. Sie war über das veränderte Verhalten ihres Mannes verwirrt. Er würde nicht mehr die Kinder anschreien, vielmehr erkundigte er sich bei allen Familienmitgliedern, was sie denn gerne am Wochenende unternehmen würden. Er war nicht mehr diese knurrige diktatorische Person. Die Frau kannte sich nicht mehr aus. ‚Was habt ihr mit meinem Mann gemacht?', fragte sie verwundert. Wir erkannten, dass in dem Maß wie das Unternehmen sich verbessert hatte, auch er den Prozess für sich mitgemacht hatte. "*

Dieser Fall zeigt ein Beispiel auf, in dem die Vision einer innovativen Führungsperson letztlich auch von den Mitarbeitern aufgegriffen und voran getragen wurde. Doch neben der Gefahr eines vorschnellen Rückzugs der Führung und dem Schaffen eines Vakuums stellt eine andere Entwicklung die Kehrseite der Medaille dar, in der die Führung beim autokratischen Muster verharrt, die Mitarbeiter aber in ihrer Entwicklung nach Unabhängigkeit und Selbständigkeit streben (Grafik: Beispiel 3). Sie sind nicht mehr bereit, den eher entmündigenden Führungsstil zu akzeptieren und rebellieren dagegen. Diese Form entspricht dann eher einer Revolution. Offene oder verdeckte Machtkämpfe, Konflikte und Co-Abhängigkeiten nehmen zu. Eine Fluktuationswelle kann einsetzen, da die Mitarbeiter, die Interdependenz und Mitverantwortung anstreben, das Unternehmen verlassen und anderweitig nach der Erfüllung ihrer Ideale suchen. Bei denen, die bleiben, vertiefen sich Verhaltensmuster von Ärger, Angst oder Rückzug, die das Unternehmen an den Rand des Ruins bringen können. Bezeichnenderweise erkennen nur wenige Führungspersonen diese Signale als Zeichen eines positiven Paradigmenwechsels, als Chance zu reiferen Organisationsformen, sondern interpretieren sie eher als Bedrohung ihrer Vormachtstellung und reagieren darauf mit noch mehr Dominanz und entmündigenden Maßnahmen. Diese Vorgehensweise verstärkt und beschleunigt zusätzlich den gefährlichen Kreislauf der Auflösung.

Aus dem Verständnis dieser Zusammenhänge wird es nachvollziehbar, warum man Teamarbeit nicht losgelöst vom Umfeld in einer Organisation einführen sollte. Entweder wird echte Teamentwicklung in einem Kontext von Abhängigkeit, Konkurrenzdenken und Misstrauen blockiert, oder bei den Mitarbeitern entsteht eine gesteigerte Erwartungshaltung in Bezug auf eine veränderte, dem Reifegrad von Interdependenz angepasste Führung. Wenn die Führung nicht bereit ist, sich auf die zu erwartende Veränderung einzustellen, ist es eher unangebracht, in einer Organisation Teamarbeit einzuführen. Dadurch würde man mehr Konflikte und Turbulenzen in ein Unternehmen bringen, obwohl man an sich etwas Gutes beabsichtigt hatte. Teamarbeit kann nicht bloß als Alibimaßnahme gehandelt werden.

Ich werde fallweise von Abteilungsleitern in Unternehmen oder von Firmenchefs gefragt, ob ich bereit wäre, für ihre Mitarbeiter ein Teamtraining abzuhalten: „Wissen Sie, die Leute sind nicht richtig motiviert. Es gibt viele Widerstände und Konflikte und sie tun einfach nicht das, was man ihnen aufträgt. Vielleicht könnte ein Teamtraining da Abhilfe schaffen!" Meine Gegenfrage ist in der Regel, ob sie sich dessen bewusst seien, dass durch ein Teamtraining der Grad der Unabhängigkeit und die Erwartungen der Mitarbeiter steigen werden, und ob sie als Führungspersonen bereit seien, sich dieser Veränderung zu stellen. Sie hätten es dann nämlich mit selbständigeren und eigenverantwortlicheren Mitarbeitern zu tun. Die Erwartungshaltung würde sich ändern und sie könnten nicht so führen wie bisher! Wenn die Bereitschaft dafür vorhanden ist, dann macht es Sinn, sukzessive in diese Richtung zu gehen. Wenn die Einsicht oder Bereitschaft auf der Führungsebene fehlen, dann würde man durch ein derartiges Trainingsprogramm eher Unruhe in das Unternehmen bringen. Deswegen kann Teamtraining nicht als Selbstzweck angesehen werden, noch stellt es eine flüchtige Modeerscheinung dar. Der Prozess der Teameinführung kann nur Teil eines Gesamtprogramms in Richtung zunehmender Reife und Mitverantwortung sein und benötigt eine ganzheitliche Schau und erweitertes Verständnis für systemische Abläufe. Nicht kurzfristige Rezepte in Richtung Ergebnisverwirklichung, sondern organische Prozessbegleitung mit klarer Zielvereinbarung wird den Erfolg sicherstellen. Die Handlungslinien in diesem Verlauf können auf mehreren Ebenen ansetzen und Themen wie teamorientierte Kommunikation, systemisches Denken und Unternehmenskultur ebenso beinhalten wie Führungskompetenz, Zielarbeit, Konfliktmanagement oder das Mitarbeitergespräch. Alle diese Themen können den Gesamtprozess aus einer mehr durch Abhängigkeit und Unverbindlichkeit geprägten Unternehmenskultur zu einer Kultur von Gleichwertigkeit und Mitbeteiligung führen. Auf einem solchen Nährboden kann dann echte Teamarbeit zum Wohl des Gesamtunternehmens gedeihen. Aber auch dann ist es vorzuziehen, in einem besonders aussichtsreichen Bereich mit einem Pilotprojekt zu beginnen und dieses als Modell für die Belegschaft zu unterstützen. Damit erlaubt man Lernen. Fehler und Rückschläge bedrohen nicht die ganze Organisation, und allgemein können sich allmählich Vertrauen und Kompetenz entwickeln, sowohl bei den Mitarbeitern als auch bei den Führungspersonen.

Paradigma der Denksysteme

Von dem, was heute gedacht, hängt ab,
was morgen gelebt wird.   José Ortega Y Gasset

Infolge der evolutionären Entwicklung von der Dependenz zur Interdependenz erfahren wir zurzeit nicht nur einen Wandel in der Natur unserer sozialen Systeme von stark hierarchischen zu mehr partizipativen Modellen. Wir durchlaufen auch einen Wandel in den Grundannahmen unserer Methoden der Betrachtung und Untersuchung vom rein *analytisch linearen Denken* (die Methode des Umgangs mit unverbundenen Mengen von Variablen) zum *holistisch vernetzten Denken* (die Kunst des Umgangs mit interdependenten Mengen von Variablen). Die komplementäre Natur dieser Dimensionen findet sich im Kern aller Bemühungen, wenn man verstehen will, wie das System an sich funktioniert, als auch, wenn man die kritischen Faktoren für Veränderung identifizieren möchte. Wir sind einbezogen in eine Welt komplexer Zusammenhänge und dynamischer Veränderungsprozesse. Der gegenwärtigen globalen Krise wird man nicht mit den Regeln einer Logik Herr, die auf Stückwerksdenken aufgebaut sind. Was angesagt ist, ist eine höhere Dimension von „Supra-Logik", ein Denken, das die systemische Ganzheit in ihrem dynamischen Umfeld einschließlich ihrer Bestandteile erfasst. Um mit Interdependenz umzugehen und deren Abläufe zu verstehen, benötigt es eine andere Art des Denkens und Betrachtens als die Analyse. Es setzt systemisches Denken und Verständnis für vernetzte, kohärente Zusammenhänge voraus. David Bohm beklagt, dass die Fragmentierung des Denkens wie ein Virus alle Bereiche menschlicher Unternehmungen befallen hat. Die meisten Spezialisten seien nicht in der Lage, über die Grenzen ihrer Fachgebiete hinweg zu kommunizieren. Mit den strengen Techniken der Spezialisierung und den Methoden der Stückwerk-Analyse sind wir unfähig, mit irgendeinem Phänomen umzugehen, das komplexer ist als ein Heliumatom, erläutert Ervin Laszlo und führt weiter aus: *„Zwar sind wissenschaftliche Theorien immer einfacher als die Wirklichkeit, doch müssen sie immerhin deren Wesensstruktur widerspiegeln. Die Wissenschaft muss sich davor hüten, die Komplexität einer Struktur zugunsten der Einfachheit einer Theorie preiszugeben. Das hieße, das Kind mit dem Bad auszuschütten."*[28]

Analytisches Denken und systemisches Denken unterscheiden sich also in ihrer Herangehensweise und in ihrem Fokus grundlegend voneinander.

Systemisches Denken bezieht sich auf zusammenhängende Elemente als Subsysteme innerhalb eines gemeinsamen übergeordneten Ganzen und berücksichtigt Prozessabläufe und synergetische Kombinationen, die zu Ergebnissen führen, die mehr sind als die Summe der Einzelteile. Analytisches Denken hingegen ist auf unabhängige, losgelöste Einzelteile ausgerichtet. Vom Wesen her ist analytisches Denken mit *independenten Variablen* befasst, und dies auf allen drei Kontextebenen – der physischen, biologischen und sozialen. Mit der Wahl des analytischen Modells als Untersuchungsmethode ist man vorwiegend auf unabhängige Variable orientiert. Dieser liegt die Annahme zugrunde, dass das Ganze

---

[28] Ervin Laszlo, *Systemtheorie als Weltanschauung: Eine ganzheitliche Vision für unsere Zeit*, 1998

nicht mehr ist als die Summe der Einzelelemente. Bei dieser Betrachtungsweise bleiben alle Beziehungsqualitäten wie Freundschaft, Vertrauen, Liebe, Freude, Gerechtigkeit, Gleichwertigkeit etc., die als die weichen oder menschlich orientierten Faktoren bezeichnet werden, sowie alle synergetischen Systemeigenschaften unberücksichtigt. Systeme verfügen über so genannte *hervortretende Eigenschaften*, die nicht in ihren Teilen zu finden sind. Man kann die Eigenschaften eines gesamten Systems nicht bestimmen, indem man es zerlegt und die Teile untersucht.

Analytisches Denken	Systemisches Denken
Analyse stellt einen Denkprozess in drei Schritten dar: 1. Als erstes wird der Gegenstand der Untersuchung auseinander genommen und in die einzelnen Bestandteile zerlegt. 2. Dann wird versucht, das Verhalten der Einzelelemente getrennt und losgelöst zu erfassen und zu erklären. 3. Schließlich wird der Versuch unternommen, das Verständnis über die Teile in eine Erklärung des Ganzen einzubetten.	*Systemisches Denken* entspringt einem Drei-Ebenen-Modell und benützt eine ganzheitliche Methode der Herangehensweise: Es betrachtet das zu studierende Objekt im Kontext des übergeordneten Umfelds, von dem es ein Bestandteil ist, und studiert dessen Rolle, die es im umfassenden System einnimmt. Ebenso gelangt man zum Verständnis der Einzelelemente und deren Beziehungsnetzwerk untereinander über ihre Funktion als Subsysteme des untersuchten Objekts.

Die Wahl der Betrachtungsmittel und Messkriterien hat einen starken Einfluss auf das Ergebnis, besonders wenn man soziale Systeme wie Ehen, Familien, Gemeinschaften, Organisationen oder Gruppen und Teams untersucht. Sehe ich diese jeweils als eine Anhäufung von unabhängigen Einzelelementen oder als ein interdependentes, zusammengehöriges Gefüge einer Ganzheit an? Manchmal werden komplexe Ganzheiten auch verkannt und zu Zufallsprodukten ungeordneter Mengen deklariert, bloß weil die Eingeschränktheit der Messinstrumente und Ordnungskriterien, nach denen etwas beurteilt wird, außerhalb des Wahrnehmungsbereichs des Verbindungsnetzwerkes angesiedelt ist. In der Folge wird tiefer liegende Ordnung durch oberflächliche, oft allein auf Sinneswahrnehmung reduzierte Betrachtungsweise verschleiert. Gefesselt von der Ebene unterschiedlicher Erscheinungspräsenz bleibt dem Blick des Betrachters die Ebene wesenhafter Interdependenz und Ordnung verborgen. Doch gerade in jüngster Zeit erleben wir, dass unsere so genannten unabhängigen Variablen gar nicht so unabhängig sind und dass die vereinfachte Annahme zur Reduzierung der Komplexität der zu betrachtenden Systeme, die uns in der Vergangenheit so dienlich war, den Anforderungen der Gegenwart, geschweige denn der Zukunft nicht mehr gerecht werden kann. Zahlreiche Untersuchungen[29] haben deutlich gemacht, dass kritische Erfolgsfaktoren für Unternehmen, Organisationen und Gesellschaften vorwiegend immaterielle Beziehungsaspekte darstellen, wie Qualität, Kundendienst, Mitarbeiterzufriedenheit, Begeisterung, Motivation, das Gefühl der Zugehörigkeit, Identifizierung, Gleichwertigkeit, Respekt, Vertrauen, Wertschätzung etc. Führungspersonen und Manager sehen sich zunehmend mit der Herausforderung konfrontiert, den Erfolg ihrer Unternehmen nicht mehr bloß durch die Sicherstellung der harten oder technisch orientierten Faktoren erreichen zu können, sondern genau diesen weichen Faktoren in zwischenmenschlichen Interaktionen Rechnung tragen zu müssen. In diesem Prozess erweisen sich jedoch die Mittel, die sich in der Vergangenheit bewährt hatten, als unzureichend.

Reifeevolution	Dependenz	Independenz	Interdependenz
Fokus	DU	ICH	WIR
Orga-Struktur	Hierarchie	Differenzierung	Heterarchie
Denksystem [30]	MYTHOS instinktiv metaphorisch universell	LOGOS intellektuell spezialisiert unverbunden	HOLOS „Kopf & Herz" ganzheitlich vernetzt

Kompatibilität der Reifestufen sozialer Evolution
mit diversen Variablen der Organisation und des Denkens

---

[29] vgl. Peters/Waterman, *Auf der Suche nach Spitzenleistungen,* 1984
[30] Ervin Laszlo and the Global Scenario Group, *Major Stages in the Evolution of Society*

WAS IST EIN SYSTEM?

Wenn unsere gegenwärtige Herausforderung eine systemische ist und wir angehalten sind, den dynamischen Veränderungsprozessen mittels eines erweiterten Bewusstseins und der Fähigkeit systemischen Denkens zu begegnen, dann könnte es von Nutzen sein, kurz bei den Grundlagen dieses Themas zu verweilen und uns mit der Definition, den Besonderheiten und Unterscheidungen von Systemen und den Kriterien des systemischen Denkens etwas auseinanderzusetzen.

Ein System wird als eine komplexe, von der Umwelt abgrenzbare Einheit, als eine unteilbare Ganzheit betrachtet, welche ihren eigenen Charakterzug, ihre besonderen Merkmale und hervortretenden (emergenten) Eigenschaften[31] aufweist. Vom ursprünglich griechischen Wortsinn her bedeutet „System" etwas, das zusammen (*syn*) steht (*stamein*) oder liegt (*histamein*). Es ist aus einer Anzahl von zusammenhängenden Elementen oder Objekten aufgebaut, die in einer Beziehung der Wechselwirkung stehen und als Einheit agieren. Diese innere Verbundenheit hat zur Folge, dass eine Änderung in einem Teil eine Änderung in allen Teilen und damit im ganzen System verursacht. Gleichzeitig ist jedes System elementarer Bestandteil einer größeren Entität, in die es sich zusammen mit anderen Systemen funktionell eingliedert. Jedes System besteht also aus Teilen, und ist zugleich Teil eines höheren Ganzen. Die systemische Wirklichkeit dieser mehrschichtigen Ordnung leitet sich aus einer Stufenfolge von Ganzheiten und Teilen ab.[32] Einzelne Prozesse

---

[31] Mit *Emergenz* bezeichnet man das Entstehen neuer Strukturen und Qualitäten aus dem Zusammenwirken der Elemente in einem komplexen System. Systeme verfügen über *hervortretende Eigenschaften*, die nicht in ihren Teilen zu finden sind. Man kann die Eigenschaften eines gesamten Systems nicht bestimmen, indem man es zerlegt und die Teile für sich studiert. Andererseits haben die emergenten Eigenschaften des Systems eine bedeutende Rückwirkung auf die einzelnen Komponenten.

[32] Der Begriff der *systemischen Hierarchie* (nach Ken Wilber auch *Holarchie* genannt) beschreibt die Ordnung der Vielschichtigkeit, der systemischen Sequenz von Ganzen und Teilen als holistische Reihe, die sich unendlich auf- und abwärts fortsetzen lässt. Dem gegenüber steht der Begriff der *strukturellen Hierarchie*, welcher Ausdruck der Abhängigkeiten innerhalb eines Systems ist und gemäß seiner traditionellen Definition Ebenen von Befehls- und Kontrollinstanzen wiedergibt.

existieren nur innerhalb anderer Prozesse. In einem Zusammenhang stellen sie ein Ganzes dar, in einem weiteren sind sie eingebundene Subsysteme.[33] Umfassende Einheiten weisen als größere Ganzheiten höhere Komplexität und Integrationskraft auf als ihre Bestandteile. Im menschlichen Organismus finden wir beispielsweise das Nervensystem, das Immunsystem oder das Verdauungssystem, diese bestehen wiederum aus Zellen, die sich aus Molekülen zusammensetzen, die aus einzelnen Atomen aufgebaut sind usw. Dasselbe gilt für soziale Systeme wie Familien, Teams, Wirtschaftsorganisationen und unsere Gesellschaft ebenso wie für Ökosysteme oder in eingeschränktem Maße mechanische Objekte. So stellt auch unser Gehirn ein hochkomplexes und vielschichtiges System dar.[34] Will man demzufolge ein System, dessen Verhalten und Möglichkeiten verstehen, dann muss man es im Ganzen und in Aktion betrachten.

Die Charakteristika einer Ganzheit sind Ausdruck der Systemeigenschaften und können nicht einfach auf jene ihrer Subsysteme zurückgeführt werden. Wenn man ein funktionierendes System in seine elementaren Einzelteile zerlegt, findet man keinen Zugang zu seinen grundlegenden Eigenheiten. Diese treten erst dann auf, wenn das System als Ganzes arbeitet, wenn es *in Funktion* ist. Teilt man ein System in zwei Hälften, dann erhält man nicht zwei kleinere Systeme, sondern ein zerstörtes. Ebenso müßig wäre es, wollte man in den Schaltkreisen, Platinen und Chips eines modernen Fernsehers nach den Bildern und Tönen suchen. Verständlicherweise bleibt der Ansatz des *Reduktionismus* zur bloßen Vereinfachung der Komplexität unbefriedigend, da beispielsweise die Summe der Einzelteile einer Maschine ohne deren funktionierendes Zusammenspiel nichts weiter als ein Haufen Schrott ist. Eine derart ungeordnete Menge unzusammenhängender Einzelelemente kann in keiner Weise der Bedeutung und Funktionalität des Gesamtobjekts gerecht

---

[33] Koestler beschreibt den Aufbau der systemischen Hierarchie, wonach ein lebender Organismus oder eine soziale Gruppe eine aus autonomen Sub-Ganzheiten integrierte Hierarchie ist, die ihrerseits wiederum aus Sub-Sub-Ganzheiten bestehen. Die funktionellen Einheiten auf jeder Stufe der Hierarchie sind gewissermaßen janusgesichtig: Nach unten agieren sie als Ganzheiten, nach oben als Teile. (1966)

[34] Bei einem Gewicht von etwa 1,5 kg besteht unser Gehirn aus über 100 Milliarden Neuronen (Nervenzellen), was der Anzahl der Sterne in der Milchstraße entspricht. Jedes Neuron kann bis zu 100.000 Verbindungen aufweisen und Parallelprozesse über 1000 Verbindungen gleichzeitig verarbeiten.

werden. Andererseits kann ein System auch nicht beliebig und unstrukturiert wachsen. Jedem System sind *Grenzen des Wachstums* gesetzt, bei deren Überschreiten die Prozesse nicht mehr zu handhaben sind, und das Ganze träge und störungsanfällig wird. Ein Team mit etwa fünf Mitgliedern kann äußerst produktiv sein, während eine Gruppe von zwanzig oder dreißig Personen zu keiner echten Teamarbeit fähig wäre und in Subgruppen zerfallen würde. Für jedes System gibt es demnach in funktioneller und struktureller Abhängigkeit eine optimale Größe. Größer und mehr heißt nicht besser. Systemisches Wachstum bedeutet nicht einfach eine uneingeschränkte Zunahme an Einzelelementen, sondern bedingt eine Neustrukturierung und Integration dieser Teile in differenzierte Subsysteme entlang aufbauender Ordnungsebenen innerhalb eines übergeordneten Ganzen.

Im Unterschied zu *ungeordneten Mengen*, die aus unzusammenhängenden Einzelteilen bestehen und nicht mehr sind als die Summe ihrer Teile, bilden *Systeme* aus dem Zusammenspiel ihrer Teile einfache oder komplexe Einheiten. Wesentlicher als die Anzahl und die Größe dieser Elemente sind deren Beziehungen und Wechselwirkungen. Von der Komplexität eines Systems spricht man, wenn das System eine der folgenden Eigenschaften aufweist:

1. Das System besteht aus sehr vielen verschiedenartigen Teilen.
2. Es gibt viele verschiedenartige Beziehungen zwischen den Teilen des Systems.
3. Die Teile des Systems sind in einem ständigen Veränderungsprozess begriffen.
4. Die Beziehungen zwischen den Teilen des Systems verändern sich laufend.

Daraus ergeben sich zwei Kategorien der Komplexität. Mit *Detailkomplexität* hat man es zu tun, wenn Anzahl und Verschiedenartigkeit der Teile und deren Verbindungen untereinander zunimmt (Punkte 1 und 2). Mit dieser Art der Komplexität kann man relativ gut umgehen, wenn sich die Teile in Kategorien einteilen lassen. Eine *dynamische Komplexität* liegt dann vor, wenn die Einzelelemente selber vielschichtig sind und über eine Palette an unterschiedlichen Zuständen verfügen (Punkte 3 und 4). Damit treten in vielfältiger Weise unzählige Kombinationsmöglichkeiten, Wechselwirkungen und Veränderungen im Zusammenspiel auf.

Ungeordnete Mengen	Systeme (Holons)		
Anhäufung von unzusammenhängenden Einzelelementen	Ein System ist ein Ganzes (Holon), das aus zusammenhängenden Subelementen aufgebaut ist und das gleichzeitig ein Teil eines größeren Ganzen ist, in das es sich partizipatorisch einpasst und von dem es relativ abhängig ist.		
	Einfache Systeme	**Komplexe Systeme**	
	Deterministische Systeme Regelgerechte Ordnung	Nicht-deterministische, selbst-referentielle Systeme Selbstorganisierende Ordnung	
• Strukturlosigkeit und Unordnung • Instabilität zufälliger Prozesse	• Geschlossene Systeme • sequentielle Ursache-Wirkungsketten • planbar + beherrschbar • vorhersagbare Abläufe • mechanistisches Modell • dem Gesetz der Entropie unterworfen	• Offene, lebende Systeme • Systeme mit Rückkopplungsschleifen (d.h. zyklische bzw. selbstreferentielle Strukturen) • Chaotische, hochgradig geordnete Prozesse • Fähigkeit der Selbstorganisation (autopoietisch) • Fähigkeit, sich selbst zu lenken und zu steuern • Hohes Maß an Unabhängigkeit und Autonomie • Entwicklung zu höherer Komplexität und Ordnung • Fähigkeit der Syntropie	
	Mindless Systems	**Uniminded Systems**	**Multiminded Systems**
Endzustand der Entropie	• Dependentes System • hat keinen eigenen Einfluss auf den Zweck • keine Wahlfreiheit des Systems noch der Teile	• hierarchische Struktur mit dependenten Mitgliedern • hat Einfluss auf eigenen Sinn und Zweck • System besitzt Wahlfreiheit, die Teile nicht	• Multilevel-Netzwerkstruktur mit interdependenten Mitgliedern • Freiwilliger Zusammenschluss von interdependenten Mitgliedern mit Einfluss auf Mittel u. Ziele • System *und* Teile besitzen Wahlfreiheit

Diese Vielschichtigkeit systemischer Abläufe hat auch zur Folge, dass die Auswirkungen einer Handlung erst mit Zeitverzögerung auftreten können, was eine Planbarkeit nach linearen Ursache-Wirkungs-Ketten einfacher Systeme unmöglich macht. Im traditionellen Projektmanagement wird die dynamische Komplexität als Störung im „normalen" Projektablauf erlebt, die es zu verhindern gilt.

Werden sie nicht von außen gewartet und repariert, sind sie nach dem Aufbrauchen der gespeicherten Energie der *Entropie*[35] ausgesetzt und zerfallen. Aus der Faszination der Kontrollierbarkeit und Steuerbarkeit solcher Systeme heraus wurde in der Menschheitsgeschichte mehrfach der Versuch unternommen, deren Gesetzmäßigkeiten vor allem auf der Grundlage des mechanistischen Welt- und Menschenbildes auch auf den Menschen und seine Sozialsysteme zu übertragen. Die Folge waren verschiedenste Modelle, die zu diesem Zweck den freien Willen, die Mündigkeit und Selbstwirksamkeit der Mitglieder außer Kraft gesetzt und mit Mitteln der Manipulation, Dominanz, Nivellierung, Angst und Misstrauen gearbeitet haben. Der Wille einer Minderheit an der Macht wurde so missbräuchlich einer willenlosen, entmündigten Mehrheit aufgedrängt.

Ganz anders verhält es sich mit komplexen Systemen, die über eine größere Anzahl von Subsystemen verfügen, die selbst verschiedene mehrschichtige Zustände aufweisen und daraus unterschiedliche, auch parallel laufende Beziehungsstrukturen zu den anderen Teilen aufrechterhalten können. Diese folgen einer selbstorganisierenden Ordnung und sind nicht deterministisch. Als *offene Systeme* stehen sie über stabilisierende und selbstverstärkende Rückkopplungsschleifen mit ihrer Umwelt in Verbindung und weisen ein hohes Maß an Fähigkeit zur Selbstorganisation auf (*Autopoiese*)[36]. Sie durchlaufen „chaotische", hochgradig geordnete Prozesse, die entgegen den Gesetzmäßigkeiten der Entropie in einer dynamischen evolutionären Entwicklung zu höherer Komplexität und Ordnung führen. Trotz erkennbarer Ordnungsmuster lassen sich

---

[35] *Entropie* ist das Maß für Unordnung im Universum. Gemäß dem zweiten thermodynamischen Gesetz streben „geschlossene Systeme" zunehmender Unordnung oder höheren Stufen der Entropie zu. „Offene, lebende Systeme" jedoch zeigen eine entgegengesetzte Tendenz. Sie bewegen sich in Richtung Ordnung, womit sie Syntropie (Negentropie) erzeugen.

[36] Ein System dessen Funktion darauf ausgerichtet ist, sich selbst unter Wahrung der eigenen Identität zu erneuern und dabei seine Grenzen selbst festlegt, nennt man autopoietisches System (Maturana, Varela 1972).

Output und die Reaktion eines selbstreferentiellen Systems[37] auf einen externen Impuls nicht auf eine Ziel-Mittel-Relation reduzieren. Bei jeder Transformation eines Inputs kann das System seinen inneren Zustand und damit auch die Transformationsregeln ändern (Segal, zit. bei Schober 1991).

Ein Beispiel, das den Unterschied zwischen deterministischen und selbstreferentiellen Systemen gut zum Ausdruck bringt, wird gerne in der systemischen Literatur angeführt: Wenn man sich vorstellt, gegen einen Fußball zu treten, so wird dieser entlang einer mehr oder weniger voraussagbaren Bahn zum Ziel fliegen, da der Ball als deterministisches System keinen eigenen Willen besitzt. Man könnte durch Messung der einzelnen Faktoren sogar die Flugbahn ziemlich genau berechnen und in Computersimulationen aufnehmen. Gänzlich anders verläuft der Versuch, wenn an Stelle des Balls ein Hund den Stoß bekommt. Weder Reaktion noch Richtung oder andere Parameter sind eindeutig vorauszusehen, da der Hund als selbstreferentielles System Inputreize unterschiedlich deuten und verarbeiten kann. Die Richtung könnte sich sogar im Sinne eines Bumerangeffektes umdrehen! Ein etwas sanfteres Beispiel ist der Vergleich zwischen dem Lenken eines Automobils, welches in seiner Funktion dem Willen des Lenkers untergeordnet ist, und dem Ritt auf einem Pferd. Für das Pferd macht es durchaus einen Unterschied, wer der Reiter ist, und ein erfolgreicher Ritt ist abhängig von der Qualität der Beziehung oder der Kommunikation zwischen dem Reiter und dem Pferd. Beide bilden ein informations- oder beziehungsgebundenes System, in dem Führung und Kontrolle auf der Grundlage einer Übereinstimmung zweiten Grades (Übereinstimmung auf der Grundlage einer gemeinsamen Wahrnehmung) erfolgen, der ein psychologischer Kontrakt vorausgegangen ist.

Innerhalb komplexer lebender Systeme beobachtet man eine Ambivalenz, eine dynamische Spannung zwischen vier interdependenten Grundtendenzen, die sich einerseits zwischen der *Selbsterhaltung* und *Selbst-*

---

[37] Wenn man von *Selbstreferenz* spricht, geht es um die Einheit, die ein Element, ein Prozess oder ein System für sich selbst darstellt. *Selbstreferentialität* bezeichnet das Vermögen jedes lebendigen Systems, einen Bezug zu sich selbst in Abgrenzung zur Umwelt herzustellen und eine Unterscheidung zwischen inneren und äußeren Beziehungen vorzunehmen. *Selbstreferentielle Systeme* besitzen die Fähigkeit, Beziehungen zu sich selbst herzustellen und diese Beziehungen zu differenzieren gegen Beziehungen zu ihrer Umwelt. (Luhmann 1993).

anpassung und andererseits zwischen der *Transformation (Selbsttranszendenz)* und der *Selbstauflösung* abspielt:

- *Selbsterhaltung* (*Autopoiese*) ist die Fähigkeit eines Systems die
  Unversehrtheit seiner Individualität, seine Ganzheit und Autonomie zu bewahren. Jedes System zeigt Tendenzen, die inneren
  Muster und ihre Kultur stabil zu halten (*Homöostase*), da dies
  Orientierung und offensichtlich auch Sicherheit vermittelt. Systeme existieren infolge ihrer Wechselbeziehungen zur Umwelt,
  sind aber nicht durch den Kontext determiniert. Sie besitzen eine
  relativ autonome individuelle Form, die ihren Ganzheitsaspekt
  kennzeichnet, und sind durch eine kohärente Tiefenstruktur definiert. Jedes System ist aber auch Teil einer größeren Entität, in
  die es sich funktionell einpassen muss, und worauf es als Subsystem ausgerichtet ist (*Selbstanpassung*). In einer sich ständig ändernden Umwelt braucht jedes System auch Strukturänderungen
  (*Morphogenese*), da es sonst nicht überleben kann.
- Die dynamische Möglichkeit des qualitativen syntropischen
  Wandels und der Entstehung neuer Formen höherer Ordnung und
  Komplexität wird als *Transformation* oder *Selbsttranszendenz*
  bezeichnet. Solche vertikalen Transformationen können nicht nur
  durch lineare Prozesse, sondern auch durch plötzliche Sprünge in
  der kontinuierlichen Evolution, so genannte Symmetriebrüche
  gekennzeichnet sein. Unter problematischen Bedingungen (z.B.
  widrige Umwelteinflüsse, Pathologien etc.) kann es auch zu einer
  Selbstauflösung kommen, bei der ein System das horizontale
  Gleichgewicht zwischen Selbsterhaltung und Selbstanpassung
  nicht mehr aufrechterhalten kann. Infolge dessen zerfällt es in
  vertikaler Richtung in seine Vorgänger- oder Subsysteme. Bei der
  entropischen Auflösung tendieren Systeme dazu, die Stufenfolge
  ihrer Entstehung in umgekehrter Richtung zu durchlaufen, weshalb man auch von einer Art Systemgedächtnis spricht.

Unabhängig von ihrer Rolle innerhalb des umfassenden Systems
können komplexe Systeme unterschiedliche innere Strukturen aufweisen,
welche in Abhängigkeit zum Grad der Autonomie ihrer Teile, deren
Einflussfähigkeit auf das System und ihrer wechselseitigen Beziehungsmuster gebildet werden. Befinden sich die Systemmitglieder mehr auf
einer dependenten Entwicklungsstufe, so weisen die Strukturen stärker
hierarchische Entscheidungs- und Kontrollordnungen auf. In diesem Fall

weist zwar das System als Ganzes innerhalb des Umfelds Wahlfreiheit auf, deren Mitglieder jedoch nur in eingeschränktem Maße. Bei interdependenten Mitgliedern übernehmen diese als Ausdruck ihres freiwilligen Zusammenschlusses und aus ihrem Systemverständnis heraus ein höheres Maß an Wahlfreiheit und Verantwortung. Die Strukturen sind vernetzt ausgebildet und oft mehrschichtig angelegt. Gerade durch diese Vernetztheit werden komplexe Systeme äußerst stabil. Je mehr die Teile in ihrer Vielschichtigkeit und Zustandsflexibilität zunehmen und vielfältigere Verbindungen eingehen, desto dichter wird das Netzwerk und desto dynamisch-komplexer das System. Die Regelungen in sozialen Systemen wirken sich auf die Beteiligten aus und diese wirken wiederum auf die Regelungen zurück. In diesem Sinne hat jeder noch so kleine Teil durch sein Verhalten Einfluss auf das Ganze, wie es auch vom Ganzen getragen wird.[38]

Die Systemwissenschaft unterscheidet zwischen *einschichtigen* (uni-level) und *mehrschichtigen* (multi-level) Systemen sowie solchen *monofunktioneller* und *multifunktioneller* Ausrichtung. Die einfachsten Systeme sind einschichtig strukturiert und auf ein Ziel ausgerichtet. Dies würde auf einfache Projektteams oder auch kleine Familienunternehmen zutreffen, die sich einer einzigen konkreten Aufgabe widmen, wie auch innerhalb der Unternehmenswelt auf kleine Firmen, die ein bestimmtes Produkt herstellen oder vertreiben oder stark spezialisierte Nischenspieler sind. Sobald mehrere Funktionen abgedeckt werden und somit mehrere Ziele gleichzeitig verfolgt werden, bilden sich tendenziell mehrere Funktions- und Organisationsebenen heraus. Größere Unternehmen sind normalerweise mehrschichtige und multifunktionelle Systeme.

In dem Maße wie die Erfordernisse der Umwelt steigen und Unternehmen sich auf anspruchsvollerem Terrain bewegen sollen, sind Systeme mit mehreren, parallel arbeitenden Lern- und Entscheidungszentren im Vorteil. Dies bedeutet in der Praxis, dass hierarchische Entscheidungsstrukturen zu Gunsten eines koordinierten Netzwerks geändert werden, in dem auf allen Ebenen Entscheidungen dezentral getroffen

---

[38] Die aus diesem Prinzip abgeleitete interessante *Regel für Einflussnahme auf Systeme* im Allgemeinen ergibt, dass die Möglichkeiten der Einflussnahme mit der Anzahl der Verknüpfungen steigen. Beziehungspflege erhöht den Einfluss. Untersuchungen weisen nach, dass erfolgreiche Manager sich viermal so viel Zeit für die Pflege von Beziehungen nehmen als ihre weniger erfolgreichen Kollegen (vgl. P. Luthans 1988, zit. bei O'Connor).

werden. *Jedes Element des Netzes muss seine eigene Umgebung wahrnehmen, seine Wahrnehmung verarbeiten und als Reaktion auf die Wahrnehmung Strategien entwickeln können* (Laszlo 1992). Damit dies nicht zu Chaos und Anarchie führt, müssen die dezentralen Strategien interdependent in den Rahmen der Gesamtstrategie des Unternehmens eingebettet und damit abgestimmt sein.

DIE FÜNF INSTANZEN
OFFENER SYSTEME

Es ist offensichtlich, dass Dinge einem ständigen Wandel unterworfen sind. „Panta rhei, alles fließt"[39] ist Ausdruck für eine Welt, die in einem Prozess ewigen Werdens und Vergehens begriffen ist. Wo immer man hinschaut, entwickeln und wachsen Dinge oder sie verfallen und vergehen. Nirgendwo in der Natur gibt es einen Zustand absoluter Ruhe, denn alles befindet sich in Fluss, und Bewegung gehört zum Grundprinzip der Existenz. Stillstand bedeutet Rückschritt und führt letztlich zu Auflösung. Im Gegensatz zu offenen Systemen können normale Objekte oder geschlossene Systeme nicht selber für die notwendige Energiezufuhr für ihre Funktion und ihren Bestand sorgen. Das Prinzip[40] besagt, dass innerhalb isolierter geschlossener Systeme die gespeicherte freie Energie für die Organisation der Komponenten mit der Zeit aufgebraucht wird, das System demzufolge in Unordnung gerät und in einfachere Formen zerfällt (*Entropie*). Um einen Zustand der Ordnung zu halten, Überleben und Fortbestand zu sichern oder gar eine höhere Ordnungsebene zu erreichen, sind Systeme auf die externe Zufuhr an Substanzen, Energie und Information angewiesen. Vom Standpunkt der Evolution definiert Mihaly Csikszentmihalyi einen Organismus als jedes System von zusammenhängenden Teilen, das für seinen Weiterbestand auf ständige Energiezufuhr angewiesen ist. Und er führt weiter aus: *„Pflanzen brauchen die Energie der Sonne, oder sie würden in ihre einzelnen Moleküle zerfallen; Löwen brauchen Energie, die im Eiweiß ihrer Beute enthalten ist; das Geld braucht Aufmerksamkeit – das Vertrauen und Verlangen von Millionen Menschen –, um weiter existieren zu können...*"[41]

---

[39] *panta rhei*, griechisch, „alles fließt"; nicht, wie meist angenommen wird, ein Ausspruch des griechischen Philosophen Heraklit, sondern nur eine spätere Formulierung seiner Lehre, es gebe in der Welt nur ein ewiges Werden und Vergehen und alles beharrende Sein beruhe auf Täuschung. (*Wörterbuch der Antike*, Stuttgart 1976)
[40] Zweites Gesetz der Thermodynamik
[41] Mihaly Csikszentmihalyi, *Dem Sinn des Lebens eine Zukunft geben*, 2000

Entropie oder die Auflösung der Ordnung ist das Los aller Organismen, die von der Quelle lebenserhaltender Energie abgeschnitten werden. Berge zerfallen zu Staub, Pflanzen verwandeln sich zu Humus, stolze Bauwerke werden zu Ruinen und beherrschende Ideologien und Philosophien verblassen zur Bedeutungslosigkeit. Materielle aber gleichermaßen immaterielle Gebilde zerfallen, sofern sie nicht von außen mit Energie gespeist, erneuert oder ersetzt werden. Subsysteme, die vom übergeordneten System und damit von ihrer Energiequelle abgeschnitten werden, zerfallen derart.[42] Beispiele für solche geschlossenen Systeme sind unter anderem mechanische Objekte wie Maschinen, technische Geräte oder auch Architekturbauten, die ohne externe Obsorge und Pflege einem raschen Verfall preisgegeben wären. Aber auch vormals offene Systeme wie Einzelpersonen, Organisationen, Gemeinschaften ebenso wie Denkmodelle und Ideologien sind demselben Prinzip unterworfen, wenn sie in Isolation geraten und sich zu geschlossenen Systemen rückentwickeln. Zerfall und Auflösung sind dann nicht aufzuhalten.

Ganz anders verhält es sich mit offenen oder natürlichen Systemen, die selbsterhaltend und selbstkorrigierend sind. Sie entwickeln sich in Richtung zunehmender Ordnung und bewegen sich entlang eines fortschreitenden Prozesses auf immer höhere Ebenen zunehmender Komplexität hin (Syntropie). Offenheit bezieht sich dabei auf ihre Fähigkeit und Aktivität, aus dem übergeordneten System die notwendige Energie

---

[42] Es gibt zwei Ausnahmen:
- Die eine zeigt sich innerhalb von in Auflösung begriffenen geschlossenen Systemen, wo man einen Zwillingsprozess der Auflösung und des Aufbaus beobachten kann. Tatsächlich kann es vorkommen, dass das übergeordnete System als ganzes abbaut, während man in manchen Bereichen oder Teilen einen Aufbau beobachten kann. Das bedeutet, dass es untergeordnete Systeme innerhalb des ganzen Systems geben kann, die im Lauf der Zeit an Ordnung gewinnen anstatt zu verlieren. In diesem Fall kann man davon ausgehen, dass diese Subsysteme ihre notwendige Energie aus einer anderen Energiequelle beziehen und in einer Übergangsphase zu einem neuen Paradigma bereits Teil des neuen Systems sind, denn ein Teil hängt vom Ganzen ab und kann unmöglich höherwertige Qualitäten besitzen, die das Ganze nicht hat.
- Der zweite Fall kann als „Krankheit" innerhalb eines Systems auftreten, bei dem einzelne Subsysteme sich abgekoppelt haben und nun auf Kosten des Ganzen dem System Energie für den eigenen Aufbau entziehen. Als systemisches „Krebsgeschwür" leiten sie jedoch nicht nur den Verfall des Gesamtsystems ein, sondern besiegeln letztlich auch den eigenen Untergang. Hierbei fällt außerdem eine regressive Rückentwicklung dieser Subsysteme auf.

und Information zum Erhalt des inneren Gleichgewichts und der Aufrechterhaltung ihrer Funktion zu importieren. Wir Menschen sind offene natürliche Systeme, genauso die Zellen, die unseren Körper bilden, wie auch die Ökologien und Gemeinschaften, die wir gemeinsam mit unseren Mitmenschen und anderen Organismen bilden.[43] Die Aufnahme von Energie verfolgt jedoch keinen Selbstzweck, sondern bildet die Voraussetzung dafür, dass das System innerhalb des Umfelds der ihm zugewiesenen Funktion nachkommen kann. Das Prinzip des *Nehmens* und *Gebens* steht in Ausgewogenheit. Die innere Struktur des Systems wiederum hat dafür Sorge zu tragen, dass die empfangene Energie in das Endergebnis oder die eigentliche Funktion des Systems transformiert wird. Das Ganze, die Bestandteile und die Beziehungen untereinander dienen dem vereinenden Zweck, die Funktion des Ganzen sicherzustellen. So transformiert eine Lampe Strom in Licht, ein Radio wandelt die empfangenen Wellen in hörbare Sprache oder Musik um oder eine Pflanze verarbeitet Stickstoff durch Osmose in für Mensch und Tier lebensnotwendigen Sauerstoff. Desgleichen sind Facharbeiter innerhalb einer Produktion in der Lage, Informationen und Unterweisungen in praktische Handlungsschritte umzusetzen und innovative Resultate zu erzielen.

Der Systemerhalt ist hierbei von einer geregelten Aufnahme und Abgabe von Energien, Substanzen und Informationen abhängig. Sollten Interaktion und Kommunikation mit der höheren Systemebene oder ins System unterbunden werden, könnte unter solch geänderten Bedingungen keine derartige Entität Bestand haben. Die Existenz bei Organismen dieser Art wird jedoch nicht bloß durch Interaktion mit der Außenwelt sichergestellt, sondern bemerkenswerterweise auch durch einen langsamen Prozess, in dem zyklisch alle ihre Bestandteile erneuert werden. Aber trotz dieses Austausches bleiben ihre besondere Struktur und damit ihre Systemcharakteristik unversehrt erhalten. Der grundsätzlich mehrschichtige Aufbau offener Systeme aus System, übergeordnetem System, und Subsystemen spiegelt sich in drei Komponenten wider, deren har-

---

[43] *Zusätzlich zur Ausrichtung durch Willensentscheidung und Absicht sind soziale Organisationen lebende Systeme. Deshalb sind sie wie alle lebenden Systeme neg-entropisch (syntropisch) und mit der Fähigkeit der Selbstorganisation ausgestattet. Sie kreieren Ordnung aus Chaos. Biologische Systeme vollziehen Selbstorganisation vorwiegend durch genetische Codes. Soziale Systeme erfahren Selbstorganisation infolge der kulturellen Codes. Die DNA sozialer Systeme stellt also ihre Kultur dar.* (Gharajedaghi 1999)

monische wechselseitige Abstimmung für die Qualität und Funktionsfähigkeit der Ganzheit entscheidend ist:

1. INPUT-Komponente
2. THROUGHPUT-Komponenten
3. OUTPUT-Komponente

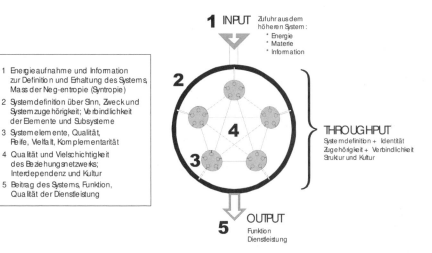

1. Input-Komponente

Wenn irgendein Element in einem Fortentwicklungszustand erhalten bleiben soll, dann muss es sich wie ein Subsystem innerhalb jener Ganzheit verhalten, welche seine Identität und Existenz sicherstellt. Es muss derart organisiert sein, dass es aus dieser Quelle ihre Existenz erhaltenden Substanzen, Energien und Informationen[44] erhält und diese verarbeitet, um sich selber am Laufen zu erhalten. Ohne diese Zufuhr wären Sinn und Zweck und damit die Funktion dessen nicht zu gewährleisten. Natürlich wird auch das höhere System keinen Input haben, wenn es nicht selbst Teil eines weiteren Netzes wäre.

---

[44] Der bekannte Physiker David Bohm bezeichnete diesen realen und effektiven Faktor eines Systemfeldes als „In-formation" in der Bedeutung, dass es tatsächlich das empfangende System „formt".

Bei mechanischen Objekten wie bei einem Auto oder einem Gebäude obliegt die Sorge für die Zufuhr der notwendigen Energie zur Aufrechterhaltung des Gleichgewichtszustands beim Benutzer, der selbst nicht Teil des Systems ist, aber Sinn und Zweck des Objekts dirigiert (*mindless system*). Erhaltung, Service oder Reparaturen entspringen einer externen Willensentscheidung, ansonsten würde sich das mechanische System trotz aller ausgefeilten Komplexität unter dem Einfluss der Entropie allmählich in seine Bestandteile auflösen und unaufhaltsam zerfallen. Lebende oder offene Systeme tragen die Instanz zur Sicherstellung des Systemerhalts als internalen Bestandteil in sich. Im Gegensatz zu geschlossenen Systemen entwickeln sich offene oder lebende Systeme selbstregulierend in Richtung Ordnung und Syntropie. Dies bedeutet folglich, dass das Bewusstsein der verbindlichen Zugehörigkeit zum übergeordneten Spendersystem und damit auch Sinn, Zweck und Ausrichtung des Ganzen systemimmanent vorhanden sein müssen.

Dies trifft bei sozialen Systemen und Organisationen sowohl auf die hierarchischen Systeme zu, bei denen es dafür eine zentrale Instanz gibt, als auch auf die heterarchischen Systeme, bei denen alle interdependenten Bestandteile in diese Verantwortlichkeit mit eingebunden sind. Solange die notwendige Zufuhr als Input ins System gelangt, ist der Erhalt grundsätzlich sichergestellt. Sind darüber hinaus Wachstum oder Entwicklung beabsichtigt, bedarf es einer erhöhten Energiezufuhr oder einer Veränderung zweiter Ordnung[45]. Ein Organismus benötigt für sein Überleben nicht nur die für seinen Stoffwechsel benötigten Substanzen, sondern auch ausreichende Informationen über sich und seine Umwelt. Folglich sind Kommunikation und Existenz zwei untrennbare Begriffe. Durch die Aufnahme von Substanzen, Energien und Information erhalten sich solche lebenden Systeme auch innerhalb sich verändernder Umweltbedingungen. Manche wachsen und entwickeln sich sogar zu höheren und komplexeren Formen. Stillstand im Sinne eines Stopps der Zufuhr wäre gleichbedeutend mit Rückschritt und Auflösung. Systeme müssen in Bewegung bleiben, um sich am selben Platz zu halten. Diese

---

[45] Paul Watzlawick führt als ein Beispiel für eine Veränderung zweiter Ordnung die Betätigung der Gangschaltung beim Auto in einen höheren Gang an, wodurch die Kraftübertragung des Motors auf das Getriebe bzw. die Räder *neu strukturiert* wird und damit bei gleichem oder sogar geringerem Energieaufwand höhere Geschwindigkeiten ermöglicht werden. Die bloße Betätigung des Gaspedals stellt eine Problemlösung erster Ordnung dar, welche nur begrenzte Möglichkeiten innerhalb eines festen Rahmens bietet.

Energien können je nach Funktion und Ausrichtung materielle Güter sein oder auch Immaterielles oder Ideelles wie Bewusstsein der eigenen Identität, Werte, Wissen, Vertrauen, Zuversicht, Anerkennung oder Ermutigung. Organismen und Organisationen können also nur existieren, wenn sie im Einklang mit ihrer Zugehörigkeit zum übergeordneten System auf diese Quelle orientiert bleiben und daraus ihre Existenz sichernde Energie schöpfen. Verbindlichkeit zum „Muttersystem" stellt sozusagen die Nabelschnur dar, aus der das Subsystem mit allem Notwendigen gespeist werden kann. Auch Sinn und Selbstwert leiten sich aus dieser Zuordnung zum umfassenden Ganzen ab und bilden die Voraussetzung für Leitprinzipien, Identitätsbewusstsein und Wertmaßstäbe.

2. Throughput-Komponenten

Wechselwirkung und Zusammenarbeit zwischen den Bestandteilen eines Systems sind, für sich allein genommen, noch nicht ausreichend. Sie führen nur dann zu innerer Ordnung und zur zweckorientierten Funktion, wenn sie eingebettet sind in das vereinende Feld des Gesamtsystems, das Angelpunkt, Ursprung und Antrieb bedeutet. Das Ganze zieht die Teile an und vermittelt ihnen ihre Rolle und ihre Aufgabe. Alle Wechselwirkungen erhalten ihren Sinn und ihre Bedeutung aus der Verbundenheit mit der Energiequelle, die alle Teile umfasst. Dieses *Prinzip der vereinigenden Wirkkraft* gilt für technische Maschinen und Geräte, die Strom oder Dampf als Energiequelle nutzen, gleichermaßen wie für Lebewesen und ganze Sozialsysteme. Es kann die bewegende Kraft des Dampfes sein, das Geschick eines unternehmerischen Geistes oder der Ausdruck eines visionsorientierten Willens. Ungeachtet der Unterschiedlichkeit der Elemente wirkt jedes innerhalb des ihm eigenen Rahmens am zusammenhängenden Ganzen mit. Paradoxerweise ist es gerade die Ganzheit mit der Komplexität ihrer alle Elemente integrierenden inneren Ordnung, welche die volle Entfaltung der in jeder der Komponenten angelegten unterschiedlichen Fähigkeiten ermöglicht. Kein Bestandteil existiert getrennt vom Gesamtsystem, sei es, indem es zu dessen Funktionieren beiträgt oder seinen Anteil aus dem Wohlbefinden des Ganzen bezieht. Das so erreichte innere Fließgleichgewicht und die Ordnungsstruktur erhalten ihren Sinn, indem sie das Hervortreten übersummativer Systemeigenschaften bewirken, die über die bloße Existenz des Systems und seiner Teile hinaus höheren Sinn, Zweck und Funktion erfüllen. Tatsächlich ist es gerade die dem System eigene Vielfalt, die Einheit von Einförmigkeit oder Einheitlichkeit unterscheidet.

Dieser Bereich des Systems, der die Kanalisierung des Durchflusses und die Transformation der aufgenommenen Substanzen, Energien und Informationen zu regeln hat, bildet die *Struktur,* die auf die *Funktion* ausgerichtet ist und sich seinerseits aus drei zusammenhängenden Einheiten zusammensetzt:

- **Ebene der Systemidentität**

Unabhängig von seiner Existenzdauer besitzt jedes System eine spezifische innere Ordnung, bestehend aus bestimmten andauernden Beziehungsstrukturen zwischen seinen Teilen, und manifestiert ihm eigene Charakterzüge, die nicht auf die Eigenschaften der Bestandteile rückführbar sind. Will man mehr über sie erfahren und sie besser verstehen, dann muss man sie als Ganzheit, als systemische Einheit mit den ihnen eigenen unterscheidenden Fähigkeiten behandeln. Man wäre hoffnungslos überfordert, wollte man diese Ganzheiten dadurch erfassen, indem man die spezifischen Interaktionen jedes ihrer einzelnen Bestandteile untersuchen wollte, es wäre ein viel zu komplexes Unterfangen und auch wenig zielführend. Systeme funktionieren als Ganzes und besitzen deshalb Eigenschaften, die über die Eigenschaften der Teile, aus denen sie zusammengesetzt sind, weit hinausgehen. Diese werden als die *hervortretenden Eigenschaften* oder auch *unveränderlichen Faktoren von Organisationen* bezeichnet, die erst sichtbar werden, wenn ein System in Aktion ist. Systeme sind also Ganzheiten mit nicht reduzierbaren Eigenheiten, die man nicht einfach teilen kann, ohne dass die Systemidentität verloren geht.[46] Wenn man einen Elefanten halbiert, erhält man dadurch nicht zwei kleine Elefanten, sondern man hat das System zerstört. Joseph O'Connor gibt eine Zusammenfassung einer Systemdefinition, die diese Tatsache berücksichtigt. Demnach ist ein System *eine Einheit, die als Ganzes existiert und funktioniert, indem ihre Teile zusammenwirken. Ihr Verhalten hängt davon ab, wie die Teile verbunden sind, und nicht so*

---

[46] Der Biologe Michael Behe sagte, dass ein System dann nicht reduzierbar komplex ist, wenn seine Teile in einer solchen Wechselbeziehung zueinander stehen, dass die Entfernung auch nur eines einzigen Teiles die Funktion des gesamten Systems zerstören würde.

sehr davon, um welche Teile es sich handelt. Um Systeme zu verstehen, benötigt man systemisches Denken, welches das Ganze, die Teile und die Beziehungen der Teile zueinander untersucht. Dergestalt erfahren auch wir uns als System in einer Welt von Systemen.

Auch wenn die Qualität der Funktionsergebnisse von den mentalen Modellen und Kompetenzen der Systemmitglieder beeinflusst wird, so tritt deren Identität nicht als Funktion ihrer Fähigkeiten und ihres Verhaltens im Umfeld in Erscheinung, sondern ist Ausdruck ihrer Zugehörigkeit zum übergeordneten Ganzen. Aus der Klarheit und Eindeutigkeit dieser Zugehörigkeit leiten sich nicht nur Sinn, Zweck und Mission, sondern eben auch die einzigartige Identität des Subsystems und damit dessen Selbstwert und Entwicklungsweg ab. Auch ihre eindeutige Abgrenzung gegenüber anderen Subsystemen innerhalb des Netzwerks des verbindenden Ganzen leitet sich aus dem höheren Bezug ab. Die Definition eines Unternehmens, einer Abteilung oder eines Teams ergibt sich nicht so sehr aus der Zusammensetzung ihrer Mitglieder, ihrer inneren Ordnung oder dem Profit, den sie am Markt erzielen, als vielmehr aus der Rolle und Verantwortung, die sie im größeren Umfeld übernehmen. Diese Tatsache bedingt, dass die umfassende Entität, zu deren Funktion man selbst als Subsystem beiträgt, eindeutig umrissen sein muss. Bleibt die Systemdefinition unklar, so wird die Eindeutigkeit der Rolle und Funktion und damit auch die verbindliche Zuordnung der Subsysteme zum Ganzen und untereinander erschwert. Wenn diese essentielle „Information" als Input fehlt, bleiben Sinn, Mission und Vision vage und Wertmaßstäbe und Ziele verlieren ihre unverwechselbare Ausrichtung. Einerseits kann dies energieraubende Zielkonflikte zwischen den Systemelementen zur Folge haben, die das Gefüge der inneren Ordnung stark belasten. Andererseits können dadurch auch zwei unterschiedliche Formen regressiver Entwicklung ausgelöst werden:

1. *Regression in die Independenz:* Infolge des fehlenden Systembezugs und der mangelnden Verbindlichkeit zum übergeordneten Ganzen leiten die Einzelelemente Sinn und Zweck, ihre Identität und Motivation aus dem Bezug zu ihren persönlichen Interessen und Vorteilen ab. Der Prozess kehrt sich um und das Ganze entartet leicht zu einer Kampfarena konkurrierender Bedürfnisse, die sich auf Kosten des Ganzen im Wettstreit um vorhandene oder zu erwartende Ressourcen entladen. (*Kampf um den Kuchen*)

2. *Regression in die Dependenz:* Ein anderer Ausweg wird beschritten, wenn die Mitglieder ihren Bezug zum Gesamtsystem
   nicht finden, indem sie Sinn, Identität und Orientierung aus der
   Ausrichtung auf eine starke Leitfigur zu erreichen suchen, die
   den Anschein erweckt, im Sinne des Ganzen zu wirken. Mögliche Entwicklungen zu stärkerer Mitverantwortung und Interdependenz werden allerdings damit blockiert, und vorhandene
   Chancen bleiben ungenutzt.

Beide Formen reduzieren die Qualität und Effektivität des Gesamtsystems und können zu Existenz gefährdender Instabilität innerhalb der
inneren Ordnung führen.

Der vielfach irreführend verwendete Begriff der *Corporate Identity*
bei Organisationen entspringt demnach aus der besonderen Rolle des
Unternehmens innerhalb des Umfelds und umfasst die unverwechselbare
eindeutige Systemdefinition mit Aussagen über Form, Struktur, Grenzen,
Prinzipien, Werte und gemeinsame Visionen, die es ausmachen und
woraus in der Folge Zuordnung und Verbindlichkeit der Mitglieder zum
Ganzen erst möglich wird. *Corporate Identity* ist also mehr als Briefpapier und Logo, es ist die Antwort auf die Frage: Wer sind wir als Organisation, als Abteilung, als Team innerhalb des funktionellen Umfelds?
Was macht uns als Gemeinschaft, als Familie, als Ehepartner, als Freundeskreis aus? Auf dieser Ebene wird das zu definieren sein, was mehr ist
als die Summe der Einzelelemente. Es gibt einfachere oder auch komplexere Systeme wie Familien, Unternehmen, die Natur oder auch Ge-
dankengebilde oder Glaubenssätze. Anstatt nur die Elemente und deren
kausale Beziehungen untereinander zu abstrahieren, konzentriert man
sich bei systemischer Betrachtungsweise auf das Ganze. Auch wenn man
eine Anzahl unterschiedlicher und interagierender Elemente betrachtet,
wird man der Situation erst dann gerecht, wenn man deren Verhalten als
eine Ganzheit unter diversen Einflüssen feststellt und so die Charakteristika des verbindenden Systems studiert. Diese Vorgehensweise ist uns
durchaus vertraut. Sie entspricht in etwa unserer Wahrnehmung im Alltag, wenn wir eine Sportmannschaft eher als Gesamtteam und weniger
als interagierende Einzelspieler betrachten. Gleichermaßen nehmen wir
Wirtschaftsunternehmen in der Regel in ihrer Präsenz als Gesamtfirmen
wahr und nicht als eine Anhäufung einzelner Arbeiter und Administrato-
ren. Entsprechend gehen wir auch bei Nationen, Klassen und Volksgrup-

pen innerhalb von Nationen vor. Wir sprechen sogar in vereinfachter aber durchaus adäquater Weise von internationalen Blöcken.

Organisationen weisen ihre eigene Persönlichkeit und unverwechselbare Identität auf. Eigenheiten eines Unternehmens oder eines Teams sind nicht auf die Eigenschaften der einzelnen Mitglieder zurückzuführen. Wollte man den Charakter der Ganzheit aus dem Erfassen der individuellen Eigenheiten und den Beziehungen eines jeden Mitglieds ableiten, wäre dieses Bemühen nicht nur hoffnungslos komplex, sondern auch gänzlich nutzlos. Der Charakterzug und die Identität eines Teams manifestiert sich auf Grund dessen, dass es ein System besonderer Art ist. Es könnte diese Eigenheiten auch weiter beibehalten, selbst wenn alle ihre Mitglieder ausgetauscht würden. Das bedeutet, dass man sie als eine Ganzheit zu behandeln hat, ausgestattet mit Fähigkeiten, die nicht reduzierbar sind. Solange die Systemmitglieder eine grundsätzliche Struktur von Beziehung und Wechselwirkung untereinander aufrechterhalten und darin eingebettet sind, und das System innerhalb des umfassenden Ganzen seine besondere Rolle einnimmt, bleiben die typischen Charakteristika von systemischen Ganzheiten bestehen. Beispielsweise wechseln bei Sportteams im Lauf der Zeit bestimmte Spieler oder Trainer zu anderen Vereinen oder ältere Akteure werden durch Nachwuchsspieler ersetzt. Dennoch behält das Team üblicherweise seine Besonderheiten – seine ausgewählte Taktik und originellen Strategien, seinen anspornenden Kampfgeist, die unverwechselbare Kultur etc. Neue Mitglieder integrieren sich und werden Teil des Ganzen. Auch die Fan-Gemeinde wechselt nicht mit jedem Einzelspieler, sondern hält die Treue dem Team und dem Club oft über Generationen. Besonders beeindruckend ist die Kontinuität von Wirtschaftsunternehmen, bei denen vielfach über einen längeren Zeitraum alle Personen, vom Generaldirektor bis zur Empfangsdame, ersetzt werden können, und dennoch die Firma weiterhin mit ihren unverwechselbaren Qualitätsmerkmalen bestehen bleibt. Unternehmen sind relativ unabhängig davon, wer gerade die Angestellten sind, solange sie ihre Funktion im größeren Rahmenwerk beibehalten, und es eine ausreichende Anzahl von qualifizierten Personen in der notwendigen Beziehung zueinander und zu ihren Aufgaben und Instrumenten gibt. Dieses Phänomen findet sich ebenso bei ganzen Gemeinschaften und Nationen mit ihren kulturellen und zivilisatorischen Besonderheiten wieder. Einzelpersonen kommen und gehen, Gemeinschaften bleiben bestehen. Es ist nicht so, dass sie immun wären gegenüber Wechsel und Wandel, aber sie verändern sich nicht mit dem Wechsel der Mitglieder. Es ist, wie Ervin Laszlo meint, *als hätten sie ein eigenes Leben und eine eigene Persönlichkeit.* Sie weisen eine besondere Einzigartigkeit der Charakteristik als Ganzheit auf, welche nicht einfach auf die Merkmale ihrer individuellen Bestandteile rückgeführt werden kann.[47] Eine anschauliche Zusammenfassung dieses Gedankengangs findet sich in der folgenden Erläuterung: *„Auf bedeutsamere Beispiele für dasselbe Phänomen stoßen wir, wenn wir uns selbst als Ganzheiten analysieren, die aus einer Vielzahl von interagierenden Atomen, Molekülen, Zellen, Geweben und Organen bestehen, oder unsere Gesellschaft als Ganzes gesehen, die sich aus vielen miteinander kommunizierenden Menschen zusammensetzt. In all diesen Fällen handelt es sich um Beziehungsgefüge, die erhalten bleiben, auch wenn sämtliche individuellen Mitglieder früher oder später durch andere ersetzt werden. So werden etwa die Zellen unseres Körpers im Lauf von circa sieben Jahren sämtlich erneuert, während die Angehörigen eines Volkes nach etwa siebzig Jahren total ausgetauscht sind. Die Beziehungen jedoch, die mich zu dem machen, was ich bin, und das Land zu dem, was es ist, ändern sich nicht, zumindest vollzieht sich diese Änderung weit langsamer und hängt nicht vollständig von der Veränderung der Teile ab.“* [48]

Dasselbe gilt entsprechend für Teams, Körperschaften, Nationen und weltweite Organisationen. Dauerhafte Veränderungen und Paradigmenwandel sind nicht durch bloßen Austausch von Einzelpersonen oder deren individuelle Wandlung zu erreichen, sondern müssen auf der Systemebene ansetzen und die Kultur der Beziehungsstruktur mit einschließen.

- **Ebene der Systemelemente oder Subsysteme**

Jedes System aus der einen Perspektive ist ein Subsystem aus einer anderen. Wenn auch das Ganze in seiner Identität eine eigene Charakteristik

---

[47] Als Ausdruck der Zweckmäßigkeit geht man in der Praxis von der Annahme aus, dass Gruppen von interagierenden Teilen, die eine grundlegende Struktur aufrechterhalten, eine ihnen eigene Charakteristik aufweisen. Auf dieser Grundlage kann man bemerkenswert gut deren Verhalten erklären und sogar voraussehen. (vgl. Wirtschaftsprognosen, Verkehrs- und Unfallprognosen etc.)

[48] Ervin Laszlo, *Systemtheorie als Weltanschauung: Eine ganzheitliche Vision für unsere Zeit,* 1998

aufweist, welche nicht auf jene der Teile reduzierbar ist, tut diese Tatsache der Bedeutung und strukturabhängigen Autonomie der Subsysteme keinen Abbruch. Als Bausteine der definierten Ganzheit beeinflussen die Elemente auch die Strukturbildung und Effizienz des Systems. Die Wirksamkeit des Ganzen hängt in hohem Maß von der Qualität und Entwicklung der Elemente ab. Der direkte Einfluss der Subsysteme auf das Gesamtsystem nimmt mit dem Grad ihrer Interdependenz und Verbindlichkeit zu. Bei Organisationen dependenter Struktur wirkt sich die einzigartige Individualität der Mitglieder weniger aus, solange sie in entsprechender Art, Anzahl und Beziehung vorhanden sind und solange *irgendjemand* die Aufgaben erledigt. Solche Unternehmen tragen mehr die Handschrift der Führungsinstanz. Ganz anders verhält es sich bei interdependenten Organisationsformen, wie es heterarchische Unternehmen oder Teams im speziellen sind. In diesen Fällen übernehmen alle Mitglieder auf Grund ihres Systembewusstseins und ihrer Verbindlichkeit zum Ganzen Führungsverantwortung und tragen damit nicht nur zur Qualität der inneren Struktur, der Kultur und der Effizienz der Prozesse bei, sondern bestimmen auch den Kurs und die Effektivität der Systemfunktion mit. Mit der Veränderung seiner Struktur erweitert sich das Potential an Möglichkeiten für ein System beträchtlich. Der Einzigartigkeit der Mitglieder, der Vielfalt und komplementären Zusammensetzung und der Qualität der Beziehungen unter den Individuen und damit der Organisationskultur generell kommt höchste Bedeutung zu. Das Kulturfeld des Systems bildet gleichermaßen den Nährboden für Entwicklung und Förderung der Teile. Je höher entwickelt die Teile sind, desto größer ist deren direkte Verbindlichkeit und Zugehörigkeit zum System und auch der Grad der Differenzierung und Vielfalt.

Die Erhöhung der Komplexität über eine Zunahme an Vielfalt der Bausteine eines Systems kann nur dann förderlich sein, wenn dies parallel durch ein höheres Maß an Integration und Kohärenz begleitet und das Bewusstsein der Zusammengehörigkeit innerhalb einer gemeinsamen Einheit fest verankert wird. Andernfalls beobachtet man die Tendenz, durch Erhalt von Homogenität den Grad der Differenzierung und der Komplexität zu reduzieren, um Konflikten entgegenzuwirken, die aus Mangel an gemeinsamer Zuordnung entstehen würden. Ausdruck der eindeutigen Zuordnung zum Ganzen und Grundlage für die qualitative Entfaltung des Einzelnen ist die Klarheit über die eigene Rolle und Aufgabe innerhalb der Gemeinschaft. Hierbei kommt das bestimmende

Menschenbild über die Mitarbeiter als Kernpotential jeder Organisation zum Tragen. Führung wird neu zu definieren sein, und dem erhöhten Maß an Eigenverantwortlichkeit und Kooperationsbereitschaft ist Rechnung zu tragen. Die Disziplin der Personalentwicklung wird das Ziel zu verfolgen haben, jenes Umfeld zu schaffen und jene Impulse zu vermitteln, die sicherstellen, dass aus Personen, die sich oft in Abhängigkeit als Opfer äußerer Wirkkräfte fühlen, eigenständige und mitverantwortliche Partner erwachsen können.

Will man zur Qualität der Mitglieder einer Organisation oder eines Teams beitragen, so erweist sich neben der Persönlichkeitsentwicklung und der Steigerung der fachlichen Kompetenz eine Förderung der Selbst- und Sozialkompetenz als unabdingbar. Ebenso haben die mentalen Modelle[49] der Beteiligten einen großen Einfluss auf die Präsenz innerhalb systemischer Prozesse. Im Team kommt einer aufbauenden Atmosphäre und der Unterstützung der Mitglieder höchste Bedeutung zu, anders als bei Gruppen, die auf Konkurrenzdenken und Wettstreit setzen, und deren Mitglieder einander Energie abziehen und bemüht sind, andere nicht aufkommen zu lassen. Es ist im ureigensten Interesse einer interdependenten Organisation, dass die Mitglieder sich entwickeln und höchste Qualität und Exzellenz erreichen. Durch die Anerkennung der unterschiedlichen Fähigkeiten der Individuen und die Würdigung der Vielfalt der Leistungen entsteht erhöhte Systemstabilität und Systemimmunisierung, welche die Existenz sichernde Grundlage gesunder Teams und Organisationen bilden.

- **Ebene des Beziehungsnetzwerks**

Der Faktor, der in der Regel vernachlässigt wird, wenn man mit analytischem Denken an die Beurteilung von Organisationen und Teams herangeht, ist das Netzwerk an Verbindungen zwischen den Mitgliedern sowie dessen Qualität und Dichte. Die Kultur der Zusammengehörigkeit als zweiter Faktor von Interdependenz drückt sich als dynamische Kom-

---

[49] Mentale Modelle sind Ideen und Überzeugungen, die wir nutzen, um unsere Handlungen nach ihnen auszurichten, wodurch wir den Ereignissen und Erfahrungen Bedeutung verleihen und sie mit anderen Erfahrungen im Sinne von Ursache und Wirkung verknüpfen. Sie können entweder förderlich oder hinderlich sein in Bezug auf die angestrebten Zielsetzungen. Oft schaffen sie nach Art der selbsterfüllenden Prophezeiungen neue Wirklichkeiten.

plexität aus.[50] Die Qualität der Integration entsteht aus dem Bewusstsein des Eingebettetseins in ein gemeinsames Ganzes. Das Faszinierende an diesem Eingebettetsein drückt sich nach den Erkenntnissen der Quantenbiologie am Beispiel von organischen Systemen darin aus, dass nicht nur die Teile eines Organismus, sondern auch ganze Organismen und ihre Umgebung beinahe in gleichem Maße *‚verschränkt'* sind. Wie Laszlo feststellt, *existiert auch ein Feld, das alle Teile innerhalb eines Organismus miteinander und den gesamten Organismus mit seiner Umgebung verbindet.*[51] Diese ganzheitliche Kohärenz[52] umfasst sowohl alle Systemteile, *die multidimensional, dynamisch und praktisch augenblicklich zu allen anderen Teilen in Korrelation stehen*, als auch den Organismus mit seiner Umgebung. Ohne diese Kohärenz würde der Organismus aus dem Zustand des *dynamischen* Fließgleichgewichts fallen, was den lebenden Zustand manifestiert, in welchem er Energie und Information speichert und sie zur Verfügung hat, um seine Funktionen und Verhaltensweisen anzutreiben und zu steuern, und sich dem *thermodynamischen* Zustand annähern, den er erreicht, wenn er tot ist.[53]

Diese Erkenntnisse der Quantenbiologie werden auch in der jüngeren Bewusstseinsforschung bestätigt, deren wichtigster Meilenstein die Feststellung *der transpersonalen Verbundenheit des Bewusstseins* ist. Da-

---

[50] Von *Detailkomplexität* spricht man, wenn auf die Vielzahl von Einzelteilen Bezug genommen wird. Der Begriff der *dynamischen Komplexität* drückt aus, dass es eine große Anzahl möglicher Verbindungen und Beziehungen zwischen den Teilen gibt, da jeder Teil eine Palette unterschiedlicher Zustände aufweisen kann.

[51] Vgl. auch Rupert Sheldrake mit seiner Theorie über die so genannten ‚morphogenetischen Felder'. Ähnliche Erfahrungen macht man auch im Bereich der Organisationsaufstellung und der systemischen Strukturaufstellung.

[52] Kohärenz (von lat. *cohaerere* = zusammenhängen) Der Kohärenzbegriff spielt in der Philosophie eine zentrale Rolle, wobei der Begriff allerdings häufig sehr vage benutzt wird. Kohärenz ist eine Form des Zusammenhanges. Als *Zusammenhang* bezeichnet man eine Beziehung bzw. Relation zwischen Gegenständen, Eigenschaften, Prozessen, Begriffen, Aussagen, Theorien, Normen usw., die so beschaffen ist, dass eine Veränderung des einen Gegenstandes oder der einen Eigenschaft etc. von einer Veränderung der anderen begleitet wird. In erster Näherung kann man Kohärenz als eine Eigenschaft einer Anzahl von Elementen verstehen, die gut zusammenhalten.

[53] Im Zustand des thermodynamischen Gleichgewichts gibt es keine Temperaturunterschiede und kein chemisches Gefälle in einem Organismus. Alles ist gleichförmig. Keine Wärme fließt, und irreversible Prozesse finden nicht statt. Das System ist tot. Die Balance, die in einem sich entwickelnden System vorhanden ist, ist „dynamisch" und nicht „strukturell". Je weiter ein System sich entwickelt hat, desto weiter ist es vom thermodynamischen Gleichgewicht entfernt. (Laszlo 1992)

nach stellt der menschliche Geist keine isolierte Einheit dar, sondern reicht über die physische Ebene hinaus und kommuniziert und interagiert mit der Welt als Ganzem. So sagte Albert Einstein vor einem halben Jahrhundert: *„Ein Mensch ist ein Teil des Ganzen, das von uns als ‚Universum' bezeichnet wird, ein Teil, der in Zeit und Raum begrenzt ist. Er erfährt seine Gedanken und Gefühle als etwas, das vom Rest getrennt ist – wie eine Art optischer Täuschung seines Bewusstseins. Diese Täuschung ist für uns wie eine Art Gefängnis, das uns auf unsere persönlichen Entscheidungen und auf die Zuneigung zu einigen wenigen Menschen in unserer unmittelbaren Umgebung begrenzt."* [54]

Während in nicht-systemischen Gruppen das verbindende Element aus den Eigeninteressen der Teilnehmer, aus persönlichen Sympathien und Freundschaften und homogenen Ausrichtungen abgeleitet wird, ist die Festigkeit und Dauerhaftigkeit der systeminternen Kohärenz aus der eindeutigen und verbindlichen Zugehörigkeit der Teilnehmer zum Gesamtsystem sichergestellt. Anders könnte man auch mit den dynamischen Potentialen der Vielfalt und Komplexität nicht umgehen. Während im ersteren Fall an erster Stelle die persönlichen Beziehungen stehen, und es daraus zu Interessensgemeinschaften kommt, ist es bei Teamsystemen durchaus die Regel, dass Freundschaften und enge Vertrauensbeziehungen erst im Prozess der Zusammenarbeit innerhalb der systemischen Einheit entstehen und sich vertiefen. Der Fokus der gemeinsamen Ausrichtung schafft die Voraussetzung für Wertschätzung komplementärer Persönlichkeiten und Charaktere, die man sonst nicht zu würdigen imstande wäre noch deren Kooperation gesucht hätte. Ebenso erhöht sich dadurch sowohl das Lernpotential, wie auch die Bandbreite für Lösungsalternativen und kreative Ansätze. Auch auftretende Meinungsverschiedenheiten und Konflikte verlieren ihren destruktiven Stachel, da persönliche Differenzen sich einer höheren Ebene der Gemeinsamkeit unterordnen können.

Eine Allianz auf der Ebene der Subsysteme und Mitglieder eines Systems kann die Notwendigkeit der Verbindlichkeit und des Bewusstseins der Zugehörigkeit zum gemeinsam verbindenden System nicht ersetzen. Tatsächlich ist es eher so, dass Qualität und Beständigkeit eines Netzwerkes zwischen den Teilen erst aus der Verbindlichkeit zum höheren Ganzen erwachsen. Wo Beziehungen lediglich aus Freundschaften, aus

---

[54] zitiert bei Ervin Laszlo, *Holos - die Welt der neuen Wissenschaften*, 2002

persönlich motivierten Interessen oder individuellen Übereinstimmungen entstehen, könnte dies der komplementären Vielfalt zuwiderlaufen, Absprachen, Lobbybildung und Parteiendenken Tür und Tor öffnen und somit das übergeordnete Interesse und der eigentliche Sinn und Zweck des Ganzen verloren gehen. Die Vorteile der Teile würden dann über dem Wohl des Ganzen gestellt werden. Freundschaften, Vertrauensbeziehungen und Seilmannschaftsqualitäten, eingebettet innerhalb von Teams und Organisationen, erweisen sich jedoch als Segen und können diese Systeme zu einer höheren Qualität und Leistungsfähigkeit bringen. Beispiel dafür sind die so genannten Hochleistungs- oder Hochqualitätsteams. Auch hier gilt das Prinzip, dass die Loyalität zum Ganzen über der Loyalität zum Subsystem stehen muss, damit die innere Ordnung und der reibungslose, konfliktfreie Ablauf der Prozesse gewährleistet sein können. Zuerst braucht es die gemeinsame Vision, das vereinende Bewusstsein und dann können daraus die vielfältigen strukturellen Zusammenhänge und Beziehungen erwachsen. In dem Maße wie Menschen und mit ihnen soziale Systeme in ihre Reifestufe hineinwachsen, werden sie sich ihrer Interdependenz zu allen anderen Mitmenschen bewusst, und Form und Qualität der Interaktion, Kommunikation, Entscheidungsfindung und Konfliktlösung müssen unweigerlich aus den Kinderschuhen herauswachsen und einer reiferen Kultur Platz machen.

3. Output-Komponente

Systeme finden ihren Ausdruck in einer klaren Ausrichtung, in einer aus der Zugehörigkeit zum übergeordneten System abgeleiteten Funktion. Ohne dieses Ergebnis blieben Sinn und Zweck des Ganzen unerfüllt und die Frage nach Identität, Struktur und Kultur unbeantwortet. Je komplexer die Systeme sind, desto mehrschichtiger und vielfältiger können auch deren Funktionen sein. Aber unabhängig von der Schlichtheit oder Komplexität der Ergebnisse sind klare Aufgabenformulierungen und Leistungsziele untrennbarer Bestandteil der Systemdefinition und -identität. Die einfließende Energie durchläuft einen Transformationsprozess und wird als funktionsgerechtes Ergebnis dem Umfeld zugeführt. Die Durchgängigkeit dieses systemischen Prozesses, der ungestörte Durchfluss stellt in sich auch einen Feedbackkreislauf dar, der alle drei Ebenen der systemischen Ordnung miteinander verknüpft. An der Erfüllung der

Funktion misst man den Zustand eines Systems und findet darin das Beweisverfahren für Gesundheit oder Störung im Durchfluss und der inneren Struktur des Ganzen. Ein Baum hat Früchte zu tragen, eine Kerze oder Lampe Licht zu spenden, aus einer Quelle erfrischendes Wasser zu fließen. Genauso werden technische Geräte und Maschinen nach ihrem Funktionieren beurteilt. Wenn sie ihrer Funktion nicht entsprechen, ist das ein Hinweis auf eine aufgetretene Störung oder eine Blockade in irgendeinem Teil des Systems. Eine Kontrolle hinsichtlich der Fehlerquelle und der Ursache des Problems wird sich systematisch alle fünf Bereiche vornehmen. Das Ziel der Behebung der Störung liegt dann darin, die eigentliche Ursache zu entdecken und das System wieder in Fluss zu bringen:[55]

- **Inputebene:**

Im Falle einer Funktionsstörung bei einem technischen Gerät ist oft der erste Schritt festzustellen, ob es an die Energiequelle angeschlossen ist oder ob der Kontakt unterbrochen wurde. Dieses Prinzip findet nicht nur bei mechanischen Systemen Anwendung, sondern trifft für offene Systeme gleichermaßen zu, die selbständig ihre System erhaltende Energiezufuhr sicherzustellen haben. Die Frage erschöpft sich nicht nur darin, ob Energie und Information zugeführt werden, sondern beinhaltet auch, ob das Richtige in ausreichender Menge zufließt. Für den Menschen bedeutet dies auf der physischen Ebene, dass einerseits ausreichend Nahrung oder Sauerstoff dem Körper zur Verfügung stehen müssen, dass aber andererseits auch eine falsche Ernährung Störungen verursachen kann. Auf der mentalen Ebene wird festzustellen sein, ob grundsätzlich Offenheit für Lernen und Veränderung vorhanden ist und ob in der Folge sinnvolles Wissen vermittelt wird oder vielleicht falsche Ansätze und Ideologien aufgenommen werden. Genauso benötigen wir zu unserer umfassenden Gesundheit den Input der sozialen wie auch der spirituellen Ebene. Mangelerscheinungen in den Beziehungen können bei Menschen ebenso auftreten wie Symptome von Hunger oder Durst nach Geistigem.

---

[55] Man könnte die Aussage von Steve DeShazer: „*If something runs, don't fix it.*" in diesem Zusammenhang umkehren und sagen: „*If something is stuck, make it run.*" (Wenn etwas blockiert ist, bring es zum Laufen.)

Im Falle eines nicht funktionierenden Teams würde man sich vergewissern, ob diesem die notwendige Unterstützung, Information oder Anerkennung zukommt. Aber auch die Frage, ob das Team an die richtige Ebene oder Person angebunden ist und damit auch tatsächlich relevanten und zielkonformen Input erhält, mag einer Überprüfung wert sein. Ein Team benötigt zum Wachsen einen Nährboden an Gleichwertigkeit, Offenheit, Vertrauen und Lernbereitschaft. Ohne diese Voraussetzungen würde es verkümmern. In besonderen Fällen der Bildung von Tochterorganisationen von Unternehmen kann ein Ausdruck der notwendigen Vorkehrungen darin bestehen, dass diesen jungen Systemen seitens der Mutterfirma ein größerer Freiraum und ein gewisses Maß an Autonomie eingeräumt wird, damit sie wachsen können und genügend „Luft zum Atmen" haben.

- **Systemebene:**

Funktionsstörungen können ihre Ursache aber auch auf der Systemebene haben. Sei es, dass das Ganze nicht klar und eindeutig definiert ist und/oder die Verbindlichkeit der Subsysteme zum System nicht stattgefunden haben bzw. gelöst wurden. Die Festsetzung und Definition der Systemgrenzen, des Sinns und Zwecks des Ganzen, Klarheit darüber, wer dazu gehört und wer nicht, all das sind wesentliche Voraussetzung und bilden eine Hauptverantwortung der Führungsfunktion. Wann immer diesem Grunderfordernis nicht eindeutig nachgekommen wird, die Führung ihre Rolle nicht erfüllt und damit das System vage bleibt, können sich die Mitglieder nicht verbindlich zuordnen und das Ganze bleibt undefiniert. In diesem Fall ist der Teambildungsprozess meist schon zu Beginn gestört. Ähnliche Krisen können auch auftreten, wenn ein Wechsel in der Mitgliedschaft eintritt und man das System nicht neu definiert, sondern lediglich die „neuen Mitglieder" formlos einzugliedern versucht. Wichtig ist es, den Zusammenhang zu verstehen, dass es gerade bei interdependenten Organisationen keine „neuen Mitglieder" gibt, sondern bei jedem Wechsel die Karten neu gemischt werden. Wenn neue Mitglieder ins System einzugliedern sind, ist das Beziehungsnetzwerk innerer Struktur neu zu knüpfen, was einer Erneuerung und manchmal sogar einer Neudefinition des Gesamtsystems gleichkommt. Ansonsten werden neue Mitglieder oft als Fremdkörper empfunden, oder Parteibildungen innerhalb des Teams sind die Folge. Weit problematischer ist es, wenn anfangs interdependente Mitglieder ihre Verbindlichkeit zum Ganzen lösen und in die *innere Kündigung* gehen. Dieser ungeklärte Zustand schadet nicht nur dem System außerordentlich, sondern auch den betreffenden Personen, so wenig diese das auch verstehen mögen. Auch falsch verstandene Loyalitäten und Lobbyverbindlichkeiten einzelner Mitglieder zu Personen und Gruppen außerhalb des Teams können ähnliche Konsequenzen hervorrufen und einen zersetzenden Einfluss ausüben.

- **Ebene der Subsysteme:**

Wir haben bereits festgestellt, welche Bedeutung der Qualität, den besonderen Fähigkeiten und dem Einsatz der Mitglieder in einem interdependenten System zukommt. Störungen, die ihre Ursache auf dieser Ebene haben, können die Folge der Handlungen unreifer Persönlichkeiten sein, die ihren Ambitionen oder egoistischen Neigungen folgen, anstatt die Interessen des Ganzen im Blick zu haben. Auch die richtige Auswahl der Mitglieder, ihre komplementäre Zusammensetzung und ihre auf die Teamaufgabe abgestimmten Fähigkeiten sind besondere Kriterien für den Erfolg und das Funktionieren des Teams. Fehlt die notwendige Vielfalt, weil man eine homogene Gruppe zusammengestellt hat oder weil im Laufe der Zeit durch Tabuisierung gewisser Themen das Beratungsklima im Team eingeschränkt wurde, können übersummative Ergebnisse nicht erzielt werden und das Team bleibt weit hinter den Möglichkeiten zurück. Auch eine einseitige Betonung der harten Faktoren für den Erfolg und eine Einschränkung der Förderung der menschlichen Potentiale bei den Mitgliedern kann sich in einem Leistungsabfall und einer Stör- und Fehleranfälligkeit im Team ausdrücken.

- **Das Beziehungsnetzwerk**

Das Gefühl der Zusammengehörigkeit und die Qualität der Beziehungen haben ihren Ursprung zwar in der verbindlichen Zuordnung zu einem gemeinsamen Ganzen, durchlaufen jedoch für sich auch einen Entwicklungsprozess und haben ihre eigene Dynamik. Die Spielregeln, Werte und Prinzipien, Denkmodelle und Verhaltensformen untereinander machen die Besonderheit der Kultur im System aus. Auch wenn der Reifegrad der Einzelpersonen einen Einfluss hat, so handelt es sich vorwiegend um Aspekte der Beziehung, worin immer zwei oder mehrere Personen eingebunden sind und sie ihre typische Ausdrucksform finden. Verdrängte, unausgesprochene Konflikte, Missverständnisse, Verletzungen und Entfremdungen können oft die Ursache dafür sein, dass die Beziehungskanäle verstopft sind und der Durchfluss unterbunden wird. Bloße Harmonisierung innerhalb der Gruppe wird nicht die Beziehungsqualität garantieren können, die ein echtes Team zum Arbeiten benötigt. Manchmal werden auch Probleme von außen ins Team getragen, wenn zum Beispiel einseitig Leistungen von Einzelpersonen hervorgehoben und ausgezeichnet werden anstatt das Gesamtteam zu würdigen. Diese zersetzende Taktik wird oft von den Medien gegenüber Sportteams angewandt, wenn einzelne Spieler zu Stars hochgejubelt werden, aber auch in Firmen, wo man durch das Küren des *Mitarbeiters des Monats* oder des Jahres Selbstprofilierungstendenzen fördert. Das bedeutet nicht, dass die Leistungen der Einzelnen keine Beachtung finden sollen, ganz im Gegenteil. Doch bleibt es übergeordnetes Prinzip, dass Beiträge nur dann ökologisch sind, wenn sie dem Interesse des Gemeinsamen dienen und nicht ausschließlich persönlich motiviert sind. Dieselben Muster können im Rahmen von Unternehmen zwischen Abteilungen und Funktionsbereichen auftreten. Diese zu ignorieren oder die Beziehungsebene auszuklammern und sich auf die Sachebene zurückzuziehen, ist keine reife Form der Entscheidung. Die Beachtung eines grundsätzlichen Maßes an *Beziehungshygiene* sollte zu jeder Team- und Unternehmenskultur gehören. Konflikte und Missverständnisse müssen möglichst rasch angegangen und mit Bezug zur gemeinsamen Systemebene ehestens einer befriedigenden Lösung zugeführt werden. Eine Empfehlung besagt, dass möglichst keine Nacht dazwischen kommen sollte!

Beeindruckend und inspirierend war für mich die Geschichte eines afrikanischen Dorfes, in der diese Qualität der Beziehungshygiene in der Form durchgeführt wurde, dass der Medizinmann von Zeit zu Zeit einen rituellen Gegenstand kreuz und quer von Hand zu Hand gehen ließ. Bedingung war, dass die Dorfbewohner dieses Objekt erst dann einer anderen Person aushändigen bzw. es von jemandem annehmen durften, wenn sie überprüft hatten, dass keine Konflikte oder schlechten Gefühle zwischen ihnen bestanden. Ansonsten hatten diese zuerst ihre Beziehungsprobleme zu lösen, bevor der Gegenstand seine Reise fortsetzen durfte. Die reinigende Wirkung auf das Beziehungsnetzwerk im Dorf war dann abgeschlossen, wenn das Objekt wieder am Ausgangspunkt angekommen war.

- **Outputebene:**

Obwohl diese Ebene meist Symptom- und Kontrollfunktion hat, kann die Ursache der Störung auch in diesem Bereich selbst liegen. Wenn der Output-Kanal blockiert ist, kann trotz intakter Energiezufuhr und Transformation die Funktion des Systems unterbunden sein. Diese Form der Verstopfung kann nicht nur im Physischen auftreten, sondern hat auch ihre Entsprechung auf der mentalen und emotionalen Ebene. Jemand, der sich viel Wissen aneignet, dieses aber nicht in den Dienst der Gemeinschaft stellt, so dass Nutzen daraus gezogen werden kann oder wer seine Fachkompetenz nur im Eigeninteresse verwendet, blockiert damit den Outputkanal und verursacht eine *mentale Verstopfung*. Die Kennzeichen dieser Störung sind oft Stolz, Dünkel und Überheblichkeit. Auch jemand, der viel Liebe und Zuneigung empfängt, aber nicht bereit ist, anderen Liebe, Vertrauen und Herzlichkeit entgegenzubringen, baut eine emotionale Blockade auf. Hierbei kommt deutlich zum Ausdruck, dass in allen Belangen Nehmen und Geben in Balance sein müssen, damit systemische Gesundheit und Funktionsfähigkeit gewahrt bleiben. Ein Team erfüllt keinen Selbstzweck und wird nicht nur nach der Herzlichkeit der Beziehungskultur unter den Mitgliedern zu bewerten sein. Ein Team hat Ergebnisse zu erzielen. Zu diesem Zweck wurde es ins Leben gerufen und gerade darin zeichnet es sich gegenüber Einzelpersonen und Arbeitsgruppen aus. Daher wird zu überprüfen sein, ob die Teamberatungen tatsächlich praktikable und umsetzbare Beschlüsse erbringen und sie auch im Geist gemeinsamen Handelns ihre Anwendung finden.

Nicht immer treten Störungen jedoch in Form eines totalen Funktionsausfalls auf, sondern führen meist zu einem abgeschwächten Output. Damit man dieses Zeichen auch tatsächlich als Signal zum notwendigen Handeln versteht, bedarf es der Kenntnis der systemischen Zusammenhänge und dessen, wie der Optimalzustand sein könnte. Oft geben sich Menschen mit einem Rinnsal zufrieden, wo ein Strom möglich wäre, weil sie meinen, dass man nicht mehr erwarten dürfte. So geben sich Unternehmen und Führungskräfte mit Pseudoteams und leistungsschwächeren Arbeitsgruppen zufrieden, in Ehen und Partnerschaftsbeziehungen lebt man nebeneinander dahin, ohne latente Potentiale zu entdecken und zu fördern und Kinder und Jugendliche werden unterfordert, weil man ihnen nicht mehr zutraut.

Veränderungsprozesse in komplexen Systemen unterliegen immer einer Zeitverzögerung, d.h. sie kündigen sich zwar an, aber die Auswirkungen sind nicht sofort spürbar und auch Korrekturmaßnahmen wirken sich nicht sofort regulierend aus. So passiert es, dass mangels besseren Systemverständnisses man am Symptom hängen bleibt und zu kurzlebigen, ergebnisorientierten Maßnahmen greift, die Quick-Fix-Resultate versprechen oder man sich mit „Aspirin" und „Pflasterkleben" begnügt. Erst wenn die Signale krisenhafte und bedrohliche Ausmaße angenommen haben, erwachen viele zum Handeln, aber auch da mehr nach dem Muster von hektischem Krisenmanagement und Radikallösungen und weniger mit klarem Verständnis für die Ebene der eigentlichen Ursache. Die Art, wie wir die Dinge sehen, ist die Quelle unseres Denkens und Handelns. Mit ein Grund für das späte Erkennen von Feedbacksignalen, die auf systeminterne Blockaden hinweisen, ist die verbreitete Haltung, die Ursache für Probleme grundsätzlich extern zu suchen. Diese Einstellung der Projektion ist wie Stephen Covey bemerkt, schon das eigentliche Problem: *„Immer wenn wir das Problem ‚dort draußen' vermuten, ist das eigentliche Problem dieser Gedanke."* Durch diese Verlagerung nimmt man sich die Chance zum Lernen und wird blind für die Zeichen und Zusammenhänge im Ordnungsgefüge von Systemen. Wenn Probleme nach außen projiziert werden, manövriert man sich in eine Passivität, die es erschwert, den Hebel zu entdecken, um „innen" anzusetzen und mit Selbstkompetenz die Dinge zu ändern. Auch neigt man dann eher dazu, Energien in den Schein zu investieren und am Erscheinungsbild zu arbeiten als das Sein zu fördern und Geduld für notwendige Wachstumsprozesse aufzubringen.[56] Wenn bei einer Diaprojektion das Bild an der Wand schief und unscharf ist, wird jedes Bemühen, das Bild an der Wand zu korrigieren, vergeblich sein. Setzt man jedoch am Projektor an, dann reicht ein einfacher Handgriff. Gerade wenn es um echte Teamarbeit geht, reicht die Form, das Etikett nicht aus. Es braucht den Menschen mit seiner ganzen Persönlichkeit im reifen Zusammenspiel mit anderen, verbunden durch Sinn und Vision.

---

[56] vergleiche Stephen R. Covey, *Sieben Wege zur Effektivität*, worin er auf die Verlockungen der Image-Ethik und die Segnungen der Charakter-Ethik eingeht.

SYSTEMPRINZIPIEN

1. Das Recht auf Zugehörigkeit zum System

Da ein Sozialsystem eine unteilbare Ganzheit bildet, ist jedes seiner Mitglieder als ein dem Ganzen anvertrautes Pfand zu betrachten. Dieses Recht auf Zugehörigkeit bildet die ethische Grundlage für die meisten anderen Rechte, seien diese persönlicher, sozialer oder wirtschaftlicher Natur. Die Sicherheit der Subsysteme, Ansprüche und Pflichten, Wohlergehen und Entwicklung sind alle darin inbegriffen. Das Prinzip der *kollektiven Treuhänderschaft* bedingt auch, dass jedes Mitglied der Gemeinschaft das Recht hat zu erwarten, dass die für seine Identität wesentlichen kulturellen Grundbedingungen sichergestellt werden. Die Bedeutung klarer Systemdefinition und dessen Funktion birgt in sich auch die Beantwortung der Frage nach der uneingeschränkten Gleichwertigkeit der Zugehörigkeit aller Mitglieder zum Ganzen. Wenn diese auch unterschiedliche Rollen und Entwicklungsstufen einnehmen, so bleibt es als unverbrüchliches Recht jedes einzelnen, dem System anzugehören und in dieser Funktion eine klare Aufgabe und Rolle zu übernehmen. Aus dem Recht auf Zugehörigkeit erwächst, dass es die Verantwortung der Führung innerhalb eines Systems ist, jedem Mitglied dieses Recht entsprechend der Fähigkeiten und Möglichkeiten einzuräumen. Für Mitglieder auf der Stufe der Dependenz bedeutet dies Schutz und Sicherheit, sowie die Förderung der sozialen und geistigen Fähigkeiten in Richtung Selbständigkeit und Interdependenz. Für jene, die die Stufe der Eigenverantwortlichkeit erreicht haben, leitet sich daraus das Recht ab, dass sie ihren Beitrag zum Erhalt, zu der Erneuerung und dem Wohl des Ganzen leisten dürfen. Die vorrangigste Qualität der Führung besteht darin, jenes Umfeld zu schaffen, in dem die Systemmitglieder ihre Potentiale und Kenntnisse entfalten, erweitern und zum Nutzen des Gemeinkörpers einsetzen können. Ansonsten werden die fähigeren unter ihnen sich vom System verabschieden, sich andere Ziele setzen und versuchen, anderswo ein Tätigkeitsfeld zu finden, in dem sie ihre Potentiale sinnvoll einbringen können.

Wenn man dieses systemische Grundprinzip als Maßstab nimmt, wird man viele Fehlentwicklungen in Familien, Organisationen und der Gesellschaft entdecken, die auf die Verletzung dieser Regel zurückzuführen sind. Seien dies verwöhnte oder verwahrloste Kinder, die so genannte „No-Future-Generation" der Jugend, die weder in der Gegenwart noch in der Zukunft einen Platz zu haben scheint, aber auch Formen von Mobbing, Arbeitslosigkeit, Ausschluss, Diskriminierung und sogar gewisse Entwicklungen bei der Pensionierung älterer Menschen, denen das Gefühl vermittelt wird, nicht mehr gebraucht zu werden. Pflege und Beschäftigung sind kein Ersatz für das Recht auf Zugehörigkeit und Verantwortlichkeit im System. William James bemerkt: „Eine unmenschlichere Strafe könnte nicht erfunden werden, als dass man – wenn dies möglich wäre – in der Gesellschaft losgelassen und von allen ihren Mitgliedern völlig unbeachtet bleiben würde." [57] Es ist wohl kaum zu bezweifeln, dass eine derartige Situation zum „Selbstverlust" führen würde.

2. Das Wohl der Teile wird am besten durch das Wohl des Ganzen sichergestellt

Aus der Zugehörigkeit der Subsysteme zur übergeordneten Entität ergibt sich, dass die lebenserhaltende Zufuhr an Substanzen, Energie und Information für diese als Input von der höheren Ebene erfolgt. Die Lebendigkeit der Einzelelemente, die Gesundheit und Nachhaltigkeit ihrer Beziehungsstrukturen und die Qualität der inneren Kultur sind alle davon abhängig und die direkte Folge dieser systemischen Zuordnung zum Ganzen. Jede Schwächung des übergeordneten Systems oder der Verlust der Verbundenheit damit haben unweigerlich und ohne Ausnahme nachteilige Wirkung auf *alle* Subsysteme und deren Beziehungsnetzwerk in der Wechselwirkung. Wohlergehen, harmonische Ausgewogenheit, Nachhaltigkeit und Sicherheit innerhalb des Systems sind ohne Umsetzung dieses Prinzips nicht zu verwirklichen. Es stellt auch das Grundmodell dar, wenn es darum geht, systemische Konfliktlösungen zu erzielen, die zu allgemein zufrieden stellenden Ergebnissen führen sollen.

---

[57] Zitiert bei Paul Watzlawick, *Menschliche Kommunikation, Formen, Störungen, Paradoxien,* 1990

3. Führungskompetenz im System bedingt ein umfassenderes Denk- und Verantwortungssystem als das Handlungssystem

Führung bedeutet Verantwortung für das System. Wer immer im Rahmen von Organisationen, Gemeinschaften und jeglichen offenen Systemen Führungsverantwortung übernehmen will, muss sicherstellen, dass sein Denk- und Verantwortungssystem umfassender ist als sein Handlungssystem. Nur jemand, der die Interessen des übergeordneten Systems kennt und sich dafür auch verantwortlich fühlt, kann letztlich den Sinn, Zweck und die Rolle des Subsystems erfassen und daraus den sicheren Kurs für Gegenwart und Zukunft bestimmen. Eine Verbindlichkeit zum Subsystem ohne Blick und Verantwortlichkeit für das Ganze kann letztlich keinen heilsamen Effekt für irgendeinen Teil bewirken, was sich aus dem vorhergehenden Systemprinzip ableiten lässt. In interdependenten Systemen kommt *jedem* Mitglied ein gewisses Maß an Systemverantwortung und damit Führungsfunktion zu. Es entspricht also den unverzichtbaren Kriterien systemischer Reife, dass das eigene Denk- und Bewusstseinssystem über das persönliche Handlungssystem hinausgeht.[58] Dieser Ansatz kommt auch in dem vielseitig verwendeten Ausspruch zum Ausdruck: *Global denken – lokal handeln.* Diese Ermahnung, global zu denken, auch wenn wir lokal handeln, entspricht der Außergewöhnlichkeit unserer Zeit. Globalität bedeutet in diesem Sinne, die ganze Welt im Blick zu haben, bedeutet, die Interdependenz aller Ereignisse und Handlungen auf unserem Globus zu respektieren. Scheinbar lokale Handlungen strahlen Wirkungen bis in die entferntesten Winkel der Welt aus. Es entspricht einem Kontextirrtum, wenn Menschen heute glauben, sie handelten lokal, regional oder national – sie handeln immer global! Ob wir uns dessen bewusst sind oder nicht, unser

---

[58] Die Verletzung dieses Prinzips hat sowohl für den Einzelnen als auch für das jeweilige System weit reichende Folgen. Personen, deren Bewusstsein auf ihr eigenes Ego eingeschränkt ist, entwickeln sich zu Gefangenen ihres eigenen geschlossenen Systems und zu Exzentrikern in sozialer Isolation. Der Mangel an umfassendem Sinn und weiterreichender Vision lässt sie zu Opfern und Getriebenen äußerer Umstände werden, die sie weder begreifen noch beherrschen vermögen. Geschüttelt durch Krisen und Probleme, begnügen sie sich damit, ihr Leben zu „managen". Echte Lebens-FÜHRUNG mit den Qualitäten von höherem Sinn, Vision, umfassender Gestaltung, intrinsischer Motivation und sozialer Interaktion bedarf der Mündigkeit interdependenten Bewusstseins, das den eingeschränkten Handlungsrahmen übersteigt.

Handeln steht immer in einem weltweiten Kontext. Aus diesem Grund sollte man auch global-verantwortlich denken.

4. Interessen des übergeordneten Systems müssen über die Loyalität zu den Subsystemen gestellt werden, da diese ihre Existenz aus dem Ganzen beziehen

Aus der Klarheit für die Mehrschichtigkeit systemischer Zusammenhänge und der Verantwortlichkeiten ergibt sich eindeutig, dass die Interessen des verbindenden Systems abgedeckt sein müssen, wenn das Wohl der Subsysteme sichergestellt sein soll. Eine Verletzung dieses Prinzips führt zu entropischen Zerfallstendenzen im sozialen Gewebe vernetzter Strukturen. In der Praxis trifft man nicht selten auf Manager und Politiker, die meinen, dass sie den Interessen ihres Unternehmen oder ihres Landes am besten dienten, wenn sie diese über die Interessen der regionalen oder globalen Ebene stellten. Das umfassende Umfeld wird in solchen Fällen lediglich zum „Markt" deklariert, und man gibt sich dem Trugschluss hin, auf Kosten des Ganzen Vorteile für die Teile gewinnen zu können. Diese kurzsichtige Haltung kann nur aus Mangel an systemischem Verständnis und aus dem Fehlen echter Führungskompetenz entstehen. Ein weiterer Ausdruck dieser Kurzsichtigkeit ergibt sich dann, wenn man den Erfolg von Wirtschaftsunternehmen über einseitige Parameter und harte Messkriterien wie Profit und Gewinnmaximierung bestimmt und dadurch blind wird für Warnsignale systemischer Verletzungen wie wachsende Umweltzerstörung, sinkende Überlebenschancen für Millionen von Menschen, steigende Arbeitslosigkeit etc. Bezeichnenderweise stellen diese Signale für die meisten global oder regional agierenden Firmen keine Parameter dar, für die sie sich verantwortlich fühlen oder woran sie ihren Erfolg oder Misserfolg messen würden.

Mit zunehmender Komplexität der Sozialsysteme bis hin zur globalen Dimension der Menschheit und dem erweiterten Zugang zu einer Vielfalt an wissenschaftlichen und kulturellen Quellen wird die Ausrichtung auf *Gerechtigkeit* im Sinne der *Priorität des Gemeinwohls* als das Leitprinzip für eine erfolgreiche Sozial- und Wirtschaftsstruktur unentbehrlich. Die Sorge für Gerechtigkeit wird zum unverzichtbaren Kompass bei kollektiver Entscheidungsfindung, weil sie das einzige Mittel darstellt, mit dem Einheit im Denken und Handeln erreicht werden kann. In dieser Form ist die Gerechtigkeit der praktische Ausdruck interdependenten

Bewusstseins, dass bei der Verwirklichung menschlichen Fortschritts die Interessen des Einzelnen mit denen der Gesellschaft unauflösbar verknüpft sind. In dem Maße, wie Gerechtigkeit zum Leitprinzip menschlichen Handelns wird, wird die Entwicklung eines Klimas der kollektiven Meinungsbildung und Entscheidung ermöglicht, das die vorurteilsfreie Untersuchung von Wahlmöglichkeiten und schließlich die Auswahl des geeigneten Handelns erlaubt. In einem solchen Klima systemischer Reife besteht eine weit geringere Wahrscheinlichkeit, dass auf Grund der immerwährenden Versuchungen zu Manipulation und Parteilichkeit das Wohlergehen der Gesamtheit den Vorteilen privilegierter Minderheiten geopfert wird. Dass diese Haltung keineswegs zu einer Benachteiligung in der persönlichen Entwicklung, sondern im Gegenteil zu einem stabileren Selbstwertgefühl führt, unterstreicht Stephen Covey: *„Ein stabiles Selbstwertgefühl zu entwickeln und sich gleichzeitig höheren Zielen und Prinzipien unterzuordnen – diesen scheinbar so paradoxen Anspruch müssen wir erfüllen, um zur höchsten menschlichen Vollendung zu gelangen und effektiv führen zu können."[59]*

Im Rahmen eines interdependenten Systems, das durch das Bewusstsein der Unteilbarkeit der systemischen Ganzheit möglich wird, können alle Aspekte der Sorge um die Rechte der Mitglieder ihren verbindenden und kreativen Ausdruck finden. Die maßgeblichen menschlichen Eigenschaften wie Ehrlichkeit, Einsatzfreude und Kooperationsgeist können erfolgreich für die Durchführung anspruchsvoller gemeinsamer Ziele gebündelt werden, wenn jede Teilgruppe und jedes Mitglied der Gemeinschaft darauf vertrauen kann, dass sie durch Normen geschützt und an Vorteilen teilhaben werden, die in gleicher Weise für alle gelten. Die Folgerungen für die soziale und wirtschaftliche Entwicklung und die geistige Gesundheit der Gemeinschaft sind tief greifend.

5. Reife und Führungskompetenz innerhalb eines Systems erwachsen aus der Fähigkeit und dem Willen zur Verantwortung für das Systemwohl

Reife wird definiert als jene Entwicklungsstufe, auf der das Individuum aber auch ganze Organisationen und Gemeinschaften *fähig und willens* sind, Verantwortung für das Ganze zu übernehmen. Daraus folgt, dass

---

[59] Stephen Covey, *Die effektive Führungspersönlichkeit*, 1999

damit auch der Blick über die Grenzen des eigenen Subsystems hinausreicht und das Verbindende und Vereinende erkannt und gewürdigt wird. So wichtig klare Systemidentitäten und -definitionen sind, so stellt der fehlende Blick für das Umfassende einen Mangel an systemischer Reife dar. Führung muss führen, d.h. der Systemverantwortung für den Kurs des Ganzen gerecht werden. Ein System wird über die Führung definiert und diese übt Systemautorität aus, was nicht mit Macht zu verwechseln ist. Macht im Sinne der Energie zur Umsetzung liegt bei den Systemmitgliedern. Gleichwertigkeit wird nicht durch Führungslosigkeit erreicht, sondern durch universelle interdependente Verantwortlichkeit für das gemeinsame Ganze.

6. Das Gleichgewicht von Geben und Nehmen

Alle Bestandteile eines Systems sind dem Prinzip des Gleichgewichts von Geben und Nehmen unterworfen, wovon die Systemexistenz abhängt. Ohne dieses Gleichgewicht geriete das Gesamtgefüge in Unordnung und die Bindungen, die alle Systemteile miteinander verflechten, würden aufgelöst. Auch soziale Systeme kennen so etwas wie eine innere Kontoführung. Unausgeglichene Bilanzen führen zu Beziehungsstörungen, Schuldgefühlen und Unzufriedenheit. Sie verlangen nach Ausgleich. Neben Zugehörigkeit und Ausschluss gibt es auch andere einseitige Entwicklungen, die Verletzungen des Gleichgewichts von Geben und Nehmen darstellen. Geschieht einer Person im Sinne ihrer Zugehörigkeit und Leistung innerhalb des gemeinsamen Ganzen Unrecht, so schwächt das das System. Wer andererseits in einem System dauerhaft mehr gibt als er nimmt, fördert Beziehungsabbrüche. Überversorgung hat ebenso negative Folgen wie Ausbeutung. Beide Extreme führen zu Formen, die auf Dauer Sinn und Zweck und damit die Nützlichkeit im System in Frage stellen.

Obwohl es notwendig und vollkommen legitim ist, dass Kinder auf der Stufe der Dependenz ihrer Systemzugehörigkeit mehr empfangen als sie zur Gemeinschaft beitragen können, würde die Fortdauer dieser Einseitigkeit mit Erreichen der persönlichen Selbständigkeit und damit der erworbenen sozialen Fähigkeit, sich zum Wohl des Ganzen einzubringen, dem Individuum und der Gemeinschaft zum Nachteil geraten. Egozentrik und Parasitentum führen letztlich in die Isolation und Beziehungsunfähigkeit beim einzelnen, während sie dem System Energie entziehen und damit der Gefahr der Entropie Vorschub leisten. Ein über die Dependenzphase hinausgehendes, einseitiges Geben, welche die Kehrseite der Medaille darstellt, verletzt ebenso das Prinzip. Zum einen kann genau diese Haltung Entmündigung und das Entstehen egoistischer Tendenzen bei anderen fördern, zum anderen werden Personen, die längerfristig nicht in der Lage sind, die für ihre Aktivitäten notwendigen Energien aufzutanken, Gefahr laufen, bald ausgebrannt und erschöpft, ihrer wichtigen Aufgabe im Leben nicht mehr entsprechen zu können. Chronische Stresszustände, das Burn-out-Syndrom und ähnliche Entwicklungen stellen Konsequenzen derartiger Gleichgewichtsstörungen dar. Durch die Balance zwischen Geben und Nehmen entstehen andererseits innerhalb von Sozialsystemen starke Beziehungen und wechselseitige Verpflichtungen, die das Gefüge der Gesamtordnung stärken.

NEHMEN	+/- Verwöhnung, Parasitentum, Egoismus	+/+ Integration, Systemzugehörigkeit
	-/- indirekter Ausschluss, Verweigerung der Zugehörigkeit	-/+ Verwahrlosung, Ausbeutung, Sklaverei, Opfer

GEBEN

7. Systemisches Lernen umfasst sowohl Lernprozesse auf der Ebene der einzelnen Systemelemente, deren Beziehungen und der Ebene des Gesamtssystems im Rahmen seines Umfelds

Entsprechend den drei Ebenen der Systemordnung findet Lernen auf allen Ebenen statt und folgt jeweils anderen Schwerpunkten. Im Rahmen von Unternehmen durchlaufen sowohl die Einzelpersonen als auch ganze Abteilungen und Teams wie auch die Organisation in ihrer Gesamtheit einen Entwicklungsprozess, der die verschiedenen Phasen der Reifeevolution durchläuft. Die immer öfter verwendeten Begriffe *Lernende Organisationen* oder *Teamlernen* machen deutlich, dass Lernen nicht nur auf der Ebene des Einzelindividuums stattfindet, sondern auch Gruppen und Institutionen in ihrer systemischen Einheit erfasst. Wo immer Probleme oder Blockaden auftreten, ist man gut beraten, sich zu orientieren,

auf welcher Ebene eine Lektion zu lernen ist. Geht es um Einzelpersonen, die ihre Potentiale zu entwickeln haben, oder betrifft es die Beziehungskultur untereinander, welche einer reiferen Form zugeführt werden
muss? Handelt es sich gar um ein Lernpotential auf der Systemebene, wo
möglicherweise der Bezug zum umfassenden Ganzen geklärt werden
muss, oder wo ein systemisches Ungleichgewicht durch ungerechte oder
ungewürdigte Behandlung von Mitarbeitern aufgetreten ist? In diesem
Zusammenhang erweist es sich als unbedingt notwendig, nicht die Symptomebene mit der Problemebene zu verwechseln. Oft meinen Führungskräfte, ein Problem gelöst zu haben, wenn sie sich von einem un-
bequemen Mitarbeiter trennen und sind überrascht, wenn dieselben
Symptome erneut bei anderen auftreten und die Organisation in Atem
halten und blockieren. Dies ist oft ein Hinweis darauf, dass die Gesamtorganisation oder das Team etwas zu lernen hat, was man nicht auf die
Verantwortlichkeit der Einzelmitglieder reduzieren kann.

8. Leistungen im System müssen anerkannt werden

Leistung im und für das System muss stets anerkannt und gewürdigt
werden. Würdigung kann verschiedene Ausdruckformen finden, wie
Entlohnung, diverse materielle oder immaterielle Zuwendungen, Erwäh-
nungen und ritualisierte Auszeichnungen. Diese muss jedoch stets den
Systembezug enthalten, wenn sie wirksam sein soll. Besondere Leistungen bedingen auch besondere Anerkennung. Diese Vorgehensweise führt
zur Erhöhung der stabilisierenden Kräfte innerhalb eines Systems und
wird daher auch als *Immunkraftbildung* bezeichnet. Dabei ist es nicht
gleichgültig, von wem diese Würdigung ausgeht, da Führungspersonen
in ihrer Funktion nicht ihre persönliche Meinung zum Ausdruck bringen,
sondern für die jeweilige Systemebene oder die Gesamtorganisation
stehen. In dem Maße wie alle Menschen innerhalb der Organisation ihres
Beitrages zum Ganzen bewusst und wertgeschätzt werden, können sie in
ihrer Tätigkeit verbindenden Sinn und tiefe Motivation finden. Auch im
Falle des Ausscheidens eines Mitarbeiters sind dessen bisherige Leistungen für das Unternehmen in angemessener Form zu würdigen. Ausge-
klammerte, entwertend Gekündigte, Gemobbte oder ungerecht Übergangene wirken sich oft lähmend auf die Organisation und konfliktinduzie-
rend auf das Betriebsklima aus. Verletzungen dieses Prinzips können ein
System in einen *Zustand des Ungleichgewichts* in der Geben-Nehmen-

Bilanz bringen, was zu Blockaden und zu unerklärlichen Energieverlusten führen kann. Nicht selten finden sich dann Unternehmen und Führungspersonen in der Situation, dass sie feststellen müssen, dass nachkommende Personen oder andere Systemmitglieder unbewusst dieselben Verhaltensmuster aufnehmen, die sie gehofft hatten, mit der Entfernung der „Störer" beseitigt zu haben. Wann immer eine zu lernende Lektion das Gesamtsystem betrifft, können Maßnahmen, die auf das Entfernen der Symptomträger abzielen, keine wirkliche Entlastung bringen. Der solcherart entstandenen *Ausgleichsbedürftigkeit* ist im Nachhinein umso schwieriger nachzukommen, weil die betroffenen Personen nicht mehr anwesend sind.[60] Unternehmen verursachen manchmal auch bei notwendigen Rationalisierungsmaßnahmen, im Zuge derer Personal abgebaut wird, unnötigerweise eine *Schwächung des Systems*, wenn dieser Vorgang ohne Würdigung der bisherigen Leistungen der Ausscheidenden für das Unternehmen und möglicherweise in entwürdigender oder ungerechter Weise durchgeführt wird. Nicht selten findet sich die Geschäftsleitung schon nach relativ kurzer Zeit in einer „Déjà-vu-Situation", da nicht die erhoffte „Gesundung" eingetreten ist, sondern eine Wiederholung der ursprünglichen Problemkonstellation, was erneutes Handeln notwendig macht.[61]

Sollte sich für jemanden die Frage ergeben, ob er weiterhin in einem Unternehmen bleiben oder dieses verlassen soll, kann dies im Lichte dieses Prinzips leichter beantwortet werden. Bleiben sollte jemand, der in einem Abhängigkeitsverhältnis wie Lehre oder Ausbildung zum Unternehmen steht und die Organisation braucht (*Dependenz*) oder eine funktionelle Aufgabe im System erfüllt (*Interdependenz*). Wenn jemand, der keinen Beitrag zum Ganzen leisten kann oder will, wegen einseitig persönlicher Vorteile im Unternehmen bleibt, schwächt dieser nicht nur

---

[60] Matthias Varga von Kibéd und Insa Sparrer bezeichnen dieses Ungleichgewicht in der Geben-Nehmen-Bilanz als *Systemische Schuld,* was nicht als „Verschulden" in moralischer Hinsicht zu verstehen ist, sondern als eine entstandene *Ausgleichsbedürftigkeit* im System. Dabei gelten folgende Ausgleichsprinzipien:
- Der eigentliche Ausgleich liegt in d. *Anerkennung der Ausgleichsverpflichtung.*
- Die *Ausgleichsleistung* ist nur wirksam als Ausdruck dieser Anerkennung.
- Der Ausgleich hat in der „Währung" des Gläubigers zu erfolgen.
- Der Gläubiger hat auf ihm bekannte Konversionsmöglichkeiten hinzuweisen.

[61] Untersuchungen bei Unternehmen, die durch solche Rationalisierungsmaßnahmen betroffen waren, zeigten auf, dass bei den verbliebenen Mitarbeitern eine extreme Zunahme an Herz- Kreislauferkrankungen festzustellen war.

das Gesamtsystem, sondern könnte dadurch auch für sich wichtige Entwicklungschancen verpassen.[62] In jedem Fall ist es bei Trennungen sowohl für die Organisation als auch die Ausscheidenden wichtig, dass die Trennung in gutem Einvernehmen und gegenseitiger Achtung gerecht vollzogen wird. Damit wird sichergestellt, dass es in der Organisation ohne Bruch weitergehen kann und auch die betroffenen Personen an der neuen Stelle gut ankommen. Vom systemischen Standpunkt aus sind Begrüßungs- und Verabschiedungsrituale, wenn sie diesem Geist entspringen, für die Prozesse äußerst förderlich.

9. Organisationen wie auch Teams sind aufgabenorientierte Systeme und haben ihrer Funktion gerecht zu werden

Es gibt vielfach Arbeitsgruppen oder Teams, die ihre funktionelle Aufgabe und damit den tieferen Sinn aus den Augen verloren haben. Die Mitarbeiter sind dann vor allem mit sich selbst und ihren Beziehungsproblemen beschäftigt, klagen über die „da oben" und sehen sich als Opfer der Situation. Ähnlich ergeht es ganzen Unternehmen, wenn sie die Perspektive für die Kundenbedürfnisse und ihre Dienstleistungsfunktion außer Acht gelassen haben, dass sie in eine Art Lähmung verfallen und „blind" werden für die Notwendigkeit systemischer Durchgängigkeit und ihre Verantwortung im größeren Rahmen. Eine Neuorientierung auf den übergeordneten Systembezug mit erneuerter Verbindlichkeit in Bezug auf die Mission, Corporate Identity und Vision des Unternehmens mit den dazugehörigen Prinzipien und Werten mag hilfreich sein, um sich mit neuem Impuls der Aufgabe zuzuwenden.

10. Funktionelle Rangordnung innerhalb eines „Fortpflanzungssystems" folgt dem Prinzip „Jugend vor Alter", in einem „Wachstumssystem" nach Bedeutung der Funktion und der Dauer der Zugehörigkeit

Neugebildete Systeme müssen gegenüber den alten Systemen Vorrang bekommen, damit sie wachsen können. Wenn also beispielsweise inner-

---

[62] Vergleiche: Ein Absitzen der Jahre bis zur Pensionierung oder im Hinblick auf eine zu erwartende Abfertigung; der Zustand *innerer Kündigung* oder das Bekleiden eines Postens, wofür man nicht die Eignung aufweist („Peters-Prinzip") etc.

halb eines Unternehmens ein neues Team gebildet wird, ist es in seiner Bildungsphase das schwächere System mit den schwächeren Grenzen und genießt aus diesem Grund Vorrang gegenüber älteren Subsystemen. Es ist wichtig, dass hier eine gewisse Autonomie gewährt und den Teammitgliedern die Chance gegeben wird, sich in ihrer Loyalität zum Team zu finden. Eine ähnliche Situation ergibt sich bei der Gründung einer Tochterfirma, oder in der Beziehung eines neu verheirateten Paars gegenüber den Elternsystemen. Anders verhält es sich, wenn bestehende Systeme wachsen. Neuhinzugekommene übernehmen Raum von denen, die schon länger dazugehören. Daher ist diesen, die früher in die Organisation eingetreten sind und ihren Beitrag am Aufbau des Systems geleistet haben, Achtung und Würdigung entgegenzubringen. Gerade neue Führungskräfte, Mitarbeiter oder sogar Projektteams, die vorhaben, neue Ideen durchzusetzen, sollten dieses Prinzip beherzigen. Unnötiger Widerstand, Ärger, Energieverlust und Blockaden können vermieden werden, wenn die Neuen das Vorhandene bestätigen und wertschätzen und nicht besserwisserisch und missionarisch das Alte über Bord werfen. Es ist wichtig, die Altgedienten einzubeziehen, ihre Erfahrungen und Erkenntnisse zu berücksichtigen und sie zu Partnern der Veränderung zu machen.

DIE ENTWICKLUNG VON CHAOS ZUR ORDNUNG, VON KOMPLEXITÄT ZUR INTEGRATION

Alles befindet sich in Fluss und ist einem evolutionären Prozess dynamischer Veränderung unterworfen, der niemals zum Ursprung zurückkehrt. Die Natur kennt keinen Stillstand noch existiert eine statische Dauerhaftigkeit. Dinge entwickeln sich und wachsen oder sie verfallen und vergehen, sobald die gelagerte freie Energie für die Organisation der Komponenten aufgebraucht und das System dementsprechend desorganisiert wird. Dieser entropische Zerfallsprozess ereilt mechanische Objekte ebenso wie auch vormals offene Systeme, seien diese Einzelpersonen, Organisationen, Gemeinschaften oder Denkmodelle und Ideologien, sobald sie in Isolation geraten und zu geschlossenen Systemen verfallen. In der Evolution kennt man allerdings auch eine aufbauende Entwicklung von multipler Differenziertheit und Chaos zu Integration und Ordnung. Dies markiert die Entwicklung von einem Zustand großer Vielfalt und geringer Koordination zu einem Zustand von höchst koordinierten umfassenderen Ordnungsformen. Dieser Prozess verläuft entlang des Kontinuums der Reifeevolution, demgemäß vor dem Schritt der Integration immer eine Phase starker Differenzierung notwendig ist. Erst wenn Teile der Dependenz entwachsen sind und der Stufe der Independenz entsprechend ihre eigenständige Identität und Autonomie gefunden haben, können sie sich aus freien Stücken zu komplexeren interdependenten Einheiten zusammenschließen. Interdependenz kann weder aus Abhängigkeit entstehen noch durch Verbindung gleichartiger Teileelemente. Sie braucht die Vielfalt und das Komplementäre, um neue Systemidentitäten höherer Ordnung zu bilden. *Die Vielen werden Teile der Wenigen, und die Wenigen bilden kohärente Beziehungen aus, durch die sie Teil der letzten Einheit, des Netzes selbst, werden.*[63]

Im Zuge dieser progressiven evolutionären Entwicklung schließen sich komplexe aus multiplen Komponenten bestehende Einheiten zu größeren Ganzheiten zusammen, die vollendeter in den Potentialen und im Verhalten sind als die vorhergehenden Vielheiten. Existenz und Identität der Mitglieder als Subsysteme innerhalb dieser größeren Entitäten sind in keiner Weise eingeschränkt. Nicht nur bewahren sie ihre autonome Eigenheit, sondern entwickeln sich sogar in der Qualität ihrer Identität zu erweiterter Selbständigkeit. Rückbezüglich auf ihre ursprünglichen Systeme erfahren die Individuen, die diesen sozialen Evolutionsprozess durchlaufen, sogar eine Zunahme an Führungskompetenz und Wirksamkeit, da sich dadurch ihr Bewusstseinsfeld über die einengenden Grenzen des ursprünglichen Systems hinaus ausweitet, und sie die Fähigkeit erlangen, ihre Identität nicht aus dem Gegeneinander, sondern aus dem Miteinander abzuleiten. Als klar definierte untereinander vernetzte Subeinheiten innerhalb einer gemeinsamen Entität sind sie mit höherwertigen Aufgaben und anspruchsvolleren Rollen betraut und genießen in diesem Rahmen umfassendere Entscheidungsfreiheit und Mitverantwortung. Unter den voraussehbaren Charakteristika der Entwicklung finden sich also zunehmende Koordination zwischen vorher relativ isolierten Einheiten, das Hervortreten vollendeter Ordnungsmuster, die Einbindung von Individuen innerhalb übergeordneter Organisationsformen und die fortschreitende Verfeinerung bestimmter Arten von Funktionen und Fähigkeiten. Evolution schreitet in Richtung Organisation und Integration, Komplexität und Individuation fort. Dergestalt wächst eine gemeinsame, alle Teile verbindende *Ordnung ohne Entmündigung* und eine Qualität von *Freiheit ohne Anarchie.* Es ist ein dynamisches Feld interagierender Kräfte, die zum Hervorgehen von Systemen von wachsender organisierter Komplexität führen, von simplen Systemen zu komplexeren Einheiten in einem vielschichtigen Gefüge systemischer Verbundenheit. (Laszlo 1998)

Das Überlebensvermögen menschlicher Sozialsysteme wie Unternehmen, Organisationen, Staaten und Ökonomien hängt in großem Maße von ihrer Fähigkeit ab, sich auf wechselnde Umweltbedingungen einzu-

---

[63] Ervin Laszlo, *Systemtheorie als Weltanschauung: Eine ganzheitliche Vision für unsere Zeit,* 1998

stellen. Im Lichte des Vorangegangenen gewinnt dieser Aspekt soziokultureller Evolution besondere Bedeutung, welche ihre Ausrichtung im fortschreitenden Prozess des Zusammenschlusses kleinerer sozialer Einheiten zu einer Serie von größeren im Netzwerk kooperierenden Gesamtgefügen findet. Soziale Strukturen bilden wie Systeme in der Natur „Holarchien"[64]. Seit den frühesten Anfängen der Festigung des Familienlebens hat der Prozess der gesellschaftlichen Organisation nacheinander die einfachen Strukturen der Sippe und des Stammes über die vielfältigen Formen der städtischen Gemeinschaft bis hin zum Nationalstaat durchlaufen, wobei sich den menschlichen Fähigkeiten auf jeder höheren Stufe eine Fülle von neuen Möglichkeiten eröffneten. Bewohnte Regionen formten ursprünglich eher relativ geschlossene Systeme, worin sich einfache Zivilisationen ohne bemerkenswerte äußere Einflüsse zu ihrer Differenziertheit entwickeln konnten. Aus primitiveren Gemeinschaftsformen, die hauptsächlich in Form von Wettbewerb oder fallweisen Aggressionen mit Nachbarstämmen interagierten, erwuchsen mit der Zeit komplexere Einheiten mit ausgeprägterer Kommunikation, höher entwickelten technischen Möglichkeiten und erweitertem Aktionsradius für den Austausch von Kultur- und Wirtschaftsgütern. Im Verlauf der evolutionären Menschheitsentwicklung und der voranschreitenden Zivilisation sind bis heute verschiedene Stufen mit gesteigertem Ausmaß an Wirksamkeit und Verbesserung ihrer Organisation und Interkommunikation durchschritten worden. Familien schlossen sich zu Stammeseinheiten zusammen, Stämme zu Völkern, diese wiederum formten Nationen und Staatsgebilde. Mit jedem Schritt, der bekannterweise nicht immer friedvoll zustande kam, weitete sich der Wirkkreis der Kommunikation und Interaktion aus und die inneren Strukturen und Funktionen erreichten anspruchsvollere verfeinerte Entwicklungsformen. Der jeweils bedrohlichen Krise sich ausweitender unkontrollierbarer Komplexität und Differenzierung mit der Gefahr der Zersplitterung auf der Ausgangsebene wurde mit einem zunehmenden Maß an Integration und Ordnung auf der höheren Ebene begegnet.

---

[64] Holarchie (von griechisch *hólos* = Ganzheit), Koestler 1982: Diese sind flexibel koordinierte Multilevel-Strukturen, die trotz ihrer Komplexität als Ganzheiten, die aus ganzen Teilen (*Holons*) gebildet werden, mit ihrer ganz eigenen Charakteristika und inneren Kulturprägung agieren. Es gibt mehrere Ebenen und doch besteht Integration.

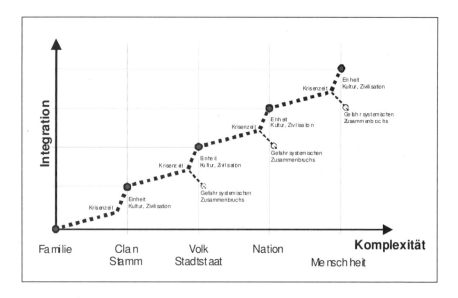

PROZESS DER KONVERGENZ

Jede neue Holarchie brachte aus der Synergie ihrer sie formenden Teile eine neue Kultur und Zivilisation hervor, die ihre jeweils ganz besondere Charakteristik aufwies.

Auf diese evolutionäre Entwicklung und der sich daraus ergebenden Herausforderung für unsere gegenwärtige Evolutionsstufe nimmt die berühmte Ethnologin Margaret Mead Bezug: *„Wenn wir auf die langsam akkumulierte Menge der Erfindungen zurückblicken, die uns zum Menschen und schließlich zum kultivierten Menschen gemacht haben, so fällt uns darunter die wachsende Fähigkeit des Menschen ins Auge, sich in immer größere soziale Zusammenhänge zu stellen: in seinen Klan, seinen Stamm, seine Nation, seine Religion, seine Kultur, seinen Erdteil, - und schließlich seinen Planeten."*[65]

Diese soziokulturelle Evolution führt nicht nur zu komplexeren Formen von Organisation und Kultur, sondern auch zu einer klaren Ausrichtung der individuellen Rollen und Funktionen innerhalb der sozialen Struktur. Der Aufstieg des Menschengeschlechtes erfolgt keineswegs auf Kosten der menschlichen Individualität. Mit dem Wachsen der gesell-

---

[65] Mead Margaret (1901-1978), US-amerikanische Völkerkundlerin, zitiert in Bertelsmann Electronic Publishing GmbH, München 1997

schaftlichen Ordnungsstrukturen erweitern sich dementsprechend die Möglichkeiten für den Ausdruck der latent in jedem Menschen angelegten Fähigkeiten.

Jede neue Ebene eröffnet den einzelnen Systemmitgliedern vielfältigere Aufgaben und erweiterte Verantwortung. Daraus ergibt sich auch ein jeweils neues Verständnis der eigenen Identität und der damit verbundenen Prinzipien und ethisch-moralischen Wertmaßstäbe, die in diesem fortschreitenden Evolutionsprozess der jeweiligen Entwicklungsstufe im System angepasst sind. Da die Beziehung zwischen dem Individuum und der Gesellschaft reziprok ist, muss dem zu Folge jede erforderliche Umgestaltung gleichzeitig im menschlichen Bewusstsein *und* in der Struktur der gesellschaftlichen Organisationen erfolgen. Mit der Erweiterung systemischer Zugehörigkeit geht die Notwendigkeit und die Motivation einher, die eigene Rolle neu zu definieren, die eigenen Werte und Grundannahmen zu überdenken und anzupassen, neue Fähigkeiten und Verhaltensformen zu fördern und dem neuen Umfeld gerecht zu werden.

Solange man beispielsweise innerhalb des eigenen Familien- oder Gesellschaftssystems lebt, dieselbe Sprache spricht, einem vorgegebenen Set an Vorgaben und Annahmen folgt, die der eigenen Kultur entspringen, ist man relativ harmonisch aufeinander abgestimmt. Kommunikation und Interaktion orientieren sich entlang dieser Linie offizieller wie auch unterschwelliger Spielregeln.

Kommt es irgendwann zur Begegnung mit dem „Fremden" oder Außenstehenden, dann bringt das eine neue Herausforderung und Prüfung für das bestehende System mit sich. Erweist es sich als ein offenes lernbereites, Veränderungen gegenüber aufgeschlossenes System oder entpuppt es sich als ein geschlossenes System, welches das Fremde als Bedrohung wahrnimmt, als Gefahr für das Gewohnte? Letztere Einstellung bildete seit jeher die Grundlage für Konflikte und Haltungen rivalisierender Prägung, von wahr und falsch, von Freund und Feind, von mein und dein.

Unsere Menschheitsgeschichte ist reich an derartigen Beispielen, die den Nährboden für verheerende Auseinandersetzungen, Kriege und unsägliche Leiden bildeten. Ein offenes eigenständiges System, das seine Identität nicht aus dem Widerspruch zu den anderen, sondern aus dem Bezug zu einer gemeinsamen Ganzheit definiert, würde dem Auftauchen des Neuen mit Offenheit und Neugier begegnen.[66] Die Bereitschaft, mit dem neuen Personenkreis zu kommunizieren und zu interagieren, würde neue Fähigkeiten und Verhaltensformen fördern. Das Bewusstsein und damit die Begrenzungen könnten sich durch den Dialog erweitern und die Basis für ein umfassenderes System entstehen lassen. Die anfängliche Zunahme an Komplexität und Vielfalt würde durch Erreichen einer höheren Ebene der Integration neue weiter reichende Möglichkeiten eröffnen.

Jeder Stufe der erweiterten Integration geht eine Phase der scheinbaren Desintegration voraus. Auch wenn dabei die gewachsenen Strukturen destabilisiert werden, bedeutet dieser Prozess für offene Systeme keine entropische Auflösung, sondern entspringt der zunehmenden Differenzierung und independenten Identitätsbildung auf der Ebene der Subsysteme einer Entität. Alle Formen von dependenten Beziehungsstrukturen müssen einen Prozess der Re-Organisation in Richtung größerer Autonomie und Independenz durchlaufen, wenn sie reif werden wollen für eine höherwertige Ebene von Integration und Einheit. Derartige Evolutionsprozesse laufen tendenziell nicht linear und kontinuierlich ab, sind jedoch konstant und fortschreitend. Sie kennen Brüche mit der Vergangenheit und Entwicklungssprünge, so genannte Verzweigungen (*Bifurkationen*), dennoch bleibt die Richtung des Evolutionsverlaufs zu höherer Komplexität und Ordnung unbeeinträchtigt.[67] Längeren Zeiträumen der dynamischen Selbststabilisierung und differenzierter Selbstfindung folgen oft kurze Perioden umwälzender Umstrukturierung in Richtung er-

---

[66] Aus systemischer Sicht ist es klar, dass Offenheit gegenüber anderen Systemen nur in dem Maße realisierbar ist, als es auf einer höheren Ebene des Bewusstseins ein gemeinsames vereinendes Denksystem gibt. Daher kam der Einheit stiftenden Schau echter religiöser Einstellung als Impuls gebende Kraft Kultur schaffender Prozesse stets große Bedeutung zu (vgl. Arnold Toynbee). Andererseits haben der Niedergang religiöser Werte und das Errichten von konfessionellen und ideologischen Grenzen und Mauern den Nährboden für viele Ungerechtigkeiten, Trennungen und Auseinandersetzungen im Verlaufe der Menschheitsgeschichte geschaffen, und die Grundlagen für Ordnung, Sicherheit und Frieden erschüttert.

[67] Im Rahmen von Bifurkationsphasen beobachtet man unterschiedliche Entwicklungen, die nicht alle zum Ziel gelangen: Manche Bewegungen tauchen auf, erleben eine kurze Wirkungszeit und verlaufen dann im Sande. Andere wachsen weiter und entwickeln mehr Kraft, doch bevor sie sich zur Stufe der Reife entfalten, werden sie schwächer, zerfallen und verschwinden in der Versenkung. Eine dritte Art von Entwicklung beginnt klein und unauffällig, schreitet sicher und stetig voran und wird mit der Zeit immer größer und breiter, bis sie eine umfassende Dimension erreicht.

weiterter Kohärenz. Je weiter ein System sich entwickelt, desto enger und sensibler wird seine Anbindung an seine Umwelt. Interdependenz und höherwertige Integration können nicht auf der Grundlage von Abhängigkeit, Entmündigung, militärischer Macht und Dominanz erreicht werden, wie sie viele Organisationsformen der Vergangenheit und Gegenwart aufweisen. Ob es sich um Familieneinheiten, gesellschaftliche oder politische Formen auf nationaler oder internationaler Ebene handelt, diese Strukturen müssen durch einen freiwilligen oder durch leidvolle Erfahrung gereiften Willensakt eine Re-Organisation durchlaufen, um die Voraussetzungen für echte Allianzen und Kooperationen auf höheren Systemebenen und mit erweitertem Wirkkreis zu schaffen. Desorganisationsprozesse dieser Natur – auch wenn sie wie in unserer gegenwärtigen Zeit globale Dimensionen aufweisen – sind nicht Signale des Weltuntergangs, sondern Geburtswehen einer systemischen Einheit auf der Grundlage freier Entscheidung und bewusster Bereitschaft zur Kooperation gleichwertiger Partner. Jede Behinderung und Verzögerung dieses evolutionären Reifeprozesses weg von Abhängigkeitsformen und hin zu bewusster Mitverantwortung kann die Leiden und Schmerzen dieser notwendigen und unausweichlichen Umbruchsphase nur verstärken und verlängern.

Ist Interdependenz das Ziel der Konvergenz[68], dann gibt es keine Alternative zu diesem *Rhythmus der Evolution* in Richtung Umwandlung und Re-Organisation der auf Abhängigkeit aufbauenden Grundstrukturen unter Beachtung von Freiwilligkeit und Autonomie. Methoden, die in der dependenten Evolutionsphase der Menschheitsentwicklung funktioniert haben, in denen Systemstrukturen der hierarchischen Art existierten, sind für eine Menschheit an der Schwelle der Reifephase nicht ausreichend. Früher blieb das Volk durch Austausch der Machtposition und zentralen Leitfigur systemisch unbeeinflusst. Sogar Revolutionen änderten nicht grundsätzlich etwas an der Systemstruktur, sondern tauschten nur die Akteure aus. Heute ist die Sphäre der sozialen Kommunikation länderübergreifend und weltumfassend. Es ist kaum ein Volksstamm übrig, der sich davon ausschließen könnte. Die entferntesten Regionen menschlicher Gemeinschaften sind bereits vielseitig erschlossen. Durch Radio,

---

[68] *Konvergenz* (zu spätlateinisch *convergere*, sich hinneigen) bedeutet allgemein *Annäherung,* auch das Zusammenstreben, das Aufeinanderzugehen (Ggs. *Divergenz*) oder die *Übereinstimmung* von Meinungen, Zielen, etc.

Fernsehen, Telefon und Telekommunikation ins globale Netzwerk eingebunden, stehen sie für jeglichen Austausch offen. Die Welt kommuniziert praktisch gleichzeitig und ist nach McLuhans Bezeichnung zu einem „globalen Dorf" zusammengewachsen.

Das Tempo der Entwicklung beschleunigt sich entlang zweier Prozessstränge. Der eine Faktor ist das zunehmende Ausmaß und die Erweiterung der Sphäre der Kommunikation und Interaktion. Der andere Faktor ist abhängig von der Förderung und Bereitschaft zur verantwortungsbewussten Unabhängigkeit und Autonomie aller Beteiligten. Solange Abhängigkeiten, Unterdrückung und Entmündigung andauern, solange man aber auch Liberalismus und Emanzipation als Endstadium der Entwicklung ansieht und verabsäumt, der zugrunde liegenden Definition[69] dieser entscheidenden Stufe der Freiheit mit der Qualität der Verantwortlichkeit zu entsprechen, wird der Gesamtprozess zum interdependenten Bewusstsein verzögert.[70] Durch die technischen und kommunikativen Errungenschaften wirkt sich jeder Einfluss des Wandels in einem Teilbereich, sei es ökonomisch, sozial, politisch, kulturell oder erzieherisch, auf andere in einem weit größeren Ausmaß aus als jemals zuvor. Auch sind ein zunehmendes Menschheitsbewusstsein und eine wachsende Ordnung auf unserem Planeten Erde nicht zu übersehen. Früher autonome Gebiete formen sich jetzt zunehmend zu Teilen umfassenderer Einheiten, ohne dadurch gänzlich ihre Autonomie aufzugeben. Systeme richten sich in Gemeinschaftssystemen neu aus, existieren weiterhin in ihren Identitäten und üben wesentliche zum Teil neue Funktionen aus. Aber diese Funkti-

---

[69] *Das liberale Prinzip Freiheit*: Zentraler Wert und Orientierungsnorm des Liberalismus ist die Freiheit des einzelnen Individuums. Die ungehinderte freie Entfaltung des Menschen in allen Lebensbereichen (in Politik, Wirtschaft und Kultur) soll nicht nur die Voraussetzung für eine bestmögliche individuelle sittlich-geistige Persönlichkeits- und Wohlstandsentwicklung sein, sondern zugleich zu einer bestmöglichen sittlich-geistigen, kulturellen, politischen und wirtschaftlichen Entwicklung der Gesellschaft insgesamt führen. Der Mensch ist frei geboren, mit gleichen Rechten ausgestattet und von Natur aus gutwillig und vernunftbegabt. Deshalb soll jeder die Chance haben, sich zu bilden, sein Leben selbst zu gestalten und Verantwortung zu tragen. (Mag. Dr. Peter Autengruber, 2000)

[70] In ihrer bestechend klaren und lebensnahen Art bringt es Helga Breuninger mit einem Augenzwinkern auf den Punkt: „*Viele erkennen die Grenzen der individuellen Freiheit und suchen nach Lösungen. Die Freiheitsstatue in New York müsste jetzt durch ein Verantwortungssymbol abgelöst werden als Zeichen dafür, dass die Welt in ein neues Reifestadium der Gegenseitigkeit eingetreten ist.*"

onen müssen der Ordnung der größeren Ganzheiten entsprechen, die ihrerseits im Ablauf der Geschehnisse Teil noch umfassenderer Einheiten werden können.

Der unausweichlich nächste anstehende Schritt in der organischen Evolution der Menschheit nach Erreichen der komplexen technisch-wirtschaftlichen Vernetzung der Welt ist der integrative Prozess. Was überfällig ist und die Entwicklung auf allen anderen Systemebenen blockiert, ist das längst überfällige erwachende Bewusstsein der Menschen, dass sie alle Bewohner *eines* gemeinsamen Heimatplaneten sind und dass ihr Schicksal fest miteinander verwoben ist. Kein Teil kann mehr hoffen, sich längerfristig auf Kosten anderer Teile oder des Gesamtsystems Vorteile verschaffen zu können, ohne letztlich von den Negativfolgen ebenso eingeholt zu werden. In den durch den zweifachen Wandlungsprozess des Individuums und der Gesellschaft sich bietenden Möglichkeiten wird eine Strategie der globalen Entwicklung ihr Ziel finden müssen. In dieser entscheidenden Phase unserer Geschichte kann dieses Ziel nur darin bestehen, dauerhafte Grundlagen zu errichten, auf denen eine planetarische Zivilisation sich schrittweise ausbilden kann. In dem Maße wie diese Wirklichkeit systemischer Realität begriffen und beachtet wird, werden sich Vielfalt und Unterschiede zwischen den Menschen und Kulturen nicht als trennende Hindernisse darstellen, sondern als Chancen und Ressourcen für Syntropie gewürdigt werden. Dies hätte Ergebnisse zur Folge, die alle bisherigen kulturellen oder zivilisatorischen Errungenschaften der Vergangenheit in den Schatten stellen werden. Weit davon entfernt, einem romantischen Wunschtraum zu folgen, entspringt diese Schau der konkreten systemischen Perspektive der anstehenden Entwicklungsstufe, worauf der soziale Evolutionsprozess seit Anbeginn unaufhaltsam orientiert war. In dem Maße wie die Fähigkeit gemeinsamer Verantwortung für unseren Heimatplaneten entwickelt wurde und vorhanden ist, führt eine Verweigerung der bewussten kollektiven Entscheidung dafür zu verschärften Krisen, die alle Teile und alle Ebenen des Systems befallen und keine Region, kein Land, keine Familie und keine Einzelperson aussparen werden. Dem weltweiten entropischen Auflösungsprozess als Folge nicht erkannter systemischer Ordnung kann nicht mit Stückwerksdenken und Krisenmanagement-Mentalität begegnet werden. Die Krise der heutigen Zeit ist eine systemische.

Globalisierung als Problem?

Der beschleunigte Wandel in den bestehenden Strukturen unserer Welt erzeugt bei vielen Beobachtern und Betroffenen Ängste und Zweifel. Interdependenz wird als eine verkappte Form der Dependenz begriffen und die „Globalisierung als Falle". Mit dem Erbe der Vergangenheit belastet, befürchtet man neue umfassendere Formen von Machtmissbrauch und Abhängigkeiten. Veränderung bekommt den Beigeschmack von Verlust alter Werte und lieb gewonnener Gewohnheiten. Mühsam erworbene Freiheiten könnten wieder verloren gehen. Auch wenn in dieser Haltung berechtigterweise das Erfordernis für erweiterte ethisch-moralische Grundsätze globaler Verantwortlichkeit zum Ausdruck kommt, birgt grundsätzliches Misstrauen gegenüber den neuen Entwicklungen die Gefahr in sich, dass die heutige Gesellschaft sich in den Kokon alten Denkens und Handelns zurückzieht, die Zeichen der Zeit übersieht und derart zu einem geschlossenen System in Isolation verfällt. Dergestalt hätte die Menschheit tatsächlich keine aufbauende Zukunft zu erwarten. Daher wird es notwendig sein, einen klaren Blick auf die Chancen und Risiken der gegenwärtigen Entwicklung zu werfen, zu einem umfassenden Bewusstsein zu gelangen und eine Entscheidung aus freien Stücken für Interdependenz und Kooperation auf einer höheren Ebene zu treffen.

Das Problem der Globalisierung liegt nicht in der Globalisierung an sich, sondern darin, dass vielfach ein systemisches Grundprinzip verletzt wird, indem man die Interessen der Subsysteme über jene der umfassenden Einheit stellt. Wenn Loyalität und Verbindlichkeit zu Teileinheiten über die Interessen des gemeinsamen Menschheitssystems gestellt werden, dann führt dies zu einem Zustand der Anarchie und des Chaos, was letztlich entropische Auflösungstendenzen innerhalb des ganzen Systems und dessen Strukturteile auslösen muss. Rechtsvakuum und Gesetzlosigkeit auf der globalen Ebene untergraben den notwendigen Aufbauprozess. Subeinheiten entwickeln sich zu unverbindlichen Elementen, die das innere Gleichgewicht und die Gesundheit des Ganzen gefährden und damit letztlich auch ihren eigenen Niedergang besiegeln. In einer Welt der Interdependenz der Völker und Nationen kann der Vorteil der Menschheitsglieder am besten durch den Vorteil der Ganzheit erreicht werden. Die Aufrechterhaltung der inneren Ordnung und des Wohlergehens auf der Ebene der diversen Teilgesellschaften ist nicht auf Kosten des umfassenden Ganzen möglich. Familien, Sippen, Volksgruppen und andere Subeinheiten eines Landes orientieren sich nach den Kriterien und Gesetzen der staatlichen Ordnung, um die Integrität der Nation nicht zu gefährden. Analog dazu gilt es zu bedenken, dass wir es heute auf unserem Planeten mit dem Problem der Independenz in einer interdependenten Welt zu tun haben. In dem Maße wie den Interessen von Subsystemen wie Völkern, Nationen, Rassen, Konzernen, Wirtschaftsblöcken etc. gegenüber den Interessen und dem umfassenden Gesamtwohl der Menschheit der Vorrang eingeräumt wird, führt eine solche Vorgehensweise zur Missachtung und Verletzung dieses Grundprinzips systemischen Gleichgewichts und könnte verheerenden Schaden für alle Beteiligten zur Folge haben.

Obwohl das Konzept der Welt als *globale Einheit* im allgemeinen Sprachgebrauch fest verankert zu sein scheint und als Begriff täuschend einfach klingt, so stellt es die Organisation und Arbeitsweise der meisten Institutionen der heutigen Gesellschaft vor eine große Herausforderung. Ob in der Form eines auf Wettbewerb beruhenden politischen Systems, eines auf die Durchsetzung individueller Ansprüche zielenden Zivilrechts, ob als Verherrlichung des Klassenkampfs, der Interessenskonflikte zwischen sozialen Gruppen oder des Konkurrenzkampfes, der das moderne Leben so entscheidend prägt – Konflikt wird als die treibende Kraft menschlicher Interaktion akzeptiert. Er ist auf dem Gebiet der gesellschaftlichen Ordnung nur ein weiterer Ausdruck des Verharrens in der Independenz und der materialistischen Lebensauffassung, die sich zunehmend in den letzten zwei Jahrhunderten verfestigt hat. Eine Menschheit, die sich technisch und wirtschaftlich zu globaler Vernetzung entwickelt hat, wird von nationalistisch, rassistisch und konfessionell motivierten Spaltungen begleitet und damit gleichsam ad absurdum geführt. Gefesselt durch die aus dem neunzehnten Jahrhundert übernommene Idee uneingeschränkter nationaler Souveränität führt dies zu einer Hohlheit des globalen Systems, wodurch allen möglichen Einzelinteressen, Ängsten, Vorurteilen, Konflikten und anarchischen Entwicklungen Tür und Tor geöffnet werden. Anstatt das Gefühl der Sicherheit im separatistischen Rückzug zu altbekannten Abgrenzungen zu suchen, gilt es, sich der Herausforderung des Schrittes zur nächsten Entwicklungsstufe evolutionärer Integration in einem kohärenten Menschheitssystem zu stellen und dazu beizutragen, jenes Rüstzeug für eine umfassende Ordnung und Menschheitskultur aufzubauen, das Wohlergehen,

Sicherheit und Frieden aus der Zugehörigkeit zum Ganzen schöpft. Wollten die Gebildeten und Verantwortlichen, die guten Willens sind, tatsächlich einen Beitrag zur Ordnung und zum Frieden in der Welt leisten wie auch ihren Nationen, Organisationen und Unternehmen nützen, dann würden sie sich als erstes zur systemischen Ganzheit und Einheit der gesamten Menschheit bekennen und alles andere darauf abstimmen.

Wegbreiter der Kultur: Religion und Wissenschaft

Menschliche Gesellschaften sind kulturgesteuert. Die gesellschaftlichen Codes sozialer Gemeinschaften sind ethische Werte, Lebensprinzipien, Sitten und Moral, Gebräuche, Gesetze, Bestimmungen und Vereinbarungen. Die Bedeutung der Religion und Ethik als zivilisatorische Einflussfaktoren kann neben der technologischen Innovation und Fortschrittsentwicklung nicht überschätzt werden. Jede Weiterentwicklung im Verlauf der Evolution ist auf eine innovative Erweiterung und Verbesserung der Technologien angewiesen, um der neuen Dimension der Komplexität und Integration zu entsprechen. Die Förderung der technologischen Entwicklung[71] jedoch ohne gleichzeitige Erweiterung des Bewusstseins und der Anhebung der Werte und Normen schafft einen gefährlichen Zustand sozialer Instabilität. Wenn unreife Charaktere Mittel in die Hand bekommen, die das Geschick ganzer Völker, ja der gesamten Menschheit bestimmen können, diese aber weder das Bewusstsein noch die Bereitschaft haben, damit verantwortungsvoll im Sinne der Gesamtheit umzugehen, bedeutet es ein Spiel mit dem Feuer. In einer Zeit, da alle Zeichen in Richtung Globalisierung und internationaler Vernetzung weisen, wird auch das Kultur tragende Bauwerk des Wertesystems der neuen Evolutionsstufe entsprechen müssen. Religiöser Fundamentalismus und Separatismus, auf Vorurteilen beruhende Abgrenzungen und Ausgrenzungen können nicht die Wertebasis für eine Menschheit bieten, die an der Schwelle ihrer Reifestufe Möglichkeiten unvorstellbaren Ausmaßes in die Hand bekommen hat. Die Wahl liegt darin, der neuen höheren Ebene der Evolution zu entsprechen oder Gefahr zu laufen, sich den zersetzen-

---

[71] Der technologische Fortschritt kann auf den Menschen bezogen von dreierlei Art sein: Steigerung der Muskelkraft, Erhöhung der Leistungskompetenz der Sinne oder Erweiterung der Fähigkeit des Gehirns. (Laszlo 1992)

den Kräften der sozialen Entropie auszuliefern. Die rapide wissenschaft-
lich-technologische Entwicklung der letzten Jahrhunderte hat der Einflusssphäre und dem Handlungssystem der Menschen ein erweitertes
Wirkfeld geöffnet, mit der Konsequenz, dass die Auswirkungen unseres
Denkens und Handelns, ob wir wollen oder nicht, ob wissentlich oder
unbewusst, immer globaler Dimension sind. Wenn das Werte- und Verantwortungssystem damit nicht gleichzieht, sondern innerhalb von natio-
nalegoistischen, rassischen oder konfessionellen Grenzen verharrt, sind
die verheerenden Folgen für unseren gesamten Planeten unvermeidbar.
Technisch Riesen aber geistig Zwergen gleich, wären wir außerstande,
der Menschheit jene Stabilität und Nachhaltigkeit zu garantieren, die
Ordnung und Frieden für die Zukunft sicherstellen könnten. In einem
Zeitalter wissenschaftlichen Fortschritts und weit verbreiteter organisierter Wissensvermittlung darf man nicht der Illusion Vorschub leisten,
dass damit auch die Sehnsucht des Menschen nach religiösem Glauben
und geistiger Orientierung befriedigt werden könne. Die systemische
Ganzheit und Unversehrtheit des Menschen bedingen, dass Herz und
Verstand in Harmonie stehen und nicht im Widerspruch.

Ein konstruktives Merkmal systemischer Reife liegt darin, Konflikte
als Lernpotentiale zu erkennen und ihre blockierten Energien freizusetzen. Anstatt in den Niederungen der Ausschließlichkeiten, Ausgrenzungen und Spaltungen hängen zu bleiben, lässt sich mit Bezug auf die höhere gemeinsame Systemebene Trennendes auflösen und eine Spur der
Einheit legen. Wenn diese Forderung für die sozialen Systeme und die
menschlichen Gesellschaften gilt, kann sie nicht vor den beiden kraft-
vollsten Quellen menschlicher Kulturbildung, Entwicklung und Inspiration Halt machen. Der systemisch reife Mensch wird nicht umhin können, den jahrhundertealten Graben zwischen Verstand und Intuition,
zwischen Wissenschaft und Religion zu überwinden. Diese unselige
Spaltung, die nicht nur Gesellschaftsgruppen trennt, sondern ihre Grenze
mitten durch Herz und Verstand des Individuums zieht, kann in der Zukunft einer Menschheit, die ihrer Reifestufe zustrebt, keinen Platz haben.
Was für ein schizoider Zustand, wenn Wissenschaftlichkeit mit Wert-
freiheit und Ausblenden der geistigen Prinzipien erkauft werden muss
und andererseits Religiosität mit vernunftwidrigem Aberglauben gleichgesetzt wird. Dies steht in krassem Widerspruch zur umfassenden Würde
und Integrität des Menschen und stellt einen systemisch unökologischen
Zustand der Gesellschaft dar.

Vielen tiefgründigen Wissenschaftlern gleich hatte der bekannte Physiker und Nobelpreisträger Werner Heisenberg diese Kluft für sich überwunden und fasste seine Gedanken poetisch in solche Worte: *„Der erste Trunk aus dem Becher der Naturwissenschaften macht atheistisch, aber auf dem Grund des Bechers wartet Gott."* Und Einstein, der mit seinen wissenschaftlichen Forschungen „die Gedanken Gottes lesen" wollte, bemerkte wohl in Anlehnung an die im Anschluss angeführte alte Sufi-Geschichte, dass *Wissenschaft ohne Religion lahm wäre und Religion ohne Wissenschaft blind*:

> Ein Blinder, der orientierungslos durch den Wald irrt, stolpert und fällt. Als der Blinde auf dem Waldboden herumtastet, entdeckt er, dass er über einen Lahmen gefallen ist. Der Blinde und Lahme fangen ein Gespräch an und klagen über ihr Schicksal. Der Blinde sagt: „Ich irre schon, seit ich denken kann, in diesem Wald herum und finde nicht wieder heraus, weil ich nicht sehen kann." Der Lahme erklärt: „Ich liege schon, seit ich denken kann, am Boden und komme nicht aus dem Wald heraus, weil ich nicht aufstehen kann." Während sie sich so unterhalten, ruft der Lahme plötzlich: „Ich hab's! Du nimmst mich auf den Rücken, und ich werde dir sagen, welche Richtung du gehen musst. Zusammen können wir aus dem Wald herausfinden."

Im Zuge seiner Forschungen im Bereich der Systemwissenschaften kommt Ervin Laszlo zur selben Erkenntnis und zieht die richtungweisende Schlussfolgerung: *„Natürlich dürfen wir nicht erwarten, dass alles, was eine Weltanschauung leisten sollte, nur von den Wissenschaften bereitgestellt werden kann. Wir müssen uns zusätzlich auf die Erkenntnisse der Religion und auf humanistische Werte stützen. ... Heute in einer Zeit, da sich die Menschheit in den Geburtswehen des größten und tiefsten Wandels ihrer Geschichte befindet, besteht ein grundlegendes Bedürfnis nach kreativer Ausgestaltung der Fundamente der großen Religionen, um die neue Weltsicht, die in den neuen Wissenschaften im Entstehen begriffen ist, zu ergänzen und zu vervollständigen. Durch ein Bündnis von Wissenschaft und Religion würde der Übergang zu einer ganzheitlichen Weltsicht begünstigt. Verstand und Gefühl könnten mehr Harmonie unter den Menschen der Gegenwart und zwischen ihnen und ihrer Umwelt stiften. ... Würden diese Einsichten ein förderliches Echo* *in der spirituellen Dimension finden, die stets die Domäne der Religion gewesen ist, so würde man den neuen Weg nicht nur finden, sondern auch tatsächlich einschlagen können.*[72] Karan Singh seinerseits weist eindringlich darauf hin, dass angesichts der technischen Globalisierung der menschlichen Zivilisation, die vor unseren Augen Gestalt annimmt, die Evolution eines globalen Bewusstseins dringend notwendig ist, wenn die Menschheit nicht sich selbst und alles Leben auf diesem Planeten zerstören soll, weil sie unfähig ist, verantwortungsvoll mit ihrem technologischen Einfallsreichtum umzugehen. *„Damit solch ein globales Bewusstsein entstehen kann"*, stellt er weiter fest, *„muss eine Weltsicht entwickelt werden, in der Wissenschaft und Spiritualität sich einander nähern."*[73] Große wissenschaftliche Geister waren meist von tiefer Religiosität erfüllt, wie Max Planck dies zum Ausdruck bringt: *„Religion und Naturwissenschaft – sie schließen sich nicht aus, wie manche heutzutage glauben oder fürchten, sondern sie ergänzen und bedingen einander. Wohl den unmittelbarsten Beweis für die Verträglichkeit von Religion und Naturwissenschaft auch bei gründlich-kritischer Betrachtung bildet die historische Tatsache, dass gerade die größten Naturforscher aller Zeiten, Männer wie Kepler, Newton, Leibniz, von tiefer Religiosität durchdrungen waren."*[74]

Trennung und Spaltung haben immer dazu geführt und werden stets dazu führen, dass die Lektion des Lebens nicht gelernt wird und man auf der Ebene des „Entweder-oder" hängen bleibt. Die Frage ist nicht: „Religion *oder* Wissenschaft?" sondern „Wo ist die Systemebene, auf der beide Komponenten, die scheinbar im Widerspruch stehen, in komplementärem Einklang zusammenwirken können?" Anstatt im inneren und äußeren Konflikt hin- und hergerissen zu sein, wird der systemische Mensch diese Haltung des Gespaltenseins hinter sich lassen und die Synthese der höheren Ebene entdecken, die in einer Metapher aus den Bahá'í-Schriften sehr anschaulich zum Ausdruck kommt: Die Menschheit wird dabei mit einem Vogel verglichen, dessen beiden Flügel jeweils die Wissenschaft und Vernunft respektive die Religion und den Glauben darstellen. Nur wenn beide gleichermaßen entwickelt und in Harmonie

---

[72] Ervin Laszlo, *Systemtheorie als Weltanschauung: Eine ganzheitliche Vision für unsere Zeit*, 1998
[73] *Karan Singh*, geistlicher Führer des Hinduismus, in seinem Vorwort zu *Das fünfte Feld* von Ervin Laszlo, 1996
[74] Max Planck, *Vorträge und Erinnerungen*, S. Hirzel Verlag Stuttgart 1949

stehen, wird der Vogel imstande sein, sich zu höheren Ebenen der Erkenntnis und Entwicklung aufzuschwingen. Wollte der Vogel nur mit dem Flügel der Wissenschaft sich fortbewegen, würde er unweigerlich in den Morast des Materialismus fallen, während der Versuch, nur mit dem Flügel der Religion voranzukommen, im Sumpf des unwissenden Aberglaubens und des Fanatismus enden muss.[75] Echte Religion kann nicht im Widerspruch zu Vernunft und Wissenschaft stehen und Wissenschaft wird sich nicht über die geistigen Werte hinwegsetzen können, wenn beide einen nützlichen Zukunft sichernden Beitrag zur Entwicklung der Menschheit leisten wollen.

Die reife systemische Haltung verlangt hohe Wertmaßstäbe von jedem Einzelnen und der Gesellschaft insgesamt. Ohne eine adäquate Form der sozialen Moral könnte keine Gesellschaftsordnung aufrechterhalten werden, ja nicht einmal entstehen. Wer kann wirklich annehmen, dass wirtschaftliches und materielles Denken allein imstande sein werden, jenes Maß an Motivation und Wandlung zu erzeugen, dass Menschen bereit sein werden, ihre persönlichen Vorteile zugunsten des gemeinschaftlichen Wohls zu überwinden? Kann aus bloß rationaler Einsicht eine stabile Gemeinschaft entstehen und ein Ordnungssystem aufgebaut werden, in dem jeder Einzelne das für sich will, was auch der Gemeinschaft dient, die ihn trägt und erhält? Der große britische Historiker Arnold Toynbee, der sich sehr eingehend mit der Wechselwirkung zwischen der Geburt von Religionen und dem Aufblühen und Niedergang von Kulturen und Zivilisationen in der Menschheitsgeschichte befasste, vertrat die Ansicht, dass eine Gesellschaft in dem Maße Wachstum und Entwicklung erfährt, *wie es ihr gelingt, sich von der materiellen Sicht auf die ‚spirituelle' Sicht zu verlagern.*

Aber diese Erkenntnisse machen sich nicht nur in den wissenschaftlichen Kreisen breit, sondern werden auch aus der doch eher rauen Praxis der Wirtschaftswelt bestätigt und bekräftigt. Beeindruckend ist das Credo eines international erfolgreichen Geschäftsmannes wie Kazuo Inamori, wenn er bekennt: *„Ich glaube nicht, dass es je einen Menschen gab, der eine lohnende Entdeckung oder Erfindung gemacht hat, ohne zugleich die Erfahrung spiritueller Kraft zu machen."* Und Bill O'Brien von der Hanover Insurance ist überzeugt davon, *dass – auf lange Sicht –*

---

[75] Vgl. `Abdu'l-Bahá, *Ansprachen in Paris* und J.E. Esslemont, *Bahá'u'lláh und das Neue Zeitalter*, beide im Bahá'í-Verlag

der wirtschaftliche Erfolg umso größer sein wird, je stärker wir unser Handeln an den höheren Werten des Lebens ausrichten, und meint, *echtes Engagement* beziehe sich immer auf etwas, *das größer ist als man selbst.* Inamori spricht vom „Handeln des Herzens", das *vom aufrichtigen Wunsch geleitet ist, der Welt zu dienen.* Ihm zufolge ist *dieses Handeln so bedeutsam, weil es ungeheuer machtvoll ist.*[76]

Sicherlich war es seit jeher die Kraft echter unverbrauchter Religiosität, die die Bereitschaft zur Überwindung von Vorurteilen und trennenden Barrieren hervorgebracht hat und Einheit stiftend in der Gesellschaft wirksam wurde. In der Geschichte haben die Lehren der großen Religionsstifter wiederholt Charaktereigenschaften wie Vertrauenswürdigkeit, Gerechtigkeit, moralische Disziplin und Gemeinsinn in der überwiegenden Mehrzahl jener Menschen wecken können, die ihnen nachfolgten. Diese Eigenschaften sind heute lebenswichtiger denn je, aber sie müssen in einer Form Ausdruck finden, die dem Reifealter der Menschheit entspricht. Auf dieser Grundlage sind Kulturen und Zivilisationen entstanden und haben ihre wertvollen Früchte in Künsten und Wissenschaften hervorgebracht. *Während der ganzen überlieferten Geschichte beruhte das menschliche Bewusstsein auf zwei grundlegenden Wissenssystemen, durch die sich seine Möglichkeiten fortschreitend entfaltet haben: Wissenschaft und Religion. Durch diese beiden Bereiche wurden die Erfahrungen des Menschengeschlechts geleitet, seine Umwelt interpretiert, seine verborgenen Fähigkeiten erforscht und sein sittliches und intellektuelles Leben geformt. Sie waren die eigentlichen Wegbereiter der Kultur. Im Nachhinein wird außerdem klar, dass die Wirksamkeit dieses dualen Gefüges in solchen Zeiten am größten war, als Religion und Wissenschaft jeweils in ihrem eigenen Bereich, aber im Einklang miteinander wirksam sein konnten.*[77]

Auch wenn wir heute die Religion vielfach in der Ausformung von Zerrbildern als konfessionellen Fanatismus oder als Fundamentalismus erleben, ist diese Tatsache eher eine Bestätigung als eine Widerlegung des vorerwähnten Prinzips. Solange die Lebendigkeit religiösen Geistes bewahrt bleibt, wirkt sich dieser als das vortrefflichste Mittel zur Erhaltung von Ruhe und Ordnung unter den Menschen aus. Wenn die Kraft der reinen Religion und Spiritualität verloren geht und das Licht echter

---

[76] Zitiert bei Peter Senge, *Die fünfte Disziplin*
[77] Universales Haus der Gerechtigkeit, *Das Wohlergehen der Menschheit*

umfassender Verbundenheit erlischt, können nur Unordnung und Chaos die Folge sein. Nicht trennende ausschließende Dogmenabhängigkeit, sondern das Erfassen der grundsätzlichen Einheit der geistigen Botschaft auf der Ebene der gemeinsamen Quelle göttlicher Inspiration kann eine echte Partnerschaft mit einer Wissenschaft eingehen, die ihrerseits sich dem Wohl der gesamten menschlichen Gesellschaft und der Nachhaltigkeit der Zukunft sichernden Entwicklung verschrieben hat. Eine Wissenschaft, die ihrerseits nicht nur Beobachtung, Messung und Berechnung ist, nicht aus einer Sammlung von abstrakten und trockenen Formeln besteht, sondern sich auch mit der Suche nach der Dimension der Sinnhaftigkeit befasst. Eine Wissenschaft, die als Quelle der Einsicht nicht nur dem Weg folgt, *wie* die Dinge in der Welt funktionieren, sondern sich auch dem *Was* und sogar dem *Warum*, was die Dinge in dieser Welt wirklich sind und warum sie so sind, wie wir sie vorfinden, öffnet. In diesem Geist systemischer Einsicht bedeutet es keinen Widerspruch mehr, Religion und Wissenschaft als zwei unentbehrliche Wissenssysteme anzuerkennen, durch die sich die Möglichkeiten des menschlichen Bewusstseins zu ungeahnten Ebenen des Fortschritts entfalten können.

Strukturabhängige Führung in Systemen

Der Paradigmenwandel in der Evolution zur Reife und im Bereich der sozialen Systeme bedingt auch einen umfassenden Wandel der Führung, welcher den Besonderheiten und Notwendigkeiten der jeweiligen internen Struktur gerecht werden muss. Führung und Management sind in diesem Zusammenhang als strukturabhängige interdependente Funktionen im Rahmen offener Systeme zu verstehen. Im Lichte dessen geht es nicht lediglich darum, neue Methoden, Prozesse oder Verhaltensweisen innerhalb bestehender Organisationskörper einzuführen. Viele Unternehmen begnügen sich damit, die *innere* Kultur bestehender Werte, Denkmuster und Traditionen zu reformieren, ohne grundsätzlich dem Systemwandel des Unternehmens und dessen Umwelt Rechnung zu tragen. Die gegenwärtige Herausforderung kann nicht mit kosmetischen Maßnahmen beantwortet werden. Zu lange hat man vergeblich versucht, mit reinen Managementmethoden der Krise der Führung Herr zu werden. Man kann den unglaublich raschen Wandel in einem globalen Netzwerk der Wirtschaft und des Marktes, die veränderten Anforderungen von Seiten der Mitarbeiter, Kunden und Mitbewerber und die Zunahme an Komplexität und Einflusssphäre globaler Dimension nicht einfach ignorieren. Noch geht die Hoffnung auf, mit einer Verstärkung der Anstrengungen im Sinne eines „Mehr-desselben" gegensteuern zu können, zumal wir es nicht mit einer Krise der Organisation zu tun haben, sondern eher mit einer Krise des Bewusstseins. Die im Management ansässigen Denkmodelle haben in jüngster Zeit einen beachtlichen Entwicklungsweg zurückgelegt, aber sie sind nicht weit genug gegangen. An der Schwelle zum globalen Denken angelangt, haben sie sich auf die Suche nach neuen Konzepten gemacht und viele Ideen hervorgebracht, aber der Paradigmenwechsel und die damit einhergehenden wesentlichen Prinzipien wurden in ihrer Relevanz noch nicht erkannt, geschweige denn vollzogen. Verschärfend ist eine tiefe Verunsicherung daraus entstanden, dass eine zunehmend komplexe Welt, in der alles mit allem verknüpft und durch kontinuierliche Veränderung der Rahmenbedingungen geprägt ist, für viele nicht mehr erfassbar, nicht steuerbar und nicht kontrollierbar erscheint. Dennoch werden Manager immer noch für Organisationsstrukturen und Mitarbeiter ausgebildet, die es in der Form immer weniger gibt und geben wird. Wir leben in der Zeit eines alle Bereiche der menschlichen Angelegenheiten umfassenden Umbruchs. Der Paradigmenwechsel und die einhergehenden Veränderungen stellen jedoch keine Katastrophe oder Fehlentwicklung dar, denen mit Methoden des Krisenmanagements begegnet werden muss. Der systemische Wandel unserer Zeit entspricht einem evolutionären Entwicklungsprozess und bedarf neuer Horizonte, klarer Visionen und eines umfassenderen Bewusstseins der Geschehnisse, wenn man als Führungsperson die Kompetenz des Handelns nicht aus der Hand geben will.

Führung ist nicht gleich Führung, sondern ist relativ zu der Entwicklung der Beteiligten und der Komplexität und dem Grad der Integration innerhalb der jeweiligen Organisation anzuwenden. Man kann Führung nicht als Rezept oder losgelöste Methodik anbieten, sie kann nicht einfach einer Modeströmung entspringen, noch kann man einfach vom „alten" oder „neuen" Führungsstil sprechen. Um entscheiden zu können, welche Art der Führung angemessen ist, bedarf es einer klaren Einschätzung des Unternehmens als soziales System mit seiner Rolle im umfassenden Umfeld, sowie dessen Mitglieder und seiner inneren Struktur. So kann, wie vorher ausgeführt, ein fortschrittlicher und auf Partizipation der Mitarbeiter aufgebauter Führungsstil, so sehr er einer interdependenten Organisation entsprechen mag, in einem dependenten Umfeld eher zu einem Leadership-Vakuum führen, mit allen Symptomen von Überforderung, Verunsicherung, Chaos und anarchischen Entwicklungen der Auflösung. Als Grundsatz gilt es zu beachten, dass ein Führungsstil, der Probleme nicht lediglich verschiebt und vertagt, sondern echte langfristige Lösungen anstrebt, nicht Abhängigkeiten schaffen darf. Zukunftsorientiertes Leadership muss Selbständigkeit und Interdependenz fördern und die Fähigkeit des Systems stärken, eigene Verantwortung zu übernehmen.

Die Zeit der monostrukturellen Hierarchien ist abgelaufen und damit auch die Zeit für den paternalistischen Führungsstil in Organisationen. Die Führungsmethoden und das Denken der Entscheidungsträger müssen sich synchron verändern. Je früher die Führungsverantwortlichen diese Tatsache erkennen und sich darauf einstellen, desto eher kann man dem entropischen Zerfall der sozialen Systeme entgegenwirken und den Kurs in Richtung größerer Selbständigkeit und Kooperation ausrichten.

Aufbauschritte im Übergangsprozess

Doch ist es nicht notwendig, dass Organisationen mit hierarchischen Strukturen sich zuerst auflösen müssen, damit sich partizipative Organisationsformen wie der Phönix aus der Asche erheben können. *Befehlsempfänger* müssen nicht erst zu *Rebellen* werden, bevor sie sich zu *Teamplayern* entwickeln dürfen. Gerade der Schutz und die Geborgenheit, die viele gewachsene Unternehmen ihren Mitarbeitern bieten und das hohe Ausmaß an Loyalität und menschlicher Verbundenheit stellen ein ideales Lernumfeld dar, in dem aufbauend und behutsam der Entwicklungsweg zu größerer Eigenständigkeit, verstärkter Mitverantwortung und systemischer Kompetenz beschritten werden kann. Der Entwicklungsprozess von dependenten Strukturen zu interdependenten Organisationsformen führt aber über wesentliche Zwischenstufen. Ohne die Stufe der Independenz erreicht zu haben, können sich Mitarbeiter nicht eigenverantwortlich für Interdependenz entscheiden. Es braucht *Teamfähigkeit* und *Teamwilligkeit,* damit echte Netzwerke erfolgreich agieren können. Daher muss jedes Modell der Restrukturierung Parallelprozesse für Mitarbeiter einbauen, die sich auf unterschiedlichen Evolutionsebenen befinden. Systembewusstsein, soziale Kompetenzen, verbesserte Kommunikation, Vertrauen, Wertschätzung und Zusammengehörigkeit müssen ebenso gelernt werden, wie es Geduld und Ermutigung braucht, die Verbindlichkeit zum Gesamtsystem anstatt zu Einzelpersonen herzustellen und aus dem Fokus der gemeinsamen Vision und Mission zu stärkerer Kooperation zu finden. Führungskräfte, die sich für diesen viel versprechenden Prozess entschlossen haben, brauchen einen zukunftsweisenden Blick, damit ihr aktuelles Handeln in der Gegenwart für die Zukunft nachhaltig Früchte trägt.

Ganz anders stellt sich die Herausforderung an die Führung, wenn sie es mit Personen oder Strukturen zu tun hat, die aus dem Auflösungsprozess von patriarchalischen Ordnungen ihre Unabhängigkeit „errungen" haben. Hier trifft man meist auf ein tief sitzendes Misstrauen gegenüber Machtpositionen und Autoritäten sowie einen starken Selbstbezug der Beteiligten. Gemeinsame Interessen erwachsen in der Regel aus primärem Eigeninteresse. Auch zeichnen sich starkes Wettbewerbs- und Mangeldenken als prägendes Merkmal derartiger Gruppen ab. Viele Führungsverantwortliche machen gute Miene zum bösen Spiel und versuchen die Gunst der Mitarbeiter und deren Motivation zu „erkaufen". Persönliche Auszeichnungen, materielle Zuwendungen und Besserstellungen, Incentives und Prämien sollen das Problem lösen helfen und die Leistung ankurbeln. Wie Bernd Schmid und Arnold Messmer (2003) feststellen, sind herrschende Führungs-, Beurteilungs- und Belohnungssysteme nach wie vor von der Idee geprägt, *dass individuelle Leistungsoptimierung automatisch auch einen Beitrag zur Optimierung der Teamleistung darstellt. Implizit sind diese Konzepte auf objektivierenden Vergleich und damit auf Konkurrenz angelegt, während die geforderte Integration von Prozessen auf präzise und flexible Abstimmung von Kunden und Leistungen, eine radikale Kooperationsbereitschaft und -kultur voraussetzt.* Obwohl diese Maßnahmen den Kern der individuellen Bedürfnisse treffen, darf man dabei nicht versäumen, die Weiterentwicklung in Richtung verstärkter Interdependenz bewusst zu intensivieren, da ansonsten ein Rückfall in diverse Formen von Gegenabhängigkeit und Co-Dependenz erwachsen und dadurch nicht nur die Einzelnen betroffen sind, sondern auch das Gesamtunternehmen blockiert werden kann. Es ist natürlich nicht ratsam, plötzlich den „Kuchen" als individuellen Anreiz auszusetzen, sondern es sollte eher flankierend ein Wir-Gefühl aufgebaut und die Erfahrung vermittelt werden, dass der Gewinn aus Kooperation und kollektiver Zielsetzung größer ist als aus dem Energie verzehrenden Konkurrenzkampf und dem bloßen Selbstbezug. Mit wachsendem Vertrauen und konkreten Erfahrungen wird allmählich die Attraktion der rein persönlichen Bevorzugung abnehmen und die Übersummation des Gemeinsamen verstanden und zunehmend angestrebt werden. Diese Entwicklung stellt insofern keinen Widerspruch dar, als in interdependenten Strukturen der Vorteil des Einzelnen am besten durch die Sicherung des Wohls des Ganzen garantiert wird.

Wandel der Führung

Manager und Führungspersonen leben in einem Umfeld, das sie in Bezug auf Veränderung und Komplexität mehr fordert als vergleichsweise andere Menschen. Auch wenn es menschlich nachvollziehbar ist, dass sie oft eine größere Stabilität und Einfachheit suchen, kann die Lösung nicht in einer Stabilität der starren, strukturellen Art liegen, sondern muss sich nach den Prinzipien der Stabilität des dynamischen Gleichgewichts richten. Es ist nicht eine Einfachheit *diesseits der Komplexität*, wie Oliver Wendell Holmes es ausdrückt, sondern *jenseits der Komplexität*. Viele haben erkannt, dass man die Aufgaben und Herausforderungen der Gegenwart nicht mit den Führungsmethoden der Vergangenheit lösen kann. Doch wie Ervin Laszlo feststellt, denken traditionell orientierte Manager noch vorwiegend mechanistisch und deterministisch. Diese Art des Denkens ist zwar präzise, aber nicht realistisch, denn die Welt ist keine altmodische Maschine, deren Verhalten vorhersehbar ist. Auch hilft es nicht, wenn man dazu neigt, in Zeiten des Umbruchs und der Krise auf „bewährte und erprobte Methoden" zurückzugreifen. Wenn die Umwelt sich verändert und die Krise zu einem dauerhaften Lebenseinfluss wird, ist diese Praxis zum Scheitern verurteilt. Unter diesen Bedingungen benötigt ein Unternehmen dringend neue Strategien und neue Denkweisen. Tatsächlich werden täglich neue Theorien und Methoden der Führung angeboten, wobei oft die systembezogene Unterscheidung zwischen den Funktionen Leadership und Management vernachlässigt wird. Auch wenn viele der vorgeschlagenen Ansätze richtig und grundsätzlich zu begrüßen sind, kann man sich dennoch des Eindrucks nicht erwehren, dass vielerorts nur die halbe Lektion gelernt wurde. Anstatt tatsächlich den Blick zu öffnen, aus dem überholten System auszusteigen und die eigentlichen Ursachen dafür zu ergründen, wieso die bisherige Vorgehensweise nicht mehr adäquat ist, sucht man nach Antworten, bevor die Fragen verstanden wurden. So haben viele Lösungsansätze den Charakter von Methodenalternativen ohne erkennbaren Bezug zum Paradigmenwandel. Es wird versucht, den anstehenden Führungswandel, nachdem man diesen als „Problem" definiert hat, mit bewährter Managementmentalität zu lösen. Führung wird also gemanagt! Und gerade darin liegt das eigentliche Problem.

Es wurde schon festgestellt, dass wer immer im Rahmen von Organisationen, Gemeinschaften und jeglichen offenen Systemen Führungsverantwortung übernehmen will, sicherstellen muss, dass sein *Denk- und Verantwortungssystem umfassender ist als sein Handlungssystem.* Trifft dies nicht zu, dann kann man bestenfalls interne Managementaufgaben übernehmen, und dies auch nur dann, wenn die Funktion der Führung anderweitig abgedeckt wird. Wie ein Kapitän, der sein Schiff zum sicheren Hafen leiten will, umfassende nautische Kenntnisse und eine erweiterte Schau besitzen muss, die über die Begrenzung des Schiffes hinausreicht, so bedarf eine Führungsperson umfassender Kenntnisse in Bezug auf das übergeordnete System, über den Sinn und Zweck der Organisation und einer klaren Vorstellung über Mission und Vision des Ganzen. Im Gegensatz zum Kapitän wird die Schiffsmannschaft, welche vornehmlich Aufgaben des geordneten Ablaufs auf dem Schiff wahrzunehmen hat, ähnlich dem Management im Unternehmen hauptsächlich nach der Qualität der Umsetzung und der Bewältigung der systeminternen Funktionen zu beurteilen sein. Um tatsächlich Verantwortung für das System übernehmen zu können, benötigen Führungspersonen das Bewusstsein und Kenntnisse vom umfassenden Ganzen, um den Weg und das Geschick des Systems in der Gegenwart als auch zukunftsorientiert regeln zu können. Während in hierarchisch geführten Organisationsformen diese herausragenden Erfordernisse eine kleine Minderheit betreffen, stellen sie in interdependenten, partizipativen Systemen, worin *jedem* Mitglied ein gewisses Maß an Systemverantwortung, also Führungsfunktion, zukommt, eine Grundnotwendigkeit für alle Beteiligten dar.

Ähnlich können Führungspersonen, die nicht über die Grenzen der Abteilung, des Unternehmens oder des nationalen Marktes hinaus denken und die Gesetzmäßigkeiten und Zusammenhänge im größeren Um-

feld nicht verstehen, nicht wirklich der Verantwortung ihrer Führungsfunktion gerecht werden. Unabhängig vom Titel, den sie führen, be-
schränken sie sich lediglich auf systeminterne Aufgaben und dem Krisenmanagement des Tagesgeschäfts. Kein Wunder, wenn Dringlichkeitssucht und Effizienzrausch zum kennzeichnenden Merkmal vieler Organisationen und zum bewertenden Maßstab für ihren Erfolg geworden
sind, bei denen ein Mangel an echter Führung besteht und die Geschicke
des Unternehmens gemanagt werden. Eine der Ursachen für dieses Führungsvakuum mag auch darin liegen, dass man die kritischen Erfolgsfaktoren im Management lediglich nach den messbaren gewinnorientierten
harten Faktoren beurteilt. Führung als *Systemkompetenz* umfasst jedoch
gleichermaßen die Gesamtheit der weichen Faktoren. Sie begreift ein
Unternehmen als ein *sozio-technisches Phänomen*, als Kombination von
menschlichen und technischen Faktoren, deren optimales Zusammenspiel erst den Gesamterfolg garantiert.

Margaret Wheatley klagt darüber, dass wir „uns bis heute nicht von
der Hinterlassenschaft schlechter Führung, dem Missbrauch von Macht
und der Respektlosigkeit gegenüber anderen Menschen erholt" haben
und fragt sich, „wo all die Führungspersonen hingekommen sind".
Schlussfolgernd stellt sie fest: „*Wir haben also einen dringenden Bedarf
an anders denkenden Führungskräften. Wir brauchen sie an allen Orten
dieser Erde. Wir brauchen Verantwortliche, die genau wissen, wie sie
die Kreativität, Freiheit, Großzügigkeit und das soziale Denken ihrer
Leute nähren und stärken können. Wir brauchen lebenserhaltende und
lebensspendende und nicht zerstörerisch arbeitende Führungskräfte.*

*Wenn wir nicht rasch herausfinden, wie diese neue Form der Füh-
rung aufgebaut werden kann, werden wir die Hoffnung auf einen friedli-
chen Wandel begraben können – und werden zunehmend mit Anarchie
und sozialem Verfall konfrontiert werden. Die Suche nach einer neuen
Form der Führung wird so zu einer zentralen und schwerwiegenden
Herausforderung unserer Zeit.*"

Gleichgewicht zwischen Führung und Management

Systemisch gesehen, bilden Führung und Management zwei einander
ergänzende Funktionen in Organisationen. Management wird definiert
als das *Wirken im System*, Führung als das *Wirken auf das System*. Wäh-

rend Management den operativen Prozess im Sinne der Umsetzung und Effizienz im strukturellen Ablauf zur Aufgabe hat, muss Führung dafür Sorge tragen, dass durch Systembezogenheit, Sinn und Zweck des Ganzen sowie durch klare Ziele und Visionen die Effektivität gewahrt wird. Dinge werden gemanagt, Menschen jedoch muss man führen.[78] Im Management hat man die Aufgabe, das Tagesgeschäft zu handhaben, für alle unvorhergesehenen Situationen und Probleme Lösungen zu entwickeln und den Einsatz der *richtigen Mittel* zu bewerkstelligen. Führung sichert die Zukunft, gibt Orientierung, damit *das Richtige* getan wird. Klarheit in der Einschätzung der notwendigen Prozessschritte ist abhängig von der Klarheit der Zielvorstellung. Ohne die Ausrichtung der Effektivität verliert die Effizienz ihren Sinn. Der Ausspruch Mark Twains in seinem Roman *Huckleberry Finn* ist eine treffende Beschreibung eines Zustands, den man allgemein oft vorzufinden meint: *„Nachdem wir das Ziel endgültig aus den Augen verloren hatten, verdoppelten wir unsere Anstrengungen."*[79]

Andererseits bleiben Ziele und Visionen bloße Traumgebilde, wenn die Qualität der Umsetzung nicht effizient gestaltet wird. Die Falle, in

---

[78] In der Betriebswirtschaftslehre wird von drei Managementebenen des St.Galler Management-Modells gesprochen. Das *normative Management* als die oberste Ebene „...beschäftigt sich mit den generellen Zielen der Unternehmung, mit Prinzipien, Normen und Spielregeln, die darauf ausgerichtet sind, die Lebens- und Entwicklungsfähigkeit der Unternehmung zu ermöglichen." (Bleicher 1996). Auf dieser Ebene legt eine Organisation ihre Unternehmenspolitik, Leitsätze/Leitlinien, Grundsätze und Unternehmens-Standards fest. Das *strategische Management* ist die mittlere der drei Managementebenen, auf der eine Organisation Vorgehensweisen entwickelt, um ihre im normativen Management definierten Leitsätze zu verfolgen und Ziele zu erreichen. Solche Geschäftsstrategien werden beispielsweise in einem Geschäftsplan formuliert. Das *operative Management* auf der untersten Ebene ist auf die Umsetzung der normativen und strategischen Ziele und Programme ausgerichtet. Dazu gehören die Führung der Mitarbeiter und/oder der Nachunternehmen, die Bereitstellung der Mittel (Ressourcen) sowie die Planung, Steuerung und Überwachung der Geschäftsprozesse. Die operative Planung setzt bestimmte Vorgaben um. Darüber hinaus finden auch Begriffe wie *Strategic Leadership* oder *Corporate Governance* zunehmend Eingang in die neuere Literatur. Doch aus Gründen der starken Überschneidung des Themas mit unterschiedlichen Begriffsdefinitionen anderer Modelle und der Anwendbarkeit des systemischen Ansatzes über Wirtschaftsunternehmen und Organisationen hinaus ziehe ich es vor, im Systemkontext bei den Begriffen *Management* und *Führung* zu bleiben.

[79] Man ist auch an das Lied des Wiener Kabarettisten Gerhard Bronner vom halbstarken Motorradraser erinnert: *„I háb zwár ka Ahnung, wo i hinfáhr, aber dafür bin i gschwinder durt..."*

die viele Führungspersonen in diesem Zusammenhang tappen, ergibt sich daraus, dass die Aufgaben des Tagesgeschäfts meist durch Dringlichkeit die Aufmerksamkeit auf sich ziehen, die Sicherung des Zukunftspotentials andererseits zwar höchst wichtig ist, jedoch zunächst nicht durch den Druck der Dringlichkeit Aufsehen erregt. Darin mag der Grund liegen, dass man festgestellt hat, dass Führungspersonen 70 bis 80% ihrer Zeit im Managementbereich verbringen, anstatt ihrer eigentlichen Aufgabe der Führung nachzukommen. Darauf hingewiesen, ertönt lapidar das Argument, dass sie zu wenig Zeit hätten. Sie müssten alles selber erledigen und steckten bis über beide Ohren in Arbeit, die ihnen niemand abnehmen könne. Man bekäme auch keine qualifizierten Mitarbeiter mehr. Als ein Verzweiflungsakt wird dann *Zeitmanagement* versucht[80]. Wie die Bezeichnung schon deutlich macht, gibt man sich hier mitunter der Illusion hin, wie bei allen anderen Dingen auch die Zeit managen zu können, anstatt sich auf die Prioritäten und Prinzipien der Führung zu besinnen. Aber wie Stephen Covey anmerkt, ist das Leben eben keine automatische Reinkarnation eines Terminkalenders und die Illusion der schnellen Lösung verstärkt noch mehr die Tyrannei des Dringlichen. So zeigt sich auch in diesem Zusammenhang, dass die Unausgewogenheit zwischen Management und Führung sich eher als ein systemisches Problem im Paradigmenwandel manifestiert.

Wie aus der nachfolgenden Grafik ersichtlich ist, besitzt jede Funktionsebene innerhalb einer Organisation entsprechende Anteile an Management- und Führungsaufgaben. Je höher der Wirkbereich im Unternehmen angesiedelt ist, desto größer ist der Anteil an der Führungsverantwortung. An der Basis werden die kritischen Erfolgsfaktoren für die jeweilige Funktion mehr nach den operativen Ergebnissen gemessen. Wenn Führungspersonen also sich mehr den Managementaufgaben zuwenden, wird schmerzhaft deutlich, dass mehr Dinge effizienter und schneller zu tun kein Ersatz dafür ist, das Richtige zu tun. Denn die wichtigen Aufgaben der Führung und Zukunftssicherung bleiben liegen. Gleichzeitig wirkt derartiges Vorgehen entmündigend auf die Gesamtorganisation, da die Mitarbeiter nicht ihren funktionsbezogenen Aufgaben nachkommen, ihre Potentiale nicht gefördert werden und Fortschritt blockiert wird.

---

[80] Vgl.: Stephen Covey, *Der Weg zum Wesentlichen*, Campus-Verlag

Verantwortungsaufgaben im System

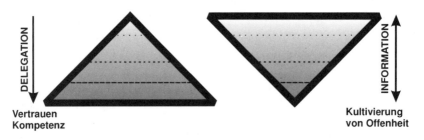

Management	Führung
• Wirken im System • Tagesgeschäft • Effizienz • Qualität der Umsetzung • Problemlösung • Kontinuität • dringend	• Wirken am System • Zukunftsarbeit • Effektivität • Qualität der Vision • Chancensuche • Innovation • wichtig

- Tabelle 3 -

Das hinlänglich bekannte Rezept lautet: Delegieren! Doch so einfach wie es klingt, ist das Delegieren in der Praxis nicht. Unter Delegieren ist nicht das Abschieben von unangenehmen und lästigen Arbeiten zu verstehen, denn das kommt einer Abwertung der Personen gleich, denen solche Aufgaben übertragen werden. Gleichzeitig erfahren dergleichen Aufgaben eine soziale Abwertung, so dass sie niemand mehr freiwillig übernehmen möchte. Delegieren kann nur in einer Atmosphäre der Wertschätzung und des Vertrauens funktionieren, in der die Mitarbeiter als Partner innerhalb eines gemeinsamen Systems betrachtet, sie in ihren Potentialen und Kompetenzen gefördert und ihnen Aufgaben und Verantwortungen übertragen werden, die Sinn und Wert im systemischen Zusammenhang vermitteln. Solange jedoch Positionsdenken, Machtstreben und persönliche Vorteile im Spiel sind, wird kaum jemand bereitwillig andere fördern, die ihm eines Tages in Bezug auf die eigene Position gefährlich werden könnten. In einer Misstrauenskultur laufen eher

Kommunikationsformen der Form von Gegenabhängigkeit und Co-Dependenz ab als reife Interaktionen, die auf die Vorteile des Gesamtunternehmens abzielen. Dies erinnert an den folgenden Witz, der karikaturhaft überspitzt zwar, aber treffend die Geisteshaltung des Konkurrenzdenkens widerspiegelt:

> Der Konzernchef bittet seinen Assistenten: „Suchen Sie in unserer Firma einen intelligenten, zielstrebigen jungen Mann mit Initiative, der mich eventuell einmal ersetzen kann." „Und wenn ich ihn gefunden habe?" – „Rausschmeißen!"

Sollen demnach echte Führung und gemeinsame Visionen Merkmal eines Unternehmens sein, so muss Information als das *Herzblut im System* betrachtet werden und fließen können. Auch hier erweist sich als Nagelprobe systemischer Reife, dass erst auf dem Nährboden von Vertrauen, Einheit und Zusammengehörigkeit eine *Kultivierung von Offenheit* möglich sein wird. Kein Wildwuchs verletzender Geradlinigkeit und auch keine oberflächliche Harmonisierung oder Tabuisierung von Konfliktthemen können letztlich das erfolgreiche Gedeihen eines Unternehmens oder Teams sicherstellen.[81] Es ist leicht nachzuvollziehen, dass das positionsbezogene Mangeldenken dazu neigt, Information als Sicherung für die eigene Rangstufe und als Machtmittel einzusetzen. Damit fließt Information nicht mehr und die Organisation verliert ihre Zukunft sichernde Lebenskraft. Lernblockaden und entropische Auflösungstendenzen sind die Folge. Wenn in Organisationen die Mitarbeiter über Stand und Veränderung des Unternehmens erst über die Medien erfahren, kann man nicht von einer Vertrauensatmosphäre und einer Kultivierung von Offenheit sprechen. Dementsprechend werden dann auch an der Basis jene für die Organisation lebenswichtigen Informationen zurückgehalten, wodurch die Führung „austrocknet" und ihre Entscheidungen losgelöst von der systemrelevanten Realität trifft. Auch die Krise der Führung ist eine systemische und keine organisatorische.

---

[81] Peter Senge unterscheidet zwischen *partizipativer* und *reflektiver Offenheit*, wobei die erstere die Freiheit umfasst, die eigene Meinung zum Ausdruck zu bringen, während letztere dazu führt, dass Menschen in sich hineinsehen und bereit sind, eigene Annahmen, Überzeugungen und Wertvorstellungen einer Überprüfung zu unterziehen.

Peter Senge weist in seinem Buch *Die fünfte Disziplin* auf die Ironie hin, dass *heute die primären Überlebensbedrohungen – für Organisationen ebenso wie für Gesellschaften – nicht von plötzlichen Ereignissen ausgehen, sondern von langsamen, schleichenden Prozessen.* Doch die Tragweite dieser Entwicklungen erfordert eine Systemschau, die über Problemlösungskompetenzen hinausgeht, Zusammenhänge erkennt und das Ende im Anfang sieht. Ansonsten schlittert man sehr leicht in die Situation des „gekochten Frosches" aus dem bekannten Gleichnis: Wenn ein Frosch in einen Topf mit kochendem Wasser gesetzt wird, so versucht er schnellstens herauszuklettern. Aber wenn das Wasser zunächst kalt ist, wird er ruhig darin verharren. Wird dann das Wasser allmählich erhitzt, überkommt den Frosch zunächst sogar ein angenehmes Wohlgefühl und er erkennt keine Notwendigkeit für eine Veränderung. Mit zunehmender Hitze wird er allerdings derart schlapp, dass er dann, wenn die Temperatur lebensbedrohlich wird, nicht mehr fähig ist, den Topf aus eigenen Kräften zu verlassen. Dieses Gleichnis wirft ein Licht darauf, wenn Manager bloß mit einem Blick für die *Detailkomplexität* der Situationen Entscheidungen treffen und die *dynamische Komplexität* in Systemen, deren Auswirkungen mit Zeitverzögerung auftreten, außer Acht lassen. Dies ist die eigentliche Herausforderung systemischer Führung in der heutigen Zeit.

Initiative des Einzelnen und Qualität der Führung

Die Bedeutung der Teamarbeit zeigt sich auch darin, dass sie als Impuls dienen kann, um das Entstehen und die Erhaltung der Unternehmenskultur in einer völlig neuen Weise zu fördern. Sie wird den Erfordernissen von kooperativen und partnerschaftlichen Beziehungen gerecht, die sich aus dem Geist der Zugehörigkeit und Zusammengehörigkeit unter den Beteiligten ergeben. Dies berührt ein unterscheidendes Merkmal interdependenter Systemzugehörigkeit, das aus einem reifen Bewusstsein und einer autonomen Entscheidung zur Verantwortung und Dienstbarkeit gegenüber allen Mitbeteiligten, dem Unternehmen und der Gesellschaft als Ganzes entsteht. Diese Einstellung des Einzelnen als Förderer sozialer Gemeinschaft ist von einer Dynamik, die alle Tätigkeiten eines Unternehmens durchdringen kann. In diesem verwandelnden und Kultur bildenden Prozess übernehmen die Funktionen von Management und

Leadership eine kanalisierende und dienende Ausrichtung. Denkmodelle von Positionen, Führerschaft, Autorität und Macht erfahren eine Wandlung und öffnen sich stärkerer Mitverantwortung und Mitentscheidung sowie zunehmender Förderung von Kompetenzen.

Das Entstehen eines durch eine gemeinsame Vision und eine sinnstiftende Mission vernetzten und fest gegründeten Unternehmens muss ein Hauptziel der Führung sein. Bestehend aus Mitgliedern, die eine Vielfalt von Persönlichkeiten, Begabungen, Fähigkeiten und Interessen widerspiegeln, bedarf das Unternehmen eines Standards an innerem Zusammenspiel zwischen Führung und Mitarbeitern, der sich auf der allgemein anerkannten Zugehörigkeit und Verantwortung zum Wohl des Ganzen gründet und bei dem das Gefühl für Partnerschaft, die sich auf gegenseitiger Wertschätzung des jeweiligen Tätigkeitsfeldes gründet, voll anerkannt und aufrichtig unterstützt wird. In einem solchen Unternehmen besteht Führung im Ausdruck des Dienstes, wodurch die Verantwortlichen zur Nutzung der vielfältigen Talente und Fähigkeiten, über die das Unternehmen verfügt, ermutigt werden. Aus dieser Motivation entspringen innovative Ziele und Strategien, durch die die Wirkungen der zusammenhängenden Kräfte des Fortschritts umgesetzt werden können.

Die Aufrechterhaltung eines partizipativen Klimas hängt zum großen Teil vom Zusammengehörigkeitsgefühl und Teamgeist zwischen den Einzelnen ab, die ja die Gemeinschaft bilden, von der die Führung wiederum selbst ein Teil ist. Das Bewusstsein dessen, dass das Zusammenspiel zwischen Mitarbeitern und Führung einen weiten Rahmen für Initiative lässt, spornt die Qualität der Beziehungen untereinander und einen Unternehmungsgeist an, der durch die gemeinsame Vision über die Mission des Unternehmens intensiviert wird. In einem solchen Klima wird das Unternehmen aus einer bloßen Summe von unverbundenen Teilen zu einer völlig neuen Persönlichkeit verwandelt, die eine Einheit bildet, in die sich die Mitglieder einfügen, ohne ihre individuelle Einzigartigkeit zu verlieren. Die Möglichkeiten, eine solche Wandlung sichtbar werden zu lassen, bestehen auf allen Organisationsebenen, aber es ist eine Hauptverantwortung der Führung, das Umfeld für ihr Erblühen zu schaffen.

Management und Führung stellen eine unumstößliche Notwendigkeit für den Fortschritt eines Unternehmens dar. Dennoch ist die Fähigkeit, echte verantwortungsvolle und förderliche Führung auszuüben, eine Kunst, die ernsthaft gelernt und beherrscht werden muss. Die Energie und Initiative, die Aufgaben und Ziele eines Unternehmens zu erfüllen, ruht in erster Linie in der gemeinschaftlichen Synergie der Mitarbeiter. Die Handlungsfreiheit der Einzelnen wird auf der Ebene persönlicher Initiative erschlossen und kommt auf der Stufe gemeinsamen Willens zum Ausdruck. Die Kraft des Kollektiven, diese Mischung aus individuellen Möglichkeiten und Fähigkeiten, ist in ihrem Potential anpassbar und unterliegt den vielfältigen Reaktionen der Individuen auf die verschiedenartigen in der Umwelt bestehenden Einflüsse. Um der gemeinsamen Absicht nachzukommen, muss diese Kraft sich in koordinierten Kanälen der Aktivität äußern, ansonsten wäre sie unfähig, den nötigen Schwung zu erreichen, der für eine ungehinderte fortschrittliche Entwicklung notwendig ist. Persönliche Initiative ist ein herausragender Aspekt dieser Kraft. Daher ist es eine Hauptverantwortung der Führung, sie zu schützen und anzuregen. Entsprechend ist es für die Einzelperson wichtig zu erkennen und zu akzeptieren, dass die Führung die Funktion hat, einen koordinierenden und mäßigenden Einfluss auf den Fortgang der Prozesse zu nehmen. Dieses systemische Zusammenspiel muss für alle Beteiligten klar als unumgänglich für den Fortschritt des Unternehmens erkannt werden. Weder dürfen die Einzelnen völlig losgelöst ihren eigenen Vorstellungen und Wünschen gegenüber den gemeinschaftlichen Interessen den Vorrang geben, noch dürfen sie durch die Einnahme einer diktatorischen Haltung seitens der Führungsverantwortlichen eingeengt werden.

Wirkfaktoren in Unternehmen

Lernen und Veränderung haben mit Zielerreichung zu tun, ob diese nun bewusste wohlgeformte Ziele sind oder mehr vagen Wünschen oder unausgesprochene Erwartungen gleichen. Ohne Ziel gibt es keine Bewegung, keinen Fortschritt, kein Wachstum. Sinn und Zweck finden ihren Ausdruck in Zielen und veränderte Lebensumstände haben neue Ziele zur Folge. Jeder neue erwünschte Zustand eröffnet eine Kluft zwischen dem Ausgangspunkt des gegenwärtigen Zustands und dem Punkt, dem man zustrebt. Man spricht vom *Sog* eines wohlgeformten Zieles oder von der *kreativen Spannung*, die dadurch ausgelöst wird. Die kreative Spannung entspringt der Energie der Anziehung des Zieles und findet den tieferen Sinn darin, bei Individuen und Gruppen brachliegende Potentiale zu wecken, Lernen und Bewegung zu initiieren und Mut zu machen, Schritt für Schritt dem erwünschten Zustand zuzustreben. Für manche Menschen kann dieses Empfinden jedoch mit Stress, Unsicherheit und Unwohlsein verbunden sein, was sie dann als „Problem" bezeichnen. Menschen entwickeln die unvorstellbarsten Strategien, um Probleme und Krisen zu vermeiden. Gefasste Entschlüsse und Vorsätze werden nicht selten hinterher wieder in Frage gestellt und auf ein Maß reduziert, so dass die Spannung verloren geht. Viele meinen, dass sie mit dieser *Korrosion von Zielen* erfolgreiche Stressbewältigung betrieben haben, wenn sie sich in ihre *Komfortzone* zurückziehen. Doch Lernen bedeutet, sich auf unerforschtes Gebiet vorzuwagen, für Unbekanntes und Neues offen zu sein und das Risiko neuer Erfahrungen zuzulassen. Wenn man sich auf diese Expedition begibt, darf die Sicherheitsleine nicht mit der Komfortzone verknüpft sein, sondern sollte der Geborgenheit der systemischen Zugehörigkeit entspringen. Verbreitet ist die Vorstellung, dass ein Leben ohne Probleme das Ideal darstellt. Die folgende Geschichte wirft ein Licht auf diese Annahme:

Segen oder Strafe

Ein Mann träumte: Er war gestorben und kam in ein herrliches Land voller Bäume, bunter Blumen und anmutiger Bäche. Während er sich noch verzückt in dieser neuen Umgebung umsah, erschien eine Geistgestalt, weißgekleidet und freundlich, und fragte ihn, ob er einen Wunsch habe.

„Ich habe großen Hunger und möchte etwas essen", sprach der Mann. Das Geistwesen klatschte in die Hände und in Sekundenschnelle erschien eine Tafel voll erlesener und köstlicher Speisen vor dem Neuankömmling. Er speiste ausgiebig und genüsslich. Dann schlenderte er durch die Gegend und erfreute sich an der Pracht der Gefilde. „Hallo!" rief er nach einer Weile und schon stand der Dienstbare vor ihm. „Ich hätte gerne etwas Bewegung, ich möchte Golf spielen." „Bitte", sprach das Geistwesen, fasste ihn am Arm und führte ihn um eine Waldspitze, an den Rand eines bezaubernden Golfplatzes. Schläger und Bälle standen bereit. Der Mann spielte nach Herzenslust, danach aß er wieder etwas, wanderte durch die Natur und erfreute sich seines Daseins. Er erhielt alles, was er sich wünschte. Doch nach kurzer Zeit war alle Freude aus ihm gewichen. Er rief nach dem Freundlichen und beschwerte sich: „Ich habe es satt, das Leben hier. Gib mir was zu tun!" „Bedaure", erwiderte das Geistwesen, „Arbeit, das ist das einzige, was ich dir hier nicht bieten kann. Jeden anderen Wunsch erfülle ich dir unverzüglich und genau, aber Arbeit kann ich dir nicht bieten." „Dann, dann pfeif ich auf den Laden hier, ich halte es nicht mehr aus", schrie der Mann verzweifelt. „Dann ziehe ich es vor, in die Hölle zu gehen. Schick mich in die Hölle!" Das Geistwesen lächelte: „Was denkst du denn, wo du bist?"[82]

Die Vorstellung vom Schlaraffenland, wo man entspannt in der Wiese liegt und einem die gebratenen Hühner in den Mund fliegen, ist ein Ausdruck dieser Vorstellung, dass Probleme unnötig und zu vermeiden sind. Das Paradies wäre dieser Definition nach ein Zustand ohne Krisen, Probleme und Konflikte. Arbeit wird großteils immer noch als „Schweiß und Pflichterfüllung" angesehen und das Gehalt als eine Art „Schmerzensgeld". Auch die Medien tragen das Ihrige dazu bei, wenn beispielsweise in Radiosendungen schon zu Wochenbeginn Durchhalteparolen mit Aussicht auf das Wochenende ausgegeben werden. Tatsächlich wäre ohne die Spannung der Herausforderung anspruchsvoller Ziele jeder Entwicklung, jedem Lernen und jedem Fortschritt die Energie entzogen. Die Attraktion der viel gepriesenen „Fun-Gesellschaft" ist bezeichnend für unsere Zeit, und immer wieder hört man den Ausdruck „Aber es ist nicht so einfach!" als Begründung dafür, eine als notwendig erkannte Veränderung nicht anzugehen. Der Leitsatz scheint zu lauten, dass nur, was leicht geht, wert ist, in Angriff genommen zu werden. Für diese Einstellung zahlt man einen hohen Preis von vergebenen Chancen und unwiederbringlichen Möglichkeiten. Lernen wird vermieden und Herausforderung abgelehnt. Doch Freiheit bedeutet nicht Ziellosigkeit, auch nicht die Vermeidung von verbindlichen Entscheidungen und der Bereitschaft zu Außergewöhnlichem. Wie Mihaly Csikszentmihalyi bemerkt, führt eine derartige Fehlentwicklung von Freiheit eher zur Lähmung als zur Entwicklung: *„Paradoxerweise sind wir in dem Moment, wo wir allem Anschein nach die größte Freiheit besitzen und alles tun könnten,*

---

[82] Kambiz Poostchi, *Goldene Äpfel – Sinnbilder des Lebens*

was wir wollen, am wenigsten handlungsfähig. "[83] Tatsache ist, dass Stillstand die Gefahr des Rückschritts in sich trägt und als Warnsignal eine Qualität von gesunder Unzufriedenheit ausgelöst wird, woraus die Energie fließt, neue Ziele anzugehen. Anstatt sich Ziele ohne Feuer zu setzen, oder gar ziellos durchs Leben zu treiben, nur um diese Spannung zu vermeiden, sollte man eher an den Fähigkeiten und Ressourcen arbeiten, um die Herausforderungen zu meistern. Eine orientalische Weisheit besagt, *dass man nicht darum beten sollte, ein bequemes Leben zu haben, sondern darum, ein starker Mensch zu sein.*

Jedes Ziel kann über unterschiedliche Ebenen der Veränderung angestrebt werden. Man kann den Weg über die Veränderung des Kontextes oder der äußeren Situation wählen, aber auch infolge internalen Lernens über die Ebene des Verhaltens, der Fähigkeiten, der Überzeugungen, der Werte und mentalen Programme, des Identitätssinns oder sogar über eine Veränderung der Systemzugehörigkeit dorthin gelangen. Je höher angesetzt wird, desto weiter reichende Auswirkungen hat eine Veränderung und setzt Energien frei, die auch Blockaden der unteren Ebenen aufzulösen imstande sind. Hingegen würde ein Lösungsansatz auf einer niederen Ebene nur bescheidene Ergebnisse erzielen, wenn die eigentliche Ursache auf einer höheren Ebene angesiedelt ist. Dergleichen Maßnahmen hätten lediglich einen Rezeptcharakter und würden höchstens am äußeren Schein, aber nicht nachhaltig etwas verändern. Nicht selten zeigt sich das Symptom auf der Verhaltens- oder Kontextebene, die Ursache jedoch verbirgt sich in höheren Bereichen. Die Vertrautheit mit diesen systemischen Zusammenhängen hilft, den Hebel am richtigen Punkt anzusetzen und nicht unnötig Energie zu verschwenden, indem man an den Symptomen herumfeilt.

In Anlehnung an die „Ebenen des Lernens" von Gregory Bateson entwickelte Robert Dilts die so genannten *Neurologischen Ebenen* der Erfahrung und systemischer Veränderungsarbeit. Auch wenn man nicht tatsächlich von Ebenen im Sinne von hierarchischen Kategorien sprechen kann, so ist dieses Modell dennoch äußerst nützlich, um *die systemischen Interaktionsebenen als Netzwerk von Zusammenhängen* bei diversen Prozessen aufzuzeigen sowie funktionelle Abhängigkeiten in Sozialsystemen zu erkennen. Es lässt sich auf die Entwicklung von Einzelpersonen ebenso anwenden, wie es auch ein Licht auf Möglichkeiten

---

[83] Mihaly Csikszentmihalyi, *Dem Sinn des Lebens eine Zukunft geben,* 2000

und eventuelle Engpässe in offenen Systemen und Lernenden Organisationen zu werfen imstande ist. Es eignet sich besonders zur Ausrichtung von Arbeitsgruppen und Teams, wenn es darum geht, dass Menschen nicht nur Aufgaben übertragen bekommen, sondern einer gemeinsamen Mission und Vision folgen. Ähnlich wie bei Einzelpersonen können Teams aus ihrer Unternehmenszugehörigkeit ihre Teamidentität ableiten und mit Wertvorstellungen und Fähigkeiten in Verbindung bringen, die das eigene Verhalten im Sinnzusammenhang mit dem Ganzen fördern und gestalten. Teamgeist und Teamkultur erwachsen aus der durchgängigen Abgestimmtheit zwischen allen systemischen Interaktionsebenen.

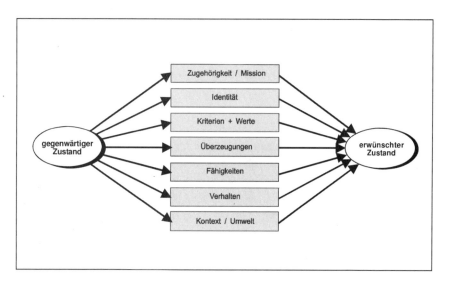

Jede Prozessebene umfasst die unteren Bereiche und ist Ausdruck und Ausformung der höheren Ebenen. Lernschritte wirken sich umso weit reichender aus, je höher sie ansetzen. Eine Erweiterung des Identitätsverständnisses beispielsweise setzt andere Energien frei als eine Veränderung auf der Fähigkeits- oder Verhaltensebene. Genauso hat eine Übereinstimmung zwischen Personen und Gruppen, die der gemeinsamen Zugehörigkeit oder gemeinsamen Visionen entspringt, ein höheres Maß an Bindung und Motivation als Gleichgerichtetheit in Verhaltensnormen. Je höher der gemeinsame Fokuspunkt angesiedelt ist, desto größere Vielfalt und flexiblere Ermessensspielräume eröffnen sich auf den unteren Ebenen. Beispielsweise braucht ein heterogen zusammengesetztes Team, dessen Mitglieder sich aus unterschiedlichen Persönlichkeiten mit komplementären Fähigkeiten zusammensetzen, einen gemeinsamen Nenner auf der Ebene der Zugehörigkeit und Mission und kann nicht bloß mit Leistungszielen und Verhaltensregeln aufgebaut werden. Folglich wirken sich auch Blockaden oder Konflikte entsprechend den einzelnen Ebenen unterschiedlich aus. Während Lösungen und Veränderungen auf den niederen Ebenen von Kontext und Verhalten relativ leicht zu bewerkstelligen sind, bedarf es auf den höheren Ebenen umfassenderer Beschäftigung mit dem Problem, das auch alle tieferen Bereiche beeinträchtigen kann. Für Führungskräfte, die mit Personal- und Teamentwicklung, aber auch für Erziehungsbeauftragte, Coaches und jene, die mit Zielsetzung, Motivation oder auch Konfliktlösungsaufgaben betraut sind, wird es von nicht geringer Bedeutung sein, auf welcher Ebene eine Blockade wirksam wird. An Hand der folgenden Aussagen erkennt man, wie unterschiedlich Einflusstiefe, Wirkung und Einschränkung der einzelnen Ebenen sein können:

Mission/Sinn: *„Welchen Sinn macht es, dass wir uns derart bemühen, wenn sich da oben kein Mensch wirklich dafür interessiert, was wir tun!"*

Identität: *„Wir sind ein zerstrittener Haufen und werden wohl nie zu einem Projektteam zusammenwachsen."*

Werte: *„Was bringt es, mühsam ein Team aufzubauen, wenn es doch allein leichter geht?"*

Glaubenssätze: *„Teams sind nicht in der Lage, brauchbare Entscheidungen zu treffen."*

Fähigkeit: *„Uns fehlt einfach die Erfahrung und das Know-how für Teamarbeit."*

Verhalten: *„Ich weiß nicht, was ich tun soll, wenn die Motivation im Team nachlässt."*

Kontext: *„Wir können nicht in Ruhe beraten, wenn ständig Störungen auftreten."*

An der Basis systemischer Ordnung steht der Grundsatz, dass jedes Verhalten kontextabhängig ist. Das bedeutet, dass das Verhalten eines Menschen aus dem Zusammenwirken innerer, persönlichkeitsbezogener Qualitäten und umweltbedingter externer Einflüsse abzuleiten ist. Es entspringt einer Beziehungswirklichkeit, die ihre Energie und Ausrichtung aus der systemischen Zugehörigkeit zur übergeordneten Ganzheit bezieht und ihre Ausdruckform in Abhängigkeit zu den eigenen Qualitäten und zur Begegnung im Kontext erfährt. Daraus folgt auch, dass jede der anderen Ebenen, die ihren Ausdruck im Verhalten finden, wie Fähigkeiten, Überzeugungen, Werte und Identität systembezogen betrachtet werden müssen und keine in sich absolute Aussage über eine Person oder Gruppe darstellen. Auch können sie selten für sich allein verändert werden, da alle Ebenen im wechselseitigen Wirkzusammenhang stehen.

Wirkfaktoren im Unternehmen

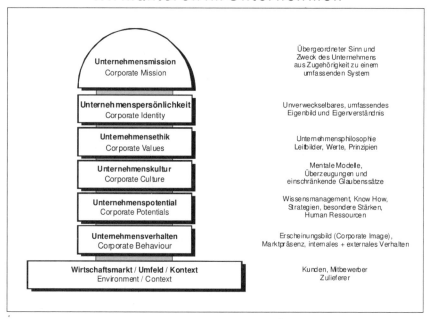

Wenn du ein Schiff bauen willst,
so trommle nicht Männer zusammen,
um Holz zu beschaffen, Werkzeuge vorzubereiten,
Aufgaben zu vergeben und die Arbeit einzuteilen,
sondern lehre die Männer die Sehnsucht
nach der weiten endlosen Welt!

Antoine de Saint-Exupéry

Unternehmensmission:

Auf dieser Ebene kommt die *Zugehörigkeit* zum umfassenden System zum Ausdruck, als dessen Subsystem eine Organisation oder ein Individuum eine bestimmte Funktion oder Rolle übernimmt. Sinn und Zweck sowie Vision und Mission für das eigene System entspringen dieser Zuordnung und beinhalten die Klärung dessen, welchem konkreten Bedürfnis des Ganzen man damit dienlich ist. Dabei geht es um das *Sein* und nicht bloß um den Schein. Daher stellt diese Orientierung für jede Organisation auch ihre ökologische Kontrollinstanz dar. Aus der Verbindlichkeit zum Ganzen und der klaren Ausrichtung auf die so genannten *Nordpolprinzipien*, wie Stephen Covey sie nennt, ergibt sich in der Folge der Kurs der Entwicklung. Ohne Klarheit und Eindeutigkeit dieser Zuordnung bleiben Zielstreben und Verhalten unausgerichtet und erhalten anderweitige irreführende Kompensationsdeutungen.

Wie beim einzelnen Menschen, der die Frage nach dem Sinn des Lebens stellt und daraus die eigene Ausrichtung, Prioritäten und Selbstverständnis ableitet, sind auch Unternehmen und Teams erst in der Lage, sich zu definieren und die eigene Rolle und die Motivationskriterien zu bestimmen, wenn ihre Zuordnung zum umfassenden Ganzen geklärt ist. Nicht aus Kontext und Verhalten baut sich Identität auf, sondern umgekehrt, die Zugehörigkeit bestimmt den Identitätssinn, die Werte, Fähigkeiten und das Verhalten in der Aktion. Erst aus diesem Systembezug können Organisationen und Teams ebenso wie einzelne Menschen gestalterisch und kreativ auf die Umwelt einwirken und Beiträge zu Veränderungen und fortschrittlichen Entwicklungen leisten, die ökologisch und nachhaltig sind. Aus der Kraft der Vision und dem inneren Feuer der Mission schöpft der menschliche freie Wille und wird zum Gestalter und Pionier in der Welt des Daseins. Je nach dem, ob die Zugehörigkeit ein materielles oder ein transzendentes System zum Inhalt hat, werden die daraus abgeleiteten Werte, Fähigkeiten und Verhaltensformen unterschiedlich zum Ausdruck kommen und ihren Einfluss auf die Umwelt finden. Doch ohne bewusstes Bemühen um die Klärung der Systemzugehörigkeit und der Sinnfrage, ohne den *Willen zum Sinn*, werden Einzelpersonen wie auch Gemeinschaften zum Spielball wechselnder Umwelteinflüsse, Modetrends und kurzlebiger Strömungen, ohne die eigene Identität jemals wirklich gefunden und Zufriedenheit und Erfüllung erfahren zu haben. Auch Kompensationsversuche, die oft übertriebene

Formen materieller Genusssucht[84] aufweisen, können diese innere Leere, die tiefe Frustration und das Existenzvakuum nicht verdecken.

Organisationen und Unternehmen sind keine Inseln, sondern können sich nur als Subsysteme in der Einbettung in einem umfassenden Umfeld und in der Interaktion mit anderen Unternehmen optimal entwickeln. Ihre Zukunft und Fortdauer sind direkt an die Zukunft der Umgebungssysteme gekoppelt und erhalten Sinn, Zweck und Funktion aus dieser Zuordnung. Unternehmen, die dieses Bewusstsein nach innen umsetzen und den durchgängigen Bezug zur Missionsebene erreichen, erfahren ihre Mitarbeiter nicht mehr als „Arbeiter", sondern als „Partner" an der gemeinsamen Vision. Ethische Grundsätze und ein starker Gemeinsinn werden zu kennzeichnenden Merkmalen einer reifen Unternehmenskultur, die Wertschätzung und Kooperation fördert und ein lebendiges Lernumfeld bildet. Weitblickende Führungskräfte sind sich dieser Zusammenhänge wohl bewusst und auch der Folgen, die eine Missachtung dieser Grundprinzipien systemischer Orientierung mit sich bringen könnte, wie dies O'Brien feststellt: *„Von Anfang an haben wir erkannt, wie ungeheuer wichtig es ist, dass Menschen das Gefühl haben, für ein höheres Ziel zu arbeiten. Wenn diese Mission fehlt, werden viele ihre Erfüllung nicht in der Arbeit, sondern ausschließlich in anderen Bereichen suchen."*

Corporate Identity:

Auch Unternehmen und Organisationen besitzen eine eigene Identität oder eine unverwechselbare Charakteristik, die ihre Systemeigenschaft darstellt und nicht auf die Qualitäten ihrer Mitarbeiter und Abteilungen rückzuführen ist. Dieses unter der Bezeichnung „Corporate Identity" umschriebene Phänomen darf nicht mit dem Erscheinungsbild des Unternehmens, dem Logo, Briefpapier aber auch nicht mit den Produkten verwechselt werden. Die Unternehmensidentität fließt direkt aus der Zugehörigkeit und umfasst die Rolle der Organisation innerhalb des übergeordneten Wirkfeldes. Ebenso hat Identität bei Einzelpersonen

---

[84] Viktor Frankl spricht von Menschen, die *auf der Flucht vor sich selbst* sind und sich einer Form von Freizeitgestaltung hingeben, die *zentrifugal* wirkt. Sie betäuben ihre innere Leere durch *Trunksucht, Tratschsucht, Spielsucht* etc.

etwas mit dem unverwechselbaren *Selbstbild* und *Eigenverständnis* zu tun und umfasst tiefe spirituelle Werte, die die Wesenheit eines Menschen ausmachen, wie auch alle Umsetzungs- und Ausdrucksformen der physischen Ebene und der sozialen Beziehungen. Oft erweist sich die Sprache auf dieser Ebene als unzureichend, weshalb auch mehr von einem *Identitätssinn* oder *Identitätsgefühl* gesprochen wird und man gerne zu symbolischen und metaphorischen Darstellungen greift. Wer wir sind, ist weniger eine Frage nach dem, was wir tun, als vielmehr danach, wo unsere verbindliche Zugehörigkeit zu finden ist, was Karl Jaspers in folgenden Worten ausdrückt: *„Was der Mensch ist, das ist er durch die Sache, die er zur seinen macht."* Wo immer diese Klarheit fehlt, neigen Menschen dazu, sich mehr nach Identifizierungen mit unteren Ebenen zu definieren, mit dem Landstück, wo sie geboren wurden, mit ihrer Hautfarbe, ihrem Beruf, ihren Titeln, mit ihren besonderen Neigungen und Interessen und sogar mit ihrem Bankkonto. Bekannt ist vielleicht der humorvoll verzweifelte Ausspruch: *„Ich bin eigentlich ganz anders, aber ich komme so selten dazu"*, der den inneren Konflikt widerspiegelt, der in der Regel der Begleiter einer Identitätssuche auf den falschen Ebenen ist. Selbstverwirklichung ohne Sinnfindung ist von Anfang an zum Scheitern verurteilt. Viktor Frankl, Begründer der Logotherapie, liefert dafür ein einprägsames Bild: *„Wie der Bumerang, der zum Jäger, der ihn geschleudert hat, nur dann zurückkehrt, wenn er das Ziel, die Beute, verfehlt hat, so ist auch nur* der *Mensch so sehr auf Selbstverwirklichung aus, der zunächst einmal in der Erfüllung von Sinn gescheitert ist..."*[85] Der bekannte Schweizer Psychologe C.G. Jung geht sogar so weit, die Neurose als das *Leiden der Seele* zu definieren, *die nicht ihren Sinn gefunden hat.*[86]

Der Identitätssinn von Organisationen und Teams besteht in einem „Wir-Gefühl", welches nicht aus einem sentimentalen Verbrüderungsstreben entsteht, sondern die Folge klarer gemeinsamer Zugehörigkeit ist, woraus erst das Bewusstsein der Zusammengehörigkeit sich entwickelt. Während es sich bei hierarchischen Unternehmensstrukturen aus der Loyalität zur System bestimmenden Autoritätsinstanz ableitet, ist der Gemeinsinn in interdependenten Strukturen die Folge klarer bewusster Verbindlichkeit jedes Einzelnen zum gemeinsamen Ganzen. Dieses un-

---

[85] Viktor E. Frankl, *Psychotherapie für jedermann,* 1971
[86] zitiert bei Viktor E. Frankl, *Der Mensch auf der Suche nach Sinn,* 1972

verwechselbare und einzigartige *WIR* definiert unsere Ganzheit, unsere Systemidentität als Kernfamilie, Team, Unternehmen oder Menschheitsfamilie.

Veränderungen auf der Identitätsebene sind einerseits sehr wirkungsvoll, weil sie alle unteren Ebenen beeinflussen, aber auch schwierig, da sie entweder einen neuen Systembezug zum Inhalt haben oder aus einer neuen Rolle und Aufgabe im selben System entspringen. Es gibt einschneidende Momente im Leben eines Menschen, da dieser Identitätswechsel stattfindet, wie zum Beispiel mit dem Erreichen des Jugendalters innerhalb der Familie, beim Eintritt ins Berufsleben, durch die Ehe und Partnerschaft oder auch, wenn eine Person innerhalb einer Firma versetzt wird oder mit einer Führungsaufgabe betraut wird. Jedes Mal verändern sich nicht nur die Aufgaben, Rahmenbedingungen und Handlungsmuster, sondern vor allem die eigene Funktion und Rolle im System. Manchmal ist dieser Identitätswechsel mit heftigen Auseinandersetzungen verbunden, wie in der Pubertät, manchmal verläuft er harmonisch und unbeschwert. Jedenfalls wäre es durchaus unterstützend, den Wechsel in irgendeiner Form zu ritualisieren, damit er für alle Beteiligten wahrnehmbar wird und sie sich auf die neuen Gegebenheiten einstellen können. Gerade in Fällen, wo Mitarbeiter aus dem Kreis der Belegschaft mit Führungsfunktionen betraut werden, kommt es nicht selten zu Identitätskonflikten. Dies passiert vor allem dann, wenn auf der einen Seite der kumpelhafte Bezug zu den bisherigen Kollegen nicht aufgegeben wird, man andererseits jedoch infolge der übergeordneten Verantwortlichkeit in der Firmenhierarchie ein geändertes Beziehungsmuster zu beachten hat. Ein solcher Zustand kann sowohl für die neue Führungsperson als auch für die anderen Beteiligten zu Missverständnissen und konflikthaften Fehldeutungen führen, die durch eine vorbeugende Klärung vermieden werden könnten.

In der Kindheitsphase und der Dependenz ist die Einbettung in das Familiensystem und damit die eigene Rolle und Identität eher fremdbestimmt, aber spätestens ab dem Jugendalter und der Independenz bedarf es einer klaren persönlichen Auseinandersetzung mit dem Sozialsystem, dem man angehört – ob Familie, Gesellschaft, religiöse Gemeinschaft oder Arbeitsplatz – und eine freie verbindliche Entscheidung dafür oder dagegen. Die vielfach typischen Opferhaltungen sind oft Ausdruck eines weiteren Verharrens in der Dependenz, während Unverbindlichkeit und Vermeiden von Eigenverantwortung eher von einer blockierten Independenz herrühren. In beiden Fällen bleibt infolge des fehlenden Systembezugs die eigene Identität ungeklärt, was innere Unzufriedenheit, mangelnden Selbstwert, starke Abhängigkeiten von Personen, Beziehungen und Modeströmungen und Orientierungslosigkeit bewirken kann. Doch eine Sache ist, *welche* Rolle man in einem System einnimmt, eine andere, *wie* man sie ausfüllt. Unabhängig davon, ob die Herkunftsfamilie, das soziale Umfeld, die Arbeitsvoraussetzungen den Idealen entsprechen oder nicht, hat jede Person die freie Wahl, die Qualität des Einsatzes zu bestimmen. Gerade darin kommt die Reife und Mündigkeit zum Ausdruck, dass ich mich nicht zum Opfer äußerer Umstände mache, sondern gestalterisch darauf Einfluss nehme und Veränderungen bewirke. Ob ich als *Konsument* durchs Leben gehe oder als *Pionier*, wird entscheidend dafür sein, ob ich über die Dunkelheiten in der Welt und die Schwierigkeiten im Leben jammere und inaktiv bleibe, oder aber gerade darin meine Rolle finde, Licht ins Dunkel zu bringen und etwas zu verändern. Denn *die Dunkelheit ist kein Phänomen, dem irgendeine Form der Existenz, geschweige denn der Autonomie innewohnt. Sie löscht das Licht nicht aus, noch verringert sie das Licht, aber sie markiert diejenigen Regionen, die das Licht noch nicht erreicht oder angemessen erleuchtet hat.*[87]

Unternehmensethik:

Aus der Mission und Identität leitet sich ab, was für mich wichtig ist und was nicht, worauf ich zustrebe oder wovon ich mich distanziere. Werte sind also nicht die verlautbarten Theorien und bewussten Glaubenssätze, sondern die mehr unbewusst wirkenden Prioritätskriterien auf der Ebene unserer *inneren Landkarte* oder des persönlichen *Modells der Welt*, nach denen wir wichtig von unwichtig unterscheiden. Wenn man herausfinden will, was jemandem wichtig ist, darf man nicht einfach danach fragen, sondern muss beobachten, was die Person *tut*. Wofür ist sie bereit, Zeit, Geld und Energie zu investieren? Aussagen, dass wir so gerne etwas anderes machen würden, aber leider die Zeit dafür nicht finden, sind insofern unzutreffend, als wir immer Zeit finden für das, was uns wirk-

---

[87] *Wer schreibt die Zukunft*, ein Statement der Bahá'í International Community, 1999

lich wichtig ist.[88] Während Glaubenssätze und Überzeugungen stark bewusst gesteuert sind, sind Werte und Metaprogramme oft tief sitzende meist unbewusst wirkende Auswahlkriterien für Entscheidungen, Zielsetzung und Beurteilung. Aus den Leitprinzipien und Grundwerten[89] eines Unternehmens fließen Vision und Motivation. Es gehört mit zu den bedeutenden Leistungen der Kognitionswissenschaft, eindeutige Beweise geliefert zu haben, dass von einer Ebene geistiger Repräsentation ausgegangen werden kann, die sich auf die verschiedensten Aspekte des menschlichen Verhaltens auswirkt. Unsere Werte und mentalen Modelle bestimmen nicht nur, wie wir die Welt interpretieren, sondern auch, wie wir in der Folge handeln. Grundwerte sind notwendig, um Menschen bei ihren tagtäglichen Entscheidungen zu helfen, sie sind Ausdruck von Sinn und Mission und bilden die Grundlage für Motivation und Initiative.

Beim Aufbau und der Festlegung gemeinsamer Visionen reicht es daher nicht aus, wenn die Führungsriege eines Unternehmens in Wochenendklausuren wortgewandte Zukunftsperspektiven und Leitbilder formuliert und als Druckwerk an alle Mitarbeiter verteilt, wenn nicht alle in irgendeiner Form in den Gesamtprozess eingebunden werden und ihre Grundwerte darin wieder finden. Leitbilder, die bloß formuliert werden, bleiben wirkungslos und gleichen eher einer Sonntagspredigt, wenn sie nicht eine Durchgängigkeit aller dieser Wirkebenen aufweisen und auch in den Führungskräften praktische Modelle finden. *Der Zweck ist etwas Abstraktes. Die Vision etwas Langfristiges. Menschen brauchen Leitsterne, an denen sie sich orientieren können.* (Senge 1996). Die Unternehmensethik besteht aus der Gesamtheit aller Werte eines Unternehmens und ist meist stark von den Prinzipien der Gründer geprägt sowie von jenen der Nachfolgegeneration und Führungskräfte. Doch ist der Einfluss der Einbettung der Werte der Mitarbeiter nicht zu unterschätzen. Wenn die Prämissen eines Mitarbeiters mit den Werten und der Kultur eines Unternehmens nicht zumindest in den höheren Bereichen übereinstimmen, wird er sich auf Dauer nicht mit seiner Rolle in diesem Umfeld identifizieren können. Für Manager und Führungskräfte, die durch ihre Rolle auch das System definieren, kann ein Wertekonflikt noch weiter

---

[88] Eine Ausnahme bilden Lebensphasen, in denen wir zu viel auf einmal wollen und uns damit übernehmen. Aber auch dann ist es weniger ein Problem des Zeitmanagements, sondern der mangelnden Klarheit über Prioritäten und systemischer Synergiepotentiale, was wiederum mit den Ebenen der Zugehörigkeit, Identität und Werte zu tun hat.
[89] Matsushita nennt sie „spirituelle Werte".

reichende Folgen haben. Ziele, Erwartungen und Vorsätze orientieren sich bewusst oder unbewusst immer an den Werten und Prioritätskriterien. Wenn die Verbundenheit zu den oberen Ebenen gegeben ist, wird damit sichergestellt, dass Ziele tatsächlich ökologisch im Sinne des Gesamtsystems wohlgeformt sind. Ansonsten kann es auch hier zu Ziel- und Wertekonflikten kommen, die viel Energie blockieren und schädliche Nebenwirkungen aufweisen. Wenn es um die Veränderung und Aktualisierung der Werte und Metaprogramme geht, sind einerseits der Zusammenhang mit der Identität und der Mission zu beachten und andererseits die Tatsache, dass diese ja vorwiegend unbewusst wirken. Daher ist es notwendig den Fokus mit bewusster Entscheidung darauf zu lenken und zu prüfen, inwieweit sie noch aktuell sind, der gegenwärtigen Entwicklungsstufe und Identität entsprechen oder es notwendig ist, überholte Werte und Vorstellungen in der Rumpelkammer der Lebensgeschichte abzulegen. Ist es an der Zeit ein „Update" vorzunehmen oder kann man sie in einer Neuorientierung mit Nachdruck bestätigen? Auch ist es von weit reichender Entscheidung, ob es sich um unverarbeitet übernommene Kriterien anderer Personen handelt oder um integrierte und durch selbständige Überprüfung und freie Entscheidung geformte Grundwerte. Menschen und Organisationen, die sich diesem Prozess des Nach-Innen-Gehens durch viel Aktionismus und Extrovertiertheit entziehen, erleiden oft einen „inneren Bruch" und handeln und entscheiden sich nicht mehr im Einklang mit ihrer intrinsischen Wesenheit, sondern investieren viel Zeit, Geld und Energie in die Aufrechterhaltung eines äußeren Scheins und eines repräsentativen Images.

Unternehmenskultur:

Während die ersten drei Ebenen intrinsisch, d.h. als Charakterzug im Menschen und innerhalb sozialer Entitäten angelegt sind, besteht ab der Ebene der Einstellungen und Überzeugungen die Aufgabe darin, das Verborgene sichtbar zu machen. Dieser Kultur schaffende Prozess bedingt eine Bewusstwerdung der inneren Kräfte und ein Umsetzen der Mission, Vision und der Werte in qualitätsvolle Beziehungen, Fähigkeiten und Handlungen. In diesem Werden manifestiert sich die Kraft der Vision in der Dynamik der gelebten Kultur. Führung und Management treffen sich und werden zu unverzichtbaren Bestandteilen eines gemeinsamen Strebens. Das Heranwachsen einer „weiche Kultur", in der die Wertschätzung des Menschen das Fundament bildet, verlangt nach integrierten und vielseitigen Führungspersönlichkeiten, die selbst Modell sind für einen Ausgleich zwischen den rationalen, emotionalen, sozialen und spirituellen Dimensionen des Lebens. Evolutionäre Manager und Führungskräfte richten ihr Denken nicht nur auf die bloße Existenz aus, sondern sind auch auf die Chance der Fortdauer in der Zukunft orientiert. Das Interesse am Unternehmen und der gegenwärtigen Gesellschaft steht im Einklang mit dem Respekt und der Achtung vor den Chancen des Lebens der künftigen Generationen. Sofern Durchgängigkeit und Einklang zwischen den Ebenen besteht, fließt die Energie durch das gesamte System und vernetzt alle Bereiche zu einem untrennbaren Ganzen, in dem eine Koevolution des Individuums und des Unternehmens zur Realität wird. Sein und Schein, Inneres und Äußeres stehen dann in Übereinstimmung und nicht mehr im Widerspruch. Auf dieser Ebene müssen sich Visionen und Werte in der Praxis bewähren. Universelle Leitsätze und umfassende Pläne finden ihren Niederschlag in konkreten Handlungslinien und praktischen Abläufen. Hier wird auch deutlich, wenn systemische Diskrepanzen bestehen oder das Lernpotential übergangener Entwicklungsschritte näher zu betrachten ist. Nicht selten machen sich gerade dann, wenn Vision und Richtung bestimmt wurden, einschränkende Glaubenssätze, Einwände und Bedenken bemerkbar, die genau auf diese Zusammenhänge hinweisen. Sie sind nicht lästige Hindernisse, die man am besten übergeht oder verdrängt, sondern sie lenken als stabilisierende Feedbackschleifen die bewusste Aufmerksamkeit genau auf die Bereiche, die noch einer genaueren Klärung bedürfen. Derartige Interferenzen können Hinweis darauf sein, dass mit dem angestrebten Ziel Veränderungen geschaffen würden, die die Funktionen anderer Systemelemente und damit die innere Ordnung des Gesamtsystems in Mitleidenschaft ziehen würden. Ein Einwand kann aber auch ein Warnsignal in Bezug auf eine unökologische Situation sein, dass man mit überholtem Denk- und Verhaltensmuster versucht, neue Wege zu beschreiten. In diesem Fall wäre es notwendig, vorher das vorhandene Rüstzeug auf dessen Tauglichkeit für die bevorstehende Reise zu überprüfen und den Gegebenheiten anzupassen. Einschränkende Glaubenssätze wie „Das schaffen wir nie!", „Das bringt ohnehin nichts!" oder „Veränderung bedeutet Unsicherheit und Rückschritt." machen tiefer liegende mentale Programme in Bezug auf Ziel- und Ergebniserwartung wie auch der

Selbstwirksamkeit deutlich. Dadurch erhalten wir die Chance, diese zu überprüfen und gegebenenfalls zu korrigieren. Auch so genannte „Hidden Agendas"[90] bei Einzelpersonen und Gruppen können erkannt und respektvoll aufgelöst werden.

Hemmende Glaubenssätze und innere Einwände wirken sich nur dann blockierend aus, wenn der Bezug zu den Ebenen der Zugehörigkeit, Identität und Werte fehlt und man sich im oberflächlichen „Lifestile" gestört fühlt. Dann kommt es vor, dass Menschen und Organisationen diese als Anomalien abtun, und die Signale nicht beachtend, sich noch mehr in das Gewohnte stürzen, also dem Prinzip „Mehr-desselben" folgen. Darin zeigt sich auch der Unterschied zwischen „Kult" und „Kultur". Während bei einem „Kult" – und nicht wenige Unternehmen, Gemeinschaften und Individuen halten solche mit traditioneller Vehemenz aufrecht – oft kristallisierte Normen, Dogmen und Verhaltensmaßregeln vorgegeben werden, denen sich alle zu fügen haben, ist „Kultur" ein dynamischer Prozess, der den lebendigen Austausch und die vielfältigen Beiträge aller Beteiligten erfordert und aus der Mission, Vision und den Werten schöpft. Kultur schafft Übereinstimmung durch eine Gemeinsamkeit in der Zugehörigkeit und ermöglicht Vielfalt auf allen anderen Ebenen, während Kulte Vereinheitlichung anstreben durch vorgeschriebene Rituale und Verhaltensnormen.

Unternehmenspotential:

Als Grundlage jeden Handelns und Wirkens sind Fähigkeiten und Strategien vonnöten. Auch wenn jeder Mensch und jede soziale Gemeinschaft eine Vielfalt an Potentialen in sich trägt, bedarf es des bewussten und zielgerichteten Bemühens, diese zu entfalten und wirksam werden zu lassen. Lernen ist ein Prozess des Hervorholens der inneren Potentiale, deren Kultivierung und Integration, damit sie als Fertigkeiten im Denken, Fühlen und Handeln zur Verfügung stehen. Nicht das Wissen beendet den Kreislauf, sondern erst mit der praktischen Anwendung und

---

[90] *Hidden Agenda* ist die Bezeichnung für *unterschwellige* oder *verborgene Vorannahmen*, die bei Einzelpersonen und Gruppen in Bezug auf Ziele und Projekte bestehen können, die dafür sorgen, dass man in der Praxis nicht produktiv und harmonisch zusammenarbeiten kann. Sie schaffen Ängste und vertiefen Vorurteile und wirken vielfach als sich selbst erfüllende Prophezeiungen.

der Integration werden Fähigkeiten zum systemischen Bestandteil von Menschen und Organisationen. Man spricht daher auch von *angeborenen* und *erworbenen* Fähigkeiten. Treffend drückt es Johann Wolfgang Goethe aus, wenn er schreibt: „*Was du ererbt von deinen Vätern hast, erwirb es, um es zu besitzen.*"

Auch wenn wir viele Fähigkeiten in uns tragen, braucht es sowohl im Kindes- als auch im Erwachsenenalter der sozialen Interaktion, des Lernens vom Modell, damit diese in Erscheinung treten. Ob diese also unentdeckt verkümmern, zu Zerrbildern und Verformungen degradieren oder tatsächlich ihrer innewohnenden Bedeutung zugeführt werden, ist nicht zuletzt Verantwortung und Aufgabe des Kultur bildenden Sozialraums des Gemeinschaftssystems. Daher bildet jedes System gleichzeitig ein Lernumfeld, in dem individuelles und soziales Wachstum und gedeihliche Kooperation ermöglicht und gefördert werden. Dennoch bedarf es der freien Entscheidung des Einzelnen oder der jeweiligen kollektiven Gruppe, damit dieser Prozess in Gang gesetzt und am Leben erhalten werden kann. *Zwangsbeglückungen* und auf Druck und Angst aufgebaute Maßnahmen, die tiefer in die Dependenz zurückführen, können nicht wirklich das latente Humanpotential erschließen und zur Kulturbildung beitragen. Es braucht die respektvolle, die Menschenwürde beachtende Führung, um die Begeisterung und Wertschätzung für die komplementäre Vielfalt an Fähigkeiten, Wissen und Strategien zu fördern und Innovation und Lernbereitschaft zu initiieren. Die Entscheidungsprinzipien der höheren Unternehmensebenen finden ihren Niederschlag in Firmenstrategien bezüglich der Gestaltung der internen Organisation und Kultur als auch der Schnittstellen zwischen dem Unternehmen und seinem Umfeld. In der Folge muss die Unternehmensstrategie in Handlungsanweisungen für die operative Ebene, also für die eigentliche betriebliche Tätigkeit des Unternehmens ihre Umsetzung finden.

Offenheit von Unternehmen gegenüber ihrer Umwelt und für die Informationsflüsse und Feedback-Signale ist heute mehr denn je eine Überlebensfrage und bildet die unverzichtbare Voraussetzung für seine Evolution. Geschlossene Systeme erstarren und sterben ab. Ein systemisch offenes Unternehmen wird allerdings in unserer Zeit von vielfältigen Informationsströmen aus Wirtschaft, Gesellschaft und Kultur überflutet. Es muss daher entsprechende Vorkehrungen treffen, damit es durch die Steigerung der Innovationskraft des Unternehmens und durch den Aufbau von Verarbeitungssystemen einlangende Informationen in firmenspezifisches Know-how umwandelt und so rasch als möglich Zugang zu relevantem und anwendbarem Wissen erhält. Dieser Transformationsprozess bildet die Grundlage für die ständige Anpassung und evolutionäre Erneuerung des Unternehmens.

Unternehmensverhalten:

Unsere operativen Prinzipien, Aktionen und Handlungslinien sind der offensichtlichste Ausdruck und das Erscheinungsbild unserer inneren Identität. Durch unser Handeln treten wir mit der Welt in Kontakt und Interaktion. Über unser Handeln erhalten wir Reaktionen aus der Umwelt, die uns weiterführende Entwicklung und soziales Lernen ermöglichen. Auch wenn es ratsam ist, Menschen nicht mit ihrem Handeln gleichzusetzen oder wie man sagt, die Tat vom Täter zu unterscheiden, so bleibt unbestritten, dass unser Handeln äußerer Ausdruck und das Ergebnis der Transformation unseres inneren Denkens und Fühlens ist. Nachdem niemand vollkommen ist, und wir uns alle in einem ständigen Lernprozess befinden, liegt genau darin auch die Chance, durch die Wirkung unseres Verhaltens auf andere Menschen und die Umwelt auf mögliche noch zu klärende Ungereimtheiten unserer inneren Landkarte aufmerksam zu werden. Außerdem ist zu beachten, dass Handeln immer einen Interaktionsaspekt enthält und kontextbezogen gesehen werden muss. Verhalten ist nicht eine von der Beziehungsebene losgelöste Tatsache oder absolute Eigenschaft einer Person, sondern Ausdruck systemischer Relation innerhalb eines gemeinsamen Umfelds oder einer Situation. In unserem Handeln münden alle höheren Ebenen von der Mission bis zu den Fähigkeiten. Auch stellt diese Ebene die eigentliche Schnittstelle zur Außenwelt dar und bildet damit die äußere Form für den Inhalt innerer Qualitäten. Gerade weil unsere Handlungen und Taten die Früchte am Baum unserer Persönlichkeit darstellen, ist eine Änderung unseres Verhaltens selten durch bloße *Rezepte*, die einfache Alternativen anbieten, möglich. Eine Veränderung der Früchte wird man nicht durch eine imagebezogene Korrektur des äußeren Scheins erreichen, sondern es bedarf der Beachtung der organischen Zusammenhänge vom Wurzelwerk über den Stamm bis hin zu den Ästen, Zweigen und Blättern. Nicht selten wird man, um bei dieser Metapher zu bleiben, die Aufmerksamkeit auch auf den Boden mit den Nährstoffen sowie dem Wasser und dem Sonnenlicht lenken müssen.

Für Unternehmen bedeutet das, dass das äußere Erscheinungsbild als Fenster zu den Kunden und dem Wirtschaftsumfeld nicht so sehr von den Führungspersonen und Managern repräsentiert wird, sondern von jenen Mitarbeitern, die den direkten Kontakt nach außen haben. Die Empfangsdame, die Stimme am Telefon, Außendienstmitarbeiter und Serviceleute sind jene, an deren Auftreten und Verhalten das Unternehmen gemessen und bewertet wird. Auch wenn die Mission und Vision, die Leitbilder und die Konzepte noch so ausgefeilt sein mögen, werden sie erst dann wirksam, wenn diese Schau und Identität durchgängig von allen verstanden und gelebt wird. Public-Relation-Maßnahmen und Auftritte in den Medien werden höchstens die bestehende Kluft noch deutlicher machen und Erwartungen wecken, die in der Praxis nicht abgedeckt werden. Erfolgsbestimmend wird das Bemühen von Führungskräften und Managern sein, die das Bewusstsein der Zugehörigkeit und Zusammengehörigkeit in den Herzen ihrer Mitarbeiter erwecken, das Feuer gemeinsamer Visionen entfachen und Sinn vermitteln durch die Klarheit der Mission im Dienste einer größeren Umwelt.

Umwelt / Wirtschaftmarkt:

Der Kontext stellt das systeminterne Umfeld dar, in dessen kohärente Struktur jedes Subsystem gemeinsam mit den anderen Elementen eingebettet ist und seine Funktionen im Dienst am Gemeinsamen ausübt. Gleichzeitig bestimmen die Umweltfaktoren die äußeren Möglichkeiten und Einschränkungen, auf die eine Person oder ein Unternehmen reagieren muss. Was sich für manche als Hindernis zeigt, mag von anderen als Herausforderung und Chance wahrgenommen werden. Nicht zuletzt hängt diese Tatsache auch mit den mentalen Modellen und Glaubenssätzen zusammen. Handeln und Verhalten sind ziel- und zweckorientiert und tragen zu einem harmonischen Ablauf der inneren Prozesse und zur Aufrechterhaltung der strukturellen Ordnung bei. Der Einfluss und die Wirkung der Handlungen und des Verhaltens dienen dem Wohlergehen des Ganzen. Dieses Wirken steht in direktem Zusammenhang mit der Vision und Mission, die aus der Zugehörigkeit entspringen. Die Interaktionen zwischen den Systemelementen wiederum sind Ausdruck der

Zusammengehörigkeit und stärken gleichzeitig alle anderen Elemente und das verbindende Netzwerk, wodurch der Durchfluss und die Transformation der aus dem umfassenden Ganzen zugeführten Energie ermöglicht und die Funktion des Systems sichergestellt wird. Menschen innerhalb von Sozialsystemen bringen sich ein und arbeiten zusammen im Hinblick auf das gemeinsame Ziel und das angestrebte Ergebnis. Kooperation und Interaktion sind getragen von den Kriterien, Werten und der Kultur, welche die Gemeinschaft stärken und Harmonie, Frieden und Einheit garantieren. Wann immer bei einem Systemmitglied die durchgängige Zuordnung und Verbindlichkeit zur Ebene der Zugehörigkeit abbricht und damit Sinn und Vision verloren gehen, dreht sich dieser Prozess um. Da jedes offene System zum eigenen Erhalt auf die Zufuhr von Energie angewiesen ist, entzieht dieses Element fortan System schädigend auf Kosten anderer seiner Umwelt Energien und Ressourcen. Anstatt syntropisch im Gesamtkontext zu wirken und als verbindliches Subsystem den Prozess zunehmender Ordnung zu unterstützen, wird es zur Ursache für zunehmende Unordnung und Auflösung. Ob dies kranke Zellen im menschlichen Organismus sind, ob Einzelpersonen in Unternehmen, die in die innere Emigration gehen oder ganze Konzerne und Gemeinschaften, die das Gemeinsystem zum „Wirt" umdefinieren, auf Kosten dessen sie sich fortan bereichern, das Ende ist vorherbestimmt. Im Rahmen eines derart veränderten Umfelds verlieren System erhaltende Werte an Bedeutung, Nehmen ohne zu geben wird zum Ideal und die Befriedigung der Bedürfnisse des Einzelnen auf Kosten der Gemeinschaft zum praktizierten „Kult". Bewundert werden dann Personen, die sich holen, was ihnen nicht zusteht und Ressourcen sammeln, die sie nicht brauchen. Anhäufung von Kapital und Gütern gerät zum Selbstzweck und Lebenssinn, auch wenn diese dem Rest der Mitglieder schmerzlich abgehen. Da der Systembezug fehlt, wird weder die Not der anderen als Folge der eigenen Einstellung wahrgenommen, noch die Warnsignale der Systemauflösung, die auch die Gefahr für die eigene Existenz anzeigen, ernst genommen. Nur wenn Einzelpersonen, Organisationen und Gemeinschaften die Energiequelle für ihre Existenz mit den Aspekten der Mission, Identität und Vision geklärt und ihr Handeln in ihrem Umfeld damit in Einklang gebracht haben, werden tatsächlich nachhaltige Erfolge für sie selbst und ihre Partner im gemeinsamen Ganzen möglich sein. Unternehmenserfolg wird nicht durch eine „Shareholder"-Haltung garantiert, sondern durch eine „Stakeholder"-Einstellung, wenn man erkennt, wie die eigenen Interessen mit jenen der Kunden verschmelzen und im Sinne eines „Open System Marketings" beide gemeinsam Marketingstrategien entwickeln, die ganzheitliche Problemlösungen für den Kunden und die Gesellschaft darstellen. Das Unternehmen als Symbiose von Stakeholdern findet ihre erweiterte Identität (CI) als „Extended Company". Mitarbeiter, Kunden und sogar Mitbewerber werden solchermaßen zu Partnern, die zum gemeinsamen Fortschritt beitragen und die Zukunft mitgestalten.[91]

Auf Unternehmen und Organisationen bezogen kann man gut nachvollziehen, dass die einzelnen Ebenen unterschiedlichen Verantwortungsinstanzen zugeordnet werden können. Natürlich werden die Bereiche überschneidend sein, aber man kann doch allgemein sagen, dass für die Klarstellung und Kommunikation von Mission, Sinn, Zweck, Vision und Grundwerten nach innen wie auch nach außen die Firmenleitung mit der höheren Führungsebene verantwortlich zu zeichnen hat. Wenn Mitarbeiter ohne Sinnbezug oder Eingebettetsein in die gemeinsame Vision im Unternehmen tätig sind, oder ihre Motivation bloß aus Sachzuwendungen ableiten anstatt aus dem gemeinsamen Wertesystem, dann wird man sich ansehen müssen, ob die Führung ihrer Verantwortung im System gerecht wird. Nicht selten liegt die Ursache darin, dass Leitbilder nicht wohlgeformt und nachvollziehbar sind oder die Führung ihre Energien im dringlichen Tagesgeschäft und in funktionsfremden Managementaufgaben erschöpft. Auch mangelhafte Kommunikation und fehlende Transparenz können ein Hindernis sein. Die mittlere Führungsebene und das Management sind vornehmlich für die Umsetzung der oberen Ebenen in die praktizierte Unternehmenskultur zuständig. Diese Ebene kann sehr leicht zum Flaschenhals der Entwicklung werden, womit die Durchgängigkeit unterbrochen oder jede neue Entwicklung im Dschungel hemmender Grundannahmen und negativer mentaler Programme erstickt wird. Eine Kultur kollektiven Lernens und kooperativer Zusammenarbeit als Nährboden zur Entfaltung neuer Fähigkeiten, innovativer Ergebnisse und kundendienlicher Orientierung braucht Experten des Prozesses und kann nicht per Anweisung ins Leben gerufen werden.

---

[91] Im Sinne des Bewusstseins der erweiterten Zugehörigkeit und Verantwortlichkeit innerhalb einer größeren Einheit werden bereits entsprechende Neuformulierungen wie „Corporate Social Identity" (CSI) oder „Corporate Social Responsibility" (CSR) verwendet.

Humanpotential, Know-how und Kompetenz – das innere Kapital eines Unternehmens – kommen in den Mitarbeitern mit ihren vielfältigen fachlichen Schwerpunkten zum Ausdruck. Keine Firma kann es sich leisten, auf das Wissen und die speziellen Fähigkeiten der Mitarbeiter zu verzichten. Dieses Potential für die Zukunft zu erhalten, zu fördern und weiterzuentwickeln, wird ein wichtiger Schlüssel für den Erfolg eines Unternehmens sein. Bestandteil dieses Reservoirs sind nicht nur die so genannten harten technischen Faktoren (hard skills), sondern mit zunehmender Bedeutung auch die weichen oder menschlichen Faktoren (soft skills). Wie bereits angeführt, wird das Erscheinungsbild eines Unternehmens durch die Mitarbeiter geprägt, die den direkten Kontakt nach außen haben und die Schnittstelle zum Umfeld bilden. Wenn also im Kundenservice oder im Außendienst die Qualität nicht entspricht, kann die Ursache dafür bei den betreffenden Personen zu finden sein, oder auch diese Entwicklung als ein Hinweis darauf verstanden werden, dass das Problem auf den höheren Ebenen angesiedelt ist. In jedem Fall ist der Systemblick vonnöten, damit man *Symptomträger* nicht mit *Problemverursacher* verwechselt, und den Hebel zur Veränderung und Lösung auf der richtigen Ebene ansetzt.

Die drei universalen Grundfähigkeiten als kritische Erfolgsfaktoren systemischer Reife

Das Maß dessen, inwieweit ich imstande bin, Beziehungen herzustellen, die das Wachstum anderer fördern, ist ein Gradmesser für das Wachstum, welches ich selbst erreicht habe.
Carl Rogers

Zu den vorrangigen Schlüsselqualitäten von zukunftsorientierten Führungspersonen gehört zweifelsohne die Fähigkeit, die Potentiale der

Mitarbeiter zu erkennen und zu fördern. Das Prinzip der systemischen Gleichwertigkeit und Interdependenz kommt in dem Maß zum Ausdruck, wie als Basis aller sekundären Fähigkeiten jene drei Grundfähigkeiten das notwendige Umfeld erhalten und gefördert werden, die in ihrer Ausgewogenheit die unverzichtbare Vorraussetzung für Mündigkeit im sozialen Zusammenspiel darstellen. Aus diesen Grundfähigkeiten erwachsen Grundbedürfnisse, die für jede Persönlichkeitsentwicklung von Kindheit an entscheidend sind. Grundbedürfnisse sind jedem Menschen, ungeachtet des Geschlechts, der ethnischen, sozialen, kulturellen Zugehörigkeit oder des Alters, eigen und stehen hinter allen Verhaltensformen und Entwicklungen von weiterführenden Qualitäten.

Emotionales Grundbedürfnis

Jedem Menschen wohnt von klein auf das lebenserhaltende Prinzip inne, zu lieben und geliebt zu werden. Das Bedürfnis nach Zugehörigkeit, Anerkennung und Wertschätzung ist der Ursprung von Sinn und Bedeutung im Leben. Selbstwert, Vertrauensfähigkeit, soziale Kompetenz und Identität entspringen ebenso daraus wie Empathie, Teamqualität, Beziehungsfähigkeit und Einheit. Die Erfüllung des emotionalen Grundbedürfnisses stellt nicht einen Luxus dar, der einigen wenigen zufallen kann und anderen nicht, sondern bildet die Voraussetzung für die mentale und geistige Gesundheit. Wo immer im Urgrund des menschlichen Charakters die Saat der Liebes- und Beziehungsfähigkeit verkümmert, finden sich als Konsequenz Vereinsamung, Gefühle von Wert- und Sinnlosigkeit, Entfremdung, Gefühlskälte oder Hass. Die Quelle für Motivation und Identifikation ist in den Werten und Prinzipien auszumachen, die diesem Bereich der Persönlichkeit zuzuordnen sind. Wie lebenswichtig dieses Element ist, wird im Zusammenhang mit einem historischen Experiment deutlich.

Vor etwa 700 Jahren wollte der Großmogul Akbar erkunden, welche die Ursprache des Menschen wäre. Zum Zwecke seiner Forschung ließ er eine Anzahl von Säuglingen von ihren Eltern trennen und so aufziehen, dass das Pflegepersonal nur die notwendige Nahrung und Pflege geben, nicht aber mit den Kindern sprechen oder ihnen Zuwendung gewähren durfte. Das Experiment brachte zwar keine Erkenntnisse in Bezug auf die angeborene Sprache des Menschen, jedoch erschütternde

Folgen dieser sozialen Fehlentwicklung zu Tage. Als die Kinder entlassen wurden, verfügten sie nicht nur über keine Sprache, sie vermochten auch in der Folge nicht, sich eine anzueignen. Sie waren nicht mehr erziehbar und völlig ungelehrig. Sogar der Versuch, sie im Heeresdienst zu verwenden, schlug fehl (Stokvis, 1965). Ein ähnlicher Versuch wird Kaiser Friedrich von Hohenstaufen zugeschrieben. Die Findel- und Waisenkinder, die ohne Sprache und Liebeszuwendung aufwuchsen, erwiesen sich in der Folge als äußerst anfällig und starben bereits nach kurzer Zeit (Mitscherlich, 1967).

Kognitives Grundbedürfnis

Seiner tieferen Natur nach ist der Mensch ein lernendes Wesen. Neugier, Forschergeist und Experimentierfreude leiten ihn schon als Kleinkind. Kinder sind lernfreudige Entdecker. Wer kennt nicht die unaufhörlichen Fragen der Kinder, sobald sie des Sprechens fähig sind. Die folgende Geschichte richtet in humorvoller Weise den Lichtstrahl auf diesen Zusammenhang:

Das Kind kam zu seinem Vater und setzte sich auf seinen Schoß.
„Du Papi, wie funktioniert der Fernseher?"
„Das weiß ich nicht."
„Du Papi, woher kommt der Strom?"
„Das weiß ich nicht."
„Papi, wieso wächst das Gras?"
„Ich weiß es nicht."
„Papi, stört es dich eigentlich, wenn ich all diese Fragen stelle?"
„Natürlich nicht, mein Kind. Wie sollst du denn etwas lernen, wenn du keine Fragen stellst!"[92]

Die Aufgewecktheit eines Kindes kann man tatsächlich aus seiner Energie ableiten, den Dingen auf den Grund zu gehen und neugierig zu sein. Wenn auch solche Erfahrungen die Eltern auf Trab halten und die Nerven der Lehrer ziemlich beanspruchen können, so kann die Alternative sicherlich nicht darin zu suchen sein, aus fragenden Kindern Jugend-

---

[92] Kambiz Poostchi, *Goldene Äpfel - Sinnbilder des Lebens*

liche und Erwachsene heranzubilden, die nur noch auswendig gelernte Antworten und Statements von sich geben. Es gibt ein treffendes arabisches Sprichwort, das sagt: *Der Geist schläft, bis er durch eine Frage geweckt wird.*

Der Geist des Menschen benötigt Herausforderungen, Austausch und Vielfalt, um zu reifen und zu wachsen. Einförmigkeit und vorgefertigte Ergebnisse halten es im Zustand der Unmündigkeit gefangen. Fragen, Suchen, Forschen und Experimentieren sind Merkmale von Reife und Gesundheit und nicht von Unwissenheit und Schwäche. Aus der Entfaltung dieser Grundfähigkeit erstehen Qualitäten wie Erkenntnisfähigkeit, Wissensdurst, Intelligenz, Verstandesschärfe und Kreativität. Sollen innerhalb einer Organisation Innovation und Entwicklung zum Qualitätsmerkmal werden, dann sind Transparenz und Informationsfluss unter allen Beteiligten Grundvoraussetzung. Geheimniskrämerei und selektive Informationsvermittlung töten das Kreativpotential ab und züchten Lethargie, Unselbständigkeit, Unwissenheit und erzeugen Lernblockaden. Fortschritt ist kein Zufallsprodukt, sondern das Ergebnis mentaler und geistiger Regsamkeit.

Entscheidungs- und Handlungsbedarf

Entscheidungen zu treffen, Wahlmöglichkeiten zu nutzen und die eigenen Handlungen bewusst zu steuern, sind Ausdruck des freien Willens des Menschen von Anfang an. Der Kreislauf eines Lernprozesses schließt sich erst durch die Umsetzung der Gefühlsempfindungen und Erkenntnisse in die Tat. Feedbackinformationen können empfangen werden und Entscheidungen Korrektur oder Bestätigung erfahren. Ordnung und Initiative, Mitverantwortung und Verbindlichkeit sind unmöglich, wenn der freie Wille des Menschen beschnitten wird. Wenn auch dieser Bereich der Persönlichkeit in einem Prozess der Reifung an Kraft und Qualität zunimmt, können Leistung und Tatkraft auf einem Nährboden von Entmündigung und Bevormundung unmöglich wachsen. Es ist die Förderung dieser Qualität, die Menschen aus einem Zustand gedankenloser Imitation oder einem Marionettendasein befreit und zu echter Interdependenz fähig werden lässt.

So wesentlich jede einzelne dieser drei Grundfähigkeiten für sich erscheint, so können diese nur in einem Zustand der Ausgewogenheit und

Abgestimmtheit tatsächlich wirksam werden. Die Unterdrückung jedes Grundpotentials hat unweigerlich den Verlust auch der anderen zur Folge. Man kann beispielsweise viel Energie in soziale Unternehmungen und Projekte investieren, um die Identifizierung der Belegschaft innerhalb eines Unternehmens zu fördern, Teamgeist zu erzeugen und das Betriebsklima zu verbessern, wenn jedoch Transparenz der Entscheidungsvorgänge, Zielvorstellungen und Sinn und Zweck des Ganzen fehlen, wird das Gefühl der Zugehörigkeit schwinden und in Frustration und innere Kündigung umschlagen. Genauso kann niemand Verantwortung übernehmen und eigenmotivierte Leistung erbringen, wenn nicht der freie Zugang zu Informationen über Hintergründe und Konsequenzen gegeben ist. Niemand kann sich irgendwo als Teil eines Ganzen fühlen, wenn Mitverantwortung und Mitentscheidung verwehrt sind. Wo Fähigkeiten sind, erwachsen daraus Bedürfnisse, deren Nichtbeachtung klare Konsequenzen hat. Keine Tipps und Tricks, kein Verdrängen oder Überspielen, keine anderweitigen Kompensationsversuche durch Anreiz- und Belohnungsmodelle, so wertvoll diese im richtigen Umfeld auch sein mögen, können letztendlich das ersetzen, was Bestandteil der Menschenwürde und Ausdruck der Einzigartigkeit des Reifezustands ist. Zur organischen Einheit braucht es eine bewusste Entscheidung aus freien Stücken.

Effektivität – Effizienz – Motivation

Systemische Ausgewogenheit in Organisationen wird sichergestellt, indem die drei Bereiche des WAS (to know what), WIE (to know how) und WOZU (to know why) aufeinander abgestimmt werden. Mitglieder eines Unternehmens müssen wissen, *was* die Ziele und Aufgaben sind, brauchen Anleitung

zum *Wie* der Umsetzung und benötigen Klarheit in Bezug auf *Sinn und Zweck* des Ganzen. Führung und Management decken diese Bereiche ab, indem sie Verantwortung dafür übernehmen, dass *das Richtige getan wird*, *die richtigen Mittel* zum Einsatz kommen und *aus den richtigen Motiven* heraus gehandelt wird. Das Dreigestirn von Effektivität, Effizienz und Motivation oder Sinn findet sich hier wieder, wobei interessanterweise diese drei Kernbereiche mit den drei Grundfähigkeiten korrelieren. Während Motivation und Sinn dem emotionalen Grundbedürfnis mit dem Wunsch nach Zugehörigkeit und Wertschätzung zuzuordnen sein wird, deckt Effektivität das kognitive Grundbedürfnis nach Information und Transparenz ab. Entscheidungs- und Handlungsbedarf findet Ausdruck in der Qualität der Umsetzung, also der Effizienz. Schwerpunktmäßig kann man die beiden ersten den Aufgaben der Führung zuweisen, das dritte Feld wird vorrangig Teil des Managements sein. Dies entspricht auch der Erkenntnis, dass der Erfolg jedes Unterfangens von drei Faktoren abhängt: von *Wissen*, *Wollen* und *Handeln*. Aus diesem Zusammenspiel erkennt man deutlich, dass Management und Führung als aufeinander aufbauende und unverzichtbare Elemente zu betrachten sind, wenn es darum geht, das Reifepotential aller Beteiligten innerhalb einer Lernenden Organisation konstruktiv zu nutzen.

Die drei Steinmetzen

Als man das Münster zu Freiburg baute, beobachtete ein Passant drei Steinmetzen, die am Bauwerk im Einsatz waren. Der eine saß und haute Quader zurecht für die Mauern der Wand. „Was machst du da?" fragte der Mann diesen nach seiner Arbeit. „Ich haue Steine, wie du siehst", seufzte dieser.

Ein anderer Arbeiter mühte sich um das Rund einer kleinen Säule für das Blendwerk der Tür. „Was machst du da?", sprach ihn der Passant an. „Ich verdiene Geld für den Lebensunterhalt meiner Familie", gab er zur Antwort ohne aufzublicken.

Ein dritter arbeitete gebückt am Ornament einer Kreuzblume für den Fensterbogen, mit dem Meißel vorsichtig tastend. „Was machst du da?" „Ich baue an diesem Dom zum Lobpreis des Herrn."[93]

---

[93] aus Kambiz Poostchi, *Goldene Äpfel – Sinnbilder des Lebens*

FEEDBACK-KREISLÄUFE IN SYSTEMEN

Soziale Einheiten sind wie alle offenen Systeme darauf ausgerichtet, Auflösungstendenzen entgegenzuwirken und in selbstorganisierender Weise dem zweiten thermodynamischen Hauptsatz zum Trotz Ordnung statt Entropie zu produzieren. Dabei sind zwei unterschiedliche Prozesse im Gange, die in ihrem harmonischen Zusammenspiel für Erhalt und Lebendigkeit des Ganzen von existenzieller Bedeutung sind. Jedes System zeigt zum einen System erhaltende Tendenzen, um die inneren Strukturen stabil zu halten (*Homöostase*)[94] und zum anderen Regelungen, die das System in Abstimmung mit der Umgebung verändern, um gerade durch diese Anpassung zu sichern, dass sein Erhalt ermöglicht wird (*Morphogenese*)[95]. Einheit und Wachstum, Zusammenhalt und Wandel bilden die Grundlage für Beständigkeit und Ordnung. Der folgende Leitsatz von Gunther Schmidt ist Ausdruck dieses Zwillingsprozesses: *„Wer einigermaßen der Gleiche bleiben will, muss sich ständig verändern."*

---

[94] *Homöostase* oder „Gleichgewichtsfähigkeit"; ein biologischer Kreislauf, der den Stoffwechsel und ähnliche Vorgänge im Körper reguliert – wie ein Thermostat bei einer Heizung oder einem Kühlschrank. Auf gesellschaftliche Verhältnisse und soziale Systeme übertragen, bedeutet Homöostase, dass die Erhaltung eines bestimmten Zustandes angestrebt wird und Abweichungen ausreguliert werden. Die homöostatischen Mechanismen innerhalb des menschlichen Körpers stellen ein besonders ausgeprägtes Beispiel eines derartigen Feedbacks auf der biologischen Ebene dar: sie korrigieren und kompensieren abnorme Veränderungen im externen Umfeld durch entsprechende Veränderungen in dem so genannten internen Milieu, der körpereigenen internen Umwelt. Institutionen aller Art, von zivilen Bürokratien bis hin zu kirchlichen Hierarchien setzen zum Zweck des Systemerhalts Normen und Vorschriften fest. Die Gesetzgebung und Exekutive sind andere Beispiele des stabilisierenden Elements auf dem sozialen Level der menschlichen Gesellschaft: auch sie korrigieren und kompensieren Abweichungen von den festgesetzten Normen durch vorbeugende oder bestrafende Maßnahmen.
[95] *Morphogenese*: die Entstehung von Form (griechisch morphé = Form und génesis = Erzeugung, Entstehen). Jedes System braucht als Teil einer sich ständig ändernden Umwelt Muster- oder Strukturänderungen, da es ansonsten nicht überleben kann. Heutzutage beobachtet man sowohl in der Privatwirtschaft als auch in der öffentlichen Verwaltung den Vorrang reaktiven „Krisenmanagements" gegenüber vorausschauender Planung und vorbeugender Innovation.

Die Homöostase sorgt als Ausdruck der inneren Ordnung offensichtlich für Orientierung und Sicherheit. Musterbildende Elemente sind interkommunikative Spielregeln genauso wie die Art, wie Phänomene beschrieben und ihnen Bedeutung beigemessen wird, welche Bewertungen, Schlussfolgerungen und Reaktionen daraus abgeleitet und wie Verhalten und emotionale Prozesse sinnvoll erlebt werden. Es gibt Regeln, Vorschriften und Gesetze und sogar Prinzipien, woran die Systemmitglieder sich halten. Sitten und Bräuche fließen als Faktoren mit ein, zusammen mit einer fortschreitenden Tendenz, gemeinsam eine eigene Kultur und Gesellschaft zu formen. Diese Art von Systemstabilität ist äußerst wichtig, denn ohne sie würde kaum etwas Bestand und Kontinuität aufweisen. Unser Gesundheitszustand wäre einer ständigen Veränderung unterworfen, jede Meinungsverschiedenheit würde eine Beziehung oder Freundschaft in ihren Grundfesten erschüttern und auch Unternehmen würden unberechenbar entstehen und wieder zerfallen. Wie stabil ein System ist, hängt von vielen Faktoren ab, wie Größe, Anzahl und Verschiedenartigkeit der Elemente, die es in sich vereinigt, sowie die Art der Verknüpfungen zwischen diesen. Eine Erhöhung der Komplexität bedeutet nicht unbedingt, dass das System dadurch instabil wird. Im Gegenteil gibt es viele komplexe Systeme, die bemerkenswert stabil sind und zersetzenden Veränderungen gut widerstehen können. Vielmehr scheint der entscheidende stabilisierende Faktor im Grad der Verbindlichkeit der Systemelemente zum vereinenden Ganzen und in der gemeinsamen Fokussierung auf die System erhaltenden Prinzipien zu beruhen. Ein gutes Beispiel ist die ausgeprägte Widerstandsfähigkeit des menschlichen Organismus unter unterschiedlichsten Umwelteinflüssen. So sind auch gesunde Familien durchaus imstande, Krisen und Meinungsverschiedenheiten zu verarbeiten, ohne daran zu zerbrechen, und Unternehmen verfolgen ihre Ziele, auch wenn zwischen Abteilungen Konflikte und Widersprüche bezüglich neuer Strategien auftreten sollten. Ebenso wenig kann der Wechsel unterschiedlicher Regierungen eine Demokratie ins Wanken bringen. Bei Teams liegt deren besonderer Vorrang genau in ihrer Stärke, mit Vielfalt und komplementären Fähigkeiten konstruktiv umzugehen, ohne ihre Einheit zu verlieren.

Es ist nicht zuletzt der Kultur bildenden Wirkung der Homöostase zuzuschreiben, dass man bemerkenswert gut in der Lage ist, gewisse Ereignisse und Abläufe zu erklären und sogar vorauszusehen, um eventuell Vorkehrungen und Korrekturmaßnahmen zu treffen. Beispiele dafür sind etwa Verkehrs- und Unfallprognosen, sowie solche über Wirtschaftsentwicklungen oder andere Trends. Derartige Voraussagen geschehen allerdings auf Grundlage der Untersuchung der Eigenheiten und Charakteristika der Ganzheit und nicht der speziellen Verhaltensmuster wechselnder Einzelpersonen. Da das Verhalten des Ganzen nicht aus dem Verhalten der Einzelteile ableitbar und darauf reduzierbar ist, folgt daraus, dass Einflussnahme und Veränderung auch nur dann wirksam und nachhaltig sein können, wenn man eine Änderung der Kultur bewirkt, und nicht bloß Maßnahmen ergreift, die Einzelpersonen erfassen. Derartig umfassende Maßnahmen sind natürlich in ihrer Wirksamkeit infolge der internen Systemabläufe und der Homöostase einer gewissen Zeitverzögerung unterworfen und können nicht von heute auf morgen Erfolge zeitigen. Doch wäre es trügerisch, den Verlockungen von schnellen Lösungen zu erliegen, die lediglich die individuellen Systemelemente zum Ziel nehmen. Die Auswirkungen dabei fallen oft entmündigend aus und lassen Nachhaltigkeit und Sinnhaftigkeit vermissen.

Widerstand gegen Veränderungen mag in diesem Zusammenhang verständlich erscheinen und als ein Resultat des Systems verstanden werden. Stabilität ohne Widerstand ist undenkbar, wenn es dafür auch eine Grenze gibt, denn Stillstand existiert nicht. Ohne Fortschritt führt die Entwicklung zu Rückschritt, in die Stagnation und Entropie. So wesentlich für den Systemerhalt die Homöostase der Kultur und Tradition ist, so ist andererseits die Problematik hinlänglich bekannt, wenn Einzelerfahrungen mit Absolutheitsansprüchen belegt werden und *Kulturen* durch „Einfrieren" zu *Kulten* verkommen. Lebende offene Systeme degenerieren dann zu geschlossenen, und das Denken wird von kontextabhängigen Entwicklungsprozessen abgekoppelt und folgt blind dogmatischen überholten Ausdrucksformen der Tradition. Diese Art institutionalisierten selbstbestätigenden Denkens und Handelns kann nicht zu erweiterten Erfahrungen führen, weil sie bewusst die Regelkreise morphogenetischer Veränderung missachtet oder sie als systemfremde oder gar feindliche Anomalien abtut. Feedbacksignale werden als „Umweltstörungen" registriert, und Lernen und lebenserhaltende Erneuerung bleiben aus. Wie Gustav Mahler treffend sagte, ist Tradition *die Weitergabe des Feuers, nicht die Anbetung der Asche*. Diese Gefahr der Erstarrung besteht sowohl bei Einzelpersonen als auch bei weltlichen wie auch kirchlichen Organisationen und Gemeinschaften. Wissenschaftliche Theorienbildung und Paradigmenerstarrung sind vor dogmatischer Glaubensblindheit genauso wenig gefeit wie religiöse Glaubenssysteme, die die Dynamik und Evolution geistiger Prozesse negieren.

Veränderungen geschehen manchmal schnell und unter dramatischen äußeren Umständen, auch wenn sich diese über längere Zeit unter der Oberfläche angekündigt haben. Wenn der Bedarf an Erneuerung in einem System allmählich wächst und der Prozess an Kraft und Beschleunigung zunimmt, dann kann es zu einer plötzlichen und explosionsartigen Verschiebung kommen. Steht ein System unter großem innerem Druck, dann bedarf es nur eines geringen Auslösers, um den Veränderungsprozess zu bewirken. In der Regel existiert eine kritische immanente Grenze, bei deren Überschreiten eine Kettenreaktion auftritt und die Veränderung deutlich wird oder das System in sich zusammenbricht. Wenn also die Notwendigkeit einer Weiterentwicklung und Veränderung ansteht, sind systemkundige Reformer gut beraten, das Beharrungsverhalten des Systems im Sinne homöostatischer Stabilitätssicherung wertschätzend in Betracht zu ziehen und nicht zu drängen. Unmäßiger Druck könnte mit der Zeit die Widerstandskraft des Systems zum Erlahmen bringen und zum Nachteil aller Beteiligten einen völligen Zusammenbruch des Ganzen herbeiführen. Vielmehr bedarf es der Einsicht, dass Systeme sich durchaus auch schnell verändern können, wenn man das richtige Zusammenspiel verschiedener Handlungs- und Funktionsebenen verstehen lernt. Dieses Phänomen wird als das *Gesetz der Hebelwirkung* bezeichnet und bringt zum Ausdruck, dass man mit wenig Aufwand überraschend einfach eine notwendige Veränderung bewirken kann, vorausgesetzt man weiß, an welchem Punkt anzusetzen ist. Nicht indem man den Druck erhöht und Energie verschwendet oder an dem Erwünschten zerrt und zieht, bewirkt man Erneuerung, sondern indem man im Einklang mit den Systemprinzipien mit minimalem Aufwand am richtigen Punkt das Maximum erzielt. Man kann viel mit geringer Anstrengung bewirken, wenn man weiß, wo man anzusetzen hat. Umgekehrt gilt, dass alle aufgewendete Mühe ohne jeden Erfolg bleibt, solange man das System nicht versteht. Im Gegenteil wird die ins System eingebrachte Energie in den neutralisierenden Rückkopplungskreislauf transformiert und wirkt als Widerstand heftiger gegen den Verursacher zurück. Je stärker man sich bemüht, desto stärker scheint das System dagegen zu arbeiten. Die Lösung liegt im Verstehen des ausgleichenden Feedbacks, indem man herauszufinden sucht, was das Wachstum verhindert. In der Praxis findet man den Lösungspunkt am ehesten, wenn man sich die Fragen stellt: *Was ist mein Ziel? Was habe ich tatsächlich erreicht? Wer im System hat das rigideste Muster? Was verhindert die Veränderung am nachhaltigsten?*

Dieses *Schlüsselprinzip systemischen Denkens* weist unter anderem auch darauf hin, dass die Auswirkungen der Veränderung umso durchdringender und umfassender sein werden, je größer der Einfluss des veränderten Teils auf das System ist. Dies steht nicht im Widerspruch zur Tatsache, dass die Veränderung jedes Teils durch ihre Vernetzung mit anderen automatisch eine Veränderung im Gesamtsystem zur Folge hat. Es besagt vielmehr, dass das Maß der Auswirkung proportional zum Einflussfaktor ist. Es ist hinlänglich bekannt, dass man gerade in sozialen Systemen zwischen offiziellen und inoffiziellen Führern unterscheidet, deren Einfluss auf andere nicht unbedingt mit deren sichtbaren Positionen in Zusammenhang stehen muss. Generell geht man davon aus, dass die flexibelsten Personen den größten Einfluss auf das System haben, während Blockaden durch rigide Verhaltensmuster hervorgerufen werden. Bezug nehmend auf die *Wirkfaktoren in Unternehmen* zeigt die Erfahrung, dass häufig der entscheidende Punkt in einem System, an dem der „Hebel" anzusetzen ist, die Überzeugungen und mentalen Modelle der beteiligten Personen sind. Einschränkende Glaubenssätze und überholte Denkmodelle sind meist die eigentliche Ursache für entwicklungsfeindliches Beharrungspotential.

Es kann aber auch andere Ursachen geben, die den Blick auf das Neue verschleiern. So kann man gerade in Zeiten der Veränderung eine Reihe typischer Reaktionsmuster beobachten, die wert sind, einer näheren Betrachtung unterzogen zu werden. Fehlendes Systemverständnis bei Entscheidungsträgern würde in diesen Fällen die eigentlichen Chancen und Gefahren völlig verkennen lassen und damit die Entwicklung aufs Spiel setzen. Führungskräfte laufen Gefahr, dem angestrebten Erneuerungsprozess Energie zu entziehen und unnötigen Widerstand zu erzeugen, wenn sie sich vom Störfaktor der Symptomebene derartiger Reaktionsverhalten beirren und die dahinter liegenden Ursachen unberücksichtigt lassen.

Menschen, die das Positive an Veränderungen nicht erkennen können, erleben die Übergangsphase eher als tiefen Einschnitt oder Bruch und weisen in der Regel folgende vier Grundmuster auf, die jeweils für sich oder auch in Kombination auftreten können.

Übergangsphase einer Veränderung

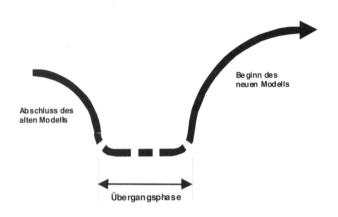

Beginn des
neuen Modells

Abschluss des
alten Modells

Übergangsphase

Reaktionsmuster auf Veränderung

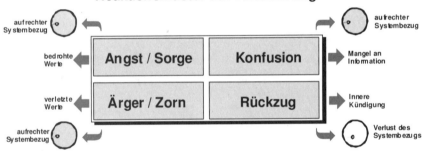

aufrechter
Systembezug

aufrechter
Systembezug

bedrohte
Werte

Angst / Sorge

Konfusion

Mangel an
Information

verletzte
Werte

Ärger / Zorn

Rückzug

Innere
Kündigung

aufrechter
Systembezug

Verlust des
Systembezugs

Widerstand gegen Veränderung kann entweder in Form von *Angst, Ärger, Konfusion* oder *Rückzug* zum Ausdruck kommen. Jedes dieser Muster bildet ein äußeres Signal für tiefer liegende Defizite, die nicht dadurch zu beseitigen sind, indem man versucht, den Betroffenen die Symptome auszureden oder auszutreiben. Wohlmeinende Tipps, dass man keine *Angst* haben oder sich nicht *ärgern* solle, gehen vollkommen ins Leere, da dabei nicht berücksichtigt wird, was sich hinter dem „störenden Verhalten" verbirgt. In beiden Fällen geht es für die Betroffenen um tiefer liegende *Werte*, die in ihrem Leben eine große Rolle spielen. Während Angst als Reaktionssignal auftritt, wenn persönliche Werte *bedroht* scheinen, sind Ärger oder Zorn die Reaktion auf die *Verletzung* von Werten. Wie die beiden Seiten einer Medaille treten die Muster von

Ärger und Angst bei Personen auf, die durchaus ein starkes Interesse am System haben und sich zutiefst damit verbunden fühlen. Werden die Signale jedoch nicht ernst genommen oder falsch interpretiert, dann kann es letztlich dazu führen, dass das innere Band zerreißt und es zum *Rückzug* kommt. In beiden Fällen sollten Verantwortliche mit den Betroffenen im Gesprächsrahmen die Werte herausarbeiten, die von diesen im alten Modell erkannt werden, im neuen jedoch nicht. Entweder sind sie vorhanden, wurden jedoch im neuen Gewand bloß nicht wahrgenommen oder man erkennt gemeinsam, dass sie wirklich fehlen. Im letzteren Fall hat man die Chance, Verbesserungen am neuen Modell vorzunehmen, wenn der Bedarf dafür besteht. Andernfalls wird man der betroffenen Person erklären müssen, warum das, was in der Vergangenheit so wichtig schien, in Zukunft nicht angemessen sein würde. Auch im Fall der *Konfusion* ist die Verbindlichkeit zum System vorhanden, doch fehlt dem Symptomträger der Durchblick beim neuen Modell. Desorientierte oder konfuse Mitarbeiter haben durch die Veränderung das Gefühl dafür verloren, wo sie hingehören und wofür sie arbeiten. Diese Verwirrung kommt durch bemühte Bereitschaft und ständiges Nachfragen zum Ausdruck. Mangel an Information und Transparenz führt zu einer Form von Abhängigkeit gegenüber besser Informierten und zu einem regredierenden Verhalten im Umgang mit diesen. Durch Vermitteln der notwendigen Informationen und eines besseren Einblicks in die Systemzusammenhänge erlangt diese Person wieder ihre Eigenständigkeit und Verantwortlichkeit innerhalb des Systems zurück. Ganz anders steht es um diejenigen, die auf Veränderung mit *Rückzug* reagieren. In diesen Fällen ist das Systeminteresse bereits erloschen und die innere Verbindung gekappt. Diese Form *innerer Kündigung* wirkt sich umso zersetzender aus, als das Verhalten nach außen hin als fast „philosophisch verklärt" und „von niederen Emotionen losgelöst" erscheint. Diese Personen erwecken nicht selten den Eindruck, „über den Dingen" zu stehen. Sie machen Dienst nach Vorschrift und orientieren sich nur noch an ihren persönlichen Interessen. Hier besteht dringender Handlungsbedarf zum Wohl des Ganzen. Eröffnet sich die Chance einer Erneuerung der Systemverbindlichkeit, dann hat man das Optimum erreicht, ansonsten sollte man sich unter Wertschätzung aller ihrer bisherigen Verdienste einvernehmlich trennen. Widrigenfalls würde ein Fortbestand dieses Energie verzehrenden Zustands beiden Seiten zum Nachteil gereichen und positive Entwicklungen behindern.

Nachdem soziale Systeme mit Sinn und Zweck ausgestattet sind und eine Funktion in Bezug auf das übergeordnete Ganze ausüben, ist die Dauer ihres Bestands funktionsbedingt. Bekanntlich gibt es bei Entitäten solche, die von vornherein darauf ausgelegt sind, dass sie nur für einen überschaubaren Zeitrahmen oder für bestimmte Zielvorgaben wirken sollen. Gerade als Ausdruck ihrer sinnvollen Organisation werden sie sich nach Erreichen des Ziels wieder auflösen, wie beispielsweise Projektteams, die nur selten auf Dauer angelegt sind. Nicht die Dauerhaftigkeit ihres Bestands, sondern die Erfüllung ihrer Funktion und ihre zeitgerechte Auflösung im Einklang mit den Interessen der umfassenden Einheit stellen den Sinn und Zweck dieser Subelemente sicher. Obwohl also manche Systeme einen zeitlich klar definierten Auflösungsaspekt eingebaut haben, liegt es in der Mission anderer Gruppen, ein bestimmtes Maß an Dauerhaftigkeit und Durchgängigkeit anzustreben. Beispielsweise mag ein Wirtschaftunternehmen, ein Universitätskurs oder Ausbildungslehrgang einen Durchfluss an stets wechselnden Teilnehmern haben, aber dennoch ist deren Grundstruktur längerfristig ausgelegt. Natürlich wird sich auch das Unternehmen oder der Lehrgang im Lauf der Zeit ändern und sich den wechselnden Notwendigkeiten anpassen müssen, aber in der Regel nicht als Funktion der wechselnden Kursteilnehmer, sondern als Folge einer Veränderung in den Prämissen des Umweltrahmens, was in diesem Fall einer morphogenetischen Anpassung entspräche. Die Sicherung der systemischen Unversehrtheit und Existenz kann nicht bloß über Wachstum und Erhalt des Status quo ablaufen. Wenn Systeme im Zuge der durchlaufenden Rahmenbedingungen lediglich homöostatisch den Istzustand zu halten hätten, gäbe es keine Evolution, keine Entwicklungsabläufe und nichts, was dem dynamischen Fortschritt gerecht würde.

Autopoietische Systeme sind in ihren Funktionen darauf ausgerichtet, sich selbst unter Wahrung der eigenen Identität und der Aufrechterhaltung der Systemgrenzen zu erneuern und zu erhalten. Ein gewisses Maß an konservativer Beharrungskraft, an Abgrenzung gegenüber systemfremden Einflüssen und an Aufrechterhaltung von Autonomie gehört ebenso dazu wie Offenheit für Erstmaligkeit und wechselnde Umweltbedingungen. Die Praxis zeigt aber auch, dass gerade sehr komplexe Systeme mit der Zeit einer inneren Erschöpfung unterliegen – sogar wenn sie relativ unbeschädigt sind, nämlich dem *Prozess des Alterns*. In solchen Fällen reicht eine allmähliche Strukturentwicklung mit allen Möglichkeiten von Reform und Reparatur nicht aus, um die Existenz des Organismus zu sichern. Anstatt einen beschädigten oder ausgedienten *Teil* zu ersetzen oder an internen Verbindungen zu arbeiten, liegt in diesen Fällen die Lösung darin, durch *Systemfortpflanzung (Replikation)* das *Ganze* zu erneuern und dadurch den Fortbestand zu sichern. Systeme entwickeln aufgrund ihrer autopoietischen Fähigkeit dergestalt neue Strukturen und neue Funktionen. Man könnte sagen, sie erschaffen sich selbst in der Zeit. Erneuerung und Systemerhalt durch Systemfortpflanzung stellt nicht nur eine Voraussetzung für die Evolution dar, sondern ist auch Teil der Zukunftssicherung von Unternehmen und Organisationen. So kann man das Heranbilden des Nachwuchses und die Weitergabe von Spezialwissen und Fertigkeiten an die Nachfolge nicht nur als einen Kultur erhaltenden Akt betrachten, sondern auch als Antwort auf den Prozess systemischen Alterns. Dadurch wird vermieden, dass durch das Ausscheiden der älteren Mitglieder über die Zeit gewachsene Prinzipien, Werte, Fähigkeiten und Kenntnisse verloren gehen. Mit Blick für das Gesamtsystem zeigt sich, dass der Ablauf der Generationenfolge innerhalb natürlicher Systeme wie auch von Sozialsystemen gerade als ein Merkmal von Lebendigkeit, Entwicklungsfähigkeit und Beständigkeit in Erscheinung tritt. Wie der Gangwechsel bei einem Auto eröffnen derartige stufenförmige Entwicklungen (*Stufenfunktion*) innerhalb von Systemen auch die Möglichkeit einer Neukalibrierung, womit die Stabilisierung und Umweltanpassung eines Systems wie schon durch die Rückkopplung beträchtlich erhöht werden.[96]

Zusammenfassend kann man feststellen, dass innerhalb aller offenen Systeme zur Aufrecherhaltung der Homöostase, als Puffer gegen System gefährdende Veränderungen so genannte *ausgleichende Feedbacks* ein-

---

[96] *Kalibrierung* bezeichnet die *Einstellung* eines Systems wie bei einem Thermometer. Wenn eine Veränderung der Kalibrierung, wie der Gangwechsel bei einem Auto, im Verhalten des Systems selbst liegt, so spricht man von enthaltener *Stufenfunktion*. Während der Rückkopplungskreislauf (Fahrer-Gaspedal-Geschwindigkeit) in jedem Gang bestimmte Grenzen hat, eröffnet sich durch einen Stufenwechsel (Gangwechsel) die Möglichkeit einer *Neukalibrierung* entweder zur Erhöhung der Geschwindigkeit oder zum besseren Befahren einer steil ansteigenden Bergstraße. Wenn also im Lauf sozialer Systeme die eingeschlagene Kalibrierung ihre optimale Bedeutung zu verlieren beginnt, so wird eine Neukalibrierung, also ein Ebenenwechsel zu einer neuen Verhaltensform höherer Ordnung unvermeidlich. Somit zeigt sich, dass die Stufenfunktion für die Stabilität jedes Systems notwendig ist und dass starres Festhalten an Kalibrierungen im Laufe der Zeit zum Verlust der Homöostasis führen würde.

gebaut sind, während morphogenetische Anpassungen als Reaktion auf umweltbedingte Veränderungen durch *verstärkende Feedbacks* gesteuert werden. Der neutralisierende Effekt liegt dann vor, wenn Veränderungen rund durch das ganze System fließen und derart rückwirken, dass sie dem ursprünglichen Verhalten gegensteuern und damit die Wirkung reduzieren. Von verstärkender Rückkopplung spricht man dann, wenn die Veränderung das ganze System durchmisst und weitere Veränderung in die gleiche Richtung bewirkt.

Einige Beispiele für neutralisierende Rückkopplungen sind beim Menschen die Stabilisierung der Körpertemperatur, Durst, Hunger, Schmerz, Müdigkeit, Krankheit, die alle zu einer Veränderung der ursprünglich eingeschlagenen Verhaltensrichtung beitragen. Im technischen Bereich finden wir diesen Ausgleich bei Klimaanlagen, beim Tempomaten im Auto oder bei jedweder Art von Warnsignalen. Typisch für diese Form von Feedbackkreisläufen ist das Zusammenspiel von Angebot und Nachfrage in sozialen Systemen ebenso wie es auch jegliche Krisenmanagementmaßnahmen sind. Grundsätzlich tritt ausgleichende Rückkopplung immer dort auf, wo es darum geht, sich einem Ziel anzunähern und schließlich es zu erreichen. Solange es eine Differenz zwischen dem Status quo eines Systems und dem angestrebten Zielzustand gibt, wird das neutralisierende Feedback die Bewegung steuern und allmählich verlangsamen bis das Ziel erreicht ist.

Beispiele für verstärkende Rückkopplungen sind Erfolg und Begeisterung, die ansteckend wirken, ebenso Zins und Zinseszins auf Sparguthaben, aber auch ihre Kehrseite in Form von Bankschulden. Bevölkerungswachstum, Epidemien, Panikausbrüche oder Hamsterkäufe können diesen Prozess ebenso veranschaulichen wie vertrauensbildende Maßnahmen, Wissenstransfer oder Lernprozesse. Verstärkendes Feedback bewegt das System weiter in die Richtung, die es schon eingeschlagen hat, was nicht immer in Form von explosivem exponentiellen Wachstum ablaufen muss, aber in jedem Fall als Bestätigung für die ablaufende Verhaltensweise wirkt. Dies kann ein Abbauprozess in Form eines Zerfalls ebenso sein wie ein Prozess der Innovation und des Aufbaus.

Wie komplex ein System auch sein mag, so beinhaltet es lediglich diese beiden Arten von Rückkopplung. Für den Systemerhalt und dessen Entwicklung ist Rückkopplung essenziell. Ohne Feedback kann es kein offenes System geben. Aus der Beziehung und Wechselwirkung der Einzelteile ergeben sich zirkulär ablaufende Prozesse und nicht einfache linear-kausale Zuschreibungen. Jedes Verhalten eines Beteiligten ist gleichzeitig Ursache und Wirkung für das Verhalten der anderen Systemelemente. Deswegen setzt systemisches Denken oder Lernen die Fähigkeit voraus, in Kreisläufen anstatt in linearen Prozeduren zu denken. Nachdem wir selber als System in einer Welt von Systemen leben, besteht unser praktisches Leben aus dem richtigen Umgang mit Systemen. Ob wir es mit der Natur, mit Beziehungen, mit unserer Familie, mit der Gesellschaft, mit Organisationen, Abteilungen oder Teams zu tun haben, ob wir uns mit unseren Annahmen und Glaubenssystemen oder mit dem Finanzwesen auseinandersetzen, stets geht es um vernetzte Systeme und nicht um losgelöste Einzelelemente, zersplitterte Einzelereignisse oder linear-kausale Abläufe, die man mit reiner Logik und Analyse verstehen kann. Um ein System zu verstehen, muss man es als Ganzes betrachten. Wenn man es in seine Einzelteile zerlegt, verliert es genau die Eigenschaften, um die es geht, denn die Eigenschaften des Systems sind die Eigenschaften des Ganzen, die dann hervortreten, wenn das unversehrte System aktiv ist.

Jedes offene System leitet den eigenen Sinn und Zweck sowie Aufgabe und Funktion aus der Zuordnung zur übergeordneten Entität ab und muss demzufolge in ständiger Interaktion mit ihrer relevanten Umwelt sein, wodurch der notwendige Energie-, Material- und Informationszufluss als Grundlage seiner Existenz aufrechterhalten wird. Teil dieser Interaktion ist auch sicherzustellen, dass der Kurs in Richtung Zielfunktion stimmt. Dafür bedarf es kontinuierlicher Reflexion in Form von Beobachtung und Auswertung der Feedbacksignale. Mit der Reflexion entsteht das Potential für Systembewusstsein und Verantwortung. Die Autonomie der Subsysteme steht in direktem Verhältnis zu deren Ausrichtung und Verbundenheit mit dem umfassenden Ganzen. Eine selbststeuernde Einheit braucht dafür einen klaren Blick bezüglich der eigenen System konstituierenden Rolle im übergeordneten Ganzen sowie ein Mindestmaß an Autonomie, um ihre einzigartige Identität aufrecht zu erhalten. Ziel ist es nicht, dass die Elemente sich in einer Uniformiertheit verlieren, sondern dass durch selbstreflektierende Regelkreise das Zusammenspiel aus der Differenziertheit und Vielfalt als Ganzheit Gestalt annimmt. Ohne Leitprinzipien, eine klare Schau und entsprechende Maßstäbe, die aus der gemeinsamen Mission abgeleitet sind, würde der autopoietische Prozess sich umkehren und die Systemexistenz gefährdet sein. Wo immer Autonomie und Freiheit nicht eingebettet sind in diese

Qualität der Zugehörigkeit und Verantwortlichkeit, wirken sie sich zersetzend und Existenz bedrohend aus. Ohne Beachtung der Feedbackkreisläufe findet echtes Lernen nicht statt und die gedeihliche Entwicklung aller Beteiligten gerät in Gefahr. Lernen und Erfahrung aus systemischer Sicht erfordern, sich von der individuellen Position zu dissoziieren und die Systemebene (*Meta*) einzunehmen, um Klarheit in Bezug auf das Ganze und die Zusammenhänge zu gewinnen. Daraus ergeben sich erweiterte Wahlmöglichkeiten und Entscheidungskriterien, die unmittelbar auf künftige Handlungen Einfluss haben und eine Erweiterung von Handlungsalternativen eröffnen, die wiederum das Maß der Erkenntnis- und Urteilsfähigkeit erhöhen und den Kreislauf des Lernens abrunden.[97] Erfolg und Versagen als Handlungsergebnisse können also erst dann richtig eingeordnet und bewertet werden, wenn sie losgelöst von der individuellen Ebene systembezogen als Feedback verstanden und reflektiert werden. In diesem Sinne ist auch die Aussage zu verstehen, dass es keine Fehler oder Versagen gibt, sondern nur Feedback. Ein persönlicher Erfolg, welcher auf Kosten des Ganzen zustande kommt, mag mittel- oder langfristig die Ursache schädlicher Konsequenzen für alle Beteiligten einschließlich des Nutznießers und des Umfelds werden, während gerade in der Ausrichtung auf das Wohlergehen des Umfassenden Individuen durchaus bereit sein mögen, freiwillig auf persönliche Vorteile zu verzichten. Lernen im System bedingt die Sensibilisierung für die systemimmanenten Feedbacksignale als Reaktion auf unsere Handlungen und unsere grundsätzliche Bereitschaft, nötigenfalls eine Kurskorrektur vorzunehmen. Dadurch wird Flexibilität erhöht und das Innovationspotential proaktiv gestärkt.

Der Begriff Rückkopplung oder Feedback wird heutzutage in unterschiedlicher Weise verwendet. Zum einen wird er für jedwede Reaktion auf eine Handlung hergenommen, was aber nur dann zutreffend ist, wenn es sich tatsächlich um einen *Kreislauf* handelt, also um die Wiederkehr der Auswirkungen einer Handlung, die unweigerlich den nächsten Schritt in Form einer Rückbezüglichkeit beeinflusst. Wenn wir außerdem die drei Ebenen System, Subsysteme und umwelterzeugendes Übersystem in Betracht ziehen, dann müsste noch ein Kriterium erfüllt sein, damit man von Feedback in systemischer Hinsicht sprechen kann. Jede Rückkopplung zwischen zwei oder mehreren Elementen muss den Bezug

---

[97] Vergleiche Maturana und Bunnell, 2001

zum System, dem diese alle angehören, und dessen Existenz sicherndes Interesse beinhalten, damit tatsächlich systemkonformes Lernen stattfinden kann. Bloße Rückkopplungskreisläufe zwischen einzelnen Teilen ohne diesen Bezug können auch leicht in eine Blockade führen, wie wir sie aus Beispielen von Kommunikationsschleifen kennen. Der Sinn einer Rückkopplung liegt also darin, die Fähigkeiten und das Bewusstsein der Teile eines Systems im Hinblick auf die gemeinsamen Prinzipien und Gesetzmäßigkeiten zu vertiefen und damit in zunehmendem Maße einen besseren Einklang der Teile mit den Notwendigkeiten des Ganzen zu bewirken und interne Abläufe zu harmonisieren. Im Lichte dieser Betrachtung führen Feedbackkreisläufe zu einem evolutionären Prozess der Reifung und zunehmender Ordnung und Ausgewogenheit innerhalb einer Entität. Unter Gerechtigkeit könnte man demzufolge die Ausrichtung auf die System erhaltenden Prinzipien verstehen, und *gerechtes Handeln* würde diejenigen auszeichnen, deren Handeln orientiert ist am Wohl und dem Interesse der Gemeinschaft. Dass dies niemals im Widerspruch zum eigentlichen Wohl der einzelnen Mitglieder stehen kann, ergibt sich aus der Festlegung der nicht reduzierbaren Zugehörigkeit der Teile zum Ganzen. Diese Form von Rückkopplungskreisläufen fördert also *individuelles Lernen* und die Entwicklung des einzelnen entlang des Kontinuums ausgehend von Abhängigkeit über Selbständigkeit zur Reife. Feedback als Instrument und Ausdruck einer Lernkultur in Organisationen, Teams oder Familien bedingt demnach das Aufzeigen der positiven oder negativen Wirkung einer Handlung mit Bezug auf das Gemeinsame, um diesem zunehmenden Reifungsprozess dienlich zu sein. Bloßer Selbstbezug seitens des Feedbackgebers genügt diesen Kriterien nicht und kann nicht als ausreichend für die Zwecke systemischen Lernens betrachtet werden.

Abgesehen vom individuellen Lernen wird immer mehr von einer anderen Dimension des Lernens gesprochen. Begriffe wie „Lernende Organisationen", „institutionelle Reife" „Teamlernen", „Lernende Familien oder Gemeinden" machen deutlich, dass über die Entwicklung der Teile hinaus es auch einen Reifeprozess des Ganzen gibt. Wenn Unternehmen als Systemeinheit lernen sollen, wenn Teams in ihrer Ganzheit durch einen Entwicklungsprozess laufen sollen oder gleichermaßen Familien, Gesellschaften und Gemeinschaften, dann reicht es nicht aus, dass nur die Individuen lernen und Feedback erhalten. Demnach gibt es eine zweite Kategorie von Rückkopplungskreisläufen, die nicht die Handlung der Einzelindividuen und die wiederkehrende Wirkung anderer Teile zum Inhalte hat, sondern ausgehend von einer Rückwirkung aus dem übergeordneten Feld auf das System auch die Ebene der Subsysteme erreicht. Der Effekt dieser Feedbacksignale wird nicht bloß eine Verhaltensänderung der Teile bewirken, sondern umfassendere Neukalibrierungen im Bereich der Struktur und Kultur zum Ziel haben. Nachdem systemisches Denken stets ein 3-Ebenen-Denken ist, wird man im Lernprozess auch stets die verschiedenen Ebenen und Dimensionen im Auge behalten müssen. Neben dem *individuellen Lernen* gibt es also auch die Ebene des *institutionellen Lernens*. Diese Unterscheidung erscheint besonders dann von entscheidender Bedeutung zu sein, wenn einzelne Personen als Mitglieder in Organisationen oder Teams zwar Symptomträger sind, aber damit oft unbewusst auf Mängel hinweisen, die der Systemebene angehören. Manager, die diese Zusammenhänge nicht erkennen und meinen, durch Entfernen des „Störfaktors" das Problem behoben zu haben, sind überrascht, wenn dieselben Symptome plötzlich bei anderen Personen innerhalb der Organisation auftreten und zu Energieverlust und Blockaden führen. Das können oft Personen sein, die mit den ursprünglich Betroffenen weder zeitlich noch räumlich in Kontakt standen. Nicht bevor das System als Ganzes gelernt und eine neue Qualitätsebene institutioneller Reife erreicht hat, ist dieser Entwicklung nachhaltig entsprochen worden.

Selbstverständlich bilden individuelles und institutionelles Lernen interdependente Prozesse, die einander beeinflussen und bedingen. Die Reifeentwicklung des Ganzen fördert das notwendige Lernumfeld und damit die Mündigkeit der Teile und die Reifung der Einzelnen beeinflusst die Qualität des Ganzen. Es ist kein „Entweder-oder-Dilemma", sondern ein „Sowohl-als-auch-Prozess". Gemeinschaftliche Entwicklungsprozesse sind Ausdruck des Zusammenspiels aus den Potentialen und Qualitäten der Systemmitglieder, der Kohärenz ihres Beziehungsgeflechts sowie dem Reifegrad der Führung und Entscheidungsfindung im System.

SOZIALES LERNEN IM SYSTEM

Als essentieller Teil einer Welt von Systemen sind wir in einem andauernden Prozess tieferen Verständnisses für die Bereiche unserer Zuordnungen eingebunden, wodurch wir zunehmend besser lernen, uns auf unsere Umwelt einzustimmen und in Einklang mit den Leitprinzipien und Gesetzmäßigkeiten der umfassenden Gemeinschaften zu gelangen. Man könnte behaupten, dass wir in der Welt sind zu lernen, doch nicht losgelöstes Faktenwissen ist das Ziel, sondern systemisches Erfassen von Beziehungen und Zusammenhängen, also vernetztes, soziales Lernen. Wir durchlaufen verschiedene Lebensphasen mit durchaus unterschiedlicher Ausprägung an Gemeinschaftlichkeit. Als Neugeborene sind wir sehr stark von der Bindung an die Mutter geprägt, als Kind wirken wir eher egoistisch, da es außer unserer Welt nichts anderes zu geben scheint, als Heranwachsende suchen wir unsere Identität aus dem Vergleich und im Sich-Messen mit anderen. Wettbewerb und Wettkampf bestimmen oft das Verhaltensschema gegenüber Gleichaltrigen. Andererseits erfahren wir aus dem Interesse für das andere Geschlecht den Vorteil der Vielfalt und komplementärer Persönlichkeiten. Als Erwachsene übernehmen wir soziale Verantwortung für Kinder, für die eigene Familie oder leiten sogar ganze Gruppen von Menschen. Im Alter bringen wir unsere Lebenserfahrung als Beitrag ein, sind unter Umständen jedoch wieder auf die Hilfe anderer angewiesen. Diese zyklischen Veränderungen bewirken, dass wir uns im sozialen Umfeld in einem ständigen dynamischen Anpassungs- und Lernprozess befinden. In der Gemeinschaft und durch die Gemeinschaft lernen wir Gemeinschaftlichkeit und kooperatives Verhalten, genauso wie man Teamkompetenz im Team erlernt und nicht in individueller Abgeschiedenheit. *„Die Spielregeln lernt man am besten, indem man spielt. Es geht hier jedoch keineswegs um Spieltisch und -brett, sondern darum, Kindern und Jugendlichen in kleinen Bereichen Verantwortung zu übertragen, vor allem für andere und in kleinen Gruppen, so dass sie lernen, was es heißt, Ansprüche auszugleichen, gemeinsam zu entscheiden und die Entscheidung als Gemeinschaft selbst dann mitzutragen, wenn man selbst eigentlich dagegen* *war etc. Genauso wie man Sprechen nur in einer Sprachgemeinschaft durch Sprechen und Verstehen lernt, lernt man Sozialverhalten nur in einer Gemeinschaft, in und mit der man handeln darf und kann. Kooperation wird spielerisch gelernt, aber das Spiel heißt nicht* Mensch ärgere dich nicht *und auch nicht* Monopoly. *Es heißt Miteinander leben! Und es ist kein Spiel.* " (Manfred Spitzer, 2003)

Die dynamische Komplexität[98] dieses kooperativen Lernprozesses ergibt sich auch aus der Besonderheit unserer Identität auf mehreren Seinsebenen. Wir erfahren uns nicht nur als physische Spezies in einer materiellen Umwelt, sondern ebenso als mental-emotionale Persönlichkeit im sozialen Austausch mit anderen Menschen im Netzwerk evolutionärer Gesellschaftsgefüge, die wir Sinn und Zugehörigkeit aus unserer geistigen Wirklichkeit schöpfen. Unsere Beziehung wird durchaus unterschiedlich im Ausdruck sein, abhängig von unserem Welt- und Menschenbild, ob wir erregt oder voller Freude einander begegnen oder wenn wir bzw. die anderen Personen ausgeruht oder im Stress sind. Man kann sich unschwer vorstellen, wie exponentiell die Möglichkeiten der Komplexität anwachsen, wenn die Anzahl interagierender Personen innerhalb eines Systems zunimmt. Aber die zwischenmenschliche Kommunikation auf die Detailkomplexität uniformer eindimensionaler Einzelteile reduzieren zu wollen und unter Missachtung des Beziehungsgefüges mit seinem Reichtum an Vielfalt „nur sachlich" miteinander sprechen zu wollen, wäre wohl der größte Fehler. Aristoteles nannte den Menschen *zoon politikon*, ein Gemeinschaftswesen. Auch wenn es manchmal aussieht, als glichen wir einsamen *Inseln im Meer* des Lebens, so wissen wir, dass alle Inseln in der Tiefe miteinander verbunden sind.[99] Dennoch ist es unsere Entscheidung, das Trennende in den Mittelpunkt unserer Aufmerksamkeit zu stellen und unsere Lebensenergie in diese Richtung zu verwenden, oder dem Blick mehr Tiefgang zu verleihen und das Ge-

---

[98] Von *Detailkomplexität* spricht man, wenn auf die Vielzahl von Einzelteilen Bezug genommen wird. Der Begriff der *dynamischen Komplexität* drückt aus, dass es eine große Anzahl möglicher Verbindungen und Beziehungen zwischen den Teilen gibt, da jeder Teil eine Palette unterschiedlicher Zustände aufweisen kann.

[99] William James, bekannt als der Vater der amerikanischen Psychologie, sieht die Vernetztheit mit folgenden Metaphern und kommt zum Schluss, *dass wir im Leben Inseln im Meer gleichen, oder Bäumen im Wald. Ahorn und Pinie mögen einander mit ihren Blättern zuflüstern und Inseln getrennt sein an der Oberfläche. ... Aber die Bäume schlingen ihre Wurzeln im dunklen Grund des Bodens ineinander, und die Inseln sind verbunden in der Tiefe des Ozeans.*

meinsam-Verbindende zu entdecken und Kooperation und Gemeinschaft zu lernen.

Zwei Wölfe...

Ein alter Indianer saß mit seinem Enkelsohn am Lagerfeuer. Es war schon dunkel geworden und das Holz knackte, während die Flammen in den Himmel züngelten.

Der Alte sagte nach einer Weile des Schweigens: „Weißt du, wie ich mich manchmal fühle? Es ist, als ob da zwei Wölfe in meinem Herzen miteinander kämpfen würden. Einer der beiden ist rachsüchtig, aggressiv und grausam. Der andere hingegen ist liebevoll, sanft und mitfühlend."

„Welcher der beiden wird den Kampf um dein Herz gewinnen?" fragte der Junge.

„Der Wolf, den ich füttere", antwortete der Alte.[100]

Wenn wir Menschen also Gemeinschaftswesen sind, wie Aristoteles feststellte, oder David Bohm zur Überzeugung gelangte, dass *tief drinnen das Bewusstsein der Menschheit ein einziges ist*, dann können soziales Verhalten und Kooperation nicht die Ausnahme bedeuten, sondern stellen das Ziel und die Reifestufe einer Entwicklung dar, welche vielmehr den Normalfall darstellt. Wie vieles andere beherrschen wir soziales, kooperatives Verhalten nicht von Geburt an, sondern erlernen dieses im Laufe unseres Lebens. Erziehung und Anleitung sind dafür ebenso notwendig wie Modelle und Mentoren. Entscheidend für das Ergebnis wird zweifellos das grundsätzliche Menschenbild sein, von dem wir uns leiten lassen und damit zur Grundlage unserer Zielsetzungen, Bemühungen und Entscheidungen machen. Gehen wir von einem Zerrbild des Menschen aus, indem wir uns zu nichts anderem als einer komplizierten Maschine oder einem höheren Tier erklären, wird das ebenso Konsequenzen für unser soziales Zusammenleben haben, wie andererseits die Erkenntnis, dass wir interdependente Glieder eines Gemeinkörpers sind, mit Sinn und Zweck und einem fortschreitenden Entwicklungsprozess.

---

[100] zitiert in Kambiz Poostchi, *Goldene Äpfel, Sinnbilder des Lebens*

In dieselbe Richtung argumentiert Manfred Spitzer, wenn er anführt: *„Gerade in den letzten Jahren haben wir viel Gehirnwäsche über uns ergehen lassen, die uns glauben machen sollte, dass in der Natur langfristig immer Unbarmherzigkeit, Grausamkeit, Rücksichtslosigkeit, Egoismus und vor allem der Stärkere siegt. Gerade weil soziales Engagement gelernt werden müsse, liege es nicht in unserer Natur. Was aber wird aus diesem Argument, wenn das Lernen in unserer Natur liegt? Und wer wollte ernsthaft behaupten, dass Sprechen nicht in unserer Natur liegt, nur weil wir es lernen müssen? Aus der Tatsache, dass wir soziales Verhalten im Laufe des Lebens erlernen, insbesondere während der ersten beiden Lebensjahrzehnte, folgt also keineswegs, dass es nicht unserer Natur entspricht, kooperativ zu sein.“* (Spitzer 2003)

TEIL 2

DAS TEAM
GRUNDBAUSTEIN DER ZUKUNFT

Der eine wartet, dass die Zeit sich wandelt,
der andere packt sie kräftig an und handelt.

Dante Alighieri

WAS MACHT EIN TEAM AUS?

Ein Team stellt eine eigenständige Identität dar, geformt aus einer kleinen Gruppe von interdependenten Personen mit komplementären Fähigkeiten, die im vollen Bewusstsein ihrer Zugehörigkeit zu dem gemeinsamen übergeordneten System sich für dessen Zweck und dessen spezifische Leistungsziele einsetzen. Seine Mitglieder haben sich freiwillig und verbindlich entschieden, im Geist der Zusammengehörigkeit in einem Netzwerk miteinander zu arbeiten, um die Teamziele zu erreichen. Sie tragen gemeinsam die Verantwortung für die Ergebnisse des Teams und dessen Prozess des Wachstums sowie der Entfaltung der individuellen Potentiale aller Teammitglieder.

Für evolutionäre, zukunftsorientierte Organisationen, die auf Interdependenz ausgerichtet sind, stellt nicht das Einzelindividuum, sondern das Team das Basiselement der Unternehmensstruktur dar, ebenso wie die Familie die Keimzelle der menschlichen Gesellschaft bildet, an der Muster und Zustand systemischer Gesundheit des Ganzen ablesbar sind. Das Team kann entweder als Subsystem eines Unternehmens holistischer Ausrichtung fungieren oder auch ein erster Evolutionsschritt in einem hierarchisch geführten System in Richtung einer reiferen und mündigeren Form sozialer Interaktion sein. In jedem Fall benötigen Teams einen sozialen Nährboden, der Autonomie und Kooperation fördert und eine Kultur von Gleichwertigkeit, Vielfalt und Zusammenarbeit begünstigt. In einem Umfeld, welches durch Mangeldenken, Abhängigkeit, Entmündigung und Wettstreit geprägt ist, können echte Teams nicht wachsen und werden oft degradiert zu einer neuen wirksamen Waffe im Machtkampf und Konkurrenzstreben. Pseudoteams, die allein die Form, aber nicht den Geist und die Prinzipien echter Teamarbeit verfolgen, arten zu reinen Alibiobjekten aus und erreichen in ihrer Leistungsfähigkeit und Effektivität nicht einmal das Maß von einfachen Arbeitsgruppen, da durch Konflikte und Verletzungen ein übermäßiger Verschleiß an Energie stattfindet. Nicht selten führen derart negative Erfahrungen, die aus oberflächlichen Versuchen oder aus Modeerscheinungen heraus entstanden sind, schließlich sogar zur Schlussfolgerung, dass Teamarbeit keine sinnvolle Lösung darstelle. In der Logik solcher unbrauchbaren Experimente stellen sich Führungspersonen alter Schule in der Folge einen Freibrief aus, der ihnen gestatten soll, zu den gewohnten Prinzipien von Dominanz und Abhängigkeit zurückzukehren.

Phänomen Team

Teamarbeit zeigt dort Erfolge, wo sie als Teil einer unfassenden Veränderung in den Beziehungen von Führungskräften und Mitarbeitern eingesetzt wird. Auch wenn bereits darauf hingewiesen wurde, dass man besser mit Pilotprojekten beginnen sollte, um die Mitarbeiter nicht zu überfordern, wird die Einführung der Teamarbeit dennoch über das Team hinaus verändernde Wirkung auf das Gesamtunternehmen haben. Die Aktivitäten von Teams begünstigen eine offenere Kommunikation und erfolgreichere Problemlösungs- und Entscheidungsprozesse, was zunächst eine Begeisterung für den Aufbau weiterer Teams auslösen kann. So positiv die Entwicklung auch sein mag, so darf der Umstand nicht außer Acht gelassen werden, dass für manche ein derartiger Erfolg durchaus als Bedrohung für traditionelle Organisationsstrukturen ankommen und damit Widerstand auslösen könnte. Teamarbeit mag alte Freund-Feind-Bilder auflösen und gewachsenen Interessensgruppierungen die Zukunftsaussichten nehmen. Wer immer seine Position in einem Unternehmen gerade durch die Aufrechterhaltung dieser Gegensätze und Parteibildungen absichert, fühlt sich vielleicht in seiner Stellung und Existenz bedroht. Als Gegenreaktion könnten diese Personen Maßnahmen ergreifen, um die Teamaktivitäten auszuhöhlen, Ängste zu schüren, Misstrauen zu säen oder Unsicherheit zu verbreiten. Sie könnten die neuen Methoden als Manipulationsmittel des Managements darstellen oder in anderer Form versuchen, das Unterfangen zu diskreditieren. Auch gibt es genügend Manager, die nicht bereit sind, etwas von ihrer Macht an Mitarbeiter abzugeben, denen sie in der Vergangenheit misstraut haben. Sollten sie auch dem Schein nach auf derartige Prozesse eingehen, würde es in der Folge an echter Umsetzung fehlen.

Deswegen ist es für die Neueinführung jeder Teamaktivität in einem Unternehmen wesentlich, auf die bestehenden mentalen Modelle und

Hidden Agendas im Management und der Belegschaft Rücksicht zu nehmen und als flankierende vertrauensbildende Maßnahme die neue Vision zu einer gemeinsamen zu machen. Auch muss sichergestellt werden, dass jeder Erfolg des Teams als ein Erfolg des Unternehmens verstanden wird, an dem alle teilhaben können, ob sie nun im Team als Mitglied tätig sind oder nicht. Es mag auch Personen geben, die nicht unbedingt verstehen, warum dem Thema Teamberatung ein solches Gewicht beigemessen wird. Dem ersten Eindruck nach hört es sich bloß nach einem anderen Wort für *Diskussion* an, womit doch alle hinlänglich vertraut sind. Auch besagt ein allgemein geglaubter Mythos, dass nur Individuen fähig sind, brauchbare Entscheidungen zu treffen, nicht aber Gruppen. Dieser Mythos hält sich umso beharrlicher, je geringer die Zahl jener Menschen ist, die die Chance erhalten, in einem wirksamen, lösungsorientierten Team mitzuarbeiten. Wenn es ihnen ermöglicht wird, in einem geschützten Rahmen und ohne Gesichtverlust sich intensiver mit der Materie vertraut zu machen, zeigt es sich, dass nur wenige sich den offensichtlichen Vorteilen verschließen wollen. Sie erkennen, dass Teamberatung viel umfassender und weit reichender ist, als bloß ein Update der Methode der Diskussion zu sein. Mit zunehmender Erfahrung und interdependentem Bewusstsein erweist sich teamorientiertes Arbeiten von grundlegender Bedeutung und als ein unverzichtbares Rüstzeug im Strukturprozess Lernender Organisationen. Einzelpersonen können unentwegt an ihrer Entwicklung arbeiten, ohne dass dies das Unternehmen stark beeinflusst. Sehr oft führt dieser Weg sogar in ein Dilemma, dass sich diese Mitarbeiter als „überqualifiziert" empfinden und schließlich aus dem Unternehmen ausscheiden. Wenn jedoch Teams lernen und sich entwickeln, dann wirken sie wie ein Mikrokosmos innerhalb der Gesamtorganisation. Sie ziehen Kreise, die den Geist der Zugehörigkeit vertiefen, Verbindlichkeit und Kooperation verstärken und die Unternehmenskultur positiv beeinflussen.

Im Mittelpunkt der Aufgabe der Neukonzeption des Systems menschlicher Beziehungen steht ein erneuerter Prozess der Lösungs- und Entscheidungsfindung, der bei weitem die für die gegenwärtige Diskussion der menschlichen Angelegenheiten kennzeichnenden Muster der Verhandlungen und Kompromisse übertrifft. Die so genannte *Streitkultur*, ein Merkmal der heutigen Gesellschaft, ist außerstande, einen derartigen Maßstab hervorzubringen. Im Gegenteil stellt sie eine Behinderung ernsthafter und dauerhafter Entwicklungen dar. Debatte, Propaganda,

Angriff und Rechtfertigung, das ganze Arsenal parteilicher Interessen, bilden seit langem vertraute, doch untaugliche Methoden kollektiven Handelns und schaden dem Ziel, einen Konsens über die weiseste Wahl der sich im jeweiligen Augenblick bietenden Handlungsmöglichkeiten zu treffen. In der bekannten *Streitkultur* gehen die Beteiligten von ihrer Sicht der Welt aus, von ihren Werten und Prinzipien und gelangen so zu ihrer Meinung und dem, was ihrem persönlichen Interesse am ehesten

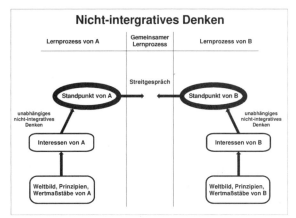

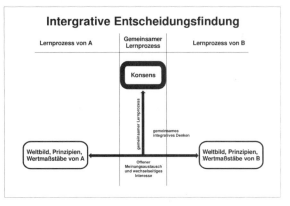

entsprechen würde. Mit diesem jeweils gefestigten Standpunkt treten sie in die Auseinandersetzung mit ihren Gegnern. Das Streitgespräch muss dann die Tauglichkeit der besseren Argumente und Kampfwerkzeuge unter Beweis stellen. In der Regel gibt es Sieger und Besiegte, bestenfalls einigt man sich zähneknirschend auf einen ungeliebten Kompromiss. Gelernt wird dabei wenig, höchstens insofern, als man die Aufrüstung des Waffenarsenals der *Kampfrhetorik* in Betracht zieht, um bei künftigen Auseinandersetzungen bessere Ergebnisse zu erzielen. Wie sehr diese Strategien in unserem Denken und Handeln verwurzelt sind, zeigt die Tatsache, dass man sogar demokratischen Meinungsaustausch damit gleichsetzt. *Wahlkampf, Wahldebatten* und von Medien übertragene *Fernsehduelle* gehören zum Basisprogramm und genießen hohen Unterhaltungswert. Richtlinien für einen *fairen Kampf* werden vereinbart und schnell vergessen, wenn es *hart auf hart* kommt. Man ist der festen

Meinung, dass der Wähler all das braucht, um sich seine Meinung zu bilden und bei der Wahl seine Entscheidung treffen zu können.

Vor einigen Jahren hatte ich bei einem offenen Teamseminar eine Teilnehmerin, die mir zwei Jahre danach, als wir uns zufällig wieder trafen, folgendes eröffnete: Kurze Zeit nach dem Seminar, das sie sehr beeindruckt und zum Überdenken vieler ihrer Standpunkte angeregt hatte, wurde sie in ihrer Heimatgemeinde als Kandidatin für das Amt des Bürgermeisters aufgestellt. Sie nahm den Vorschlag mit der Bedingung an, dass von ihr nicht erwartet werden sollte, einen *Wahlkampf* zu führen. Sie würde sich für eine „*Wahlberatung*" entscheiden. Sie erzählte mir, dass die meisten Menschen ihrer Umgebung zunächst damit nicht viel anzufangen wussten, und auch die Medien bombardierten sie mit Fragen und wollten in Interviews wissen, ob das nur ein neuer Trick wäre und was es genau für Konsequenzen hätte. Sie erläuterte, dass sie es nicht als ihre Aufgabe sähe, die anderen Kandidaten schlecht zu machen, die ihre besonderen Qualitäten hätten, sondern Wege zu finden, wie man die Situation für die Gemeindebürger verbessern könnte. Sie würde den Konsens suchen und nicht den Streit. Sie wurde gefragt, was sie denn anders machen würde, wenn sie mit dem Amt der Bürgermeisterin betraut würde. Ihre Antwort war, dass sie die Zusammenarbeit mit den anderen Kandidaten suchen würde. Den einen würde sie einladen, auf Grund seiner besonderen Fähigkeiten ein bestimmtes Ressort zu übernehmen, und den anderen bitten, sich in einem anderen Arbeitsfeld einzubringen. Sie schätzte die Kompetenzen ihrer Mitkandidaten und sah es als das Förderlichste für das Allgemeinwohl an, wenn alle teamgemäß zusammenarbeiten würden, ihre Energien bündelten, anstatt sie einander zu rauben. Sie berichtete, dass sie keine Vorwahlzeit erlebt hätte, die harmonischer und konstruktiver abgelaufen wäre als diese, und auch die Zusammenarbeit nach der Wahl hätte eine andere Qualität erlangt, so dass man Ideen und Vorschläge nicht wie sonst nach ihrem Parteienetikett beurteilte, sondern nach ihrer Nützlichkeit für die Bürger.

Um zu einem integrativen Lernprozess zu kommen, braucht es den Mut und die Bereitschaft des Einzelnen wie auch von Gruppen, über den eigenen Schatten zu springen, aus Gewohntem auszusteigen und sich auf Neues einzulassen. Ausgangspunkt dabei ist auch die Vielfalt der Sichtweisen der Realität, der Prinzipien und Wertvorstellungen der Beteiligten. Einzig, dass sie bereits zu diesem Zeitpunkt ohne vorgefasste Standpunkte in einen Austausch in Bezug auf das zu behandelnde Thema eintreten. Dabei geht es darum, klar zu sprechen und einander ehrlich zuzuhören, zu verstehen und verstanden zu werden. Dieser gemeinsame integrative Denk- und Lernprozess bringt die Beteiligten auf eine Ebene kollektiver Erkenntnis, auf der eine übereinstimmende Schau möglich wird, wo es keine Über- oder Unterlegenheit gibt, sondern alle vom Ergebnis gewinnen. Diese Ebene systemischer Lösungsqualität bleibt dem Streitgespräch und auch individuellem Bemühen allein verschlossen.

Teamberatung erfordert von den Beteiligten eine Haltung, die das Bemühen aller einschließt, über ihre jeweiligen persönlichen Standpunkte derart hinauszugehen, dass sie wie die Glieder eines Körpers für dessen Interessen und Ziele als Ganzheit funktionieren können. In einer derartigen Atmosphäre, die durch Offenheit und Wertschätzung gekennzeichnet ist, bleiben die eingebrachten Ideen nicht im persönlichen Besitz der einzelnen. Vielmehr macht das Mitglied, dem diese Idee während der gemeinsamen Erörterung gekommen ist, diese zum Geschenk an die Gruppe und löst sich davon. Ab diesem Zeitpunkt gehört sie dem Gesamtteam, welches sie aufnehmen, verwerfen oder verändern kann, je nach dem, wie es dem zu erreichenden Ziel am besten dienlich ist. Beratung ist in dem Maße erfolgreich, wie alle Teilnehmer die getroffenen Entscheidungen unterstützen, unabhängig davon, mit welcher Ansicht sie in die Beratung eingetreten sind. Unter diesen Umständen kann das Team in einem Lernzyklus verbleiben und gegebenenfalls eine frühere Entscheidung revidieren, wenn sich aus der Erfahrung der Umsetzung bessere Lösungen abzeichnen.

Auf die Gesamtgesellschaft bezogen kann die teamgemäße Beratung dergestalt als der praktische Ausdruck der Haltung einer Menschheit betrachtet werden, welche an der Schwelle ihrer Reife gelernt hat, dass das Wohl des Teils am besten sichergestellt ist, wenn das Wohl des Ganzen im Mittelpunkt des Interesses steht und Gerechtigkeit Bezug nimmt auf das Wohlergehen der gesamten Menschheitsfamilie. Teamberatung wird in diesem Lichte unentbehrlich für den Erfolg gemeinschaftlicher Bemühungen, da sie die Reifeform kollektiver Meinungsbildung und Entscheidungsfindung zum Ausdruck bringt. In dem Maße wie Beratung zum Leitprinzip bei menschlichen Unterfangen gemacht wird, werden sich nicht nur Engagement, Begeisterung und Motivation erhöhen und gemeinschaftlicher Erfolg sich zeigen, sondern auch das Einzelindividuum als unverzichtbarer Bestandteil sozialer Systeme erfährt ein höheres Maß an Selbstwert und Sinnfindung.

Menschen können sich ihrer eigenen Rolle und Bedeutung nicht bewusst werden, solange sie sich nicht in Bezug auf ihre Zugehörigkeit zur gemeinsamen verbindenden Ganzheit Klarheit verschafft und sich aus freien Stücken verbindlich dazu entschlossen haben, die Interessen und Ziele der Gemeinschaft über die rein persönlichen zu stellen. Ihr konstruktiver Einfluss am Wachstumsprozess und ihre Wirksamkeit im gemeinschaftlichen Gefüge sind direkt abhängig vom Grad des Bewusstseins der Zugehörigkeit zum Ganzen. Als ein Ausdruck dieser Einheit erwächst ihre Fähigkeit, daraus Energie und Kraft zu beziehen und Synergien mit anderen Mitmenschen aufzubauen. Wo immer dies erreicht wird, hinterlässt jeder Beteiligte eine *Spur der Einheit* in seinem Leben, wo immer er wirkt und aktiv ist. Wenn alle gleichberechtigt im Entscheidungsprozess eingebunden werden, können Wohlfahrt und Wohlergehen im Sinne syntropischer Ausgewogenheit im Sozialsystem erreicht werden und sich dadurch Ergebnisse erzielen lassen, die höherwertiger sind als die bloße Summation persönlicher Ansichten und Vorstellungen.

Tatsächlich ergeben sich mannigfaltige Beweise für den Vorrang von Teams und zahlreiche wissenschaftliche Erkenntnisse und Untersuchungen auf dem Gebiet der Kommunikationsforschung, der Sozialpsychologie und des modernen Managements unterstreichen diese These durch empirische Erfahrungen. Bereits in der ersten Hälfte des 20. Jahrhunderts wies Mary P. Follett, eine Pionierin auf dem Gebiet der Gruppenforschung, auf die großen schöpferischen Kräfte hin, die in einem Team wirken, und auf das Gefühl der Selbstverwirklichung, das man im konstruktiven Austausch findet. Ihre These war, dass Beteiligte bei Gruppenberatungen sich gegenseitig ihre latenten Ideen entlocken und im Verfolgen gemeinsamer Ziele ihre Einheit manifestieren können. Sie vertrat den *Prozess der Integration* als einzige schöpferische Methode, die Gruppen zu Problemlösungen befähigt. Die Aussage ihrer Integrationstheorie war, dass das Potential gemeinsamer Erfahrungen immer größer ist als die Summe der einzelnen Erfahrungen. Peter Senge umschreibt es mit einer aus der praktischen Erfahrung herrührenden Begeisterung: *„Eine Gruppe von Menschen, die sich wahrhaft für eine gemeinsame Vision engagiert, ist eine Ehrfurcht gebietende Kraft. Sie kann das scheinbar Unmögliche möglich machen."*

Einige Beispiele für das Zustandekommen von Systemeigenschaften, die nicht auf jene der Teile rückzuführen sind, mögen in der Folge diesen Zusammenhang erhellen und Grundlage sein für weitergehende Kontemplation und Anwendung. Die Transformation oder der Synergieeffekt ist mit gewissen Vorgängen in der Natur vergleichbar, die uns allen bekannt sein dürften. Beispielsweise unterscheidet sich Wasser, das Grundelement des Lebens im Universum, deutlich von den Eigenschaften der aufbauenden Grundelemente des Wasserstoffs und des Sauerstoffs. Die kennzeichnenden Systemeigenschaften von Wasser wie etwa *Nässe*, sind weder in dem einen noch im anderen Teilelement zu finden. Unter bestimmten Umständen können Natrium und Chlor als Einzelelemente sehr giftig sein. Wenn sie sich chemisch vereinen, entsteht etwas völlig Andersartiges, nämlich Tafelsalz (NaCl), das für Menschen lebensnotwendig ist. Interessant dabei ist, dass diese beiden Grundelemente sich erst unter Vorhandensein von Wasser miteinander verbinden und nicht im trockenen Zustand. Ein chemischer und nicht bloß ein physikalischer Prozess ist vonnöten. Dies mag als Metapher dafür dienen, dass ein bloßes Zusammenbringen von Einzelpersonen noch nicht ein Team ausmacht, wenn nicht andere Grundvoraussetzungen erfüllt sind. Ein anderes Beispiel für den Synergieeffekt systemischer Dimension ist die Tatsache, dass der Besitz unseres Augenpaars nicht dazu führt, dass wir Dinge in doppelter Größe oder Anzahl sehen, sondern dass eine neue Systemeigenschaft hervortritt, nämlich die Fähigkeit des räumlichen Sehens. Diese Fähigkeit als hervortretendes Merkmal tritt auf, wenn beide Augen nach bestimmten Gesetzmäßigkeiten aufeinander abgestimmt sind. Ich kann mich noch gut an meine eigene Gymnasialzeit mit unserer Begeisterung für die griechische Mythologie erinnern. Die Geschichte des Odysseus, der seine Gefährten aus den Fängen des Zyklopen Polyphemos befreite, indem er dessen einziges Auge blendete, ist den meisten bekannt. Auch dass der Zyklop die Griechen trotz seiner Verletzung verfolgte. Als diese mit ihrem Schiff zu entkommen drohten, warf er ihnen noch einen gewaltigen Felsbrocken nach, verfehlte sie jedoch, da er ja geblendet war. Unser damaliger Mathematikprofessor klärte uns auf, dass Polyphemos das Schiff wohl auch mit gesundem Auge nicht getroffen hätte, da ihm mit dem einen Auge die Fähigkeit des räumlichen Sehens und damit der Einschätzung von räumlicher Entfernung fehlte.

Aus dem Themenbereich des konstruktiven Holzbaus stammt ein anderes Beispiel. Bekanntlich weist ein Holzbrett ein bestimmtes Maß an Bruchlast auf, bei deren Überschreiten das Brett zerbricht. Zwei Bretter nun, die man miteinander verklebt, weisen nicht die doppelte, sondern eine mehrfache Tragfähigkeit des Einzelbretts auf. Der kritische Faktor hierbei liegt nicht so sehr in der Festigkeit der Holzbretter selbst, sondern in der Qualität der Leimverbindung. Dieses Prinzip liegt den im modernen Holzbau gern eingesetzten Brettschichtbindern zugrunde, mit denen man große Spannweiten überbrücken kann. Derartige Holzkonstruktionen, die durch ihre Eleganz und Schlankheit bestechen, wären mit Vollholzträgern nicht zu verwirklichen. Durch diese Analogie wird vor allem die Bedeutung der Beziehungsqualität in echten Beratungsteams beleuchtet, wovon die Leistungsfähigkeit und Effektivität des Ganzen abhängen.

Von Mullah Nasruddin[101] erzählt man sich, dass er auf eine ihm gestellte mathematische Frage antwortete: *„Wenn ich wüsste, wie viel 2 + 2 sind, würde ich sagen: 4.“* Das Wissen um mathematisch-analytische Übereinkünfte darf den Blick für die systemische Dimension nicht verschleiern, dass beispielsweise die Summe von eins und eins größer ist als zwei, da das UND die systemische Beziehung zum Ausdruck bringt (1 + 1 > 2). Was zur Vereinfachung mathematischer Prozesse meist außer Acht gelassen wird, macht im wirklichen Leben das Wesentliche aus.

Obwohl ein Musikstück eine Aneinanderreihung von Einzelnoten darstellt und in der Folge aus Schallwellen besteht, die das menschliche Ohr erreichen, so lässt sich dessen Wirkung auf die Zuhörer nicht aus der Analyse der Einzelnoten erschließen, noch ist seine Schönheit aus der Qualität oder Quantität von Einzelelementen abzuleiten. Als Ausdruck des einzigartigen Charakterzugs des Gesamtwerks spiegelt es die Qualität der harmonischen Einheit der Systemebene wider. Gleichzeitig tritt es auch in systemische Beziehung mit dem Zuhörer und ruft eine Resonanz hervor, welche zum besonderen Merkmal dieses Zusammenspiels wird. So mag ein spezielles Musikstück ein Gefühl der Freude und Begeisterung hervorrufen, ein anderes entspannend oder anregend wirken. Eine Komposition weckt vielleicht Aggressivität und Kampfbereitschaft, während eine andere einer Leiter gleich auf höhere Seinsebenen führt und ein Aufschwingen der Seele und geistige Offenheit bewirkt.

Gleichermaßen kann man ein Gedicht oder ein anderes literarisches Werk nicht auf die Summe der Buchstaben reduzieren, aus denen Worte, Sätze und Verse geformt sind. Auch wenn der Dichter oder Schriftsteller

---

[101] Eine fiktive Figur, die in vielen orientalischen Lehrgeschichten vorkommt und in weiten Teilen Asiens, Afrikas und auch Europas bekannt und beliebt ist.

als Rüstzeug sprachlichen Ausdrucks das jeweilige Alphabet mit einem Grundstock an Buchstaben verwendet, aus denen Worte und Phrasen gebildet werden, so sind es nicht die Buchstaben, die dem Wort Bedeutung geben, sondern es ist das Wort, das den verwendeten Buchstaben Sinn und Wert vermittelt. Wollte man einen Vers eines Dichters wie im angeführten Beispiel mathematisch auf die Summe der Einzelbuchstaben reduzieren, würde sofort deutlich, wie Sinn und Bedeutung und damit Wert und Wirkung verloren gehen:

4 A, 1 B, 8 D, 10 E, 1 F, 2 G, 3 H, 6 I, 3 L, 6 N, 3 R, 3 S, 4 T, 2 U.

Welch andere Wirkung geht vom ursprünglichen Vers aus! Auch wird nachvollziehbar, dass derselbe Grundbuchstabe eine andere Identität erhält, je nachdem in welchem unterschiedlichen Begriffskontext er verwendet wird:

Denn hast du die Teile in der Hand,
fehlt leider nur das geistige Band. [102]

Es ist durch die Auswirkungen der systemischen Einheit und durch den Geist der Harmonie als inspirative Form gebende Energie, dass mittels der Schöpferkraft des Technikers, des Dichters oder des Komponisten aus unbedeutenden Einzelelementen Instrumente und Werke geschaffen werden, die Grenzen überwinden, Herzen bewegen oder die Seele erbauen.

All diese Beispiele können als Metaphern für das systemische Zusammenwirken von Menschen genommen werden, die mit ihrer Qualität, ihren Potenialen und ihrer Authentizität eine Ganzheit formen und daraus ihre kontextabhängige Identität, Zugehörigkeit und ihren Sinn ableiten. Losgelöst vom Ganzen gingen Vision und Orientierung für Entwicklung und Lernen, für Zusammenhalt und Beziehung und für Erfüllung und Verwirklichung verloren. Schwerlich wird man als einsamer Einzelkämpfer einen reifen Prozess der *Selbstverwirklichung* beschreiten können. Allzu schnell würde man zum Getriebenen und Gefangenen eigensüchtiger Vorstellungen und Einbildungen werden und leicht Lebensziel und Orientierung verlieren. Auch läuft man Gefahr, sich in Modeströ-

---

[102] Johann Wolfgang Goethe, *Faust*

mungen und Für-und-Wider-Haltungen zu verzetteln und am eigentlichen Sinn vorbei zu leben.

Man erkannte sehr bald, dass dieser Integrationsprozess nicht einfach zu erreichen war, denn er erfordert die Entwicklung neuer Haltungen und Fähigkeiten. Die meisten Menschen sind aus der Tradition dazu erzogen, nach Beherrschung zu streben, und manchmal enttäuscht, wenn die Aussprache ohne die *Spannung der Unterwerfung* endet. Diese Einstellung ist oft das große Hindernis für eine schöpferische, fortschrittliche Teamberatung. So zeigt sich bei tiefgehender Betrachtung der Erfordernisse und Besonderheiten echter Teamarbeit, dass diese sich nicht auf die Ebene einer bloßen Technik reduzieren lässt, die zu lernen man aufgefordert ist. Zusammenarbeit in einem Team umfasst den ganzen Menschen und bedingt die Entfaltung der Charakterebene ebenso wie eine Zunahme an Sozial- und Selbstkompetenz aller Beteiligten. Sie erfordert die *Unterordnung von allem Egoismus und allen ungestümen Leidenschaften, die Kultivierung von Offenheit und Gedankenfreiheit ebenso wie Höflichkeit, Aufgeschlossenheit und die Fähigkeit, sich einen Mehrheitsbeschluss ohne Grollen zu Eigen zu machen.*[103]

Das beratende Team wird dabei als organisches Ganzes betrachtet, das funktional abhängig ist von den verschiedenen Eigenschaften und Beiträgen der Personen, aus denen es zusammengesetzt ist. Gleichzeitig erfüllt es als Einheit eine bestimmte Aufgabe und Rolle im größeren Gefüge einer Organisation. Der Beratungsvorgang selbst setzt bei den Mitgliedern Energien frei, die gleich einem Strom von ungewöhnlichen Ideen und Beiträgen durch das gemeinsame Bemühen aller zu einer übereinstimmenden Lösung und Beschlussfassung geführt wird. A.L. Lincoln erwähnt einen an der Harvard Universität durchgeführten Versuch, bei dem Gruppen von Studenten, die in die Prinzipien der Teamberatung eingeführt worden waren, im Vergleich zu Kontrollgruppen, die das gleiche Problem behandelten, deutlich bessere Ergebnisse erzielen konnten.[104] Auf Grund dieser Untersuchung äußerte der Versuchsleiter die Vermutung, dass bei einer Gruppe von Personen, die mit der Technik und den Prinzipien der Teamberatung enger vertraut und ihr stärker verpflichtet wäre, ein noch erheblich größerer Vorsprung zu erreichen wäre.

---

[103] vgl. A.L. Lincoln, *Politik des Glaubens*, Bahá'í-Verlag
[104] P. Christensen: „The Unity-Diversity Principle and Its Effect on Creative Group Problem Solving: An Experimental Investigation" zitiert in *Politik des Glaubens*

Sozialpsychologen entdeckten den Wert der Motivation in einer Teamberatung und kamen zu dem Ergebnis, dass Entscheidungen sich einer größeren Zustimmung erfreuen, wenn wirkliche Gruppenbeteiligung stattgefunden hat und dass sie auch Kreativität erzeugten, aktives Lernen begünstigten und für eine bessere Qualität der Entscheidungen sorgten. Teams hätten einen einzigartigen Vorteil im Denken, weil das Potential vielfältiger Meinungen größer ist. Diese weisen darauf hin, dass Gruppen eigene Besonderheiten und eigene, einzigartige Möglichkeiten besitzen. Ein Team hat mehr Hilfsquellen für die Beschlussfassung als jedes ihrer Mitglieder für sich. Teams haben mehr Wissen (*Weisheit des Teams*). Sie *denken* in vielfältigerer Weise und erforschen mehr Aspekte und Folgen. Die Menschen gehen Probleme auf unterschiedliche Weise an. Manche sind konservativ, andere gehen Risiken ein. Einige achten auf Details, andere gehen eine Sache mehr umfassend an. Manche mögen Tatsachen, andere Gefühle. Wenn Teamberatung bei echter Würdigung der Vielfalt durchgeführt wird, erzeugt dies einen Mechanismus, der Irrtümer korrigiert, die von rein individuellem Denken herrühren.

Das Teamsystem als Kanal für das schöpferisch Neue

Wie bei jedem lebenden offenen System hängen Effektivität und Leistungsfähigkeit eines Teams sowohl von der Qualität der Mitglieder als auch von deren Verbindlichkeit und tiefen Beziehung zum Ganzen und untereinander ab. Durch die Entfaltung ihrer innewohnenden Potentiale haben Teams die Chance, starke, gesunde und reife Einheiten zu werden, die auf festen Füßen stehen und harmonisch arbeiten. Sie können auch bloß zu geistlosen Gruppen degenerieren, die zwar gut organisiert, aber voller Spannungen, Probleme, Reibungen und Missverständnisse sind, wenn den Kriterien nicht entsprochen wird. Sie haben es in der Hand zur Stufe echter Teams, ja sogar von Hochleistungsteams aufzusteigen oder als Pseudo-Team zum Produkt eines Ettikettenschwindels abzugleiten. Eine Worthülse allein oder die bloße Organisationsform sind nicht die entscheidenden Faktoren für den Erfolg. Bekanntlich werden Bienen von echtem Honig magisch angezogen, doch ein Gefäß mit der Aufschrift „Honig" vermag keine einzige Biene zu täuschen. Ähnlich stellen sich der Erfolg und das übersummative Ergebnis bei einem Team auf Grund der Investition in den inneren Aufbau ein und nicht durch das Bemühen um den äußeren Schein. Ein echtes Team erfährt sich als eine unteilbare, nicht reduzierbare Identität mit unverwechselbarem Charakterzug und stellt nicht nur eine Ansammlung von fünf, sieben oder neun Mitgliedern dar. Es ist dazu bestimmt, das Rahmenwerk für den kreativen Fluss des schöpferischen Geistes einer durch gemeinsame Vision und geeinten Sinn verbundenen Gruppe von Menschen zu bilden. Oft sind die Mitglieder eines Teams unterschiedlicher Herkunft und verkörpern eine Vielfalt an persönlichen und beruflichen Potentialen. Sie sind meist komplementär in Bezug auf Geschlecht, Alter, Erfahrung, fachliche Ausrichtung und Kultur. Genau diese Vielfalt des Denkens, der Sichtweisen und Lebenserfahrungen, deren Widersprüchlichkeit jede andere Organisation lahm legen würde, wird als Kraftquelle und Vorrang eines echten Teams erkannt, deren Mitglieder verbindlich auf den Zweck und das Ziel des Ganzen ausgerichtet sind. Die Dynamik eines derartigen interdependenten Systems reifer Persönlichkeiten im Geist der Zugehörigkeit und Zusammengehörigkeit lässt Flow-Erlebnisse nicht nur auf der Ebene der Einzelpersonen entstehen, sondern macht sie zum unverzichtbaren Bestandteil echter Teamarbeit. Mit gesteigerter Kompetenz und Offenheit für herausfordernde Aufgaben erreichen Teams Leistungsebenen, die für Einzelpersonen und Arbeitsgruppen undenkbar erscheinen.

Der bekannte Quantenphysiker David Bohm befasste sich eingehend mit dem Phänomen kollektiven Denkens und interessierte sich stark für die auf Platos „Dialektik" zurückgehende im klassischen Griechenland praktizierte Methodik des „Dialogs". Durch diese Form der gemeinsamen Erörterung kann eine Gruppe sich öffnen für ein *„freies Fließen von Sinn"* zwischen Menschen, wie bei einem *„Strom, der zwischen zwei Ufern fließt."* Beim Dialog erhält das beratende Team Zugang zu einem größeren „Reservoir an gemeinsamem Sinn und größerer Intelligenz", der dem einzelnen für sich allein nicht zugänglich ist. Auch das Prinzip des *Flow*, das Mihaly Csikszentmihalyi[105] eingehend erforscht hat, lässt sich auf der Ebene des Teams sehr gut anwenden.

---

[105] *FLOW – Das Geheimnis des Glücks*, Mihaly Csikszentmihalyi. Als *Flow* wird eine Erfahrung bezeichnet, bei der ein Mensch völlig in seiner Tätigkeit aufgeht und dabei ein besonderes Glücksgefühl des Gelingens erlebt und ist das Ergebnis eines Einsatzes, das um ihrer selbst willen durchgeführt, einer Ausgewogenheit zwischen Kompetenz und Herausforderung entspringt.

1	**Idealer Kanal:** Lernoffenes, kooperationsbereites Team in einer hierarchiefreien, angstfreien, profilierungsfreien Atmosphäre. Durch Überwindung der egozentrischen Motive energisch funktionierende Beratungseinheit (glatte Oberflächen); Ideenfluss verläuft ungestört.	
2	**Kanal mit Turbulenzen:** Egoistische Bestrebungen und Ich-Haftigkeit einzelner Mitglieder (vorstehende Steine); große Spannungen; gestörter Ideenfluss – Wirbelbildung, Unruhe, Kampf, Koalitionsbildung, Spaltungen ➜ Gefahr der Zerstörung!	
3	**Gefahr der Verfälschung der Ergebnisse:** „Verunreinigung" des Ideenflusses und des Ergebnisses durch Einsickern von korrupten Prinzipien, überholten Normen, unlauteren Beweggründen und Motiven (schwache, poröse Steine)	
4	**Segen der Teamberatung:** Menschliche Unzulänglichkeiten und Unvollkommenheiten mit der Zeit durch dynamische Kraft des Durchflusses ausgeglichen (Abrieb der rauen Oberfläche)	

Tabelle 4: *Diverse Kanalformationen als Metapher für Teams*

Beide Prinzipien finden ihre Entsprechung in der Metapher eines Kanalsystems, das Adib Taherzadeh[106] verwendet, um das Zusammenspiel zwischen den persönlichen Eigenschaften der Teammitglieder und dem systemischen Ganzen zu erklären. Wenn wir die Analogie eines aus Einzelsteinen zusammengesetzten Kanalsystems verwenden, so entsprechen die Steine den Mitgliedern im Team, die in ihrer Verschiedenartigkeit in Größe und Form einen Kanal bilden, durch den der Strom des kreativen Ideenflusses hindurchströmen kann. Sind die Bausteine derart zusammengefügt, dass sie miteinander fest verbunden und ihre glatten Seiten nach innen gekehrt sind, so kann das Wasser ungehindert und gleichmäßig durch diesen hindurchströmen. Dies würde dem Querschnitt eines idealen Kanals entsprechen, vergleichbar mit einem harmonischen, tatkräftigen und in sich geeinten Team.

Sollten jedoch einzelne Steine in den Wasserlauf hineinragen, hätte das Turbulenzen und Wirbelbildungen zur Folge. Engstellen würden entstehen und der Druck des vorbeiströmenden Wassers auf die Steine nähme zu. Dies könnte ein Maß erreichen, dass einzelne Steine aus der Verankerung gerissen und der gesamte Kanal zerstört würde. In ähnlicher Weise kann ein Team erst dann zur Höchstform aufsteigen, wenn die Mitglieder ihre persönlichen Wünsche und Vorteile hinter dem Ziel und Interesse des Gesamtteams zurückstellen. Wenn aber Mitglieder ihr Überlegenheitsbedürfnis und den Stolz auf persönliche Leistungen in den Mittelpunkt stellen und dadurch ihr Ego hervorheben, so dass sie den harmonischen Durchfluss behindern, dann blockieren sie nicht nur die Leistungsfähigkeit des Teams, sondern gefährden sogar dessen Existenz. Das Team wird zum Unruheherd und der Strom verfällt zu einem armseligen Rinnsal, welches weit hinter den potentiellen Möglichkeiten des Teams zurückbleibt. Eine Zeit schwerer Zermürbung, der Leiden und Spannungen bricht an und übt großen Druck auf alle Beteiligten aus, insbesondere auf die Bausteine, die am stärksten in die Strömung hineinragen. Dieses Beispiel macht auch deutlich, dass in echten Teams selbstgefällige, egoistische Personen fehl am Platze sind. [107] Teamqualitäten für die Mitglieder sind unter anderem wechselseitige Wertschätzung,

---

[106] Adib Taherzadeh, *Treuhänder des Barmherzigen,* Bahá'í-Verlag
[107] An anderer Stelle wurde darauf hingewiesen, dass in dem Fall, da die Mitglieder einer Gemeinschaft die Loyalität zum Subsystem über die Verbindlichkeit zum übergeordneten System stellen, Chaos und Auflösung als Merkmale eines entropischen Zerfallsprozesses einsetzen und letztendlich auch dem Subsystem die Existenzgrundlage entziehen.

Bescheidenheit, Loslösung von selbstischen Motiven und ein echter Geist von Kooperation und Vertrauenswürdigkeit.

Vor einigen Jahren hatte ich die Gelegenheit, auf Einladung eines namhaften internationalen Unternehmens als Teamberater zur Konfliktlösung innerhalb einer Abteilung zu arbeiten. Ich wunderte mich noch darüber, dass man dazu einen externen Berater beigezogen hatte, da allgemein bekannt war, dass in diesem Unternehmen Teamarbeit sehr groß geschrieben wurde, und langjährige Erfahrungen bestanden. Die Abteilungen wurden als Teams geführt und die entsprechenden Führungspersonen als Teamleiter bezeichnet. Sehr viel Energie und Einsatz wurde in die Entwicklung und Förderung dieser Prozesse gesteckt. Tatsächlich war das anstehende Problem bald gelöst, und alle konnten sich wieder ihren Tagesgeschäften zuwenden. Doch was viel tief greifender war und sich als systemimmanente Problematik herausstellte, war die Tatsache, dass man zwar auf der einen Seite die Teamarbeit zum Aushängeschild des Unternehmens gemacht hatte, aber auf Weisung der Unternehmensführung regelmäßig der „Mitarbeiter des Jahres" ausgeschrieben und gekürt wurde. Diese Maßnahme führte unweigerlich zu unlösbaren Double-Bind-Situationen für alle Beteiligten, die hin- und hergerissen waren zwischen dem Wunsch nach persönlicher Profilierung, um die so verlockende Auszeichnung zu erringen und der Notwendigkeit, als Teamplayer sich zurückzunehmen und den Teamerfolg über die persönlichen Ambitionen zu stellen. Für jeden systemisch geschulten Beobachter wird deutlich, dass derart, wenn auch ungewollt, ein Nährboden geschaffen worden war, worauf ständig symptomatische Konflikte und Störungen wuchern mussten.

Die dritte Grafik zeigt einen Kanalquerschnitt, der zwar den ungehinderten Durchfluss zulässt, bei dem jedoch aus dem Umfeld systemfremde Einflüsse eindringen und so den Ideenstrom verunreinigen können. Bausteine aus porösem, durchlässigem Material können nicht verhindern, dass korrupte Interessen, Vorurteile, Intrigen, Konkurrenzdenken, Zwietracht oder überholte Wertmaßstäbe eindringen, die den Entwicklungsprozess behindern und die Ergebnisse verfälschen. Eine in der Praxis häufig anzutreffende Form tritt dann auf, wenn einzelne Mitglieder sich im Team als Interessensvertreter externer Gruppen verstehen. Tatsache ist, dass jedes Mitglied einem eigenen Umfeld mit eigener Kultur, besonderen Anschauungen und Erfahrungen angehört. Diese diversen Ursprungssysteme sind für jedes heterogene Team äußerst wichtig und willkommen. Sie bilden die Quelle für Vielfalt und Inspiration und bereichern die Ergebnisse jeder Teamberatung. Problematisch wird es nur, wenn damit gegensätzliches Gedankengut von Machtkampf, Interessensverstrickung und Lobbying ins Team eindringt. Es darf nicht darum gehen, einzelne Vertreter in Machtpositionen zu hieven, um daraus Vorteile für die eigene Teilgruppe zu erzielen.

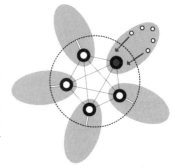

Auch sind Teammitglieder nicht Meinungsvertreter oder Sprachrohr für irgendeine Gruppe, der sie sich vorrangig verpflichtet fühlen sollten. Das Team leitet die eigene Mission und Identität aus der Verpflichtung gegenüber dem Interesse für die Gesamtheit und dem Wohl aller ab. Es vertritt das gemeinsame Ganze und darf sich nicht zur Kampfarena zur Durchsetzung von Fraktionsinteressen und Teilbegünstigungen machen lassen.

Auch an diesem Beispiel zeigt sich die Bedeutung der Qualität der Einzelpersonen als Teammitglieder und deren Charaktereigenschaften der Mündigkeit und Sozialkompetenz. Die Teamqualität ist direkt proportional zum Entwicklungsgrad der Mitglieder, die wiederum in ihrer Entfaltung durch die innere Teamkultur gefördert und getragen werden. Es handelt sich um einen Prozess gegenseitiger Befruchtung und Förderung. Deutlich wird, dass Dienst und Erfahrung in echten Teams bei den Mitgliedern genau die Qualitäten stärken und pflegen, die für das Funktionieren solcher Institutionen notwendig sind. Letztlich kann man Teamfähigkeiten schwer außerhalb eines Teams erlernen, um sie dann später einzubringen. Die Arbeit im Team selbst stellt die Schule und die Lernerfahrung dar, wodurch Interdependenz und die entsprechenden sozialen Fähigkeiten sowie gegenseitiges Vertrauen wachsen können. Diese Tatsache kommt in der vierten Grafik zum Ausdruck, worin gezeigt wird, dass anfängliche Unebenheiten, scharfe Kanten und persönliche Unzulänglichkeiten im Fluss der gemeinsamen Teamarbeit weggewaschen und geglättet werden können. Mag dies auch mitunter schmerzhaft und durch Krisen und Prüfungen begleitet sein, so ist das Ergebnis eine immer besser funktionierende Einheit, stärker an Zusammenhalt, Leistungskraft und Erfolg. Entscheidend dabei ist jedoch die Festigkeit der „Zementverbindung" zwischen den Steinen, aus deren Verbindlichkeit und Zusammenhalt sich die Standfestigkeit und Ausdauer des ganzen Systems in Krisenfällen und Lernsituationen ergibt. Dieserart wachsen nicht nur die Einzelmitglieder in ihrer persönlichen Charakterentwicklung, sondern auch das Team als ganzes durchschreitet die verschiedenen Entwicklungsphasen eines offenen Systems bis zur Reifestufe. Mit Recht kann man also das Team als eine Lernende Institution bezeichnen.

Die goldenen Zeltnägel

Ein Derwisch[108], dessen Freude die Entsagung und dessen Hoffnung das Paradies war, traf einst einen Fürsten, dessen Reichtum alles übertraf, was der Derwisch je gesehen hatte. Das Zelt des Adeligen, der außerhalb der Stadt zur Erholung lagerte, war aus kostbaren Stoffen, und selbst die Zeltnägel, die es hielten, waren aus purem Gold. Der Derwisch, der es gewohnt war, Askese zu predigen, überfiel den Fürsten mit einem Wortschwall, wie nichtig doch der irdische Reichtum, wie eitel die goldenen Zeltnägel, wie vergeblich das menschliche Mühen seien. Wie ewig und herrlich seien dagegen die heiligen Stätten. Entsagung bedeutete das größte Glück.

Ernst und nachdenklich hörte der Fürst zu. Er ergriff die Hand des Derwisch und sprach: „Deine Worte sind für mich wie die Glut der Mittagssonne und die Klarheit des Abendwindes. Freund, komm mit mir, begleite mich auf dem Weg zu den heiligen Stätten." Ohne zurück zu schauen, ohne Geld, ein Reitpferd oder einen Diener mitzunehmen, begab sich der Fürst auf den Weg. Erstaunt eilte der Derwisch hinterher: „Herr! Sag mir doch, ist es dein Ernst, dass du zu den heiligen Stätten pilgern willst? Wenn es so ist, warte auf mich, dass ich schnell meinen Pilgermantel hole." Gütig lächelnd antwortete der Fürst: „Ich habe meinen Reichtum, meine Pferde, mein Gold, mein Zelt, meine Diener und alles, was ich hatte, zurückgelassen, musst du dann wegen eines Mantels den Weg zurückgehen?"

„Herr", staunte der Derwisch, „erkläre mir bitte, wie konntest du alle deine Schätze zurücklassen und selbst auf deinen Fürstenmantel verzichten?" Der Fürst sprach langsam aber mit sicherer Stimme: „Wir haben die goldenen Zeltnägel in den Boden geschlagen, nicht aber in unser Herz!"[109]

---

[108] *Derwisch*, ein asketischer Wanderprediger im Orient
[109] nach Nossrat Peseschkian, zitiert in *Goldene Äpfel, Sinnbilder des Lebens*

Qualitäten der Teammitglieder

Der besondere Charakter des Teams als Beratungssystem gesteht dem Einzelnen ein hohes Maß an Autonomie zu, erfordert jedoch aus demselben Grund die Entwicklung von sozialer Kompetenz und eine aus der Gesamtschau heraus getragene Selbstbeschränkung und Verantwortlichkeit, um gemeinsame Ziele und Projekte zu realisieren. Eigeninitiative, Forschungsdrang, Neugier und Kreativität fließen in ihrer Unterschiedlichkeit in die Gestaltungsfreiräume ein und bilden die Grundlage origineller und innovativer Ideen. Der notwendige Geist des Unternehmertums erwächst aus der intrinsischen Motivation der Teammitglieder und mündet in sinnvoller Zusammenarbeit an gemeinsamen Visionen und Unterfangen. So wichtig die Aufrechterhaltung der individuellen Einfluss- und Verdienstmöglichkeiten sind, so erfordert Selbstbeschränkung in ihrer Reifeform die Akzeptanz von und die Sozialisation mit gemeinsamen Werten und Handlungsnormen, durch die gemeinschaftliche Interessen gewahrt und destruktive Auswirkungen von Konflikt und Wettbewerb unterbunden werden. Die Funktionsfähigkeit eines Teams hängt deshalb fundamental von dem Qualitätsstandard seiner Mitglieder und deren Beziehungskultur ab, so dass die Auswahl der geeigneten Personen und deren kontinuierliche Entwicklung in fachlichen und sozialen Kompetenzen herausragende Bedeutung für das Management von Unternehmen erlangt, die auf Kooperation und Co-Kreation gesetzt haben.

Wie aus den bisherigen Beispielen erkennbar wird, tragen Mitglieder in echten Teams durch ihre Persönlichkeitsstruktur, ihren Charakter und ihre Reife viel zum Gelingen des Ganzen bei. Dependente oder egozentrische Personen werden schwerlich jenes Grundpotential beistellen können, aus der reife Teambeziehungen erstehen können. Wenn auch festgestellt wurde, dass das Erlernen der Teamfähigkeit einen Entwicklungsprozess darstellt, der als Teil der Teamarbeit selbst angesehen werden muss, so gibt es dennoch Grunderfordernisse, die bei jedem Teammitglied zumindest in Ansätzen und in einer grundsätzlichen Bereitschaft vorhanden sein müssen, wenn darauf aufgebaut werden soll. Viele dieser Qualitäten sind vorerst auf der Ebene des Bewusstseins und der persönlichen Orientierung und Entscheidung zu finden und entfalten sich erst in der Praxis zu integrierten Gewohnheiten, Fähigkeiten und Charakterzügen. Einige dieser Haupterfordernisse weisen genau jene Merkmale auf, die eine Reifeentwicklung aus der Dependenz über die Independenz zur Stufe interdependenter Mündigkeit ausmachen:

1. Verbindlichkeit zum gemeinsamen übergeordneten System
(commitment)

Die Bereitschaft zu verbindlichen Entscheidungen und zur Mitverantwortung wurde als kennzeichnendes Merkmal des Übergangs von der Stufe der Selbständigkeit zur Reifestufe festgehalten. Nur selbständige Menschen können sich für etwas, das sie als wichtig und wertvoll erkannt haben, entscheiden. Wahlfreiheit und Verbindlichkeit bedingen einander und sind Charaktereigenschaften reifer verantwortungsbewusster Personen, die ihren Platz in den jeweiligen Ordnungssystemen mit anderen Menschen gefunden haben. Diese Haltung wird sich in der Partnerschaft und Familie ebenso widerspiegeln wie in beruflichen Organisationen, Abteilungen und Teams als auch auf den verschiedenen Stufen der Gesellschaft von der lokalen bis zur globalen Ebene menschlicher Angelegenheiten.

2. Positive Zielorientierung und Zuversicht (gemeinsame Vision)

Eine der stärksten Quellen der Motivation im Leben stellen klare und wertvolle Ziele dar, aus denen der Weg und die anzuwendenden Mittel abgeleitet werden können. Für Menschen, die reife Formen der Zusammenarbeit anstreben, sind gemeinsame Visionen unumgänglich. Entscheidungs- und Beurteilungsfähigkeit ergeben sich erst aus der Klarheit und Eindeutigkeit der Zielsetzung. Zuversicht, Geduld und prozessorientiertes Handeln sind weitere Früchte positiver Zielorientierung. Man könnte sagen, dass erst aus der Vision Weg und Mittel geboren werden und sich der Sinn für das Handeln ergibt. Der persische Dichter und Mystiker Jalál al-Dín Rúmí bringt diesen Zusammenhang in einem metaphorischen Gedicht zum Ausdruck, worin er sinngemäß folgenden Gedankengang verfolgt: *Äußerlich gesehen erwächst die Frucht aus dem Baum, im tieferen Zusammenhang jedoch ist es tatsächlich umgekehrt. Denn wäre es nicht der Früchte wegen, hätte der Gärtner den Baum niemals gesetzt und sich die Mühe der Aufzucht nie angetan. Daher ist eigentlich der Baum aus der Frucht hervorgegangen.*[110] Ziel- und Prozessorientierung und damit eine Grundhaltung von Zuversichtlichkeit bilden das unterscheidende Merkmal jener, die in echten Teams zusammenarbeiten.

3. Lauterkeit der Beweggründe und Loslösung von persönlichem Vorteilsstreben

Die Beweggründe für Teammitglieder müssen in erster Linie auf das Interesse des Ganzen und der Erreichung der Leistungsziele und die Erfüllung des Sinns und Zwecks des Teams ausgerichtet sein. Sie müssen bereit sein, persönliches Vorteilsstreben hintanzustellen und sich als unverzichtbares Mitglied des Gesamtteams erkennen, dessen Vorteil aus dem Wohlergehen des Ganzen entspringt. Im Gegensatz zum Mangeldenken in Organisationsformen, die auf die egozentrische Ausrichtung der Independenz bauen und Energie verschleißendes Konkurrenzstreben propagieren, macht gerade die *Haltung der Fülle* die Basis für das Synergiepotential und damit den Vorrang des Teams aus.

4. Rücksichtnahme und Bescheidenheit
(Achtung der Menschenwürde)

Das Bewusstsein, dass in einem partnerschaftlichen System, wie es ein Team ist, die gemeinsame Verantwortung und das Zusammenwirken aller Mitglieder eine Voraussetzung darstellen, führt dazu, dass niemand sich als das krönende Diadem der Gruppe empfindet, sondern in Bescheidenheit und Rücksichtnahme die eigenen Ansichten einbringt. Gleichzeitig zeigt jedes Mitglied aufrichtige Offenheit und echtes Interesse für die Meinungen der anderen Mitglieder, denn nur, wenn unterschiedliche Sichtweisen und Meinungen erörtert werden, kann sich eine neue Ebene der Lösungsfindung auftun. Hier wird sich sicherlich das eigene Menschenbild stark auswirken, und Würde und Umgang davon geprägt sein.

---

[110] Jalal al-Din Rumi, *Mathnawi* (13. Jhdt.) in *Rumi, Poet and Mystic:*
Externally the branch is the origin of the fruit; Intrinsically the branch came into existence for the sake of the fruit. Had there been no hope of the fruit, would the gardener have planted the tree? Therefore in reality the tree is born of the fruit, though it appears to be produced by the tree.

5. Geduld und Ausdauer bei Krisen

Geduld ist das Ergebnis einer Ausrichtung auf Ziele und Prozesse. Nur dann kann man Abläufe erkennen, Lernschritte zulassen und mit Zuversicht das Heranwachsen und die Fruchtreife erwarten. Ungeduld ist das Merkmal einseitig ergebnisorientierter Erwartungshaltung. Ohne Prozessverständnis artet Geduld jedoch in Lethargie und Gleichgültigkeit aus. Bestandteil der Ausrichtung auf den Prozess ist ebenfalls die Erkenntnis, dass Wachstum durchaus mit Schmerzen und Krisen verbunden sein kann. Letztlich führt nicht eine oberflächlich positivistische Haltung, welche Vergnügen und Spaß zum übergeordneten Maßstab erklärt hat und alles vermeidet, das nicht „einfach zu erreichen" ist, zu zufrieden stellenden Ergebnissen. Geburts- und Wachstumsschmerzen sind Teil lebender Systeme und deren Entwicklungsprozesse und machen erst den Wert eines Ergebnisses deutlich.

6. Dienstbarkeit zum Ganzen

Im Gegensatz zu Unterwürfigkeit und Abhängigkeit erwächst die Qualität der Dienstbarkeit aus dem Bewusstsein der Zugehörigkeit zu einer sinnerfüllenden, verbindenden Sache und ist Ausdruck einer reifen und freien Entscheidung. Sie entspringt aus der Klarheit der Mission und den Prinzipien und Werten des Systems, dessen Mitglied man ist. Die Einstellung der Dienstbarkeit wird bemerkenswerterweise als Voraussetzung für fortschrittliche Innovationen angesehen, die nicht auf Nachahmung beruhen, sondern aus dem Erkennen von Bedürfnissen neue Chancen und Zukunft sichernde Lösungen finden.

Beratungsprozesse im Team erfordern integrative Fähigkeiten der Mitglieder. Diese Forderung beinhaltet auch das klare Bekenntnis zu komplementären gleichwertigen Geschlechterrollen und zur Schaffung einer Kultur, in der auf allen Ebenen der Entscheidungsfindung und Zusammenarbeit die wechselseitige Ergänzung der Fertigkeiten, Belange und Persönlichkeiten von Frauen und Männern fest verankert sind. Das neue Bewusstsein richtet sich an der *Partnerschaft der Geschlechter* aus und fördert stark die Qualitäten der Mitverantwortung und Mitbestimmung. Nicht nur ist es notwendig, dass die Systemmitglieder unabhängig vom Geschlecht umfangreiche Kenntnisse über die verschiedenen Arbeitsgebiete des Unternehmens und damit ein tieferes Verständnis für die Firmenstruktur und Systemabläufe haben, sondern darüber hinaus Flexibilität und Qualifikationen im Bereich Kommunikation, Networking, Konfliktlösung etc. Derartige Fähigkeiten lassen sich durch Job-Rotation, aufbauende Weiterbildungskonzepte und einer allgemeinen Lern- und Feedbackkultur fördern. In unserer Wissensgesellschaft besteht allgemein Konsens darüber, dass der wertvollste Faktor für den unternehmerischen Erfolg im Potential gut ausgebildeter Mitarbeiter liegt. Die Wirkung derartiger Maßnahmen reduziert sich jedoch massiv, wenn sie keine tiefergehend sinnstiftende Funktion erfüllen können (Frankl, 1997). Genau darin scheitern viele Unternehmen.

VORAUSSETZUNGEN UND ENTWICKLUNG ZUM TEAM

Auf dem Weg zum Team

Systemische Ganzheiten und *ungeordnete Mengen* (Haufen) sind keine abgehobenen theoretischen Konstrukte, sondern konkrete Zustände mehr oder weniger komplexer Einheiten, die uns aus unserer täglichen Praxis vielfach bekannt sind. Der entscheidende Unterschied besteht darin, dass Ganzheiten nicht bloß die Zusammensetzung unverbundener Bestandteile darstellen, ungeordnete Mengen jedoch schon. Beispiele dafür zeigen alle dieselben Charaktereigenschaften. Ein Abfallhaufen, ein Haufen von Ziegeln, abgefallenes Laub am Boden, eine zufällige Menschenmenge an einem öffentlichen Ort, sie alle bilden eine informelle Anhäufung von Einzelelementen ohne irgendeinen verbindenden Bezug zueinander. Ein Teil mehr oder weniger bedeutet nur, dass die physische Masse und die

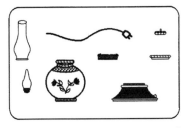

offensichtlichen Eigenheiten dieses Teils hinzugefügt oder weggenommen werden, weiter nichts. Man kann einen Haufen auch beliebig teilen, ohne tiefgehende Konsequenzen und erhält eine bestimmte Anzahl kleinerer Mengen. Abgesehen vom zufälligen Zustandekommen von ungeordneten Mengen bildet dieser Zustand oft den Initialpunkt der Entwicklung einer systemischen Einheit oder ihren End-punkt als Resultat von Auflösung und Verfall. So kann der Ziegelhaufen dazu bestimmt sein, zu einer Mauer oder einem Gebäude zusammengefügt zu werden oder die letzten Reste eines einst stolzen Bauwerks darstellen. Das

abgefallene Laub, das mit der Zeit am Boden verrottet, gehörte zu mächtigen Bäumen, deren schützende Kronen es zuvor bildete. Darin spiegelt sich auch der Kreislauf der Natur wider.

Vergleichen wir jedoch diese informelle Anhäufung independenter Elemente mit einer Ganzheit, welche auf der Grundlage von Verbundenheit zwischen ihren Bestandteilen eine formelle Struktur besitzt, so erkennen wir, dass das Ergebnis etwas ist, das mehr ist als die einfache Summation der Eigenheiten jedes einzelnen Elements. Zufälligkeit weicht einer kreativen Absicht, Chaos der Ordnung und Undefinierbarkeit klarem Sinn und Zweck wie auch Identität und Wert.

Eine Lampe wird aus einer Vielzahl unterschiedlicher Einzelteile zusammengefügt, dennoch ist es das Konzept der Lampe als bestimmendes System, das Position, Rolle und Funktion der Bauteile bestimmt und sie zu ihrer unverwechselbaren Identität führt und zu unverzichtbaren gleichwertigen Elementen im Gesamtgefüge macht. Die Fähigkeit, zugeführten Strom in Licht zu verwandeln, entspricht der Systemeigenschaft der Lampe und ist nicht irgendeinem Teil an sich zuzuordnen. Wettstreit um Positionen und egozentrische Eigenwilligkeiten machen in diesem Fall keinen Sinn und würden den Bestand des Ganzen aufs Spiel setzen. Ohne den systemischen Bezug verlieren die Einzelteile ihre Unverwechselbarkeit und ihre sinngebende Rolle, werden austauschbar und man könnte vielleicht sogar auf die Idee kommen, sich auf das Sammeln gleicher Teile wie lauter Kabel, Schalter oder Glühbirnen zu spezialisieren, ohne jemals den Bezug zur Ebene der Lampe gefunden zu haben. An diesem Beispiel kann man auch gut den Unterschied zwischen einer Menge losgelöster Einzelpersonen und der systemischen Einheit einer Organisation oder eines Teams ableiten. Ähnlich wie bei der alten orientalischen Geschichte über die Blinden und den Elefanten, wird auch deutlich, dass die Spezialisierung und Fokussierung auf Einzelteile kontraproduktiv sein kann zum Ziel, das Ganze zu verstehen. Man würde in die Lage geraten, dass man den Wald vor lauter Bäumen nicht erkennen kann.

Die Basiseinheit systemischer Ganzheiten besteht aus zwei Teilen in Kommunikation. Aus der Interaktion zweier Personen entsteht eine neue Identität, die ihre Beziehung, ihre Freundschaft oder Liebe darstellt. Diese neue Beziehungsidentität wirkt auch auf die Einzelpersonen zurück und gibt ihnen neuen Sinn und erweiterte Fähigkeiten und weist ihre unverwechselbaren Systemeigenschaften auf und ist nicht auf die Einzelqualitäten der zwei Personen rückzuführen. Auch Gruppen und Teams weisen ihre eigene Charakteristik auf, die über die ihrer Mitglieder hinausgeht. Eher ist es so, dass die Systemeigenschaften auf die individuellen Mitglieder rückwirkend Einfluss ausüben. So haben Psychologen beim Studium der Merkmale kleiner und großer Gruppen als Entitäten festgestellt, dass Menschen sich beispielsweise in kleinen intimen Gruppen anders verhalten als in großen öffentlichen. Man kann daraus ableiten, dass das Verhalten von Personen kontextbezogen sich mehr auf die Struktur der Gruppe bezieht als auf die individuellen Besonderheiten ihrer Mitglieder. Dieselben Personen, nach den Kriterien einer independenten Gruppe zusammengefügt, legen ein ganz anderes Verhaltensmuster an den Tag, als sie aufweisen würden, wenn sie nach den harmonischen Prinzipien eines interdependenten Teams vereint wären. Diese Tatsache bestätigt sich auch in Fällen, da alle Mitglieder einer systemischen Einheit ausgetauscht werden und die holistischen Charakterzüge des Systems dennoch unverändert erhalten bleiben. Diese Erkenntnisse machen deutlich, dass man bei der Arbeit mit und an Teams besondere Fähigkeiten benötigt, um mit Systemen als Ganzheiten zu arbeiten und erst daraus die besonderen Energien zur Förderung der Einzelpersonen freizusetzen. Der umgekehrte Vorgang über die Beziehung zu den individuellen Mitgliedern bliebe sowohl unbeherrschbar komplex als auch ohne Garantie für den tatsächlichen Erfolg.

Aus der obigen Aufstellung ergibt sich ein klarer Unterschied zwischen einer Menge unverbundener Einzelelemente, einer Gruppe, welche mehr durch die Eigeninteressen der Teilnehmer zusammengehalten wird und einem Team, das als das übergeordnete System für eine Anzahl von interdependenten Mitgliedern dient und selbst innerhalb eines höheren Systems eine Funktion und Aufgabe erfüllt. Tatsächlich ist diesbezüglich eine Definitionsklarheit aus systemischer Sicht möglich und auch notwendig, da bei der Planung von Förder- und Entwicklungsmaßnahmen sowie der Zuweisung von Aufgaben und Projekten die Herangehensweise und die Ergebniserwartungen durchaus unterschiedlich ausfallen werden. Ebenso werden bei der Auswahl der Mitglieder solcher Einheiten andere Kriterien herangezogen werden müssen. Im Hinblick auf Leistungsfähigkeit und Effektivität zeigt sich der Unterschied wohl am deutlichsten. Auch hilft Klarheit über die Natur und die Besonderheiten dieser Organisationsformen, Ablaufprozesse besser zu verstehen und sich nicht von Scheinformen täuschen zu lassen.

Ungeordnete Mengen (Haufen)	Gruppen	Teams
Eine informelle Ansammlung von losen Teilen	Independente Teile mit Eigeninteresse oder als Interessensgemeinschaft, um besser den Vorteilen der Einzelmitglieder zu entsprechen	Formelle Struktur verbundener, interdependenter Teile, die als Ganzes funktionieren
Grundlegende Eigenschaften bleiben unverändert, egal ob Teile hinzugefügt oder entfernt werden. Wenn man eine Menge teilt, erhält man zwei kleinere Mengen.	Neuen Mitgliedern wird eher mit Misstrauen und Ablehnung begegnet, da sie als Konkurrenten an der beschränkten Ressource (Kuchen) gesehen werden, was den eigenen Anteil verkleinert.	Eine Veränderung tritt ein, wenn Teile entfernt oder hinzugefügt werden. Wenn man ein System halbiert, erhält man nicht zwei kleinere Systeme, sondern ein beschädigtes System, das aller Voraussicht nach nicht mehr funktioniert.
Die Anordnung der Teile ist ohne Belang und zufällig.	Die Anordnung der Teile erfolgt aus Interessensverbindungen und Parteibildungen zur besseren Durchsetzung eigener Belange.	Die Anordnung der Teile gemäß einer inneren Struktur ist entscheidend und erfolgt aus dem Reifegrad und der zu erfüllenden Rolle im Rahmen des übergeordneten Systems.
Die Teile sind unverbunden und funktionieren unabhängig voneinander.	Teile sind über eine Übereinkunft oder einen Vertrag verbunden, wodurch die persönlichen Interessen der Gruppenmitglieder sichergestellt werden.	Die Teile sind verbunden und arbeiten im Interesse des Ganzen zusammen, dessen unverzichtbare Bestandteile sie sind.
Das Verhalten der Menge (soweit vorhanden) hängt von der Größe der Menge oder der Anzahl ihrer Teile ab.	Das Verhalten der Gruppe ist vom Grad der Erfüllung der individuellen Bedürfnisse durch das vorhandene Ressourcenpool abhängig.	Das Verhalten des Ganzen hängt von der Gesamtstruktur ab. Wenn die Struktur verändert wird, verändert sich auch das Verhalten.

Tabelle 5: *Gegenüberstellung Menge, Gruppe, Team*

Die Teamentwicklungskurve (Grafik) geht einerseits von der Effizienz und Leistung in Bezug auf die Umsetzung der übergeordneten Unternehmensziele und -aufgaben und andererseits von der Effektivität in Bezug auf die Unternehmensvision und Corporate Identity aus. Anders als bei Teams streben **Arbeitsgruppen** keine gemeinsamen Arbeitsergebnisse an, noch tragen sie zu gemeinsamem Handeln

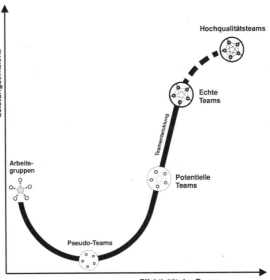

Teamentwicklungskurve

bei. Sie begnügen sich mit der Summe der individuellen Leistungen. Bei einer hierarchisch geführten Arbeitsgruppe mit starker Führung und klaren Leistungszielen kann durchaus ein akzeptables Maß an Effizienz erreicht werden. Vorwiegend findet man hier die Einzelverantwortung und individuelle Arbeitsprodukte vor, die im Prozessablauf jeweils Schnittstellen zueinander aufweisen, aber der gemeinsame Sinn für Erfolg oder Verantwortlichkeit fehlt meist. Dies zeigt sich besonders dann, wenn ein Problem oder Misserfolg auftritt. In solchen Fällen wird schnell der Ruf nach dem Schuldigen laut, und jeder ist bemüht, die Verantwortung von sich zu weisen. Bei Erfolgen jedoch versuchen die meisten, diese für sich zu verbuchen und buhlen oft um die Gunst der Führungsperson oder um eine Position in der Hierarchie. Übereinstimmung der Handlungslinien mit der Firmenvision und Firmenmission kann nur über die Führungsperson oder besondere persönliche Motivatoren sichergestellt werden. Motivation der vorwiegend dependenten oder independenten Gruppenmitglieder erwächst entweder aus der Gunst der Gruppenleitung oder aus persönlichen materiellen Zuwendungen und Vorteilen. Oft erwächst der Zusammenhalt der Gruppe aus einem ausgeprägten Konkurrenzdenken gegenüber anderen Abteilungen des Unter-

nehmens, was in sich die Gefahr trägt, jederzeit in Formen von Gegenabhängigkeit und Co-Dependenz zu verfallen, vor allem wenn Feindbilder generiert werden. In solchen Fällen bemerken die Gruppenmitglieder
nicht einmal, dass sie dadurch den übergeordneten Unternehmensinteres-
sen beträchtlichen Schaden zufügen.

Echte Teams hingegen sind sowohl in ihrer Leistungsfähigkeit als
auch in ihrer Effektivität Arbeitsgruppen gegenüber weit überlegen. Ihre
klare Identität, ihr Sinn und Zweck leiten sich direkt aus der Unterneh-
mensfunktion ab und orientieren sich laufend daran. Verbindlichkeit und
geteilte Führungsverantwortung führen zu einem hohen Maß an Flexibilität und Kreativität. Verantwortung wird sowohl als Einzelindividuum
als auch im Kollektiv übernommen und Lernen wird zum integralen
Bestandteil des Teamprozesses. Der spezifische Existenzzweck und die
gemeinsame Vision des Teams vermitteln Sinn und Motivation. Entscheidungen werden gemeinsam gefällt und erfreuen sich starker Unterstützung durch alle Mitglieder. Fehler fallen nicht auf einzelne zurück,
sondern werden als Lernpotential genutzt und schlagen nicht negativ
nach außen durch. Arbeitsprodukte und Erfolge werden dem ganzen
Team zugeschrieben und erhöhen den Geist des Zusammenhalts. Das
Bewusstsein der Zusammengehörigkeit und Kooperation geht über den
Rahmen des Teams hinaus und umfasst andere Subsysteme des Unternehmens gleichermaßen.

Interessanterweise kann man in der Praxis eine besondere Gruppe von
Teams beobachten, die dieselben Bedingungen erfüllen wie echte Teams,
in ihrer Leistungsfähigkeit und Effektivität jedoch diese noch beträchtlich übertreffen. Man nennt sie **Hochleistungs- oder Hochqualitätsteams**. Bei näherer Untersuchung ihrer unterscheidenden Merkmale
stellt sich heraus, dass der Hauptunterschied in der Beziehungsqualität zu
finden ist. Die Teamglieder fühlen sich zusätzlich zu den Zielen und
Aufgaben des Teams besonders stark für die persönliche Entwicklung
und den Erfolg der anderen Mitglieder verantwortlich, wofür sie bereit
sind, auch persönliche Opfer zu bringen. Dieser Einsatz geht üblicherweise über die offiziellen Teamaktivitäten hinaus und führt zu einer sehr
tiefen Beziehung und Freundschaft auch auf der persönlichen Ebene.
Diese erhöhte Beziehungsqualität schlägt sich in einem sprunghaften
Leistungsplus nieder.

Anlass zur Hoffnung mag die Tatsache geben, dass in jedem Unternehmen noch viel ungenutztes Potenzial steckt, das nur darauf wartet,

entdeckt und gefördert zu werden. Eine kürzlich in Deutschland durchgeführte Umfrage unter Mitarbeitern von Wirtschaftsunternehmen ergab, dass lediglich 13% als motiviert einzustufen waren, 69% leisteten Dienst nach Vorschrift und die restlichen 18% hatten bereits innerlich gekündigt.[111] Andere Untersuchungen zeigten auf, dass im Durchschnitt lediglich 20% bis maximal 40% des individuellen Potentials der Mitarbeiter in Unternehmen erkannt, gefördert und genutzt werden. In weit geringerem Maße wird das weithin brach liegende Synergiepotential aus der geordneten Zusammenarbeit der Mitarbeiter genutzt. Der tatsächliche Wert der meisten Unternehmen liegt, wenn man das latente Potential in Betracht zieht, weit über ihrem Buchwert. So gibt es in jedem Unternehmen zahlreiche potenzielle Teams, die bei richtiger Förderung, Prozessbegleitung und spezifischem Training dieselbe Leistungsfähigkeit und Effektivität hervorbringen könnten wie echte Teams. Dabei handelt es sich um Gruppen von Personen, bei denen eine beträchtlich erhöhte Leistungs- und Identitätsbereitschaft besteht. Sie sind auch durchaus bemüht, ihre Effizienz zu verbessern und zeigen Ansätze zu verstärkter Zusammenarbeit und Gemeinsamkeit. Wo jedoch ein Nachholbedarf besteht, ist in der Regel in Bezug auf die Klarheit über Sinn, Zweck, Ziele und angestrebte Ergebnisse des Teams im größeren Systemzusammenhang. Die Mitglieder haben noch keine gemeinsame Verbindlichkeit und Verantwortung entwickelt und sind sich der systemischen Prinzipien und Spielregeln nicht bewusst. Auch mangelt es oft noch an der persönlichen Entwicklung zu mehr Selbständigkeit und Interdependenz. Gerade in diesem Bereich liegen die viel versprechenden Möglichkeiten, die es zu wecken und zu fördern gilt. *Teamfähigkeit* und *Teamwilligkeit* sind nicht bloß Produkte des Zufalls. Sie benötigen die klare Vision der Führungsverantwortlichen ebenso wie das förderliche Umfeld und die prozessorientierte Begleitung, um zum Ausdruck zu kommen.

Bei all dem Positiven, das es im Zusammenhang mit Teams zu berichten gibt, darf man nicht übersehen, dass in einer Zeit, da allgemein viel mehr Energie für die äußere Form als für den Inhalt aufgewendet wird, auch auf diesem Gebiet Täuschungen auftreten. Ein trauriges Paradoxon stellen so genannte *Pseudo-Teams* dar. Diese bezeichnen sich

---

[111] Die seit 2001 fast unveränderten Ergebnisse der jährlich durchgeführten „Gallup Engagement Studie", zit. bei Marcus Buckingham, Curt Coffman, *Erfolgreiche Führung gegen alle Regeln*, Campus 2005

gerne gegenüber ihrer Umgebung als Team, was bei näherer Betrachtung schnell als Etikettenschwindel auffliegt. Obwohl durchaus Chancen in Richtung zusätzlichem Leistungserfordernis und Effektivität bestehen, wird dieser Prozess durch die Unreife der Mitglieder blockiert. Auf ihre persönlichen Vorteile bedacht, entwickeln sie keinerlei Interesse an gemeinsamen Anliegen oder kritischen Erfolgskriterien. Im Gegenteil führen starkes Konkurrenzstreben, Neid, Schuldzuweisungen und ein ausgeprägtes Mangeldenken zu einem derartigen Energieverschleiß, dass ihre Leistung geringer ausfällt als das Gesamtpotential der einzelnen Mitglieder. Pseudo-Teams bleiben weit hinter den Ergebnissen von Arbeitsgruppen zurück. Gerade in der Geschäftswelt trifft man auf viele Beispiele so genannter „Managementteams", die durchaus aus einer Reihe der erfahrensten und intelligentesten Führungskräfte aus dem Unternehmen zusammengesetzt sein können. Man erhofft sich, dass diese *Auslese der Besten* in der Lage sein müsste, komplexe und übergreifende Aufgaben der Organisation zu übernehmen. Tatsächlich beobachtet man das Gegenteil. Sie verbringen viel Zeit mit Revierkämpfen, vermeiden alles, was sie persönlich in ein schlechtes Licht bringen könnte und bewahren den *Anschein* eines zusammenhängenden Teams, indem sie Unstimmigkeiten von vornherein abzuwürgen versuchen. Die gemeinsamen Entscheidungen sind meist Kompromisse, die keinem wehtun. Kommt es einmal doch zu Schwierigkeiten, dann sind Schuldzuweisungen und gegenseitige polemische Angriffe an der Tagesordnung. Harvard-Professor Chris Argyris stellte im Rahmen seiner Forschungen mit derartigen Teams fest, dass sie unter Belastung sehr schnell zusammenbrechen. Er stellte weiterhin fest, dass die meisten Manager einen gemeinsamen Prozess des Fragens und Erforschens insgeheim als bedrohlich empfinden und genau diesen Teamprozess erfolgreich vermeiden und das eigene Lernen als Team verhindern, was Argyris als *„geschulte Inkompetenz"* bezeichnete. Es zeigte sich, dass dergleichen Teams mit Managern, die einen individuellen Intelligenzquotienten von über 120 hatten, einen kollektiven IQ von lediglich 63 aufwiesen.[112]

Pseudo-Teams müssen als die faule Frucht missverstandener Teamarbeit angesehen werden, bei der man der bloßen Organisation von Teams den Vorrang gegenüber dem Sozialisierungsaspekt gegeben hat. Das bloße Zusammenbringen von exzellenten Einzelpersonen stellt noch

---

[112] zitiert bei Peter Senge, *Die fünfte Disziplin*, Klett-Cotta, 1996

keine Garantie für ein erfolgreiches Team dar. Die so genannten *All-Star-Teams* im Sport sind hinlängliche Beispiele dafür. Wenn auf die Auswahl der Mitglieder aus systemischer Sicht, deren Entwicklungsgrad, ihre Motive und die Förderung der Beziehungsqualitäten nicht geachtet und Wert gelegt wird, braucht es nicht zu verwundern, wenn zumeist sehr ambitionierte, egozentrische Menschen von solchen Pseudo-Teams angezogen werden, die dann einander und den Gesamtprozess blockieren. Erfahrungen mit derartigen Fehlformen und Zerrbildern von Teams führen nicht selten zu Enttäuschungen bei Managern und Entscheidungsträgern und zur Abkehr von Teambildungsprojekten.

Teamentwicklungsphasen

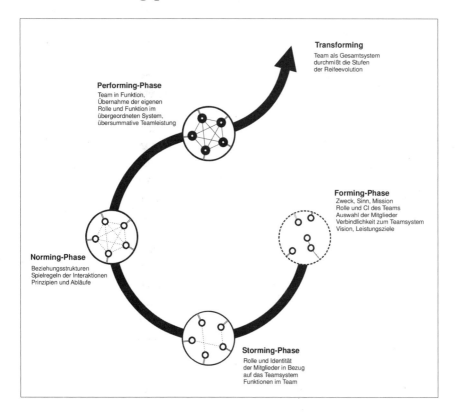

Für zukunftsorientierte Organisationen erscheint gerade der Bereich des Übergangs vom potenziellen zum echten Team von besonderem Interesse zu sein. Hier eröffnet sich ein lohnender Wachstumsbereich. Unterstützung und Förderung sind wesentlich, Anleitung und Einblicke in systemische Zusammenhänge sind ebenso notwendig wie ein ausreichender Zeitrahmen zum Wachsen, Zeit, den Aufbauprozess zu durchlaufen. Die Bedeutung der Teamentwicklungsphasen kann für den entscheidenden Erfolg nicht überschätzt werden. Man darf nicht erwarten, dass mit der Benennung der Mitglieder ein Team schon funktioniert und den Leistungserfordernissen entspricht. Ein Team muss sinnvollerweise erst einen Entwicklungsprozess durchlaufen, der unterschiedliche Phasen aufweist. Je nach der Qualität der Vorbereitung und Begleitung kann dieser Ablauf länger oder kürzer dauern. In jedem Fall kann ein Team erst dann seine Funktion erbringen und optimal arbeiten, wenn die aufeinander aufbauenden Phasen durchlaufen wurden:

1. **Formingphase:** Initialphase

Diese Entwicklungsphase stellt die Geburtsstunde eines Teams dar. Aus der klaren Definition und Funktion des Teams im Rahmen der Organisation leitet sich die Grundlage für die Auswahl der geeigneten Mitglieder ab. Erst wenn bekannt ist, welche Aufgaben das Team im übergeordneten System zu erfüllen hat, kann man die Kriterien und Kompetenzen für die Mitgliedschaft festlegen. Ein Team wird idealerweise nicht gebildet, weil eine vorgegebene Anzahl von Einzelpersonen eine Aufgabe braucht, noch eignet sich eine Gruppe bester Freunde automatisch für eine anspruchsvolle Teamarbeit. Erst der übergeordnete Zweck und die daraus abgeleitete Funktion bestimmen die sinnvolle Zusammensetzung des Teams. Neben der Auswahl von geeigneten Mitgliedern mit komplementären Eigenschaften und Fähigkeiten versteht sich aus der Grunddefinition eines echten Teams, dass die Mitgliedschaft nur aus eigener freier Entscheidung der Teilnehmer erwachsen kann und verbindlichen Systembezug beinhalten muss. Voraussetzung dafür wiederum ist die klare Definition des Teams als Corporate Identity mit dessen Zugehörigkeit zum Unternehmen und dem daraus abgeleiteten Sinn und Zweck sowie der richtunggebenden Vision, Aufgabe und Leistungsziele. Erst wenn Rolle und Form des Teams derart festgelegt sind, dass die anfängliche *Instabilität des Teamsystems* überwunden wurde, öffnet sich der

Weg zur nächsten Phase, welche den Startpunkt für die innere Struktur darstellt.

2. Stormingphase: Strukturierungsphase

Diese Phase kann für die Teammitglieder mehr oder weniger krisenhaft sein, da es gilt, vom Prozess her den eigenen Platz im System zu finden. Der eigenen Rolle, Aufgabe und Funktion innerhalb des Teams können die Mitglieder so lange nicht gerecht werden, als die Gesamtrolle des Teams im übergeordneten System nicht klar definiert wurde. Die Strukturierungsphase als eine Periode der *Instabilität im Teamsystem* ist auch eine Selbsterkennungsphase für die Mitglieder. Wo liegen meine besonderen Fähigkeiten? Wo kann ich im Zusammenspiel mit den anderen dem Zweck des Ganzen am besten dienen? Wie kann ich mich am konstruktivsten einbringen? Es ist eine Kennenlernphase der eigenen wie auch der Stärken anderer. Dabei kommt der Selbstkompetenz genauso Bedeutung zu wie der Sozialkompetenz. Diese Phase kann stürmisch sein. Man fühlt sich vielleicht unbehaglich, hat den eigenen Platz noch nicht gefunden, ist auf der Suche. Oft ist man angehalten, sich vom eigenen früheren Selbstbild zu verabschieden und die eigene Identität in einer erweiterten Form zu begreifen. In diesem Entwicklungsabschnitt ist das Team noch kein echtes, funktionierendes Team. Es ist in Bewegung. Dabei können Egoismus wie auch falsche Bescheidenheit gleichermaßen zu schmerzhaften Erfahrungen führen. Erst wenn alle Mitglieder sich ihrer besonderen komplementären Fähigkeiten bewusst werden und diese in den Dienst des Ganzen zu stellen bereit sind, kann ein geordnetes Funktionieren des Teams gewährleistet werden. Der Prozess könnte vereinfacht und beschleunigt werden, wenn man sicherstellt, dass die Suche nach der eigenen Rolle und Funktion nicht im geringsten die Tatsache der uneingeschränkten Zugehörigkeit in Frage stellt. Aus der inneren Ruhe verbindlicher Zuordnung heraus können Teammitglieder leichter die Klarheit für ihre besondere Aufgabe finden.

Man muss sich von der überholten Vorstellung hierarchischer Positionen und einer so genannten „Hackordnung" lösen und erkennen, dass es in einem Team um eine auf Gleichwertigkeit beruhende Zusammenarbeit geht. Man übt Funktionen aus, die erst im gleichwertigen Zusammenspiel zu einem Ergebnis führen können, das die Summe der Einzelbeiträge übersteigt. Auch wird man lernen müssen, dass Vielfalt nicht nur zugelassen ist, sondern sogar ein Grunderfordernis darstellt, wodurch erst das Synergiepotential erschlossen und höhere Ebenen von Effektivität und Effizienz erreicht werden können. Dieser herausfordernden Spannung kann entsprochen werden, wenn von Anfang an auf die Freiwilligkeit der Mitgliedschaft und die Verbindlichkeit zum Ganzen Bedacht genommen wird. Diese Phase stellt nicht selten die Nagelprobe dar und kann durchaus Versäumnisse und Mängel aus der vorangegangenen Entwicklungsphase deutlich machen. Damit Einheit in der Vielfalt der Mitglieder eines Teams bestehen kann, müssen zwei Grundvoraussetzungen erfüllt sein:

1. Einerseits bedarf es einer grundlegenden Übereinstimmung in Bezug auf Sinn, Zweck und Identität des gemeinsamen verbindenden Teamsystems, dem alle angehören, da dies die Beziehungen zwischen den Mitgliedern und zum Ganzen bestimmt,
2. andererseits braucht es allgemein anerkannte, verbindliche Instrumente und Entscheidungsregeln, die das Verhältnis zwischen den Beteiligten regulieren und ihre gemeinsamen Ziele bestimmen.

Einheit entsteht nicht bloß durch ein Gefühl gegenseitigen guten Willens und gemeinsamer Absicht, so tiefgehend und aufrichtig solche Empfindungen auch sein mögen, ebenso wenig wie ein Organismus das Produkt einer zufälligen und formlosen Verbindung verschiedener Elemente ist. Einheit ist eine Erscheinungsform schöpferischer Kraft, welche aus dem Fokus gemeinsamer Zugehörigkeit entspringt. Ihre Existenz wird in den Wirkungen gemeinschaftlichen Handelns sichtbar und ihr Fehlen zeigt sich in der Fruchtlosigkeit solcher Bemühungen.

Oft taucht die Frage auf, ob ein Team in dieser Phase besonders gefährdet ist, dass einzelne Mitglieder ausscheiden. Bei Auftreten von Entwicklungen, die zum Ausscheiden von Mitgliedern führen, muss man bedenken, dass diese Entscheidung unterschiedliche Ursachen haben und auch zu verschiedenen Zeitpunkten im Entwicklungsprozess auftreten kann, sogar schon in der Formingphase. In der Startphase wäre es sogar durchaus nachvollziehbar, wenn einzelne Personen nach Bekanntgabe der Teamfunktion und der Aufgaben erkennen sollten, dass sie diese Verantwortung nicht wahrnehmen möchten. Zum Problem wird es nur, wenn ohne klare Systemdefinition, ohne Festlegung des Sinns und

Zwecks im Rahmen der größeren Einheit und der geplanten Funktion ein Team zusammengestellt wird. Dadurch würde die definitive Entscheidung hinausgeschoben, wodurch man Mitglieder ins Team bekäme, die unverbindlich blieben. Mit Unverbindlichkeit aber kann ein Team nicht funktionieren. Es braucht von Anfang an eine eindeutige freie Willensentscheidung seitens der eingeladenen Mitglieder, und dies kann nur geschehen, wenn das System klar definiert wurde. Durch aufrechterhaltene Unverbindlichkeit verlagere und prolongiere ich Probleme und sehe mich schließlich mit der Tatsache konfrontiert, dass Verbindlichkeit in der Regel im Nachhinein schwer nachzuholen ist. Das kann zu Blockaden und Störungen in der Teamentwicklung führen.

Hausgemachte Probleme treten dann auf, wenn man Leute mit falschen Motiven ins Team holt wie z.B. „Das ist gut für dich und deine Karriere." oder „Wir müssen schauen, dass aus unserer Abteilung genügend vertreten sind, damit wir uns durchsetzen können." Diese Personen treten mit stark individuell orientierten Interessen auf und können die ganze Entwicklung in Richtung einer Gruppeneinstellung kippen, wenn es im Wettstreit darum geht, vom Kuchen ein möglichst großes Stück zu erhalten. Auch in diesen Fällen kann es zum Ausscheiden führen, wenn die betreffende Person erkennt, dass sie das Team nicht für die eigenen Zwecke instrumentalisieren kann.

Ein großes Unternehmen, das sich in einer umfassenden Umbruchsphase befand, trat vor einigen Jahren über seine Personalabteilung mit dem Wunsch an mich heran, das neu gebildete Führungsteam zu begleiten. Im Prozess ihrer Zusammenarbeit war es ihnen bewusst geworden, dass sie wohl kein echtes Team waren. Ein erster Versuch mit einer namhaften internationalen Unternehmensberatungsfirma, bei dem jedem Mitglied ein persönlicher Coach zur Seite gestellt worden war und man nun gemeinsam in einem „Riesenteam" zusammen saß, hatte außer einem großen Aufwand keine nennenswerten Erfolge gezeitigt. Ich wurde kontaktiert und sollte erreichen, dass sie innerhalb von zehn Tagen zu einem Team zusammen wuchsen. Außerdem gab es noch die Vorgabe, bis zu diesem Zeitpunkt auch das Jahresprogramm fertig zu stellen. Trotz meiner grundsätzlichen Bedenken erklärte ich mich bereit, meine Entscheidung offen zu halten, bis ich das Team in Aktion erlebt hätte.

Das Ergebnis meiner Beobachtungen und persönlichen Gespräche mit den Teammitgliedern und der Personalabteilung war, dass die Teammitglieder ausschließlich aus dem alten hierarchisch organisierten Linienmanagement rekrutiert worden waren und sich durch ausgeprägte Qualitäten von Einzelkämpfertum auszeichneten. Ihre Hauptmotivation für die Mitgliedschaft im Führungsteam war vorwiegend persönlich orientiert und bestand darin, in der Instabilität der Umbruchsphase ihre Positionen im Unternehmen zu festigen und auszubauen. Dies gaben sie unter vier Augen auch offen zu. Außerdem waren sie von ihrer Entwicklung und ihrer Kompetenz her eindeutig im Management zu Hause und nicht im Leadership. Der letzte Punkt, der mit dazu beitrug, dass ich den Auftrag in dieser Form ablehnte, war, dass bei dieser Konstellation und der mangelnden Teambereitschaft der Beteiligten ein Teambildungsprozess innerhalb von zehn Tagen mit gleichzeitigen inhaltlichen Leistungsvorgaben des Jahresprogramms unmöglich zu bewerkstelligen war.

Man kann also relativ frühzeitig erkennen, ob die Voraussetzungen für ein Team gegeben sind oder nicht, wenn man die systemischen Kriterien ansetzt. Es ist nicht notwendig, teures Lehrgeld zu zahlen, Frustration und Misserfolgserlebnisse zu verursachen oder sich mit irgendwelchen Pseudokonstrukten unter falschem Etikett zufrieden zu geben. Wenn die Voraussetzungen nicht gegeben sind, bedeutet es nicht, dass Aufgaben nicht umgesetzt werden können. Wenn Personen nicht in einem Team arbeiten können oder wollen, sollen sie als Einzelpersonen oder als Arbeitsgruppen Aufgaben übernehmen.

Bei Modellen für eine Ausweitung der Mitverantwortung der Mitarbeiter in Unternehmen ist es sogar ratsam, in der Übergangszeit unterschiedliche Optionen anzubieten. Es gibt genügend Mitarbeiter, die die gewohnte Struktur der Abhängigkeit gar nicht verlassen wollen, da sie nicht bereit und interessiert sind, Mitverantwortung zu tragen. Es ist nicht so, dass alle Mitarbeiter nur darauf warten, in ein interdependentes System einzusteigen. Deswegen braucht jeder Entwicklungsprozess den Ablauf der Zeit und die Abfolge systematischer kleiner Schritte bis zum angestrebten Ziel.

3. Normingphase:

Sobald die Aufgaben, Rollen und Funktionen in der komplementären Differenziertheit der Teammitglieder geklärt sind und jedes Mitglied seinen Platz gefunden hat, kann das Netzwerk an Kommunikation und Verbindungen zwischen diesen aufgebaut werden. Die Spielregeln werden festgelegt und Abläufe und Prozesse bestimmt. Auf der Grundlage der vernetzten Teamstruktur kann nun die innere Teamkultur entstehen.

Ein interessantes Beispiel wurde mir einmal von einem Mitglied einer Beratungskörperschaft aus den USA erzählt, welche alljährlich von den Gemeindemitgliedern in demokratischer Weise ohne vorher festgelegte Kandidaten gewählt wurde.[113] Entsprechend der Zusammensetzung der Gemeinde war auch diese Institution multikulturell besetzt. Die neun gewählten Mitglieder dieses Gremiums waren unterschiedlicher ethnischer Herkunft und vielfältigen kulturellen Hintergrunds. Zur Freude aller war auch ein Mitglied darunter, das von den Ureinwohnern Amerikas abstammte. Sie waren sich der Bedeutung ihrer Aufgabe im Dienst der Gesamtgemeinde wohl bewusst und schätzten den Reichtum, der sich aus der Vielfalt der unterschiedlichen Qualitäten der Mitglieder ergeben würde. Umso überraschender bahnte sich für sie eine Krise an, die sich daraus ergab, dass jedes Mal, wenn im Laufe der gemeinsamen Beratungen sich ihr indianischer Freund zu Wort meldete, er nach kurzer Zeit ins Stocken geriet und nicht mehr fortfahren konnte. Alle Bemühungen und Zusprüche schienen die Lage nur noch zu verschlimmern. Bald wusste man nicht mehr weiter. Bezeichnenderweise dachte niemand daran, an der Besetzung des Rates zu zweifeln, noch war man bereit, sich damit abzufinden. Einige Mitglieder fragten sich, worin wohl die Ursache für dieses eigenartige Verhalten ihres Kollegen liegen könnte, wussten sie

---

[113] Das Wahlprinzip in den örtlichen Bahá'í-Gemeinden weltweit sieht vor, dass alle Personen beiderlei Geschlechts, die am Ort wohnhaft sind, über das passive und aktive Wahlrecht verfügen. Die Wähler sind aufgefordert, in einer anonymen Wahl ohne Vorurteile und Parteilichkeit und ungeachtet jeder materiellen oder persönlichen Rücksichtnahme nur für jene Personen zu stimmen, die ihrem Ermessen nach am besten über gewisse geistige Qualitäten verfügen, die für den selbstlosen Dienst in diesen Beratungsgremien erforderlich sind.

232

doch, dass gerade die Ureinwohner Amerikas eine hoch entwickelte Beratungskultur besaßen. Man beschloss, sich in deren Tradition zu vertiefen und hoffte, dort eine Antwort zu finden. So erfuhren sie, dass es bei diesen Sitte war, dass immer, wenn eine Person sprach, die anderen mit großer Aufmerksamkeit zuhörten. Manche Stämme benutzten sogar einen Redestab, wodurch klar gekennzeichnet wurde, wer gerade am Wort war. Während der Ausführungen des Beitragenden verharrten die Zuhörer in respektvoller Bewegungslosigkeit. Weder durch Mimik oder Gestik, noch durch irgendwelche Laute oder verbale Äußerungen würden sie den Redner unterbrechen.

Damit hatten sie die Antwort darauf gefunden, wieso ihr Freund sich bei seinen Wortmeldungen jedes Mal gestört fühlte: Die Art der meisten anderen Mitglieder, ihre Aufmerksamkeit und ihren Zuspruch in der Regel durch Nicken und Handzeichen wie auch durch verbale Bestätigungen und Einwürfe zu äußern, störte ihn in seiner Konzentration und unterbrach seinen Redefluss, weshalb er nicht mehr fortfahren konnte. Bei nächster Gelegenheit brachten sie ihre Erkenntnisse im Rat zur Sprache. Groß war die Erleichterung aller über den eigentlichen Grund, und der aufgestaute Druck machte sich in allgemeinem Lachen Luft. Sie kamen überein, immer wenn ihr Freund sprach, sich möglichst ruhig zu verhalten. Dieser wiederum gewöhnte sich allmählich daran, auch bei gut gemeinten „Ausbrüchen" anderer seinen Gedankengang ungestört zu Ende zu führen. Gerade durch diese Erfahrung wurden sie noch enger zusammengeschweißt und die Qualität ihrer Beratungen nahm zu. Die Unterschiedlichkeit hatte sie nicht auseinander gebracht, sondern ihnen neue Erkenntnisse vermittelt und ihre Flexibilität erhöht. Der zusätzliche, langfristige Nutzen dabei war, dass die ganze Angelegenheit auch nach Jahren noch für viel Erheiterung und Lachen sorgte.

4. Performingphase: Team in Aktion

Erst mit dem Erreichen dieser Entwicklungsstufe kann man vom Team im eigentlichen Sinne sprechen, da es sich jetzt nicht mehr als eine Gruppe von Einzelpersonen, sondern als Ganzheit manifestiert und in der Lage ist, dem Sinn und Zweck und den Leistungszielen entsprechend zu funktionieren. Die Energie kann fließen, und Ergebnisse lassen sich erzielen. Wie lange dieser Teambildungsprozess dauert, hängt von der Auswahl der Mitglieder und deren Vorerfahrung sowie von der Vorbereitung und der Qualität der Begleitung ab. Wesentlich ist, dass ein Team sein Leistungspotential erst dann zum Einsatz bringen kann, wenn es diese Phase der Entwicklung erreicht hat. Vorher ist das Team nicht belastbar und würde sofort auseinander brechen oder in einer unreifen Form stecken bleiben.

Ein Beispiel aus dem Bauwesen mag als Metapher hilfreich sein: Wenn es darum geht, eine Stahlbetondecke herzustellen, wird in der Planung die Decke entsprechend der zu erwartenden Belastung dimensioniert. Die statisch angesetzte Tragfähigkeit bezieht sich jedoch auf die Festigkeit nach der notwendigen Trocknungszeit des Betons. Vorher muss die Betondecke dicht gestützt werden, was man bei Neubauten oft beobachten kann. Hält man diese Trocknungszeit nicht ein und belastet die Decke zu früh, kann dies im schlimmsten Fall direkt zum Einsturz der Konstruktion führen. Aber auch wenn der Effekt nicht derart spektakulär ausfällt, können feine Haarrisse entstehen, die die Tragfähigkeit der Deckenkonstruktion reduzieren. Diese Stahlbetondecke wird auch nach Ablauf der Trocknungszeit nie mehr die Last aufnehmen können, für die sie dimensioniert wurde.

Ein Team, dem man also nicht die Möglichkeit bietet, den Entwicklungsprozess zu durchlaufen, ist noch nicht bereit für die vorgesehene Leistung, die diesem als Synergiepotential innewohnt. Wird in Unkenntnis dessen, Druck ausgeübt, kann es dazu führen, dass das Team zerfällt oder kränklich bleibt und nie wirklich zur Eigenständigkeit findet. Es hängt sich in seiner Unselbständigkeit an eine Führungsperson an, oder innerhalb des Teams kristallisieren sich „Experten" heraus, die die Prozesse dominieren und die Führung übernehmen.

5. Transformingphase:

Auch wenn ein Team die funktionelle Einheit erlangt und zu arbeiten beginnt, so durchläuft es als systemische Ganzheit einen andauernden Evolutionsprozess und erklimmt immer höhere Ebenen der Reife und Exzellenz. Es erwirbt institutionelle Kompetenz und lernt als Team. Teamlernen und individuelles Lernen gehen Hand in Hand und durchlaufen Phasen des Erfolgs und auch der Krisen, die wiederum neue Potentiale freisetzen.

Größe des Teams

Die Größe einer Gruppe hat sich für ihre Funktionsfähigkeit als ein sehr wichtiger veränderlicher Faktor erwiesen. Im Bereich der Kommunikationsforschung sind diverse Untersuchungen durchgeführt worden, um herauszufinden, welchen Einfluss die Größe einer Gruppe auf deren Effizienz hat. Wenn auch die Forschung auf diesem Gebiet noch im Gange ist, so gibt es doch einige wesentliche Erkenntnisse. So hat Bernard Bass dargelegt, dass die erste Konsequenz einer größeren Mitgliederzahl sich in einer Verringerung des „Potentials der gegenseitigen Beeinflussung" der Mitglieder zeigt.[114]

Studien von R.F. Bales über die Mitgliederzahl bei Gruppenberatungen ergeben, dass die Vergrößerung zu einer Zentralisierung der Kommunikation führt. Zurückhaltende Teilnehmer hören auf zu sprechen.[115] In großen Gruppen geht die Zwanglosigkeit verloren. Auch fühlen sich die Mitglieder weniger verantwortlich für die Ergebnisse oder den Erfolg der Gruppe. In diesem Zusammenhang ist natürlich das Ziel der angestrebten Gruppenberatung ein maßgeblicher Faktor für die Entscheidung über die Gruppengröße. Es geht um die Frage, welche Teilnehmerzahl für den Beratungsprozess am förderlichsten ist. Wenn es um allgemeine Diskussionen geht, bei denen nur Empfehlungen und Statements abgegeben oder in Form eines Brainstormings Ideen gesammelt werden sollen, kann die Zahl der Beteiligten durchaus bis 25 Personen betragen. Bei Einsätzen lösungsorientierter Teamarbeit, wo das Ziel in konkreten Entscheidungen liegt, hat sich aus der Praxis eine ideale Anzahl zwischen fünf und neun Personen herauskristallisiert.

Hierbei sind zwei Hauptfaktoren relevant, die beide ihren Einfluss auf die Qualität von Teamberatungsergebnissen haben. Die eine kritische Komponente ist die Wirkung aus der **Kooperation**. Daraus geht hervor, dass eine Gruppe eine Mindestgröße benötigt, damit überhaupt unter-

[114] Bernard M. Bass, *Leadership, Psychology and Organizational Behavior*, New York, Harper & Row, 1960
[115] Robert F. Bales, *In Conference*, zitiert in: Harvard Business Review, Heft 32 Nr. 2

schiedliche Sichtweisen einfließen können und ein Austausch stattfindet. Das Maß der Kooperation erhöht sich sowohl über die Anzahl der Teilnehmer als auch aus deren Verschiedenartigkeit und Vielfalt in Bezug auf Erfahrungen, Kultur und Perspektiven. Damit steigt innerhalb einer Gruppe die *Detailkomplexität*. Der zweite entscheidende Faktor, der der *dynamischen Komplexität* in Systemen entspricht, ist die Wirkung aus der **Kommunikation**, die zur Kooperationskurve gegenläufig ist. Je größer die Zahl der Beteiligten, desto schwieriger wird der Austausch, desto seltener werden einzelne zu Wort kommen bzw. nehmen sich einzelne Teilnehmer überhaupt zurück und beteiligen sich nicht mehr an der Beratung. Die ideale Größe für ein Team ergibt sich also aus dem Schnittpunkt der beiden Kurven, was sich mit den empirischen Erfahrungen deckt. Eine überschaubare Zahl der Teilnehmer erlaubt eine häufigere Teilnahme und liefert Beiträge aus unterschiedlichsten Standpunkten. Sie fördert auch die Sensibilität für die verschiedenen Gesichtspunkte und eine enge Bindung an das Teamdenken. Will man den Möglichkeiten der Bandbreite der Teilnehmerzahl zwischen fünf und neun entsprechen, dann erweist sich als tatsächlicher Einflussfaktor das Anheben der Qualität der Kommunikation. Deshalb hat es sich in der Praxis gezeigt, dass neben der Förderung der Kommunikationsfähigkeit der Mitglieder eine effiziente Moderation der Teamsitzung viele der vorab erwähnten Mängel ausgleichen und entscheidend zu einer Verbesserung der Beratungsergebnisse beitragen kann.

Als Abrundung dieser Thematik sei ein weiterer Gedanke eingebracht, der auf die Forschungen des Psychologen George Miller zurückgreift, der als Schlüsselzahl für das Verarbeiten von großen Mengen von konkreten getrennten Einzelheiten durch unser Bewusstsein die berühmte „magische Zahl Sieben, plus oder minus zwei" herausgefunden hat.[116] Das bedeutet, dass wir jede Anzahl von Informationseinheiten zwischen fünf und neun, seien diese abstrakte Zahlen, Bilder, Gegenstände oder Personen noch als zusammenhängende Größe wahrnehmen und im Gedächtnis abspeichern können. Diese Erkenntnis bildet auch die Basis für alle Mnemotechniken, wenn es darum geht, sich größere Datenmengen zu merken, und findet auch Eingang in Maßnahmen im Zusammenhang

---

[116] G.A. Miller, *The magical number seven plus or minus two: Some limits on our capacity for processing information*, Psychological Review, Vol.63, 1956

mit Stressmanagement, Umgang mit Zeit und Lebensrollen.[117] Wenn man diese These nun auf die Teamgröße anwenden wollte, würde das heißen, dass sowohl für die Teammitglieder als auch für Außenstehende eine Gruppe in der Größe von fünf bis neun Mitgliedern noch als eine kompakte Einheit wahrgenommen werden kann. Alle größeren Gruppen würden in kleinere Subgruppen zerfallen.

Teamorientierte Kommunikation

Kommunikation auf gleicher Augenhöhe

Menschliche Verhaltens- und Erlebnisweisen stehen immer im Zusammenhang mit anderen Menschen und in Beziehung zu Umweltfaktoren. Daher gilt es, über das Individuum hinausgehend, das gesamte Sozial- und Ökosystem zu betrachten, in das es eingebettet ist. Ohne diese systemischen Umgebungsbedingungen ist ein Teilelement nicht verstehbar und sein individuelles Sein nicht denkbar. Es sind die Wechselwirkungen und nicht bloß die den Elementen eigenen Attribute, die den Zusammenhalt und die Charakteristik des Systems gewährleisten. Was ein Team oder eine größere systemische Organisationseinheit zu dem macht, was sie sind, sind nicht bloß ihre Mitglieder, sondern die wechselseitigen Beziehungen unter ihnen. Das Bestimmende sozialer Systeme liegt nicht lediglich in der Art und Anzahl von Individuen, sondern gerade in ihrer Vernetzung, ihrer Interkommunikation. Zunächst ist auch nicht der Inhalt der Kommunikation von Wichtigkeit, sondern der Beziehungsaspekt an sich, wodurch die Mitglieder miteinander verbunden sind und sich untereinander austauschen können. So kann die Interkommunikation der Mitglieder einer Organisation vielfältige Formen aufweisen, von Zeichen über nonverbale Gestik und Mimik, über gesprochene Worte bis hin zu schriftlichen, verbalen und mathematischen Symbolen, die über unterschiedliche komplexe Kommunikationsmedien vermittelt werden. Aber unabhängig von den ausgewählten Formen und Methoden bleibt es Kommunikation, d.h. effektive, wechselseitige, qualifizierte Interaktion zwischen den Mitgliedern. Es ist auf Grund derartiger Kommunikati-

---

[117] Vergleiche dazu Stephen Covey, *Der Weg zum Wesentlichen,* 1998

on[118], dass soziale Institutionen und Wirtschaftskörperschaften als Einheiten für sich agieren und ihre eigene Charakteristik aufweisen können, welche Ausdruck ihres vereinten Modus des Verhaltens ist. Das ist es, was eine soziale Einheit zu mehr macht als einer Anhäufung von elementaren Teilen oder einer ungeordneten Menge. Aus der Verbindung ihrer Teile kommt es zu einer Übersummation[119] oder Neubildung (Emergenz[120]) als Ausdruck der systemischen Ganzheit. Es führt zu Resultaten von einer Komplexität, die weit über die Summe der Einzelbestandteile hinausgeht. Komplexe Systemprozesse lassen sich auch nicht auf isolierte Faktoren oder der Analyse einfacher Bestandteile reduzieren. Sie sind dynamisch und derart reich an Verknüpfungen, dass die Veränderung eines Faktors sofort zur Ursache der Änderung anderer, vielleicht vieler anderer Faktoren wird. Von der Verhaltensänderung eines Mitglieds in einem Team oder einer Abteilung können andere Mitglieder nicht unbeeinflusst bleiben. In jeder Kommunikation ist also auch eine Definition der Beziehung enthalten. So sind auch Kommunikationsabläufe unteilbar, also übersummativ, was bedingt, dass man stets die Ganzheit der Interaktionen im Auge behalten muss und sie nicht in voneinander unabhängige Kausaleinheiten zerlegen darf, was in der Praxis jedoch häufig geschieht.[121]

Die Grundstruktur jeder Kommunikation leitet sich aus dem Zusammenspiel dreier stets präsenter Faktoren oder Grundelemente ab. (Grafik nächste Seite) Ob bei einem Gespräch unter vier Augen, einer Präsentation vor einem Publikum oder bei Beratungen in einer Teamrunde, stets

---

[118] Vom lateinischen „con versare" (sich gemeinsam bewegen, gemeinsam tanzen)

[119] Übersummation steht für die Tatsache, dass systemische Ganzheiten über Qualitäten verfügen, die mehr sind als bloß eine Addition der Qualitäten der System bildenden Teile.

[120] Mit *Emergenz* bezeichnet man das Entstehen neuer Strukturen und Qualitäten aus dem Zusammenwirken der Elemente in einem komplexen System. Systeme verfügen über *hervortretende Eigenschaften*, die nicht in ihren Teilen zu finden sind. Man kann die Eigenschaften eines gesamten Systems nicht bestimmen, indem man es zerlegt und die Teile für sich studiert. Andererseits haben die emergenten Eigenschaften des Systems eine bedeutende Rückwirkung auf die einzelnen Komponenten.

[121] Blindheit für diese *Ganzheit der Interaktion* führt dependente Partner in die Kommunikationsschleife der Gegenabhängigkeit. Ebenso wird klar, dass die Analyse einer Familie oder eines Teams nicht aus der Summe der Analyse aller Mitglieder bestehen kann. Die Eigenschaften des Familien- oder Teamsystems, d.h. die Strukturen ihrer Interaktion, sind mehr als die Eigenschaften der einzelnen Individuen und auch mehr als die ihrer Beziehungen.

baut sich die Struktur der Kommunikation aus der Relation zwischen
Sender und *Empfänger*, *Redner* und *Zuhörer*, *Präsentator* und *Publikum*
sowie dem *Thema* als Inhalt der Interaktion auf. Das entstehende Gefüge aus diesen drei Elementen ist unvollkommen, solange nicht alle drei volle Berücksichtigung finden. Speziell wenn man Kommunikation nicht als bloße Einbahnstraße informationslastiger Übertragung von Inhalten definiert, sondern als In-

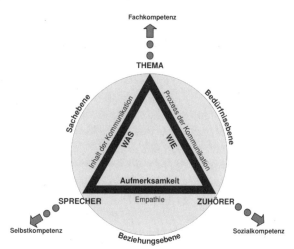

terkommunikation innerhalb von Systemen, die Sinn und Zweck erfüllen
und für die der ungehinderte und hochqualitative Austausch zwischen
den System bildenden Teilen Voraussetzung ist für den Systemerhalt und
die Umsetzung der Systemfunktion. So leiten sich die verschiedenen
Ebenen der Kommunikation aus der jeweiligen Beziehung zweier
Grundelemente ab. Die Ausrichtung zwischen Redner und Zuhörer definiert die so genannte *Beziehungsebene* der Kommunikation. Diese zunächst vom Inhalt unabhängige, oft emotional getragene und meist unbewusst aufgebaute Verbindung schafft jenen Nährboden, auf dem alles
andere erst wachsen kann. Aus dieser Qualität ergeben sich Aufmerksamkeit, Offenheit und die Aufnahmebereitschaft des Zuhörers. Ob der
Kanal der Aufmerksamkeit offen ist, ob in diesem Sinne der Redner
seitens des Zuhörers die „Erlaubnis" erhält für die Interkommunikation,
ob der Einladung des Senders durch den Empfänger Folge geleistet wird
oder nicht, leitet sich aus der Kongruenz und Unversehrtheit der Beziehung der Kommunikationspartner ab. Man kann die Wichtigkeit dieses
Aspektes für die Qualität der Kommunikation nicht überschätzen, da die
Inhalte ihren Sinn und ihre Bedeutung aus dieser Verbindung erhalten.
Die Ausrichtung der Beziehung bestimmt, welche Interpretation die Inhalte erfahren. Im Falle einer positiven Grundeinstellung ist die Toleranzschwelle beim Zuhörer sehr hoch, während eine negative Einstufung

zur fortdauernden Bestätigung dessen führt, was man vorneweg als Grundannahme eingesetzt hatte. Die Anfangseinstellung wird somit zu einer selbsterfüllenden Prophezeiung. Dies ist umso tragischer als die besagte Person sich ihrer wirklichkeitserzeugenden Grundhaltung meist nicht bewusst ist und die eigenen Interpretationen in der Folge als Bestätigung für die „Wahrheit" der eigenen Sichtweise und des eigenen Standpunktes versteht. Die Ursache für Missverständnisse, Fehlinterpretationen und Abwertungen der Inhalte liegt in der Regel weniger in der sachlichen Unklarheit der Botschaft als vielmehr in den übersehenen Störungen und Mängeln auf der Beziehungsebene zwischenmenschlicher Interaktion. Die Wirkung dieses Phänomens ist umso tiefgründiger je unbewusster die Prozesse dieser Ebene vonstatten gehen. Während die Übermittlung des Inhalts der Botschaft verbal und bewusst abläuft, findet der Ausdruck der Beziehung vorrangig unbewusst und nonverbal statt, was, wie erwähnt, die Wirkung dessen noch verstärkt. Auch zeigt die Erfahrung, dass Menschen für diese nonverbalen Signale äußerst sensibel sind und schon Nuancen der Veränderung wahrnehmen können. Die konsequente Folgerung aus den Ergebnissen empirischer Untersuchungen macht deutlich, dass auf dieser Ebene der Einfluss der unausgesprochenen Gedanken und der dahinter liegenden Gefühle nicht verschleiert und kaschiert werden kann. Diese finden ihren Niederschlag im nonverbalen Ausdruck der Kommunikation und entscheiden über Kongruenz oder Widersprüchlichkeit in der Wirkung der Botschaft auf den Zuhörer. Je mehr man sich mit diesen Zusammenhängen vertraut macht, desto mehr erkennt man, dass Aufrichtigkeit, Ehrlichkeit und respektvolle und wertschätzende Einstellung gegenüber den Zuhörern die Voraussetzung für eine Kommunikationskultur bilden, die systemdienlich und konstruktiv sein will. Bemühungen in Richtung kommunikativer Problemlösung oder Qualitätsverbesserung sollten sich folglich vorrangig mit den Gesetzmäßigkeiten dieser Beziehungsebene auseinandersetzen, da hier die Wurzeln für die meisten Störungen zu finden sind und weniger auf der Inhaltsebene, welche mehr die symptomatische Erscheinungsform aufzeigt. Empathie, Feingefühl, Höflichkeit und Takt sind einige der Ausdrucksformen *sozialer Kompetenz*, welche sich aus dem Bemühen ableiten, auf andere Menschen einzugehen, sie in ihrer Welt abzuholen und sich zu bemühen, sie erst zu verstehen, bevor man verstanden werden kann. Teamfähigkeit besteht in hohem Maße aus eben diesen Qualitäten sozialer Mündigkeit und Verantwortlichkeit.

Unauflösbar mit der Bedeutung der Beziehungsebene verbunden ist die zweite Ableitung, welche den Bedürfnissen, Interessen, Besonderheiten, den Eigenheiten und Vorerfahrungen der Zuhörer Rechnung trägt. Die Bezeichnung *Bedürfnisebene* der Kommunikation umfasst all dies und noch mehr Faktoren, die den *Prozess* der Interaktion ausmachen, also das WIE der Kommunikation beschreiben. Dazu gehört, dass der Kommunikator in der „Sprache" der Zuhörer spricht, Beispiele aus deren Welt verwendet und vertraut ist mit den wesentlichen Kriterien und Wertmaßstäben, Zielvorstellungen und Präferenzen derer, die gleich ihm Teil eines Netzwerks im Dienste eines verbindenden Systems sind und für die das korrekte Verstehen der anstehenden Informationen von Bedeutung ist. Dies leitet sich nicht nur aus einer bewussten Ausrichtung in der Vorbereitung und in der Einstellung und inneren Haltung des Redners ab, sondern wird vor allem im Ablauf der Interaktion durch die Fähigkeit verschärfter Fremdwahrnehmung für die nonverbalen Feedback-Signale seitens der Zuhörer verstärkt. Diese Signale sind deutliche Indikatoren dafür, in welchem Zustand sich das Gegenüber befindet, wie weit Aufmerksamkeit vorhanden ist und dem Inhalt gefolgt werden kann, ob Irritationen oder Überforderungen auftreten oder wann der Zeitpunkt erreicht ist, da das Maß voll ist und jede weitere Fortsetzung der Kommunikation sogar kontraproduktiv sein würde. Je besser ich die innere Landkarte des Zuhörers kennen lerne und bereit und fähig bin, auf dessen Bedeutungen und Bedürfnisse hinter den Worten und Handlungen einzugehen, desto befriedigender und übereinstimmender wird die Kommunikation wahrgenommen. Die Kenntnis verschiedener Persönlichkeitsmodelle, mentaler Muster und innerer Sortierkriterien in Bezug auf den Sender und den Empfänger kann durchaus hilfreich sein, die eigene Kommunikation besser dem Zuhörer anzupassen. Doch darf man hier wie in vielen anderen Fällen niemals vergessen, dass Modelle eben nicht die komplexe Wirklichkeit eines Menschen wiedergeben können und eher eine Funktion wie Stützräder beim Fahrradfahren einnehmen sollen und nicht zu Schubladen und Schablonen werden dürfen, wonach Menschen kategorisiert und analysiert werden. Richtig angewandt können solche Tools durchaus eine gesteigerte Toleranz für die Vielfalt an Fähigkeiten, Sichtweisen und Vorlieben fördern. Dies würde auch die eigene Sichtweise und das eigene Modell der Welt relativieren und somit vermeiden helfen, dass man alles und jeden durch die eigene Brille beurteilt und damit Missverständnissen und Ungerechtigkeiten Vorschub leistet. Die Akzeptanz dessen, dass Menschen eben unterschiedliche Erfahrungen, Interessen und Stärken haben und sich daraus ihr subjektives Bild der Welt abgeleitet haben, d.h. ihre eigene *Landkarte der Wirklichkeit* konstruiert haben, vor dessen Hintergrund sie kommunizieren, führt zu einer respektvollen Wachsamkeit in der Kommunikation. Man schützt sich auch vor der Falle, Handlungen und Aussagen anderer aus der eigenen Landkarte heraus zu interpretieren, weil in dieser konstruktivistischen Grundannahme impliziert ist, dass man auch für das eigene *Modell der Welt* keinen Anspruch auf Allgemeingültigkeit erheben kann. Semantiker verweisen darauf, dass das Wort eben nicht das Ding ist, die Landkarte nicht das Land und die Speisekarte nicht die Mahlzeit. So mag der humorvoll geäußerte Rat von Steve DeShazer verständlich erscheinen, wenn er vorschlägt, jedes Mal, wenn man sich dabei ertappt, dass man die Kommunikation anderer nach eigenen Kriterien ohne Hinterfragen interpretiert, zwei Aspirin zu nehmen, sich in eine Ecke zu setzen und abzuwarten, bis der Anfall vorüber wäre.

Jedenfalls bedingt die Beachtung der Bedürfnisebene der Kommunikation, dass man sich besonders bemüht, den Besonderheiten der Zuhörer gerecht zu werden und die eigene Verantwortung nicht mit dem zu begrenzen, was man aussendet. Vielmehr sollte der Redner die eigene Verantwortung dahingehend ausweiten, was als Ergebnis der Kommunikation tatsächlich beim Empfänger ankommt. Das Ziel besteht nicht lediglich daraus, dass man gesagt hat, was man sagen wollte, sondern dass die Botschaft verstanden wurde und im Sinne des Senders beim Empfänger angelangt ist. Das Erfassen des nonverbalen Feedbacks wiederum kann dafür förderlich sein, fortlaufende Überprüfung zu haben, ob man das Ziel des Verstandenwerdens erreicht hat oder ob man das eigene Verhalten und die Ausdrucksform der Kommunikation derart flexibel verändern sollte, bis dieses Ziel erreicht wurde. Natürlich kann dazu auch der Zuhörer konstruktiv beitragen, dadurch dass er aktiv rückmeldet, was und wie die Botschaft angekommen ist, um dem Sender die Möglichkeit zur Korrektur oder Erläuterung einzuräumen. Verstehen und Verstandenwerden ergeben sich aus der Kompetenz auf allen Ebenen der Interaktion und sind nicht durch Überkompensation einer Ebene allein zu erreichen. Wenn es auch um die unverfälschte Übermittlung des Inhalts geht und die Bedeutung der Fachkompetenz einen nicht unerheblichen Faktor darstellt, so gehören *Sozialkompetenz* und *Selbstkompetenz* zu den unverzichtbaren Vorraussetzungen einer reifen und System erhaltenden

Kommunikation. Nicht selten zeigt sich in der Praxis von Organisationen, dass durchaus fachkompetente Führungspersonen und Mitarbeiter, die einen Mangel an sozialer Kompetenz aufweisen, einen extrem zersetzenden Einfluss im sozialen Miteinander haben. Ein Scherbenhaufen an verletzten Gefühlen, zerbrochenen Beziehungen, persönlichen Abwertungen, Frustrationen und Selbstwerteinbrüchen umgibt diese Individuen, die sich auf die Sachebene flüchten und meinen, dass Erwachsene doch all die Emotionen beiseite lassen und sachlich miteinander verkehren müssten. Auf die Spitze des Eisbergs starrend entgeht diesen meist der Hauptanteil kommunikativer Wirkfaktoren, der im Bereich der Beziehungen und Bedürfnisse angesiedelt ist. Die Kultivierung der Beziehungsebene ist ein unverzichtbarer Schritt in Richtung einer Kommunikation auf gleicher Augenhöhe zwischen Gleichwertigen und Mündigen.

So berechtigt die Betonung der Wichtigkeit sozialer Kompetenz auch ist, so darf nicht übersehen werden, dass ohne Ausprägung echter *Selbstkompetenz* und Eigenverantwortlichkeit die Früchte des aufopfernden Sozialeinsatzes in den Flammen innerer Verausgabung zu Asche werden und unweigerlich zum *Burnout* und zu zersetzenden Stress-Syndromen führen können. Mangelnde Selbstwahrnehmung verringert die Achtsamkeit für die inneren Warnsignale. Eine Haltung von Symptombeseitigung, des Pflasterklebens und der Verdrängung hält den Kreislauf des Abbaus aufrecht, so dass letztlich sogar durch Frustration und Sinnkrise soziale Bindungen aufs Spiel gesetzt und die Ausübung eigener Fachkompetenz blockiert wird. Nicht selten wird dieser Negativprozess durch eine *Opferhaltung* mit ihrer extremen Ausformung der Passivität verstärkt und beschleunigt. Schuldzuweisungen an Außenstehende für die innere Krise schaffen Feindbilder und führen zu regressiven Verhaltensformen und Beziehungsstrukturen. Die Balance zwischen den drei Kommunikationsebenen und die Ausgewogenheit in der Förderung der drei Kompetenzschwerpunkte sind unabdingbar für eine reife Kommunikationsform systemischer Prägung.

Wie bereits festgehalten, enthält innerhalb eines bestimmten Kontextes die zwischenmenschliche Kommunikation, abgesehen von den Worten oder digitalen Komponenten, die verbal vermittelt werden, auch analoge Elemente, die die nonverbalen Komponenten ausmachen. Dazu gehören paralinguistische Phänomene wie Tonfall, Stil, Stimmmodulation, Sprechgeschwindigkeit, Pausen, Lachen, Seufzen und ähnliches ebenso wie körpersprachliche Ausdrucksformen wie Gestik, Mimik,

Blick, Haltung, Bewegung und generell die Qualität der Ausstrahlung oder Erscheinung, welche speziell umschrieben wird, wenn jemand als *charismatisch* bezeichnet wird. Diverse Untersuchungen über den Anteil dieser Komponenten an der Gesamtwirkung der Kommunikation, sei es beim Aufbau eines Sympathiefeldes im Zuge des ersten Eindrucks oder auch im weiteren Verlauf interpersoneller Kommunikation, machen deutlich, dass dem Inhalt oder den Worten etwa 7%, den tonalen Elementen der Stimme 38% und den körpersprachlichen 55% zugeschrieben werden.[122] Der Atmung als Steuerungsmechanismus für diverse Gehirnfunktionen kommt in diesem Zusammenhang spezielle Bedeutung zu, was nachfolgend noch behandelt werden soll. Da demnach Interkommunikation bei Menschen keineswegs nur aus Worten besteht, sondern auch die nonverbalen Komponenten beinhaltet und somit ein Ausdruck zwischenmenschlichen Verhaltens jeglicher Art darstellt, ist die Aussage von Paul Watzlawick zutreffend, wenn er feststellt, dass wir nicht *nicht* kommunizieren können. Jedem Verhalten in einem zwischenpersönlichen Kontext kommt also Mitteilungscharakter zu. Somit kann Schweigen in Verbindung mit paralinguistischen und körpersprachlichen Aspekten genauso ausdrucksstark sein, wenn nicht sogar intensiver, wie letztere in Verbindung mit Worten sind.

Eine Faustregel in der Rhetorik besagt: „Bewegung kommt *vor* dem Wort." Dies bezieht sich sowohl auf die Wirkung der Bewegung oder Gestik als nonverbale Komponente der Kommunikation im Sinne der vorher angeführten Untersuchung als auch auf die Wahrnehmung dieser durch den Empfänger im zeitlichen Ablauf. Nonverbale Komponenten werden vorwiegend unbewusst und damit früher als der verbal vermittelte Inhalt der Kommunikation wahrgenommen. Damit bereitet das Nonverbale beim Zuhörer eine Grundstimmung oder Grundhaltung vor, noch ehe das Wort auf der bewussten Ebene angekommen ist. Sofern das Verbale mit dem Nonverbalen übereinstimmt, dient letzteres dazu, die

---

[122] Untersuchungen von Albert Mehrabian, Professor an der University of California, Los Angeles, die die Effektivität gesprochener Kommunikation beleuchten. Mehrabians Modell findet in der Kommunikation vielseitige Erwähnung, doch sollte es nicht simplizistisch auf jeden Kontext angewendet werden, wie beispielsweise für die Beurteilung von Telefongesprächen, wo der visuelle Aspekt entfällt oder von schriftlichen Formen von Interaktionen. Es ist besonders dann hilfreich, wenn es darum geht, die Bedeutung der Einflussfaktoren sowohl für den Sprecher bei der Vermittlung als auch für den Zuhörer bei der Interpretation der Botschaft zu veranschaulichen.

Grundstimmung festzulegen, den Kanal der Aufmerksamkeit zu fokussieren und somit dafür Sorge zu tragen, dass der nachfolgende Inhalt richtig ankommt und die Bedeutung verstanden wird. In diesem Fall wird die Kommunikation vom Empfänger als kongruent empfunden. Doch im Fall von Inkongruenz bewirkt das Nonverbale, dass beim Zuhörer innere Filter und Barrieren aktiviert werden, die dem Inhalt eine völlig andere Bedeutung und Interpretation zuweisen können. Kommunikation kann in diesem Fall als befremdend, unehrlich ja sogar bedrohlich wahrgenommen werden. Der Inhalt wird von den Beziehungsaspekten überlagert.[123]

Der Inhalts- oder Informationsaspekt vermittelt die Daten, während der Beziehungsaspekt dafür entscheidend ist, *wie* die Daten aufzufassen sind und welche Bedeutung ihnen zukommt. Demzufolge stellt der Beziehungsaspekt eine *Metakommunikation*, also eine Kommunikation über die Kommunikation dar, woraus auch die stärkere Wirkung dessen zu verstehen ist. In dieselbe Richtung weist das von der Linguistik abgeleitete Modell der Oberflächen- und der Tiefenstruktur der Kommunikation, welches einen Einblick in die tieferen Zusammenhänge innerer und äußerer Prozesse vermittelt. Hierbei bezeichnet die *Tiefenstruktur* der Kommunikation die Summe der inneren Zustände und Prozesse, die Gesamtheit des inneren Erlebens. Dies entspricht dem inneren Modell der Welt, der inneren Landkarte des Menschen, die als Ableitung der äußeren Wirklichkeit entstanden ist und zeitlebens ständig erweitert und verändert wird. Darin sind sämtliche Erfahrungen, Interessen, Vorlieben, Werte, Kriterien, Annahmen und Schlussfolgerungen eingebettet, welche den Hintergrund jeglichen Handelns, Bewertens und Entscheidens und damit auch die Basis für Kommunikation und Interpretation bilden. Wenn nun eine Person mit einer anderen Person kommuniziert, dann kann eine Aussage nur als Ausdruck dieses inneren Systems verstanden werden. Da jedoch die Transformation des tiefenstrukturellen Erlebens auf die Ebene der *Oberflächenstruktur* in Sprache und Körpersprache einem mehrfachen Veränderungsprozess aus *Tilgung, Verzerrung* und

---

[123] Allgemein bekannt dürfte auch das so genannte „Vier-Ohren-Modell" von Friedemann Schulz von Thun sein, worin er auf die „Verzahnung" von vier Ebenen der Kommunikation hinweist, die bei jeder Äußerung wirksam sind und somit stets vier Botschaften gleichzeitig vermitteln: eine *Sachinformation*, eine *Selbstkundgabe*, einen *Beziehungshinweis* und einen *Appell*. (Schulz von Thun: *Miteinander reden 1, Störungen und Klärungen*. 1981)

Generalisierung unterliegt, zeigt die beim Zuhörer ankommende Botschaft in der Regel Lücken, Bedeutungszuweisungen und Verallgemeinerungen auf, die sie für diesen schwer verständlich machen kann. Das grundsätzliche Dilemma zwischenmenschlicher Kommunikation ergibt sich dann, wenn der Zuhörer nun seinerseits diese „Unschärfe" der Botschaft durch Interpretationen aus der eigenen Landkarte zu korrigieren sucht. Damit werden fehlende Elemente auf Grund eigener Erfahrungen aufgefüllt, eigene Bedeutungen zugewiesen und Verallgemeinerungen entsprechend persönlicher innerer Erlebnisse konkretisiert, anstatt sich durch Rapport und metakommunikative Fragen Antworten aus der Welt das Gegenübers zu holen. Es wäre wohl nicht übertrieben zu behaupten, dass die Hauptproblematik in der Kommunikation genau aus diesem Umstand abzuleiten ist, dass die Kommunikationspartner meist davon ausgehen, dass das Modell der Welt der anderen Person eine Kopie der eigenen darstelle oder dass die eigene Landkarte zur Gänze der äußeren Wirklichkeit entspräche. *Das Gehörte ist niemals gleich dem Gesagten und wir hören niemals das, was der andere sagt* (Maturana 2000). Somit wird jede Diskrepanz in der Interaktion als willkürliches Fehlverhalten der anderen Person, als Böswilligkeit oder Verrücktheit eingestuft, und eigene Sichtweisen werden zum Faktum erhoben. Der Teufelskreis der Kommunikationskonflikte kann nur durchbrochen werden, wenn sich beide auf die Ebene der Metakommunikation begeben und nicht, wenn sie sich auf der Sachebene verschanzen.

Ein anschauliches Beispiel für die unterschiedliche Wirkung der beiden Ebenen geht aus der nebenstehenden Grafik hervor. Nehmen wir an, dass jemand als Ausdruck der Oberflächenstruktur den

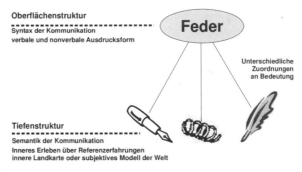

abstrakten Begriff „Feder" verwendet, womit er innerlich ein eindeutiges und klares Bild verbindet. Auch wenn die meisten Zuhörer Zustimmung und Verständnis äußern, wäre es voreilig, davon auszugehen, dass man verstanden wurde oder dass alle Zuhörer mit diesem Wort dasselbe Bild verknüpfen. Welche Zuordnung dieser Begriff erhält, hängt von den subjektiven Referenzerfahrungen der Zuhörer ab. So mögen einige Personen damit irgendwelche Arten von Vogelfedern assoziieren, während andere an eine Spiralfeder denken und eine dritte Gruppe gar das Bild einer Füllfeder vor dem inneren Auge hat. Entscheidend für den weiteren Verlauf der Kommunikation ist nicht der abstrakte Begriff an sich, sondern das innere, der Tiefenstruktur zugeordnete Erlebnisbild. Zustimmung oder Widerspruch für die weitergehenden Ausführungen des Sprechers hängen von der Übereinstimmung mit den assoziierten Vorstellungen der Zuhörer ab. Während im Falle der „Feder" eine Lösung nahe liegend erscheint, kann es bei immateriellen Begriffen wie Freundschaft, Liebe, Vertrauen, Leistung, Fairness etc. schon schwieriger sein, diese auf der Sachebene klarstellen zu wollen. Eine Parallele zu den abstrakten Schlüsselbegriffen stellen auch äußere Verhaltensformen dar. Die Reaktion eines Präsentators, der sich einer Anzahl von Personen mit verschränkten Armen gegenübersieht, hängt letztlich von der Bedeutung ab, die dieser dem konkreten Verhalten des Publikums beimisst. Sollte er damit *Ablehnung* verbinden, so wird seine Reaktion sicherlich anders ausfallen, als bei einer Interpretation in Richtung *Wohlgefühl, Entspanntheit* oder *Kälte*. Noch deutlicher wird der Unterschied, wenn wir annehmen, dass es sich beim Redner um einen Gast aus dem Orient handelt, für den das Verschränken der Arme ein Zeichen von *Ehrerbietung* in Gegenwart von Respektpersonen bedeuten kann. Ähnliche kulturelle Diskrepanzen können sich auch aus unserer mitteleuropäischen Annahme ergeben, dass man es als ein Zeichen von Aufrichtigkeit und Offenheit betrachtet, im Gespräch den Augenkontakt aufrechtzuerhalten, während man im Orient genau dies als ein Merkmal von Respektlosigkeit und Arroganz verstehen könnte und als einen Akt der Höflichkeit fordert, den Blick zu senken. Dies könnte umgekehrt wiederum als Verschlagenheit und Unaufrichtigkeit gedeutet werden. In jedem Fall wären Fehlinterpretationen, Vorurteilen und Verallgemeinerungen Tür und Tor geöffnet, solange man nicht bereit ist, aus dem eigenen Kultursystem auszusteigen und sich der Welt der Gesprächspartner zu öffnen.

Diverse Formen lähmender Blockaden findet man in Beispielen von Kommunikationsschleifen, Double-Bind-Situationen (Zwickmühlen) und bei bewusst oder unbewusst herbeigeführter Desinformation. Ähnliche Konflikte können auch auftreten, wenn Kommunikationspartner davon ausgehen, dass beide im Besitz derselben Vorinformation sind und/oder beide dieselben Schlussfolgerungen daraus ziehen müssen. Von einem solchen Beispiel berichtet Paul Watzlawick, Autor des lesenswerten Buches „Anleitung zum Unglücklichsein" an anderer Stelle:

> Er führt an, dass im Rahmen eines im Mental Research Institute durchgeführten Experiments der Gründer und erste Direktor des Instituts, der Psychiater Don D. Jackson, der ein international bekannter Fachmann auf dem Gebiet der Psychotherapie der Schizophrenien war, gefragt wurde, ob er es erlauben würde, ihn bei einem Erstinterview mit einem paranoiden Patienten zu filmen, dessen Wahnvorstellung hauptsächlich darin bestünde, ein klinischer Psychologe zu sein. Da Dr. Jackson sich damit einverstanden erklärte, war der nächste Schritt, einen klinischen Psychologen, der sich ebenfalls mit der Psychotherapie von Psychosen befasste, zu fragen, ob er seinerseits willens wäre, sich in einem Erstinterview mit einem paranoiden Patienten filmen zu lassen, der glaubte, Psychiater zu sein. Auch dieser sagte zu.
> Beide wurden zu einer Art Supertherapiesitzung zusammen gebracht, berichtet Paul Watzlawick weiter, in der beide Doktoren prompt darangingen, die „Wahnvorstellung" des anderen zu behandeln. Für die Zwecke des Experiments hätte die Situation nicht perfekter sein können:
> Dank ihres Zustands der Desinformation verhielten sich beide zwar individuell durchaus richtig und „wirklichkeitsangepasst" – bloß dass eben dieses richtige und wirklichkeitsangepasste Verhalten in der Sicht des anderen ein Beweis von Geistesstörung war. Oder anders ausgedrückt: Je normaler sich beide verhielten, desto verrückter schienen sie in den Augen des Partners.[124]

Gerade wenn Konflikte und Spannungen auftreten, sollten diese als Signale für die Intensivierung und Erweiterung der Kommunikation auf die Metaebene gewertet werden und können keineswegs den Abbruch der Beziehung rechtfertigen. Fehler in der Übersetzung zwischen digitaler und analoger Kommunikation können nicht durch Rückzug und Schweigen wettgemacht werden, sondern nur durch die Bereitschaft, die Welt des Partners besser kennen zu lernen und die eigene Landkarte zu

---

[124] Paul Watzlawick, *Wie wirklich ist die Wirklichkeit,*

erweitern. Je größer Vielfalt und komplementäre Sichtweisen und Komplexität ein kennzeichnendes Merkmal der Interaktion darstellen, wie dies gerade bei echter Teamberatung der Fall ist, desto mehr müssen die Bemühungen um eine Kultivierung der Kommunikation und Offenheit seitens aller Beteiligten Lernbereitschaft, Flexibilität und Ebenenwechsel auf die Ebene der Metakommunikation beinhalten.

FUNKTIONSBESTANDTEILE SYSTEMISCHER KOMMUNIKATION

Im weitesten Sinne umfasst Kommunikation alle Prozesse der Informationsübertragung. Zwischenmenschliche Kommunikation im engeren Sinne wird definiert als eine spezifische Form der sozialen Interaktion zwischen zwei oder mehr Individuen bzw. zwischen Individuen und Institutionen. Der Prozess der Übermittlung von Bedeutung oder Sinngehalten zwischen den Kommunikationspartnern bedient sich unterschiedlicher Symbole und Zeichen, die primär Mitteilungsfunktion haben. Die für die zwischenmenschliche Kommunikation wichtigsten Zeichen- und Symbolsysteme sind die Sprache, bildliche Darstellungen, optische und akustische Signalsysteme sowie der mimische und pantomimische Ausdruck der Körpersprache.

Jedes Zeichen oder Zeichensystem ist durch eine Funktionsmehrheit definiert und kann im Anschluss an Charles Morris (1938) nach drei Funktionen hin analysiert werden, die sich interdependent zueinander verhalten:

• **Syntaktik** (*Ausdrucksform*)**:** Diese bezeichnet die Dimension der Regelhaftigkeit und Ordnung von Zeichen und Zeichenverbindungen innerhalb einer Nachricht. Die syntaktische Punktion zielt auf die Beziehungen zwischen den Zeichen bzw. Zeichenelementen ab, also mehr auf die *formalen* Strukturen von Zeichen und Zeichenkombinationen. Verbale oder nonverbale Kommunikationselemente als Träger der Botschaft oder als Gefäß für den Inhalt müssen klar von der eigentlichen Bedeutung der Aussage unterschieden werden.

• **Semantik** *(Bedeutung)*: Die Dimension der Bedeutung und des Inhalts eines Zeichens oder einer Aussage. Der semantische Aspekt besteht in einer Zuordnung einer bestimmten Bedeutung zu einem Zeichen, hierunter ist im weitesten Sinne der Inhalt eines Zeichens bzw. einer Aussage zu verstehen. Die Zuordnung von Bedeutung kann sowohl Ausdruck einer allgemeinen Übereinkunft im Rahmen von Kulturen sein oder auch der inneren individuellen Landkarte des Kommunizierenden entspringen. Dementsprechend unterschiedlich kann daher ein und dasselbe Zeichen belegt werden, wie dies vorher ausgeführt wurde, und damit auch in seiner Wirkung auf den Empfänger der Botschaft unterschiedlich ausfallen.

• **Pragmatik** *(Wirkung)*: Die Dimension der Bedeutsamkeit von Zeichen und Bezeichnetem für Zeichengeber und/oder Zeichenempfänger. Die pragmatische Funktion ist im Hinblick auf die möglichen Reaktionen des Empfängers von übertragenden Zeichen zu sehen. Es handelt sich hier also um die Wirkung der Kommunikation. Der Empfänger decodiert die erhaltene Botschaft in der Regel entsprechend den eigenen Filtern und steuert damit das eigene Verhalten und die Reaktion auf die Botschaft weniger auf Grund der ihr vom Sender zugewiesenen Bedeutung als viel mehr auf Grund der eigenen Annahmen.

Es dürfte klar sein, dass diese drei Ebenen miteinander in interdependenter Beziehung stehen, insofern als eine pragmatische Wirkung schon eine semantische Bedeutung und eine (vereinbarte) Syntax voraussetzt. Von einem integrativen Standpunkt aus wird deutlich, dass Syntaktik und Semantik ohne Berücksichtigung der Kommunikationspartner gar nicht möglich sind und dass man die pragmatische Dimension der Wirkung der Kommunikation schon bei semantischen und syntaktischen Überlegungen berücksichtigen muss.

Aus dem bisher Ausgeführten lässt sich unschwer ableiten, dass jedem Wort und jeder Handlung eine Signalfunktion zukommt, deren Bedeutung und Wirkung nicht nur aus der Welt des Kommunizierenden her zu beurteilen sein wird, sondern vorwiegend aus der Welt des Empfängers Nahrung erhält. Dementsprechend wird dieselbe Aussage je nach Ort, Zeit und angesprochene Person eine unterschiedliche Wirkung erzielen und einen anderen Eindruck hervorrufen. Dies ist nicht nur im Zweiergespräch von Bedeutung, sondern ganz besonders bei Teamberatungen, wo mehrere unterschiedliche Welten und kulturelle Hintergründe aufeinander treffen. Einer Vermischung und Verwechslung der einzelnen Funktionsebenen vorzubeugen, gehört sicherlich zu den Grundnotwendigkeiten und Schlüsselqualifikationen integrativer Teammoderation.

Der größte Irrtum in der zwischenmenschlichen Kommunikation beruht auf der Vermengung der Funktionsebenen und dem Versäumnis, die Ebene der Metakommunikation auszuleuchten und zu kultivieren. In dem Versuch, einen Konflikt beizulegen, begehen Kommunikationspartner oft einen typischen Fehler: Während die Unstimmigkeit semantischer Art ist, also in der Bedeutung einer Kommunikation liegt, versuchen die Beteiligten, die Lösung auf der Inhalts- oder Formebene zu erreichen, was erst von sekundärer Bedeutung ist. Diese Verwechslung zwischen der Symptom- und Problemebene führt zu einem unlösbaren Pseudokonflikt, der alle gefangen hält und neuen Negativinterpretationen und Beziehungsstörungen den Weg ebnet. Erst durch einen Ebenenwechsel ist man imstande, diese Zusammenhänge zu erkennen und aus der Krise die Chance zu einer reiferen Kommunikation wahrzunehmen.

Kommunikationsschleifen

Entsprechend den drei Kommunikationsebenen können, diesen jeweils zugeordnet, auch spezielle Formen von interpersonellen Kommunikationsblockaden beobachtet werden, die das Muster von Endlosschleifen haben. Solche Schleifen haben die Eigenart, dass sie von beiden Seiten sehr viel Energie abfordern, aber gleichzeitig eine systemische Lähmung verursachen. Die Kommunikation hat sich festgefahren. Die Ursache liegt stets in der Interpretation der Botschaft durch den Empfänger aus dessen eigenem Modell der Welt, was einer Verletzung der Kriterien der Ebene der Metakommunikation gleichkommt[125]. So alltäglich und zahlreich auch die Beispiele und Erfahrungen mit diesen Fehlformen sein mögen, so darf man deren Tragweite für Beziehungen nicht unterschätzen. Wenn sie nicht rechtzeitig erkannt und aufgelöst werden, haben sie einen stark zersetzenden Einfluss auf die Beziehungssysteme und führen über kurz oder lang zu ernsthaften und tiefen Krisen. Dies wirkt sich sowohl in Partnerschaften privater oder beruflicher Art als auch in Teams und größeren Organisationsstrukturen aus. Aus diesem Grund wird der richtige Umgang mit diesen Kommunikationsschleifen nicht

---

[125] Hierbei liegt eine Verwechslung der *Syntaktik* (Ausdrucksform der Kommunikation) und der *Semantik* (Bedeutung der Kommunikation) mit äußerst negativen *pragmatischen* Ergebnissen (Wirkung der Kommunikation und beeinflussendes Verhalten) vor.

nur für jeden einzelnen, der an reifen und dauerhaften Beziehungen interessiert ist, von Bedeutung sein, sondern auch für die Moderation von Teamsitzungen und Konferenzen eine entscheidende Qualitätsverbesserung bringen. Aus diesen Gründen mag es gerechtfertigt erscheinen, dieser Thematik etwas Aufmerksamkeit zu widmen.

Kritikschleife

Der Beziehungsebene zugeordnet, tritt immer dann eine so genannte *Kritikschleife* auf, wenn eine Kritik, eine Beschwerde oder eine Reklamation beim Empfänger als bedrohlicher persönlicher Angriff ankommt. Diese Bedeutung entspricht eben der semantischen „Deutung" des Empfängers aus dessen Modell der Welt und durchläuft in der Regel

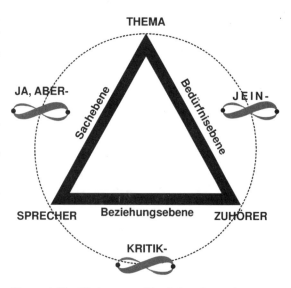

nicht die bewusste Kontrolle und Verifizierung. Sie folgt der unbewussten Interpretation meist nonverbaler Signale beim Sender wie Gestik, Mimik, Lautstärke der Stimme, welche als *Bedrohung* bewertet werden. Wenn Menschen sich gefährdet und angegriffen fühlen, halten sie sofort die Luft an, verspannen die Muskeln und lösen damit im Gehirn ein Überlebensnotprogramm aus, welches zur Aktivierung und Kanalisierung von Ressourcen in Richtung *Flucht* oder *Angriff* als Reaktionsmuster führt. Um das Überleben zu sichern, geht man dazu über, die Quelle der Bedrohung anzugreifen oder sich durch Flucht in Sicherheit zu bringen. Solange dieser Zustand anhält, sind andere Gehirnregionen, die für die „höherwertigen" Funktionen wie Gedächtnis, vernunftmäßiges Denken oder inhaltliches Zuhören und Verstehen zuständig sind, zurückgesetzt oder ganz blockiert. Wenn mich beispielsweise ein Hund bellend und zähnefletschend anfällt, werde ich höchstwahrscheinlich blitzschnell die Flucht ergreifen und nicht lange dastehen und über Rasse und Herkunft des Tieres nachdenken. Dies wäre ohnehin müßig, da Denken und Gedächtnis in diesem Stadium stark eingeschränkt sind. Höchstens kann man sich hinterher, wenn man sich in Sicherheit gebracht und beruhigt hat, fragen, ob die Heftigkeit der Reaktion angemessen war. Zum Zeitpunkt der Bedrohung aber läuft alles unbewusst gesteuert und automatisiert ab. Diese Reaktionsmuster sind auch im Zusammenhang mit Phobien bekannt, bei denen jeder vorherige bewusste Vorsatz wirkungslos bleibt, da der Auslöser eben unbewusst abgespeichert ist. Entscheidend sind also die inneren Programme, die in der Situation ohne Einfluss bewusster Kontrolle ablaufen, sobald sie durch einen Auslöser in Gang gesetzt wurden. Derartige Reaktionsmuster treten nicht nur bei physischer Gefahr auf, sondern sind auch als Folge psychischer Bedrohung oder Überforderung bekannt. Man hat für diese Zustände verschiedene Bezeichnungen wie „Mattscheibe", „Black-out" oder „psychologischer Nebel". Erfahrungen damit haben wir alle, sei es in Form von Prüfungsangst, Lampenfieber oder Negativstress. In allen Fällen ist die Urteils- und Leistungsfähigkeit herabgesetzt und man läuft in eingeschränkten und eingefahrenen Bahnen. Während man Prüfungsängste und Lampenfieber nicht als eine besondere Stärke ansieht und damit hausieren geht, ist es in unserer heutigen Gesellschaft mit dem Thema Stress etwas anderes. Stress ist sozusagen „salonfähig" geworden. Manche brüsten sich sogar damit. Nicht selten bekommt man auf die Frage, wie es einer Person gehe, eine Antwort wie: *„Ach, so ein Stress! Ich bin in einem Dauerstress, habe eben viel zu tun!"* Nicht nur viele Führungskräfte und Manager laufen derart durch die Gegend, sondern auch von diesen angesteckte Mitarbeiter, die meinen, dadurch an Bedeutung und Wichtigkeit zu gewinnen. Fast wird der Eindruck erweckt, dass nur gestresste Mitarbeiter gute Mitarbeiter seien. Wer keinen Stress hat, sei entweder nicht ausgelastet oder nehme die Arbeit nicht Ernst. Er schiebe, wie es so heißt, eine „ruhige Kugel"! Mittlerweile haben auch schon Kinder begonnen, diesen Vorbildern nachzueifern. Tatsache ist, dass Stress nicht entsteht, weil man viel Arbeit hat, sondern nur dann einsetzt, wenn man sich überfordert, also innerlich bedroht fühlt. Nachweisbar ist, dass man unter Stress nicht besonders leistungsfähig, kreativ oder lernfähig ist. Wenn man also tatsächlich an Leistung und Qualität interessiert ist, wird man sich hüten, Stress zum Lebensmuster zu erheben und alles daransetzen, diesen in Grenzen zu halten oder wenn er auftritt, ihn möglichst schnell abzubauen. Eine Atmosphäre von Offenheit, Freude, Entspannt-heit, von Vertrauen und Lernbereitschaft ist auf jeden Fall Stress hem-mend. Was jedoch grundsätzlich zu bedenken ist, ist die Tatsache, dass alle diese Reaktionsbilder darauf zurückzuführen sind, dass mich etwas in einen Zustand der Bedrohung versetzt. Was für mich bedrohlich ist und was nicht, hat sehr viel mit meinem Selbstwert, meinen abgespei-cherten Erfahrungen und den daraus abgeleiteten Schlussfolgerungen zu tun. Ähnlich den kulturbedingten Interpretationen bezüglich der ver-schränkten Arme oder des Blickkontakts, haben wir auch Glaubenssätze darüber gespeichert, was für uns wichtig ist und was unsere Werte be-droht. Wir reagieren auch nicht immer gleich. Abhängig vom Grad inne-rer Selbstsicherheit und des Selbstvertrauens nehmen wir Bedrohung durchaus unterschiedlich wahr. Wenn unser Energielevel einen niedrigen Pegel erreicht hat oder das Fass quasi zum Überlaufen voll ist, dann ge-nügt die kleinste Kleinigkeit, um uns aus dem Gleichgewicht zu bringen. Es braucht ein ausgeprägtes Maß an *emotionaler Intelligenz*, meine inne-re Landkarte auf Stand zu bringen und aus meiner Selbstkompetenz her-aus zu verhindern, dass Negativempfindungen sich aufstauen. Auch ent-sprechen diese Annahmen nicht immer der aktuellen Entwicklungsstufe als Erwachsener, da manch ein inneres Programm seit der Kindheit nicht mehr aktualisiert worden ist oder kein „Update" erfahren hat. Anstatt ein direktes Reiz-Reaktions-Muster an den Tag zu legen, ist es angebracht, zwischen dem eingehenden Reiz und der Reaktion darauf eine Überprü-fung oder Testphase einzulegen, in der man kontrollieren kann, ob es sich tatsächlich um einen Angriff, eine Beleidigung oder Gefährdung handelt. Und wenn ich diese Phase dazu nutze, die Hintergründe meines Gegenübers zu erfassen, dann entdecke ich möglicherweise, dass es für dessen Verhalten von Kritik und Beschwerde einige andere Erklärungen geben kann, die durchaus positiv und konstruktiv sein können.

Man sagt, Kritik sei besser als Schweigen. Die Bedeutung dieser Aussage liegt darin, dass im Fall von Schweigen in einer Beziehung höchstwahrscheinlich jedes Interesse aneinander schon erloschen sein dürfte, hingegen ist Kritik, wenn auch nicht unbedingt angenehm, so doch ein Zeichen für vorhandenes Interesse an der Beziehung. Dennoch stellt Kritik ein Alarmsignal für die Beziehung dar, da Vorwürfe dann auftreten, wenn man nicht offen über Wünsche und Vorschläge sprechen kann. Daher verbirgt sich hinter einer Kritik oft ein verdeckter Wunsch. Gegenkritik aber auch Rechtfertigung als Reaktion auf eine Kritik führen beide gleichermaßen in die Schleife. Erkenne ich jedoch das dahinter Liegende würde meine Reaktion gänzlich anders ausfallen, sobald ich das äußere Verhalten der anderen Person derart decodieren lerne. Ich würde nicht in Flucht- oder Angriffsmuster verfallen, und mein Gehirn mit den reiferen Funktionen des Zuhörens, Verstehens und vernunftmäßigen Denkens bliebe eingeschaltet. Aus dem Bisherigen leitet sich die Notwendigkeit ab, Kommunikationsschleifen zu erkennen und sie aufzulösen, ansonsten würde ein derartiger Wildwuchs in der Kommunikation zu tieferen Verletzungen führen und letztlich in Streit und Entfremdung ausarten. Dies hätte zur Folge, dass konstruktive und förderliche Zusammenarbeit unterbunden und die Gesamtheit Schaden nehmen würde. Gerade in Teams wird es eine Hauptaufgabe des Moderators sein, im obigen Sinn derartige Blockaden wahrzunehmen und in Richtung gemeinsamen Lernens aufzulösen.

Jein-Schleife

Die so genannte Jein-Schleife bezieht sich auf die Bedürfnisebene in der Kommunikation und ist Ausdruck von Inkongruenz. Während die angesprochene Person verbal mit einem „JA" ihre bewusste Zustimmung zum Ausdruck bringt, widerspricht sie sich durch Körpersprache, Gestik, Mimik und Tonfall. Bewusst sagt sie *JA*, unbewusst jedoch *NEIN*. Der Umgang mit dieser Form des Widerspruchs bedarf einiges an Verständnis, da je nach Grad der Unbewusstheit die betroffene Person selber sich ihrer unerfüllten Bedürfnisse nicht bewusst ist und ein direktes Abfragen keine Resultate bringen würde. Im Gegenteil würde dies die Beziehung noch weiter belasten. Diese innere Diskrepanz beruht darauf, dass zwar eine grundsätzliche Bereitschaft der besagten Person besteht, dem Vorschlag oder der Idee nachzukommen, aber irgendein Bedürfnis, tiefer liegendes Interesse oder Anliegen noch nicht abgedeckt ist. Ein taktvolles Nachfragen, ein gemeinsames Suchen nach Alternativen bei Beachtung der nonverbalen Signale kann helfen, das tiefere Bedürfnis zu erkennen. Wer immer über diese Inkongruenz hinweggeht und mit Blick auf die rein verbale Aussage meint, eine Zustimmung erhalten zu haben, verkennt absolut die Sachlage und belastet die Beziehung extrem. Erst durch diese Reaktion des Übergehens, was vom Partner als Missachtung der eigenen Person empfunden wird, entsteht die eigentliche Schleife oder Blockade. Wenn auch nicht immer auf den Fuß folgend, so kommt

256

früher oder später unweigerlich der Vorwurf, dass die Bedürfnisse und Interessen der betroffenen Person nicht wichtig genommen wurden. Systemische Verbindlichkeit löst sich auf und das Gefühl von Gleichwertigkeit geht verloren. Abgesehen von persönlichen Gesprächssituationen trifft man gerade bei Teamsitzungen und Konferenzen im Zuge von Abstimmungen über besprochene Vorschläge öfters auf Paradefälle, bei denen die Mitglieder sich während der Beschlussfassung zwar verbal mit einem *JA* äußern, aber durch nonverbale Asymmetrien zu erkennen geben, dass noch etwas offen ist. Wenn man diese Einwände übergeht, dann wird in der Umsetzungsphase des Beschlusses die volle Einsatzbereitschaft fehlen. Diese Ermangelung einer echten Zustimmung kann sich auf die gesamte Gruppe übertragen. Keiner versteht dann so recht, wieso der Elan und die anfängliche Begeisterung verloren gingen. In der Regel wird sogleich nach Schuldigen gesucht, und Sündenböcke werden an den Pranger gestellt, anstatt zu erkennen, dass man eigentlich mit etwas mehr Achtsamkeit die vorhandenen Bedenken rechtzeitig hätte erkennen können. Innere Einwände müssen Ernst genommen und ihnen muss nachgegangen werden. Gerade in Teamberatungen ergeben sich daraus völlig neue Sichtweisen und Erkenntnisse für bessere Lösungen. Nicht selten wird im Rückblick deutlich, dass ohne diese Bedenken das ganze Projekt oft an Kleinigkeiten gescheitert wäre. Andererseits erhält man erst dann volle Kongruenz und Verbindlichkeit, wenn bei allen Beteiligten bewusst *und* unbewusst Akzeptanz erreicht wurde. Auch hier gilt es, die Wahrnehmungsschärfe für die nonverbalen Signale der Kommunikation zu vertiefen, um echte Qualität der Ergebnisse für Lösungen und Teamprozesse zu gewährleisten.

Ja-aber-Schleife

Auch auf der Sachebene der Kommunikation kann es zu Blockaden kommen, die dazu führen, dass man aneinander vorbei redet und sich unverstanden fühlt. Da es bei Gesprächen meist darum geht, den Kommunikationspartner von der Richtigkeit der eigenen Ansicht zu überzeugen, ist es für eine reife Beziehung von entscheidender Bedeutung, dass es nicht in *Überredung* ausartet. Überzeugt werden bedeutet nicht, dass man die eigene Sichtweise aufgibt zugunsten einer aufgezwungenen. Dies entspräche eher dem Schema des Manipulierens, der Dominanz oder der Entmündigung. Überzeugung beinhaltet stets die eigene freie

Entscheidung aus innerer erweiterter Einsicht heraus und daraus resultierend ein freiwilliges Handeln. Gerade wenn Begeisterung und Überzeugung im Spiel sind, ist man gut beraten, die Wahrnehmung für die Besonderheiten der inneren Landkarte des Gegenübers zu beachten. Signale als Rückmeldung dafür, wie eine Botschaft angekommen ist, werden sowohl verbal als auch vorwiegend nonverbal vermittelt. Sie werden jedoch nicht immer als solche verstanden, und die Chance auf eine Verbesserung der Kommunikation wird dadurch aus der Hand gegeben. Wenn also auf eine Aussage oder eine Aufforderung als Antwort eine Formulierung mit einem „Ja, aber" zurückkommt, dann bedeutet das nicht, dass mein Kommunikationspartner mir nicht zustimmt, mich nicht akzeptiert oder gar mich angreift. Ein „Ja, aber" als Reaktion ist vielmehr ein Hinweis darauf, dass mein Partner meine Aussage mit seinen Erfahrungen in seinem Modell der Welt nicht in Einklang bringen kann. Er findet den Bezug zu seiner inneren Landkarte, seinen bisherigen Erfahrungen nicht. Genau genommen entspricht es eher einer Einladung im Sinne von: „Komm und zeig' es mir auf meiner Karte, was du meinst." Wenn ich die Bedeutung der Reaktion dementsprechend decodiere, dann werde ich nicht mit einem eigenen „Ja, aber" darauf reagieren und damit in die Schleife führen, sondern kann durch Nachfragen mich der Erfahrungswelt des Partners in Bezug auf das Thema öffnen und meine Argumente und Inhalte derart formulieren, dass ich verstanden werde. Die Bereitschaft vor weitergehenden Argumentationen zuerst mehr von meinem Gegenüber kennenzulernen, kann auch den Vorteil haben, dass sich meine eigene Sicht der Dinge erweitert und ich zu neuen Erkenntnissen gelange. Diese Vorgehensweise entspricht speziell in der Teamberatung dem Grundtenor und sollte bei Auftreten von „Ja-aber"-Mustern wertschätzend und professionell aufgenommen werden.

Auch wenn alle drei angeführten Arten von Blockaden auf Störungen in der Kommunikation hinweisen, so birgt gerade die Fähigkeit, diese Feedback-Signale zu erkennen und richtig zu deuten, eine große Chance in sich, die Qualität der Kommunikation auf eine neue Ebene der Reife und systemischen Zuordnung zu heben.

Ebenen der Kommunikation und Konfliktlösung

Nicht nur bei Ansätzen zur Konfliktlösung, sondern immer dann, wenn
es um höherwertige Qualitäten der Kommunikation und Verständigung
geht, ist ein Ebenenwechsel unausweichlich. Wir haben schon gesehen,
dass den meisten Missverständnissen und Fehlinterpretationen, die auf
der Inhaltsebene auftreten, dadurch zu begegnen ist, dass man sich der
Metakommunikation bedient, also der Ebene der Semantik, die eine
Kommunikation über die Kommunikation darstellt. Wie Einstein es aus-
gedrückt hat, kann jenes Denken, welches das Problem verursacht, nicht
die Lösung bringen. Ein Ebenenwechsel ist vonnöten.[126] Diese Tatsache
war seit alters her in der Philosophie und der geistigen Literatur der Völker der Welt bekannt und wurde in Form von Paradoxa[127] gerne eingesetzt. Was auf der einen Ebene als Widerspruch und Konflikt erschien,
ließ sich auflösen, wenn man sich auf die höhere Systemebene begab.
Dadurch wurden Studenten und Forscher der jeweiligen Materie zu größerer Flexibilität, der Veränderung der Denkansätze und der Erweiterung
des Betrachtungsrahmens angeregt. Dieselbe Vorgehensweise bildet
auch die Grundlage aller systemischen Konfliktlösungs- und Verhand-
lungsmodelle die eine Win-win-Lösung für beide Seiten anstreben.
Nachhaltige und für alle befriedigende Lösungen lassen sich erst dann
finden, wenn man die Problemebene, welche in Wahrheit nur die Symptomebene darstellt, verlässt und sich auf die Systemebene begibt, auf
der erst umfassende Ansätze möglich sind.

Jede Form zwischenmenschlicher Kommunikation ist von der *Spannung der Interaktion* getragen. Die Begegnung zwischen Menschen ist
eine Begegnung unterschiedlicher Welten und Perspektiven und setzt
systemische Energie frei. Diese Energie kann einerseits von den Beteiligten als *kreative Spannung* wahrgenommen werden, was – von positiven
Emotionen begleitet – Nähe, Lernen und Verstehen fördert, oder kann

---

[126] *„No problem can be solved from the same level of consciousness that created it."*
Einstein
[127] *Paradoxon* oder auch *Paradoxie* (griechisch: para = gegen, doxa = Meinung, Ansicht)
bezeichnet einen Widerspruch. Viele Beispiele sind aus der griechischen Philosophie und
Logik bekannt. Scheinbare Widersprüche, die eigentlich keine sind und sich erst bei
genauerer Auseinandersetzung damit auflösen, haben beispielsweise im Rahmen von
Gedankenexperimenten schon oft zu wichtigen Erkenntnissen in Wissenschaft,
Philosophie und Mathematik geführt.

auch Stress auslösen und zu Konflikten führen, die zunächst als schmerzhaft empfunden werden und Widerstand hervorrufen können. Konflikte sind jedoch unvermeidbar und stellen keine Tragödie dar. Vielmehr sind sie wichtige Signale für unerschlossene Chancen im Gesamtprozess und sagen viel über die Kommunikatoren, aber auch über deren Kommunikations- und Beziehungssystem aus. Grundsätzlich entstehen Konflikte aus unterschiedlichen, widersprüchlich erscheinenden Perspektiven und Weltbildern. Anstatt davor zurückzuschrecken und sie als Zeichen für Unverträglichkeit und Versagen zu interpretieren, wäre es viel nahe liegender, sie im Sinne der erwähnten Paradoxa als Einladung aufzufassen, die Beziehung oder Kommunikation auf eine neue Ebene zu bringen und damit gemeinsames Lernen zu ermöglichen. Untaugliche Mittel der Konfliktvermeidung werden nicht selten darin gesucht, dass man alles Fremde oder Andersartige meidet, in der Gleichartigkeit und Homogenität das Heil sucht und vor allem die Konfliktebene nicht verlässt. Konfliktbewältigungsmuster dieser Art zeichnen sich dadurch aus, dass sie dem Kampf- und Streitprinzip folgen und am Ende Sieger und Besiegte zurücklassen. Solange man sich als Teil des Problems versteht, gibt es nur zwei Wahlmöglichkeiten: weitermachen wie bisher oder zugeben, dass man im Unrecht war und die andere Person im Recht. Durch das praktizierende „Entweder-oder-Denken" bleibt das dahinter liegende Lernpotential allerdings unerschlossen und die Chancen für Wachstum, Reifung und Einigung werden aus der Hand gegeben. Ein weiterer Grund für die Blockade des Lernens in diesen Konfliktsituationen liegt auch darin, dass wir zweierlei Maß anlegen: Unsere eigenen Handlungen bewerten wir nach unseren *Absichten*, die Handlungen der Gegenpartei allerdings nach deren *Wirkung* auf uns. Dies stellt eine systemische Falle dar, aus der man nicht ausbrechen kann, solange man nicht zu einem Ebenenwechsel bereit ist. Bekannte Bewältigungsmuster der Win-lose-Kategorie orientieren sich an den folgenden vielfach dokumentierten fünf Ausprägungen:

1. Trennung

Der Konflikt oder das Problem wird fälschlicherweise mit der anderen Person identifiziert. Daraus wird abgeleitet,  dass der Konflikt gelöst wäre, wenn man sich von der „Problemperson" trennen würde. Dies entspricht lediglich einer Veränderung auf der Kontextebene. Viele Formen der Ehescheidung, Auflösung von Freundschaften oder von Kündigungen im Berufskontext folgen diesem Muster. Dabei wird jedoch vergessen, dass der Sinn des Konflikts in der Lernchance liegt und dass systemisch gesehen, nicht gelernte Lektionen im Leben meist mit zunehmender Intensität so oft wiederkehren, bis die Lektion gelernt wurde.

2. Eliminierung

Demselben Denkansatz folgend, wird auch hier das Problem mit der Konfliktperson gleichgesetzt, jedoch eine Stufe weitergegangen. In diesem Fall  begnügt man sich nicht damit sich zu trennen, sondern sieht die alleinige dauerhafte Lösung in der Vernichtung und Eliminierung der anderen Person oder Gruppe. Extreme Scheidungsfälle können derartige Formen annehmen, wobei alles zur Waffe umfunktioniert wird, einschließlich der Kinder. Mobbing, Intrigen und Psychoterror bilden ebenso Beispiele dafür wie gewisse Formen von Kampfrhetorik in Politik, fundamentalistischen Auseinandersetzungen und Diskussionen. Aber auch extreme Formen von Verdrängungswettbewerb mit dem Ziel einer Monopolstellung am Markt tragen diese Handschrift. Die simplizistische Annahme dahinter ist stets: Wenn es den Gegner nicht mehr gibt, gibt es auch das Problem nicht mehr.

3. Unterwerfung

Konfliktbewältigung durch Unterwerfung verzichtet zwar auf die Vernichtung des Gegners aber zum Preis der hierarchischen Unterordnung und Aufgabe der Unabhängigkeit. Hierbei werden Freiheit und  Selbstbestimmung gegen Sicherheit und Unterordnung getauscht. Sklaverei ist ein historisches Beispiel für dieses Modell. Autoritäres Vorgehen mit den Mustern von Drohung, Angst, Diskriminierung, Korruption und Intrige hält ungerechte Beziehungsformen des Ungleichgewichts aufrecht und bereitet den Nährboden für eine *Tendenz der Unumkehrbarkeit*, da Konflikte nicht gelöst, sondern nur perpetuiert werden.

4. Delegation

Da ungelöste Konflikte die Beteiligten leicht in die Blockade von Kommunikationsschleifen, der Gegenabhängigkeit und Co-Dependenz führen und eine regressive Rückentwicklung zur Folge haben können, wird nicht selten nach einer Person gesucht, die einen Schiedsspruch fällen soll. 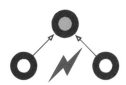 Nachdem es auf dieser Ebene um Nullsummenspiele mit Siegern und Gewinnern geht, kann dies für die ausgewählte Person zur Falle geraten. Denn egal wie die Entscheidung ausfällt, wird sie zumindest von einer Seite der Parteilichkeit bezichtigt. Solche Fälle findet man bei streitenden Kindern, die ein Elternteil anrufen ebenso wie bei Mitarbeitern in Firmen, die eine Entscheidung vom Chef verlangen. Sehr schnell wird dieser zum Teil des Problems anstatt zur Lösung beigetragen zu haben.

5. Kompromiss

Kompromisse erwachsen oft aus Pattstellungen im Machtkampf, wenn sich keine Seite durchsetzen und den Sieg erringen kann. Sie sind typisch für Bereiche, wo Parteidenken und Feindbilder gepflegt werden und man eine glorifizierte „Streitkultur" hochhält.  Obwohl vielfach als ideal gepriesen, hinterlässt ein Kompromiss – oft auch als „fauler Kompromiss" bezeichnet – bei *beiden* Seiten einen bitteren Nachgeschmack, letztlich verloren zu haben. Beide haben den Eindruck, zu früh nachgegeben zu haben, zu wenig hart aufgetreten zu sein oder dass sie über den Tisch gezogen wurden. Aus derartiger Unzufriedenheit erwächst schnell der Vorsatz, künftig gleich von Anfang an härter in die Verhandlung einzusteigen und punkto Kampfrhetorik und Durchsetzungsfertigkeiten aufzurüsten. Mit Misserfolgserlebnissen dieser Art wird der Kommunikationsstil in der Folge generell härter, kämpferischer und egoistischer. Auf der Strecke bleiben Beziehungskultur und Lernen.

Ebenenwechsel im Denken

Solange bei Konflikten im „Entwe-der-oder-Denken" verharrt wird, sind Konfliktbehandlungsmethoden nach dem Muster von Nullsum-menspielen[128], bei denen es stets Sieger und Verlierer gibt, an der Tagesordnung. Der Rausch der Überlegenheit und die Angst vor der Niederlage verleiten Menschen dazu, dass sie die systemische In-terdependenz übersehen und sich tatsächlich unreflektiert zur An-nahme verleiten lassen zu glauben, dass es in einer systemischen Zu-gehörigkeit Gewinner und Verlierer geben kann. Durch den fehlenden Ebenenwechsel zu einer „Sowohl-als-auch-Sicht" auf der Systemebene entgeht ihnen die Tatsache, dass

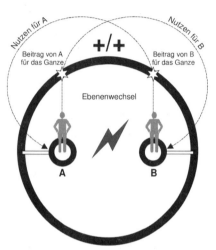

Systemische Konfliktlösung nach der Win-Win-Strategie

innerhalb eines Systems im Falle von Gewinn oder Verlust für einzelne Mitglieder die Auswirkung auf das Gesamtsystem nicht ausbleibt, wo-durch unweigerlich alle Mitglieder gleichermaßen betroffen werden. In diesem Zusammenwirken kann es nur eine Gewinn-Gewinn-Orientierung für alle geben, wenn das Wohlergehen des Ganzen bedacht wird. Ansonsten erleidet man durch Verletzung und Schädigung des gemeinsamen übergeordneten Bezugs ein „Lose-lose-Ergebnis" für alle Beteiligten. Diese systemischen Zusammenhänge werden allerdings solange nicht erkannt, als man den Ebenenwechsel des Denkens vermei-det, ohne den auch die eigentliche Lektion des Konflikts nicht zu lernen ist. Die Folge ist entweder eine innere Blockade auf dem Weg zu Le-

---

[128] *Nullsummenspiel* ist ein Begriff aus der Spieltheorie und beschreibt derartige Kon-fliktbehandlungsmuster, bei denen der Gewinn der einen Seite den Verlust der anderen wettmacht. Die Summe der Gleichung bleibt also null. Dem stehen Lösungsansätze gegenüber, die den Vorteil beider Seiten zum Ziel haben und deshalb als Gewinn-Gewinn-Strategien (win-win) bezeichnet werden. Diese umfassen Situationen, wie sie in der Kooperation angestrebt werden, wo alle gemeinsam gewinnen können. Verlust-Verlust-Ergebnisse (lose-lose) sind solche, welche nur Verlierer zurücklassen.

benszielen oder das wiederholte Auftreten ähnlicher Konfliktmuster in Beziehungen mit anderen Personen, bis man sich das inhärente Lernpotential des Konflikts erschlossen hat.

Eine entsprechende Konstellation finden wir auch in Bezug auf die früher erwähnten Kommunikationsebenen, die in einem gewissen Hierarchiebezug zueinander stehen. Sachebene, Bedürfnisebene und Beziehungsebene der Kommunikation sind nicht nur stets wirksame Komponenten der Kommunikation, sondern stellen auch drei Systemebenen dar, die miteinander verbunden sind und sich gegenseitig beeinflussen. Der Spielraum und die Qualität für Lösungen, Entscheidungen und Motivation werden auf den höheren Ebenen vergrößert. Dieses Prinzip haben Fisher, Ury und Patton in ihrem *Harvard-Konzept*[129] veranschaulicht. Doch das Grundprinzip ist älter. Ken Follett veröffentlichte bereits 1940 die Kerngeschichte des Harvard-Konzepts, welche gerne als Lösungsbeispiel im Rahmen der Mediationsausbildungen angeführt wird: Zwei Schwestern, die sich um eine Orange streiten, fragen eine dritte Person, was sie tun können, um den Streit beizulegen. Die Antwort ist bei Follett sowie bei Fisher, Ury und Patton nicht das teilende Messer, sondern die Frage nach dem dahinter stehenden Interesse oder Bedürfnis. Wenn eine Schwester Saft trinken möchte und die andere zum Kuchenbacken die Schale braucht, ist alles ganz leicht.

Was sich dabei zeigt, ist dass hinter jedem Wunsch oder jeder Position ein tieferes Interesse, ein Bedürfnis, ein Ziel oder ein Wert steht, um den es eigentlich geht. Nicht immer ist dieser Aspekt der jeweiligen Person selbst auch tatsächlich bewusst. Bewusst wird dieser Zusammenhang erst, wenn die Aufmerksamkeit durch eigenes oder fremdes Hinterfragen darauf gelenkt wird. Fragen, die von Positionen zu dahinter liegenden Interessen oder Werten führen, sind beispielsweise: „Was stellt die Erfüllung des Sachwunsches für dich sicher?" oder „Was ist wichtig an dem erwünschten Ziel?" Nicht selten führt diese Fokussierung zu dem einen oder anderen der drei Grundbedürfnisse, wie der Wunsch nach Zugehörigkeit oder Wertschätzung, nach Information oder Transparenz oder nach Mit- oder Eigenentscheidung. Bleibt man allerdings mit Lösungsansätzen auf der Sachebene hängen, führt das oft sehr rasch zu festgefahrenen Fronten. Die Bandbreite von Lösungsvarianten wird dadurch sehr

---

[129] *Das Harvard-Konzept, sachgerecht verhandeln - erfolgreich verhandeln*, Roger Fisher, William Ury und Bruce Patton, Campus Verlag

eingeschränkt. Mangeldenken, Entweder-oder-Einstellung und eine Haltung im Sinne eines Nullsummenspiels werden zum blockierenden Verhaltensmuster. Ohne Ebenenwechsel kann es am Ende nur Gewinner und Verlierer geben. Und wer möchte schon ein „Loser" sein! Also wird der Kampf aus verhärteten Positionen fortgesetzt, auch wenn das Resultat den Preis bei weitem nicht zu rechtfertigen scheint. Dabei bleibt meist auch für die Betroffenen selber verborgen, dass es eigentlich um tiefer liegende Bedürfnisse geht, wie beispielsweise um den existentiellen Wunsch nach Wertschätzung oder Zugehörigkeit. Dieser Zusammenhang lässt sich nicht nur auf Verhandlungs- und Konfliktsituationen anwenden, sondern erweist sich für jede Form von Kommunikation als grundsätzlich von Bedeutung. Empathie[130] und Rapportfähigkeit bringen die Kommunikation vom reinen Sachbezug auf eine Ebene des Verstehens und Verstandenwerdens. In zunehmendem Maße erkennt man die Bedeutung dieser Qualität des Vertrautseins in echten Teams und interdependenten Organisationen, wenn man sich von bloßer Pflichterfüllung zu Prozessen gemeinsamen schöpferischen Austausches und konstruktiver und innovativer Konzeptentwicklungen begeben will. Sie wird zur Schlüsselqualität für Führungskräfte ebenso wie für alle Mitarbeiter, die sich im Geist des Entrepreneurships als unverzichtbare Glieder im System fühlen.

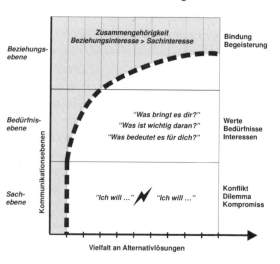

Bandbreite für Lösungen

---

[130] Als *Empathie* (griechisch = Mitfühlen) bezeichnet man die Fähigkeit eines Menschen, sich in die innere Welt eines anderen Menschen hineinzuversetzen, seine Gefühle zu teilen und sich damit über sein Verstehen und Handeln klar zu werden. Wesentlich dabei ist, dass der eigene Affektzustand dem Gefühlszustand einer anderen Person entspricht. Dies wird ausgelöst, indem man die Perspektive der anderen Person einnimmt – „in ihre Schuhe schlüpft" – und so ihre emotionalen und anderen Reaktionen begreifen kann.

Wenn schon der Wechsel von der Sachebene auf die Bedürfnisebene eine derartige Erweiterung der Möglichkeiten schafft und zu Resultaten führt, die um vieles befriedigender empfunden werden, dann stellt sich die Frage, was sich eröffnet, wenn die Kommunikationskultur die Beziehungsebene mit einschließt. Auf der einen Seite muss man feststellen, dass überall dort, wo Menschen aufeinander treffen, die schon einmal miteinander in Verbindung standen oder in Zukunft miteinander etwas zu tun haben werden, es einen Beziehungsaspekt zwischen diesen gibt. Beziehung in diesem Zusammenhang beinhaltet nicht unbedingt persönliche Freundschaften, sondern auch diverse Formen von Geschäftsbeziehungen. Auch ist daraus nicht zwangsläufig eine kultivierte Form von Beziehung abzuleiten, denn oft trifft man zunächst auf unterschiedlichste Formen von Wildwuchs. Aus systemischer Sicht leitet sich Beziehung aus der Zugehörigkeit zu einer gemeinsamen übergeordneten Einheit ab. Sie erfüllt in diesem Sinn weder einen Selbstzweck noch dient sie einseitig den Bedürfnissen einzelner Personen, sondern der Gesamtheit ihrer Interessen. Aus dieser Tatsache heraus wird verständlich, dass echte Bindung und der Geist der Zusammengehörigkeit nur dort entstehen können, wo Beziehung aus gemeinsamer Zugehörigkeit erwächst. Wenn man Aussagen hört, wie „Es genügt nicht, zufriedene Mitarbeiter zu haben, man braucht begeisterte Mitarbeiter!", dann kann man vielleicht verstehen, dass eben diese Qualität der Begeisterung und Bindung nicht als Frucht einer Motivationsstrategie durch materielle Zuwendungen entstehen kann, sondern nur dann, wenn man Teil einer höheren Vision ist und echte Wertschätzung, Zugehörigkeit und interdependente Einbeziehung erfährt. Dieselben Prinzipien können dementsprechend auf Kundenbeziehungen angewendet werden, wenn nicht das bloße Zufriedenstellen materieller Bedürfnisse im Mittelpunkt steht, sondern höherwertige Verbundenheit und Kundentreue.

Zu lange haben sich die traditionellen Organisationen den Kriterien der Maslowschen Bedürfnishierarchie verschrieben, die mit ihren ersten drei Stufen – Nahrung, Schutz und Zugehörigkeit – eine Reihenfolge festgelegt hat, die den Menschen als ein vorrangig materielles Wesen darstellt. Dies entspringt einem Zerrbild und verkennt die Tatsache, dass der Mensch primär ein sozial-geistiges Wesen ist, in dem ein ungeheuer großes ungenutztes Potential steckt, das sich erst dann entwickeln kann, wenn ein wert- und visionsorientiertes Umfeld geschaffen wird. Die Reifeentwicklung des Menschen und die Evolution des Bewusstseins lassen sich nicht aufhalten. Tatsächlich leiten sich Motivation und Engagement aus höheren Werten ab und nicht nur aus der Befriedigung physischer Bedürfnisse. Wo es kein Gefühl der Zugehörigkeit gibt, werden Unsicherheit und Misstrauen vorherrschen und Schutz und Geborgenheit bleiben fromme Wünsche. Auch Nahrung und materielles Wohlergehen sind ohne systemische Einheit eine Utopie, da auf dem Nährboden fehlender Zugehörigkeit alles zur Mangelware wird, sogar Immaterielles wie Wissen, Vertrauen und Liebe. Organisationen, die besser mit der menschlichen Natur in Übereinstimmung sind, werden die Beziehungsebene nicht als das Ende einer Stufenleiter ansehen, sondern als Fundament einer dauerhaften, menschenwürdigen und reifen Entwicklung. Wo immer diese Ebene kultiviert und gepflegt wird, erweitern sich die Möglichkeiten ins schier Endlose.

Es gibt viele Beispiele, wie teures Lehrgeld bezahlt wurde und noch immer wird, weil man durch die Umkehrung der Wirksamkeit dieser Ebenen meint, zu erhofften Ergebnissen zu gelangen. Wer kennt nicht die Einführung des so genannten „Mehrwerts" im Tourismus, wo man meinte, allein durch kostenlose Zuwendungen, wie beispielsweise Kaffee und Kuchen am Nachmittag, die Kundenzufriedenheit und damit die Kundenbindung vertiefen zu können. Enttäuscht war man dann von der Tatsache, dass diese zunächst freiwillig angebotenen Offerten sehr bald zum Standard wurden und nicht automatisch einen Einfluss auf die Beziehungsebene hatten. Versuchte man jedoch, diese wieder abzusetzen, dann wurden sie umgekehrt sehr wohl zum negativen Messkriterium für die Beziehung. Eine ähnliche Erfahrung machten auch Bankinstitute, die sich ausgerechnet hatten, dass man durch Verteilen von Geschenken zum Weltspartag mehr Kundenbindung erreichen würde. Tatsächlich bewirkte erst diese Maßnahme eine Mobilisierung der Kunden und brachte sie auf die Idee, Vergleiche mit anderen Instituten anzustellen. Mit den Geschenken war wiederum ein Maßstab geschaffen, an deren Sachwert man die Einschätzung der Kunden messen konnte. Auch hier war an ein Absetzen der Geschenke nicht mehr zu denken. Versuche einzelner Institute, die Geschenke in Spenden für gute Zwecke umzuwidmen, scheiterten am Widerstand der Kunden, die sich beschwerten, dass man ohne deren Einwilligung „ihre Geschenke" gespendet hätte. Die Banken sollten, wenn sie spenden wollten, dies aus ihren eigenen Mitteln tun und nicht die „Prämien" der Kunden dazu verwenden. Ähnlich bewirkt bloßes Verteilen von Werbegeschenken für eine Firma keine wirkliche Bindung der Kundschaft. Selten schaut jemand auf die vielen Kugelschreiber mit Werbeaufschriften, die man zu Hause oder im Büro hortet und entschließt sich dadurch, die Dienste dieses Unternehmens in Anspruch zu nehmen. Sollte andererseits jedoch ein Stift defekt sein, dann sind sofort verallgemeinernde Rückschlüsse zur Hand. Viele Unternehmer und Führungskräfte haben sich in den Strudel von Anreiz- und Belohnungssystemen hineingewagt mit zum Großteil ernüchternden Ergebnissen. Die motivierende Wirkung hält nur kurze Zeit an und die materiellen Erwartungen steigen beständig. Der demotivierende Faktor bei einem Ausfall oder Absetzen der Sachzuwendungen fällt weit stärker aus als der Motivationsschub zu Beginn. Auch besitzen diese Maßnahmen oft eine nicht zu unterschätzende Sprengkraft innerhalb der Belegschaft und erzeugen ein hohes Maß an Neid, Unverständnis und Gefühlen von Ungerechtigkeit und verursachen Misstrauen, Entfremdung und Spaltung. Sie erhöhen extrem den Auflösungsprozess im systemischen Zusammenhalt innerhalb von Abteilungen oder Teams bzw. zwischen einzelnen Projektteams. Auf diesen Unterschied zwischen einer verbindenden Vision und materiellen Sachzuwendungen verweist Antoine de Saint Exupery, wenn er feststellt: *„Zwinge die Menschen, einen Turm zu bauen und du machst sie zu Freunden. Wenn du willst, dass sie einander hassen, dann wirf ihnen Korn vor..."*

Aus dem Bisherigen soll jedoch nicht abgeleitet werden, dass sich jede Form von Zuwendung, Geschenk oder Prämie automatisch negativ auswirken muss. Der Negativeffekt ergibt sich ausschließlich aus der Verwechslung der Ursache-Wirkung-Relation. Denn wo immer eine intakte Beziehung aufgebaut wird, ein vertrauensvolles Verhältnis vorherrscht und Wertschätzung und echtes gegenseitiges Interesse vorhanden sind, kann durch ein Verknüpfen eben dieser Beziehungsqualität mit einer symbolischen Sachzuwendung ein dauerhafter Anker vermittelt werden, wie dies bei vielen Souvenirs und Erinnerungsstücken nahe stehender Personen und wichtiger Ereignisse zum Ausdruck kommt. Diese Gegenstände stehen in der Folge nicht mehr mit der Sachebene in Bezug, sondern wurden durch die Verknüpfung mit der Beziehungsebene aufgewertet. Sie sind Beweise der Wertschätzung und der besonderen Aufmerksamkeit, wertvolle Relikte, die die Erinnerung an besondere Menschen und Ereignisse lebendig erhalten. Wesentlich ist, dass sie Stellvertreter sind für die Beziehungserfahrungen und keinen Selbstzweck auf der materiellen Ebene erfüllen.

DAS TEAM IN AKTION

Teamberatung und Teamkultur

Auf den ersten Blick scheint Teamberatung für manche Menschen lediglich ein anderes Wort für Diskussion zu sein.[131] Doch während die Diskussion einem gegenseitigen Schlagabtausch aus statisch gefestigten Meinungsstandpunkten gleichkommt, bei dem es weniger um Konsens als um Überlegenheit und Sieg geht, stellt die Beratung eine evolutionäre, dynamische Kommunikationsform dar, deren Ziel es ist, in Einheit, Harmonie und Übereinstimmung zu bestmöglichen Lösungen zu gelangen. Leitprinzip dabei ist die Gleichwertigkeit aller Teammitglieder, was sich in gegenseitiger Wertschätzung, Ermutigung und dem vielfältigen Austausch ausdrückt. Ausgehend von der Einzigartigkeit eines jeden Menschen hält sie den Respekt für die unverbrüchliche Würde aller Beteiligten hoch. Will man Unter- und Überlegenheitsgefühle, Spannungen und Streit vermeiden, gilt es überall dort, wo man mit anderen zusammenlebt oder zusammenarbeitet, diese als Partner zu betrachten. Dies gilt nicht nur in der Ehe und Familie, sondern ebenso am Arbeitsplatz, in der Schule, der Politik und der Gesellschaft allgemein. Je enger die Beziehung, desto empfindlicher wird sie durch einen Mangel an Gleichwertigkeit verletzt.

In allen Gemeinschaften bestand seit je her der Bedarf für ein System, welches in der Lage war, klare Richtlinien zur Aufrechterhaltung von Ordnung zu liefern und als Kompass bei Entscheidungsfindungen und beim Lösen von Problemen zu dienen. Die primitivste Methode in der Geschichte war jene, die auf Gewalt gegen Gewalt oder das Recht des Stärkeren auf der physischen Ebene setzte, eine Vorgehensweise, aufgebaut auf einen *Zusammenprall von physischen Kräften*.[132] Die nächste

---

[131] Das Wort „Diskussion" entstammt derselben Wurzel wie *percussion* oder *concussion* (Erschütterung).

[132] Bekannt sind Beispiele so genannter *Gottesgerichte* im Mittelalter, wodurch Entscheidungen durch Kampf bekräftigt wurden. Gottes Wille kam in der Muskelkraft des Stärkeren zum Ausdruck. Auch im Duellieren zur Wahrung der Ehre oder in Beispielen aus den

Stufe der historischen Entwicklung brachte Systeme hervor, die auf einen *Zusammenprall von Willensstandpunkten* und von entgegengesetzten Interessen aufbauten. Interessensgemeinschaften organisierten sich, um Bereiche von eingegrenzten, gemeinsamen Übereinstimmungen zu definieren. Vorgegebene Standpunkte prallen auf andere Interessensstandpunkte in der Hoffnung, dass der Bessere siegen werde. Übereinstimmung gibt es nur innerhalb dieser Gemeinschaften. Ansonsten wird, wenn man sich nicht zur Gänze durchsetzen kann, der Kompromiss gesucht. Bis zum heutigen Tag stellt diese Form die gängige Vorgehensweise bei Verhandlungen dar. Interessensvertretungen und Parteienbildung prägen das Bild unserer Gesellschaft. Je umfangreicher der Einfluss einer Gruppe und je ausgefeilter das Lobbying, desto wahrscheinlicher wird die Entscheidung zugunsten dieser Gemeinschaft ausfallen. Damit hat man lediglich eine Verlagerung des *Kampfprinzips* von der Ebene physischer Kraft auf die Ebene politischer oder wirtschaftlicher Macht erreicht. Abgrenzung und Wettbewerb, Sieg und Niederlage, Dominanz und Manipulation bleiben weiterhin die prägenden Kennzeichen dieses Modells, das sehr stark den Bedürfnissen der independenten Entwicklungsstufe folgt.

Doch in unserer heutigen Zeit ist eine starke Umwälzung im Gange, welche eine Erweiterung des Denkens und der Werte mit sich bringt. Der Wettbewerb, das Streben nach Überlegenheit, was dem nützlichen Verhaltenspotenzial vergangener Entwicklungsstufen der Menschheit angehört, muss der Herausforderung unserer Zeit Platz machen, welche darin liegt, dass wir Wege für Beziehungen zwischen gleichwertigen Menschen finden. Es scheint die Aufgabe unserer Zeit zu sein, aus jenem Denken in Gegensätzen herauszuwachsen und mehr mit dem „ Sowohl-als-auch" zu leben. Die Bewusstmachung dieser Dynamik ermöglicht es uns, den inneren Kampf aufzugeben und an den Ansätzen einer reiferen Form menschlicher Beziehungen, Kommunikation und Entscheidungsfindung zu arbeiten. Fritjof Capra[133] zeichnet ein Bild der gegenwärtigen Entwicklung: *„Wir können beobachten, dass die dringenden Probleme unserer Zeit nicht isoliert verstanden werden können. Wir stecken in einer Krise der Wahrnehmung. In den Grenzgebieten der Wissenschaft*

---

verschiedensten Mythologien und sogar in den modernen Filmproduktionen spiegelt sich dieses Prinzip wider, dass der gute Held *physisch* das Böse besiegt.
[133] Fritjof Capra, *Wendezeit,* 1983

und Bewegungen der Gesellschaft wird eine neue Sicht der Wirklichkeit entwickelt... Dieses neue Weltbild wird ganzheitlich sein und durch ökologisches Bewusstsein geprägt. "

Ohne einen gemeinsamen Systembezug und die daraus resultierende Einheit zerfallen menschliche Beziehungen. Die kreativen Kräfte der Beteiligten werden dem Konkurrenzkampf, der Rivalität, dem Streit und letztlich dem Krieg geopfert. Ohne diese verbindende Qualität finden sich Gruppen auf einem potentiellen Kampfplatz wieder, in einer Arena des Konkurrenzstrebens. Unter solchen Umständen sind die Ziele der Kommunikation in der Regel zu siegen, zu kontrollieren und, wenn nicht anders möglich, zu zerstören. Ohne das entschlossene Bewusstsein und die verbindliche Annahme der Einheit als Grundlage menschlicher Beziehungen wird der Prozess der Kommunikation sehr Problem beladen und Konflikt fördernd. Ideen werden verteidigt, als ob sie mit der Identität und der Wirklichkeit der Person, die sie zum Ausdruck brachte, gleichzusetzen wären, und Entgegnung auf diese Ideen wird als ein Angriff auf die Person empfunden. In einer solchen Beziehung unterscheiden die Beteiligten nicht zwischen den Personen, ihren Ideen und der Quelle ihrer Gedanken.

Menschen können im Laufe ihres Lebens ihre Leitgedanken entweder durch aktives systematisches Studium wissenschaftlicher, philosophischer oder religiöser Theorien und Prinzipien entwickeln oder durch passives Übernehmen jener in der Gesellschaft vorherrschenden Ideen über die Welt und die Natur der Wirklichkeit. Doch die Zahl derer, die den ersteren Weg einschlagen und bewusst die Mühe auf sich nehmen, diese Ideen aufgrund ihrer eigenen Fähigkeiten der Vernunft und des Verstehens zu prüfen, ist eher gering. Viele der Denkmodelle und mentalen Programme, die die Grundlage für Entscheidungen und Beurteilungen bilden, übernehmen viele meist von anderen ohne tiefer gehendes selbständiges Prüfen. Manche der Maßstäbe entstammen den Glaubenssystemen der Familie oder des sozialen Umfelds, andere beruhen auf allgemeingültigen Vorurteilen und Fehlschlüssen und wieder andere sind das Produkt der eigenen Wünsche, Gefühle und persönlichen Neigungen. Nur selten vertrauen Menschen jedoch darauf, dass sie ihre Gedanken und Erfahrungen im Geiste eines gemeinsamen unabhängigen Erforschens der Gegebenheiten und in einem integrativen Prozess durch ergänzenden Austausch entwickeln könnten. Aus diesem Grund entstehen die am meisten verbreiteten Konfliktsituationen in menschlichen Beziehungen aus der Unsicherheit, wie man die eigenen Ideen bei interaktiven Wechselbeziehungen sinnvoll einbringen kann. *Bei einer typischen Kommunikation, ob zwischen Ehemann und Ehefrau, Eltern und Kindern, in einem Komitee oder zwischen Vertretern großer Nationen der Welt erscheinen die Teilnehmer gewöhnlich mit bereits fixierten Ideen und vorgefassten Ansichten. Die primären Ziele der Teilnehmer sind, ihre Argumente zum Ausdruck zu bringen und ihre Zuhörer zu beeindrucken, andere von der Brillanz, der Relevanz und der Richtigkeit ihrer Gedankengänge zu überzeugen und wenn alles fehlschlägt, entweder die Annahme dieser Ansichten durch den Einsatz oder den Missbrauch von Macht, Einflussnahme, Versprechungen oder Beziehung zu erzwingen oder ansonsten die Zusammenkunft mit einem Gefühl der Niederlage, der Abweisung oder Erniedrigung zu verlassen. Doch der Ablauf des Gesprächs entwickelt sich nicht immer in dieser Weise. In vielen Fällen sind die Teilnehmer gewillt, das Für und Wider verschiedener vertretener Meinungen durchzudiskutieren und nachdem die Gültigkeit jeder Idee festgehalten wurde, schließlich Übereinstimmung über den bestmöglichen Kompromiss zu suchen. Obwohl diese Form der Kommunikation der ersten vorzuziehen ist, ist sie dennoch unbefriedigend, da sie nicht zulässt, dass eine Entscheidung zugunsten der besten Idee aus der Gruppe fällt. Es ist ein Kompromiss und als solcher nur zum Teil befriedigend und zum Teil enttäuschend für alle, die am Entscheidungsprozess teilgenommen haben. Sie ist auch nicht die beste Lösung, die vorliegt*[134].

In der Teamberatung sind die Teilnehmer aufgefordert, ihre Ideen so klar und umfassend, wie sie dazu imstande sind, als Beitrag zum kollektiven Lernen und zur Suche nach bestmöglichen Lösungen zum Ausdruck zu bringen. Die dafür notwendige Atmosphäre zeichnet sich durch die Freiheit der Meinungsäußerung, der Achtung für die Ansichten und Meinungen eines jeden Teilnehmers und dem ehrlichen allseitigen Bemühen aus, den verschiedenen Ideen ohne Vorurteil, Abwertung oder Misstrauen Aufmerksamkeit zu schenken. Sobald eine Idee offen geäußert, verstanden und leidenschaftslos aufgenommen wurde, wird sie zum Eigentum der Gruppe. Von da an steht es allen Mitgliedern, einschließlich jenem, der ursprünglich den Beitrag lieferte, frei, diese Idee in jeglicher Weise zu betrachten, die sie für konstruktiv, erhellend und förder-

---

[134] Hossein Danesh, *Conflict-Free Conflict Resolution*, Aufsatz an die Canadian Nuclear Association, 1987

lich erachten, um unter den besonderen Umständen des Teams zur bestmöglichen Entscheidung zu gelangen. Unbenommen des endgültigen
Ergebnisses besteht die grundsätzliche Bereitschaft aller Teilnehmer, frei
von Gefühlen der Gegnerschaft oder des Konflikts sich nach der Teamentscheidung zu richten.

Im normalen Sprachgebrauch beziehen sich die Begriffe „Beratung"
und „beraten" meist auf Prozesse des Ratschlags und der Informations-
suche speziell in Verbindung mit professionellen Experten wie Ärzten,
Therapeuten, Technikern, Anwälten u.a.m. *Teamberatung* in unserem
Sinn jedoch bezeichnet jenes gemeinsame Streben, worin eine kleine
Anzahl von Einzelpersonen als Team in einer Atmosphäre fokussierter
Übereinstimmung und Offenheit miteinander kommuniziert. Ob es um
die Lösungsfindung zu einem bestimmten Problem geht oder um das
Erreichen neuen Verständnisses zu bestimmten Themen oder um die
Festlegung von Handlungslinien, ihre Absicht ist es, bezüglich des Ge-
genstands ihrer Beratung aus der Perspektive der Zugehörigkeit zum
gemeinsamen Ganzen zu optimalen Lösungen zu gelangen und Wege
und Mittel zu finden, wodurch den Bedürfnissen des Einzelnen wie auch
der Gemeinschaft entsprochen wird. Eine unverzichtbare Voraussetzung
für Teamberatung ist das Bewusstsein der Teilnehmer, dass die Realität
aller Dinge zu komplex ist, als dass einzelne Personen aus ihrer individuellen Perspektive mehr als nur gewisse Facetten davon erfassen könnten. In der Teamberatung unterstützen die Teilnehmer einander, das
Ganze aus unterschiedlichen Blickwinkeln zu betrachten und als Ergebnis einer daraus gewonnenen umfassenderen Schau zu einer Übereinstimmung zu kommen. Sie beraten auch über Maßnahmen, wodurch
menschliche Konflikte gelöst werden können, ohne Machtmissbrauch
oder Manipulation, ohne Ausgrenzung oder Verletzung der Rechte anderer Personen, seien diese direkt eingebunden oder überhaupt nicht Teil
des Beratungsprozesses. Ihrer grundsätzlichen Definition nach unterscheidet sich Teamberatung deutlich von jeglichen Formen der Entscheidungsfindung, welche offen oder verdeckt Macht ausüben. Nicht nur,
dass Beratung die Anwendung von Macht zur Erzielung von Entscheidungen ablehnt, sie verwirft auch Verhandlungstechniken, die in vielen
so genannten demokratischen Prozessen Anwendung finden, bei denen
konkurrierende Gruppen jeweils an ihren fixierten Meinungen festhalten
und diese gegeneinander verteidigen. Denn das bestmögliche Ergebnis
für das Ganze kann nicht ein Kompromiss aus gegensätzlichen Gruppen-

interessen sein, sondern wird erst aus dem integrativen Zusammenspiel unterschiedlicher Meinungen als Funke der erweiterten Erkenntnis entspringen.[135]

Wenn Teamberatung also zu übersummativem Erfolg führen soll, muss die Meinung jedes Teammitglieds mit Respekt und in einem verbindenden Geist von Harmonie und Wertschätzung aufgenommen werden. Auch wenn es keine einfach zu erlernende Sache ist, verlangt dieser Veränderungsprozess ein Umdenken dahingehend, dass man Andersartiges nicht als besser oder schlechter bewertet, sondern das „Sowohl-als-auch" gelten lässt. Die Mitglieder müssen in der Lage sein, sowohl die Werte, die mit einer Anzahl von Entscheidungsalternativen verbunden sind, zu erkennen als auch einem Prozess zu folgen, welcher es ermöglicht, Übereinstimmung innerhalb eines interdependenten Kontextes zu erlangen. Die Teilnahme an solch einem Prozess erfordert, dass die Einzelpersonen ständig bemüht sind, bestimmte Qualitäten, Gewohnheiten und Fertigkeiten wie Bescheidenheit, Geduld, Höflichkeit, Würde, Umsicht und Mäßigung zu entwickeln und zu verfeinern, aber auch, dass das Team den Prinzipien interdependenter Beratung in disziplinierter Art folgt. Wenn diese Voraussetzungen erfüllt werden, dann zeigt die Erfahrung, dass dieser Prozess zu immer höheren Ebenen von Teambewusstsein und zu einer beeindruckenden Multiplikation der kreativen Energien der Mitglieder führt.

Die Herausforderung besteht auch darin, dass diese Art der Beratung ein hohes Maß an emotionaler, intellektueller und sozialer Tiefe seitens der Teilnehmer und einen hohen Standard ethischer Werthaltung erfordert, was einer der Stufe der Interdependenz zugehörigen Interaktionsform entspricht. Alle Dinge erreichen ihren höchsten Ausdruck auf der Stufe ihrer Reife. In den menschlichen Angelegenheiten erreicht die Kunst der Entscheidungsfindung ihre Reifeform im integrativen Prozess

---

[135] Vergleiche das von Plato behandelte Prinzip der *Dialektik,* nach der zwei Personen, die einander herausfordern und einander antworten, der Wahrheit näher kommen, als jeder einzelne von ihnen für sich. Das Ergebnis einer solchen Dialektik ist nicht bloß das Wissen des einen, das dem Wissen des anderen hinzugefügt wurde. Es ist etwas, das keiner von beiden vorher wusste und das keiner von ihnen in der Lage gewesen wäre, für sich allein herauszufinden. Eine solche Zweiheit stellt eine Ganzheit dar, welche Eigenheiten aufweist, die nicht auf jene der jeweiligen Individuen reduziert werden können. (Laszlo 1996)

der Teamberatung. Auch wenn echte Teamberatung hohe Ansprüche an die Mitglieder und an die Organisation stellt, da die Überwindung egoistischer Haltungen und Systemverständnis ebenso verlangt werden wie die Kultivierung von Offenheit und Gedankenfreiheit, bleibt die Frage, ob es zukunftsorientiert gesehen eine Alternative dazu gibt. Traditionell erleben wir viel Wildwuchs in der Kommunikation. Zum einen werden Gedankenfreiheit und Offenheit in einer sehr verletzenden Art praktiziert, die bei Teilnehmern an solchen Prozessen viele Narben hinterlassen. Zum anderen sind Formen von Tabuisierung weit verbreitet, wenn Argumente unter den Teppich gekehrt und Themen nicht offen angesprochen werden. Lange Zeit hielt man an der Einstellung fest, dass man darauf verzichten müsste, die eigenen Gedanken und Gefühle auszudrücken, wenn man eine Beziehung von Konflikten freihalten wollte, besonders wenn diese jenen anderer Teilnehmer entgegenliefen. Die Gewohnheit der üblen Nachrede hinter dem Rücken der Betroffenen bleibt jedoch ungebrochen, was eine äußerst zersetzende Wirkung auf die Grundlage der Einheit und des Vertrauens hat. Daher bedarf es der *Kultivierung von Offenheit*. Offenheit jedoch ist ein Merkmal von Beziehungen und keine individuelle Eigenschaft. Sie setzt sowohl eine neue innere Haltung und Einstellung voraus als auch das Erlernen neuer Fähigkeiten und Praktiken. Kultivierung steht für einen Entwicklungsprozess, der Zeit und Bemühen braucht, um zu wachsen, zu gedeihen und zu blühen. In der Teamberatung sind alle angehalten und werden ermutigt, in aller Offenheit und Ehrlichkeit zum Thema beizutragen und zugleich Achtung und Vertrauen den übrigen Beteiligten entgegenzubringen. Meinungen, Ideen und Gedanken sollten von den Personen, die sie äußern, getrennt und Gefühle und Emotionen sollten ohne Abwertung aufgenommen werden.

Als Richtschnur für jene, die sich zur Teamberatung zusammenfinden, wird als Grunderfordernis zur Wahrung der systemischen Unversehrtheit zu beachten sein, dass die Mitglieder in jeder Angelegenheit aus Sicht des Ganzen nach bestmöglichen Lösungen forschen und nicht auf ihrer eigenen Meinung beharren, denn Starrsinn und hartnäckiges Festhalten an der eigenen Meinung wird schließlich zu Uneinigkeit und Streit führen, und potentielle Lösungschancen bleiben verborgen. Erörterungen über die jeweiligen Beiträge müssen in einer Weise ausgetragen werden, die keine Verletzungen, Unwillen oder Zwietracht zulässt und den Prinzipien von Einheit und Vertrauen entspricht. Dies kann erreicht werden, wenn

1. jedes Mitglied in vollkommener Freiheit seine eigene Meinung äußern und seine Argumente vorbringen darf und
2. ein Mitglied sich keinesfalls verletzt fühlt, sollte jemand ihm widersprechen.

Im Prozess der Teamberatung kommen einige Prinzipien zur Anwendung, die man gut an Hand einer Metapher *gemeinsamen Kuchenbackens* veranschaulichen kann. Das Ziel wäre es, einen schmackhaften Kuchen zu backen und alle brächten ihre Beiträge dazu ein: Mehl, Eier, Milch, Butter, Zucker, Backpulver, Salz etc. Wenn die Einzelbeiträge in die Mitte gegeben werden, ist es notwendig, dass sich alle von ihren Ideen lösen und diese ab nun als *Besitz des Gesamtteams* betrachten, welches in weiterer Folge darüber zu entscheiden hat. Dieses *Loslassen* ist überaus wichtig. Überall dort, wo ein Mitglied am eigenen Beitrag beharrlich festhält und sich damit identifiziert, hat das mehrfache negative Konsequenzen. Zum einen würde jede anders geartete Meinung in der Folge als Angriff auf die eigene Person gewertet, was Widerstand und Wettstreit hervorrufen und damit zu einem Rückfall in Formen von Streitkultur und Diskussion führen könnte. Andererseits wäre das Team in seiner Freiheit des Strebens nach der optimalen Lösung behindert, wenn das Ergebnis nach dem Einzelbeitrag „schmecken" müsste. Das Bemühen, im Endergebnis immer noch die Einzelbeiträge nach der Art von „Das war mein Mehl!" oder „Ohne meinen Zucker würde es nach nichts schmecken!" hervorzustreichen, hätte den Verlust des übersummativen Vorteils echter Teamleistung. Wenn es wichtig erscheint, jeden Beitrag mit einem Etikett zu versehen und festzuhalten, von wem er eingebracht wurde, wäre damit dem Geist eines geeinten Systems grundsätzlich widersprochen. Man würde das Team dem Ego der Einzelmitglieder opfern und sich die besonderen Chancen vergeben.[136] Letztlich schmeckt der Kuchen nach weit mehr als nur Mehl oder Zucker oder Backpulver. Auch eine bloße Addition der Ingredienzien könnte damit in keiner Weise konkurrieren.

---

[136] Diese Form von Gruppenarbeit wird in Anlehnung an das bekannte Spiel auch „Jo-Jo-Beratung" genannt, bei dem man mittels der Schnur stets die Kontrolle behält und nicht loslässt. Interessanter Zufall, dass im Spanischen „Yo-Yo" soviel wie „Ich-Ich" bedeutet.

Diese *Überwindung des Egos* gehört wohl zu den anspruchsvollsten Herausforderungen, denen sich Mitglieder von Teams gegenüber sehen. Dies kann nur dann gemeistert werden, wenn Identifikation vorrangig auf der Teamebene geschieht und erst nachgereiht auf der persönlichen.

Teamberatung vergleichbar mit gemeinsamem Kuchenbacken

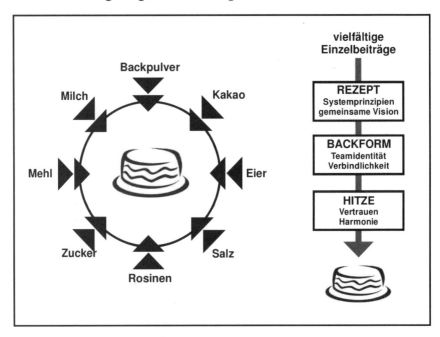

Das zweite Prinzip, das in dieser Metapher deutlich wird, ist die Unerlässlichkeit der *Vielfalt* in den Beiträgen der Teammitglieder. Homogenität der Beiträge und der Sichtweisen würde ein höherwertiges Resultat unmöglich machen. Die heterogene Zusammensetzung und die Auswahl der Mitglieder nach komplementären Fähigkeiten sind Grundvoraussetzung für Ergebnisse, die mehr erbringen sollen als die einfache Addition der Einzelelemente.

Gleichwertigkeit und *Gerechtigkeit* sind weitere Grundwerte, die in einem echten Teamprozess nicht fehlen dürfen. Die Beiträge der Mitglieder sind nicht nach Quantität oder Umfang zu bewerten, sondern danach, wie sie für das Erreichen des Zieles förderlich sind. In diesem Sinne sind sie gleichwertig, ob es sich um eine größere Menge Mehl handelt oder um einige Gramm Backpulver oder eine Prise Salz. Daher ist ein ständiges Vergleichen untereinander oder ein Sich-Messen mit anderen, wie es die Art independenter Gruppenmitglieder ist, hier absolut unpassend und wenig zielführend. Will man Selbstwert, Leistung und Einsatz beurteilen, dann muss man dies in Bezug auf das Ganze tun und nicht im gegenseitigen Vergleichen. Gerechtigkeit übt man dementsprechend nicht dadurch, dass man allen dasselbe Maß zumisst. In einem Teamprozess gerecht handeln, bedeutet nicht, dass man ein Kilogramm Backpulver nehmen muss, nur weil man soviel Mehl oder Milch genommen hat. Das Maß und die Beurteilung der Qualität richten sich wiederum nach der Systemfunktion und nicht nach irgendwelchen anderen nicht nachvollziehbaren Kriterien, die meist dem Wettbewerbsdenken entnommen sind. Auf den Beratungsprozess angewendet bedeutet es auch, dass man die Bedeutung der Beiträge nicht nach deren ausschmückender Präsentation, der Ausgewähltheit der Sprache oder der Dauer des Vortrags zu beurteilen hat, sondern nach ihrer Relevanz zum angestrebten Ergebnis. Auch hätte man nicht unbedingt dem Prinzip der Gerechtigkeit entsprochen, wenn man allen Mitgliedern dieselbe Sprechzeit zumisst. Das sind sekundäre Kriterien und können über tatsächliche Mängel des Beratungsprozesses nicht hinwegtäuschen.

Vor längerer Zeit war ich Mitglied in einem Beratungsteam, in dem wir während einer Entwicklungsphase immer Schwierigkeiten hatten, in der vorgenommenen Zeit mit der Tagesordnung fertig zu werden. Unzufriedenheit und Demotivation waren die Folge, und man meinte, dass dies sicher die Schuld derer war, die zuviel Sprechzeit in Anspruch nahmen. Jene, die gar keine Beiträge leisteten, wurden nach dieser Logik für ihre Zurückhaltung als Vorbild hingestellt. Unser damaliger Moderator, ein Vollbluttechniker, fühlte sich für die Situation verantwortlich und hatte eine brillante Idee. Bei einer Teamsitzung tauchte er plötzlich mit einer Mini-Verkehrsampel auf und erklärte allen erstaunten Teammitgliedern die künftigen Spielregeln: Jeder Sprecher bekäme jeweils die gleiche Zeit zugewiesen, was mit diesem Meisterwerk der Technik gut zu handhaben wäre. An eine Zeitschaltuhr gekoppelt, würde die Ampel vom Moderator bei jeder Wortmeldung mittels eines Auslöseknopfes in Gang gesetzt, womit die Sprechdauer von zwei Minuten anliefe. Die Ampel zeigte Grün. Nach ein und halb Minuten würde sie auf Gelb schalten und nach weiteren dreißig Sekunden würde das Rot aufleuchten. Mit Ablauf der Sprechzeit hätte jeder aufzuhören, auch wenn er mitten im Satz wäre. Die Hoffnungen, die in diese Erneuerung gesetzt wurden, waren groß und zögerlich eingebrachte Bedenken wichen bald einer gespannten Neugier. Niemand wollte der Möglichkeit im Wege stehen, pünktlich mit der Tagesordnung zu Ende zu kommen und vielleicht sogar frühzeitig die Sitzung zu beenden. Wir waren bereit, uns auf das Experiment einzulassen. Die Untauglichkeit des Ganzen zeigte sich dann in der Praxis. Jedes Mal wenn bei einer Wortmeldung die Ampel in Gang gesetzt wurde, starrten alle wie hypnotisiert darauf und bekamen vom Gesprochenen kaum etwas mit. Die Ablenkung störte die Konzentration des Teams und verlängerte sogar die Beratungszeit. Außerdem gab es ständig Diskussionen darüber, ob der Auslöseknopf nicht vielleicht zu früh gedrückt worden wäre, und ständig fühlte sich irgendjemand benachteiligt. Die Erkenntnis aus dem ganzen Abenteuer war, dass wir die Lösung für das Problem nicht mit der Stechuhr finden würden, sondern auf einer höheren Ebene anzusetzen hatten. Genauso wie die Ampel aufgetaucht war, verschwand sie wieder in der Versenkung.

Aus der Metapher des Kuchenbackens leitet sich auch ab, wie wichtig für den Gesamtprozess das *Rezept* ist. Ohne Rezept kann ich weder entscheiden, welche Zutaten notwendig sind, noch in welcher Form, Menge und welchem Mischverhältnis sie zusammengefügt werden müssen. Auch kann ich nicht wissen, ob etwas fehlt oder eine der Zutaten vielleicht sogar ungeeignet ist. Wenn mir Sinn, Zweck und Mission des Ganzen unbekannt sind oder ich nicht weiß, welche Leistungsziele der zu erreichenden Funktion entsprechen, wie will ich ein echtes Team aufbauen? Dementsprechend erweist sich die *Form* als begrenzendes Element des Systems von Bedeutung. Genauso wie die Kuchenmasse ohne Form nicht zu handhaben wäre, könnte ein Team ohne klare Systemdefinition und Identität sich nicht eindeutig formieren. Form und Funktion hängen zusammen und bedingen einander. Das Ganze wäre jedoch nicht vollkommen, würde der innere Prozess außer Acht gelassen werden. Wenn nicht bloß „Rohkost" als Ergebnis herauskommen soll und man sich nicht mit einem physikalischen Vermengen der Zutaten zufrieden geben will, braucht es mehr. Chemische Prozesse, die die Einzelteile zu einem untrennbaren Ganzen verschmelzen lassen, brauchen Hitze. Erst wenn ausreichend Hitze vorhanden ist, wird aus losen Einzelzutaten durch den Backvorgang ein schmackhafter Kuchen. Die Entsprechung für die Hitze als verbindendes Beziehungselement im Team und jedem interdependenten System sind *Vertrauen, Wertschätzung* und *Zu-*

neigung unter den Systemmitgliedern. Wie wir gesehen haben, liegt gerade im Ausmaß dieses Faktors das unterscheidende Merkmal zwischen echten Teams und Hochleistungsteams.[137]

Entscheidungsfindung im Team

Teamberatung verfolgt also das Ziel, hinsichtlich des anstehenden Themas gemeinsam nach höherwertigen Ergebnissen zu streben, so dass dem Nutzen des Systems und seiner Funktion am besten entsprochen wird. Das bedeutet, dass hierbei gewisse Vorkehrungen und Regeln zu beachten sind, damit man im Prozess nicht beim bloßen Austausch persönlicher Ansichten hängen bleibt, sondern den Ebenenwechsel auf die gemeinsame Systemebene erreicht, wodurch erst der eigentliche Synergieeffekt erzielt wird, der den Vorrang der Teamberatung gegenüber bloßer Gruppendiskussion ausmacht. Findet Beratung im Einklang mit den angeführten Prinzipien und Regeln statt, werden die Teilnehmer Teil eines schöpferischen Aktes, bei dem sich verschiedene Meinungen und Vorstellungen zu einer ausgewogenen, reifen Entscheidung entwickeln. Das Ergebnis ist in der Regel gänzlich verschieden von den Einzelmeinungen und auch kein Kompromiss daraus, sondern stellt einen kollektiven höherwertigen Lösungsansatz dar.

Teil des eigentlichen Ablaufs der Entscheidungsfindung muss es sein, dass die Mitglieder sich zuerst über die Tatsachen informieren, die den jeweils zu beratenden Punkt betreffen und erst danach zur eigentlichen Meinungsäußerung und Beschlussfassung kommen. Man kann den Entscheidungsvorgang grob in drei Phasen einteilen:

1. Erfassen des Themas und der Hintergründe
2. Aussprache und Entscheidung
3. Ausführung des Beschlusses und Auswertung

Wenn der Beratungsprozess dementsprechend durchgeführt wird, dann ist am besten sichergestellt, dass alle Mitglieder im Geist der Einheit

---

[137] Daraus lässt sich auch ableiten, dass man bei Auftreten von Problemen und Konflikten die „Hitze" erhöhen muss und nicht auf unterkühlte Distanz gehen darf. Vertrauensbildende Kommunikation muss verstärkt und nicht Botschafter abgezogen werden. Nicht ein Ausscheiden aus dem Team kann die Antwort sein, sondern verstärktes Bemühen um ein vertieftes Verständnis des verbindenden Prinzips.

und Kooperation als Team zusammenwachsen und außerordentliche Ergebnisse erzielen. Gleichzeitig bleibt das Team in einem Kreislauf des Lernens. Forscher, die die Lösung von Gruppenproblemen analysiert haben, empfehlen ähnliche übereinstimmende Abläufe für den Entscheidungsprozess. So einfach der Prozess erscheint, so entscheidend sind die Auswirkungen auf den Beratungsverlauf. Unnötig viel Zeit und Energie gehen durch Missverständnisse, ermüdende Wiederholungen und Phasen des Aneinander-Vorbeiredens verloren, wenn man meint, gewisse Schritte überspringen zu können.

Die Vorgehensweise, die sich in der Praxis der Teamberatung und Entscheidungsfindung sehr bewährt hat, umfasst die folgenden sechs Schritte, die in der nachfolgenden Grafik dargestellt sind:

Prozess der Entscheidungsfindung im Team

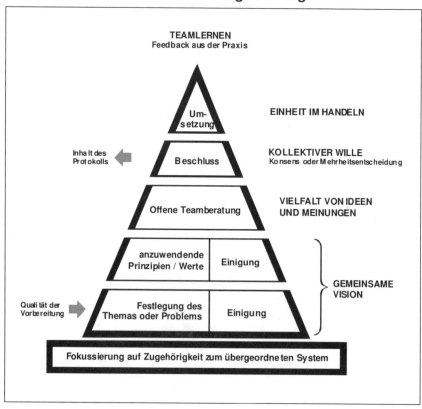

1. Ausrichtung auf Systembezug

Da es bei der Teamberatung darum geht, auf der Ebene gemeinsamer Zugehörigkeit zu Entscheidungen zu kommen, ist es empfehlenswert, wenn auch nur kurz, die Teamsitzung damit zu beginnen, dass man sich darauf fokussiert, was Sinn und Zweck des Teams im Rahmen des größeren Organisationssystems ausmacht. Auch wenn einzelne dies manchmal als Wiederholung und Zeitvergeudung ansehen könnten und es entsprechend der Schnelllebigkeit unserer Kultur gerne überspringen wollen, so ist die Auswirkung dieses Schrittes nicht zu unterschätzen. Gerade in diesem Punkt ist eine bewusste „Entschleunigung" von besonderer Bedeutung. Den Mitgliedern wird die Gelegenheit geboten, ihre Tagesthemen hinter sich zu lassen und mental und emotional anzukommen. Der innere Kompass des Teams wird auf den eigentlichen Existenzzweck der Institution ausgerichtet, was das Bewusstsein für den Sinn und die Mission des Ganzen erneuert. Dieser Einstieg kann in Form einiger einleitender Bemerkungen seitens des Teammoderators geschehen oder auch durch Beiträge einiger oder aller Mitglieder erfolgen. Da sich aus diesen übereinstimmenden Prinzipien und Werten die Verbindlichkeit der Teilnehmer zur Arbeit im Team ableitet, wird somit gleich zu Beginn einer Aussprache das eigentliche Fundament für Einheit und Zusammengehörigkeit erneuert. Das ist der verbindende Geist und die Grundlage der Kultur im Team und sollte durch den gesamten Prozess der Beratung lebendig erhalten bleiben.

2. Ermittlung des Themas oder Problems

Bevor der eigentliche Meinungsaustausch und die Lösungssuche beginnen, sollte sichergestellt sein, dass über die Fakten, Inhalte und Aufgabenstellung in Bezug auf das jeweilige Thema oder Problem Klarheit besteht. Ein häufiger Fehler leitet sich daraus ab, dass man versucht, zu einer Entscheidung zu kommen, bevor alle Teilnehmer das Problem verstanden haben. In der Praxis beobachtet man oft, dass die Teammitglieder in der Fehlannahme, dass ohnehin alles klar sei und alle wüssten, worum es ginge, sofort mit dem eigentlichen Ideenaustausch beginnen. Es ist nicht verwunderlich, wenn in der Folge die Beratung durch Missverständnisse und Zielkonflikte ins Stocken gerät. Wie bereits ausgeführt, besteht ein Hauptproblem in der Kommunikation generell darin, dass Menschen ihre Sichtweise aus ihrem eigenen Modell der Welt auf andere Personen projizieren und annehmen, dass der Kommunikationspartner es genauso gemeint hat. Je abstrakter die Thematik, desto größer ist die Gefahr von Fehlinterpretation und Unverständnis.[138] Daher ist man gut beraten, die Abklärung der Fakten sauber durchzuführen und eine eindeutige Übereinstimmung zu erzielen. Wenn das Ziel darin besteht, Projektpläne zu erarbeiten, dann ist es wesentlich zu erfassen, was erreicht werden soll, wozu und wie die Umsetzung angedacht ist und vor allem, welche Auswirkungen es auf andere Bereiche haben wird. Diese Aufgabe kann durch eine qualitätsvolle Vorbereitung der Teamsitzungen und eine umfassende Vorinformation aller Teammitglieder erheblich verbessert und damit reine Sitzungszeit eingespart werden. In jedem Fall sollte sichergestellt sein, dass alle Mitglieder Zugriff auf die Gesamtinformationen haben, da nur dadurch auch die funktionelle Gleichwertigkeit aller gewahrt bleibt und ungewollte Hierarchie- und einseitige Expertenbildungen vermieden werden können. Das gemeinsame Prüfen der anstehenden Fakten führt dazu, dass dadurch eine Basis der Einheit geschaffen wird. Wenn die Teammitglieder über die Tatsachen eines Themas einer Meinung sind, beginnen sie die Beratung am gleichen Ausgangspunkt und nicht bei widersprüchlichen Annahmen und unversöhnlichen Differenzen. Die Bedeutung der Phase der Faktenfeststellung ist wesentlich. Die Erfahrung vieler Organisationen hat gezeigt, dass die Qualität der Entscheidung direkt auf der Qualität der Information beruht, die bei der Entscheidungsfindung zugänglich ist. Es ist sogar angebracht, die Beratung zu vertagen, wenn wichtige Informationen fehlen und erst eingeholt werden müssen. Wer immer echte Teamberatung erfahren hat, erlebt diese Phase als einen dynamischen Abschnitt der Inkubation und der Entfaltung von Ideen. Man lenkt die Aufmerksamkeit auf die dahinter liegenden Aspekte, aus denen heraus Lösungen auftauchen. Es ist eine Zeit gemeinsamen integrativen Lernens und umfasst diverse Aspekte:

- **Sammeln der Fakten und Übereinstimmung**
  Es beinhaltet die Durchsicht und Bewertung relevanter Fakten, von Teilinformationen oder Fehlinformationen und widersprüchlichen Berichten sowie das Aussieben irrelevanter Fakten.

---

[138] vgl. Abs. üb. teamorientierte Kommunikation: *Oberflächenstruktur* und *Tiefenstruktur*

- **Hintergrundinformationen einholen**
  Dabei geht es auch darum, sich die Frage zu stellen, ob das aufgeworfene Thema oder Problem das eigentliche darstellt und ob sich nicht vielleicht dahinter ein tiefer liegendes Thema verbirgt, das die primäre Aufmerksamkeit verdient.

- **Unterschiedliche Perspektiven betrachten**
  Dieselben „Fakten" können sich durchaus unterschiedlich darstellen, wenn man sie aus verschiedenen Sichtwinkeln betrachtet. Wie haben die diversen Personen diese „Fakten" wahrgenommen, wie haben sie sich gefühlt, wie haben sie die Situation bewertet? Eventuell kann man bei Bedarf auch externe Personen einladen und befragen, um sich ein klareres Bild des ganzen Sachverhalts zu verschaffen.

- **Bezug zum übergeordneten System herstellen**
  Alle Informationen müssen in Bezug auf die Zielsetzung und die leitenden Prinzipien des übergeordneten Systems betrachtet und beurteilt werden. Sind die Vorgaben ausreichend? Ist man sich der Auswirkungen und Konsequenzen auf andere Bereiche bewusst?

- **Informationen zusammenführen und bewerten**
  Die verschiedenen Fragmente und Einzelinformationen sollten zu einem kompletten Bild zusammengesetzt werden und gemeinsam bewertet und Übereinstimmung darüber hergestellt werden.

3. Erfassen der anzuwendenden Prinzipien

Hinter jedem Thema, hinter jeder Idee auf der Inhaltsebene stehen Werte und unausgesprochene Erwartungen, Vorstellungen und Bedürfnisse. Nicht immer sind sie uns bewusst. Dennoch sind es genau diese Werte, wonach wir etwas beurteilen und unsere Zufriedenheit mit dem Ergebnis messen. Auch wenn wir auf der Sachebene diskutieren, schwingen unsere dahinter liegenden Werte und Prinzipien mit und bilden die Grundlage für unsere Begeisterung und unsere Motivation. Gerade weil diese Ebene der Kommunikation oft unbewusst wirksam und für unsere Entscheidungen ausschlaggebend ist, erweist es sich als unumgänglich, dass im Verlauf der Teamberatung die anzuwendenden Kriterien und Absichten offen angesprochen werden, und man eine allgemeine Einigung darüber erreicht. Auch wird vermieden, dass es zu einer Verwechslung oder Vermischung persönlicher Motive mit jenen richtungsweisenden Normen und Prinzipien des Unternehmens kommt. Der zusätzliche Gewinn aus diesem Schritt zeigt sich in einer Ausweitung der Bandbreite von Lösungsalternativen gegenüber der rein sachbezogenen Vorgehensweise.[139] Zusätzlich dazu kann es sinnvoll und nützlich sein, Lösungswege und Entscheidungen im Lichte umfassender institutioneller Grundsätze und Ziele zu betrachten, die oft in den Leitbildern von Unternehmen festgehalten sind und den Inhalt der eigentlichen Definition der Corporate Identity wiedergeben. Die Betrachtung dieser Grundsätze kann sich durchaus als einer der wichtigsten Schritte im Beratungsprozess herausstellen. Nicht nur, dass dadurch das begriffliche Fundament für die Gesamtberatung geliefert wird, sondern vor allem dann, wenn es das Ziel ist, zu weisen und weit reichenden Entscheidungen zu kommen, worin sich die Firmenphilosophie und die Unternehmenskultur widerspiegeln sollen.

Die bisherigen Schritte zusammen bilden das Fundament, worauf eine konstruktive Teamberatung aufgebaut werden kann. Sie stellen den Ausdruck der *gemeinsamen Vision* des Teams dar und bedürfen großer Beachtung sowohl bei der Erfassung der Beratungspunkte als auch bei der Feststellung der Übereinstimmung darüber. Kein innerer Einwand sollte übersehen oder übergangen werden, da genau in diesen Schritten der Nährboden für die Qualität der Teamberatung zum Ausdruck kommt.

4. Umfassende und offene Teamberatung

Auf der Grundlage der gemeinsamen Vision aufbauend kann der eigentliche Ideenaustausch in der Teamberatung stattfinden. In dieser Phase geht es darum, verschiedene Vorschläge und Alternativen vorzubringen. Die Kultivierung von Offenheit und Meinungsfreiheit findet ihren Ausdruck in einem auf gegenseitiger Wertschätzung, Höflichkeit, Respekt und Vertrauen beruhenden Prozess der Lösungssuche. Viele Systemforscher und Kommunikationsexperten sind sich über die Notwendigkeit

---

[139] vgl. Abschnitt über Kommunikation: Bandbreite von Lösungsalternativen (3 Kommunikationsebenen)

hoher Maßstäbe für die zwischenmenschlichen Beziehungen in Teams bewusst. Norman Maier betont, dass eine erfolgreiche Lösung von Gruppenproblemen von einer positiven Betrachtung des Menschseins abhängt, die alle Mitglieder teilen, sowie von einem Klima der Ehrlichkeit, des Vertrauens und der Zusammenarbeit. Matthias Varga von Kibéd stellt im Rahmen seiner Forschungen auf dem Gebiet der systemischen Organisationsaufstellung fest: *„Eine Gruppe, die höflich, respektvoll und achtungsvoll miteinander umgeht, entwickelt und findet Zugang zu einem Wissen, das über das der Einzelnen hinausgeht.“*

Es zeigt sich immer deutlicher, dass Respekt und Achtung nicht bloß allgemein ethische Forderungen, sondern Grundvoraussetzung für das Arbeiten im systemischen Zusammenhang und gelebter Ausdruck der Gleichwertigkeit in Bezug auf das gemeinsam Verbindende sind, dem man zugeordnet ist. So versteht es sich von selbst, dass die Mitglieder ihre Ansichten in Bescheidenheit und Würde, Sorgfalt und Mäßigung zum Ausdruck bringen. Diese hohen Maßstäbe im Umgang miteinander sind in dieser Phase umso wichtiger als es darum geht, Meinungsvielfalt und unterschiedliche Sichtweisen zu ermöglichen. Der gemeinsame Fokus in der Teamberatung liegt darauf, ein weites Feld für alternative Sichtweisen zu eröffnen.[140] Es kann nicht die Absicht sein, eine oberflächliche Harmonisierung oder eine Tabuisierung von Themen zu erreichen, die für einzelne Gruppenmitglieder unangenehm wären, denn *der zündende Funke,* der den Weg zu bestmöglichen Lösungen erhellt, erscheint erst nach dem *Aufeinandertreffen verschiedener Meinungen.*[141] Damit jedoch aus einem Zusammenfließen der Sichtweisen nicht ein Zusammenprall der Persönlichkeiten entsteht, ist es unumgänglich zu lernen, zwischen der Person und ihrer Meinung zu unterscheiden. Genauso wesentlich ist es auch, dass diejenigen, die ihre Sichtweisen äußern, diese nicht als die einzig wahre und richtige hinstellen, sondern als einen Beitrag für die allgemeine Meinungsbildung ansehen. Sie sollten nicht halsstarrig an ihrer Ansicht festhalten, sondern sie als Geschenk an die Gruppe einbringen. In einer solchen Kultur wechselseitiger Wert-

---

[140] Der Stamm der Tlingit-Indianer im Südosten Alaskas und Norden von British Columbia hat eine sehr würdevolle und effektive Methode, um im Laufe der Beratung Unterbrechungen zu unterbinden. Die Person, die am Wort ist, erhält einen geschmackvoll verzierten „Redestab" und solange sie diesen Stab in Händen hält, ist es niemandem sonst erlaubt zu sprechen.
[141] vgl.: Abdu'l-Bahá, *Kleine Auswahl aus Seinen Schriften*, Bahá'í-Verlag

schätzung und des Interesses gegenüber vielfältigen Sichtweisen, gilt es auch diejenigen einzuladen sich zu äußern, die vielleicht zu bescheiden oder zu schüchtern sein mögen. Jede Kleinigkeit kann von Bedeutung sein und sogar Einwände und Bedenken haben ihren berechtigten Platz im Zuge der Lösungsfindung. Oft empfiehlt es sich für die Moderation sogar, vor einer Beschlussfassung noch abzufragen, ob man vielleicht etwas übersehen hätte, etwas noch schief gehen oder irgendetwas zum besseren Gelingen beitragen könnte. Die Bedeutung dieser Qualität vorausschauender Optimierung wird oft erst in der Umsetzungsphase erkannt und belohnt.

Ich erinnere mich gut an eine eigene einprägsame Lernerfahrung, die ich vor Jahren als Mitglied in einem Gremium machen durfte. Wir waren ein aufeinander gut eingespieltes Team, und die Beratungssitzungen verliefen meist sehr harmonisch. In der Meinungsbildung kamen wir zügig voran, und es zeichnete sich in kurzer Zeit eine klare Übereinstimmung ab. Doch fast jedes Mal, wenn wir dachten, dass das Thema erledigt und die Beschlussfassung nur noch reine Formsache wäre, meldete sich immer ein bestimmtes Mitglied mit Bedenken zu Wort. Selten handelte es sich um konkrete Einwände, sondern eher um ein „ungutes Gefühl". Jeder im Raum hielt die Luft an. Auch meine Reaktionen waren anfangs reserviert, wenn ich im inneren Dialog versuchte, meinen Unmut zu beherrschen: „Nein, nicht schon wieder! Jetzt geht das von vorne los, wo wir doch die Lösung schon fast griffbereit hätten." Doch jedes Mal, wenn wir uns darauf einließen und die Beratung fortsetzten, zeigte es sich, dass wir tatsächlich etwas übersehen hatten, das für den Erfolg des Unterfangens von Bedeutung war. Sehr bald entwickelte es sich fast zu einem Ritual, dass vor jeder Beschlussfassung dieses Mitglied von allen erwartungsvoll angeblickt wurde, ob noch etwas offen geblieben wäre: „Haben wir etwas übersehen, kann man noch etwas verbessern?" Und wenn kein Einwand kam, waren wir fast enttäuscht, so sehr hatten wir dessen Beiträge zu würdigen gelernt. Was am Anfang eher als belastend und Energie raubend empfunden worden war, wurde mit der Zeit sogar als Bereicherung und als Qualitätssicherung im Team wertgeschätzt.

Echte Teamberatung kann mit der Situation einer im Kreis sitzenden Gruppe verglichen werden, in deren Mitte ein Buch platziert wurde und die Aufgabe der Mitglieder darin besteht herauszufinden, worum es sich dabei handelt. Aufgrund der unterschiedlichen Perspektiven werden jeweils einige Personen aus dem Kreis etwas anderes beschreiben: ein hochgestelltes Rechteck mit Grafik, Foto und Schriftzug meinen die einen, während andere nur von einem weißen Band sprechen, einige bestätigen das hochgestellte Rechteck, nicht jedoch die Grafik und das Foto und wieder andere wollen ein farbiges Band mit Schriftzug erkennen.

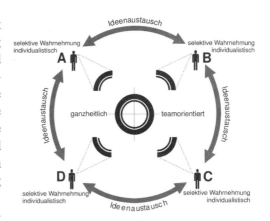

In der gewohnten *Streitkultur* würde eine solche Situation zu verhärteten Fronten führen und die Schützengrabenmentalität wachrufen, da die Mitglieder jeweils davon ausgingen, dass alle anderen im Unrecht wären und das Ziel darin bestünde, sich durchzusetzen und die übrigen von der Richtigkeit der eigenen Meinung zu überzeugen. Mit der Annahme, dass die eigene Ansicht die einzig richtige wäre, käme das gesamte Arsenal an erprobten „Waffen" wie Dominanz, Manipulation, Einschüchterung und Entmündigung zum Einsatz. Setzt sich schließlich eine Untergruppe durch und bringt alle anderen dazu, uniform deren Meinung anzunehmen, dann wäre das Ergebnis ein irreales Objekt, das aus allen Richtungen gleich aussähe und weit entfernt wäre von der Realität eines Buches. Es besäße keinen anderen Sinn oder Wert außer den einer Siegestrophäe für die Gruppe, die sich durchgesetzt hatte. Bei allen anderen blieben Gefühle von Unterlegenheit oder Groll zurück, was zum Wunsch führen könnte, das nächste Mal durch eine härtere Vorgehensweise die Niederlage wettzumachen.

Bei der Teamberatung geht man davon aus, dass jeder seine spezielle Sicht der Wirklichkeit hat. Die angestrebte Lösung, der man sich gemeinsam annähern möchte, muss einer höheren Ebene entspringen als jener der isolierten Einzelansichten. Sie könnte sich nur als Ergebnis eines dynamischen Prozesses ergeben, wenn alle sich für die unterschiedlichen Perspektiven interessierten und bereit wären, flexibel auf die anderen einzugehen. Die eigene Sichtweise wird behutsam dargelegt und Einladungen werden ausgesprochen, andere Standpunkte kennen zu lernen. Abweichende Sichtweisen werden nicht als Bedrohung wahrgenommen und bekämpft, sondern als bereichernde Informationen angenommen. Zur Entdeckung neuer Welten angeregt, bewegt man sich durch einen gemeinsamen Lernprozess. Darum steht das Team für Lernen: Es ist jedes Mal ein neues Lernen, es ist dynamisch, beweglich, bedingt eine Vertrauensatmosphäre. Ich vertraue darauf, dass die anderen ihre Sichtweise richtig wiedergeben, aber keiner hat den Anspruch auf *die fertige Lösung*, sondern im gemeinsamen Prozess erkennt man etwas, das einzelne allein niemals entdeckt hätten.

Wenn man in dieser Form dynamischen Dialogs aufeinander eingeht und einander in der jeweiligen Erfahrungswelt abholt, dann wird man sich das *Reservoir kollektiven Denkens* erschließen und zu einem Ergebnis gelangen, das weit mehr darstellt als zwei Rechtecke und zwei Bänder: nämlich ein Buch! Das Buch aufzuschlagen und darin zu lesen, eröffnet neue Welten, es manifestiert Wert und Sinn. Gemessen an diesem Resultat bilden die Einzelbeiträge notwendige Prozessschritte zu Möglichkeiten, die individuelle Perspektiven für sich allein nicht erschließen könnten. Die Wichtigkeit der Beiträge wird aus ihrem Bezug zum Gesamtergebnis zu beurteilen sein, genauso wie der Wert einer Sache am Ergebnis gemessen wird und nicht nach Kriterien von Größe und Gewicht. Daher geht es in einem Team auch nicht um zurückhaltende Bescheidenheit und Befangenheit, etwas nicht sagen zu können, sondern jeder ist eingeladen, seine Gedanken und Sichtweisen als Beitrag zum Gesamtergebnis darzulegen und es als Geschenk an die Gruppe einzubringen. Auf der Ebene gemeinsamer Erkenntnis und kollektiven Lernens stellt sich auch die Frage nicht, wer den Erfolg für sich verbuchen kann.

In einer Gruppendiskussion, wo man darum bemüht ist, keine Schwächen zu zeigen und sich mit der eigenen Meinung durchzusetzen, kommen andere Maßstäbe zur Anwendung. In der Regel werden diejenigen den größten Eindruck machen, die in der Lage sind, glänzende Plädoyers für ihre Sichtweisen zu halten, sich mit Kampfrhetorik zu behaupten und sich richtig in Szene zu setzen. In einer derart bedrohlichen Umgebung wird es jeder vermeiden, sich eine schmerzliche Blöße zu geben, sich zu blamieren oder unsicher oder unwissend zu erscheinen. Eher sucht man Schutz hinter Masken und einstudierten Rollen. Genau dieser Prozess jedoch blendet alle neuen Erkenntnisse aus und blockiert echtes kollektives Lernen. Jemand mit der Ansicht des „weißen Bandes" wäre höchstwahrscheinlich derart eingeschüchtert, dass er sich aus dem Gefühl der Minderwertigkeit heraus entweder gar nicht zu Wort melden würde oder beim ersten Widerspruch zu zweifeln begänne und aufgäbe. Doch aus der Gesamtperspektive erkennt man eindeutig, wie wichtig gerade diese Sicht für das Ergebnis war, ebenso wie alle anderen einander ergänzenden Ansichten. Es wird deutlich, dass erst durch die Vielfalt der unterschiedlichen Sichtfenster der Blick auf eine höhere Realität eröffnet wird und dass auf diesem Weg des gemeinsamen Suchens und Forschens die Gleichwertigkeit aller Beiträge und teilnehmenden Personen sicherzustellen sind. In diesem Sinne braucht es mehr Mut und Selbstvertrauen, sich auf diesen komplexen Prozess gemeinsamen Erforschens einzulassen, als aus innerer Unsicherheit und Angst vor Machtverlust das Teamfeld zu einer Kampfarena festgefahrener Standpunkte zu machen. So gesehen, ist es nicht nur das Recht jedes Mitglieds, die eigene Sichtweise einzubringen, sondern aus der umfassenden Bedeutung heraus sogar eine innere „Verpflichtung", das Team an der wohlbedachten Meinung teilhaben zu lassen.

5. Übereinstimmung in der Entscheidung

Wenn es um die Beschlussfassung geht, gibt es zwei stets präsente Fußangeln, in die man hineintappen kann. Die eine ist der Drang, zu früh zu einer Entscheidung zu kommen, bevor das Thema ausreichend beraten worden ist. Die zweite ergibt sich, wenn über den Punkt der Entscheidung hinaus weiter gesprochen wird. Im ersten Fall erweist sich der Beschluss als nicht ausreichend durchdacht und ausgereift. Im zweiten Fall, wenn die Beratung über den Reifepunkt der Lösungsfindung hinaus andauert, besteht die Gefahr, dass das Ergebnis zerredet und verwässert wird. Übereinstimmendes wird wieder zerlegt und zerfällt in zusammenhanglose Einzelaspekte. In der Regel kristallisiert sich aus der Beratung heraus brennpunktartig eine Übereinstimmung als Konsens oder als Mehrheitssicht. Es ist eine Kunst, den genauen Zeitpunkt der Lösung zu erkennen. Zum Glück wird die Wahrnehmung dafür mit der Erfahrung immer sensibler.

Diese Phase der Beschlussfassung ist von besonderer Bedeutung und stellt generell das Ziel der Beratung dar. Wenn es nun den Anschein hat, dass das Team zu einer Antwort auf die behandelte Frage gekommen ist, sollte es zu einer Abstimmung kommen. Sozialpsychologen und Managementexperten auf dem Gebiet von systemischen Gruppenprozessen zeigen Einigkeit darüber, dass das Ziel der Teamberatung der Konsens sein sollte. Da jedoch in der Praxis nicht jeder Punkt bis zur gänzlichen

Übereinstimmung beraten werden kann und vieles sich auch erst in der Umsetzungsphase als Lernpotential zeigt, ist eine grundsätzliche Bindung an einen Mehrheitsbeschluss eine nützliche Vorgehensweise. Dies allerdings setzt voraus, dass allen Mitgliedern die Möglichkeit geboten wurde, in vollkommener Freiheit ihre Meinung zu äußern, ihre Beweisführungen vorzubringen und verstanden zu werden. Der besondere Charakterzug demokratischer Beschlussfassung liegt darin, seinen Beitrag zu äußern und nicht darin, seinen Lösungsvorschlag durchzusetzen.[142] Mitglieder eines Teams müssen erkennen, dass es nicht ihr Ziel sein kann, für die eine oder andere Idee zu kämpfen und Unterstützung zu gewinnen, sondern zu einer kollektiven Sicht, zu einem gemeinsamen Urteil zu gelangen, welche als Ausdruck der „schöpferischen Weisheit" des Teams eine höhere Ebene der Einsicht erschließt. Die Herausforderung für die effektive Beschlussfassung im Team ist nicht das Bestehen von Meinungsverschiedenheiten, sondern die Methode, wie man damit konstruktiv und im Sinne des andauernden Lernprozesses umgeht.

Wenn man also nicht zu einem Konsens kommt, auch wenn nur eine Person anderer Meinung ist, hat man zwei Wahlmöglichkeiten. Die eine wäre, das Thema für eine weitergehende Beratung aufzunehmen. Möglicherweise fehlen notwendige Informationen oder das Problem wurde noch nicht ausreichend erörtert. Oft taucht in der Folge eine neue Idee oder ein neuer Gesichtspunkt auf, was den Zugang zu einem höherwertigen Ergebnis eröffnet. Das Ziel des Teams bleibt es, die bestmögliche Lösung zu finden und nicht bloß eine Entscheidung zu treffen. Wenn jedoch die Meinung besteht, dass das Thema ausreichend behandelt wurde, wäre die zweite Möglichkeit, abzustimmen, sich an den Mehrheitsbeschluss zu halten und offen zu bleiben für die Lernerfahrung im Zuge der Umsetzung in die Praxis. Wie Bill O'Brien, CEO von Hanover Insurance, aus seiner Erfahrung bestätigt, ist dieser demokratische Prozess für die meisten Personen durchaus nachvollziehbar: „*Offenbar können Menschen sehr gut mit einer Situation leben, in der sie ihren Standpunkt darlegen können, auch wenn schließlich ein anderer Vorschlag angenommen wird, solange der Lernprozess offen bleibt und jeder mit Integrität handelt.*"

Obwohl Einstimmigkeit vorzuziehen ist, stellt sie keine zwingende Notwendigkeit für eine Teamberatung dar. Ab dem Zeitpunkt der Be-

---

[142] vgl. Maier und Hayes, *Creative Management*

schlussfassung gilt allerdings der Vorrang des Mehrheitswillens, welcher als Entscheidung des gesamten Teams angesehen und von allen Mitgliedern ungeachtet ihrer früheren Ansichten akzeptiert werden sollte. Die Unversehrtheit des Teams und ihre Einheit stehen an erster Stelle. Jede Handlung, die den Bestand der Institution gefährden und zu Zwietracht und Spaltung führen könnte, bedeutet einen weit größeren Schaden als sogar eine falsche Entscheidung zu treffen. Ein Team als lernende Körperschaft kann jederzeit aufgrund der aus der Praxis gewonnenen Erfahrungen den Beschluss neu bewerten, erneut beraten und zu einer umfassenderen Entscheidung kommen. Sollte jedoch die Einheit des Teams durch Parteibildung und Entfremdung verloren gehen, dann wäre der Lernprozess blockiert, und dieses Team könnte niemals mehr zu gemeinsamen Ergebnissen gelangen. Auch wäre damit weder die Richtigkeit einer Idee noch das Gegenteil dessen bewiesen. So kann man aus systemischer Sicht gut nachvollziehen, dass es für die Teammitglieder nicht statthaft wäre, einen zuvor gefassten Beschluss innerhalb oder außerhalb der Sitzung zu beanstanden oder zu kritisieren, denn solche Kritik würde verhindern, dass ein Beschluss überhaupt umgesetzt und praktische Erfahrung gemacht wird. Auch gibt es innerhalb von Teams keinen Platz für Oppositionshaltungen. Eine Sache muss nach ihrem wahren Wert beurteilt, nicht durch organisierte Opposition unzureichend oder falsch dargestellt werden. Mehr noch, müsste es im ureigensten Interesse aller Teammitglieder sein, durch volle Unterstützung des gefassten Beschlusses und dessen gemeinschaftliche Umsetzung in die Praxis zu lernen und für künftige Fälle neue Erfahrungen zu sammeln. Aus der Tatsache, dass systemisches Lernen ein Lernen über Feedback-Kreisläufe darstellt, ergibt sich, dass sich die Richtigkeit jedes Beschlusses erst durch die praktische Erfahrung im gemeinsamen Handeln herausstellt. Die Annahme eines Mehrheitsbeschlusses mag für manche aus ihrer Tradition heraus eine große persönliche Herausforderung bedeuten, doch genau darin kommt das vorrangige unterscheidende Merkmal echter Teamarbeit gegenüber herkömmlichen Gruppendiskussionen und auf Machtkampf beruhenden Kompromisslösungen zum Ausdruck.

6. Umsetzung in die Praxis

Ab dem Zeitpunkt vollzogener Abstimmung gibt es keinen Mehrheitsbeschluss mehr, sondern nur noch die *gemeinsame Teamentscheidung*.

Diese in die Praxis umzusetzen, ist implizit Teil des Beschlusses, und es liegt im Interesse aller Mitglieder, dazu beizutragen, dass er realisiert wird. Mit der Lösungsfindung hört ein Team nicht auf, ein Team zu sein. Ein Team ist eine Lerneinheit, also muss sichergestellt werden, dass der Lernprozess nicht abbricht. Dieser ist nicht abgeschlossen, solange die Entscheidung nicht ausgeführt wurde. Die Richtigkeit einer Idee muss sich erst in der Praxis beweisen und ohne diesen Schritt ist der Kreislauf des Lernens nicht geschlossen. Nach dem gemeinsamen Beratungsprozess und den integrativen Erkenntnissen gilt es nun, sich das Beweisverfahren für die Richtigkeit aus der Praxis zu holen. Denn erst durch Einheit im Handeln erweist es sich, ob eine Idee zutreffend ist oder nicht.

In diesem Gesamtprozess der Entscheidungsfindung im Team zeigt sich das harmonische Zusammenspiel aus Einheit und Vielfalt. Damit die Vielfalt produktiv zum Ausdruck kommen und der Reichtum an Ideen und Erfahrungen, der in den Teilnehmern latent vorhanden ist, einfließen kann, bedarf es der vorausgehenden *Einheit und Übereinstimmung in der Vision*. Ohne diesen gemeinsamen Fokus würde Vielfalt zur Zersplitterung und zu Konflikten führen. Daher neigen viele Gruppen, denen dieser gemeinsame Bezug fehlt, dazu, die Klippen durch Homogenität in der Mitgliederbesetzung und durch Uniformierung und Harmonisierung des Meinungsrahmens zu umschiffen. Oft werden schon im Vorfeld Allianzen gebildet und die Stärkenverhältnisse ausgelotet, um sicher zu gehen, dass die eigene Meinung eine Mehrheit erhält. Alle derartigen Zwänge sind der echten Teamberatung fremd. Das Interesse liegt in einem gemeinsamen Lernprozess, der zur bestmöglichen Lösung führen soll und an dem alle beteiligt sind und sich damit identifizieren können. Demzufolge ist es unabdingbar, dass der Bogen nach der Beschlussfassung wieder zur Einheit führt, und zwar zur *Einheit im Handeln*.

Teil dieses durchgängigen Bogens ist auch die Evaluierung nach Abschluss eines Projektes. Was immer aus der Umsetzung gelernt wurde, findet Eingang in die Reflexion und hat den Sinn, die Qualität der Teamberatung und Entscheidungsfindung zu verbessern. „Was lernen wir daraus?", ist die Kernfrage und im Sinne der beiden Arten von Feedback-Kreisläufen gibt es etwas zu lernen sowohl, wenn es funktioniert hat, als auch wenn die Ergebnisse nicht entsprechend waren. Diese Nachbesprechung darf allerdings nicht als Gelegenheit für persönliche Profilierung, Vorwürfe und Schuldzuweisungen missverstanden werden.

Aussagen wie: „Ich habe es euch gesagt, ihr wolltet ja nicht auf mich hören." oder „Wir hätten uns viel Zeit ersparen können, wenn wir gleich das gemacht hätten, was ich vorgeschlagen habe!" sind wenig zielführend, weil sie in letzter Konsequenz bedeuten würden, dass man zurückgehen sollte zu Formen patriarchalischer Entscheidungsfindung, wo eine Person sagt, was zu tun ist, und alle anderen nur gehorchen. Auch wenn die Macht der Gewohnheit und die Attraktion der *einfachen Lösung* eine große Versuchung darstellen, gibt es keine wirkliche Alternative zur interdependenten Reife. In diesem Fall müssen wir für kooperatives Lernen und integrative Erfahrungen bereit sein. Nicht Angst vor Fehlern, Streben nach Perfektionismus und Sicherheitsdenken durch Verharren in der Tradition, sondern eine dynamische Lernatmosphäre, Offenheit, Flexibilität und systemisches Verständnis sind die Merkmale teamorientierter Lernkultur. Aus dem ganzen Prozess müssen das Team und die Mitglieder mehr geeint, gestärkt, motiviert, mit tieferem Verständnis und klarerer Vision hervorgehen.

Richtige Entscheidungen

Der Abteilungsleiter eines internationalen Unternehmens geht in Pension und bestimmt einen jungen Manager zu seinem Nachfolger. Der junge Mann ist sehr stolz und dankbar über die besondere Chance, die sich ihm dadurch eröffnet. Um den reichen Erfahrungsschatz seines Vorgängers nicht mit ihm in Pension gehen zu lassen, fragt er ihn: „Ich habe schon so viel Wichtiges von Ihnen gelernt und weiß all das sehr zu schätzen, aber wenn es noch eine Quintessenz gäbe, etwas, das das Wichtigste Ihrer Weisheiten wäre, etwas, das meinen Erfolg und das Wohlergehen aller Beteiligten sicherstellen würde, was wäre das?"
Der Alte antwortet wohlwollend aber kurz: „Richtige Entscheidungen."
„Nun, das dachte ich mir schon", antwortet der Jüngere, „aber wie kommt man denn zu richtigen Entscheidungen?"
„Erfahrung", ist die knappe Antwort.
„Zweifellos. Und manche meinen, Erfahrung käme mit dem Alter. Aber wir beide wissen, es gibt ältere Kollegen, die anscheinend älter geworden sind, aber nichts gelernt haben. Woher kommt denn Erfahrung tatsächlich?"
„Falsche Entscheidungen!"[143]

---

[143] Kambiz Poostchi, *Goldene Äpfel - Sinnbilder des Lebens*

Moderation im Team

Die Komplexität der Prozesse und die Notwendigkeit zur Aufrechterhaltung des hohen Standards im Umgang unter den Mitgliedern und im Ablauf der Teamberatung machen es unumgänglich, die Teammoderation als eigene interne Funktion im Team abzudecken. Doch kann nicht deutlich genug darauf hingewiesen werden, dass diese Aufgabe in keiner Weise mit einer Position oder hierarchischen Stellung verbunden ist. Die strukturbedingte Gleichstellung aller Mitglieder wird dadurch nicht im Geringsten eingeschränkt. Vielmehr ist die Moderation als eine Dienstleistung zu verstehen, die dem besonderen Qualitätsanspruch des Teamberatungsprozesses entsprechen soll. Der Teammoderator hat sich als „Prozessbegleiter" zu verstehen, der das Team zusammenhält, das Denken im Geist der Teamberatung lebendig hält und nicht zulässt, dass die Denkgewohnheiten in Richtung Diskussion und Streitgespräch abgleiten. Im Allgemeinen umfasst das Verantwortungsfeld der Teammoderation zwei Hauptbereiche:

1. Förderung des Zusammenhalts innerhalb des Teams
   (Integration)
2. konstruktive Begleitung des Teamprozesses in Richtung Aufgabenerfüllung und Zielerreichung *(Effektivität und Effizienz)*

Teammoderation unterscheidet sich von der allgemein angewendeten Methode der Moderation bei Besprechungen, Sitzungen und Konferenzen in zwei Punkten. Während sich die allgemeine Moderation vorwiegend um die Zielerreichung bemüht und dabei eine Vielfalt von Methoden und Techniken einsetzt, um die Teilnehmer zu motivieren und die Gruppe dorthin zu bringen, geht es im Team um das Gleichgewicht zwischen Zusammenhalt und Teamleistung. Das bedeutet, dass die Teammoderation sowohl die Aufgabe hat, den Sinn und Zweck, die Identität und die systemische Einheit des Teams zu bewahren und zu vertiefen als auch das Team als Ganzheit durch den Prozess der Beratung und Entscheidungsfindung zu führen. Die besondere Herausforderung und die Kunst bestehen darin, nicht bloß die Einzelmeinungen der Teammitglieder einzufordern und zu sammeln, sondern die Beratung auf die Ebene integrativen Austauschs zu führen und Ergebnisse zu erzielen, die Ausdruck des kollektiven Lern- und Meinungsbildungsprozesses sind. Für ein Team ist es nicht ausreichend, lediglich jedem Mitglied die Möglichkeit zu bieten, gehört zu werden und seine Meinung einzubringen. Auch das Sammeln und Ordnen der Ideen und Vorschläge und das Delegieren von Aufgaben zur konkreten Umsetzung allein werden dem besonderen Charakter und den innewohnenden Möglichkeiten eines echten Teams nicht gerecht. Der Prozess des gemeinsamen Lernens aus der Vielfalt komplementärer Sichtweisen und Erfahrungen der Mitglieder und der Durchbruch zur Ebene des Hervortretens einer gemeinschaftlichen Schau und Lösung ist das hervorstechende unterscheidende Merkmal echter Teamarbeit und die große Herausforderung an das gesamte Team einschließlich des Moderators. Wenn man diese Ebene der Lösungsfindung nicht erreicht, bleibt das Ziel, als Team eine Übersummation der Potentiale und Fähigkeiten zu erreichen, unerfüllt. Auch wenn die Person, die mit der Aufgabe der Moderation betraut wurde, in diesem Prozess nicht allein gelassen wird, da sich alle Mitglieder aus der Interdependenz ihrer Systemverantwortung für dessen Gelingen einsetzen, bleibt die Tatsache unbestritten, dass die Qualität der Teamberatung sehr stark von der Reife und der Kompetenz der Moderation beeinflusst wird.

Der zweite unterschiedliche Aspekt betrifft die Auswahl der Person des Moderators. Während man es im Allgemeinen vorzieht, diese Funktion extern zu besetzen, stellt die Teammoderation ebenso wie die Schriftführung eine interne Teamfunktion dar und wird von einem der Mitglieder wahrgenommen. Die Übertragung dieser Aufgaben erfolgt am besten durch eine anonym gehaltene Wahl ohne Kandidatenbestellung, wodurch sowohl die mehrheitliche Entscheidung des Teams zum Ausdruck kommt, als auch vermieden wird, dass Ambitionen und persönliches Vorteilsstreben den Ausschlag geben. Auch ist es nicht unbedingt ratsam, dass eine Führungsperson aus dem Linienmanagement oder aus der Projektleitung automatisch mit dieser Funktion betraut wird, da man damit Gefahr läuft, eine strukturelle Hierarchie in das Team zu bringen und damit die gedeihliche Entwicklung zu blockieren. Zur erfolgreichen Teammoderation gehört vor allem eine innere Haltung. Die Frage, ob ein Teammitglied für diese Aufgabe geeignet ist, ist keine Frage der Position. Vielmehr ist für die Ausfüllung der Moderatoren-Rolle eine innere Ausrichtung gefragt, die förderlich ist, um Teams erfolgreich zu begleiten. Teammoderation fordert von der damit beauftragten Person eher eine Haltung der Bescheidenheit, der Dienstbereitschaft zum Wohl des Ganzen, Reinheit der Motive und ein tieferes Verständnis für systemische Vorgänge und Zusammenhänge. Diese Qualitäten und Charakterzüge sind in besonderem Maße auch deshalb ausschlaggebend, da es bei der Teammoderation darum geht, einerseits klar die Verantwortung für den Prozess auszuüben, andererseits jedoch inhaltlich in keiner Weise die Entscheidungsbildung des Teams zu beeinflussen und sich als allen anderen Mitglieder gleichgestellt zu betrachten. Weder darf sich der Moderator erlauben, die eigene Meinung über die anderer zu stellen, andere abzuwerten oder auf andere Weise suggestiv zu kommentieren, noch stellt er die Instanz dar, welche über die inhaltliche Relevanz oder Qualität der Beiträge ein Urteil zu fällen hat. Inhaltlich nimmt er dieselbe Stufe ein wie alle anderen Teammitglieder und hat lediglich den Prozess der Beratung so zu steuern, dass das Team zum bestmöglichen Ergebnis gelangen kann. Daraus lassen sich also zwei *Handlungsebenen des Moderators* unterscheiden:

- **Inhaltlich**: Handlungen, die sich auf das Thema beziehen, wie Analysieren des Problems, Entwickeln von Ideen, Einbringen von Vorschlägen etc. Darin nimmt er dieselbe Stufe ein wie alle anderen Mitglieder im Team.
- **Strukturell**: Handlungen, die sich auf den Prozess der Teamberatung beziehen, wie Erklären und Anleiten der Methode, Moderation der Wortbeiträge, Wahrung der Regeln, Motivation der Teilnehmer, schriftliches Festhalten der Ergebnisse und Visualisieren von Beiträgen[144] etc. Der Moderator betätigt sich dabei auf der Metaebene, er strukturiert die Sitzung und kanalisiert die Beiträge der Teilnehmer, so dass sie in den Rahmen der verwendeten Methode passen. Er sollte immer den roten Faden im Auge behalten und die Richtung anzeigen, in die die Bearbeitung gehen kann. Er sollte dafür ausreichend viele Methoden kennen und diese aus seinem Repertoire anbieten, um das Team bei der Lösungsfindung zu unterstützen. Außerdem muss er die Prozesse im Team beobachten und darauf entsprechend reagieren. Erfolg und Zielerreichung sind immer ein Gemeinschaftsprodukt aller Beteiligten. Der Moderator ist jedoch derjenige, der den Überblick behält, Themen einleitet, Beratungen zusammenfasst,

---

[144] Mit der Aufgabe der Verschriftlichung und Visualisierung bzw. der Protokollführung als eigene Funktion kann auch ein anderes Mitglied betraut werden.

methodische Hinweise gibt, darauf achtet, dass jeder zu Wort kommt und so den Prozess beim Erarbeiten von Lösungen vorantreibt. Dieser Bereich, der stark die Qualität der Teamberatung beeinflusst, bestimmt seine eigentliche Funktion.

Diese äußerst anspruchsvolle wie auch wichtige Aufgabe der Teammoderation erfordert neben einem hohen Grad an Fachkompetenz auch ausgeprägte Qualitäten der Sozial- und Selbstkompetenz. Moderation bedeutet die Leitung des Teamprozesses im Geist der Partnerschaft in Richtung eines Zieles. Ein Moderator übt die Funktion des Steuermanns oder Navigators im Team aus. Gemeinsam mit den anderen Teammitgliedern bearbeitet er gleichwertig ein bestimmtes Thema. In keinem Fall übernimmt er die Kapitänsrolle. Er ist eher ein Begleiter, aber nie der Entscheider.

Aufgaben des Teammoderators

Der Teammoderator hat dafür zu sorgen, dass im Ablauf der Teamberatung den Kriterien, die im Abschnitt über die *Entscheidungsfindung im Team* behandelt wurden, entsprochen wird:

1. Ausrichtung auf Systembezug

Bevor mit der eigentlichen Beratung begonnen wird, sollte man den Fokus auf den Systembezug und den Geist der gemeinsamen Ausrichtung als Fundament echter Teamkultur lenken und den inneren Kompass des Teams neu justieren. Die bewusste Einstimmung zu Beginn einer Sitzung, die oft nur aus einigen einleitenden Worten des Moderators oder eines anderen Teammitglieds bestehen kann, ruft die Grundlage des Sinns und Zweckes und der Verbindlichkeit des Zusammenwirkens ins Gedächtnis und schafft ein höheres Maß an Integration und Effektivität im Gesamtablauf. Auch wird damit den Mitgliedern Gelegenheit geboten, Abstand von ihren aktuellen Alltagsthemen zu gewinnen und – davon losgelöst – in den Beratungsprozess einzusteigen, was sowohl die Qualität als auch den Fluss gemeinsamer Lösungsfindung verbessert.

2. Erfassen des Themas und der Hintergründe

Auch wenn diesem Erfordernis großteils durch eine gute Sitzungsvorbereitung und Vorinformation der Mitglieder entsprochen werden kann, ist es zweckmäßig, sich eingangs dessen zu vergewissern, dass alle tatsächlich denselben Wissensstand besitzen und die Aufgabenstellung übereinstimmend verstehen. Gerade aus dem Wissen über die Dynamik der Kommunikationsebenen wird manifest, dass die Verwendung gleicher Begriffe und Ausdrücke keine Garantie dafür ist, dass damit auch dieselben Vorstellungen und Bedeutungen verknüpft werden. Hierbei ist der Teammoderator gefordert, sich auch der tiefenstrukturellen Übereinstimmung der Sichtweisen zu vergewissern. Zum Erkennen eventuell abweichenden Verständnisses und vorhandener innerer Einwände bei einzelnen Mitgliedern kann sich dieser nicht nur auf die verbalen Äußerungen verlassen, sondern sollte in der Lage sein, sich auch auf die nonverbalen Signale zu kalibrieren. Denn vieles wird nicht offen kommuniziert, was jedoch das Bedürfnis und die Erwartung, verstanden und beachtet zu werden, nicht mindert.

Gerade bei wichtigen und umfassenderen Themen sollte der Moderator dem Team die Zeit einräumen, Klarheit über die mit dem jeweiligen Thema verbundenen angestrebten Prinzipien, Werte und Intentionen zu gewinnen und damit eine höhere Ebene der Übereinstimmung und der gemeinsamen Vision zu erreichen. In dieser Phase braucht es besonders viel Einfühlungsvermögen aber auch Prozesssicherheit und Überblick, nicht der Dringlichkeitssucht zu verfallen und zu früh in den Prozess der Lösungssuche einzusteigen.

3. Aussprache und Entscheidung

Es obliegt dem Teammoderator, nach Erreichen der gemeinsamen Vision um Vorschläge und Beiträge zu bitten und die eigentliche Beratungsphase zu eröffnen. In speziellen Fällen mag es durchaus angebracht erscheinen, spezielle Methoden oder Kreativitätstechniken einzusetzen, um tatsächlich den Fluss des Kreativpotentials zu eröffnen und laterales Denken[145] zu erlauben. Dafür gibt es eine Palette an geeigneten Model-

---

[145] Edward de Bono hat eine Theorie des kreativen Denkens und Handelns entwickelt, in der er das *laterale Denken* (*Querdenken*) dem vertikalen Denken (logisches Schlussfol-

len, die sich in der Praxis bewährt haben und von denen einige im Teil 4 dieses Buches angeführt sind.

Die Herausforderung dieser Phase besteht für den Moderator darin, wertschätzend aber nicht nivellierend mit der Vielfalt der Meinungen umzugehen. Unter Umständen mag es sogar notwendig erscheinen, einzelne eher zurückhaltende Teilnehmer direkt anzusprechen und deren Meinungen einzuholen. In jedem Fall hat der Moderator dafür zu sorgen und sicher zu stellen, dass alle Beiträge verstanden werden. Eine Visualisierung der Vorschläge wird nicht nur als Wertschätzung empfunden, sondern garantiert auch einen gleichwertigen Informationszugang für alle Beteiligten. Einerseits vermeidet man dadurch beharrende Wiederholungen der Vorschläge aus dem vermeintlichen Eindruck, nicht verstanden worden zu sein, andererseits schafft man mehr Klarheit und Selbständigkeit für alle Teilnehmer und damit auch ein höheres Maß an Eindeutigkeit und Verbindlichkeit, wenn es zur Beschlussfassung kommt.

Konsens ist wichtig. Daher sollte man sehr viel tun, um ihn herbeizuführen. Aktive Arbeit an und für Konsens ist aber etwas ganz anderes, als das leider vielerorts zu beobachtende Harmoniestreben. Es gibt nur eine Möglichkeit, zu wirklich tragfähigem Konsens zu gelangen: nämlich durch Zulassen der Vielfalt von Meinungen. Erst durch das Zusammenfließen unterschiedlicher Sichtweisen und Ideen kann der *Geistesblitz* übereinstimmender Lösung hervorgehen. Alles andere wäre ein Taktieren und würde kaum der angestrebten Qualität der Problemlösung und noch weniger der Realisierungsstärke eines Teams entsprechen.

Wenn der Zeitpunkt für die Beschlussfassung gekommen ist, erweist es sich als sinnvoll, vor der Abstimmung eine zusammenfassende Formulierung der zur Entscheidung stehenden Alternativen zu liefern, damit nicht unterschiedliche Interpretationen in den Beschluss einfließen und später bei der Umsetzung Schwierigkeiten verursachen. Auch sollte der Moderator sicherstellen und eventuell abfragen, ob sich jedes Mitglied eine Meinung bilden konnte, bevor man zur eigentlichen Abstimmung übergeht. Da es im Team keine taktische Stimmenthaltung geben kann, ist es ausreichend, nach den unterstützenden Stimmen zu fragen und benötigt keine Gegenkontrolle. Ein Kenntlichmachen per Handzeichen

---

gern, Auswählen und Bewerten von Alternativen, Konzentration auf das Relevante) gegenübergestellt. Für de Bono ist laterales Denken kreatives Denken.

ist ausreichend, in vielen Fällen zeichnet sich ein Konsens schon vorher deutlich durch Zuspruch und körpersprachliche Signale ab. Auch dabei sollte der Moderator im Hinblick auf mögliche Einwände oder Bedenken sensibel sein, die durch nonverbale Signale zum Ausdruck kommen könnten. Wenn auch im Team kein Zwang zum Konsens besteht und ein Mehrheitsbeschluss durchaus von allen getragen wird, empfiehlt es sich, dabei nicht zu rigide vorzugehen und offen zu sein für die besonderen Chancen, die gerade in noch nicht zum Ausdruck gekommenen Bedenken verborgen liegen.

4. Ausführung des Beschlusses und Auswertung

Bestandteil der Beschlüsse sind Vorkehrungen und klare Abläufe für deren Umsetzung. Da Einheit in der Umsetzung und im Handeln die Grundlage der Teamverbindlichkeit und des Teamlernens ist, ist niemand ausgenommen, wenn es darum geht, mit ungeteilter Energie die Verwirklichung der Teamentscheidungen zu erreichen. Nur so kann sichergestellt werden, dass bei der nachträglichen Evaluierung des Projektes tatsächlich relevante Erkenntnisse gewonnen werden, die eine tiefere Einsicht verleihen und eine Weiterentwicklung des Gesamtteams in Richtung institutioneller Kompetenz ermöglichen.

Erfolgskriterien effizient moderierter Teamsitzungen

Die folgenden Kriterien sollte ein Teammoderator berücksichtigen:

- *Jede Sitzung gründlich vorbereiten:*
  Der Moderator bereitet den Sitzungsablauf anhand der erstellten Tagesordnung soweit vor, dass er sich während der Beratung auf den Prozess konzentrieren und diesen optimieren kann. Die eigentliche Arbeit wird in der Regel nicht in der Sitzung geleistet, sondern davor und danach. Die Wirksamkeit einer Beratung steht und fällt mit ihrer Vorbereitung und mit der Umsetzung der Beschlüsse nach der Besprechung. Die Improvisationskunst des Moderators wird jedoch auch bei bester Vorbereitung noch immer genügend gefordert, denn es taucht immer wieder Unvorhergesehenes auf. Die Beratung wird geleitet, ohne dabei forma-

le Regeln zu stark herauszustellen. Der Moderator stellt sich selbst nicht in den Mittelpunkt.

- *Sitzungen werden bewusst pünktlich begonnen:*
  Dies ist ein hilfreicher Beitrag zur Entwicklung einer Beratungskultur. Wenn sich das Team grundsätzlich über Zeitpunkt und Spielregeln geeinigt hat, kann und sollte pünktlich begonnen werden, auch wenn nicht alle Teilnehmer anwesend sind. Auf den Zeitplan der Tagesordnung ist größter Wert zu legen. Nötigenfalls ist dieser so vorzubereiten, dass jederzeit Orientierung herrscht, auch wenn es einmal hektisch zugeht. Von der strikten Zeitplaneinhaltung kann übereinstimmend abgewichen werden, wenn ein für den Projekterfolg wesentlicher inhaltlicher Punkt unzureichend besprochen würde. Bei einer Gefahr des Sich-Verzettelns sollten Detaildiskussionen vom Moderator unterbrochen und eventuell delegiert werden.

- *Das Ziel der Beratung am Beginn nochmals klarstellen und durchgehend im Auge behalten:*
  Der Moderator hält fest, welche Entscheidungen und Ergebnisse am Ende der Besprechung vorliegen müssen und macht auch zwischendurch bei einem Abweichen davon das Team darauf aufmerksam. Er sollte die Beratung auf die Hauptgedanken zurückbringen sowie durch stimulierende Fragen zahlreiche Lösungsvorschläge durch das Team erarbeiten lassen. Es ist die Aufgabe des Moderators, eine Balance zwischen Breite und Tiefe der Diskussion herzustellen. Nötigenfalls ist zu begründen, warum ein Punkt von besonderem Interesse ist und ihm deshalb mehr Raum, als ursprünglich geplant, gewährt wird.

- *Auf Prägnanz und Verständlichkeit der Aussagen achten:*
  Um Teammitglieder darin zu unterstützen, einander aufmerksam zuzuhören und Ideen anderer auch weiterzuverfolgen, ist es hilfreich, zwischendurch das Gesprochene zusammenzufassen und eventuell durch anregende Fragen den Prozess weiterzuführen. Die wesentlichen Beiträge sollten für alle sichtbar am Flip-Chart mitgeschrieben werden. Dies erhöht die Identifikation aller Teilnehmer mit den Besprechungsergebnissen. Jeder ist im Ablauf

der Sitzung zu jeder Zeit voll informiert. Außerdem wird dadurch die Protokollierung der Beschlüsse erleichtert.

- *Es sollte ungeteilte Aufmerksamkeit verlangt werden.*
  Jedes Mitglied hat das Recht gehört und verstanden zu werden. Der Moderator sorgt dafür, dass immer nur eine Person redet. Nebengespräche sind zu unterbinden. Um die Aufnahmefähigkeit der Teilnehmer nicht über Gebühr zu belasten, sind kurze Pausen zur Erholung einzuplanen. Auch Bewegungsübungen, Lachen und Humor sind förderlich und bedeuten keinen Zeitverlust.

- *Missverständnisse ausräumen:*
  Auftretende Missverständnisse, Informationslücken u.ä. sollten sofort behandelt und korrigiert werden. Bei tiefer gehenden Problemen oder Konflikten ist es ratsam, Lösungsschritte zu beschließen, bevor man zur Tagesordnung zurückgeht.

- *Kein Tagesordnungspunkt ohne Aktion:*
  In sehr vielen Organisationen ist der eigentliche Schwachpunkt die Realisierung. Besprechungen und Teamberatungen erfüllen keinen Selbstzweck, sondern dienen der Erreichung wohlgeformter Leistungsziele. Nach jedem behandelten Tagesordnungspunkt muss der Besprechungsleiter dafür sorgen, dass Klarheit über die erforderlichen Maßnahmen hergestellt wird, um die Entscheidung auch umzusetzen. Diese Festlegungen werden ins Protokoll aufgenommen, wodurch die Wirksamkeit sichergestellt wird.

- *Maßnahmen für die Zeit nach der Besprechung:*
  Größter Wert ist auf die Vereinbarung von Maßnahmen für die Zeit nach der Beratung zu legen. Gegebenenfalls formuliert der Moderator die Beschlüsse direkt und sofort für das Protokoll und schlägt, wann immer möglich, sofort die Festlegung persönlich Verantwortlicher für den Vollzug vereinbarter Aufgaben sowie für einen Termin vor. Zur Sitzungsnachbereitung gehört vor allem die Erstellung eines geeigneten Protokolls. Mit Hilfe von Protokollen werden Ideen, Erkenntnisse, Entscheidungsprozesse

festgehalten, um die Sinnhaftigkeit einer Vorgangsweise auch für spätere Phasen transparent zu machen. Ein weiteres Ziel, das mit Besprechungsprotokollen verfolgt wird, ist es, die Vereinbarung der weiteren Umsetzungsaufgaben samt Verantwortlichen und Erledigungstermin (Aktivitätenplan) zu dokumentieren, damit die Besprechungsteilnehmer das Protokoll sofort als Checkliste benützen können. Um diesem zweiten Ziel gerecht zu werden, sollte ein Besprechungsprotokoll möglichst bald nach der Sitzung zur Verfügung gestellt werden.

- *Zusammenfassung der wichtigsten Resultate und Feedback*
  Die Beratung ist mit einer ganz kurzen Zusammenfassung der wichtigsten Resultate, ohne nochmals auf die Inhalte einzugehen, mit einem Hinweis auf den nächsten Sitzungstermin und mit Wertschätzung für die Mitarbeit aller pünktlich zu schließen. Als zweckmäßig hat es sich erwiesen, das Ganze mit einer kurzen Feedbackrunde in Bezug auf den Teamprozess zu beenden.

Grundformen von Teams

Teamberatung ist sowohl ein Weg, gemeinsam etwas zu bedenken und einer Entscheidung zuzuführen, als auch eine Möglichkeit, einer Idee zu gestatten, sich zu entfalten. Im ersten Fall geht es mehr um eine *konvergierende* Lösungssuche, wobei durch Fokussierung der Sichtweisen auf ein konkretes Thema oder ein anstehendes Problem die bestmögliche Entscheidung gesucht wird. Im zweiten Fall kann das Ziel in einer *divergierenden* Lösungssuche liegen, bei der sich der Blick für neue Möglichkeiten und Chancen weitet und vielleicht sogar mehr Fragen als Antworten auftauchen. Auch eine Kombination beider Formen kann durchaus sinnvoll und nützlich sein, wenn es darum geht, zuerst neue innovative Ebenen zu erklimmen, bevor man zu einer übereinstimmenden Entscheidung kommt. In allen Fällen wird nicht bloßer Austausch persönlicher Sichtweisen angestrebt, sondern das gemeinsame Erreichen jener Ebene kollektiver Erkenntnis und integrativen Lernens, welche durch bloß individuelles Denken nicht erschlossen werden kann. Im Allgemeinen ist das Endresultat recht verschieden sowohl von den ursprünglichen Gedanken als auch von den ergänzend eingebrachten Beiträgen der Teammitglieder. Es ist weder ein Kompromiss noch eine bloße Addition der Einzelideen: Es ist *eine neue Schöpfung*, welche als Qualitätsmerkmal des Teams hervortritt.

Aus der grundsätzlichen Orientierung der Zielsetzung für die Teamberatung ergeben sich zwei unterschiedliche Kategorien von Teams. Dies stellt durchaus ein wichtiges Kriterium dar, wenn es darum geht, das Teamsystem zu definieren und die Verbindlichkeit der Mitglieder einzuholen. Viele Folgeprobleme ließen sich vermeiden, wenn man gleich zu Beginn bei diesen Aspekten für mehr Klarheit sorgen würde:

Entscheidungsteams

Bei diesem Typus liegt das Ziel eindeutig darin, in Bezug auf das zu behandelnde Thema zu einer Entscheidung zu kommen. Meinungen laufen dabei zu einem Handlungsbeschluss zusammen und unterschiedliche Ansichten führen zu Entscheidungen, worauf sich das Team zu einigen hat. Zu dieser Kategorie gehören Managementteams, Leiterteams, Projektteams, Planungsteams, diverse Ausschüsse und Komitees, aber auch der Familienrat in den meisten Fällen.

Aus ihrer Einbettung in der Organisationsstruktur und der Führungshierarchie von Unternehmen können Entscheidungsteams allerdings zwei unterschiedliche Prägungen annehmen:

1. Selbstorganisierte eigenverantwortliche Entscheidungsteams

In diesem Fall wird die Gesamtverantwortung für ein Projekt oder ein Aufgabengebiet ausschließlich dem Team übertragen. Es fungiert als Leiterteam und ist direkt der jeweiligen Ebene des Linienmanagements zugeordnet.

2. Beratende Entscheidungsteams

Auch wenn diese Teams denselben internen Prozess durchlaufen, so tragen sie nicht die Verantwortung der Letztentscheidung, sei es dass diese einem verantwortlichen Projektleiter zugeordnet ist, oder dass diese Gremien als beratende Boards fungieren.[146] Wichtig für die Mitglieder ist es, Klarheit darüber zu haben, dass die Teambeschlüsse einen Empfehlungscharakter haben und das Team eine beratende Funktion für die jeweiligen Entscheidungsinstanzen einnimmt. Aus einer Verwechslung dieser beiden Teamfunktionen entstehen in der Praxis häufig vermeidbare Enttäuschungen und Frustrationserfahrungen, die die Motivation und die Verbindlichkeit stark beeinträchtigen können. Die meisten Projektteams im Rahmen von Organisationen haben eher diese Form, während das Eigenverständnis der Teammitglieder nicht selten in Richtung eines eigenverantwortlichen Entscheidungsteams geht. Sollte der Projektleiter dann eine Teamentscheidung revidieren, trifft das auf wenig Gegenliebe und löst heftige Konflikte aus.

3. Studienzirkel und Lernteams

Bei dieser Art von Teams steht die Erforschung komplexer Fragen im Vordergrund. Meinungen und Sichtweisen weiten sich aus. Es wird nicht unbedingt eine Fokussierung in Richtung eines Beschlusses angestrebt, sondern ein umfassendes Verständnis für komplexe Fragen. Zu dieser Kategorie gehören Studiengruppen, interdisziplinäre Wissenschafts- oder Forschungsteams sowie Lerngruppen von Schülern und Studenten, denen es darum geht, sich ein Fachgebiet zu erschließen und neben der Breite auch die Tiefe auszuloten.

4. Virtuelle Teams

Mit Zunahme der Internationalisierung der Märkte und der Unternehmensabläufe sowie der Schaffung unterstützender Informationstechnik der Telekooperation gewinnt diese Sonderform eines Teams zunehmend an Bedeutung. Dabei treten räumlich getrennte Kooperationspartner mit gemeinsamer Verantwortung für definierte Arbeitsaufgaben unter Ver-

---

[146] Ein interessantes Beispiel dafür findet sich bei der Firma Hanover Insurance, wo man zur Aufrechterhaltung einer gesunden Dezentralisierung ein Netzwerk an internen *Beratenden Boards* einführte, deren Aufgabe darin bestand, die dezentralen Generaldirektoren zu beraten. Sie sollten eine äußere Meinung und eine breitere Perspektive einbringen und die Leistungsfähigkeit des lokalen Managements stärken. Ihre primäre Aufgabe bestand darin, Empfehlungen zu geben und zu beraten, aber nicht die dezentralen Entscheidungsträger zu kontrollieren. (zitiert bei Senge 1996)

wendung heterogener technischer Telekommunikationssysteme in Verbindung. Auch wenn man begrifflich weniger von virtuellen als von *medial gesteuerten Teams* sprechen sollte, bleibt die Tatsache, dass die persönliche Kommunikation nicht zur Gänze durch die routinisierte Kooperation und Koordination ersetzt werden kann. Sollen die Qualitäten echter Teamberatung auch bei diesen oft unternehmensübergreifenden Netzwerken zum Ausdruck kommen, wird es notwendig sein, dass in gewissen Zeitabständen die Mitglieder sich zu persönlichem Austausch und Feedback „face to face" zusammenfinden und echte Teamsitzungen abhalten. Ganz sicher bedarf der Aufbauprozess der Teamentwicklung der realen Präsenz der Teammitglieder. Erst wenn die systemische Einheit des Teams klar definiert und integriert wurde, können Kommunikationsabläufe auch bei räumlicher Trennung zielbezogen und reibungslos durchgeführt werden.

TEIL 3

EINSATZ VON TEAMBERATUNG

Immer strebe zum Ganzen,
und kannst du selber kein Ganzes werden,
als dienendes Glied schließ an ein Ganzes dich an.

Friedrich Schiller

Wir leben in einer Zeit wachsender Kooperationen, Allianzen und Netz-werke. Diese Vernetzungen bilden die Voraussetzung für einen erfolg-reichen Wandel. In der Praxis entsteht eine nachhaltige Veränderung selten als ein Top-Down-Prozess oder auf Anweisung eines Einzelnen. Echter, gelebter, tiefgründiger Wandel beginnt vielmehr als lokale Akti-on, die bald globale Auswirkungen zeigt. Neues entsteht durch Verbin-dungen. Daher hat jeder Prozess, der durch intensive, dauerhafte Bezie-hungen entsteht, die Chance, einen Wandel auf höherer Ebene auszulö-sen. Aus der Arbeit im Kleinen kann so eine umfassende Kraft der Er-neuerung entstehen, stark genug, um eine Gemeinschaft aufzubauen, der alle zugehören wollen, ein Sozialsystem, in welchem der *Faktor Mensch* das wichtigste Element ist, das gefördert werden muss. Gerade wenn es um kollektive Entscheidungsfindung und Kooperation geht, darf nicht übersehen werden, dass die Wahl der Perspektive eine bedeutende De-terminante darstellt. Es gibt keine rationale Entscheidung, die nicht durch die Weltsicht, die Definition der eigenen Identität und Zugehörig-keit und durch die Prinzipien und Werte geformt wird. Der Paradigmen-wechsel in den letzten Jahren hat sich in Bezug auf Organisationen und Unternehmen teils schleichend, teils radikal vollzogen und ist Signal für eine Entwicklung, die weiter anhalten, ja sich sogar beschleunigen und ausweiten wird. Er stellt eine große Herausforderung dar an die Struktur, die Kommunikation und die Form der Interaktion in und zwischen Mit-arbeitern, Teams und Abteilungen eines Unternehmens. Es erfordert ein massives Umdenken in unserem Denkmodell in Bezug auf Rang und Status, die Art unserer Zusammenarbeit, die Kommunikation, unsere Präsenz und Arbeitsweise, aber auch eine völlige Neuorientierung in der Bedeutung von Wissen, Lernen und Entscheidung im Unternehmen.

In Teams stehen nicht die Organisation und die Prozeduren im Vor-dergrund, sondern die Persönlichkeiten der Mitglieder und das Zusam-menwirken des individuellen und kollektiven Expertenwissens. Das Team kann als eine polyzentrische Organisationseinheit beschrieben werden, welche partizipative Entscheidungsstrukturen aufweist. Eine Koordination in Teamstrukturen wird durch horizontale Abstimmung zwischen prinzipiell gleichberechtigten und von grundsätzlich autono-men aber interdependenten Entscheidungsträgern erreicht, die ihre Ent-scheidung durch allseitige Übereinkunft fällen. Dem Weisungsprinzip der monozentrischen Hierarchie wird damit das Beratungsprinzip einer Heterarchie entgegengesetzt, so dass das Team auch als Beratungssystem charakterisiert werden kann. Es wird durch seine besondere Verknüpfung zwischen Autonomie und Integration zu einer flexiblen Organisationsform, die auf die vielschichtig verteilte komplementäre Intelligenz ihrer Mitglieder zurückgreift, ihre Kreativität stimuliert und die Fähigkeit besitzt, Koordinationsmuster spontan und situationsbezogen auszubilden.

Für ein Unternehmen, das sich den Herausforderungen der Zukunft öffnen möchte, bietet Teamarbeit eine besondere Chance der Entwicklung. Während man sonst die Meinung vertritt, dass dort, wo Menschen verschieden sind und unterschiedliche Ansichten vertreten, die Zusammenarbeit schwierig und konfliktgeladen wird, bildet genau diese Vielfalt die Ressourcenquelle für ein echtes Team. Schwierig ist es nur dort, wo Gruppenmitglieder in ausschließendem „Entweder-oder-Denken" bei den unterschiedlichen Sichtweisen hängen bleiben und beginnen, diese Standpunkte in Schützengraben-Manier zu verteidigen und zu rechtfertigen. Die orientalische Geschichte mit den Blinden, die einen Elefanten erkunden sollten, ist ein gutes Beispiel für dieses Prinzip. Die Tatsache, dass der eine Blinde ein Bein, der andere die Seite, andere den Rüssel, den Schwanz oder die Ohren des Elefanten erfasst hatten, stellt an sich nicht das Problem dar. Konfliktreich und unproduktiv wird es nur, wenn jeder versucht, das Ganze, also den Elefanten, auf seine eigene Teilwahrnehmung zu reduzieren und alle anderen auszuschließen und anzugreifen. Wenn jeder die eigene Teilwahrheit zur Allgemeingültigkeit erhebt, bleiben Streit, Kampf, Ausgrenzung, gegenseitige Abwertung und Verletzung nicht aus. Geht man jedoch davon aus, dass die Erfahrung und Sichtweise jeder Person von Bedeutung und Wert ist, dass aber das Ganze eben mehr ist als die bloße Summierung der Teilerkenntnisse, erwächst daraus eine Dynamik gemeinsamen Suchens und Forschens, um das Gesamtbild zu erfassen. Jede neue Perspektive ist willkommen, und man betrachtet einander als Partner in einer Art kreativer Expedition, deren Ziel nichts Geringeres als die bestmögliche Lösung auf einer höheren Ebene des „Sowohl-als-auch-Denkens" ist. Jeder ist interessiert an den Meinungen der anderen Mitglieder, man denkt gemeinsam nach, berät und lernt im Kollektiv. Solcherart stellt ein Teamprozess genau jene Entwicklung dar, wodurch ein Team durch einen gemeinsamen integrativen Lern- und Suchprozess geht und gemeinsam wächst, den Blick weitet und neue Erkenntnisse gewinnt. Teamlernen als übergeordnete Systemfähigkeit findet dann statt, wenn das Gesamtsystem einbezogen ist und nicht nur die individuellen Mitglieder, auch wenn diese noch so lernfähig und talentiert sind. Ein Team in einem Unternehmen ebenso wie eine Mannschaft im Sport, dessen Mitglieder wirklich gut zusammenarbeiten, wird Ergebnisse erzielen, die weit über dem liegen, was eine Ansammlung von einzeln wirkenden Akteuren erreichen könnte. Umgekehrt könnte eine Gruppe aus sehr talentierten Individuen unter ihrem Leistungsniveau bleiben, weil diese nicht gelernt haben, gut zusammenzuarbeiten. Die Bildung eines Teams heißt nicht einfach, die fachlich oder intellektuell begabtesten Leute zusammenzubringen.

Welchen negativen Effekt eine derart einseitige Ausrichtung haben kann, beschreibt Dr. Meredith Belbin anhand eines Phänomens, das er als das *Apollo-Syndrom* bezeichnet. Grundlage seiner Untersuchungen waren Gruppen, die aus hochkompetenten Personen zusammengesetzt waren, aber im Kollektiv äußerst schlecht abschnitten. (Belbin, 1981). Er berichtet über unerwartet schwache Ergebnisse bei Gruppen, die aus Personen zusammengesetzt waren, die alle einen scharfen, analytischen Verstand und ausgeprägte intellektuelle Fähigkeiten besaßen. Der erste Eindruck dieser so genannten „Apollo-Teams" war, dass sie sich zwar getrieben fühlten, als Sieger aus dem Gruppenwettbewerb hervorzugehen, ihre Ergebnisse jedoch gegenläufig waren. Sie belegten oft nur hintere Rangplätze in der Reihung der Testgruppen. Der Grund für das enttäuschende Abschneiden schien in einigen Eigenheiten ihres internen Zusammenspiels zu liegen:

- Sie verloren unverhältnismäßig viel Zeit mit ergebnislosen und destruktiven Debatten bei dem Bemühen, die anderen Mitglieder von der Ausschließlichkeit ihrer persönlichen Sichtweise zu überzeugen und damit, Schwächen in den Argumentationslinien der anderen aufzuzeigen.

- Sie hatten große Schwierigkeiten, zu gemeinsamen Entscheidungen zu gelangen, und wenn, dann zu solchen mit geringer Verbindlichkeit (etliche übten Druck auf andere aus, und notwendige Arbeiten wurden oft verweigert).

- Gruppenmitglieder neigten dazu, gemäß ihren eigenen Vorlieben zu handeln, ohne Rücksicht darauf zu nehmen, was andere Mitglieder taten. Die Gruppe insgesamt war schwer zu steuern.

- In einigen Fällen erkannten Gruppen zwar was ablief, reagierten aber mit Überkompensation: Sie vermieden Konfrontationen, was genauso zu Problemen in der Entscheidungsfindung führte.

Die Schlüsselerkenntnis aus Belbins Arbeit ist der Schluss, dass eine Gruppe aus den intelligentesten Einzelpersonen nicht unbedingt die besten Ergebnisse erzielt. Ein Team muss derart zusammengesetzt sein, dass eine Bandbreite von Teamrollen abgedeckt wird.[147]

---

[147] Der Begriff „Apollo-Syndrom" findet auch in Fällen Verwendung, wo einzelne Personen eine übersteigerte Einschätzung ihrer eigenen Rolle innerhalb der Gruppe haben. Er bezieht sich auf den angenommenen Fall, dass eine Person behauptet, einen lebenswichtigen Beitrag am Erfolg der NASA Apollo-Mission zum Mond geleistet zu haben, bei der die Wissenschaftler in vielen Fällen ganze Nächte durcharbeiten und hart gegen die Müdigkeit ankämpfen mussten. Der Anspruch dieser Person auf die herausragende Rolle im Gesamtprogramm bestünde darin, dass sie Kaffee gekocht habe, wodurch die Leute wachgehalten wurden.
Einen doppelten Apollo-Effekt hätte man, wenn eine Gruppe aus höchst fähigen Personen wenig erreicht, aber den eigenen Erfolg übergroß einschätzt.

PROJEKTTEAMS

Im allgemeinen Verständnis werden Teams und Arbeitsgruppen als eng zusammengehörig mit Planungs- und Umsetzungsaufgaben im Projektmanagement betrachtet. Für Projektmanager ist es selbstverständlich, dass die Durchführung von Projekten in Teams erfolgt. Auch wenn es den Anschein hat, als würden die verwendeten Bezeichnungen wie *Projektteam, Projektkernteam, Leiterteam, Projektarbeitsgruppe* eine deutliche Sprache sprechen, fällt es jedoch auf, dass generell die im Rahmen des Projektmanagements verwendeten Begriffe und Funktionsbezeichnungen nicht eindeutig und einheitlich definiert sind. Gerade der zentrale Begriff des „Projektmanagements" ist schillernd und unterschiedlich belegt. Ein Grund dafür mag in der Vielfältigkeit der Projektarten liegen, die jeweils verschiedene Charakteristika aufweisen, ein anderer vielleicht darin, dass auch schon die Definition, was ein Projekt ist, keine einheitliche Interpretation findet. Generell ist auch festzustellen, dass mit Projektmanagementaufgaben vielfach in erster Linie harte Faktoren wie Masterpläne, Meilensteine, Projektziele und -ergebnisse sowie deren Messbarkeit und Steuerung assoziiert werden. Doch zeigt die Praxis, dass Projekte trotz guter rationaler Planung und der Einbeziehung einschlägiger Projekterfahrungen nicht immer so reibungslos ablaufen wie erwartet. Die produktive Zusammenarbeit und der Projekterfolg können nicht durch bloßes Reglement von Zeit-, Kosten und Ablaufplänen oder durch Sanktionsandrohungen gewährleistet werden. Auch in diesem Fall scheinen die Probleme eher systemischer Art und weniger organisatorischen Ursprungs zu sein. Es darf eben nicht übersehen werden, dass in jeder Projektarbeit Menschen in der Komplexität ihrer Beziehungsstrukturen involviert sind, die nicht nach vorgegebenen Handlungslinien, Masterplänen und Anweisungs-Kontroll-Mechanismen zu steuern sind.[148] Auch bewegen wir uns in einem dynamisch evolutionären Um-

---

[148] Man kann oft die Beobachtung machen, dass immer dann, wenn sich in diesen Abläufen übergangene menschliche Bedürfnisse oder gruppendynamische Effekte symptomatisch zeigen, diese als „Störungen" klassifiziert werden und das Ideal angestrebt wird,

feld in ständiger Wechselwirkung mit anderen mehrschichtigen Systemen. Deutlich zeichnet sich ab, dass Fachkompetenz und Managementfähigkeiten allein nicht ausreichen, wenn es gilt, ein derart komplexes Unterfangen bestmöglich zu bewerkstelligen. Der systemische Führungsansatz und die Schlüsselqualifikationen der weichen Faktoren dürfen nicht vernachlässigt und unterschätzt werden. Führungs- *und* Managementfunktionen sind gleichermaßen vonnöten, wenn es gilt, durch die Ausgewogenheit zwischen den harten *und* weichen Faktoren den Erfolg eines Projektes zu garantieren.

Traditionell orientierte Manager und Projektleiter denken oft mechanistisch und deterministisch. So präzise diese Art des Denkens für sich sein mag, so unrealistisch wird sie, wenn man es nicht mit mechanischen Objekten zu tun hat, bei denen ein eingebrachter Anfangsimpuls linear und zuverlässig zu einem vorbestimmten Ergebnis führen kann. Ein derart *triviales* oder *deterministisches System*[149] ist planbar und beherrschbar, sobald man die dahinter liegenden Regeln und Gesetze modelliert und ergründet hat.[150] Doch die aus einem überholten mechanistischen Welt- und Menschenbild abgeleitete tief verwurzelte Tradition, dass alle Systeme zugleich auch triviale Systeme seien und daher Planbarkeit, Beherrschbarkeit und Vorhersagbarkeit das angestrebte Ziel sein müssten, hat bereits viele Fehlplanungen und negative Entwicklungen zur Folge gehabt. Die Welt und die darin wirkenden natürlichen wie auch sozialen Systeme sind keine altmodischen Maschinen, deren Verhalten vorhersehbar wäre. Im Umgang mit offenen lebenden Systemen ist eine

---

Wege zu finden, diese zu vermeiden oder Menschen steuerbar, und deren Verhalten vorhersehbar zu machen. Das angepriesene Rezept, das dafür geliefert wird, vertritt den Standpunkt, Beziehungsaspekte und Emotionen auszuschließen und „sachlich" zu werden.

[149] Ein solches *deterministisches* System heißt auch *triviales System* oder auch *triviale Maschine* (H.v. Foerster, zitiert in Schober 1991)

[150] Abgeleitet aus der Annahme, dass ein Unternehmen als triviales System zu betrachten sei, gab es diverse Bemühungen, dessen Abläufe berechenbar und damit automatisierbar zu machen. Versuche, die *menschenlose Fabrik* zu bauen, waren bislang trotz EDV-Einsatz, wodurch zwar die Detailkomplexität nicht jedoch die dynamische Komplexität bewältigt wird, ohne Erfolg. Man musste feststellen, dass die wenigsten, selbst die rein technischen Systeme trivial sind. Trivialität lässt sich zwar in einem eingeschränkten Raum-Zeit-Bereich realisieren, doch ist der Rest nicht determinierbar und damit nicht modellierbar. Beispiele dafür sind vollautomatisierte Fertigungshallen, über deren Funktion aber ein ganzes Team wacht oder eine „Geisterschicht" im Produktionsablauf, die aber von langer Hand vorbereitet wird.

andere Qualität des Denkens verlangt, welches systemisch, prozessorientiert und für Feedbackkreisläufe offen ist, wenn es darum geht, eine nicht-deterministische flexible Handlungsweise zu ermöglichen, die die Zielerreichung garantiert. Wo immer man es mit nicht-trivialen und nicht-deterministischen Einflussvariablen zu tun hat, spielt nicht nur der Linearzusammenhang von Anfangsimpuls und Endergebnis als Parameter eine Rolle. In diesen Fällen wird die ständige Einflussnahme auf den Prozess dynamischer Entwicklung zum eigentlichen Bewährungsfeld systemischen Managements und Leaderships. Anders als bei der konventionellen Planungsarbeit, welche von einem festen Ausgangspunkt bis zu einem festen Endtermin plant, geht systemische Projektplanung von selbstorganisierenden Größen innerhalb einer sich entwickelnden Umgebung aus. Da es sich dabei um Systeme mit Multi-Level-Struktur handelt, muss auch der Planungsprozess mehrere Ebenen sowie Wechselwirkungen zwischen den Ebenen in beiden Richtungen berücksichtigen. Jedes Unternehmen befindet sich in ständiger Wechselwirkung mit den sozialen, natürlichen und wirtschaftlichen Systemen seiner Umgebung, welche zu gewissen Zeiten die jeweiligen Instabilitäten abfangen und zu anderen Zeiten verstärken. Vielfältig vernetzte nicht-triviale offene Systeme enthalten Rückkopplungsschleifen, die ihre Qualität der Selbstreferenz zum Ausdruck bringen. Wenn man in einem solchen Kontext wirksam sein will, dann gilt es einerseits, das Auftreten stabilisierender Rückkopplungen in Betracht zu ziehen, welche die gewünschten Interventionen mindern können. Andererseits lassen sich die selbstverstärkenden Feedbackschleifen schnell übersteuern, was auch zu unerwünschten Nebeneffekten führen kann. Wenn außerdem derartige Rückkopplungsschleifen über mehrere Ebenen gehen und einige Subsysteme zwischengeschaltet sind, kann dies durch verzögernde oder beschleunigende Wirkungen zu einer komplexen Zeitdynamik im Verhalten des Systems führen. Auch wenn im Verhalten eines solchen Systems charakteristische Regelmäßigkeiten und Muster auftreten, so ist es dennoch nicht vorhersagbar. Trotz erkennbarer Ordnungsmuster lässt sich die Reaktion eines selbstorganisierenden Systems auf einen Impuls von außen nicht auf eine Ziel-Mittel-Relation reduzieren. Innerhalb dieser hochgradig komplexen Ordnungen kann es außerdem infolge rückgekoppelter Verstärkung minimaler Fluktuationen und kleinster Faktoren zu verändertem Transformationsverhalten kommen, was unter der Bezeichnung „Schmetterlingseffekt" allgemein bekannt ist. Diesen Aspekten der dynamischen Komplexität kann man weder durch linear mechanistisches Denken gerecht werden noch dadurch, dass Entscheidungs- und Lösungsaufgaben im Rahmen des Projektmanagements vorwiegend von Einzelpersonen getragen werden. Traditionelle Entscheidungsfindung beruht meist in der Wahl einer Möglichkeit bei gleichzeitigem Ausschluss von Alternativen (Entweder-oder-Denken). Systemische Vorgehensweise jedoch setzt Entscheidungen voraus, die durch die Wahl einer Möglichkeit eine Reihe weiterer Möglichkeiten eröffnen (Sowohl-als-auch-Denken). Der Planungsprozess muss ebenso offen und flexibel bleiben wie der Entwicklungsprozess selbst. Nicht die Reduzierung von Alternativen führt zur Beherrschung der zunehmenden dynamischen Instabilität komplexer Systeme, sondern systemische Kompetenz für Multi-Level-Strukturen, in denen durch klare Zuordnung auf höheren Systemebenen Flexibilität und Differenziertheit auf der Ebene der Subsysteme nicht nur möglich, sondern sogar notwendig wird. Klarheit in den systemrelevanten Prinzipien ermöglicht Flexibilität in den Handlungsalternativen.[151] Offenheit für Überraschungen und Vorsorge um einen Spielraum für Alternativen sind wesentliche Bestandteile strategischer Planung. Jedes Unternehmen als ein dynamisches, komplexes, sich entwickelndes System in Wechselwirkung mit den Strömungen und Bedingungen seiner Umwelt verfügt über einen großen Vorrat an Kreativität und Initiativpotential, welche in dem Maße zum Tragen kommen, wie man sich von hierarchischer Kontrolle, von Herrschaftsinstrumenten und Machtsignalen verabschiedet und der Interdependenz heterarchischer Strukturen Raum gibt. *Wenn ein organisiertes System der Herausforderung einer komplexen und sich verändernden Umgebung ausgesetzt ist, verbessern sich seine Erfolgsaussichten, wenn Entscheidungen auf mehreren Ebenen getroffen werden und festgelegte Schablonen und hierarchische Befehlsketten zugunsten von*

---

[151] Die komplexe Struktur hoch entwickelter Systeme wird nicht durch den Ausgleich von Kräften in dauerhaft stabilen Strukturen zusammengehalten, sondern durch aufeinander abgestimmte Zyklen und Rückkopplungskreisläufe, die aufeinander reagieren und Abweichungen kompensieren. Je weiter sich ein System entwickelt hat, desto weiter entfernt es sich von der strukturellen Stabilität und vom thermodynamischen Gleichgewicht, bei dem mangels Unterschieden und Gefällen irreversible Prozesse nicht stattfinden und das System „tot" ist. In einem selbstorganisierenden evolutionär-komplexen System ist die Balance demnach dynamisch und nicht strukturell statisch.

Informationsflüssen aufgegeben werden, welche in beiden Richtungen verlaufen.[152]

Im Abbau und der Destabilisierung alter hierarchischer Strukturen liegt daher eine besondere Chance, Manager und Mitarbeiter in den unternehmerischen Prozess einzubinden und zu mitverantwortlichem Denken und Handeln zu motivieren. Echter Teameinsatz im Projektmanagement hat den Sinn und das Ziel, dass die Mitarbeiter wie ein Kleinunternehmen im Großunternehmen denken und arbeiten. Organisatorische Heterarchien, wie echte Projektteams sie darstellen, eignen sich weit besser, wenn es darum geht, auf veränderte Unternehmenssituationen effektiv und kreativ zu reagieren, als die besten Strategien, die im Linienmanagement erdacht und durch vertikal funktionierende Hierarchien durchgesetzt werden. Tatsächlich spricht einiges dafür, gerade mit dem Einsatz des Projektmanagements bewusst Maßnahmen zu setzen, festgefahrene Hierarchiestrukturen aufzuweichen und Selbständigkeit und Interdependenz unter den Mitarbeitern zu fördern. Selbstverantwortung beginnt damit, dass Betroffene zu Beteiligten werden. *Wenn man das Potential der Menschen nutzbar machen möchte, darf man ihnen nicht im Nacken sitzen, sondern muss sie losbinden, sie gehen lassen* (Jack Welch, CEO General Electric). Das Umdenken zur Selbstverantwortung bedarf neben organisatorischer Neuregelung vor allem eines strategischen Ansatzes sowie eines mentalen Wandels, was den Umgang miteinander betrifft. Um wirklich Verantwortung übernehmen zu können, müssen strukturelle und kulturelle Bedingungen geschaffen werden, die dies auch zulassen. Wir können nicht einfach ein jahrzehntelang auf Fremdbestimmtheit ausgerichtetes System lediglich durch Änderung der Organisationsform zu einem Ort selbstverantwortlicher Unternehmer umbauen. Teamarbeit einzuführen, ohne dass die Beteiligten wirklich mit dem Sinn und Ziel vertraut gemacht werden und die Chance erhalten, geschult und geführt zu werden, um mit dem Freiraum der Eigenverantwortlichkeit umzugehen und hineinzuwachsen, bleibt eine Alibihandlung. Ebenso ist die Vorstellung, dass Mitarbeiter automatisch mit der neuen Freiheit klarkommen, in sich eine Denkfalle, auch wenn der Wunsch danach zutiefst bestehen mag. Herausforderung und Kompetenz müssen im Gleichgewicht sein, denn ein Führungsvakuum hätte system-

---

[152] Ervin und Christopher Laszlo und Alfred von Liechtenstein, *Evolutionäres Management – Globale Handlungskonzepte*, Paidia 1992

gefährdende Konsequenzen. Ein höheres Maß an unvorbereiteter Selbständigkeit und Mitverantwortung kann auch Ängste freisetzen und innere Blockaden hervorrufen. Wer jahrelang nur Befehlsempfänger war, wer immer nur einen eingeschränkten Einblick in die Unternehmenspolitik vermittelt bekam, wer Opfer des mangelnden Informationsmanagements war, wer immer wieder abgewürgt wurde, sobald er eigene Vorschläge unterbreitete, wird in seinem angestauten Misstrauen hinter den neuen Maßnahmen Tricks und Manipulation vermuten und sich nicht unbedingt sofort mit Begeisterung auf eine selbständige Teamarbeit stürzen. Wenig zielführend wäre es auch, wollte man die freie und verbindliche Entscheidung der Beteiligten umgehen und versuchen, sie durch den Anreiz falscher Motivatoren und Versprechungen oder den Druck offener oder verkappter Drohungen zur Mitarbeit zu bewegen. Letztlich sind Eigenständigkeit und Interdependenz nicht durch Rückkehr zur Dependenz zu erreichen. Es geht auch nicht um den Mitarbeiter allein, der als Teammitglied „auferstehen" soll, sondern das gesamte Unternehmen ist gefordert, wenn es um die Einführung echter Teamarbeit geht. Der Prozess beginnt bei der Unternehmensleitung und den Führungskräften, die mit den bevorstehenden Veränderungen selbst erst einmal umgehen lernen müssen. Altes Hierarchiegebaren und -denken braucht eine Veränderung, wenn nicht der neu erstehende Teamgeist schon im Keim erstickt werden soll. Die räumliche und sprachliche Trennung zwischen der Führung und den Mitarbeitern, welche fast schon einer Isolation gleichkommt, muss einem Begegnungsumfeld mit gleicher Sprache, einer Kommunikation auf gleicher Augenhöhe weichen, wie man sie in echten Teams pflegt. *Es ist schwer, das Lied der Selbstverantwortung auf der Leier der Hierarchie zu spielen* (Reinhard K. Sprenger). Gemeinsame Visionen, integrierte Leitlinien und gleichberechtigte Kooperation führen zu Evolutionen, die auch Erfolge am Markt möglich machen.

Als Teil ihrer Systemverantwortung haben Führungskräfte auch Teamentwicklungsaufgaben, die einen besonders wichtigen Stellenwert in der Führungsaufgabe einnehmen. Gerade bei der Projektarbeit lässt sich die Interdependenz zwischen den drei Systemebenen, jenen des Unternehmens, des Projektteams und der Teammitglieder, gut beobachten. Die Dynamik im Projektteam ist eine andere als zwischen einzelnen Mitarbeitern oder einzelnen Mitarbeitern und der Führungskraft. Teammitglieder arbeiten, studieren und entscheiden in einer Gemeinform, in der niemand alleingelassen wird und niemand auf Kosten anderer Erfolge anstrebt. Zusammenarbeit in einem sich gegenseitig unterstützenden Team ermöglicht, dass ein unerschütterliches Vertrauen in sich selbst und in die eigenen Möglichkeiten, einen Beitrag zum Wohlbefinden des Unternehmens zu leisten, aufgebaut wird. Zielgerichtete Zusammenarbeit in einem Gemeinwesen, in dem jeder für jeden und für die Gesamtheit Verantwortung übernimmt, ermöglicht, dass jeder seine einzigartigen Fähigkeiten und Potentiale als Führungspersönlichkeit entwickelt. Führung im Sinne von Systemverantwortung erfordert diese Kompetenz nicht nur an der Spitze, sondern auf allen Ebenen im gesamten Unternehmen angesiedelt. Einen Teamansatz zur Erarbeitung der Zielrichtung des Unternehmens anzuwenden, bedeutet, für unterschiedliche Unternehmensmitglieder jeweils unterschiedliche Führungsaufgaben entsprechend ihrer Systemebene vorzusehen. Doch nicht Führung im Verständnis des alten Leadership-Paradigmas mit den traditionellen altbekannten Methodiken der Hierarchie, Macht und Bürokratie, welches ein Ende gefunden hat und unaufhaltsam in Auflösung begriffen ist. Auch zeigt sich, dass jeder Energieaufwand vergeudet ist, das alte System reparieren, dürftig ausbessern oder alte Leadership-Methoden optimieren zu wollen, da die umfassenden Kriterien und Bedürfnisse sich verändert haben. Die Welt von morgen lässt sich nicht mit einem Denken von gestern aufbauen. Führung benötigt keine Machtpositionen, um wirksam zu sein. Führungspersonen sind solche, die Verantwortung übernehmen für das Wohl des Ganzen und bereit sind, ihr persönliches Interesse hinter dem Interesse der Gesamtheit einzureihen. Wer eine Position einnimmt, aber diese Prinzipien verletzt, wird zum Parasiten am System und entzieht anderen und letztlich auch sich selbst die lebenserhaltende Energiezufuhr der höheren Systemebene. Nicht Macht ist Ausdruck von Führung, sondern systemübergreifende Vision, Verbindlichkeit sowie Klarheit für das Ziel und den Prozess, woraus jene Qualität von Einfluss entsteht, den ein Gärtner ausübt, der einfühlsam das Wachsen und Gedeihen der Bäume und Pflanzen seines Gartens ermöglicht und unterstützt. Die Pionier-Führungskräfte von morgen denken und arbeiten systemisch vernetzt, verfolgen konsequent Lösungen und bleiben nicht an Problemen und Symptomen hängen. Sie nehmen ihr Wirkungsfeld als komplexes umfassendes System wahr, wofür sie bereit sind, Verantwortung zu übernehmen. Sie stellen sich der Dynamik des organischen Paradigmenwechsels, sind sensibel und offen für den Zeitgeist und halten mit den Veränderungen Schritt. Sie blicken über die Begrenzung ihrer Unternehmen hinaus und können sogar Entwicklungen voraussehen und sich darauf einstellen, indem sie Grundtendenzen beobachten und verstehen.

Wie die Projektplanung, das Projektcontrolling oder die Steuerung zählt die Führung zu den Grundaufgaben des Projektmanagements und wird in der Regel einem Projektleiter oder einem Leiterteam übertragen. Die Führungsaufgabe in einem Projekt stellt somit besondere Anforderungen an die Projektleitung hinsichtlich persönlicher Qualifikation und Führungskompetenz. Als Schlüsseleigenschaften für diese Führungsaufgabe werden in der Praxis aufgeführt: Teamfähigkeit, Motivationsfähigkeit, Kreativität, Entscheidungsfähigkeit, Kontaktfähigkeit, persönliche Integrität, Überzeugungskraft, Eigenmotivation, Verhandlungsgeschick, Standvermögen, Initiativkraft u.a.m. Deutlich zeichnet sich daraus ab, dass es in erster Linie die so genannten „Soft Skills" sind, die eine Projektleitung auszeichnen. Dies bedeutet in der Konsequenz auch, dass Personen in der Funktion der Projektführung keinesfalls die fachlich kompetentesten Mitglieder im Projekt sein müssen. Führen im Sinne von Projektmanagement kann als eine Dienstleistung am Team und „an der Sache" verstanden werden. Auf das Projekt bezogen, umfasst die Führung die Anwendung von Wissen, Fähigkeiten, Methoden und Techniken auf die Vorgänge innerhalb eines Projektes, um die Anforderungen des Vorhabens im Sinne der Planung und Durchführung zu erfüllen. Projekte selbst werden als Zielsysteme verstanden, die sich wiederum auf Systeme beziehen. Das Denken in Systemen wird daher immer stärker als eine wesentliche Anforderung an alle Projektbeteiligte angesehen. Dies beinhaltet eine interdisziplinäre und ganzheitliche Betrachtungsweise von umfangreichen Sachverhalten und komplexen Zusammenhängen. Aufgrund der herausragenden Bedeutung des Systembegriffes für das Projektmanagement wird die Fähigkeit der *systemischen Projektsicht* zur Voraussetzung und speziell vom Projektleiter Systemdenken eingefordert, das ihn zum Systemmanagement und der Integration der Systemelemente im Dienste des Projektziels befähigt.

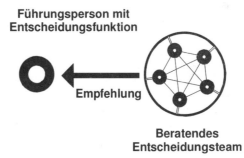

Führungsperson mit Entscheidungsfunktion

Empfehlung

Beratendes Entscheidungsteam

Die Besonderheit an der Teamarbeit im Rahmen des Projektmanagements liegt in der System bestimmenden Dynamik zwischen der Leitungsfunktion und dem Team, zwischen der Entscheidungsinstanz und der kollektiven Partizipation. Mit der Projektführung können sowohl Einzelpersonen beauftragt werden, die einem vorgegebenen oder selbst zusammengestellten *Projektteam* vorstehen, als auch, was mit zunehmender systemischer Reife zu empfehlen wäre, mehrere Personen gemeinsam als ein *Leiterteam* oder *Projektkernteam*, das Entscheidungen mit Konsequenzen für das gesamte Projekt zu treffen hat.[153] Im ersten Fall handelt es sich bei dem Projektteam systemisch gesehen um ein *beratendes Entscheidungsteam*, da die Letztentscheidungsinstanz und damit die Projektverantwortung gegenüber der Unternehmensleitung beim Projektleiter als Einzelperson liegt. Die Teambeschlüsse haben für diesen einen Vorschlagscharakter, auch wenn er sie im Regelfall vollinhaltlich annehmen sollte. Im zweiten Fall trägt das Gesamtteam die Verantwortung und erfüllt damit die Kriterien eines *selbstorganisierten eigenverantwortlichen Entscheidungsteams*. Da diese grundsätzliche Strukturfestlegung die jeweilige Teamidentität und die Systemdefinition betrifft und die Basis für Zugehörigkeit und Verbindlichkeit der Teammitglieder bildet, sollte man im Bewusstsein der Unverzichtbarkeit dessen für jeden Teamentwicklungsprozess gleich zu Beginn alle Projektbeteiligten über die jeweilige Konstellation konsequent aufklären. Damit erspart man sich mögliche Missverständnisse und Fehlerwartungen. In der Praxis erweist es sich als ein immer wiederkehrendes Problem eines Teamidentitäts- und Zielkonflikts, wenn nicht klar informierte Mitglieder in ihrer Selbsteinschätzung der Meinung sind, Teil eines Entscheidungsteams zu sein, während in Wirklichkeit die Entscheidungsautorität bei dem Projektleiter allein liegt. Sofern dieser einmal eine von der Teammeinung abweichende Entscheidung treffen sollte, kann dies zu heftigen Konflikten mit Sinnverlust, Identitätskrisen, Widerstand und Frustration bis hin zu Rückzug und innerer Kündigung führen. Für beide Fälle gilt gleichermaßen, dass innerhalb des Teams die Zusammenarbeit an der gemeinsamen Aufgabe unter gleichberechtigten Personen ohne Hierar-

---

[153] Es dürfte eher Ausdruck der tradierten Denkweise sein, dass man in der Praxis mehr Einzelpersonen mit der Projektleitung beauftragt als Teams, da man wohl der Meinung ist, Einzelpersonen leichter in die Verantwortung nehmen zu können, auch wenn es unbestritten ist, dass Teams zu ausgereifteren Entscheidungen und Ergebnissen kommen als Einzelpersonen und auch der dynamischen Komplexität besser gerecht werden.

chieunterschiede abläuft. Vorgesetzte oder Projektleiter finden sich bei Besprechungen oft in einer Doppelrolle. In der Moderatorenfunktion geht es ihnen um die Förderung der Zusammenarbeit im Team (Prozess), als den anderen gleichgestelltes Teammitglied versuchen sie, zur Aufgabenerfüllung und Zielerreichung (Inhalt) konstruktiv beizutragen. Solange sie dabei jeweils erkenntlich machen, in welcher Rolle sie gerade etwas tun und den Inhalt nicht dominieren, ist grundsätzlich nichts dagegen einzuwenden. Sind diese allerdings inhaltlich sehr stark

Selbstorganisiertes eigenverantwortliches Entscheidungsteam

involviert, kann es sinnvoll sein, einen neutralen internen oder externen Moderator für die Besprechung einzuladen oder zeitweise oder auf Dauer die Moderationsrolle an ein nicht betroffenes Teammitglied zu übertragen.

Für evolutionäre Unternehmen ist es von grundlegender Bedeutung, für größere Transparenz und Sicherheit in den Zielsetzungsprozessen zu sorgen und einmal gesetzte Ziele klar zu kommunizieren. Diese Zeit für das Kommunizieren bedeutet keinen Luxus, es ist ein Muss, wenn man bedenkt, dass das vorrangige Ziel der Führung in Unternehmen darin besteht, ein Umfeld zu schaffen, welches das Beste in den Menschen zum Vorschein kommen lässt. Kommunikation kann so als das Herzblut einer Organisation betrachtet werden. Es braucht ausreichend Zeit, um Ziele aus dem Wertesystem des Unternehmens heraus zu entwickeln, mit denen sich alle identifiziert haben, und nicht irgendwelchen willkürlich festgesetzten Kennzahlen zu folgen. Die Gewissheit, auf dem richtigen Weg zu sein, ist wahrscheinlich die wesentlichste Quelle für die innere Motivation der Mitarbeiter. Ohne klare auf den Sinn und Zweck des Unternehmens bezogene Ziele kann die wichtige Führungsaufgabe nicht erfüllt werden, die darin besteht, eine „Stufenleiter des Erfolgs" aufzubauen und kontinuierliches und unmittelbares Feedback im Laufe des Prozesses zu geben. *Erfolg ist die zunehmende Verwirklichung eines erstrebenswerten Ziels* (Nightingale, 1974). So erfahren sich die Mitarbeiter vom ersten Augenblick an erfolgreich, indem sie sich ein Ziel gesetzt haben und es mit Beständigkeit Schritt für Schritt den gesamten Prozess hindurch verfolgen und nicht erst im letzten Moment, wenn das Ergebnis erreicht ist. Den Startpunkt eines Projektes zu planen und deutlich zu kommunizieren ist ebenso wesentlich wie auch den Endpunkt eindeutig zu signalisieren und eventuell sogar zu ritualisieren. Ansonsten bleibt der Prozesskreislauf offen und verhindert, dass die Projektbeteiligten sich wieder lösen und neu orientieren können. Ein fehlender Abschluss führt meist zu unnötigem Energieverlust und schmälert das gemeinsame Erfolgserlebnis, aus dem man eigentlich Motivation und Vertrauen für weitere Aktivitäten schöpfen sollte.

Generell können im Rahmen von Organisationen drei Grundkonstellationen von teamgemäßer Zusammenarbeit unterschieden werden:

1. die kollegiale Zusammenarbeit nach aktuellem Bedarf
2. die tatsächlich gleichzeitige Bearbeitung einer Aufgabe durch das Team an einem Ort
3. das gemeinsame Arbeiten an einem Ziel mit verteilten Aufgaben, die im Team vereinbart werden und über die gegenüber dem Team berichtet wird. In diesem Fall können die Mitglieder auch geografisch verteilt sein.

Während die erste Art in jeder Organisationsform angetroffen werden kann, sind die beiden anderen Formen der Teamarbeit eher typisch für den Projektkontext. Die Effektivität des Prozesses hängt sowohl von der *Teamentwicklung* ab als auch von der richtigen *Zusammensetzung* des Teams. Verständlicherweise nimmt für das Zustandekommen von effizient und harmonisch arbeitenden Teams die richtige Auswahl der Teammitglieder eine zentrale und sehr anspruchsvolle Rolle im Projektmanagement ein, was zu den Kernaufgaben der Projektleitung zählt. Hierbei reicht es nicht aus, Personen lediglich nach ihrer Fachkompetenz und projektbezogen entsprechend dem interdisziplinären Charakter einander ergänzender Fähigkeiten auszuwählen. Ohne Berücksichtigung der systembezogenen Schlüsselkompetenzen im Bereich der Persönlichkeiten der Mitglieder und der zwischenmenschlichen Beziehungsaspekte kann die Team-Performance weit hinter den Möglichkeiten und Erwartungen zurückbleiben. Auch wenn bei der Teamzusammenstellung die individuelle Erfahrung und Intuition des Projektleiters oder Personalmanagers für die Auswahl der richtigen Personen die Basis bilden müssen, so steht als Unterstützung dafür eine ganze Bandbreite in der Praxis wohl erprobter Tools zur Verfügung, die durchaus hilfreich sein können und ihre Berechtigung haben. In weiterer Folge rückt die systematische Teamentwicklung in den Mittelpunkt. Wird diese außer Acht gelassen, sei es in punkto Systemdefinition, Freiwilligkeit der Mitgliedschaft, Klarheit der Zielvorgaben, Motivation der Mitglieder, deren Engagement, Leistungswillen, Ausbildungsstand und Kooperationsvermögen oder durch einen Rückfall in Konformität und Routine, dann laufen Teams Gefahr, zu dogmatischen Gruppen zu degenerieren und in Mittelmäßigkeit und Oberflächlichkeit stecken zu bleiben. Ohne eine unterstützende Organisationskultur und Mitarbeiter, die den fluktuierenden Charakter ihrer Funktionen und Aufgaben akzeptieren, ihre individuellen Interessen zugunsten gemeinsamer Zielprozesse zurückstellen, Initiative ergreifen und kooperationswillig sind, bleibt als Ergebnis ein entscheidungs- und handlungsunfähiges System übrig.

Das Bemühen eines jeden Unternehmens und somit auch der Projektleitung sollte es daher sein, möglichst effiziente Teams aufzubauen, was gleichbedeutend ist damit, die Teamkultur innerhalb der Projektkultur zu fördern und zu optimieren. In der Umgangssprache der Projektmanager wird Projektkultur auch als die Summe aller „weichen Faktoren" definiert. Ohne Anspruch auf Vollständigkeit zählen dazu die Wertschätzung der Projektarbeit innerhalb eines Unternehmens, die Kooperationsbereitschaft zwischen Personen und Abteilungen, die Kommunikationsfähigkeit, Teamkompetenz und die Konfliktfähigkeit der Projektbeteiligten bis hin zum Selbstverständnis des Unternehmens als Projektträger. Zum Bereich der Projektkultur gehören weiterhin Veränderungs- und Krisenmanagement, soziale Wahrnehmung, Selbstkompetenz, Motivation, gute Menschenführung und das Konzept der Lernenden Organisation. Nicht mehr wegzudenken für die Projektarbeit ist, wie festgestellt, das allgemein geforderte Systemdenken und der systemische Projektblick.

Betrachtet man ein Projekt losgelöst vom Inhalt als ein eigenes Zielsystem, so kann man die Systemkomponenten von Input, Throughput und Output klar ausmachen und die dynamische Wechselwirkung in ihrer Interdependenz gut nachvollziehen. Inputseitig bereitgestellte Ressourcen (Personal-, Sach- und Finanzmittel) müssen in neuartiger Weise organisiert werden mit dem Ziel, einen einmaligen Leistungsumfang unter Zeit- und Kostenvorgaben zu erreichen, um nutzbringende, durch quantitative und qualitative Ziele beschriebene Änderungen herbeizuführen. Die Einmaligkeit als wesentliche Bedingung kann auf die Projektidentität, Zielvorgabe, Begrenzungen (zeitlich, finanziell, personell), Organisationsform oder ganz einfach auf die Abgrenzung gegenüber anderen Vorhaben bezogen werden. Inwieweit alle drei Faktoren im

Vorfeld als fixe Vorgaben bestimmt sein müssen, hängt vom Ausmaß der Selbständigkeit und des Führungs- und Entscheidungsfreiraums ab, das seitens der Firmenleitung den Projektbeteiligten, der Führungsebene ebenso wie den Mitarbeitern, eingeräumt wird. Die geringste Festlegung und damit der größte Grad an Autonomie und Flexibilität bei der Umsetzung werden erreicht, wenn nur die Outputseite mit dem beauftragten Ergebnis in Bezug auf das *Kundensystem* festgemacht wird. Das Kundensystem kann sowohl die eigene Organisation sein als auch tatsächlich ein externes Unternehmen, das diese Dienstleistung in Anspruch nimmt. In diesem Fall kann die Projektleitung eigenständig die Mitarbeiter auswählen, die strategische Planung und die operative Umsetzung bestimmen und über den Bedarf an Ressourcen entscheiden. Weitergehender Einfluss auf das Projekt wird genommen, wenn Zeitrahmen und Aufwand sowie ein eindeutig definiertes Ziel vorgegebenen werden und lediglich der genauere Lösungsweg offen bleibt. Den geringsten Freiraum gibt man vor, wenn auch die Organisationsstruktur und der Prozessablauf im Vorfeld festgelegt werden und damit nur die operative Umsetzung bereits vollzogener Planung angestrebt wird.

Soweit es im Rahmen des Projektmanagements vorwiegend darum geht, bei vorgegebener Planung und Zielsetzung vor allem für die operative Durchführung zu sorgen, eignen sich durchaus normale Arbeitsgruppen mit fachlicher Spezialisierung oder interdisziplinärer Zusammensetzung dafür, wie sie bisher auch vorwiegend zum Einsatz kommen.[154] Strebt man jedoch erweiterte Entscheidungs- und Umsetzungsmaßnahmen im Rahmen innovativer Lösungen an und beschließt man,

---

[154] Gemäß gängiger Definition wird das *Projektteam* als die dem Projektleiter unterstellte, ausführende Ebene im Projekt angesehen. Es setzt sich aus den fest zugeordneten und teilweise abgeordneten Mitarbeitern zusammen. Gefordert wird dabei, dass im Projektteam ausreichendes fachliches und projektmethodisches Wissen vorhanden ist. Das Projektteam setzt sich somit aus Personen zusammen, die am Projektgeschehen *operativ* beteiligt sind (Projektmitarbeiter). Das Projektteam kann seinerseits wieder in Arbeitsgruppen unterteilt sein, die zum Teil wiederum die Bezeichnung *Projektgruppe* tragen. Zu Beginn des Projekts wird in der Projektorganisation festgelegt, aus welchen Personen sich das Projektteam zusammensetzt und wie die zugehörigen Begriffe einzusetzen sind. Bei komplexen Projekten, die aus mehreren Teilprojekten bestehen und in Phasen gegliedert sind, können auch mehrere Projektteams innerhalb eines Projektes definiert werden. Entscheidend ist, dass alle Projektteams und Arbeitsgruppen innerhalb der Aufbauorganisation des Projekts klar eingeordnet sind und dadurch die Beziehungen zwischen den Organen des Projekts eindeutig definiert sind.

mögliche Zukunftschancen zu erschließen und tatsächliches Neuland zu beschreiten, wäre es eher unverständlich, wollte man auf die einzigartigen Vorteile echter Teamarbeit und deren kollektive Intelligenz verzichten. Strategische Arbeit im evolutionären Paradigma findet am besten mit echten Projektteams statt. Dieses Vorgehen leitet sich nicht nur daraus ab, dass dann alle Beteiligten die Ziele, Strategien und Maßnahmen verstehen und damit auch bereit und motiviert sind, diese umzusetzen, sondern auch und vor allem, um das Potential an kollektivem Wissen und vielfältigen Erfahrungen sowie die unterschiedlichen Sicht- und Herangehensweisen aktiv einzubeziehen. Je besser die Auswahl der Mitglieder nach den Kriterien von Fach-, Selbst- und Sozialkompetenz, je umfassender die Teameinführung und Teamentwicklung, je klarer die notwendigen Vorgaben und Ziele und je größer der Freiraum der Entscheidung desto eigendynamischer, selbstbestimmter und leistungsfähiger kann das Team werden. Dadurch wird für die Beteiligten ein Umfeld geschaffen, das innovatives Denken freisetzt und Energien potenziert. Unterschiedlichkeit von Meinungen, Fähigkeiten und Erfahrungen wird als eine Quelle der Innovation willkommengeheißen und die kollektive Intelligenz des Gesamtteams wird genutzt. Die Frucht dessen ist nicht nur wirtschaftlicher Erfolg für das Unternehmen, sondern eine höhere Ebene systemischer Reife für alle, wenn die Mitarbeiter von bloßen Befehlsempfängern zu Entrepreneurs aufsteigen, eigenständiger, verantwortungsbewusster und mit höherem Selbstwert ausgestattet. Dadurch wird ein Rahmen für mehr Verantwortung und Kreativität geschaffen, eine Kreativität, worauf kein Unternehmen, das Zukunftsorientierung und Nachhaltigkeit anstrebt, heute verzichten kann. Gerade in Zeiten des Umbruchs und starker dynamischer Instabilität, wie sich die gegenwärtige Weltlage darstellt, werden die „altbewährten" Methoden nicht ausreichen. Solche Zeiten zeichnen sich durch Phasen starker kritischer Instabilitäten aus. Diese bergen zwar Gefahren, aber vor allem die Chance in sich, Wege zu komplexeren, umfassenderen und höheren Ordnungsebenen zu eröffnen, sofern sich das Unternehmen im Einklang mit den Kräften der Veränderung in seiner Umwelt entwickelt. Es hat sich für Organisationen als Vorteil erwiesen, in Krisenzeiten mit mehreren, parallel arbeitenden, dezentralen Lern- und Entscheidungszentren zu arbeiten. In der Praxis bedeutet dies die Umwandlung hierarchischer Entscheidungsstrukturen zugunsten eines koordinierten Netzwerks an autonomen Entscheidungsträgern auf allen Ebenen, wobei jedes dieser organisatorischen Subsysteme seine eigene Umgebung wahrzunehmen hat und flexibel und zeitgerecht mit angemessenen Strategien darauf reagieren muss. Es ist lediglich dafür zu sorgen, dass die dezentralen Strategien konsequent in die Gesamtstrategie eingebettet sind und untereinander koordiniert werden.

Bei querschnittsorientierten Aufgaben können Projektteams innerhalb bestehender Organisationen auch als eine ressortübergreifende zweite Strukturebene über die hierarchisch gewachsene Organisationsebene gelegt werden und ihre Mitglieder aus unterschiedlichen Abteilungen, Bereichen oder Subeinheiten beziehen. Auch wenn damit höchste Anforderungen gleichermaßen an die Leitung wie an deren Einbettung in den Organisationskontext gestellt werden, sind die Vorteile mittel- und langfristig unbestreitbar. Man kann davon ausgehen, dass die Mitglieder derart gebildeter Teams frei sind von bereits vorgegebenen Denk- und Handlungsmustern, von einschränkenden mentalen Programmen und von einengenden Rollenbildern und Aufgaben. Sie haben die Chance, durch Neukoordination und angemessenere kollektive Lern- und Problemlösungsprozesse eine neue Gemeinschaftskultur hervorzubringen, durch die soziale Netzwerke gestärkt und festgefahrene Verhaltensmuster aufgeweicht werden. Auch kann das Unternehmen an Hand eines derartigen Modells die Vorteile systemischen Zusammenwirkens einer Anzahl von kompetenten und unternehmerisch denkenden Mitarbeitern praktisch erleben.

Wie alle komplexen, nichttrivialen Systeme sind auch Unternehmen niemals völlig stabil, was auch nur aus deterministischer Sicht ein erstrebenswertes Ideal wäre. Ein Unternehmen, das imstande ist, sich in einem dynamischen Fließgleichgewicht mit seiner Umgebung zu halten, zeichnet sich durch effektivere Nutzung von Informationen, durch die effizientere Verarbeitung der inhärenten Energien und Potentiale der eigenen Organisationsstruktur und durch größere Flexibilität und Kreativität aus. Unter diesen Bedingungen allerdings benötigt das Unternehmen neue Denkweisen und neue Strategien. Die Bereitschaft, „altbewährte und erprobte Methoden" aufzugeben und sich frischen Ideen und notwendigen Maßnahmen der Umstrukturierung zu öffnen, erweist sich meist als Nagelprobe für das Management und die Führung. Aber ein riesiges Gehirn, eine zentrale Planung oder eine starke Hierarchiestruktur zeichnen sich nicht unbedingt als Erfolgsrezepte auf dem Weg in eine evolutionäre Zukunft ab. Nach Ansicht des japanischen Zukunftsforschers Yonedi Masuda ist es das Merkmal der postindustriellen Gesellschaft, dass sie *horizontal-funktional* und nicht *vertikal-doktrinär* ist. Als Grundbedingung für den entscheidenden Erfolg zeichnet sich folglich das Zusammenwirken der komplementären Fähigkeiten und des Knowhows zahlreicher interdependenter Individuen und Teameinheiten zur Lösung von Problemen ab. Das Prinzip der Lernenden Organisation mit den Strukturen der Parallelverarbeitung und der dezentralen Entscheidung kann unternehmerisches Denken und Handeln revolutionieren. In einem derart heterarchisch-mehrschichtigen System sind alle Ebenen und Subeinheiten in enger Wechselwirkung miteinander verbunden. Man kann also Veränderungsprinzipien und Maßnahmen nicht willkürlich auf irgendwelche Teilbereiche anwenden, sondern muss sie weniger als losgelöste Bausteine als vielmehr in ihrem Gesamtgefüge als Ganzheit betrachten. Somit rückt das gesamte Unternehmen einschließlich der Geschäftsleitung, des Managements und seiner Stäbe auf allen Ebenen in eine *interaktive Vorreiterposition* gegenüber einem Evolutionsprozess, der sich sowohl innerhalb des Unternehmens als auch in seiner Umwelt entfaltet.

Teamberatung
im persönlichen Bereich

In der Praxis hat sich der Einsatz der Teamberatung und Teamentscheidung auch im Zusammenhang mit Angelegenheiten und Maßnahmen im persönlichen Umfeld besonders bewährt. In dem Maße wie unsere Erfahrungen damit allgemein zunehmen, ergibt es sich fast von selbst, dass man diese Qualität nicht nur im Rahmen von Organisationen sucht, sondern sich auch im privaten Rahmen den großen Nutzen der „Weisheit des Teams" erschließen möchte. Wer immer erlebt hat, zu welch umfassenderen und reiferen Ergebnissen eine Teamberatung führen kann, wird von sich aus in allen wichtigen Angelegenheiten, privat wie beruflich, die kollektive Meinungsbildung im Team suchen. Wenn man Zeuge dessen war, wie durch den konstruktiven Austausch der Ansichten und Erfahrungen mehrerer Personen zu einem Thema tiefere Einsichten erreicht wurden, fragt man sich natürlich, warum man im persönlichen Umfeld darauf verzichten sollte. Tatsächlich wächst die Zahl derer, die aus sich heraus ihre Angelegenheiten, ob groß oder klein, durch Beratung regeln wollen, kontinuierlich. Es mag in Zukunft durchaus zum Bestandteil einer reiferen Kultur gehören, auch in privaten Angelegenheiten keinen wichtigen Schritt ohne vorherige gemeinsame Beratung zu tun. Die Erfahrung macht deutlich, wie durch den Prozess kollektiven Meinungsaustausches, des Lernens und der Entscheidungsfindung die Dinge von verschiedensten Seiten beleuchtet und Klarheit in den Angelegenheiten erzielt werden. Persönliche Zweifel und Unsicherheiten werden abgebaut und Kongruenz und Gewissheit erreicht. Dadurch werden viele Unzulänglichkeiten, die aus eingeschränkt persönlicher Sicht erwachsen könnten, ausgeglichen, und das Korrektiv der Teamberatung wird wirksam. Wie jedes System so durchschreitet auch die Methodik der Lösungs- und Entscheidungsfindung einen Reifungsprozess. Auf der Stufe der Dependenz laufen Lernen und Willensentscheidung über die Ausrichtung auf die Bezugspersonen ab. Differenzierung und Selbstreflexion fehlen, oft entspricht es einem Lernen und Agieren am Rollenmodell. Die Stufe der Independenz bringt das Erwachen der individuellen Selbständigkeit und ist oft geprägt von Trotzhaltungen und Anti-Entscheidungen. Man misst sich an andere und sucht vorwiegend die Sicherstellung persönlicher Interessen. Jedenfalls gilt es als höchstes Maß der Unabhängigkeit, eigenständige individuelle Entscheidungen zu treffen. Erst mit Erreichen der Stufe der Interdependenz erhebt man sich über die rein persönlichen Interessen, verfolgt das Wohl des systemischen Ganzen und erfährt im Austausch mit anderen Mitgliedern eine erweiterte und vertiefte Einsicht in die Zusammenhänge, löst sich aus den Klauen des „Entweder-Oder-Denkens" und findet zu umfassenderen Entscheidungen aus dem vielfältigen Zusammenspiel aller Beteiligten, befreit von Eigensinn und Kurzsichtigkeit. So wie es für alles eine Stufe der Reife gibt, zeigt sich im Prozess der Erkenntnis- und Entscheidungsfindung die Mündigkeit in der kollektiven Teamberatung.

Abgesehen von den höherwertigen Lösungen, zu denen man im Rahmen einer Teamberatung gelangen kann, vertiefen sich parallel dazu auch die soziale Vernetzung und der Geist der Zusammengehörigkeit. In dem Maße wie man im engeren Bekannten- und Freundeskreis sich umeinander kümmert, gegenseitig Interesse für die jeweiligen Vorhaben und Pläne zeigt, mit Beratung und tatkräftiger Unterstützung die gegenseitigen Angelegenheiten fördert, ergibt sich daraus, dass zunehmend echte Freundschaft und Verbundenheit vertieft werden. Nicht Wettbewerbsdenken, Neid und Entfremdung werden zum prägenden Merkmal unseres Umfelds, sondern praktische Kooperation, Anteilnahme und gegenseitige Förderung und Ermutigung. Teamberatung gehört somit zum prägenden Bestandteil einer interdependenten Kultur Lernender Gemeinschaften.

Wer immer ein Vorhaben auszuführen oder eine gewichtige Entscheidung zu treffen hat und dafür die Vorteile der Teamberatung nutzen will, kann eine Gruppe seiner Wahl zusammenrufen. Die Auswahl der Teilnehmer liegt im alleinigen Ermessen der Person, die eine Beratung durchzuführen wünscht. Ob diese aus dem Familien- oder Freundeskreis, auf Grund ihres persönlichen Vertrauensverhältnisses oder ihrer fachlichen Kompetenz ausgewählt werden, ist letztlich Sache des Gastgebers. Es ist zu empfehlen, dass die Teilnehmer an der Teamberatung in ihren Qualitäten und Erfahrungen komplementär sind und nicht unbedingt dieselbe Sichtweise vertreten wie die einladende Person. Wesentlich für die Beratung ist es auch, dass sie nicht befangen sind oder in irgendeinem inneren Abhängigkeitsverhältnis untereinander oder zum Gastgeber stehen. Die Einladung sollte derart ausgesprochen werden, dass die *Freiwilligkeit der Teilnahme* sichergestellt ist. Auch sollten sie mit den Grundzügen der Teamberatung vertraut sein und wissen, dass es dabei darum geht, durch den offenen Beitrag aller Teammitglieder zu bestmöglichen Entscheidungen zu kommen. Unerfahrene Personen haben in solchen Situationen oft die Schwierigkeit, ihre Meinung offen zum Ausdruck zu bringen, wenn sie nicht im Einklang mit der Vorstellung des Gastgebers steht. Aber genau darin liegen der Sinn und das Besondere der Beratung. Wie früher schon ausgeführt, geht es dabei nicht um eine oberflächliche Harmonisierung oder Tabuisierung von Ansichten und Meinungen, sondern darum, dass sich durch den Zusammenklang unterschiedlicher Sichtweisen die bestmögliche umfassende Lösung zeigt.

Eine Gruppengröße von etwa fünf Personen hat sich in der Praxis besonders bewährt und ebenso der Einsatz eines Moderators, dessen Funktion es ist, durch den Beratungsprozess zu führen. Es könnte auch zu seinen Aufgaben zu Beginn des Treffens gehören, auf Sinn und Zweck des Treffens und die wesentlichen Regeln und Prinzipien der Teamberatung hinzuweisen.

Bevor mit dem eigentlichen Beratungsprozess begonnen wird, sollten seitens des Gastgebers gegenüber der Beratungsgruppe deutlich zwei Aspekte entschieden und klar zum Ausdruck gebracht werden:

1) Soll das Team als *beratendes Team* oder als *Entscheidungsteam* fungieren? Im ersteren Fall behält sich der Gastgeber die Letztentscheidung selbst vor und nimmt den Teambeschluss als Empfehlung und Ratschlag an. Im zweiten Fall möchte die einladende Person den Teambeschluss für sich als bindend betrachten und diesen unverändert umsetzen. Personen, die mit dieser Art der Teamberatung bereits Erfahrung gemacht haben, entwickeln sehr schnell ein derart tiefes Vertrauen, dass sie sich in der Regel für die zweite Variante entscheiden. Für Anfänger mag es angebracht sein, das Team zunächst in einer Beraterfunktion einzuladen und sich selbst zu erlauben, mit der Zeit Erfahrung und Vertrauen zu gewinnen. Unabhängig von der Art der Entscheidung ist es wesentlich, gleich zu Beginn die Form- und Systemdefinition des Teams klar zu kommunizieren, da erst dadurch eine ein-

deutige verbindliche Teilnahme der Beteiligten abgeleitet werden kann.

2) Wird der Gastgeber selber gleichwertiges Mitglied im Team sein und an den Beratungen und an der Entscheidungsfindung teilnehmen oder möchte sich dieser eher aus dem Prozess heraushalten und nur für notwendige Informationen und die Beantwortung von Teilnehmerfragen zur Verfügung stehen? Auch hier ist es wichtig, diesen Punkt zu Beginn festzulegen, da ansonsten das Team sich als solches nicht definieren kann, wenn die einzelnen Rollen nicht klargelegt sind. Generell sind beide Vorgehensweisen möglich und keine im Besonderen zu bevorzugen. Es obliegt der subjektiven Vorliebe des Gastgebers. In jedem Fall empfiehlt es sich, die Moderation des Beratungsprozesses durch eine andere Person durchführen zu lassen.

Nach diesen einleitenden Schritten kann mit dem eigentlichen Beratungsprozess begonnen werden, wobei es sinnvoll erscheint, wenn der Moderator noch einmal alle im Namen des Gastgebers willkommen heißt und feststellt, dass sie eingeladen wurden, durch ihre kollektive Schau den Gastgeber in der Lösungsfindung zu unterstützen. Hierbei sind sie aufgefordert, sich frei und ungehindert einzubringen und im Bewusstsein der gewichtigen Mitverantwortung nur für Lösungen zu stimmen, mit denen sie sich ganz und kompromisslos identifizieren können.

Der Ablauf der Teamberatung folgt der früher vorgestellten Struktur, wobei hier den ersten beiden Stufen ausreichend und gebührend Raum gegeben werden sollte. Es empfiehlt sich, genügend Zeit dafür einzuplanen, dass der Gastgeber Hintergrundinformationen liefert und die Fragen der Teilnehmer beantwortet, bis alle den gleichen Informationsstand erreicht haben. Dem Moderator fällt die Aufgabe zu, solange keine Lösungsvorschläge zuzulassen, bis tatsächlich alle zu einer gemeinsamen Vision sowohl hinsichtlich des anstehenden Problems als auch der damit verbundenen Prinzipien, tieferen Interessen, Bedürfnisse und Wertvorstellungen gelangt sind. Es hat sich als hilfreich herausgestellt, in dieser Phase die Ergebnisse für alle sichtbar am Flipchart zu visualisieren. Erst wenn alle Verständnisfragen gestellt wurden und der Gastgeber das zusammengefasste gemeinsame Verständnis bestätigt hat, wird die Phase der Lösungsfindung eröffnet, und Vorschläge und Ideen werden willkommen geheißen. Hier sei noch einmal daran erinnert, dass es nunmehr um die Vielfalt der Sichtweisen und Beiträge der Beteiligten geht. So mag der Moderator vorschnellen, einseitigen Entscheidungen dadurch entgegenwirken, dass er die Ansichten aller Teilnehmer abfragt. Zurückhaltende oder schüchterne Teilnehmer brauchen möglicherweise eine aktive Einladung. Durchgängig soll darauf geachtet werden, dass alle aufmerksam den Erläuterungen der anderen zuhören. Eine zusätzliche Unterstützung dafür könnte es sein, von Zeit zu Zeit das Besprochene zusammenzufassen und allen zur Kenntnis zu bringen, eventuell sogar am Flipchart darzustellen.

Es zeigt sich in der Praxis, dass die eigentliche Lösungsfindungsphase der Beratung relativ zügig und kurz ausfällt, je genauer und umfassender die beiden ersten Abschnitte im Prozess durchgeführt wurden. Jedenfalls ist es wichtig, den richtigen Zeitpunkt zu erkennen, wenn sich eine Meinung des Teams herauskristallisiert hat. Voraussetzung dafür ist natürlich, dass allen Teilnehmern Gelegenheit eingeräumt wurde, ihre Ansichten frei einzubringen, verstanden zu werden und sich ihre Meinung zu bilden. Sofern all dies befolgt wurde und die notwendigen Informationen vorhanden waren, kann das Team zu einer Entscheidung kommen. Bestandteil der Beschlussfassung ist es, dass der Moderator die zur Entscheidung anstehenden Punkte formuliert und dann zur Abstimmung bringt. Jeder Teilnehmer am Beratungsprozess hat eine gleichwertige Stimme einschließlich des Gastgebers, falls er sich entschlossen haben sollte, aktiv an der Beratung teilzunehmen. Da es bei einer Teamberatung keine Stimmenthaltung gibt, genügt eine einfache Abfrage der unterstützenden Stimmen. Meistens erreicht man einen Konsens, aber auch eine Entscheidung mit Stimmenmehrheit ist grundsätzlich möglich. Es kann auch durchaus vorkommen, dass die Beratungsgruppe in besonderen Fällen zur Ansicht kommt, dass die eine oder andere Information für eine endgültige Beschlussfassung einzubringen ist. In diesem Fall wird die Beibringung dieser Information Inhalt des Beschlusses sein und in der Regel die Vereinbarung getroffen, die Beratung danach fortzusetzen.

Um die Unverfälschtheit der Teambeschlüsse zu garantieren, sollten diese entweder durch den Gastgeber selbst oder durch einen Schriftführer niedergeschrieben werden. Bevor man auseinander geht, wäre es angebracht sich zu vergewissern, dass der Gastgeber eine konkrete Vorstellung erlangt hat, welche die nächsten Schritte der Umsetzung der

Beschlüsse in die Praxis sind, dies unabhängig davon, ob diese als bindend oder als Empfehlung angenommen wurden. Auch kann man vereinbaren, ob und in welcher Form die Teammitglieder über die Ergebnisse der Umsetzung informiert werden und ob man bei Bedarf eine weitergehende Beratung ins Auge fassen möchte. Es versteht sich von selbst, dass Vertraulichkeit und Verschwiegenheit über die Inhalte der Beratung gegenüber anderen Personen zu beachten sind, und auch die Teammitglieder außerhalb der einberufenen Sitzungen die Inhalte nicht zum Thema von persönlichen Diskussionen untereinander machen sollten.

Wer immer an derartigen privaten Beratungen teilgenommen hat, verspürt eine tiefere Verbundenheit und eine Qualität gegenseitiger Wertschätzung und des Vertrauens, so dass es sich gezeigt hat, dass eine derartige Erfahrung bei vielen Teilnehmern den Wunsch erzeugt, auch bei eigenen Themen die Vorzüge der Teamberatung zu nutzen. Man macht sich dies umso lieber zu einem festen Bestandteil persönlicher Lebenskultur, wenn man Zeuge dessen wurde, wie sich die Ergebnisse der Teamberatung in der praktischen Umsetzung als vorteilhaft und umfassend herausstellten. Ein Gefühl sozialer Geborgenheit und innerer Dankbarkeit erwächst beim Gastgeber auch daraus, erfahren zu haben, dass man bei Problemen und Entscheidungen nicht allein gelassen, sondern von der aufrichtigen Obsorge vieler Freunde getragen ist. In meiner eigenen praktischen Erfahrung habe ich gelernt, dass es fast unmöglich ist, die Bedeutung dieser Art der Teamberatung für ein reifes Zusammenleben zu überschätzen.

Ein höheres Maß an Gewissheit und Sicherheit haben sicherlich Beschlüsse, die dem Konsens des Teams entsprungen sind. Anstatt jedoch die Beratungszeit unmäßig zu verlängern, was in der Regel nicht unbedingt zu besseren Ergebnissen führt und eher den Zerfall konsensträchtiger Ergebnisse zur Folge hat, ergab sich eine andere empfehlenswerte Vorgehensweise. Wenn in der ersten Zusammensetzung der Beratungsgruppe nicht ein Konsens erzielt wird, so steht es dem Gastgeber frei, eine neue Beratung einzuberufen. Dabei kann dieser einzelne Mitglieder zusätzlich dazu einladen, andere auswechseln oder gänzlich eine neue Gruppe zusammenrufen. Richtlinie dafür bleibt weiterhin die Vielfalt und Komplementarität bei den eingeladenen Personen. Mit dieser neuen Gruppe sollte die Beratung erneut aufgenommen werden. Sollte es auch beim zweiten Mal nicht zu einem Konsens kommen, so kann man den Vorgang ein drittes und letztes Mal durchführen, wobei in diesem Fall eine Stimmenmehrheit ausreichend ist. Auch wenn es gut ist, eine Prozessstruktur zu haben, habe ich in all den Jahren, in denen ich selber derartige Teamberatungen durchführe oder als Teilnehmer beteiligt war, nie erlebt, dass diese Vorgehensweise notwendig wurde. Meistens kam es gleich beim ersten Mal zu reifen Teambeschlüssen in allgemeiner Einmütigkeit und Überzeugung.

DIE FAMILIENBERATUNG

Auf ihrem Weg zur Sozialisierung durchlaufen Kinder verschiedene Phasen der Entwicklung und Erfahrung. Ihre Welt weitet sich entlang ihrer Beziehungsschwerpunkte mit anderen Menschen. In der frühesten *Prägungs- oder Bindungsphase* sind sie auf die nächsten Bezugspersonen, vorwiegend die Mutter orientiert. Durch diese lernen und entdecken sie sich selbst und ihre Umwelt. Sie leben in einer paradiesischen Welt unbewusster Einheit und Geborgenheit. Sie differenzieren nicht zwischen dem ICH und DU, zwischen innen und außen. In dieser Entwicklungsphase kann man beobachten, wie Kinder beim Spielen ihre Augen zuhalten und meinen, dass sie damit auch von anderen nicht gesehen werden können, nur weil sie selbst nicht sehen können. Sobald sie sich ihre eigene Welt erschlossen haben, machen sie sich auf den Weg, andere Welten zu erforschen. In dieser so genannten *Modellierphase* tauchen sie in die Rollen anderer Personen und Phantasiegestalten ein und machen ihre Lernerfahrungen quasi von innen heraus. Man würde jedoch die Bedeutung dieser Phase unterschätzen, wenn man meinte, dass die Kinder dabei die Rollen nur spielten. Meist identifizieren sie sich mit ihren Vorbildern derart, dass sie darin völlig aufgehen. Phantasie und Wirklichkeit verschmelzen, Neugier, Entdeckergeist und Experimentierfreude bestimmen den Prozess. Das sind die intensivsten Lernerfahrungen, wenn sie in andere Welten eintauchen und sich damit das DU anderer Menschen und Dimensionen eröffnen. In diesen beiden ersten Lebensabschnitten sind Kinder vorwiegend assoziiert mit dem jeweiligen Kontext und den Bezugspersonen, sind mit all ihren Sinnen zutiefst im Erleben. Beziehungen werden direkt erfahren, sie sind Teil der Welten, sind abhängig davon und können von sich aus wenig daran ändern. Glück und Unglück hängen von äußeren Umständen ab, man ist Glückspilz oder Opfer. Die Fähigkeit, an Beziehungen zu arbeiten, die eigene Rolle im Kontext mit anderen Menschen auch von außen oder aus einer Metaposition zu betrachten und damit eigenverantwortlich Änderungen und Entwicklung einzuleiten und selbsterzieherisch wirksam zu werden, erschließt sich erst mit dem Beschreiten der *Sozialisierungsphase*. Das

Entstehen des WIR-Gefühls und das Vermögen, eigenes Verhalten selbstreflexiv im systemischen Zusammenhang zu erkennen und zu adaptieren, bedürfen der Entwicklung sozialer Reife. Da dieser Zustand das Ziel der Entwicklung und Erziehung ist, kann die Ausrichtung darauf nicht früh genug einsetzen. Sowohl die Bezugs- als auch die Modellpersonen können viel dazu beitragen, dass Kinder soziale Vorbilder und ein Umfeld starker Zugehörigkeit und Zusammengehörigkeit erleben und dabei ihre Selbständigkeit und Identität nicht aus dem Gegensatz und Widerspruch zu anderen ableiten. Kinder und Jugendliche, die im Rahmen der Familie Zugehörigkeit und Angenommensein unabhängig von Leistungserfordernissen erfahren und praktisch erlebt haben, wie segensreich es sein kann, wenn Beteiligte ungeachtet des Alters, der Funktion oder Lebenserfahrung in gemeinsamen Beratungsprozessen zu tragbaren und für alle gleich bindenden Ergebnissen kommen, entwickeln ein viel gefestigteres Selbstwertgefühl und ein Grundvertrauen in Kooperation und Verbindlichkeit. Sie müssen nicht zu Einzelkämpfern und konkurrierenden Egoisten ausgebildet werden, um dann mit Mühen und Schmerzen die Unzulänglichkeit derart asozialen Verhaltens zu erfahren, mit all dem Schaden für das Individuum und die Gesellschaft.

Gerade jüngere Erkenntnisse der Neurobiologie zeigen auf, dass Kooperation und Sozialverhalten gelernt werden können und müssen. Auch wenn Kinder nicht sofort und direkt auf kooperatives Verhalten reagieren, benötigen sie dennoch entsprechende Modellpersonen. Lernen von Kooperation ist wie das Erlernen einer Sprache. Kooperatives Verhalten muss geübt und belohnt werden, wenn es zu integrierten Gewohnheiten im Erwachsenenalter und zur Reife in der Charakter- und Persönlichkeitsentwicklung führen soll. Anders als bei den meisten anderen Lebewesen ist das menschliche Gehirn zum Zeitpunkt der Geburt unfertig und bleibt es auch lebenslang. Was zunächst nach Mangel und Nachteil aussieht, manifestiert sich bei genauerer Betrachtung als Stärke und notwendige Bedingung für höhere geistige Leistungen. Im Vergleich zu anderen Arten liegt die Betonung beim Menschen eindeutig auf dem *Werden*, auf Potentialen und Möglichkeiten. Der Mensch besitzt ein Gehirn, das zeitlebens lernfähig und damit auch lebenslang veränderbar ist. Neuere Ergebnisse der Gehirnforschung belegen, dass das menschliche Gehirn zeitlebens dazu in der Lage ist, einmal angelegte Verschaltungen zu modifizieren und zu reorganisieren. Es besitzt die Fähigkeit, einmal entstandene Programme und damit die von ihnen bestimmten

Denk- und Verhaltensmuster, sogar scheinbar unverrückbare Grundüberzeugungen und Gefühlsstrukturen, wieder zu verändern und umzugestalten. Je unfertiger das Gehirn zum Zeitpunkt der Geburt ist, je langsamer es sich anschließend entwickelt und je länger es dauert, bis all seine Verschaltungen endgültig geknüpft und festgelegt sind, desto umfangreicher sind die Möglichkeiten, eigene Lebenserfahrungen und individuell entwickelte Präferenzen darin zu verankern.

Auch wenn der Mensch für lebenslanges Lernen geschaffen ist, so können versäumte Verschaltungen nicht beliebig nachgeholt werden. Neustrukturierungen sind zwar zu jedem späteren Zeitpunkt möglich, doch bedarf es dazu grundsätzlich angelegter vorhandener Verschaltungen. Für die Auseinandersetzung und Entwicklung bestimmter Fähigkeiten gibt es also *kritische Perioden*.[155] Das menschliche Gehirn wird am tiefstgreifenden und nachhaltigsten während der Phase der Hirnentwicklung strukturiert. In neurobiologischer Hinsicht hat sich die Volksweisheit, *was Hänschen nicht lernt, lernt Hans nimmermehr*, auf vielfache Weise bestätigt. Diese Erkenntnisse werfen nicht nur ein markantes Licht darauf, dass zeitgerechtes, entwicklungsbezogenes Lernen grundlegend ist, sondern erhärten auch die Tatsache, dass es nicht gleichgültig ist, welche Grundstrukturen und Lebensprogramme als Basis festgelegt werden. Wichtige, während der frühen Kindheit und im Jugendalter gemachte Erfahrungen führen zur Stabilisierung neuronaler Verschaltungen und Programmierungen, die später nur aufgelöst und verändert werden können, wenn sie bewusst gemacht und erkannt werden. Vor allem die Grundstrukturen der sozialen, emotionalen und mentalen Kompetenz mit den dahinter liegenden Werten und Lebensprinzipien werden weit stärker durch das soziale Umfeld und die frühkindliche Bindung des Kindes an die Bezugspersonen geprägt als durch die genetische Veranlagung. Bau und Funktion des menschlichen Gehirns sind in besonderer Weise für Aufgaben optimiert, die man unter dem Begriff „psychosoziale Kompetenz" zusammenfassen kann. Unser Gehirn ist demnach, wie Gehirnforscher feststellen, weniger ein Denk- als vielmehr ein *Sozialorgan*. (Hüther 2004)

---

[155] Beispielsweise gelingt es so genannten Wolfskindern, die ihre Kindheit ohne Sprache verbringen, zeitlebens nicht mehr, richtig sprechen zu lernen. Wissenschaftler gehen davon aus, dass die *kritische Periode* für die Sprachentwicklung bis zum 12. oder 13. Lebensjahr anzusetzen ist, ansonsten könne Sprache nie mehr vollends gelernt werden. (vgl. Manfred Spitzer, *Lernen – Gehirnforschung und die Schule des Lebens*)

Die erste Person, die dem Neugeborenen das Gefühl der Geborgenheit vermittelt und ihm die Angst nimmt, ist in der Regel die Mutter oder
eine andere primäre Bezugsperson. Die daraus entstehende enge emotionale Bindung weitet sich im Lauf der Zeit auf diejenigen Personen aus,
die der Bezugsperson wichtig sind, mit denen sie emotional verbunden
ist und in deren Gegenwart das Kind sich ebenfalls sicher und geborgen
fühlt. Der Großteil der im Gehirn angelegten Verschaltungen kann nur
dann offen gehalten werden, wenn die Eltern imstande sind, ihren Kindern während der Phase der Ausreifung ihres Gehirns hinreichend Geborgenheit und Schutz vor äußeren Bedrohungen zu bieten. Je unsicherer
das Umfeld, je mehr es also als Antwort auf externe Bedrohungen auf
schnelle, eindeutige und konsequente Reaktionen ankommt, desto einfacher oder „primitiver" bleiben die Verschaltungen im Gehirn, da man in
Gefahrensituationen mit einem einfach konstruierten Gehirn im Vorteil
ist. Das Ausmaß der Komplexität und der Qualität der Vernetzung ist
daher vom Grad der sozialen Geborgenheit und Sicherheit, dem Gefühl
der Zugehörigkeit, aber auch von der Vielfalt an komplementären Sichtweisen und Modellpersonen abhängig. *Es geht einem Kind in dieser
Phase nicht viel anders als einem auskeimenden Samenkorn, das zunächst mit einer sich immer stärker verzweigenden Wurzel in das Erd-
reich vordringt, sich dort fest verankert und die für die Ausbildung von
Spross und Blättern erforderlichen Nährstoffe sammelt. Kindern gelingt
die Ausbildung solcher Wurzeln nur dann, wenn ihnen während ihrer
ersten Lebensjahre Gelegenheit gegeben wird, enge, sichere und feste
Bindungen zu möglichst vielen anderen Menschen mit sehr unterschiedlichen Fähigkeiten, Vorstellungen und Begabungen zu entwickeln.*[156]
Gerade aus diesem Grund spielen Qualität und Ausrichtung der Kernfamilie und später der erweiterten Familien- und Sozialverbände, in denen Kinder aufwachsen, eine herausragende Bedeutung für die gesunde
Persönlichkeitsentwicklung. Menschen sind soziale Wesen[157], jedoch
nicht automatisch. Sozialkompetenz lernt man im Umfeld sozialer Gemeinschaften, genauso wie man Teamfähigkeit nur im Team und nicht
außerhalb dessen erlernen kann. Familien, deren Mitglieder sich eng
miteinander verbunden fühlen, in denen jeder den anderen und dessen
besondere Fähigkeiten wertschätzt, und Vertrauen und Zugehörigkeit

---

[156] Gerald Hüther, *Bedienungsanleitung für ein menschliches Gehirn,* 2004
[157] Aristoteles nannte den Menschen ein *zoon politikon,* ein Gemeinschaftswesen.

vermittelt werden, bilden die beste Basis für die komplexe Gehirn- und Charakterentwicklung und fördern damit eine atemberaubende Zunahme der mentalen, emotionalen, sozialen und geistigen Kompetenzen. Je stärker das Gefühl der Zusammengehörigkeit entwickelt ist, je besser dadurch Fähigkeiten und Fertigkeiten der Mitglieder im Rahmen des Gemeinwesens entfaltet werden, desto stabilere Sozialstrukturen entstehen. Eine Gemeinschaft ist dann stabil und reif, wenn sie so entwickelt ist, dass der Einzelne das für sich will, was auch der Gemeinschaft dienlich ist, die ihn trägt und erhält. Wo immer die Lebensbedingungen lediglich auf das materielle Überleben und den Lebenskampf ausgerichtet sind, wo Einseitigkeit, Einzelgängertum und Egozentrik gezüchtet werden, können prinzipiell vorhandene Möglichkeiten zur Ausbildung hochkomplexer, vielschichtig vernetzter und zeitlebens lernfähiger Gehirne nicht ausgeschöpft werden. Aus primären Bewältigungsstrategien entstehen eingefahrene Programme, die das gesamte weitere Denken, Fühlen und Handeln der betreffenden Menschen bestimmen. Ein solch einseitig programmiertes, immer wieder auf die gleiche Weise für dieselben Zwecke benutztes Gehirn bleibt eine Kümmerversion dessen, was daraus hätte werden können. (Hüther 2004)

Der komplexe Vorgang der frühkindlichen Bindung über die Bezugspersonen führt sogar dazu, dass erworbene Eigenschaften und Fähigkeiten von Generation zu Generation weitergegeben werden und so die Grundlage einer *kulturellen Evolution* darstellen. *„Das Wasser nimmt die guten und schlechten Eigenschaften der Schichten an, durch die es läuft, und der Mensch die des Klimas, in welchem er geboren wird"*, stellt Gracián Baltasar (1647) fest und ein afrikanisches Sprichwort sagt, dass es *ein ganzes Dorf braucht, um ein Kind richtig aufzuziehen*. Die Bedeutung der sozialen Einbettung und der Auseinandersetzung mit unterschiedlichsten Lebensprogrammen im Geist des Vertrauens, Wertschätzung und der Kooperation stellt ein Grunderfordernis dar und vermittelt wohl die wichtigsten Lernerfahrungen für jeden Menschen. Aus gesunden Sozialgemeinschaften mit hohen Prinzipien erwachsen Grundhaltungen und Wertvorstellungen wie Offenheit, Flexibilität, Sinnhaftigkeit, Achtsamkeit, Dienstbereitschaft, Aufrichtigkeit, Wahrhaftigkeit, Verbindlichkeit. Doch auch hier muss der Samen erst zur Frucht reifen. So bemerkt Manfred Spitzer treffend, dass Ethik sich zum richtigen Tun so verhält wie Grammatik zum richtigen Sprechen. Auch soziales werteorientiertes Lernen braucht Vorbilder und Mentoren und ein Umfeld, wo man dies im Handeln erfährt und in den unterschiedlichsten Kontexten und mit den verschiedensten Menschen ausübt. Damit befinden wir uns in einem anhaltenden Prozess fortschreitender Optimierung, einem Prozess andauernder sozialer Öffnung und Integration. Gerald Hüther kommt auf Grund seiner Forschungen zu dem Schluss: *„Aus sich selbst heraus kann ein Mensch diese Haltungen ebenso wenig entwickeln wie die Fähigkeit, sich in einer bestimmten Sprache auszudrücken, ein Buch zu lesen oder eines zu schreiben. Er braucht dazu andere Menschen, die lesen und schreiben können und diese Haltungen zum Ausdruck bringen. Und was noch viel wichtiger ist, er muss mit diesen Menschen in einer engen emotionalen Beziehung stehen. Sie müssen ihm wichtig sein, und zwar so, wie sie sind, mit allem, was sie können und wissen, auch mit dem, was sie nicht wissen und nicht können. Er muss sie mögen, nicht weil sie besonders hübsch, besonders schlau oder besonders reich sind, sondern weil sie so sind, wie sie sind. Kinder können einen anderen Menschen so offen, so vorbehaltlos und so um seiner selbst willen lieben. Sie übernehmen deshalb auch die Haltungen und die Sprache der Menschen, die sie lieben, am leichtesten."*[158]

Das Elternhaus ist sicherlich der wichtigste Ort, wo dies alles stattfindet oder zumindest stattfinden sollte. Erst später spielen die Schule, der Freundeskreis und der Arbeitsplatz eine zunehmend große Rolle. Als Grundlage für die Entfaltung von Selbst- und Sozialkompetenz ist es unumgänglich, dass Kinder und Jugendliche sich im Familiensystem als gleichwertige Partner erfahren. Gleichwertigkeit innerhalb des Familiensystems ist eine Frage der uneingeschränkten Zugehörigkeit und bedeutet nicht die gleichen Funktionen. Im Gegenteil liegt die Stärke und die einzigartige Identität der Familie als offenes lernendes System in ihrer Vielfalt und der Differenziertheit ihrer Mitglieder und deren Fähigkeiten. Vater und Mutter, Schwestern und Brüder, Jüngere und Ältere haben unterschiedliche Bedürfnisse und bringen sich auf vielfältige Art und Weise ein. Die Unterschiede dürfen jedoch keine Benachteiligung mit sich bringen. Werden gewisse Funktionen mit geringerem sozialen Prestige belegt, so darf man sich nicht wundern, wenn im Zusammenhang mit deren Ausübung sich Verstimmung und Abneigung einstellen. Auch wurde darauf hingewiesen, dass das Ausmaß an Verantwortung abhängig

---

[158] Gerald Hüther, *Bedienungsanleitung für ein menschliches Gehirn*, 2004

ist von entwickelten Fähigkeiten und in der Folge von der selbständigen Bereitschaft der Mitglieder.

Die Anwendung der Familienberatung und die Einrichtung eines Familienrates befreien die Eltern nicht von ihrer Erziehungsverantwortung, noch impliziert dieser Schritt, dass sich Eltern bei unangenehmen Themen, die sie im Rahmen ihrer Verantwortung durchzusetzen haben, sich hinter dem Familienrat verstecken können. Wie alle anderen Fähigkeiten, so muss auch Beratung als Reifestufe der Kommunikation und kollektiver Entscheidungsfindung gelernt werden – und welcher Ort eignet sich dafür mehr als die Familie! Ein auf Liebe und Wertschätzung aufgebautes Umfeld mit dem Ausdruck unzweifelhafter Zugehörigkeit ist am besten geeignet, die Kinder zu sozial mündigen und interdependenten Akteuren im späteren Lebenskreis zu führen. Solche erzieherischen Erfahrungen sind für Eltern und Kinder in gleichem Maße wichtig. Wenn Menschen nicht schon als Kind lernen, wie man demokratisch in der Familie lebt, wird man später damit Mühe haben, weil dann nämlich der eigenmächtige Maßstab von Überlegenheit und Minderwertigkeit eingespielt ist. In solchen Fällen trachten Menschen danach, Überlegenheit auszuspielen, während sie in Wirklichkeit Angst davor haben, unterlegen zu sein. Durch die Familienberatung erkennen Eltern durch die Fragen der Kinder und die praktischen Auswirkungen einer partizipativen Interkommunikation die eigenen Bereiche und Themen der Unsicherheit, denen sie gerne aus dem Weg gegangen sind oder die sie erfolgreich verdrängt haben. Die Familienberatung bietet somit allen Beteiligten besondere Chancen persönlicher Entfaltung und sozialer Reife. Eigenwillige lernen, auf andere Menschen Rücksicht zu nehmen und sich gemeinsamen Beschlüssen unterzuordnen, Ängstliche erfahren die Vorteile der Mitverantwortung anstatt der Neigung zu folgen, für alles die Entscheidung anderer zu erbitten und Verantwortung abzuwälzen, Ungeduldige lernen zuerst zuzuhören und zu verstehen, bevor sie ihre Gedanken zum Ausdruck bringen. Höflichkeit und sozial angemessenes Benehmen werden nicht bloß als diktatorisch geforderte Verhaltensmaßregeln kennen gelernt, sondern in ihrer wertvollen praktischen Auswirkung im kollektiven Lernprozess im Interesse der gesamten Familieneinheit.

Der Familienrat gibt jedem Mitglied der Familie die Gelegenheit, sich über alle Angelegenheiten, die die Familie und das Heim betreffen, frei zu äußern und gehört zu werden. Gemeinsam sucht man nach Lösungen. Sogar sehr kleine Kinder können am Familienrat teilnehmen. Kinder sollten praktisch erfahren dürfen, dass sie die volle Mitgliedschaft in der Familie genießen, mit ihren Vorrechten und Pflichten. Sie sollten über Angelegenheiten, die sie betreffen, informiert werden und allmählich mit den zunehmenden Funktionen des Familienrates mitwachsen. In der Vorbereitung und Auswahl der Themen für die Familienberatung müssen die Eltern mit großer Weisheit vorgehen und auf die Entwicklungsstufe der Kinder und die Entfaltung ihrer Fähigkeiten Rücksicht nehmen. Kinder sollten besonders bei jenen Entscheidungen eingebunden werden, die sie betreffen. Entscheidungen, die durch alle Mitglieder getroffen werden, verhindern Uneinigkeit in der Familie, haben größere Aussichten in der Umsetzung und stehen in Übereinstimmung mit den Idealen von Liebe, Achtung und Rücksichtnahme aufeinander. Auf längere Sicht erfordert ein Familienrat beträchtliche Beharrlichkeit, die Bereitschaft, eigene Unzulänglichkeiten und überholte Einstellungen zu ändern und die Sichtweisen der anderen zu respektieren. Neue Wege ohne Angst und Misstrauen zu erkunden und zu versuchen, erfordert Mut und die Überzeugung, dass auch die anderen in Harmonie und Frieden leben wollen. Ohne Vertrauen und ohne Achtung für die anderen Familienmitglieder ist es kaum möglich, auftretende Schwierigkeiten und Konflikte gemeinsam zu beraten und einer Lösung zuzuführen. Die Tradition gibt uns wenige Leitlinien, wie wir miteinander in sozialer Gleichwertigkeit leben können. Somit kann man jede Familie als Pionier in dem verheißungsvollen Abenteuer des Zusammenlebens mit anderen als Gleichberechtigte betrachten.

Grundsätze zur leichteren Durchführung und Fortdauer von Familienberatungen:

1. Gleichwertigkeit:
Gleichwertigkeit und Partnerschaftlichkeit beginnen damit, dass Mann und Frau Seite an Seite die Belange der Familie leiten und zu deren Wohl beitragen. Der Übergang von der paternalistischen Familienstruktur zur partnerschaftlichen Form mag nicht allen Ehepaaren leicht fallen, da dies nicht nur die Gleichberechtigung von Mann und Frau beinhaltet, sondern in zunehmendem Maße den tiefen Respekt für die Rechte der Kinder einschließt. Aber wo immer nur eine Person für alle anderen entscheidet, haben wir es mit einem diktatorischen System zu tun, ob es

sich um eine Familie handelt, um ein Unternehmen oder um eine Nation. Der Ausstieg aus der traditionellen konfliktbeladenen Familienstruktur, die ein autokratisches Machtgefälle zwischen Ehemann, Ehefrau und den Kindern aufweist, mag umso leichter fallen, wenn man sich vor Augen führt, dass dieses System in der Regel nicht mehr funktioniert, wenn die Kinder das Pubertätsalter erreichen. Keine elterliche Macht kann sie dann noch zurückhalten zu tun, was nach ihrem Kopf geht. Rebellion und Konflikt zeichnen das Bild dieser überholten Form von Familienbeziehung. Der konstruktivere Weg beruht in einer partnerschaftlichen Form von Interaktion untereinander, die nicht nur zu Beginn effektiv ist, wenn die Kinder klein sind, sondern auch über das Jugendalter hinaus wirksam bleibt. Elterliche Einflussnahme und Führung im Geist der Beratung sieht Eltern und Kinder nicht als Kontrahenten, sondern als Mitglieder einer „Schicksalsgemeinschaft", bereit, einander zuzuhören und gemeinsam die bestmöglichen Lösungswege zu finden. Kinder entwickeln mehr Respekt und Achtung gegenüber ihren Eltern, die nicht den Anschein erwecken, alle Antworten zu haben, sondern die Meinungen und Sichtweisen anderer wertschätzen. Wenn Eltern ihrer Erziehungsverantwortung ohne Einsatz von Macht nachkommen, erlaubt dies den Kindern, ohne inneren Widerstand zuzuhören und ermutigt sie, ihrerseits ihre Gefühle und Gedanken mit denen zu teilen, denen sie vertrauen. Sozialpädagogen unterstreichen die Tatsache, dass Kinder ihre grundlegenden Fähigkeiten für Entscheidungsfindung und Konfliktlösung in der Kernfamilie lernen. Deswegen kann die Bedeutung der Familienberatung für die Charakterbildung und das künftige Wohl der Kinder als aktive Förderer in Sozialgemeinschaften nicht überschätzt werden.

Es ist zu begrüßen, wenn Ehepaare von Anfang an das Prinzip der Beratung in ihrer Beziehung pflegen und die entsprechenden Fertigkeiten über die Jahre entwickeln und verinnerlichen. Wenn sie dann Kinder bekommen, können sie diese harmonisch in diesen Prozess einführen. Natürlich stellt die Familienberatung keinen Ersatz für die Erziehungsverantwortung der Eltern dar, sondern ist Ausdruck einer reifen Familienkultur. Daher sollten Eltern ihre Kinder so bald als möglich in den Beratungsprozess einbinden, indem sie sie bei einfachen Themen um ihre Meinung fragen und sie ermutigen, ihre Beweggründe darzulegen. In dem Maße, wie die Kinder in ihren Fähigkeiten wachsen, kann ihre Teilnahme ausgeweitet werden, bis der Zeitpunkt erreicht ist, konkret einen Familienrat einzurichten. Im Familienrat nehmen alle Mitglieder als Gleichwertige teil, das heißt, jedes hat gleichberechtigt eine Stimme. Das für die Teilnahme erforderliche Alter hängt von der Fähigkeit des Kindes ab zu verstehen, was beraten wird. Sogar ganz kleine Kinder können beitragen und eigene Vorstellungen ausdrücken. Oft erlebt man, dass die weniger gebildeten oder jüngeren Mitglieder die Gabe zeigen, die grundlegende Thematik scharfsinnig zu erfassen und sogar mit tieferer Einsicht ihren Beitrag zur Lösungsfindung zu leisten als mehr gebildete oder ältere Personen. Gerade deswegen ist es wichtig, immer darauf zu achten, dass alle die Bedeutung verwendeter Begriffe und Konzepte verstehen und sich nicht infolge komplizierter Ausdrucksweisen ausgeschlossen fühlen. Auch wenn kleine Kinder sich nur eingeschränkt einbringen können, entwickeln sie sich mit zunehmendem Alter und wachsender Erfahrung zu echten Stützen gemeinsamer Verantwortung. Eltern sind oft erstaunt über die Tiefe der Einsicht bei ihren Kindern und deren natürliche Intelligenz, wenn ihr Selbstwert geachtet und gefördert wird. Die Familienberatung ist nicht eine Zeit, die Kinder zu belehren, noch sollten sich die Eltern verpflichtet fühlen, eine Allianz gegenüber diesen zu bilden. So sinnvoll es ist, in der Erziehung eine gemeinsame Linie zu verfolgen, so wenig förderlich wäre es, wenn sie diese Geschlossenheit im Familienrat praktizieren wollten. Als gleichgestellte Mitglieder sollte ihr Bemühen vielmehr darauf gerichtet sein, polarisierende Interessensgruppierungen zwischen Eltern und Kindern zu vermeiden. Auch ist darauf zu achten, dass die Familienberatung im Ausdruck nicht schwermütig und belastend wird. Sie ist eine Zeit für Meinungsaustausch, zum Pläneschmieden, für Erfreuliches, eine Gelegenheit, einander näher zu rücken und Spaß zu haben. Erfrischungen und gemeinsames Essen haben dabei durchaus ihren Platz. Die Treffen sollten voll Freude, Lachen und der Gefühle inniger familiärer Zugehörigkeit sein, so dass alle mit gespannter Erwartung dem nächsten Treffen entgegenblicken.

2. Teilnahme und Dauer:

Alle Familienmitglieder sind eingeladen, an den Treffen des Familienrates teilzunehmen. Die Anwesenheit ist aber keine Pflicht. Wenn jemand nicht teilnehmen möchte, dann ist diese Entscheidung von den anderen zu respektieren, aber die Gültigkeit der Beschlüsse wird dadurch nicht außer Kraft gesetzt. Diese gelten für alle. Der Zeitpunkt muss jedoch so vereinbart werden, dass tatsächlich jedes Familienmitglied teilnehmen könnte. Auch wenn die Zeit, wenn die ganze Familie zusammenkommt, kostbar ist, sollte man in diesem Punkt nicht übertreiben. Man muss nicht jedes Thema und jede Frage soweit beraten, dass die Beteiligten ermüden oder die Freude verlieren. Daher ist es ratsam, nicht nur pünktlich zu beginnen, sondern auch einen vereinbarten Endpunkt der Beratung einzuhalten.

3. Regelmäßigkeit:

Wie häufig man sich zum Familienrat trifft, hat die jeweilige Familie zu entscheiden. Es hat sich als vorteilhaft herausgestellt, eine bestimmte Stunde an einem festgelegten Tag jeder Woche zu vereinbaren, damit Themen und notwendige Entscheidungen nicht unerledigt bleiben. Nicht jede Sitzung des Familienrates muss jedoch einer Tagesordnung folgen oder vorbestimmte Themen behandeln. Die Familie kann sich auch treffen, um sich auszutauschen, ein Brainstorming durchzuführen oder sich einfach am Meinungsaustausch zu gewissen Themen zu erfreuen. Die Regelmäßigkeit betont nicht nur die Wichtigkeit dieser Einrichtung, sondern verhindert, dass man sich nur zu Krisensitzungen trifft und bringt eine Ordnungsstruktur in den Zeitablauf der Familie.

4. Dringlichkeit:

Die meisten *dringenden* Entscheidungen sind nicht so dringend, wie Beteiligte zunächst meinen mögen. Alle Familienmitglieder müssen sich Geduld aneignen, um auch unter Umständen, die nicht ganz nach ihrem Geschmack sind, warten zu können. Es ist nicht unbedingt ratsam, eine Beratung immer dann zu improvisieren, wenn ein Mitglied der Familie es wünscht. „*Sofort*" deutet für gewöhnlich auf eine Konfliktsituation hin, auf ein Gegeneinander von Interessen. Gerade dann ist nicht die beste Bereitschaft für ein konstruktives Gespräch gegeben, da in einer Konfliktsituation Worte oft nicht als Mittel zur Vermittlung, sondern als verletzende Waffen zum Einsatz kommen können. Es ist allerdings durchaus sinnvoll, während der regelmäßigen Beratung Richtlinien für Notsituationen aufzustellen.

5. Freie Meinungsäußerung:

In der Beratung hat jedes Mitglied die Gelegenheit, sich frei zu äußern, aber auch die Verpflichtung, den anderen zuzuhören. Sollten Eltern die Sitzungen jedoch dazu umfunktionieren zu erklären, zu predigen, zu schimpfen oder ihren Willen auf andere Art den Kindern aufzuzwingen, dann würde die Beratung ihren eigentlichen Zweck verfehlen. Beratung im Kreis der Familie darf auch nicht mit einer öffentlichen Beichte verwechselt werden, was sehr erniedrigend wäre. Die Würde und der Selbstwert jedes Familienmitglieds muss hochgehalten werden, und jede Form von verletzender Vorgehensweise, entwürdigenden Bloßstellens oder Aburteilens einzelner Personen hat keinen Platz im Familienrat. Auch wird man darauf achten müssen, diese Treffen nicht für üble Nachrede und Kritik an abwesenden Personen zu missbrauchen. Eine große Herausforderung in der Beratung mag darin liegen, einerseits Mehrheitsbeschlüsse vorbehaltlos zu unterstützen und andererseits das Gleichgewicht zwischen sich äußerlich widersprechenden, dem Wesen nach jedoch ergänzenden Prinzipien und Voraussetzungen für eine konstruktive Beratung zu finden, wie z.B. Offenheit in der Meinungsäußerung, Rücksichtnahme und Mäßigung. In der Praxis zeigt sich, dass es oft für Eltern von größerer Schwierigkeit sein kann, Mehrheitsbeschlüsse zu akzeptieren. Das erste Ziel der Beratungen sollte der gute Wille aller sein, aufrichtig dem zuzuhören, was jeder zu sagen hat. Ehe irgendwelche befriedigenden Lösungen gefunden werden können, muss die neue Art, aufeinander einzugehen und zu verstehen, was andere meinen, zur festen Voraussetzung der Beratungen geworden sein. In dem Maße wie die Familie die notwendigen Haltungen und Fähigkeit entwickelt, werden die Beratungsabläufe verinnerlicht und automatisiert. Genauso wie die ersten Schritte beim Gehen oder Fahrrad fahren die schwierigsten sind, so lernt man auch die soziale Fähigkeit der Beratung Schritt für Schritt. Aber schon nach kurzer Zeit wird die Familie harmonisch voranschreiten, an Tempo gewinnen und sehr effiziente Ergebnisse erzielen.

6. Sorgfältige Überlegung:

Das Wesen der Entscheidungen erfordert sorgfältige Überlegung. Man sollte nicht einfach sprechen, weil man sich gerne reden hört. Teilnehmer an der Beratung können lernen, ihre Ideen sorgfältig durchzudenken, ihre Gedanken zu ordnen und diese dann dementsprechend zu äußern, ohne sich in Nebensächlichkeiten zu verlieren. Doch ist es wesentlich, dass Gedanken, Meinungen und Gefühle in der Beratung ohne Scheu zum Ausdruck gebracht werden dürfen. Die fundamentalste Haltung, die es zu entwickeln gilt, ist die Wertschätzung füreinander. Jedes Mitglied sollte die anderen unabhängig von Alter, Geschlecht, Position oder anderen Besonderheiten respektieren. Dies ist die Grundformel. Wenn jemand von den anderen ehrliche Wertschätzung erfährt, wird diese Person keine Probleme damit haben, die eigenen Sichtweisen und Ideen offen einzubringen, ohne befürchten zu müssen, vor der Gruppe lächerlich gemacht oder abgeurteilt zu werden. Jedes Mitglied hat nicht nur das Recht, sondern die Verantwortung, seine Ansichten frei und ungehindert auszudrücken ohne Angst, dass anderen etwas missfallen könnte. Sogar wenn der Vorschlag eines Mitglieds im Team letztlich nicht angenommen werden sollte, stärkt das höfliche und respektvolle Zuhören der anderen in ihm das Gefühl von Selbstvertrauen und Menschenwürde.

7. Gewinn aller:

Für den Erfolg der Beratung ist es wesentlich, dass sie frei ist von niederen Motiven und Selbstsucht. Die Ergebnisse sollten auf das Wohl aller ausgerichtet sein und nicht nur einem persönlichen Interesse genügen. Welches Problem auch zur Beratung steht, die Frage wird immer sein: *„Was ist das Beste für die Gesamtfamilie?"* und nicht bloß *„Was ist da für mich drin?"* Beratung darf auch nicht zu einem Kuhhandel oder dem Feilschen um persönliche Vorteile ausarten. Es gibt keine unvereinbaren gegensätzlichen Standpunkte, wenn alle um das gemeinsame Wohl bemüht sind. Völlig artfremd wäre jede Form von Lobbying, Parteiergreifung oder Methoden, die die Interessen einer Einzelperson auf Kosten der anderen durchsetzen wollen. Oft kristallisieren sich aus einer Beratung sogar mehrere Lösungsmöglichkeiten heraus, denen alle mit Begeisterung zustimmen können, so dass keine faulen Kompromisse gesucht werden müssen. Dieses zusätzliche Maß an Bemühen, Feingefühl, Empathie und Bereitschaft, Dinge auch aus dem Blickwinkel anderer zu betrachten, ist sicherlich den Aufwand wert, damit niemand mit einem Gefühl der Unterlegenheit aussteigt und alle gemeinsam die Beratungen als Gewinner verlassen.

8. Gültigkeit der Beschlüsse:

Wenn eine Entscheidung einmal getroffen wurde, sollte jede Änderung bis zur nächsten Sitzung warten. Nach der Sitzung hält man sich an die beschlossene Handlungsweise und bemüht sich gemeinsam um die Umsetzung. In der Zeit bis zur nächsten Beratung sollte man auch nicht darüber diskutieren oder die Beschlüsse kritisieren. Findet man aus der praktischen Erfahrung, dass die Lösung der vergangenen Woche unglücklich war, wird das Thema neu beraten und eine Alternative gesucht.

Und wieder ist es Sache der ganzen Gruppe, zu einer gemeinsamen Entscheidung zu gelangen. Keine Vorhaltungen, persönliche Profilierungen oder das Suchen von Schuldigen dürfen dabei zugelassen werden. Die Familie lernt gemeinsam, und jeder Erfahrungsschritt ist wichtig und wertvoll.

9. Falsche Entscheidungen:
Eltern haben oft Angst vor falschen Entscheidungen, die gegen ihr *besseres Urteil* getroffen werden könnten. Sollte es tatsächlich zu „falschen Entscheidungen" kommen, die von den Kindern durchgezogen wurden, kann eine solche Situation sehr vorteilhaft genutzt werden. Erkennen die Eltern eine unrichtige Entscheidung, so müssen sie sich trotzdem daran halten, das Unangenehme auf sich nehmen und den natürlichen Folgen erlauben, in Kraft zu treten. Sie sollten nicht versuchen, eine solche Entscheidung mit allen Mitteln zu verhindern, sondern die Kinder in der Praxis erleben lassen, was die Konsequenzen sind. Allzu großer Schaden kann daraus in der Regel nicht entstehen. Bei der nächsten Beratung werden die Kinder umsichtiger sein und entsprechend ihre Stimme für bessere Lösungen abgeben. Sie lernen aus diesen Erfahrungen viel mehr, als sie je durch Worte oder elterlichen Zwang lernen könnten. Kinder erkennen, dass die Eltern ernsthaft zu der partnerschaftlichen Rolle im Familienteam stehen und vertiefen durch das Vorbild der Eltern ihr Vertrauen in den Beratungsprozess und darin, dass sich der richtige Weg aus gemeinsamem Lernen heraus zeigt.

10. Moderation:
Die Aufgabe der Moderation liegt darin, jedem Familienmitglied Gelegenheit zu geben, gehört und verstanden zu werden. Auch ist es wichtig dafür zu sorgen, dass ein höflicher Austausch stattfindet, der Fluss der Beratung gewährleistet ist und die Entscheidung für alle klar und nachvollziehbar zum Ausdruck kommt. Die Moderation kann entweder wöchentlich oder monatlich reihum gehen, so dass jedes Familienmitglied dieses Vorrecht und diese Verantwortung erfährt.

11. Protokollführung:
Auch die Niederschrift der gefassten Beschlüsse könnte wechselweise reihum gehen. Bei der darauf folgenden Familienberatung geht man die protokollierten Beschlüsse durch. Falls der eine oder andere Punkt sich

in der Zwischenzeit als verbesserungswürdig herausgestellt haben sollte, so kann er zur erneuten Beratung auf die Tagesordnung gesetzt werden, aber während der Woche sind die getroffenen Entscheidungen bis zur nächsten Beratung bindend.

Während die Prozessschritte der Beratung nicht schwierig sind, besteht die eigentliche Herausforderung in diesem Lernprozess darin, alte Gewohnheiten aufzugeben, persönliche Haltungen zu transformieren und sich erweiterte Fähigkeiten anzueignen. Es braucht die gegenseitige Unterstützung und das Bemühen aller, wenn es darum geht zu lernen, die Meinungen anderer zu respektieren, selbstsüchtige Interessen zurückzustellen, sich offen einzubringen, Geduld zu üben und aktiv zuzuhören. Wenn man mit der Einrichtung des Familienrates startet, muss man sich darüber im Klaren sein, dass damit eine grundsätzlich neue und noch nicht erlebte Art der intrafamiliären Kommunikation beginnt. Es ist ein gemeinsamer Entwicklungsprozess und benötigt Zeit und Ausdauer, bis alle Familienmitglieder sich an ein solches Vorgehen gewöhnt und Vertrauen gefasst haben. Weder Kinder noch Eltern hatten vorher entsprechende Erfahrungen. Gerade wenn Eltern damit beginnen, wenn die Kinder schon älter sind, müssen sie vorbereitet sein, dass diese anfangs möglicherweise kein großes Vertrauen dazu aufbringen. Die Kinder könnten befürchten, dass dieser Schritt lediglich ein neuer Trick ist, sie dazu zu bringen, sich den elterlichen Normen zu fügen und Dinge zu tun, die sie nicht tun wollen. Gleichermaßen mag es für die Eltern eine Überwindung bedeuten, wenn sie grundlegende Zweifel hegen, ob ihre Kinder die Situation nicht ausnützen und ungerechtfertigte Ansprüche und Entscheidungen durchsetzen würden. Aus diesem Grunde bedarf es verstärkten Vertrauens und des guten Willens aller Beteiligten, um überhaupt mit Beratungssitzungen zu beginnen und diese am Laufen zu halten. Auch kann es sein, dass zunächst Probleme an die Oberfläche gelangen, die verdrängt worden waren bzw. wofür außerhalb der Familie nach Lösungen gesucht wurde. Doch sollte man keine Angst vor Konflikten und Krisen haben. Wenn die schwierige Anfangsperiode ohne Unterbrechung der regelmäßigen Sitzungen durchgehalten wird, zeigen sich die Wirkungen der gemeinsamen Beratung als großer Vorteil für alle Familienmitglieder. Bald wird man erleben, dass die Resultate den Aufwand wert waren. Mit zunehmendem Vertrauen nehmen Spannungen ab und die Bereitschaft, zum Wachstum und Wohl der Familie beizutragen, nimmt zu. Die Familie ertappt sich immer öfter dabei, wie sie die neuen Fertigkeiten und Einstellungen in vielfältigen Situationen zum Ausdruck zu bringt.

Einige segensreiche Auswirkungen des Familienrates:

- Das Prinzip gemeinsamer Beratung gehört zu den wesentlichen Kriterien unserer Zeit globaler Vernetzung. Durch den Einsatz dieser partnerschaftlichen Kommunikationsmethode wird das Fundament der Familie gestärkt und der Sozialisierungsprozess auf eine höhere Ebene verlagert. In dem Maße wie jedes Mitglied von Kindesbeinen an die Möglichkeit erhält, seine Ansichten, Schlussfolgerungen und Beiträge in einer Atmosphäre der Wertschätzung und konstruktiver Meinungsbildung einzubringen, verstärkt sich in ihm das Gefühl der Zugehörigkeit zum Familiensystem und in der Folge auch zur umfassenden Gemeinschaft.

- Durch die von Kindheit an erlernte positive Gewohnheit, über wichtige Angelegenheiten gemeinsam nachzudenken und zu beraten, entwickeln sich Kinder und Jugendliche zu sozialverantwortlichen Personen mit der Fähigkeit bedachtsamer und tiefgehender Entscheidungsfindung. Wenn Familienberatung zu einer natürlichen Sache wird, erhöht sich die Chance, dass Kinder bei Problemen, Sorgen und Krisen die Beratung als eine Quelle der Führung suchen. Dies führt nicht nur zu besseren Ergebnissen, sondern bedeutet auch einen besonderen Schutz für sie in ihrem Leben.

- Eltern werden mehr denn je die Gefühle, Emotionen und Sorgen ihrer Kinder in Betracht ziehen und deren Ziele kennen lernen. Durch den regelmäßigen Austausch von Gedanken und Ansichten wird das Fundament des Vertrauens gefestigt, worauf auch in Krisenzeiten gebaut wird. Die Kinder wiederum beobachten, wie in diesem integrativen Wachstums- und Lernprozess Ideen ungehindert wachsen dürfen. Ihre Erfahrungen stärken ihren

Selbstwert und werden für sie zur Leitschnur und zum Lebensprinzip.

- Kinder und Jugendliche fühlen sich nicht mehr durch das Gefühl belastet, dass ihnen durch autoritäre Eltern ungerechte Entscheidungen aufgebürdet werden, ohne dass ihren Wünschen und Vorstellungen Beachtung geschenkt wurde. Wenn Kindern die Möglichkeit geboten wird, gehört zu werden und sich partnerschaftlich einzubringen, entfalten sie das Gefühl, dass sie wichtig sind und dass ihre Ansichten auch zählen. Ihr Selbstvertrauen und ihre sozialen Fähigkeiten wachsen und ebenso ihre Bereitschaft, entsprechend ihren Möglichkeiten Verantwortung für das Gemeinsame zu übernehmen.

- Die schnell heranreifenden Kinder erfassen die Vorzüge der Vielfalt von Sichtweisen in der Beratung und lernen durch Einsicht und praktische Erfahrung, Entscheidungen des Familienrates anzunehmen und mitzutragen. Wenn sie mitverantwortlich an der Lösung von Problemen beteiligt waren, fehlt auch das Bedürfnis, sich passiv zurückzuziehen oder zu beschweren. Sie vermeiden unnötige und verletzende Streitgespräche mit den Eltern, Geschwistern oder anderen Personen ihres Umfelds und ersparen sich damit in der Folge die Reue über nicht wieder gutzumachende Konsequenzen von Handlungen, die sie in der Vergangenheit begangen haben.

- Durch die Familienberatung werden die drei Hauptfähigkeiten der Kinder gefördert und gleichmäßig entwickelt:
  1. Fähigkeit zu erkennen (*Erkenntnisfähigkeit*)
  2. Fähigkeit, Beziehungen herzustellen (*Liebesfähigkeit*)
  3. Fähigkeit, Taten zu setzen (*Entscheidungs- und Handlungsfähigkeit*)

- Kinder und Eltern lernen gleichermaßen, dass in einer Atmosphäre freundlicher Ermutigung alle Beteiligten in der Lage sind, sich konstruktiv einzubringen. Diese Qualität der Kameradschaftlichkeit setzt kreative Potentiale frei und erlaubt es, dass großartige Ideen an die Oberfläche gelangen. Auch werden alle feststellen, wie diese herzliche Offenheit sich auch auf das allgemeine Klima in der Familie außerhalb der Beratungssitzungen auswirkt. Üble Nachrede und abwertende Äußerungen über andere gehören dann ebenso wenig zur Familienkultur wie derbe und erniedrigende Kritik, was den Fluss der gemeinschaftlichen Beiträge unterbinden würde und Uneinigkeit und verletzte Gefühle zur Folge hätte. Alle lernen in vertrauensvoller Weise die Bedeutung von Höflichkeit, Toleranz, Akzeptanz und Freundschaft.

Auch wenn der Familienrat als Beratungseinheit im Rahmen der Kernfamilie klar definiert und Ausdruck partnerschaftlicher, auf sozialer Gleichwertigkeit beruhender Interkommunikation ist, beschränkt sich das Prinzip der Beratung nicht allein auf diese Treffen. Es gibt genügend Gelegenheiten, wenn zwei Personen etwas zu besprechen haben, das nicht unbedingt die Gesamtfamilie betrifft. Viele Beratungsgespräche können zwischen den Ehepartnern, einem Elternteil und einem Kind, wenn es nicht notwendig ist, dass ein Thema vor allen anderen ausgebreitet wird, oder auch unter den Kindern stattfinden und dennoch dem Geist der Beratung folgen. Das Grundprinzip dahinter bleibt gleich, dass man die Sichtweisen anderer Familienmitglieder zu einem Thema oder für eine Lösung einholt und die Vorteile der kollektiven Weisheit nutzt.

STUDIENZIRKEL UND LERNTEAMS

Nur die Fülle führt zur Klarheit,
und im Abgrund wohnt die Wahrheit.

Friedrich Schiller, *Spruch des Konfuzius*

Nicht nur, wenn es um Entscheidungsfindung und konkrete Projekte geht, empfiehlt es sich, die Vorteile der Teamberatung zu nutzen, sondern auch dann, wenn Wissensaustausch und die Förderung von Lernen das Ziel sind. Das förderlichste Lernumfeld für Menschen bildet ein partizipatives System, in dem alle Beteiligten sich im Austausch miteinander befinden und gleichzeitig Lehrer und Lernende sind. Lernen wird derart zu einer sozialen Handlung. Es hat sich gezeigt, dass Menschen am besten im Zusammenspiel mit anderen lernen, wenn sie Erfahrungen austauschen und selbstorganisierte Lernteams mit jenen Personen bilden, die über ein für sie attraktives Wissen oder über interessante, komplementäre Fähigkeiten verfügen. Wann immer man sich zusammenfindet und erfolgreich Ideen austauscht, forscht, bei Themen in die Tiefe geht und bemüht ist, das kollektive Wissen des Teams zu erschließen, können eigene Denkfallen und individuelle Begrenzungen überwunden werden. Das Team im Dialog kann zu Einsichten gelangen und in Themenbereiche und Fragen vordringen, die bis dahin den einzelnen unbekannt und unerschlossen waren. Diese Lerngemeinschaften bilden einen ausgezeichneten Nährboden für Wissens- und Erfahrungsaustausch und die Entwicklung neuen Wissens, neuer Ideen, Fähigkeiten und Kompetenzen.

Weder in Unternehmen noch im Rahmen wissenschaftlicher Forschung werden etwa Kernkompetenzen und herausragende Ergebnisse von einsamen Strategen entwickelt, sondern diese entstehen in solchen formellen oder informellen, oft selbstorganisierten Teams. In der Literatur wird auf eine Vielzahl an beeindruckenden Beispielen hingewiesen, wie Arbeiter in kürzester Zeit schwierige Methoden erlernten, wenn sie selbstmotiviert mit Personen zusammenarbeiteten, die diese Methode beherrschten, und wie sie sich plötzlich über komplexe Herausforderungen Gedanken machten und diese eigenständig lösten. Auch wissenschaftliche Forschung bedient sich heute mehr denn je internationaler Teamarbeit, ja selbst Nobelpreisträger agieren nicht als Einzelkämpfer. Auch wenn meist nur einige wenige „Wissenschaftsstars" im Rampenlicht der Öffentlichkeit stehen, weil beispielsweise der Nobelpreis derzeit maximal an vier Personen vergeben wird, darf nicht verkannt werden, dass die umfassenden und komplexen Ergebnisse in der Forschung und Wissenschaft in der Regel das Ergebnis von weit verzweigter Teamarbeit sind. *„Wissenschaft war immer schon ein kollektives Unternehmen und das forschende Subjekt vielleicht nur eine Fiktion oder ein Mythos"*, sagt etwa der Linzer Wissenschaftstheoretiker Gerhard Fröhlich von der Johannes Kepler Universität Linz.[159] In der Realität sind zumeist mehrschichtige, interdisziplinäre Teamsysteme an den ausgezeichneten Forschungen und Entdeckungen beteiligt. Wissenschafter diverser Institute arbeiten weltweit mit Kollegen unterschiedlicher Fachrichtungen zusammen und sind mit Partnerinstituten global vernetzt. Was zählt, ist Informationsaustausch und Kooperation. Teure Experimente mit langen Vorlaufzeiten beschäftigen Hunderte von Wissenschaftlern: Ingenieure, Physiker, Mathematiker und Informatiker. Verschiedene Länder müssen ihre Zusammenarbeit koordinieren, es gibt genau definierte aufeinander abgestimmte Aufgaben für spezielle Forschergruppen im Netzwerk. Die Forschungsdaten reisen oft via Internet rund um die Welt. Dazu kommen gegenseitige Besuche für Tage, Wochen oder Monate. Dieser „cross discipline research" findet in den letzten Jahren bereits verstärkt statt. Zum Beispiel arbeiten Mediziner mit Physikern zusammen, um medizinische Implantate zu entwickeln, Biologen mit Decodierungsspezialisten und Informatikern, um die Struktur in der DNA zu entschlüsseln, oder auch Ökonomen mit Physikern, da magnetisierte Teilchen sich unter bestimmten Umständen verhalten wie Börsenspekulanten. Wissenschaftler, die miteinander fachübergreifend kommunizieren und Ideen austau-

---

[159] Der irische Organisationspsychologe John Hurley hat z.B. 1997 eine Studie über Physiknobelpreisträger durchgeführt. Seine Resultate zeigen, welche großen Teams hinter den prämierten Spitzenforschern stehen. In der Zukunft, so Gerhard Fröhlich, müsse der Nobelpreis auch an ganze Forscherteams vergeben werden. Beispielsweise brachte der britische Biologe Paul Nurse, als er mit dem Medizin-Nobelpreis 2001 ausgezeichnet wurde, seine Freude mit den Worten zum Ausdruck: *„Unsere Errungenschaften waren nur in Teamarbeit möglich."*

schen, können ihre Forschungsarbeit wechselseitig unterstützen.[160] Konstantin Hossmann, Direktor des Max-Planck Instituts für neurologische Forschung in Köln betont, dass Forschung auf internationalem Niveau nur dann sinnvoll betrieben werden kann, wenn man mit allen relevanten Instituten in dauerndem Kontakt ist. Kenneth Gergen, Hauptvertreter des sozialen Konstruktivismus sieht den Dialog, das Sprechen miteinander, als den Raum, wo Wirklichkeit entsteht.

In seinem bemerkenswerten Buch *Der Teil und das Ganze* argumentiert Werner Heisenberg[161], dass „*Wissenschaft im Gespräch entsteht.*" Er liefert Beispiele dafür, *wie das Zusammenwirken sehr verschiedener Menschen schließlich zu wissenschaftlichen Ergebnissen von großer Tragweite führen kann.* Einprägsam schildert der Autor darin eine Fülle von Gesprächen, die er im Laufe seines Lebens einzeln oder in Gruppen mit Pauli, Einstein, Bohr, Planck und anderen großen Wissenschaftlern geführt hat, die die Entwicklungsgeschichte der modernen Physik in der ersten Hälfte des 20. Jahrhunderts entscheidend bestimmt haben. Diese aus zum Teil sehr unterschiedlichen und zum Teil gegensätzlichen Standpunkten geführten Unterhaltungen setzten ein erstaunliches Potential wechselseitiger Befruchtung und kollektiven Lernens frei. Sie bewegten sich thematisch keineswegs nur im Umkreis der Physik, sondern waren ebenso eng mit menschlichen, philosophischen, religiösen, politischen und künstlerischen Fragen verbunden. Gerade diese Vielschichtigkeit an Personen und Themenbereichen führte zu Ergebnissen, die weit die Grenzen individuellen Verstehens hinter sich ließen und zu Kristallisationspunkten im Leben der Beteiligten wurden.

Beispiele für derartige „Schmelztiegel" kreativer Zusammenarbeit sind zahlreich und haben die Welt der Wissenschaft stets befruchtet. Oft

---

[160] Wenn isoliertes Spezialistentum durch fachübergreifende Vernetzung für die Vorteile systemischer Übersummation geöffnet wird, erfordert dieser Schritt nicht nur die Fähigkeit systemischen Denkens und vernetzter Informationssysteme, sondern macht in der Praxis auch die Tatsache des interdisziplinären Sprachproblems mit den unterschiedlichen Terminologien und Fachausdrücken deutlich. Eine *Gemeinschaftssprache* zu finden, stellt sich für viele interdisziplinäre Forschungsteams als eine der grundlegenden und primären Aufgaben dar.

[161] Werner Heisenberg, *Der Teil und das Ganze – Gespräche im Umkreis der Atomphysik*, 1976
Er gilt als Pionier der modernen Physik, forschte und diskutierte mit den Größten seiner Zeit: Einstein, Pauli, Schrödinger und Planck. Für seine grundlegenden Arbeiten zur Quantenmechanik erhielt Werner Heisenberg 1933 den Nobelpreis für Physik.

haben sich entsprechende Zentren der Forschung, des Austausches und der Entwicklung als „Think-tanks" aus kleinen und unscheinbaren Anfängen herauskristallisiert und allmählich an Bedeutung und weit reichendem Einfluss gewonnen.

Umso unverständlicher ist es vor diesem Hintergrund, dass in unseren Bildungseinrichtungen eine *Personalisierung der Wissenschaft* betrieben wird. Auch wenn es nachvollziehbar ist, dass auch das Wissenschaftssystem Helden und Vorbilder benötigt, so darf nicht übersehen werden, dass diese einseitige Entwicklung dazu geführt hat, dass das ganze Umfeld von Wissenschaftlern historisch ausgeblendet wurde und so die Vorstellung entstanden ist, dass Wissenschaft ausschließlich von einzelnen Personen betrieben wird. Vor allem das universitäre Wissenschaftssystem mit seiner historisch geprägten feudal-hierarchischen Struktur stilisiere den Einzelwissenschaftler in Person des Professors hoch, sagt die Wiener Wissenschaftstheoretikerin Ulrike Felt. Im akademischen Sektor zähle nach wie vor die Einzelleistung mehr als Teamarbeit. Heute jedoch gehe es in der Wissenschaft vor allem um problemorientiertes Wissen, und dieses Wissen könne man nur in interdisziplinären Forschungsteams erzeugen.[162] So stellt sich die Frage, welchen Typus an Modellpersonen Wissenschaft und Forschung für die Zukunft anbieten wollen: sozial isolierte Einzelkämpfer im Wettbewerb oder sozialkompetente Teamplayer in interdisziplinärer Wissensverknüpfung?

Angesichts der besonderen Vorreiterrolle zeitgenössischer Physiker mag es nicht verwunderlich erscheinen, dass gerade ein führender Quantenphysiker, nämlich David Bohm, den Bezug zwischen den kollektiven Eigenschaften von Teilchen als Analogie zu der Art, wie unser Denken abläuft, herstellte und schließlich zur systemischen Erkenntnis gelangte, dass Denken „als ein größtenteils kollektives Phänomen" zu betrachten sei. Er kam zu dem Schluss, dass individuellem Denken Grenzen gesetzt sind. Der einzelne Mensch könne sein Denken nicht einfach verbessern, eben weil Denken in hohem Maß kollektiv sei. Denken müsse als ein systemisches Phänomen betrachtet werden, das von unseren wechselseitigen Interaktionen und Diskursen hervorgerufen wird. In der Folge interessierte er sich eingehend für die Theorie und Methodik des *Dialogs*, durch den eine Gruppe sich *für den Fluss einer größeren Intelligenz öffnen kann.* Der Dialog in seiner Urform ist ein altes, schon im klassi-

---

[162] Zitiert in einem Beitrag von Armin Stadler für die Ö1-Dimensionen

schen Griechenland praktiziertes Konzept, das man auch bei den alten Kulturen der nordamerikanischen Indianer findet.[163] Bohms Arbeiten über die Theorie und Praxis des Dialogs brachten interessante Einsichten über kollektive Lernprozesse in Teams zutage. Er stellte fest, dass individuelles Denken meist kontraproduktiv und fehleranfällig ist: *„Unser Denken ist inkohärent und die daraus resultierende Kontraproduktivität ist der Ursprung unserer größten Probleme. "*

In der echten Teamberatung nehmen Menschen nicht bloß den Austausch individueller Gedanken und Ideen, sondern vor allem das kollektive Wesen des Denkens und Lernens wahr, das in einem fortlaufenden Prozess, einem Fließen von Sinnzusammenhängen zum Ausdruck kommt. Wie Bohm es formuliert: *„Ein Großteil des Denkens ist kollektiven Ursprungs; jeder wandelt es individuell ab"*, aber er schöpft es im Allgemeinen aus einer kollektiven Quelle. Bohm zufolge bedeutete Dialog ursprünglich „sich bewegender oder durchlaufender Sinn, ein freies Fließen von Sinn *zwischen* Menschen, wie bei einem Strom, der zwischen zwei Ufern fließt." [164] Auf der individuellen Ebene schöpfen Menschen zwar aus diesem Strom, halten jedoch die Handvoll Wasser irrtümlich für ihre eigenen Gedanken und Ideen, weil sie den Fluss kollektiven Denkens, aus dem diese hervorgegangen sind, nicht berücksichtigen. Sobald jemand meint, durch seinen Anteil den wahren Durchblick erlangt zu haben, und versucht, beharrend seine Meinung durchzusetzen, verliert er die Qualität des *„Zwischenbewusstseins"* und behindert dadurch den Fluss des Denkens. Der Prozess kollektiven Denkens und Forschens wird blockiert, und höherwertige Erkenntnisse und Lösungen bleiben verborgen.

In der Teamberatung öffnet sich der Blick der Teilnehmer für den Strom. Sie fangen an, an diesem größeren Reservoir an gemeinsamem Sinn und gemeinsamer Bedeutung teilzuhaben, der sich beständig entwickelt und verändert. Als Ergebnis eines solchen Austausches fügt sich nicht bloß das Wissen des einen dem Wissen des anderen hinzu. Vielmehr geht daraus etwas hervor, das niemand von ihnen vorher wusste

---

[163] Der Begriff Dialog geht auf das griechische Wort *dialogos* zurück. *Dia* bedeutet „durch", *Logos* steht für „das Wort" oder auch „der Sinn". Diesem Prinzip folgte schon Plato im Zusammenhang mit seiner Entdeckung der *Dialektik,* wobei er argumentierte, dass zwei Personen, die einander herausfordern und auf einander eingehen, der Wahrheit näher kommen können, als jeder einzelne von ihnen für sich.

[164] zitiert bei Peter Senge, *Die fünfte Disziplin*, Seite 291 ff

oder in der Lage gewesen wäre, für sich allein herauszufinden. In einem Team-Dialog kann die beratende Gruppe zu Ergebnissen gelangen, zu dem der Einzelne für sich keinen Zugang hätte. Auch wird dabei nicht versucht, die Einzelteile zu einem Ganzen zusammenzuziehen, sondern *das Ganze ordnet die Teile.* Die Frucht einer derartigen Teamberatung bringt eine Ganzheit hervor, welche Eigenheiten aufweist, die nicht auf jene der jeweiligen Individuen rückgeführt werden können. Der Fluss ist schließlich weit mehr als die Summe der Handvoll individueller Anteile. Aus der Tradition des logischen, kausalen Denkens, des Trennens, des Unterscheidens, des Analysierens, des Einteilens und des Erklärens einer bestehenden Welt (von Foerster 1994) eröffnet sich im Team-Dialog eine neue Art der Zusammen-Schau, eine Wahrnehmung von Wechselwirkungen, ein Erfassen von Beziehungszusammenhängen und Interaktionsfeldern zwischen allen und allem. Das Bewusstsein, dass alles mit allem zusammenhängt, wird zum Kernpunkt des Geschehens und schafft eine Gewissheit, dass jede Veränderung an irgendeiner Stelle einen Wandel im Ganzen bewirkt.

Einzelpersonen lernen im sozialen Umfeld als Glieder einer größeren Einheit. Eine Gruppe entwickelt sich einerseits durch das Lernen ihrer Mitglieder, andererseits in ihrer Funktion als Subsystem innerhalb einer Organisation, einer Gesellschaft, eines Unternehmens. Individuelles und kollektives Lernen können demnach als interagierende Prozesse betrachtet werden, in denen die systemischen Fähigkeiten von Einzelpersonen und Gruppen ihre Beiträge zur allgemeinen Entwicklung in Richtung zunehmender Komplexität leisten. Systemisches Bewusstsein der Interdependenz ermöglicht es Einzelnen wie auch Gruppen, mit erweiterter Achtsamkeit und mit größerer Nachhaltigkeit für die Zukunft beizutragen. Diese Grundhaltung zeigt sich auch in einer gesteigerten Bereitschaft zu lernen und sich weiterzuentwickeln und höhere Ebenen der Komplexität zu erklimmen, anstatt im Status quo zu verharren. Wenn Einzelpersonen in echten Teams zusammenarbeiten, können sie auch Beschränkungen der individuellen Kapazitäten überwinden und damit den Gegensatz und den wechselseitigen Ausschluss von tiefgründigem Spezialistentum und breiter Universalität überbrücken. Dergestalt kann Erkenntnis in die Tiefe gehen, ohne dadurch an Breite zu verlieren. Kollektives Lernen ist demzufolge nicht nur möglich, sondern unerlässlich, wenn wir die Möglichkeiten der menschlichen Intelligenz ausschöpfen wollen. Der Zweck der Teamberatung besteht letztlich auch darin, über die Grenzen des individuellen Verstehens hinauszukommen. In diesem Fall gewinnen alle, wenn man es richtig macht. Niemand holt sich Vorteile auf Kosten anderer, sondern die Entwicklung einzelner trägt zur Entwicklung aller bei. Der Zusammenfluss unterschiedlicher Perspektiven, vor allem, wenn die Teilnehmer nicht an ihren Ideen hängen bleiben, wirkt wie das Zusammentreffen von Feuerstein und Stahl, woraus der Funke der innovativen erweiterten Erkenntnis entspringt. *Jeder einzelne hat eine „Ansicht", eine spezielle Sichtweise der Realität. Jede individuelle Ansicht eröffnet eine einzigartige Perspektive auf eine größere Realität. Wenn ich die Welt „mit Ihren Augen" sehe und Sie die Welt mit „meinen Augen" sehen, werden wir beide etwas erkennen, das wir allein niemals entdeckt hätten (Senge 1996).* Es entsteht eine neue Form des Denkens und Lernens, die auf der Entwicklung eines gemeinsamen Sinns beruht. Menschen befinden sich nicht länger in Opposition zueinander, sondern erleben einander als unverzichtbare Partner in einem größeren Zusammenschluss und einem gemeinsamen Lernprozess. Menschen erfahren sich als autonome Einheiten, die durch ihre Systemkompetenz, ihre Beiträge und Einsichten zu ihrer eigenen Entwicklung wie auch zur Entwicklung ihrer Umwelt beitragen. Kollektives Lernen baut somit auf die Fähigkeit der Einzelnen auf, das System, dem sie angehören zu erfassen und Wege zu entdecken, sich selbst und das Gesamtsystem zu höherer Komplexität und Reife zu leiten.

In der Teamberatung werden die Beteiligten außerdem zu Beobachtern ihres eigenen Denkens und Kommunizierens. Kommt dabei ein Konflikt an die Oberfläche, erkennen die Teilnehmer, dass eine Spannung da ist, aber diese Spannung führt nicht zu einem Zusammenprall der Persönlichkeiten, sondern wird als das kreative Potential erkannt, das aus dem Zusammenwirken unterschiedlicher Denkansätze entspringt und nach Synthese auf einer höheren Ebene verlangt. Bei der Teamberatung erforschen die Mitglieder schwierige, komplexe Fragen unter vielen verschiedenen Blickwinkeln. Der einzelne legt sich nicht auf seine Meinung fest, aber er teilt seine Annahmen offen mit. Diese *Kultur der Offenheit* führt dazu, dass die Beteiligten die ganze Fülle der Erfahrungen und des Denkens ungehindert und aufbauend erforschen können und dabei weit über individuelle Meinungen und Denkgrenzen hinaus gelangen. Die besondere Charakteristik echter Teamberatung liegt darin, dass jedes Mitglied sich offen auf den Dialogprozess einlässt und in einer aufrichtigen Haltung der Wertschätzung den Ansichten der anderen Mitglieder gegenüber besondere Beachtung zum Ausdruck bringt. Das Bemühen, auf die anderen einzugehen, reduziert sich nicht bloß auf die Person, sondern bedeutet, in den Sinn der Äußerungen einzutauchen, um die dahinter liegende Welt zu verstehen mit der Intention, jene Edelsteine der Bedeutung zu entdecken, die Wegweiser und Hinweis auf die höhere Ebene gemeinsamen Sinnverständnisses sind. Die Teammitglieder sorgen sich nicht darum, schlagende Argumente vorzubringen und als Sieger vom Platz zu gehen, sondern tragen dazu bei, die Grenzen des Verstehens und der Einsicht zu weiten und das Bewusstsein von Zugehörigkeit und Wertschätzung zu vertiefen. Kollektives Lernen ist soziales Lernen und als solches wird es geprägt durch Werte, Haltungen und Gefühle. Übereinstimmung kann nicht aufgesetzt werden, sondern erwächst aus gemeinsamer Überzeugung.

Bei der Zusammensetzung von Studiengruppen spielt die Heterogenität der Mitglieder eine entscheidende Rolle. Kreative Forscherteams bestehen zumeist aus Wissenschaftlern mit ganz unterschiedlichen Persönlichkeiten, Fachkompetenzen und Kommunikationsstilen. Die im Rahmen von kooperativen Arbeitsprozessen entstehende kollektive Wissensbasis findet ihren Initialimpuls zwar aus den individuellen Wissensbeständen der einzelnen Teammitglieder, reicht im Ergebnis jedoch weit darüber hinaus. Individuelles Wissen gerinnt zur *Weisheit des Teams*, die ihrerseits wiederum Ausgangspunkt für neue kreative Denk- und Arbeitsprozesse ist. Einmal mehr wird in diesem Zusammenhang deutlich, dass Teamarbeit weder methodisch als Selbstzweck gesehen werden darf, noch vorwiegend als organisatorische Aufgabe zu betrachten ist. Die Herausforderung interdisziplinärer Zusammenarbeit hat eine systemische Dimension und setzt die Förderung sowohl der Einzelpersonen und ihrer Beziehungsstrukturen als auch eines geeigneten Umfelds voraus. Wenn man es mit interagierenden Einzelpersonen in sozialen Systemen zu tun hat, dann gewinnen der Beziehungsaspekt und der Lernkontext eine zentrale Bedeutung. In einem auf Wertschätzung, Kooperation und gemeinsamer Zielsetzung aufgebauten Milieu, wie es in echten Lernteams angestrebt wird, wachsen alle Beteiligten über sich hinaus. Nicht nur, dass die Teilnehmer motivierter und engagierter an die Sache herangehen, sie wagen es auch, den Komfortbereich gewohnter Sicherheit zu verlassen, die Grenzen traditioneller Denkmuster zu sprengen und neue Felder des Lernens und Experimentierens zu erschließen.

Anders als im Fall von Entscheidungsteams, bei denen unterschiedliche Ansichten zu Ergebnissen führen, worauf sich das Team zu einigen hat, liegt bei Lernteams der Fokus der Beratung mehr auf der Erforschung komplexer Themen und unbegangener Gedankenwege. Im Entscheidungsfindungsprozess laufen die Meinungen meist konvergierend zu einem Handlungsbeschluss zusammen, der klare Zuordnungen für die Umsetzung enthält. Bei Studienzirkeln, Forschungs- und Lernteams wird jedoch weniger eine Einigung auf ein konkretes Ergebnis angestrebt, sondern ein Sich-Öffnen für komplexe Fragen, ein umfassendes Verständnis für den Prozess gemeinsamen Denkens und kollektiven Lernens. Dabei steht die Fähigkeit im Vordergrund, eigene Annahmen aufzuheben, mentale Grenzen zu sprengen und meist divergierend als Chancensucher zu Ebenen des Wissens und Verständnisses vorzudringen, die dem individuellen Denken allein verschlossen blieben. Wann immer die Mitglieder diese Ebene des Lernens höherer Ordnung im Team-Dialog erreichen, eröffnen sich ihnen umfassende Zusammenhänge. Gemeinsam dringen sie zum Kern der Thematik vor und gelangen zu tiefen Einsichten, aus denen ungeahnte und unerwartete Ergebnisse entspringen können.

Teamkompetenz als Schlüssel für individuelles und kollektives Lernen findet ihre Bedeutung nicht nur in der wissenschaftlichen Forschung, sondern gewinnt eine zunehmend zentrale Beachtung in der Unternehmenswelt der Wirtschaft. Die bisherigen Erfahrungen zeigen, dass auf Grund des gesteigerten sozio-technischen Bewusstseins im Management vermehrt Bedingungen geschaffen werden, die das Lernen am Arbeitsplatz auf der individuellen Ebene fördern. Vielerorts wird den Mitarbeitern ein hohes Maß an Autonomie bei der Gestaltung der täglichen Arbeitsprozesse eingeräumt. Förderung durch Schulungsmaßnahmen, Persönlichkeitsentwicklungsprogramme wie auch Optimierung der Fachkompetenz auf mentaler und manueller Ebene gehören fast schon zu den Standards vieler Firmen. Die Chance jedoch, diese erweiterten Kompetenzen der Mitarbeiter als kollektives Lernpotential auf die Ebene des Gesamtunternehmens zu transferieren, bleibt noch weitgehend ungenutzt. Zahlreiche Forschungsprojekte belegen die Tatsache, dass in vielen Firmen Bedingungen für Weiterbildung und Training geschaffen werden, aber dem Bemühen der Mitarbeiter, aus dem praktisch Gelernten einen Beitrag zum kollektiven Lernen zu leisten und damit Einfluss auf das Gesamtsystem auszuüben, werden vielfach Schranken vorgesetzt. Sehr oft sind es das bürokratische Denken und traditionell geprägte mentale Modelle im Bereich des Managements, die kollektives Lernen und strukturelle Veränderungen auf der Ebene der Arbeitssysteme zurückhalten. Auch wenn in zahlreichen Unternehmen umfassendes Lernen stattfindet, kann man die Tatsache nicht leugnen, dass es bislang nur die wenigsten geschafft haben, diese Kapazitäten mit den Interaktionen des Unternehmens mit ihrem Umfeld zu verknüpfen. Interdependente und multikompetente Mitarbeiter wären in der Lage, schneller und flexibler auf sich verändernde Rahmenbedingungen des Unternehmens zu reagieren und könnten auch einen bedeutsamen Einfluss auf die Struktur und Kultur des Ganzen nehmen. Doch damit würden sie Bereiche betreten und an Funktionen teilhaben, die bis dato nur dem Management vorbehalten sind. Doch genau darin liegt die Herausforderung und die Chance der Stunde. Genau diese Option aus der Mitbeteiligung und Mitverantwortung aller Mitglieder des Systems gilt es zu erkennen und durch neue Strukturen und Rollendefinitionen zu nutzen.

Das Thema „Teamarbeit und Teamlernen in Organisationen" hat mit dem Wandel, der sich in den letzten Jahrzehnten in den Organisationen der östlichen wie westlichen Industrienationen vollzieht, erheblich an Bedeutung gewonnen. Gruppen erfüllen zunehmend wichtige Funktionen in der Produktion, zum Beispiel in Form von *teilautonomen Arbeitsgruppen*. Auf der Leitungsebene wirken sie als *Hochleistungsteams*, als *Beratungsgremien* und *Entscheidungsträger* in modernen Organisationen mit. Der Team-Dialog wird auch in anderen Disziplinen eingesetzt, wenn es um den Aufbau gemeinsamer Visionen geht oder um die Entwicklung mentaler Modelle als Bestandteil der Unternehmenskultur. Neuere organisationswissenschaftliche Konzepte wie *Lean Management*, *Lernende Organisationen* oder *Neue Steuerungsmodelle* im Bereich der Verwaltungsmodernisierung messen Gruppen und Teams im organisationellen Kontext einen hohen Stellenwert bei. In den Augen vieler Fachleute steckt in der Kooperation zwischen Untereinheiten der Organisationen einiges an Potential zur Effektivierung organisationeller Arbeit, zur Initiierung kollektiven Lernens und für wichtige innovative Beiträge für die Anpassungs- und Überlebensfähigkeit von Organisationen im Rahmen einer sich rasch verändernden Umwelt. Aufbauend auf die bisherigen Erfahrungen ist es durchaus nachvollziehbar, wieso seitens der Vertreter des organisationalen Lernens ein derart hoher Wert auf Teamberatung gelegt wird. Tatsächlich kann man davon ausgehen, dass ohne die Kompetenz des Teamlernens der Spagat zwischen individuellem und organisationalem Lernen nicht zu schaffen sein wird. Wenn unter Lernenden Organisationen solche verstanden werden, die über das Lernen ihrer individuellen Mitglieder hinaus gehen, so wird dies nicht zu Wege gebracht, indem man Einzelpersonen trainiert. Die für lernende Organisationen essentiellen Systemeigenschaften und Kompetenzen sind weder im Einzeltraining zu vermitteln, noch können sie in der überfordernden Komplexität des Gesamtunternehmens gelernt werden. Es kann sich nur als Resultat eines Lernprogramms einstellen, das dem Unternehmen als mehrschichtiges System mit allen seinen Subsystemen Rechnung trägt und in der Lage ist, allen Beteiligten systemisches Denken, Interdependenz und die Kompetenz des Systemlernens erfahrbar zu vermitteln. So wird das Team zu einem operativen Instrument der Lernenden Organisation, das sowohl ein hochtaugliches Element in der Organisationsstruktur darstellt als auch ein überschaubares Lernumfeld bildet, in dem die Systemmitglieder alle notwendigen kollektiven Erfahrungen machen und Systemkompetenzen entwickeln können, die auf der Organisationsebene benötigt werden. In dieser Form ist es generell für sämtliche Lernprozesse auf abteilungs-, bereichs- und organisationsweiter Ebene einsetzbar. Es eignet sich sowohl für Führungsteams, Produktentwicklungs- wie auch funktionsübergreifende Teams, die eine gewisse temporäre Kontinuität aufweisen. Mitunter wird es sogar mit Erfolg organisationsübergreifend mit Kunden und Zulieferfirmen praktiziert. Das Team schafft Übungsfelder für kollektives Lernen und verwandelt individuelles Potential in System fördernde Teamenergie. Unterschiedliche Begabungen und Erfahrungen werden auf einer höheren Ebene in einer gemeinsamen Vision gebündelt, so dass sich Resonanz- und Synergieeffekte ergeben. Dabei lernen nicht nur die einzelnen Mitglieder, sondern auch das Gesamtteam lernt, seine Regelsysteme und Kommunikationsstrukturen den aktuellen Anforderungen des Unternehmens anzupassen. Diese Lernform erhält auch in strategischer Hinsicht Relevanz, da die Lernerfahrungen des Teams für die Organisationsebene eine Rückkopplung aus der internen Unternehmensumwelt liefern, die unter Umständen eine Überprüfung der organisationalen Zielsetzungen erforderlich macht. Insgesamt wird die Leistungs- wie Wettbewerbsfähigkeit des Unternehmens durch selbstgesteuerte Teams gesteigert, da die Rückkopplung und Verarbeitung von Informationen und Bedürfnissen aus der Umwelt rascher vollzogen und zudem Lernen in die alltäglichen Arbeitsabläufe eingebunden wird. So kann die Umsetzbarkeit von Konzepten zuverlässig überprüft werden. Gleichzeitig unterstützt Teamlernen die Etablierung eines organisationalen Wissensnetzwerkes, indem es die notwendigen sozialen Beziehungsgeflechte schafft und eine kontinuierliche Anreicherung der Wissensbasis gewährleistet.

Kollektives Lernen findet seinen Ausgangspunkt beim Individuum, das die Ergebnisse des eigenen Lernprozesses in einem offenen kommunikativen Prozess mit den anderen Mitgliedern des Teams teilt. Neue Erkenntnisse fügen sich zu bestehenden Erfahrungen innerhalb eines Teams oder einer Abteilung und finden ihren Ausdruck in erneuerten gemeinsamen Handlungswegen. Derart erweitert sich individuelles Bewusstsein zu kollektivem Bewusstsein. Gemeinsame förderliche mentale Modelle entwickeln sich, das Repertoire an organisatorischen und strukturellen Fähigkeiten wird reichhaltiger, die Unternehmenskultur produktiver und humaner. Allgemeine Verantwortung für die gemeinsamen Ergebnisse nimmt zu und gesteigerte Flexibilität im Zusammenhang mit äußeren Veränderungen wird deutlich. Dieser fundamentale mehrschichtige Lernprozess am Arbeitsplatz trägt dazu bei, dass im Gesamtunternehmen ähnlich wie bei einer Einzelperson die interne als auch externe Komplexität und damit die Systemkapazität zunimmt. Werden jedoch Partizipation und Lernen auf kollektiver Ebene behindert, bleiben die internen Aspekte der Organisation unverändert und hinter der essentiellen Entwicklungsanforderung zurück. Solange die Initiativen für Lernprozesse einseitig und ausschließlich den individuellen Prozess der Wissensaneignung und Entwicklung anpeilen, mag es außerordentlich schwierig sein, die Bedeutung und die Möglichkeiten des kollektiven Lernens zu erfassen. In diesem Sinne kann man von „Lernenden Systemen" nur dann sprechen, wenn Organisationen sowohl ein förderliches Lernumfeld für ihre Mitglieder erzeugen als auch ihre Systemkompetenzen in Bezug auf ihre Funktion als Subsystem im Rahmen des umfassenden Ganzen laufend dynamisch adaptieren und verbessern. Mehr und mehr wird die Teamarbeit heute als Lösung für vielfältige Herausforderungen in Bezug auf systemische Kompetenzerweiterung und Entwicklung erkannt. Dies trifft jedoch nicht auf bloße Arbeitsgruppen zu, sondern nur auf echte Lernteams in einem förderlichen Umfeld, die als Generatoren für den kollektiven Lernprozess im Arbeitssystem funktionieren. In diesem Zusammenhang kann kollektives Lernen am besten als ein Prozess beschrieben werden, durch den die Teammitglieder ein umfassendes interdependentes Bewusstsein entwickeln. Von diesem Bewusstsein hängt es ab, wie und inwieweit die Mitglieder ihr Teamumfeld und ihre Interaktionen dazu nutzen, innerhalb des Unternehmens arbeitsplatzbezogene Bedingungen zu schaffen, damit tägliche Lernprozesse ermöglicht werden. Dies beinhaltet Gelegenheiten, ihre konkreten Erfahrungen einzubringen, gemeinsam darüber zu reflektieren und zu einem verbindenden Sinn zu finden. Eine Person, die ihre Beiträge in diesem Prozess einbringt, ist auch bereit, sich einer extern bedingten Veränderung zu öffnen und die Entwicklung des Gesamtsystems mitzumachen. Durch ihre Kommunikation können Mitarbeiter auch Strategien für gemeinsames Vorgehen herausarbeiten. Diese Strategien speisen durch fortwährende kommunikative Koordination der Aktionen ein gemeinsames Verständnis der systemischen Zusammenhänge. Die Komplexität der Fertigkeiten, Kompetenzen und Handlungsabläufe kann dadurch gesteigert werden, was wiederum die Persönlichkeitsentwicklung der Einzelnen unterstützt, da sie sich vermehrt als interdependente Mitglieder eines umfassenden Arbeitssystems begreifen. Als Beteiligte in autonomen Teams verstehen und unterstützen sie den gesamten Produktionsprozess und können ihren persönlichen Beitrag dazu eigenverantwortlich abschätzen. Mitverantwortliche Mitarbeiter in fortschrittlichen Unternehmen werden derart in die Lage versetzt, innerhalb des Arbeitssystems als einzelne wie auch in Teams zu lernen und gleichzeitig dazu beizutragen, dass das Gesamtsystem lernt.

Organisationales Lernen in Unternehmen findet nicht einfach durch die instinktive Verarbeitung von Umweltsignalen statt, sondern es werden kulturelle Erfahrungen und Beziehungen sowohl in der Organisation als auch bei den Teameinheiten und den Mitarbeitern berücksichtigt. Um dies zu erreichen, muss eine neue Lernkultur in den Unternehmen entwickelt werden. Vor diesem Hintergrund müssen Unternehmen wiederum neue Kernkompetenzen entwickeln, die den Aufbau einer neuen Lernkultur erst ermöglichen. Akteure in Organisationen, ob im Bereich von Firmen oder ganzen Kooperationsverbünden, sind untereinander *funktionell* verbunden. Diese Verbindungen stellen ihre vorrangigen internen Informationskanäle dar. Es sind auch diese funktionellen Beziehungen zwischen den individuellen Kompetenzen, die die Brücke schlagen zwischen der individuellen und kollektiven Ebene des Lernens. Wesentlich dabei ist, dass diese Funktionen und die Zielvorgaben für kollektives Lernen sich erst aus dem Bezug zur Gesamtfunktion des umfassenden

Systems ableiten lassen. So können spezialisierte Kompetenzen auf individueller Ebene in Unternehmen oder auf der Ebene von Einzelfirmen im Rahmen von Kooperationen zum Wissen des Gesamtsystems zusammenfließen, sofern funktionelle Verbindungen zwischen den Subsystemen existieren. Nur aus dieser Gesamtsicht lässt sich beurteilen, welches Wissen im Rahmen kollektiven Lernens in das Gesamtsystem einfließen muss, und wo es durchaus angemessen sein mag, spezielle Kompetenzen nur in Teilbereichen zu fördern. Differenzierung und Spezialisierung stehen nicht grundsätzlich im Widerspruch zur systemischen Interdependenz. Gewisses Know-how kann durchaus in eingeschränkten Teilbereichen anzufinden sein und trotzdem dem Gesamtsystem dienen, während andere Aspekte von Wissen unbedingt allgemein und systemübergreifend zugänglich gemacht werden müssen. Zu letzteren gehören auf jeden Fall die Koordinationsmuster und die Kommunikationsstandards.

Die fundamentale Möglichkeit für Teams am Arbeitsplatz besteht darin, dass sie zu einem übereinstimmenden Verständnis über ihre spezifischen Aufgaben gelangen. Das kollektive Lernen in Reflektionsprozessen im Team und die Arbeit am Gemeinsamen setzen Synergiepotentiale frei. Es wirkt auch als Koordinationsfunktion für konzertierte Aktionen und Lösungsansätze in kollektiven sinngebenden Prozessen. Die Frage, die sich für Verantwortliche stellt, ist, wie man die Kompetenzentwicklung und die Lernprozesse im Team als Brückenschlag zwischen dem individuellen Lernen am Arbeitsplatz und dem kollektiven Lernen in Organisationen nutzen kann. In diesem Zusammenhang ist es nicht nur wichtig, auf die Notwendigkeit einer gemeinsamen Vision und eines zielgerichteten Dialogs hinzuweisen, sondern auch darauf, dass eine Unterscheidung in der Definition von Lernen überhaupt ansteht, ob es als individuelle Spezialisierung und Kompetenzerweiterung verstanden oder vor allem als dessen soziale und System fördernde Dimension erfasst und genutzt wird. Einerseits darf man die wesentlichen Aspekte des Lernens durch die tägliche Aufgabenbewältigung und Problemlösung nicht außer Acht lassen, andererseits darf eine zu eng auf das Individuum bezogene Perspektive den Blick für die notwendigen Bemühungen zum Aufbau von Wissen durch Lernen „on-the-job" nicht trüben. Lernen in der realen Arbeitspraxis zeigt sich nämlich stets als Teil von kollektiven und kontextabhängigen Konstrukten. Lernen am Arbeitsplatz umfasst natürlich die Förderung eines vertieften Verständnisses für die Arbeitsabläufe und die Entwicklung von professionellen Fertigkeiten und Kompetenzen im Hinblick auf die gestellten Aufgaben. Doch darüber hinaus bewirken soziale Interaktionen in Bezug auf lernfördernde Arbeitssysteme eine Steigerung der sozialen Kompetenz wie auch ein stärkeres komplexeres Bewusstsein für die internalen Aspekte der eigenen Persönlichkeit im Sinne reifer Selbstkompetenz. Die Spitzenorganisationen der Zukunft werden sich genau dadurch auszeichnen, dass sie wissen, wie man das Engagement und das Lernpotential auf *allen* Ebenen einer Organisation erschließt und den Blick für das größere Ganze öffnet.

Gerade wenn man sich mit den Kriterien für individuelles Lernen, Teamlernen und organisationales Lernen befasst, stößt man auf eine Vielzahl von Wissenschaftsdisziplinen, im besonderen die Lernbiologie und Lernpsychologie, die sich mit dem Phänomen menschlichen Lernens befassen und mit diversen Modellen und Theorien hilfreiche Einblicke in die menschlichen Lernprozesse liefern. Lernen im weiteren Sinne wird als eine Grundfähigkeit des Menschen begriffen, welche durch biologische, individuelle und soziale Gegebenheiten beeinflusst wird und sich durch alle Altersstufen vollzieht. Vielfältige Definitionen stehen dabei neben- bzw. ergänzen einander. So wird Lernen als *Änderung von Verhaltensweisen aufgrund von Erfahrungen* verstanden (Schanz 1979), als *Erwerb neuen Wissens*, welches im Gedächtnis wieder auffindbar wird (Kandel und Hawkins 1992) und es wird in Abhängigkeit von Wahrnehmung und Beobachtung gestellt (Hofstätter 1970). Klix wiederum liefert eine moderne Begriffsbestimmung dazu: *„Mit Lernen bezeichnen wir danach jede umgebungsbezogene Verhaltensänderung, die als Folge einer individuellen (systemeigenen) Informationsverarbeitung eintritt."* (Klix 1979). Foppa stellt fest, dass es letzten Endes immer um die Frage geht, *auf welche Art und Weise sich der Organismus den mannigfachen Anforderungen seiner Umwelt anpasst* (Foppa 1972). Traditionell wird die Fähigkeit des Lernens als ein Merkmal von Individuen angesehen, welche auf ihre Umgebung reagieren und darauf Einfluss nehmen. Diese Ansätze finden sich im *Behaviorismus* mit seinen Stimulus-Response-Theorien ebenso wieder wie bei dem von Thorndike nach dem Verstärkerprinzip entwickelten „Trial and Error"-Verfahren (Versuch und Irrtum). Eine aktivere Rolle wird dem Lernenden in Skinners Lerntheorie eingeräumt mit dem Ansatz der „operanten Konditionierung" oder des „Lernens durch Erfolg". Im Gegensatz dazu greifen die kognitiven Lerntheorien auf das Stimulus-Organismus-Response-Prinzip zurück, wobei *der Organismus als ein selbständiges System gesehen wird, welches* *durch Wahrnehmen, Erkennen und Nachdenken zu Einsichten kommt* (Staehle 1991). Hierbei steht *der Mensch in einem reflexiven Austausch mit seiner Umwelt* und legt ein *zielgerichtetes Problemlösungsverhalten auf der Grundlage von Erwartungen über Umweltzustände* an den Tag (Klimecki 1991). Dodgson stellt die Brücke zum organisationalen Lernen her und erklärt, dass dazu die Analyse der Lernträger - Individuum, Gruppe und System - notwendig ist: *„Lernen ist ein dynamisches Konzept und seine Anwendung in der Theorie unterstreicht die kontinuierliche Veränderung der Natur von Organisationen. Außerdem ist es ein integratives Konzept, das unterschiedliche Ebenen der Analyse vereinen kann: das Individuum, die Gruppe, das Unternehmen, was speziell bei der Betrachtung der kooperativen und gemeinschaftlichen Natur von Organisationen hilfreich ist"* (Dodgson 1993).

Dabei wird das Individuum als die primäre Grundeinheit eines sozialen Systems betrachtet und ihm als Strukturgestalter und Träger von organisationalen Aufgaben eine bedeutsame Funktion zugeordnet. Bei diesem Ansatz wird das Individuum als die kleinste Systemeinheit auch zum fundamentalen Träger von organisationalen Lernprozessen. Folglich kommt den sozialen und kommunikativen Fähigkeiten des Einzelnen große Bedeutung zu sowie seiner Fähigkeit zur Selbstregulierung und Eigenreflexion. Auch wenn es ohne einzelne Lernerfolge kein Lernen höherer Ordnung geben kann, ist jedoch die Summe der individuellen Lernprozesse nicht mit dem organisationalen Lernen gleichzusetzen. Individuen finden sich zielgerichtet in Form von Gruppen und Teams zusammen, was zur Folge hat, dass auch Gruppen Träger von Lernprozessen innerhalb von Organisationen sein können. Teamlernen und Lernen in der Gruppe besitzen über das individuelle Lernen hinaus die Dimension der sozialen Interaktionsformen, d.h. der sozialen Beziehungen und der Kommunikationsprozesse. Bekannterweise kommt gerade diesen Faktoren besondere Bedeutung zu, da die Qualität der kollektiven Lernfähigkeit direkt abhängig ist von der Qualität der interkommunikativen Prozesse und der Dialogkompetenz innerhalb der Gruppe oder des Teams. In Entsprechung ihres übersummativen Charakters tragen Teams das Potential in sich, zu Trägern von Lernprozessen höherer Ordnung zu werden, wodurch die strukturelle Beschränktheit individueller Wissensbestände überwunden wird. Es mag auch nicht verwunderlich erscheinen, dass unter Beachtung dieser Vorteile vielfach prognostiziert wird, dass in Zukunft nicht mehr auf das Individuum, sondern auf das Team als interdependentes Grundelement von Lernenden Organisationen aufgebaut werden wird. Dies darf nicht in diesem Sinne missverstanden werden, dass die Bedeutung des Einzelnen verloren geht, sondern vor allem dahingehend, dass die Erfahrungen im Team die Brücke bilden zwischen individuellem und organisationalem Lernen. Gerade wenn es um soziales und systemisches Lernen geht, kann dies nur im Beziehungszusammenhang geschehen. Das Individuum kann für sich allein niemals den Zugang zu kollektivem Lernen finden, außer in einem Umfeld, das die Grundbedingungen für einen derartigen Ebenenwechsel erfüllt und von der Komplexität her ein überschaubares Feld bietet. Das Team als interdependentes System fördert genau die Qualitäten bei den Mitgliedern, die für eine lernende Organisation Voraussetzung sind. Das Bewusstsein gemeinsamer Zugehörigkeit, Interdependenz, Verbindlichkeit, Verantwortlichkeit, Vertrauenswürdigkeit, Führungskompetenz, Systemdenken, Kooperationsbereitschaft, etc. – all dies sind Qualitäten, die Teammitglieder entweder bereits mitbringen oder im Laufe ihrer Tätigkeit im Team entwickeln. Hinzu kommt die Erfahrung, wie eine Gemeinschaft, die sich in einem Systemzusammenhang für den kollektiven Strom des Denkens öffnet, zu höheren Ebenen des Lernens und Handelns gelangt und bewirkt, dass auch das Team als umfassendes System zu lernen imstande ist. Ohne diese Erfahrungen und dieses Feld kollektiven Lernens kann keine Organisation ihr inhärentes Potential erschließen, das sowohl interdependente Einzelmitglieder als auch reife Teams als Subsysteme benötigt, wenn es ihrer Funktion nach innen wie auch nach außen gerecht werden möchte. Organisationslernen wird als die Änderung des organisatorischen Steuerungspotentials mit internen und externen Aufgaben und Problemen verstanden (Geißler 1991). Teil dieser internen Aufgaben ist die Fähigkeit der Organisation, Lernsysteme zu entwickeln, die die Leitlinien, Prinzipien und Ziele des Unternehmens widerspiegeln und ihre Rolle und ihre Funktion daraus ableiten. Den Prinzipien mehrschichtiger Systeme entsprechend, kann Organisationslernen erst stattfinden, wenn die internen Subsysteme wie Abteilungen und Teams sowie auch die einzelnen Mitarbeiter jeweils ihre strukturbezogene Identität und Funktion aus ihrer Zugehörigkeit zum Gesamtsystem beziehen. Sobald diese interdependente Netzstruktur erfolgreich installiert ist und funktioniert, entsteht eine Durchgängigkeit und harmonische Wechselwirkung zwischen individuellem Lernen, Teamlernen und organisationalen Lernen. Diese systemische Abgestimmtheit in einer gemeinsamen Mission und verbindender Vision mit übereinstimmenden Wertvorstellungen und Ordnungsprinzipien fördert die Entwicklung vielfältiger Kompetenzen auf allen Ebenen und die Adaptierung von konzertierten Handlungslinien. Zusätzlich zu diesen internen Kriterien für Lernende Organisationen ist auch deren Verhalten im Außenverhältnis zur Umwelt von Bedeutung. Diesen beiden Kriterien trägt die Begriffsbestimmung von Pedler (1991) Rechnung, die eine lernende Organisation definieren als *„eine Organisation, die das Lernen sämtlicher Organisationsmitglieder ermöglicht und die sich selbst transformiert.“*

Da Organisationen in Bezug auf ihre Umwelt handeln und aus den Rückkopplungsreaktionen dieser Umwelt lernen, befinden sie sich in einer permanenten Lernbereitschaft, *einem ‚aufgetauten' Zustand*. (Fiol und Lyles 1985). Sie müssen sich in einer Dauerbereitschaft befinden, Neues aus der Außenwelt zu erkennen und sich dynamisch den veränderten Bedingungen anzupassen. So wird Lernen auch als anpassende Angleichung der Organisation an Veränderungen der Umwelt verstanden (Kappler). Sind Sozialsysteme dazu nicht in der Lage, ist ihre Überlebensfähigkeit in Frage gestellt. Dafür ist es aber notwendig, dass gemachte Erfahrungen für spätere Anwendung erhalten bleiben. Da Organisationen aber nicht wie Einzelpersonen über ein Gehirn verfügen, erhebt sich die Frage nach einem *organisationalen Gedächtnis*. Eine Erklärung dazu liefert Hedberg, der Organisationen so genannte *kognitive Karten* (maps) sowie ein *Wissenssystem* zuspricht, in welchem frühere Erfahrungen über einen längeren Zeitraum gespeichert sind: *„Organisationen besitzen kein Gehirn, aber sie haben kognitive Systeme und ein Gedächtnis. Genauso wie Individuen im Lauf der Zeit ihre Persönlichkeit, ihre individuellen Gewohnheiten und Überzeugungen entwickeln, entwickeln Organisationen ihre Weltsicht und ihre Ideologien. Mitglieder kommen und gehen, die Führung wechselt, aber das Gedächtnis der Organisation verwahrt über die Zeit bestimmte Verhaltensweisen, mentale Karten, Normen und Werte.“* (Hedberg 1981). Was für die Einzelperson ihre mentalen Modelle, Überzeugungen, Werte und Normen bedeuten, findet sich bei Organisationen in ihrer Unternehmensphilosophie und Kultur wieder. Der Pfad der Organisationsentwicklung baut auf die institutionelle Wissensbasis und die *Tiefenstruktur* ihrer Kultur mit ihren Weltbildern, Sinnmodellen, Paradigmen, Prinzipien sowie kognitiven und normativen Orientierungsmustern auf. *„Kultur, das sind geistig-sinnhafte Muster, die materielle oder substantielle Muster überlagern* *und ergänzen."* (Klimecki et al. 1991). Der strukturelle Kontext umfasst Komponenten der Organisationshierarchie, der Entscheidungsebenen und Führungsinstanzen, worin die *Oberflächenstruktur* der Organisation zum Ausdruck kommt. Struktur ist dabei mehr als nur die Aufbau- und Ablauforganisation, da sie ebenso die Anpassungs- und Veränderungsfähigkeit sowohl unter betriebswirtschaftlichen Gesichtpunkten als auch unter dem Aspekt humaner und individueller Arbeitsgestaltung und der Lernprozesse umfasst. Wir haben es beim organisationalen Lernkonzept also mit einem Entwicklungskonzept im Spannungsfeld von Struktur, Kultur und Strategie zu tun.

Im Zusammenhang mit dem Thema des organisationalen Lernens erweist sich nicht nur die Verknüpfung der individuellen und der Systemebene als Grunderfordernis, sondern auch das Konzept des Lernens an sich bedarf einer näheren Betrachtung. Traditionelle Lernformen führen sehr oft zu latentem Wissenspotential, welches es schwierig macht, die effektiven kognitiven Prozesse mit anwendbaren nachvollziehbaren Aktionen zu verbinden. Die Kausalität zwischen Wissen und Handeln wird erst wahrnehmbar, wenn Erlerntes sich in praktische Kompetenz und in soziale Beziehungen niederschlägt. Lernprozesse und Wissensvermittlung, die mit Worten beginnen und mit Worten enden, ohne ihre Anwendung und Umsetzung in die Praxis sicherzustellen, entbehren der Möglichkeit der Reflexion und der systematischen Überprüfung und Fortführung. Daher muss abstraktes Wissen in produktive Kompetenz übersetzt werden. Wenn es nicht in effektive Aktion transformiert wird, bleibt es bloß als Potential ohne spezifische Wirkung auf das System. Das Konzept des angewandten Wissens oder das *Konzept der Kompetenz* (Penrose 1959) findet seinen Niederschlag auch im kybernetischen *Modell des Lernens* bei Gregory Bateson (1972). Dieser unterscheidet Lernen in Bezug auf die kognitiven und verhaltensbezogenen Dimensionen nach mindestens drei Ebenen.[165] Die Anwendung dieses Modells auf die individuellen und systembezogenen Aspekte des kollektiven Lernens, wie sie sich in Teams aber auch in ganzen Organisationen widerspiegeln können, deckt Mängel und Chancen gleichermaßen auf.

---

[165] Gregory Bateson gilt durch seine Arbeiten am Mental Research Institute in Palo Alto (u.a. Double Bind Theorie, *Stufenmodell des Lernens*) als einer der Gründerväter der systemischen Therapieformen. In seinem Modell definiert Bateson Lernen als die Fähigkeit, das Verhalten gemäß der Erfahrung zu modifizieren. Den Bateson'schen Ansatz haben Argyris und Schön (1978) auf die Ökonomie angewandt.

372

Lernebenen	Individuum	Team/Unternehmen
Ebene Typ 0	Ständiges, routinemäßiges Wiederholen vorhandener Kompetenzen und Handlungen ungeachtet der Ergebnisse und der Veränderungen im Kontext, oft begleitet von passiver Opferhaltung in Bezug auf externe Rahmenbedingungen: Gewohnheiten, festgefahrene Strategien.	Sowohl die Kompetenzen als auch deren Koordination sind statisch. Mangel an Flexibilität und Anpassungsfähigkeit gegenüber veränderten Umweltbedingungen, da der Rückkopplung keine Beachtung geschenkt wird.
Ebene Typ 1	Rückkopplung wird beachtet und Handlungen werden gemäß den erhaltenen Ergebnissen verändert. Verbesserung und Weiterentwicklung vorhandener Kompetenzen oder Erlernen neuer Fertigkeiten geschehen über Vorgabe von Alternativen im Rahmen der bestehenden Denkmodelle und Ordnungssysteme. Mechanisches Lernen von Fertigkeiten	Verbesserung der vorhandenen Kompetenzen und Strategien ohne irgendeinen Wandel in den traditionellen Systemstrukturen oder Ablaufmustern, obwohl Rückkopplung erkannt und Veränderung angestrebt wird. Beispiele sind mechanisches Lernen, Lernen durch Versuch und Irrtum, Kompetenzverbesserung.
Ebene Typ 2	Wandel in der Fähigkeit, eigene Kompetenzen veränderten Umweltbedingungen anzupassen sowie Fähigkeit, Beziehungsstrukturen zu anderen Beteiligten herzustellen, um neue benötigte Kompetenzen zu lernen bzw. auch eigene Rolle neu zu definieren (*Lernunternehmer*[166]). Rückkopplung wirkt sich auch auf die mentalen Modelle und die innere Landkarte aus. Beispiele sind Lernen zu Lernen, das Überprüfen der eigenen Annahmen, die Betrachtung einer bekannten Situation auf eine andere Art.	Dynamisch fortlaufende Transformation in den Strukturen und im Umfeld, um die besten Bedingungen für Förderung und Entwicklung neuer Zielvorgaben und Kompetenzen im Inneren wie auch für Kooperationen nach außen zu schaffen (*Teamlernen / Organisationlernen*). Grundannahmen und Sichtweise der Dinge durch Rückkopplung verändern, was zu neuen Strategien und neuen Kategorien von Handlungen und Erfahrungen führt, die vorher nicht möglich waren. Veränderungen im Prozess des Lernens, generatives Lernen.

Ebenen kollektiven Lernens in Anlehnung an das kybernetische Modell Batesons

---

[166] Vgl. dazu: Peter Spiegel, *Faktor Mensch*, Horizonte 2005

Aus obiger Aufstellung wird ersichtlich, dass es einen Unterschied macht, ob man beispielsweise im Streben nach Effizienz vorhandene Kompetenzen oder Technologien lediglich optimiert (Ebene 1) oder sich mit der Entwicklung neuer effektiver Technologien als Antwort auf Veränderungen der Umweltbedingungen befasst (Ebene 2). Es ist oft zu beobachten, wie bei Unternehmen das beharrliche Festhalten an traditionelle Formen von Organisation und Koordination den Lernprozess auf Ergebnisse der ersten Ordnung fixiert. Dabei bleiben die mentalen Modelle und die Sichtweise der Dinge unberührt. Aus einem Repertoire an Wahlmöglichkeiten, die Teil des eigenen unveränderten Modells der Welt sind, werden jeweils Handlungen gewählt und Entscheidungen getroffen. Lernen zweiter Ordnung setzt in jedem Fall eine weitergehende Spezifizierung der kontextbezogenen und sozialen Aspekte des Lernens voraus und fördert sowohl neue Kompetenzen auf der Systemebene als auch neue Beziehungsformen und Führungsstrukturen im Unternehmen. Geht man beim Team wie auch bei Lernenden Organisationen von sozialen Systemen aus, die in einem aktiven Wahrnehmungs- und Verarbeitungsprozess mit der Umwelt stehen, erhält der reflektive Aspekt des Lernens eine besondere Bedeutung, und der Umgang mit Selbstreflexion wird zu einem wichtigen Indikator für die Lernfähigkeit eines Systems. Die Autoren Argyris und Schön greifen diesen Zusammenhang auf und unterscheiden Lernen gemäß dreier aufeinander aufbauender Lernniveaus. Sie gehen davon aus, dass Systemlernen grundsätzlich durch den Vergleich der Handlungsergebnisse (outcomes) mit den Erwartungen (Zielvorstellungen, Planvorgaben) stattfindet. Erfolgt im Falle einer Abweichung die Korrektur lediglich auf der Handlungsebene unter Beibehaltung der herrschenden Managementphilosophie, spricht man vom *Single-loop-Lernen* als niedrigstes Lernniveau (Anpassungslernen). Dabei werden die Ziele, Werte, der Rahmen und bis zu einem gewissen Ausmaß auch die Strategien nicht in Frage gestellt. Das Bemühen dreht sich darum, innerhalb der vorgegebenen Organisationsstruktur bestehende Problemlösungen zu optimieren bzw. die technische Umsetzung oder die Strategie effizienter zu gestalten. Werden jedoch die wahrgenommenen Feedbacksignale aus der Umwelt dazu genutzt, die höheren Wirkebenen mit den grundsätzlichen Normen, Wertvorstellungen und Zielvorgaben der Organisation zu hinterfragen und erst daraus neue Handlungstheorien abzuleiten, haben wir es mit einem reflexiven oder *Double-loop-Lernen* zu tun. Nach Argyris bildet Double-loop-Lernen eine

Grundvoraussetzung für Organisationen, die in einem sich rasch verändernden und oft unsicheren Kontext effektive und tragfähige Entscheidungen treffen wollen. Diese Forderung wirft einmal mehr die Frage auf, auf welche Weise in einem Unternehmen weit reichende Managemententscheidungen getroffen werden. Sind sie das Ergebnis einsamer individueller Denkansätze oder entspringen sie einem kollektiven Lernprozess höherer Ordnung? Gerade die zu starke Fixierung auf die Entscheidungskompetenz von Einzelpersonen schafft ein Dilemma, dass damit einerseits Double-loop-Lernen erschwert wird und andererseits dessen Notwendigkeit noch deutlicher zum Vorschein kommt. Bateson fasst diese systematische Auffächerung von Single- und Double-loop-Lernen in seinem *Lernen erster Ordnung* (*Proto-Lernen*) zusammen und fügt zusätzlich das *Deutero-Lernen* oder Prozesslernen an, einem Lernen durch *doppelte Reflexion*. (Bateson 1983). Er definiert Deutero-Lernen als ein *Lernen-zu-Lernen*, ein Prozess auf der höchsten Ebene (Metaebene), wobei die langfristige Verbesserung der Lernfähigkeit der Organisation selbst durch eigene Reflexion und Analyse der Organisation und ihrer Lernprozesse zum Gegenstand des Studiums wird. Das Ziel ist die Etablierung einer Lernkultur, die der Organisation die Fähigkeit zur kontinuierlichen Veränderung verleiht. Lernen wird somit auch zu einem ständigen Prozess der Überprüfung und Verbesserung der *theories-in-use*. Diese Qualität des *Meta-Lernens* betrachtet Lernen nicht als einen abgeschlossenen, sondern als einen kontinuierlichen Ablauf, worin alltäglich und als ein Akt der Selbstverständlichkeit über die Managementansätze und Vorgaben nachgedacht wird. Damit kann die Organisation umfassend und in gezielter Weise Informationen über sich selbst verarbeiten und die erforderlichen Entscheidungskriterien schaffen, um als Gesamtsystem auf vergangene und künftig zu erwartende Entwicklungen im Inneren wie auch in der Umwelt antworten zu können. Organisationales Lernen muss nach Argyris, Schön und Bateson demnach auf allen drei Lernniveaus aufbauen.

Überall dort, wo man sich als Ziel das Erreichen von Ergebnissen der Lernebenen höherer Ordnung gesetzt hat und wo die rein individuelle Wissensvermittlung überwunden und systemisches Lernen und soziales Handeln erreicht werden soll, wird man auf die Vorteile echten Teamlernens nicht verzichten können. Dies gilt für wissenschaftliche Forschungsteams und Teams im Arbeitsumfeld ebenso wie für studentische Studienzirkel und Lernteams in den Bildungseinrichtungen.

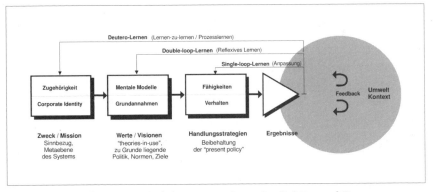

Prozesslernen in Anlehnung an Argyris, Schön und Bateson

Ob und wann sich auch die schulischen und universitären Einrichtungen für eine stärkere Einbeziehung von Teamarbeit und eine Bewertung von Teamergebnissen öffnen werden, hängt wohl davon ab, inwieweit diese sich nicht nur über das Vermitteln von reinem Faktenwissen und der Förderung von individueller Fachkompetenz definieren, sondern auch die Förderung von Systemkompetenzen einschließlich der Selbst- und Sozialkompetenz als Bestandteil der Ausbildung werten. Tatsächlich findet man in der Praxis immer mehr Studienzirkel, Peergruppen und Lernteams, die von Studierenden selbst organisiert werden, um sich gemeinsam mit einem Thema tiefer gehend zu beschäftigen. Diese haben nicht nur den Vorteil, dass die Teilnehmer die Themen, das Konzept, den Zeitaufwand, die Arbeitsweise usw. ohne Anwesenheit von Lehrenden eigenständig bestimmen können, sondern dass erste ermutigende Ansätze mit kollektiver Lernerfahrung gemacht werden. Beispiele von interdisziplinär zusammengesetzten studentischen Lernteams mehren sich, die ihre inhaltlichen Schwerpunkte derart festgesetzt haben, dass sie sich fächerübergreifend oder auch mit unterschiedlichem Spezialwissen tiefer gehend mit einem bestimmten Thema beschäftigen bzw. mit einer besonderen Problematik auseinandersetzen. Dieserart schaffen sie die Grundlage für *generatives Lernen* im Zuge einer ganzheitlichen Form der Teamberatung und erfahren die Wirksamkeit des synthetischen Effekts aus der Kombination des individuellen und kollektiven Lernens.

Auch wenn wir das Thema des Teamlernens an Hand von Beispielen aus der Wissenschaft, der Wirtschaftswelt und dem universitären Studium betrachtet haben, kann man zusammenfassend feststellen, dass die

Einsatzmöglichkeiten von Studienzirkeln und Lernteams umfassend sind und in dem Maße wie lebensbegleitendes Lernen mehr und mehr zu einem Merkmal unserer Kultur und Arbeitswelt wird, der Schritt zurück unvorstellbar wird. Ob im Sport, im Geschäftsleben, ob im Gesundheitswesen, in der Schule, in der Kunst, in der Politik oder zu Hause im Familienrat, in dem Maße wie sich Freiheit mit Verantwortlichkeit verbindet, werden kollektives Denken und Lernen zu einem neuen Maßstab werden. Menschen, die die Vorzüge der Teamberatung und des Teamlernens, erlebt und die Erfahrung gemacht haben, wie man in lernenden Teams gemeinsam Fortschritte macht und durch den freien Fluss vielfältiger Beiträge zu Lösungen gelangt, zu denen man als Einzelperson keinen Zugang gehabt hätte, werden sich leicht von der Attraktion des Schlagabtauschs kämpferischer Diskussionen verabschieden können. Sie werden die Priorität des Gewinnenwollens und eines aus independentem Sinn erwachsenen Machtspiels, bei dem wie bei einem Ping-Pong-Spiel Meinungen und Statements hin- und hergeschlagen werden, hinter sich lassen und der interdependenten Prämisse von Kohärenz und kollektivem Lernen den Vorrang einräumen. Wer irgendwann einmal Teil eines Teams war, dessen Mitglieder harmonisch aufeinander eingestimmt waren, die einander in Wertschätzung und Vertrauen begegneten, ihre Schwächen ausglichen und sich in ihren Stärken ergänzten, die hohe gemeinsame Ziele verfolgten und zu außerordentlichen Ergebnissen gelangten, wird sich fragen, welchen Grund es geben könnte, in Zukunft auf diese Vorteile zu verzichten. Gleichzeitig sind die Konsequenzen realistisch zu bedenken, dass ein einmal eingeleiteter Prozess der Teamarbeit sich auf andere Mitglieder und weitere Teile des jeweiligen sozialen Systems ausweiten und die Aktivitäten bereichern wird. Dies kann natürlich auch zur Folge haben, dass bisherige einschränkende Annahmen, mentale Modelle und Zielsetzungen in Frage gestellt werden und neue Strukturen für Zusammenarbeit und Verantwortlichkeit notwendig werden.

TEIL 4

TEAMTECHNIKEN UND TEAMÜBUNGEN

Zusammenkommen ist der Anfang,
Zusammenhalten ist ein Fortschritt,
Zusammenarbeiten ist Erfolg.

Henry Ford

BRAINSTORMING IM TEAM

Das Brainstorming stellt eine exzellente Methode dar, wenn es darum geht, Denkbarrieren abzubauen und kreative und neue Ideen zu einem Thema oder einem Problem zu fördern. Dieses soll möglichst frei von Zwängen traditioneller Konferenzen geschehen. Daher werden bestimmte Verhaltensweisen eingeführt, die Barrieren abbauen und kreatives Verhalten fördern sollen. Der Prozess basiert auf dem synergetischen Effekt der Teamarbeit und der freien Assoziation. Dabei fokussieren sich die Teammitglieder auf das ausgewählte Thema und generieren so viele Lösungsvorschläge wie möglich. Im zweiten Schritt dann wird bewertet, welche Ideen in die engere Wahl genommen werden sollen. Die Beiträge können uneingeschränkt phantastisch und ausgefallen sein. Teilnehmer regen sich dabei zu neuen Ideenkombinationen und Assoziationen an. Man spielt sich gegenseitig Ideen zu und ermuntert einander zu neuen Gedankengängen und zum Ausbrechen aus ausgetretenen Lösungswegen. Quantität hat bei diesem Prozess zunächst Vorrang vor der Qualität. Das Brainstorming folgt dem Prinzip des *Lateralen Denkens* (*Querdenken*) und zählt zu den Klassikern unter den Kreativitätsmethoden[167]. Es ist so konzipiert, dass es hilft, aus gewohnten Denkmustern auszusteigen und sich neuen Perspektiven zu öffnen, wie man ein Problem betrachten kann. Traditionell wird *oft mehr Zeit darauf verwendet, eine Idee zu zerpflücken, anstatt sie weiterzuentwickeln* (Sikora). Für das Brainstorming ist es daher wichtig, dass die Teilnehmer wohl den Blick für die Probleme haben, gleichzeitig aber die Fähigkeit besitzen, sich von konventionellen, traditionellen Anschauungen zu lösen. Diese Kreativitätsmethode eignet sich sehr gut für kleine heterogen zusammengesetzte Teams zwischen 5 bis 12 Personen, bei denen Offenheit und ein emotionales Klima des Verstehens und Akzeptierens besteht. Zu kleinen Grup-

---

[167] Brainstorming (*Ideenkonferenz*) ist die Bezeichnung für eine von Alex Osborn 1938 erstmals eingesetzte und von Charles Clark weiterentwickelte Kreativitätstechnik, die innerhalb einer Gruppe von Menschen zu neuen, ungewöhnlichen Ideen führen soll. Osborne orientierte sich auch an der indischen Technik *Prai-Barshna*, die seit etwa 400 Jahren bekannt ist.

pen fehlt die Vielfalt des Kreativpotentials, und speziell wenn sie schon länger zusammenarbeiten, können sie leicht zu einem unkreativen Familienidyll verfallen, in dem sich alle schnell einig sind. Bei zu großen Gruppen wiederum können die Ideen des einzelnen leicht untergehen. Generell bedarf Brainstorming einer entspannten und motivierenden Atmosphäre. Musterbrecherübungen, Musik, Bewegung, Lachen und freudige Neugier sind hilfreiche Elemente für die Vorbereitung, wodurch die Teilnehmer mit einem wacheren und offeneren Geist in den kreativen Prozess einsteigen und zu besseren Ergebnissen gelangen können. Das Team benötigt auch genügend Raum, so dass die Teilnehmer sitzen, stehen oder auch herumgehen können.

In ihrer klassischen Form besteht das Verfahren aus zwei Phasen. Im ersten Schritt sammeln die Teilnehmer im Team ihre Ideen, im zweiten Schritt werden diese sortiert und evaluiert. Die Ergebnisse des Brainstormings können in der Folge als Grundlage für die weiterführende Teamberatung verwendet werden. Es kann aber auch das *ergebnislose* Brainstorming allein als kreative Lockerungsübung eingesetzt werden.

1. Ideenfindungsphase

Der eigentlichen Brainstorming-Phase geht im Team eine klare Definition des Problems und der damit verknüpften Kriterien voraus. Die eindeutige Auswahl des Themas trägt entscheidend zur Effektivität und zum Verlauf des Brainstormings bei. Nach Clark (1973) gibt es „*Schneeschaufelfragen*" und „*Spatenfragen*" zur Erfassung des Problems oder Themas.

- „Schneeschaufelfragen" sind weit gefasste, allgemeine Fragen, auf die die Antworten meist ebenfalls recht allgemein und vage ausfallen.
- „Spatenfragen" enthalten dagegen präzise Zielformulierungen, die mitten in den Kern eines Problems zielen. Nur solche Fragen erlauben hinterher auch eine Kontrolle, ob die gestellte Aufgabe tatsächlich gelöst wurde. Am besten geeignet sind Ergänzungsfragen, die ein Problem schon vergleichsweise genau umschreiben.

In der Regel empfiehlt es sich, für das Brainstorming einen *Zeitrahmen* von etwa 25 Minuten festzulegen, doch die Erfahrung des jeweiligen Teams wird zeigen, ob eine kürzere oder längere Zeitspanne förderlicher ist. Die Entscheidung hängt sicher auch mit der Größe und Zusammensetzung des Teams zusammen. Sobald das Thema definiert und allseits erfasst wurde, kann mit der moderierten Suche nach neuen und kreativen Lösungen begonnen werden. Alle Teilnehmer sind aufgefordert, möglichst spontan Ideen vorzubringen. Diese werden alle notiert, praktischerweise auf einer Flip-Chart, auf einzelnen Zetteln oder Karten. Um für alle Beteiligten im Kreativprozess die besten Bedingungen sicherzustellen und alle in eine möglichst produktive erfindungsreiche Stimmung zu versetzen, sind dabei folgende Regeln zu beachten:

Regeln für das Brainstorming

- Jede Idee, gleichgültig wie verrückt oder unrealistisch, ist willkommen.
- Freies Assoziieren und Phantasieren ist erwünscht, jedem Mitglied muss ungestörte Äußerung ermöglicht werden. Alle dürfen Ideen der anderen aufgreifen und daran anknüpfen.
- Alle Teilnehmer sind eingeladen, ihre Erfahrungen und ihr Wissen einzubringen, auch wenn es für das Problem nicht relevant erscheint, denn dies kann bei anderen Assoziationen wecken.
- Killerphrasen, Kritik und Selbstkritik an den vorgebrachten Ideen sind nicht erlaubt, auch nonverbale Abwertungen sind vom Grundsatz her zu unterlassen.
- Einfälle der Teilnehmer dürfen nicht reglementiert, jeder Versuch einer Bewertung oder Stellungnahme während der ersten Phase sollte vermieden oder aufgeschoben werden.
- Es geht um kreative Ideenfindung und nicht um vorzeitige Lösungsorientierung, denn frühzeitiges „Einschießen" auf eine Ideallösung erschwert das Auffinden von kreativen Alternativen.
- Ziel dabei ist nicht Konsens, sondern Vielfalt, nicht Konvergenz, sondern Divergenz.
- Es besteht kein individuelles Urheberrecht an Lösungsvorschlägen, sondern ein kollektives. Jede Idee wird als Leistung des Teams und nicht eines einzelnen betrachtet.

- Die *Ideenbewertung* kommt nach der ersten Phase, diese dient der *Ideenfindung*.

2. Sortierungs- und Evaluierungsphase

Die Evaluierung der Ergebnisse des Brainstormings für die weitergehende Beratung ist Inhalt der zweiten Phase. Hier ist Bewertung erlaubt und auch notwendig. Sämtliche gesammelten Ideen werden vorgelesen, nach Kategorien geordnet und von den Teilnehmern gemäß deren thematischer Zugehörigkeit und der Übereinstimmung mit den festgelegten Kriterien bewertet und sortiert. Kriterien für die Zuordnung können zum Beispiel Originalität, Realisierbarkeit oder Wirksamkeit der jeweiligen Vorschläge sein. Für eine Grobauswahl können verschiedene übergeordnete Gesichtspunkte in Betracht gezogen werden:

- unmittelbar verwertbar
- prinzipiell verwertbar, aber weiter zu bearbeiten
- eher nicht verwertbar

Brainstorming liefert das Rohmaterial, das in weiteren Schritten strukturiert werden muss. Fühlen sich Mitglieder durch die aufgeführten Vorschläge stimuliert, können durchaus auch weiterführende Ideen generiert und ergänzt werden. Den Abschluss der Evaluierung stellt eine Liste mit Vorschlägen dar, welche in das Protokoll eingehen und die Grundlage für die weitere Teamberatung bilden.

Funktionen beim Brainstorming

Wie bei der normalen Teamberatung benötigt man auch für das Brainstorming die Funktionen der *Moderation* und der *Schriftführung*.

Das moderierende Mitglied hat die Aufgabe, das Team in das Thema einzuführen, den Prozess zu leiten, auf die Einhaltung der Regeln zu achten, den Motivationsschwung aufrecht zu halten und bei einem Abschweifen vom Thema oder einem Verzetteln in Detailfragen zum Thema zurückzuführen. Er sollte unsichere oder zögernde Teilnehmer unterstützen und darauf achten, dass jeder im Team zu Wort kommt und sich beteiligt. Befinden sich die Mitglieder in einer festgefahrenen Situation oder verfolgen sie zu lange nur eine Gedankenlinie, so kann der Moderator mit *Reizfragen*[168] und Impulsen einen versiegenden Ideenfluss erneut anregen. Dies kann zum Beispiel durch einen Wechsel der Perspektive geschehen, indem das Problem umformuliert, der Fokus vergrößert oder verkleinert oder mit anderen Fragestellungen in Verbindung gebracht wird. Schließlich sollte dieser die Ergebnisse immer wieder zusammenfassen und die Teilnehmer zur weitergehenden Erarbeitung und Darstellung ihrer Vorschläge motivieren und stimulieren. Es ist wichtig, dass die Beteiligten beim Brainstorming Freude und Begeisterung verspüren und kreative Ideen willkommen heißen.

Das schriftführende Mitglied muss alle Beiträge verfolgen und das Wesentliche festhalten. Das Protokoll wird entweder am Tisch zu Papier gebracht oder auf einer Tafel oder am Flipchart festgehalten. Dafür können diverse Medien der Visualisierung, wie Flipcharts, Pinwände mit Kärtchen oder Haftnotizzetteln, Overhead-Projektor oder Beamer zum Einsatz gelangen.

Vorteile der Technik

- Einfache Vorbereitung, wenig Aufwand bei der Durchführung, geringe Kosten
- Gute Gelegenheit, zahlreiche Ideen zu äußern, Lösungsvielfalt in kurzer Zeit
- Ausnutzung von Synergieeffekten infolge der Teambildung, gute wechselseitige Anregung (Gruppendynamik)
- Hohes Maß an Dynamik sowie Spaß und Begeisterung
- Das Brainstorming ist sicherlich geeignet, ohne große Vorarbeiten einen schnellen Einstieg in komplexe Themen zu bekommen, wobei die dabei notwendige Kommunikation auch für die spätere Umsetzung der Lösungsvorschläge förderlich sein kann.

Nachteile der Technik

- Zurückhaltende Menschen brauchen mehr Zeit, sich auf einen kreativen Prozess einzustellen. Wer von den Teilnehmern in der Lage ist, seine Vorstellungen besser und schneller zu formulieren, dem wird im Allgemeinen höhere Aufmerksamkeit zuteil, so

---

[168] Vgl. *Reizwort-Technik* nach Edward de Bono

dass es innerhalb einer Gruppe zu informellem Expertentum kommen kann.

- Wirklich ungewöhnliche Ideen kommen erst dann zu Tage, wenn alles aus der Erfahrung ausgeschöpft wurde. Kreativforscher beschreiben eine anfängliche Flut, der dann eine Flaute folgt. Schafft es das Team, diesen Tiefpunkt zu überwinden, dann erst eröffnet sich die Chance für echte Alternativen, die jedoch in der Praxis selten sind. Meist begnügt man sich mit den mehr oder minder aus der bisherigen Erfahrung abgeleiteten Aussagen und belässt es dabei.[169]
- So fließend der Ideenfluss sein kann, desto aufwändiger kann sich die Nachbearbeitung bei großen Ideensammlungen gestalten. Die Evaluation und Selektion geeigneter Lösungsvorschläge kann relativ aufwändig sein.

Die Erfahrung zeigt, dass die Nachteile der Beliebtheit des Brainstormings im Team keinen Abbruch tun, denn die ungebrochene Popularität beruht darauf, dass dieser Prozess mit mehr Freude verbunden ist und zumindest bei echten Teams auch effektiver und produktiver ist als trockene Analyse oder individuelles Nachdenken. Oft werden Brainstorming oder verwandte Methoden[170] auch aus betriebspolitischen Gründen eingesetzt, um möglichst viele Personen an einer Problemlösung zu beteiligen. In solchen Fällen liegt der Wert mehr im Geist der Mitbeteiligung als in konkreten Lösungsansätzen. Wird Brainstorming in den Ablauf der Teamberatung eingebettet und mit interdependenten Mitgliedern in einer förderlichen Atmosphäre der Kooperation eingesetzt, kann es sehr schnell zu guten Teilergebnissen führen, die wiederum die weiteren Arbeitsschritte befruchten.

---

[169] Wissenschaftler wollen herausgefunden haben, dass bei einem Brainstorming im Durchschnitt erst die 72. Idee die beste ist. (H.C.Altmann 1988)

[170] Es gibt eine Vielzahl weiterführender oder verwandter Kreativitätstechniken, die teilweise auch unter der Bezeichnung „Brainstorming" laufen. Einige bekanntere Methoden sind: Die *Reizworttechnik*, das *6-Hut-Denken* nach Edward de Bono, die *635-Methode*, die *SIL-Methode*, das *Collective Notebook*, das *Brainwriting-Pool* oder die *Kärtchentechnik*.

DER KREATIVITÄTSKREISLAUF

Es gibt oft sehr kreative Menschen und auch Gruppen, die als *verkannte Genies* es nie schaffen, ihre Ideen umzusetzen. Erfolglos bleiben sie in ihren Elfenbeintürmen und finden den Weg in die praktische Realisierung nicht. Doch gibt es auch genügend Beispiele von Personengruppen und Unternehmen, die mit Begeisterung Produkte auf den Markt bringen, die niemand haben will. Sie bleiben frustriert auf ihren Produkten sitzen und verstehen die Welt nicht mehr.

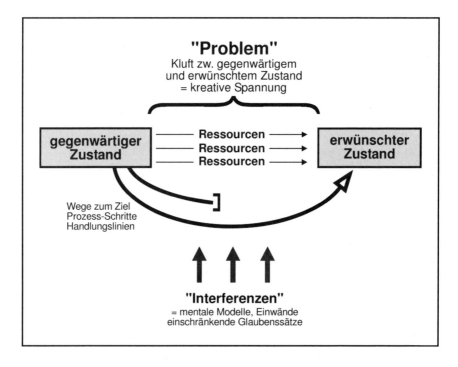

Wenn man von Kreativität spricht, dann geht es nicht um unrealistische Hirngespinste, sondern um großartige Ideen, die einem Bedürfnis der Umwelt entsprechen und die bestmögliche Umsetzung finden können. Damit dieser Prozess vollständig und ökologisch einem Ergebnis zugeführt werden kann, sind daher einige Kriterien von Bedeutung, die in der richtigen Abfolge durchlaufen werden müssen. Jede Zielerfüllung bedarf dreier interdependenter Phasen, die in einem Systemzusammenhang stehen:

1. klare und wohlgeformte Zielfestlegung
2. Erfassen vorhandener oder zu entwickelnder Ressourcen und Auswahl des besten Weges für die Zielerreichung
3. Aufdecken von möglichen Stolpersteinen und übersehenen systemischen Zusammenhängen sowie von Verbesserungschancen

Von Walt Disney erzählt man sich, dass er bei seinen Projekten sehr bewusst auf diesen Ablauf geachtet und persönlich sichergestellt hat, dass keine Phase zu kurz kam. Dies ist insbesondere beeindruckend, da er nicht auf das Wissen der modernen Systemtheorie zurückgreifen konnte. Und doch erfüllt seine Strategie deren Vorgaben für ein Ökosystem weitgehend.[171] Nicht nur besaß er als *kreativer Träumer* eine wunderbare Phantasie, er hatte auch die Fähigkeit, einem Traum oder einer Vision volle Aufmerksamkeit zu schenken und ihm freien Lauf zu lassen. Danach machte er sich Schritt für Schritt an die *Realisierung* seines Planes, auf dass der Traum Wirklichkeit werden konnte. Schließlich fragte er sich in der Rolle eines *konstruktiven Kritikers*, ob er tatsächlich interessant und unterhaltsam wäre. Im inneren Dialog wog er die Kriterien ab und überprüfte, was ihm wichtig war.

In Anlehnung an Disneys Strategie kann dieser kreative Kreislauf sowohl von Einzelpersonen als auch von Gruppen angewandt werden. Er ist besonders hilfreich, wenn es darum geht, Ziele und Visionen zu konkretisieren und alltagstauglich zu gestalten. Dabei schlüpfen die Teilnehmer in aufeinander folgenden Phasen in die drei verschiedenen Rollen *des Träumers* (Visionär, Ideenlieferant), *des Realisierers* (Umsetzer, Macher) und *des Kritikers* (Qualitätsmanager, Optimierer). Jede dieser Phasen beinhaltet eine vollständige und eigenständige Denkstrategie. Dieser Ablauf wiederholt sich so lange bis ein akzeptables Ergebnis vorliegt, was dann erreicht ist, wenn es von den Teammitgliedern oder ande-

---

[171] Die Disney-Methode wurde von Robert Dilts modelliert und in zahlreichen Publikationen beschrieben.

ren involvierten Personen als originell oder einmalig, funktionell, adäquat und formal-ästhetisch beurteilt wird. Wesentlich dabei ist, dass die drei Rollen in ihren unterschiedlichen Funktionen wertgeschätzt und in einem positiven Licht gesehen werden. Dies ermöglicht eine optimale Ökologie im Hinblick auf das Ergebnis und die Kohärenz im Team.

Für die Teamarbeit kann man diese Methode sehr gut mit den angeführten Ablaufschritten der Entscheidungsfindung kombinieren, wenn es um Themen geht, die innovativer Lösungen bedürfen, wenn völlig neue Wege beschritten werden sollen oder auch dem ganzheitlichen Prozess besondere Beachtung geschenkt werden soll. Die Durchführung kann in unterschiedlichster Art und Weise vor sich gehen. Eine beliebte Form folgt dem Vorbild Walt Disneys, der angeblich für die drei Rollen drei unterschiedliche Plätze benützte und damit bei seinem Nachdenkprozess eine Vermischung der Funktionen vermied. In diesem Fall schafft man für das Team differenzierte Plätze oder Bereiche, die so ausgewählt oder gestaltet werden, dass sie zur jeweiligen Rolle passen. Ein Ortswechsel erleichtert es den Teammitgliedern ungemein, sich auf die unterschiedlichen Funktionen einzustimmen. Eine andere Möglichkeit wäre, inspiriert von der 6-Hüte-Methode De Bonos[172], für jede Phase andersfarbige Kappen oder Stirnbänder zu tragen. Mit der Zeit und etwas Routine zeigt sich, dass das Team automatisch auch ohne äußere Maßnahmen den drei Funktionen Raum lässt, und die Mitglieder keine Hemmungen haben, ihre jeweiligen Stärken im Beratungsprozess einzubringen. So wird die Visionsphase nicht jedes Mal abrupt durch Realisierungseinwände oder Kritik unterbrochen, der Umsetzer nicht als Spielverderber beschimpft und der Kritiker nicht als Schwarzmaler hingestellt. Dies alles hilft, die Würdigung der unterschiedlichen Fähigkeiten praktisch zu vertiefen und ein Projekt oder ein Problem nacheinander aus völlig unterschiedlichen Perspektiven und auch mit ganz unterschiedlicher Zeit- und Zielorientierung zu begutachten.

Der Kreativkreislauf im Teamberatungsprozess hat folgende Struktur:

---

[172] Edward de Bono ist einer der führenden Lehrer für kreatives Denken und der Erfinder des Lateralen Denkens. Er hat eine Vielzahl von Denkwerkzeugen entwickelt, die helfen sollen, Neues zu finden, sich von Bisherigem zu lösen, aus dem logischen Denken auszusteigen und damit aus einer Welt, die man bereits kennt.

1. Vorbereitungsphase (gemeinsame Vision):

Falls man die Variante mit den ausgewiesenen Bereichen gewählt hat, beginnt der eigentliche Prozess an einem neutralen Platz, der *Meta-Position*, zu der man immer geht, wenn nicht eine der speziellen Rollen eingenommen wird bzw. wenn man den Gesamtüberblick auf den Ablauf sucht. Bei den farbigen Kappen wird man auch eine eigene Farbe für diese Phase im Kreativkreislauf vorsehen. Die Vorbereitungsphase legt die Grundlage und die gemeinsame Vision fest:

- **Themenfindung:**
  Als Themen für einen Kreativkreislauf eignen sich alle Probleme und Fragestellungen, die von den Teammitgliedern oder über externen Auftrag als dringend lösungsbedürftig und im Prinzip auch lösbar angesehen werden. Wichtig ist, dass sich alle Teilnehmer darüber einig werden, welches Thema für die meisten von ihnen von Bedeutung ist und dass sie zu einem übereinstimmenden Verständnis dessen kommen. Man kann diese Methode natürlich im Rahmen der normalen Teamsitzungen mit Tagesordnung einsetzen. Es gibt Teams, die dem Gesamtprozess dadurch einen erweiterten Raum geben, dass sie eigene Kreativsitzungen ohne Tagesordnung abhalten, bei denen wichtige und grundsätzliche Themen behandelt werden sollen.

- **Kriterienfestlegung**
  Nach der Festlegung des Themas und Einigung darüber ist es notwendig, die damit verbundenen Kriterien zu bestimmen. Kriterien sind übergeordnete Interessen, Prinzipien oder Werte, nach denen Ideen beurteilt und eingestuft werden. Sie sind Auswahlfilter um zu entscheiden, welche davon verworfen und welche weiterverfolgt werden. Auch analoge Ergebnisse, die als übergeordnete Ziele den Ideen Richtung geben sollen, müssen bewusst gemacht und eine Einigung darüber erreicht werden. Zu diesem Zeitpunkt weiß noch niemand, welche Ideen und Vorschläge eingehen werden, dennoch ist es wichtig, im vorhinein zu klären, welche Evidenz diese erfüllen müssen. Die Kriterien können solche im Zusammenhang mit der Mission, Vision oder Unternehmensphilosophie sein, aber auch einfache Festlegungen

bezüglich Finanzen, Ressourcen oder Zeitrahmen beinhalten. Man sollte sich auch darüber einig werden, welche Erwartungen und Auswirkungen bei der Zielgruppe, den Benutzern und Kunden erfüllt werden sollen. Um dies zu erreichen, muss sich das Team klar machen, für *wen* das Produkt gedacht ist und *was* man damit erreichen will. Welche spezifische Reaktion soll dadurch beim Benutzer hervorgerufen werden? Will man beispielsweise bei den Benutzern das Gefühl auslösen, dass sie etwas Einfaches tun, etwas Wichtiges, etwas, was Spaß macht oder dass sie sich einfach wohl fühlen? Gerade bei Kreativitätsprozessen empfiehlt es sich, die Grenzen nicht zu eng zu setzen und vor allem darauf zu achten, dass das Feld für wirklich innovatives Denken geöffnet wird.

2. Beratungsprozess

Nachdem das Thema und die Kriterien festgelegt wurden, ist der Rahmen gesetzt, innerhalb dessen die Kreativität sich entfalten kann.[173] Der eigentliche Prozess beginnt mit der Phase des Träumers oder Visionärs.

- **Phase des Visionärs**
  Das Team begibt sich zum „Träumerort" und stimmt sich auf den Zustand des Träumens ein und fokussiert sich auf das festgelegte Thema. In dieser Phase geht es um das Hervorbringen

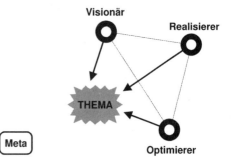

---

[173] Druck oder Ruhe, was fördert die Produktion kreativer Gedanken stärker? Bei dieser Frage sind sich Kreativitätsforscher uneinig. Die einen vertreten die Meinung, dass kreative Problemlösungen häufig erst nach einer Inkubationszeit zustande kommen, in der sich das Unbewusste ausgiebig mit dem Problem beschäftigen konnte. Die Teammitglieder sollen mit dem Problem „schwanger gehen" können. Keinerlei Druck soll den Spaß an der Sitzung trüben (Linneweh zit. in Wilkes 1988). Einer anderen Ansicht nach wirkt sich massiver Zeitdruck sehr positiv auf die Ergebnisse von Kreativsitzungen aus (Le Boeuf 1988). Ein Kreativteam muss daher selbst herausfinden, wie viel Ruhe und wie viel Spannung es braucht bzw. vertragen kann.

neuer Ideen in Form eines Brainstormings. Das ist der Teil, der Spaß macht und Freude vermittelt. Idealerweise dürfen am Ort des Träumers wohlriechende Blumen, grüne Pflanzen stehen und anregende bunte Bilder hängen. Die Teilnehmer werden durch den Moderator ermuntert, ihrer Phantasie und Kreativität freien Lauf zu lassen. Hierbei werden keinerlei Einschränkungen und Einwände zugelassen hinsichtlich dessen, ob die Ideen umsetzbar, realistisch oder machbar sind. Je fantastischer sie sind desto besser. Alle Ideen sind erlaubt, sortiert wird später. Ob mit offenen oder geschlossenen Augen, den Teilnehmern ist es erlaubt, zu träumen und ihre Ideen und Wünsche fließen zu lassen. Träumer und Visionäre nutzen vornehmlich die rechte Gehirnhälfte, sie denken in Bildern. Visionen und Ziele werden bildlich ausgemalt, ein Film entsteht. Visionäre lassen das Chaos zu, denken zukunftsorientiert und gehen über die bisherigen Grenzen des Denkens hinaus. Verrückte, völlig unlogische und ungewöhnliche Einfälle und Verbindungen sind nicht nur erlaubt, sondern erwünscht. Sie sind die wesentliche Grundlage der kreativen Ideenfindung. Einschränkungen und Kritik sind in dieser Phase nicht erlaubt. Jedem Teilnehmer steht es offen, die Visionen der anderen aufzunehmen und weiterzuspinnen. Ziele werden positiv formuliert und am besten über die Sinneserfahrung in Bildern, Gesprächen, Klängen und Gefühlen zum Ausdruck gebracht. Die Kunst liegt darin, das Ganze erlebbar zu machen, sodass der zündende Funke der Kreativität und Begeisterung auf alle überspringt. Alle Ideen werden für alle sichtbar aufgeschrieben oder auch künstlerisch verarbeitet. Die Wahl der Mittel liegt beim Team, das auch nicht geordnet um einen Tisch herum sitzen muss. Man kann Papierbögen am Boden auflegen oder an der Wand befestigen, die man mit den Ideen füllt. Farben sowie figurative Symbole werden verwendet und kreatives Chaos zugelassen. Die Aufgabe des Moderators ist es, zu ermutigen, den Ideenfluss eventuell mit Fragen und kurzen Zusammenfassungen anzuregen und darauf zu schauen, dass alle sich wohl fühlen und zu Wort kommen. Wurde genug gesponnen und geträumt, folgt eine kurze Pause. Es ist zu empfehlen, die Gesamtvision von der Meta-Position aus zu betrachten, bevor das Team zum „Realisierungsort" hinüberwechselt. Die Meta-Position, die eine systemische Beobachterposition darstellt, ist hilfreich, die einzelnen Denkrichtungen sauber zu trennen und auch einen Einblick von der interdependenten Vernetzung der Funktionen zu gewinnen.

- **Phase des Realisierers**
  Das Team begibt sich nun zum Raum des Realisierens. Während in der Träumer-Phase die Gedanken um das kreisen, was vorstellbar ist, geht es in dieser Phase darum, die Zukunftsentwürfe und Phantasien mit den realen Verhältnissen der Gegenwart zusammenzubringen sowie Wege und Strategien zu ihrer Durchsetzung zu finden. Dabei befasst man sich mit den Möglichkeiten für die Umsetzung der ausgewählten Ideen. Das Team konzentriert sich auf das konkrete und gegenwärtige praktische Tun. Man stellt sich möglichst lebensnah die Umsetzung der Ideen der Visionsphase vor und stellt sich Fragen wie:
  - Wie können wir das realisieren?
  - Was benötigen wir dazu an Ressourcen (Menschen, Wissen, Fähigkeiten, Material)?
  - Was ist bereits vorhanden, was muss noch entwickelt werden?

Die Maßnahmen, die notwendig sind, um das Ziel zu erreichen, Mittel und Möglichkeiten, über die man bereits verfügt und welche noch benötigt werden, alles wird notiert. Welche Menschen könnten dabei helfen, welche Qualifikationen werden gebraucht? Welche Informationen müssen noch eingeholt werden? In der Realisierungsphase geht es nun darum festzustellen, was machbar bzw. praktisch umsetzbar ist. Wesentlich dabei ist jedoch, dass die Zukunftsentwürfe nicht gleich wieder erdrückt werden. Vielmehr ist auch in dieser Phase Erfindungsreichtum und Phantasie notwendig, um möglichst vielfältige, neuartige und Erfolg versprechende Wege zur Verwirklichung zu finden. Hierzu sind die Kenntnis von sachlichen, zeitlichen und sonstigen Einschränkungen, Spezifikationen, die die äußeren Umstände erforderlich machen, unumgänglich. Ein Plan der Realisierung wird erstellt. Diese besonders wichtige Phase der Umsetzung lässt sich in zwei Verwirklichungsschritte untergliedern, in den *konzeptionellen* und den *operationalen* Abschnitt.

Im konzeptionellen Abschnitt geht es um die *Frage der Machbarkeit*. Das Traumkonzept kann behutsam einem weit gefassten konzeptuellen Feedback unterzogen werden, zusammengefasst in der Frage: Ist es ein Konzept, das den festgelegten Qualitätsmerkmalen entspricht? Dieser Schritt hat die Funktion, an Hand der festgelegten Evidenzrichtlinien die „utopischen" Entwürfe unter den gegenwärtigen und noch zu schaffenden Bedingungen zu überprüfen und diejenigen Ideen, die nicht umsetzbar sind oder den Kriterien nicht entsprechen, herauszufiltern. Es geht dabei nicht um eine vernichtende Beurteilung der Ideen, sondern nur um deren Überprüfung hinsichtlich der Evidenzrichtlinien. Da noch nichts Greifbares vorhanden ist, sollte das Feedback an dieser Stelle konstruktiv und aufbauend sein. Ist das Feedback zu kritisch erdrückt es den Traum, statt den konkreten Ausdruck der Vision zu verbessern. Daher warten viele in der Praxis mit dem Feedback gerne, bis ein Prototyp vollständig ausgemalt ist. Weitere Fragen in diesem Abschnitt bringen eine überschaubare Struktur in das Konzept: Inwieweit lassen sich Schritte sofort in Angriff nehmen? Gibt es bereits reale Ansätze in die gewünschte Richtung? Welche Hindernisse stehen ihnen entgegen? Welche Beharrungskräfte müssen überwunden werden? Welche Sichtweisen findet man bei Fachleuten und Wissenschaftlern für diese oder ähnliche Fälle? Schritte zur Umsetzung werden aufgezeigt und Strategien entwickelt, mit deren Hilfe die Utopie schrittweise realisiert werden kann.

Der operationale Teil dient dazu, einen *ersten Ausdruck der Idee* zu produzieren, ein Modell vielleicht oder einen Prototyp. In der operationalen oder mechanischen Phase der Umsetzung wird laufend Feedback gesucht. Das Ziel dieses Abschnitts ist es, die konkrete Umsetzung der Idee zu verbessern. Woran muss unbedingt festgehalten werden? Welche unternehmerischen und ökonomischen Voraussetzungen wären notwendig? Gibt es Partner, die für eine Unterstützung in Frage kämen? Um all diese Fragen zu beantworten und Abläufe zu verbessern, sind Beratungen, Testläufe oder Laborversuche sowie Kommentare und Reaktionen anderer Personen oder Gruppen gleichermaßen wichtig. Dabei braucht das Team seine Arbeitsmittel um sich, Diagramme und Zahlenreihen zur Veranschaulichung, Telefon, Computer,

Internetanschluss, Fax als Brücke zur Welt oder was sonst noch für die Umsetzung der Idee maßgeblich ist. In dieser Phase muss man konkret werden. Es sollte möglichst präzise aufgezeigt werden, wer, wann, wo, wie, was machen soll. Verantwortungen müssen übertragen und die verbindliche Zusage derjenigen, die die Aufgaben ausführen sollen, sichergestellt werden. Ein Zeitplan wird aufgestellt, aus dem möglichst genau hervorgeht, in welcher Zeitspanne der angestrebte Endzustand erreicht werden soll. Der Fortschritt auf das Ziel hin muss systematisiert und mittels konkretem Beweisverfahren überprüfbar sein. Wie lauten die Erfolgskriterien? Wie werden sie überprüft werden? Woran wird die Erfüllung der Zwischenschritte zu erkennen sein und woran die Zielerreichung?

Die Realisierungsphase hat also die Aufgabe, die Ideen der Visionsphase erst „auszuprobieren", bevor sie vom Kritiker geprüft werden. Dadurch wird verhindert, dass Ideen ausgeschlossen werden, bevor ihr eigentliches Potenzial erkannt wurde. Nach einer kurzen Pause und der Zwischenetappe der Metaposition geht der Prozess weiter mit der Optimierung.

- **Phase des Optimierers**

  Die Aufgabe des kritischen Optimierers ist es, konstruktive Fragen zu stellen und die systemischen Zusammenhänge zu beachten. Auch wenn die Basis vorwiegend die Analyse der Umsetzung des Realisierungsprojekts ist, können auch systemische Mängel an der Vision angesprochen werden. Mögliche Fragen sind:

  - Was könnte verbessert werden?
  - Worin liegen besondere Chancen oder Risiken?
  - Wurde irgendetwas übersehen?

  Die Ergebnisse werden möglichst positiv als Fragen formuliert und an den Realisierer oder den Träumer weitergegeben. Also nicht „Wie stellt ihr euch eine derart kostenintensive Umsetzung vor?", sondern „Gibt es eine Möglichkeit, die Umsetzungskosten zu senken?". Hierbei ist insbesondere der Kontextbezug herzustellen und aus der Perspektive der Nutznießer, der Kunden oder anderer Systembetroffenen die Konsequenzen zu überprüfen.

Im Ablauf dieser Evaluationsstrategie der Kritiker-Phase kann in Projekt-Teams auch externes Feedback einbezogen und Ideen und Reaktionen anderer Menschen auf die Idee berücksichtigt werden. Was sind die Reaktionen derjenigen, die mit dem Ergebnis zufrieden waren im Vergleich zu denen jener, bei denen dies nicht der Fall war? Was müsste für diejenigen, die nicht entsprechend reagiert haben, hinzugefügt, verändert oder entfernt werden? Wichtig dabei ist, dass alle positiven Nebenprodukte der derzeitigen Bemühungen, das Ziel zu erreichen, erhalten bleiben. Welche positiven Dinge erhalten wir durch die derzeitigen Bemühungen? Wie können wir jenes Positive erhalten, wenn wir die neue Idee umsetzen? Auch muss dafür gesorgt werden, dass es für jeden, der davon betroffen ist, ökologisch ist, und dass es angemessen kontextualisiert wird. Wen wird diese neue Idee betreffen? Wer wird die Effektivität im Guten wie im Schlechten beeinflussen, welche Bedürfnisse haben diese Leute, und welche Belohnungen erwarten sie? Unter welchen Bedingungen würden sie diese neue Idee nicht umsetzen wollen? Es muss auf jeden Fall auch in dieser Phase vermieden werden, Vorschläge destruktiv zu kritisieren. Keine Idee darf durch Killerphrasen erstickt oder angegriffen werden.

Die Prozedur wird bei Bedarf mehrmals im Kreislauf wiederholt. Je nachdem, welcher Bereich durch die Fragen angesprochen ist, wird sich das Team mit jeweiligen Zwischenstationen auf dem Metapunkt entweder wieder zum Träumer begeben und die Vision erweitern und ergänzen oder zum Realisierer wechseln und den Projektplan entsprechend adaptieren. Es wird zu überprüfen sein, ob es möglich ist, jene gewünschten Ergänzungen der Optimierung auf vernünftige Weise dem konkreten Ausdruck der Idee hinzuzufügen, unter Berücksichtigung der konkreten Einschränkungen, der vorgegebenen zeitlichen Grenzen und der Ziele des Projekts. Es ist relativ leicht zu erkennen, wenn kein neuer Durchlauf mehr notwendig ist. Entweder es sind keine wirklich relevanten Fragen mehr offen, oder es ist absehbar, dass ein weiterer Umlauf keine weitere Optimierung des Ergebnisses mehr verspricht.

Dass man eine Idee aus unterschiedlichen Perspektiven betrachtet, ist sehr wichtig für eine erfolgreiche Umsetzung. Bei Betrachtung eines erfolgreich umgesetzten Produktes trägt die eigentliche Erfindung des

Produktes nur einen Teil dazu bei. Die optimale Einbeziehung der Kundenbedürfnisse, die Qualität bei der Herstellung, gutes Design zu einem vernünftigen marktgerechten Preis, die Vermarktung des Produktes und das Finanzmanagement, all diese Faktoren bilden unverzichtbare Kriterien, wenn es darum geht, den Erfolg einer Idee zu beurteilen.

3. Entscheidung und praktische Umsetzung:

Jeder Kreativkreislauf sollte zu einem konkreten Ergebnis führen, das praktisch angegangen werden kann. Auch wenn sich in der Praxis oft herauskristallisiert, dass Zwischenschritte notwendig sind und eventuell weitere Informationen eingeholt werden müssen, bevor man zu einem endgültigen Resultat kommt, sollte jede Sitzung konkrete Aufgaben erzielen und die Weiterführung des Prozesses sicherstellen. Wenn das Team sich auf die Durchführung eines gemeinsamen Projekts bzw. einer Aktion geeinigt hat, kann an dieser Stelle die Verknüpfung mit der Technik *Teamausrichtung auf das konkrete Ziel* eine gute Möglichkeit sein, die Grundlage für das gemeinsame Handeln zu festigen.

WERTEKASKADE DER VIELFALT

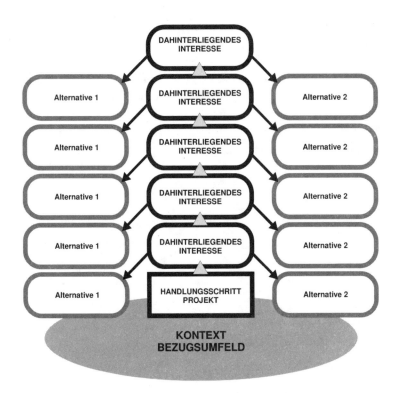

Mitunter erscheint es sinnvoll, eine anstehende Entscheidung, ein Projekt oder ein Ziel in Bezug auf deren Ergebnisse sowie deren Konsequenzen für das Gesamtsystem vor einer endgültigen Beschlussfassung oder der Umsetzung näher zu betrachten. Durch das Modell der *Wertekaskade der Vielfalt* eröffnen sich dafür zwei Stränge. Einerseits gewinnt man durch die Anbindung der Handlungsebene an die höheren Interaktionsebenen im System eine größere Klarheit und gesteigerte Motivation, andererseits eröffnen sich dadurch erweiterte Vielfalt und zusätzliche Alternativen auf allen Ebenen, ohne die grundsätzliche Einheit und Verbindlichkeit zum Ganzen zu schwächen. Wie immer die Entscheidung letztlich ausfällt, erfreut sie sich größerer Unterstützung und innerer Gewissheit, als auch vermittelt der Prozess ein deutliches Maß an Flexibilität im betreffenden Kontext. Die Technik in dieser Form eignet sich sowohl für Einzelpersonen[174] als auch für Teams. Themenbedingt wollen wir uns die Version für das Team ansehen.

Klärung des Kontextes und des zu untersuchenden Handlungsschrittes:

Als erstes wird im Team der zu untersuchende konkrete Handlungsschritt bzw. das definitive Projekt benannt und auf ein Moderationskärtchen aufgeschrieben. Weiter wird das Bezugsumfeld oder der Kontext bestimmt und ebenfalls auf ein Kärtchen aufgeschrieben. Beide werden in der angegebenen Reihenfolge übereinander auf der Pinwand befestigt. Beispiele für Projekte oder Handlungsschritte und für den zugehörigen Kontext könnten sein:

Projekt oder Entscheidungsthema	Kontext / Bezugsumfeld
• Planung eines Firmenjubiläums	Gesamtunternehmen + Kunden + Öffentlichkeit
• Leadership-Programm für Abteilungsleiter	Mittleres Management + Belegschaft
• Zusammenlegung zweier Abteilungen	Firmenorganisation
• Einführung eines Prämienwesens für Projektteams	Projektmitarbeiter + Gesamtunternehmen
• Preisaufschlag infolge gestiegener Energiekosten	Kunden + Mitbewerber
• Klausurtagung mit Outdoor-Training für das Team	Projektteam

---

[174] Zur Anwendung für Einzelpersonen ist die Ursprungsform der Technik unter der Bezeichnung „Sieben Täler" von Annegret Hallanzy für Fälle entwickelt worden, wo jemand im Umgang mit einem eigenen störenden Verhalten die Hintergründe besser verstehen und Alternativen in die Hand bekommen möchte.

Abfrage der dahinter liegenden Absichten und Interessen:

Nun wird im Team, ausgehend vom Entscheidungsthema, die dahinter liegende Absicht oder das höhere Interesse abgefragt. Das Teamergebnis wird auf eine Karte geschrieben und aufsteigend auf der Pinwand angebracht. Es sollte darauf geachtet werden, dass tatsächlich ein Austausch im Team stattfindet und es zu einem gemeinsamen Teamlernen kommt, anstatt nur individuelle Ansichten in Form eines Brainstormings zu sammeln. Das neue Ergebnis wird wiederum hinsichtlich der dahinter liegenden Absicht beraten und das Ergebnis jeweils aufgeschrieben und an der Pinwand befestigt. Frageformen, die von der Handlungsebene zu höheren Bedarfs- oder Werteebenen und weiter führen, sind beispielhaft folgende:

> ➢ *Inwiefern ist es für unser Unternehmen wichtig, in Bezug auf ...(Bezugsumfeld)... diesen Schritt zu setzen?*
> ➢ *Wenn wir dieses Ziel erreichen, was ist damit sichergestellt, das für das Team noch wichtiger ist, als die Erreichung dieses Zieles?*
> ➢ *Was bringt es uns als Team, wenn wir dieses Programm durchziehen?*
> ➢ *Welches höhere Interesse für das Unternehmen wird dadurch abgedeckt, dass diese Maßnahme getroffen wird?*

Während man bei Einzelpersonen nach etwa fünf bis sechs Schritten auf eine Ebene eines hohen abstrakten Wertes mit starkem Sinnbezug gelangt, ist es bei Teams der Wahrnehmung und Einschätzung des Moderators überlassen, wann man die Absichtsebene erreicht hat, die am ehesten der Mission des Systems entspricht. Diese Ebene wird sich für das Team sehr erfüllend und sinnvoll anfühlen. Hier sollte den Beteiligten etwas Zeit gelassen werden, dies zu verinnerlichen.

Alternativen finden:

Nun wird von der jeweils höheren Ebene aus nach unten gefragt und für jede tiefere Ebene werden mindestens zwei Alternativen der gleichen Stufe gefunden, aufgeschrieben und seitlich rechts und links vom Hauptstrang an der Pinwand angebracht. Diesen Prozess setzt man Schritt für Schritt nach unten fort, bis man auch für die Ausgangsebene mit dem

Handlungsschritt konkrete Alternativen gefunden hat. Fragen für Alternativen für jede Ebene können folgendermaßen formuliert sein:

> ➤ *Ein Weg zu dieser Stufe von* ...(höherer Wert/Absicht)... *zu gelangen, ist über* ...(nächst tiefer liegender Wert/Absicht)... *zu gehen; welcher andere Weg würde noch hierher führen?*
> ➤ *Eine Möglichkeit, sich diese Ebene von* ...(höherer Wert/Absicht)... *zu erschließen, ist der Weg über* ...(nächst tiefer liegender Wert/Absicht), *wie noch könnte man diese Ebene erreichen?*

Auch bei diesem Prozessschritt ist es wesentlich, nicht einfach die Einzelmeinungen und Ideen der Teilnehmer zu sammeln, sondern eine Teamberatung anzuregen und zu übereinstimmenden Meinungen und Sichtweisen zu gelangen und Teamlernen zu bewirken.

Einbindung in den Prozess der Entscheidungsfindung:

Auch wenn diese Technik für sich allein durchgeführt werden kann, um das innere Bewusstsein für die höheren Werte und Prinzipien zu festigen und einen stärkeren Zusammenschluss im Team mit der Anbindung an das übergeordnete Interesse zu erreichen, so lässt sie sich auch gut in den Prozess der Entscheidungsfindung einbinden. Gerade die Basisstufen zur Erreichung der gemeinsamen Vision mit der Festlegung des Themas und der Einigung über die verknüpften Prinzipien und Interessen lassen sich auf diesem Weg gemeinsam erarbeiten. Zusätzlich erhält man auch Alternativideen, die in der Folge, wenn man zur eigentlichen Teamberatung und Lösungsfindung kommt, eine größere Flexibilität im Denken bewirken. Man wird weniger im Widerspruch verharren, sondern aus den Prinzipien und der Vielfalt schöpfen und zu Sichtweisen gelangen, die in höherem Maße einen Konsens im Team ermöglichen.

TEAMAUSRICHTUNG AUF EINE GEMEINSAME VISION ODER EIN WOHLGEFORMTES ZIEL

Teams zeichnen sich durch eine verbindende kollektive Identität und durch klare gemeinsame Leistungsziele aus. Dabei ist sowohl der Bedeutung der Einzelmitglieder Beachtung zu schenken, als auch ein Prozess einzuleiten, der tatsächlich das kollektive Potential des Teams zum Ausdruck bringt. Wenn es also darum geht, ein Team auf eine gemeinsame Vision oder ein konkretes wohlgeformtes Ziel auszurichten, bietet sich unter anderem eine bewährte Methode an, die hilfreich ist, die fokussierte Vielfalt der Einzelmitglieder als auch das Netzwerk der Synergien herauszuarbeiten. Dabei eignen sich diverse Visualisierungsmethoden wie Pinwand oder Flipchart oder auch die Verwendung von Bodenankern.[175] Letztere sollen in der Folge als Grundlage zur Erklärung der Technik herangezogen werden:

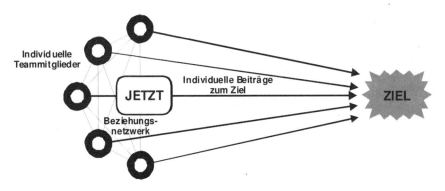

---

[175] Als Bodenanker kann man Moderationskarten oder Papierblätter verwenden, die man je nach Bedarf beschriften kann. Der Einsatz unterschiedlicher Farben kann förderlich sein, ist jedoch keine Grundbedingung.

Vision oder Ziel:

Durch den Moderator wird das Grundsetting aufgebaut, wobei man einen Gegenwartspunkt als Bodenanker mit der Beschriftung „Jetzt" und in einigem Abstand im Raum den Visions- oder Zielpunkt auslegt. Dabei ist es wichtig, die konkrete Bezeichnung, auf die sich das Gesamtteam geeinigt hat, auf die Karte zu schreiben und nicht pauschal die Bezeichnung *Ziel* oder *Vision* zu verwenden. Gleich zu Beginn sollte auch ein Bereich definiert werden, von dem aus alle Teilnehmer das Gesamtbild überblicken können, der so genannte *Metabereich*. Dieser Blick aus der Distanz ist für alle Prozessschritte wesentlich, bei denen es darum geht, von der Systemebene Entscheidungen zu treffen oder die Systemperspektive einzunehmen.

Teammitglieder:

Um den Gegenwartspunkt herum werden nun Bodenanker für jedes einzelne Teammitglied ausgelegt mit Blickrichtung auf das Ziel. Es hat sich bewährt, die mit den Namen beschrifteten Karten den Mitgliedern auszuhändigen und sie aufzufordern, sich ihren Platz im *Jetzt*-Bereich auszuwählen und sich auf die Bodenanker zu stellen. Dies kann einen zusätzlichen Einblick in die innere Ordnung im Team geben, auch wenn man diesen Aspekt nicht überbewerten sollte.

Sobald alle ihre Plätze eingenommen und sich auf das Ziel orientiert haben, kann der Moderator noch einmal die Vision und das Ziel formulieren und danach etwas Zeit geben, dass die Teilnehmer sich auch innerlich darauf einstellen. Danach sucht er jedes Teammitglied an seinem Platz auf und fragt ihn für alle hörbar: „*Was ist dein spezieller, aus deinen besonderen Fähigkeiten und Funktionen heraus abgeleiteter Beitrag zur gemeinsamen Teamvision?*" Antworten, die gegeben werden, können noch vertieft werden, indem man auch nach den dahinter liegenden Werten und Prinzipien fragt, wie etwa: „*Was ist wichtig daran für das Team? Was bedeutet das für die Teamvision? Was bringt das in Bezug auf das angestrebte Ziel?*" Die neue Antwort kann mit denselben Fragen bei Bedarf noch ein- oder zweimal weitergeführt und vertieft werden. Die Methode des aufbauenden Fragens bewirkt, dass die Aussagen von der Ebene des Handelns und der Fähigkeiten auf die dahinter liegenden unausgesprochenen Ebenen der Bedürfnisse und Werte geleitet werden.

Dieses aufwertende Hinaufführen (up-chunk) dient sowohl der befragten Person zum vertieften Verständnis der Bedeutung der eigenen Rolle und des persönlichen Beitrags als auch allen anderen Teammitgliedern dazu, eine aufrichtige Grundlage von wechselseitiger Wertschätzung und Übereinstimmung zu erreichen. Das letzte Ergebnis sollte möglichst in der Formulierung des jeweiligen Teammitglieds auf ein Kärtchen geschrieben und am Boden neben der Position ausgelegt werden. Wichtig ist, dass alle anderen aufmerksam zuhören, jedoch sollte dieser Prozess nicht durch Gegenfragen seitens der Teilnehmer unterbrochen werden. In diesem Sinne geht der Moderator von Teilnehmer zu Teilnehmer, bis alle sich geäußert haben.

Systemperspektive und Vernetzung:

Alle Teammitglieder werden nun in den Metabereich eingeladen, von dem aus der Gesamtüberblick gegeben ist. Es zeigt sich in der Praxis, dass dieses erste Bild mit der Vielfalt an Beiträgen äußerst beeindruckend wirkt und schon ein verstärktes „Wir-Gefühl" auslöst. Der Moderator kann noch einmal die Ergebnisse vorlesen und zusammenfassend die Bedeutung dieser gemeinsamen fokussierten Orientierung auf das Ziel hervor streichen. Danach werden die Teilnehmer eingeladen, wenn sie wollen, ihren Empfindungen Ausdruck zu verleihen. Es wird am Moderator liegen, diese Phase zu einer konstruktiven und ermutigenden Erfahrung für alle werden zu lassen und nicht zuzulassen, dass Dinge zerpflückt oder zerredet werden.

Anschließend können alle eingeladen werden zu überlegen, wie durch die Kombination diverser Fähigkeiten, Rollen und Beiträge das Synergiepotential im Team noch gesteigert werden kann. Erkenntnisse dieser Art können mit Wollfäden oder Klebebändern zwischen den Bodenankern visualisiert werden, sodass am Ende ein sichtbares Netzwerk an Kooperationsmöglichkeiten deutlich wird.

Teamvertrauen und Handlungsschritte:

Als Abschluss kann man noch alle kurz zu Wort kommen lassen, wie sie sich nach diesem Prozess der gemeinsamen Ausrichtung als Teammitglied fühlen. Damit das Gesamtergebnis nicht im Abstrakten hängen bleibt, ist es ratsam, den Prozessbogen zum Konkreten zu führen und die

Teilnehmer noch einzuladen, einige konkrete, auf die Zielerreichung ausgerichtete Handlungsschritte zu sammeln, die man festhalten und eventuell zum Inhalt der nächsten Tagesordnung machen kann.

Das Phänomen des *Ausrichtens im Team* kann stark dazu beitragen, dass sich alle der gemeinsamen Zugehörigkeit und der Priorität des gemeinsamen Erfolgs bewusst werden. Gleichzeitig gewinnen die Rollen der einzelnen Mitglieder und die von diesen Funktionen ausgehenden Beiträge an Bedeutung und wechselseitiger Wertschätzung. In vielen Arbeitsgruppen aber auch in Teams arbeiten die Energien der einzelnen Mitglieder oft unbeabsichtigt gegeneinander, was nicht nur eine Zunahme an Verschleiß und eine Verschwendung der Kräfte bedeutet, sondern auch verhindert, dass das eigentliche Kollektivpotential wirksam wird. Nach der Ausrichtung gewinnen alle eine einheitliche Orientierung, eine Bündelung der Energien und eine tiefere Resonanz. Wie bei einem Stück Eisen, dessen innere Struktur eine Ausrichtung erhält, so wird auch das Team infolge dieser gemeinsamen Orientierung „magnetisch". Der Drang, persönliche Standpunkte zu verteidigen und Anerkennung über egoistisches Verhalten erkämpfen zu müssen, wird zunehmend abgebaut. Das Vertrauen, das die Grundlage jeder reifen Beziehung sein muss, wird vertieft und der Blick für die Chance von Synergien erweitert. Teamgeist und Teamidentität werden gestärkt und gemeinsame Erfahrungen von Zuständen von „Flow" nehmen zu. Wie bei Jazzmusikern, die in einen Zustand kommen, den sie als *„in the groove"* bezeichnen und bei dem die Musik eher durch sie hindurch fließt als aus ihnen heraus, wirkt auch das Team wie ein unteilbares Ensemble, durch das Höherwertiges hindurch strömt.

Konstruktives Team-Feedback

Die Anwendung von Feedback als ein Instrument systemischer Entwicklung und kollektiven Lernens darf mit Recht als ein fixer Bestandteil jedes Teamprozesses betrachtet werden. Wie bereits ausgeführt, läuft systemisches Lernen über Rückkopplungskreisläufe ab und hält damit sowohl den Bestand als auch den Fortschritt jedes offenen Systems aufrecht, indem diese ausgleichend oder verstärkend als Antwort auf eine konkrete Handlungsmaßnahme erfolgen. Ein systemischer Grundsatz macht diesen Zusammenhang besonders deutlich durch die Aussage, *dass es in der Kommunikation und im Lernprozess Fehler oder Versagen nicht gibt, sondern nur Feedback.* Gerade bei mehrschichtigen Systemen wie Organisationen und Wirtschaftsunternehmen spielt die Teamarbeit eine zunehmend signifikante Rolle. Teams in ihrer Brückenfunktion zwischen Einzelpersonen und der Gesamtorganisation sehen sich hohen Erwartungen in Bezug auf Leistungsfähigkeit und Effektivität gegenüber und übernehmen außerdem eine bedeutende Katalysatorfunktion für die Qualität der Lern- und Integrationskultur eines Unternehmens. Um den hohen Standards tatsächlich zu entsprechen und im kontinuierlichen und dynamischen Optimierungsprozess zu bleiben, gehören *Reflexion, Evaluation* und *Feedback* zu den unverzichtbaren Instrumentarien der Teamarbeit. Besonders wenn Menschen in Teams eng und ergänzend zusammenarbeiten, oder in der Projektarbeit ein hohes Maß an Transparenz des Informationsflusses, nicht nur auf der fachlichen, sondern insbesondere auf der Beziehungsseite erforderlich erscheint, kann man auf den konstruktiven Einsatz von Feedback nicht verzichten. Diese Methode unterstützt die Förderung der Teamentwicklung, der offenen Kommunikation und damit die Verbesserung der Kooperationsfähigkeit aller Beteiligten. Doch nicht nur die Meinungen und Sichtweisen der Mitglieder sind beim Team-Feedback von Wichtigkeit, sondern gerade wenn es um die Außenwirkung des Teams und ihrer Funktionsausübung geht, können auch die Rückmeldungen anderer Personen oder Gruppen aus dem Unternehmen oder sogar aus dem Kundenkreis eine Bereicherung für den Reflexionsprozess sein.

Feedback wird heutzutage in der Praxis vielfältig angewandt und hat sich sowohl in der beruflichen Fort- und Weiterbildung als auch in unterschiedlichen Arbeitsrealitäten etabliert. In der Erwachsenenbildung, der Mitarbeiterschulung und generell im Trainingskontext ist der Einsatz von Feedback zum Allgemeingut geworden. Dabei finden vielfältige Formen mit unterschiedlicher Zielsetzung Anwendung. Vorgesetzte, Lehrpersonen, Seminarleiter oder andere sozial Agierende holen sich die Rückmeldung der Beteiligten ein, um die Qualität ihres Wirkens verbessern zu können. In umgekehrter Richtung dient Feedback seitens der Vorgesetzten, Kursleiter oder Trainer oder auch als Rückkopplung auf gleicher Augenhöhe zwischen Seminarteilnehmern, Studenten oder Mitarbeitern der verbesserten Selbsteinschätzung und Zieloptimierung. Die in Wirtschaftsunternehmen zunehmend praktizierte Form der periodischen Mitarbeitergespräche wird mit steigernder Beliebtheit als Ziel- und Feedbackinstrument eingesetzt.

Allen diesen Anwendungsformen der Rückmeldung gemeinsam ist, dass sie als Adressaten Einzelpersonen im Blickfeld haben. Es sind Einzelpersonen, die angesprochen werden und die eingeladen sind, zu lernen und ihr Verhalten zu ändern. Das Management effektiver Team-Performance ist jedoch eine komplexe Angelegenheit und lebt aus dem harmonischen Zusammenspiel und der Synergie zwischen den Mitgliedern, dem Teamsystem und den externen Faktoren des organisationalen Umfelds. Team-Feedback geht daher über das Ausmaß des individuellen Feedbacks hinaus und kann demnach folgende drei Bereiche umfassen:

1. Teamkompetenz der Einzelmitglieder
2. Interkommunikation und teaminterne Abläufe sowie Arbeitsweise des Teamsystems
3. Leistungsfähigkeit, Zielerfüllung und Funktionstreue des Teams innerhalb der Organisation

Was ein Team erfolgreich macht, sind nicht nur die Qualitäten und die persönliche Reife der Mitglieder, auch nicht nur Maßnahmen zur Optimierung der Kommunikationsabläufe und des offenen Gedankenaustauschs. Letztlich kommen alle diese Qualitäten erst dann richtig zum Ausdruck und finden ihre sinnvolle Einbettung, wenn es gelingt, als systemische Teameinheit zu agieren und der Teamrolle und Teamfunktion innerhalb des Unternehmens zu entsprechen. Diesem Umstand muss

Team-Feedback Rechnung tragen und kann nicht reduziert werden auf das Auftreten der Einzelmitglieder und deren Beziehungsgeflecht. Dennoch kann man viele Erfahrungen und Regeln, die für das individuelle Feedback Gültigkeit haben, auch beim Team-Feedback bestätigen:

Bereitschaft für Feedback

Generell gilt, dass Rückmeldung nur dann gegeben wird, wenn man darum gebeten wird. Man kann Feedback auch von sich aus anbieten, benötigt jedoch dann die kongruente Zustimmung seitens des Adressaten dafür. Feedback ist immer ein Geschenk und wie bei allen Geschenken entscheidet der Empfänger, ob er es annimmt oder nicht. Da es sich dabei vor allem um ein Lerninstrument handelt, ist es wichtig, den Zeitpunkt so zu wählen, dass die Feedbacknehmer die Informationen auch verarbeiten können und wollen. Das Prinzip der Freiwilligkeit darf nicht verletzt und Rückmeldungen nicht aufgezwungen werden. Ausnahmen von dieser Vorgehensweise bilden Situationen, in denen das Feedback zum vereinbarten Ritual bestimmt wurde, wie beispielsweise im Lernkontext, beim Mitarbeitergespräch oder eben im Team. Hierbei bedarf es einer grundsätzlichen vorherigen Einigung, wann und in welcher Form Feedback in den Teamentwicklungsprozess Eingang findet. Man könnte beispielsweise jede Sitzung mit einer kurzen Feedbackrunde abschließen oder auch eine ganze Sitzung für Reflexion, Evaluation und Feedback anberaumen. In diesen Fällen ist es wesentlich, dass alle Mitglieder rechtzeitig darüber informiert werden und sich darauf einstellen können. Spontane Anregungen seitens einzelner Mitglieder sind zwar grundsätzlich jederzeit möglich, bedürfen aber einer Bestätigung durch das Team. Gerade wenn dabei auch die persönliche Ebene berührt werden soll, müsste darauf Rücksicht genommen werden, dass einzelne Mitglieder sich bei einer kurzfristigen Anberaumung unter Druck gesetzt fühlen könnten. Kurzfristigkeit könnte auch oft aus einer Konfliktsituation heraus abgeleitet sein und die Gefahr in sich bergen, dass der Feedbackprozess zur persönlichen Kritik ausartet. In einem solchen Fall wäre es empfehlenswert, das Ganze auf einen späteren Zeitpunkt zu verschieben, mit dem alle einverstanden sind.

Zielbezug und Systemorientierung

Da jedes Team seine Rolle und Aufgabe als Subsystem einer Organisation definiert, muss auch das Team-Feedback immer auf dieser Grundlage ablaufen. Jede Rückmeldung, ob sie Einzelmitglieder betrifft oder sich auf die Kommunikationsstruktur oder Kultur im Team bezieht, braucht den klaren Bezug zur gemeinsamen Teamidentität und zu den vereinbarten Werten, Prinzipien und Zielen. Auch wenn Feedback immer als Beitrag von Individuen subjektiv bleibt, erreicht man damit eine relative Objektivierung durch die Orientierung auf den übereinstimmenden Fokus der höheren Ebenen der Zugehörigkeit und der Corporate Identity. Die Anknüpfung an Grundsatzkriterien, Zielvereinbarungen, getroffenen Absprachen festigt gleichzeitig das gemeinsame Fundament und erhöht den konstruktiven Charakter des Feedbacks im Rahmen der Teamentwicklung. Gleichzeitig können missverständliche oder widersprüchliche Interpretationen der Mitglieder zum Vorschein kommen, die rechtzeitig korrigiert oder neu definiert werden können, womit vorbeugend Konfliktpotential ausgemerzt würde. Einmal mehr erkennt man dabei, dass das Feedback mindestens genauso viel über den Feedbackgeber aussagt wie über den Empfänger. In der Praxis erlebt man öfters Beiträge, die sich mit der *Beschreibung von Nicht-Beobachtetem* befassen, also mit Verhaltensweisen, die nicht aufgetreten sind. Dadurch werden eher indirekt die Erwartungen des Beobachters zum Ausdruck gebracht, die aber nur dann Teil einer konstruktiven Rückmeldung sein können, wenn sie einen Bezug zu gemeinsamen Vereinbarungen, Ablaufregeln oder Zielsetzungen im Team finden.

Auch die Durchführung des Feedback-Prozesses sollte einem Ziel folgen. Es ist empfehlenswert, entsprechend den drei möglichen Bereichen im Vorfeld zu vereinbaren, ob man über die Mitglieder als Einzelpersonen, den Teamprozess oder die Funktionserfüllung reflektieren oder alle drei Bereiche betrachten möchte. Dabei kann es auch durchaus hilfreich sein, gemeinsam eine Struktur festzulegen oder über einen Fragenkatalog den Reflexions- und Evaluationsprozess zu kanalisieren. Feedback muss zu konkreten Resultaten führen. Nur wer weiß, dass die Ergebnisse des Feedbacks spürbare Veränderungen bewirken, kann sich dem Prozess wirklich öffnen. Das bedeutet wiederum, dass jedes Mitglied auch bereit sein muss, aus den Ergebnissen des Feedbacks Konsequenzen zu ziehen, also auch gegenüber Veränderungen auf persönlicher oder Teamebene offen zu sein. Nicht zuletzt hängt die wirkungsvolle Umsetzung von Feedback auch von der jeweiligen Unternehmenskultur ab.

Akzeptables Feedback

Die Anwendung des Instruments des Team-Feedbacks ist prozesshaft zu betrachten. Ein offener und effektiver Feedback-Austausch stellt einen kontinuierlichen und kollektiven Lernprozess für das gesamte Team dar und wird zu einem wesentlichen Indikator für die Qualität der Beziehungen und der Zusammenarbeit der Teammitglieder sowie deren Entwicklung und Fortschritt. Diese Methode braucht Zeit, Übung und möglicherweise auch fallweise professionelle Unterstützung, wenn sie in ihren umfassenden Möglichkeiten ausgeschöpft werden soll. Damit sich diese Effizienz manifestieren kann, müssen alle Beteiligten den Sinn und den Nutzen regelmäßigen Feedbacks verstanden und akzeptiert haben. Team-Feedback erfordert von allen Beteiligten eine Haltung des respektvollen, wertschätzenden und empathischen Miteinanders und braucht auch vorab Vertrauensaufbau und Vertraulichkeit, so dass sich alle sicher und geschützt fühlen können. Dies ist notwendig, wenn Menschen eng und ergänzend zusammenarbeiten und stellt darüber hinaus eine sinnvolle Konfliktprophylaxe dar, weil sie mit gewährleistet, dass Arbeitsprojekte nicht an sich schleichend aufbauenden und schließlich unüberwindlichen Beziehungsschwierigkeiten scheitern. Ohne die Einhaltung gewisser Spielregeln bleibt Feedback wirkungslos und kann sogar eine gegenteilige Wirkung erzielen. Wird die Feedback-Methode nicht sauber genug angewendet, kann es zu großen Verletzungen der einzelnen Persönlichkeiten führen. Schnell werden dann die Teilnehmer zurückgeworfen in eine persönliche oft extrem selbstkritische Auseinandersetzung mit der individuellen Unvollkommenheit und scheinbaren Fehlerhaftigkeit. Auch wird damit kein Freibrief für destruktive Kritik ausgegeben, noch darf diese Methode zur Überordnung Einzelner über andere führen und damit das Gefüge der Gleichwertigkeit und Mündigkeit zerstören. Dabei ist der Moderator nicht ausgenommen. Auch ihm steht es nicht zu, das Verhalten anderer zu bewerten und persönlich zu interpretieren. Die Methode lässt sich leicht missbrauchen, wenn man nicht sehr genau das Ziel und die Regeln in Bezug auf die Teamentwicklung beachtet. Ernsthaftes, ehrliches und differenziertes Feedback, aus dem natürlich auch

Konsequenzen gezogen werden, trägt zur Erhöhung der Effektivität und zur Verbesserung der Teamkultur bei.

Beim Team-Feedback bedarf es einer behutsamen und aufmerksamen Moderation, und es muss sichergestellt sein, dass eine entspannte, wertschätzende und konstruktive Atmosphäre vorhanden ist. Geltende Regeln sollten immer mit der gesamten Gruppe abgesprochen und bei Bedarf in Erinnerung gerufen werden, und auch das Setting ist einer Beachtung wert. Es hat sich als hilfreich erwiesen, eine Flipchart oder ein anderes Medium zur Visualisierung vorzubereiten, vor allem wenn es um die Darstellung von Prozessabläufen und Vereinbarungen oder auch um die visuelle Präsenz von Grundsatzthemen und Zielsetzungen geht. Auf diese Weise wird auch sichergestellt, dass Teams während des Feedbacks nicht schnell wieder dazu übergehen, über Sachthemen oder fachinhaltliche Fragen zu diskutieren, anstatt über Teamprozesse, die Zusammenarbeit und ihre Metakommunikation zu reflektieren.

Konkret beschreiben, nicht interpretieren und werten

Feedback dient zur Reflexion und soll Lernen und Veränderung ermöglichen. Im Falle von Verallgemeinerungen und pauschalen Aussagen fehlen den Feedbacknehmern der konkrete Bezug und die Möglichkeit, Probleme zu erkennen und zu beseitigen. Am einfachsten für alle ist es, wenn Ereignisse möglichst konkret und nachvollziehbar vermittelt werden. Indem man konkret bei der Beschreibung eines speziellen Vorgehens im Rahmen eines eindeutigen Kontextes und der beobachteten Reaktionen bleibt, gibt man Feedback auf der *Verhaltensebene*. Allgemeine Aussagen zielen meist auf die *Identitätsebene* ab. Verhaltensänderungen sind leichter zu bewerkstelligen als ein Identitätswandel. Rückmeldungen sollten sich außerdem vornehmlich auf Verhaltensweisen beziehen, die tatsächlich auch veränderbar sind, daher sollte man nichts Unabänderliches ansprechen. Wenn keine Chance besteht, dass das Feedback eine Verhaltensänderung bewirkt, ist es weiser, es zu unterlassen. Der Feedbackgeber sollte sich nicht verleiten lassen, Personen oder das Team zu werten. Was er wahrnehmen kann, ist das gezeigte Verhalten in einer bestimmten Situation. Dieses gilt es möglichst konkret anzusprechen. Jede Form von Interpretation und Bewertung entspringt der inneren Landkarte des Feedbackgebers und ist für die Empfänger wenig hilfreich. Reflexive Beurteilungen und Schlussfolgerungen bleiben besser dem Gesamtteam für die Evaluation von Erfahrungen überlassen.

Rückfragen seitens des Moderators oder der Teammitglieder, um sicherzustellen, dass die Aussagen verstanden wurden, sind zweckmäßig und fördern den Geist aktiven Zuhörens. Es ist jedoch wesentlich, dass alle in Ruhe ausreden dürfen. Man kann nicht wissen, was jemand sagen will, bevor dieser nicht zu Ende gesprochen hat. Bleibt etwas unklar und vage, öffnet man damit Interpretationen und Mutmaßungen Tür und Tor. Ebenso wie es für die Feedbackgeber nicht erlaubt ist zu werten, sollten sich auch die Feedbacknehmer jeder Form von Entgegnungen, Vorwürfen und Bewertungen des Feedbacks wie auch von Rechtfertigen und Verteidigen enthalten. Man tut gut daran, die Meinungen der anderen als deren subjektive Sicht respektvoll anzunehmen und später gemeinsam darüber zu reflektieren, was man daraus lernen möchte. Es ist jedoch wichtig zu verstehen, was die andere Person konkret meint. Die Teammitglieder sollten sich also nicht scheuen, bei Bedarf Verständnisfragen zu stellen.

Feedback-Perspektive und Teamentscheidung

Entsprechend der Zielsetzung der Teamberatung erfüllt auch das Team-Feedback den Zweck, den Blick für die höheren Ebenen kollektiven Lernens zu öffnen und aus dieser gemeinsamen Einsicht zu Neubewertungen und Handlungsoptimierungen zu gelangen. Die einzelnen Beiträge liefern unterschiedliche Informationen über die Wirkung von Zielsetzungen und Handlungsinitiativen. Jedes Mitglied sollte das Feedback derart formulieren, dass das Gesamtteam die Wahl behält, die angebotene Sicht der Dinge anzunehmen oder auch bei Bedarf abzulehnen. Es sollte immer die Entscheidung des Gesamtteams bleiben, ob und in welcher Form Informationen zu einer Neuorientierung führen und Handlungsbedarf signalisieren.

Auf die Dosis kommt es an

Wie so vieles im Leben bedarf auch das Team-Feedback des *Prinzips der Mäßigung*. Es ist besser, sich in regelmäßigen Abständen für eine kurze Zeitdauer für Rückmeldung und Reflexion zu treffen, als über Monate aufgestaute Themen in einem großen Aufräumen, das alle überfordern würde, bereinigen zu wollen. Außerdem verlieren viele Themen über die Zeit ihre Aktualität, sind nicht mehr zu ändern und führen nur zu Vorwürfen und zersetzenden Versagensgefühlen. Das Feedback sollte neue Informationen geben. Das Selbstverständliche braucht nicht ständig wiederholt zu werden. Jedes Mitglied kann sich fragen, ob die Information, die es geben möchte, für das Team wohl neue Gesichtspunkte enthält. Welche Wirkung könnte das Feedback auf den Gruppenprozess haben? Führt es zu mehr Einsicht und gemeinsamem Lernen oder schafft es schlechte Gefühle und blockiert den Prozess der Teamentwicklung? So wichtig es ist, das Team-Feedback mit Weisheit und Einfühlungsvermögen zu betreiben, so soll nicht einer Tabuisierung von belastenden Themen und Konflikten das Wort gesprochen werden. In einer Atmosphäre der Lernbereitschaft und des gegenseitigen Vertrauens können auch schwierige Themen konstruktiv und förderlich behandelt werden, ohne dass die Würde Einzelner verletzt oder die Teamentwicklung beeinträchtigt wird.

Auf Stärken aufbauen und konstruktiv sein

Feedbackkultur ist Lernkultur und orientiert sich nicht nur an dem, was misslungen ist. Wertvolle Erkenntnisse liegen gerade in Aktivitäten, die erfolgreich durchgeführt wurden. Wie lief die Planungs- und Beratungsphase ab? Wie war das Ziel formuliert, welche Ressourcen standen zur Verfügung? In welcher Form haben sich alle an der Umsetzung beteiligt? Gab es Kooperation und das Gefühl des gemeinsamen Erfolgs? Lernen am Erfolg bedeutet, den Fokus der Rückmeldungen zunächst auf die bestärkenden Resultate zu richten. Dort wo Teams dies ehrlich und differenziert handhaben und sich dafür ausreichend Zeit nehmen, schaffen sie die wichtigste Voraussetzung, auch für kritische Betrachtungen offen zu sein. Leider wird in unserer Gesellschaft Ehrlichkeit oft mit verletzender Kritik und Fehlersuche gleichgesetzt, und viele fühlen sich aus dieser Gewohnheit heraus unwohl, wenn sie über sich oder andere etwas Positives sagen sollen. Es wäre jedoch zu bedenken, dass Menschen nun einmal nicht vollkommen sind, und wer Fehler sucht, wird diese auch finden. Dies bedarf keiner besonderen Begabung oder Intelligenz. Im Gegenteil drückt William James es in folgenden Worten aus: *„Ein Zeichen von Intelligenz ist es, in jeder Situation auch das Positive zu sehen."* So mag auch darin Chance und Herausforderung für alle Teammitglieder liegen, dass sie im Rahmen der Teamkultur lernen, Erfolge, Gelungenes, Stärken und Kompetenzen differenziert wahrzunehmen und diese ehrlich äußern zu können und ebenso einem positiven Feedback genau zuzuhören und es anzunehmen.

Wenn man festgestellt hat, welche Kriterien für den Erfolg maßgeblich sind, schärft das auch den Blick dafür, was gelernt werden müsste, wenn ein Vorhaben nicht erfolgreich abgelaufen ist. Kritik konstruktiv äußern, heißt also, nicht am Fehler hängen zu bleiben, sondern stattdessen Möglichkeiten und Zukunftsperspektiven für Veränderungen oder Verbesserungen als Vorschlag oder Idee zu eröffnen. Deshalb sollte die Kritikschleife des Feedbacks ebenfalls die Verhaltensebene zum Inhalt haben, d.h. konkret, situationsbezogen und beschreibend sein, und kann zusätzlich optional einen Verbesserungsvorschlag anführen.

Gerade in Phasen der Reflexion und des Team-Feedbacks muss das Fundament des Teamsystems gestärkt und betont werden. Jede langfristige Verbesserungsmaßnahme muss, wie Meadows es formulierte, *die Fähigkeit des Systems stärken, seine Last selber zu tragen.* Die Integrität und Würde jedes Mitglieds sind unantastbares Gut und ebenso die Unversehrtheit und Einheit der gemeinsamen Teamidentität. Respekt, Vertrauen, Wertschätzung und das aufrichtige Interesse am wechselseitigen Wachsen und Wohlergehen sind die eigentlichen Motivatoren für Reflexion und Evaluation.

Das Feedback-Sandwich im Teamkontext

Eine auf Tad James zurückgehende Methode des Feedbacks berücksichtigt die erwähnten Bedingungen und schlägt einen Ablauf vor, der einem konstruktiven und förderlichen Lernprozess dienlich ist. Er verwendete dazu die Metapher eines Sandwichs, bei der der Kritikanteil zwischen zwei Schichten von positiven Erfahrungselementen eingebettet ist.

1. Das Feedback beginnt mit der Vermittlung einiger erfolgreicher Beispiele und beschreibt diese aus der Beobachterposition des Feedbackgebers konkret nach Kontext, Handlungsablauf und ihrer Wirkung auf den Beobachter. (*Verhaltensebene*)
2. Aufbauend darauf folgen einige wenige Beispiele (*Dosis!*), die nach Meinung des Feedbackgebers nicht entsprachen. Auch die-

se werden konkret nach Kontext, beobachtetem Handlungsablauf und ihrer Wirkung beschrieben. Sinnvoll ist hierbei das Anfügen eines Verbesserungsvorschlags seitens des Feedbackgebers. (*Verhaltensebene*)

3. Abschließend folgt eine Gesamtermutigung bezogen auf die Feedbacknehmer, die Einzelpersonen oder das Gesamtteam. Diese positive Äußerung bleibt allgemein in der Formulierung und erfasst damit die *Identitäts- oder Systemebene*.

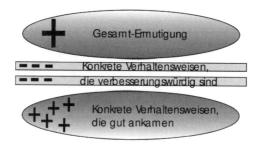

Team-Feedback hat den Fokus darauf, welche Faktoren ein Team erfolgreich machen und welche Hindernisse bestehen, die das Team davon abhalten, herausragende Leistungen zu erbringen und eine hohe Qualität an Kooperation und Integration aufzuweisen. Dabei ist es wichtig, dass alle Mitglieder die Bedeutung der Teamdynamik und den Wert des Feedbacks für die Entwicklung des Teams als Gesamtheit erfassen und sich selbst darin einordnen können.

TEIL 5

LERNCHANCEN AUS PRAKTISCHER ERFAHRUNG

Erkennen heißt nicht zerlegen, auch nicht erklären.
Es heißt Zugang zur Schau finden.
Aber um zu schauen, muss man erst teilnehmen.
Das ist eine harte Lehre.

Antoine de Saint-Exupery

Praxisbeispiele typischer Wachstumsschritte

Kooperation in Teamsystemen und Teamlernen sind Prozesse, in denen die einzelnen Mitglieder ebenso einbezogen sind wie das Gesamtteam und dessen Umfeld. Wie jede Form des Lernens, beinhaltet es das Aufgeben überholter Denk- und Handlungsmuster wie auch das allmähliche Integrieren neuer Gewohnheiten. Wie schon zu Beginn erwähnt, handelt es sich beim Teamlernen weniger um eine organisatorische Herausforderung als vielmehr um einen Prozess der Sozialisierung und des kollektiven Lernens. Fehler, die dabei auftreten können, sind als sanfte Einladungen zu verstehen, die jeweiligen Situationen im Hinblick auf die dahinter liegenden Systemprinzipien genauer anzusehen, die richtigen Schlüsse daraus zu ziehen und in der Entwicklung weiterzugehen. Manchmal mag es sich lediglich um alte Verhaltensmuster handeln, die es gilt zu verändern, ein andermal aber können die damit verknüpften Denkmuster und mentalen Modelle oder gar die systemischen Zusammenhänge zum Inhalt der Reflexion werden. Auf keinen Fall darf man daraus Versagensgefühle ableiten noch in einen Drang nach Perfektionismus verfallen. Lernen braucht Zeit und das gemeinsame stetige Bemühen aller Beteiligten, mit klarer Vision auf das angestrebte Ziel hinzuarbeiten. Für diese Phasen der Reflexion mögen sich die aus der Praxis gesammelten Beispiele mit Hintergrundbezug und Lösungsvorschlägen als hilfreich erweisen. Wesentlich dabei ist es, nicht an vordergründigen Symptomen hängen zu bleiben, sondern sich im Team die tiefer liegenden Prinzipien und Zusammenhänge zu erschließen.

Beobachtung	Hintergründe und Lösungsvorschläge
Die Sitzungen wie auch einzelne Mitglieder sind unzureichend vorbereitet, was den Ablauf verkompliziert und verlängert.	Je besser die Sitzungen vorbereitet sind und die Mitglieder vorab die Informationen erhalten, desto weniger Beratungszeit wird benötigt. Dies gilt auch für die Mitglieder, deren Aufgabe es ist, sich mit den zur Verfügung gestellten Unterlagen vertraut zu machen. Die Motivation dafür und das Bewusstsein der Verantwortung leiten sich aus der grundsätzlichen Mission des Teams und der klaren Rolle der Mitglieder ab. Der Wunsch nach guter Vorbereitung und größerer Effizienz sollte die Teammitglieder jedoch nicht dazu verleiten, Themen außerhalb des Teams vorab zu besprechen und mit fertigen Lösungen ins Team zu kommen, denen die anderen nur noch zuzustimmen bräuchten. Eine solche Vorgehensweise würde den wesentlichen Aspekt des integrativen kollektiven Lernprozesses im Team außer Acht lassen und die übersummativen Vorteile echter Teamberatung unterwandern. So wesentlich es ist, alle relevanten Informationen zu den Themen beizubringen, darf der eigentliche kreative Meinungsaustausch im Team nicht falsch verstandenen Einsparmaßnahmen zum Opfer fallen. In der Praxis trifft man bei Unternehmen oft den Fall an, dass Teammitglieder in einer Doppelrolle im Einsatz sind. Einerseits sollen sie ihren Aufgaben im Rahmen ihrer Zugehörigkeit zu ihrer Abteilung nachkommen und andererseits wird von ihnen erwartet, sich im Projektteam einzubringen. Dies kann mitunter durchaus zu Identitäts- und Zielkonflikten oder auch zu einer Überforderung führen. Bei der Einführung von Projektteams ist es daher von Bedeutung, deren ökologische Abstimmung im Gesamtsystem mit den Verantwortlichkeiten der Abteilungen in Einklang zu bringen, damit für die Teammitglieder keine Energie raubenden Double-Bind-Situationen entstehen.

Klagen häufen sich über Mangel an Kooperation, an der Führung sowie Überlastungsreaktionen und massive Teamkonflikte.

Wenn der durchgängige Bezug zur gemeinsamen Mission und den Teamzielen nicht gegeben ist, kann eine Art Konfusion über den Sinn und die Berechtigung des Teams und damit relative Orientierungslosigkeit bei den Beteiligten entstehen. Ein Team ist ein System mit explizitem Zweck- und Zielbezug. Es dient einer bestimmten Aufgabe im übergeordneten System, wofür es ins Leben gerufen wurde. Erst aus dem Bezug zu dieser Zieldienlichkeit entsteht der Sinn eines Teams und Klarheit für die Rolle der Teammitglieder. Verlust an Motivation, gehäufte Konflikte und gesteigerte Erwartungen an die Führungsebene können deutliche Signale für den fehlenden Bezug zur Missions- und Identitätsebene sein, wodurch auch ein echtes Zusammengehörigkeitsgefühl schwer entstehen kann.

Übermäßiger Bezug auf die individuellen Mitglieder mit Betonung ihrer Stärken oder Schwächen verhindert das Entstehen eines echten Teamgeistes.

So wesentlich es ist, einander zu ermutigen und Interesse an der wechselseitigen Entwicklung zu zeigen, was tatsächlich ein Hauptkriterium für Hochleistungsteams bildet, darf nicht vergessen werden, dass das Ziel der Teamberatung darin liegt, zur gemeinsamen Ebene kollektiven Lernens und Entscheidens zu gelangen. Dies ist nur dann möglich, wenn persönliche Interessen dem gemeinsamen Ziel nachgereiht werden. Stärken und Schwächen der Einzelpersonen wirken sich völlig unterschiedlich aus, wenn sie synergetisch Teil eines Teamprozesses sind. Generell sollten alle Teammitglieder lernen, das Team als Ganzheit zu betrachten und nicht als Summe der einzelnen Mitglieder und ihre Motivation und Ausrichtung aus dem gemeinsamen Wirken und Erfolg abzuleiten.

Die Mitglieder sind privat beste Freunde, doch die Zusammenarbeit im Team funktioniert nicht ideal.

Die Zusammensetzung echter Teams richtet sich nach der angestrebten Zielfunktion und hat die komplementäre Vielfalt der Fähigkeiten und Erfahrungen zu beachten. Die primäre Verbindlichkeit für die Arbeit im Team leitet sich aus dem Systembezug der Mitglieder ab und befruchtet und stärkt in der Folge den Geist der Zusammengehörigkeit und die Vernetzung der Mitglieder untereinander. Sofern Freundschaften diese grundlegenden Prinzipien unterstützen, können sie die Atmosphäre von Vertrauen und Wertschätzung positiv beeinflussen. Führen sie jedoch zu Gruppenbildung und Interessenskonflikten im Team, wirken sie sich kontraproduktiv aus und können zum Nährboden für vielfache Probleme und für Uneinigkeit werden.

Einige wenige haben sich zu Experten herausentwickelt, andere sind in der Teamberatung eher zurückhaltend.

Das Grundprinzip der Teamordnung besteht in der Gleichwertigkeit und Gleichrangigkeit aller Mitglieder. Dies bedeutet jedoch nicht, dass man die besonderen Fähigkeiten oder Talente einzelner nicht würdigt und fördert. Im Gegenteil bildet das Teamumfeld ein ideales Feld für Lernen und Entwicklung. Was sich jedoch als hinderlich herausstellen könnte, wäre eine Situation, in der einzelne das Denken und die Meinungsbildung anderer dominieren, und echter Austausch nicht mehr stattfindet. Derartige Fehlentwicklungen ergeben sich mitunter, wenn einzelne Akteure den Drang verspüren, sich persönlich zu profilieren aber auch dann, wenn manche Teammitglieder sich in falsch verstandener Bescheidenheit zurückhalten und andere Personen zu „Experten" küren. Jede noch so bescheidene Meinung ist für das Ergebnis wichtig und keine noch so intelligente Einzelmeinung kann die ausgewogene *Weisheit des Teams* und die Vorteile des Teamlernens ersetzen. Manchmal tritt eine derartige Entwicklung als Folge von zu viel Zeitdruck zu Beginn der Teambildungsphase auf, wodurch einzelne Mitglieder ihren jeweiligen Lernprozess nicht zu Ende bringen können, ohne von anderen Schnelleren ständig unterbrochen oder „beraten" zu werden. Diese fühlen sich dann in der Folge eher unterlegen und nehmen eine schüchterne zurückhaltende Position ein. Gerade in der Formingphase der Teambildung sollten die Teilnehmer genügend Zeit bekommen, ihre Gedankengänge zu Ende führen zu können. Beratungen bestehen nicht nur aus Redezeiten sondern benötigen auch ein gewisses Maß an *Entschleunigung* des Prozesses zum Nachdenken und inneren Abwägen, was interessanterweise den Gesamtprozess beschleunigt und zufriedenstellender macht.

Die Beratungen sind sehr langwierig und lassen eine aufbauende Durchgängigkeit vermissen.

Das Fehlen einer gemeinsamen Vision kann zu Zielkonflikten, Missverständnissen und unterschiedlichen Interpretationen führen. Die Teilnehmer reden oft aneinander vorbei und fühlen sich nicht verstanden. Wiederholungen und beharrende Meinungsäußerungen sind dann an der Tagesordnung. Daher sollte den ersten Schritten im Prozessablauf der Entscheidungsfindung im Team besondere Beachtung geschenkt werden. Klarheit und Einigung über die Thematik und die angestrebten Prinzipien und Werte vermitteln die verbindende Basis gemeinsamer Vision, worauf erst die Vielfalt der Ideenfindung aufbauen kann.

Beratungen benötigen zuviel Zeit. Man schafft es nicht, durch die Tagesordnung zu kommen, was zu Spannungen und Frustrationen führt.

Dafür kann es vielfältige Gründe geben. Vorausgesetzt, dass alle Punkte der Tagesordnung tatsächlich wesentlich und nicht delegierbar sind, spielt die gute Vorbereitung der Sitzung sowie der Mitglieder auf die Beratung eine wesentliche Rolle, wenn es um den harmonischen und flüssigen Ablauf geht. Zeitmangel kann aber auch die Folge fehlender gemeinsamer Vision sein, was zu vielen Zeit und Energie raubenden Wiederholungen, Missverständnissen und Konflikten führen kann. Auch kann man durch den Einsatz von Visualisierungsmedien und aktiver Rückmeldung, dass Vorschläge tatsächlich verstanden wurden, die Qualität der Beratung anheben und größere Effizienz erreichen. Als völlig ungeeignete Maßnahmen wären Versuche der Einschränkung der Redezeit oder die vorwurfsvolle Diskriminierung von so genannten „Vielrednern" einzustufen, weil dies dazu führen könnte, dass wertvolle Ideen aus Angst vor Kritik zurückgehalten würden. Generell gilt auch hier das Prinzip *chemischer* Prozesse, dass man durch Zufuhr von Wärme eine Beschleunigung erreicht. Mehr Vertrauen, Wertschätzung und eine wohlwollende Haltung untereinander führen zu besseren Ergebnissen als reglementierende oder bestrafende Maßnahmen entmündigender Art. Die Menschenwürde aller ist stets als höchstes Gut zu achten.

Obwohl bei den Beschlussfassungen alle Mitglieder zustimmen, sind dann bei der Umsetzung nicht alle unterstützend dabei. Dadurch fühlen sich einige ausgenützt, gegenseitige Vorwürfe häufen sich.

Einerseits ist zu prüfen, ob bei der Abstimmung tatsächlich alle verbal *und* nonverbal kongruent zugestimmt haben. Sehr oft werden in der Hektik, Dinge rasch zu erledigen, nonverbale Einwände (*Jeins*) übersehen, was sich in der Folge bei den Übergangenen in einer mangelnden Bereitschaft zur unterstützenden Initiative manifestieren kann. Zum anderen könnte auch überprüft werden, ob die Atmosphäre im Team für einzelne Teammitglieder die Option, ihrem aufrichtigen Empfinden nach auch mit NEIN zu stimmen, offen lässt oder ob ein solcher Schritt zu bewussten oder unbewussten Sanktionen gegenüber den „Abtrünnigen" oder „Spielverderbern" führen würde. Dies kann besonders dann auftreten, wenn Mitglieder Angst haben müssten, dass ihnen durch eine ablehnende Haltung von Seiten der Führung oder anderer Mitglieder persönliche Nachteile erwachsen könnten.

Die Motivation der Mitglieder lässt nach und immer öfter fehlen manche unentschuldigt bei den Sitzungen.

Motivation hat vorwiegend mit der Sinnhaftigkeit und Priorisierung durch übergeordnete Werte zu tun. Daher gilt es, den Bezug zur systemischen Mission, Vision und den Sinn und Zweck des Ganzen lebendig zu erhalten. Es genügt nicht, dass man dies als Auftaktimpuls zu Beginn eines Prozesses getan hat. Die Qualität der Zugehörigkeit bedarf anhaltender dynamischer Lebendigkeit. Mangel an Motivation kann auch auftreten, wenn der Zusammenhang der konkreten Handlungsschritte in der Tagesroutine mit den Grundprinzipien der Vision verloren geht. Damit wäre das Projekt von der sinnvermittelnden und begeisternden Lebensenergie abgeschnitten und erwiese sich in der Folge als äußerst zäh und schwerfällig im Ablauf. Auch der Verlust des Blicks für die systemische Ganzheit des Teams kann dazu führen, dass einzelne Mitglieder der Empfindung nachgeben, dass ihre Person und Teilnahme für die anderen nicht von Bedeutung wären und sie keinen wesentlichen Einfluss auf den Erfolg des Teams hätten. Eine derartige Entwicklung sollte als ein deutliches Warnsignal verstanden werden, dringend die Zugehörigkeit und Verbindlichkeit im Team zu verstärken, damit ein sich abzeichnender Prozess der Auflösung und innerer Emigration noch rechtzeitig abgefangen werden kann.

Auch wenn Teamberatung keine leicht zu erlernende Aufgabe darstellt, und mögliche „Kinderkrankheiten" die Teamentwicklung begleiten können, so sind die positiven Auswirkungen gelungener Teamarbeit auf das gesamte Umfeld eines Unternehmens von derart großer Bedeutung, dass jede Mühe, Ausdauer und Opfer wert und lohnend erscheinen. Wenn ein Team, was alle wissenschaftlichen Untersuchungen belegt haben, tatsächlich mehr ist als die Summe seiner Mitglieder, dann bedeutet das Zerreißen und der Verlust eines Teams auch einen höheren Verlust als das Ausscheiden eines einzelnen Mitglieds.

Manche Mitglieder sind besser informiert als die anderen, was zu einer Art „Zwei-Klassen-Gesellschaft" führt.

Die Erfüllung des Grundbedürfnisses nach Information und Transparenz ist eine Voraussetzung für Mündigkeit und Zugehörigkeit aller Mitglieder zu einem interdependenten System. Es wurde auch festgestellt, dass der freie Informationsfluss, vergleichbar mit dem Blutkreislauf im menschlichen Körper, für jedes Team eine Existenz sichernde Funktion einnimmt. Wenn Teammitglieder nicht gleichberechtigten Zugang zu den notwendigen Informationen haben, schleichen sich dadurch systemfremde Hierarchiestrukturen und Machtpositionen ein, die den Bestand und das gedeihliche Funktionieren des Teams als Ganzheit gefährden. Eine der Hauptaufgaben der Sitzungsvorbereitung und der ersten Schritte im Ablauf der Entscheidungsfindung liegt genau darin, den Gleichstand an Informiertheit unter allen Beteiligten zu bewerkstelligen.

Der Ton in der Teamberatung ist relativ rau und auch über Abwesende wird eher negativ gesprochen.

Kooperation, Partnerschaftlichkeit und menschliche Reife drücken sich auch in der Kommunikationsform aus, die auf wechselseitiger Wertschätzung, Respekt, Höflichkeit und Vertrauen aufbaut. Auch Abwesende müssen darauf vertrauen können, dass über sie in einem Team nicht in abwertender und entwürdigender Weise gesprochen wird. Wie bei allem anderen wäre wohl auch hier die „Goldene Regel" anzuwenden, die besagt, dass man andere so behandeln sollte, wie man selbst wünscht, behandelt zu werden.

Zwischen zwei Personen herrscht Konkurrenzkampf, was allmählich zur Bildung von zwei Parteien im Team führt.

Wenn ein Teamumfeld zu einer Kampfarena persönlicher Interessen und Ressentiments wird, dürfte dies ein Zeichen dafür sein, dass die Teamidentität als Sozialsystem interdependenter Struktur und damit auch die Konsequenz der Voraussetzungen bei den Mitgliedern nicht verstanden wurde. Auch entspringt die Grundhaltung der Mitglieder im Team nicht aus Profilierungsdenken und dem Wunsch nach Machtpositionen, was eher einer Hackordnung innerhalb einer vom Wettbewerbsdenken gesteuerten Gruppe entspräche. Kennzeichnendes Merkmal echten Teamgeistes ist die Bereitschaft bei allen, sich in kooperativer Weise zum Wohl des Gemeinsamen einzubringen. Die Reifestufe der Interdependenz würde auch jedwede Ausformung von Feindbildern und regressiven Interaktionen ausschließen. In diesem Falle wäre zu überprüfen, inwieweit bei den betroffenen Mitgliedern Systembewusstsein und die Verbindlichkeit zum Gemeinsamen gegeben sind oder herzustellen wären.

Einzelne Mitglieder fühlen sich externen Personen und Gruppen verpflichtet, was zu heftigen Auseinandersetzungen und Spannungen im Team führt.

Wie bereits ausgeführt, darf die Mitgliedschaft im Team nicht als Interessensvertretung externer Gruppen missdeutet werden, noch sind Teammitglieder Meinungsvertreter oder Sprachrohr für irgendeine Gruppe, der sie sich vorrangig verpflichtet fühlen sollten. Wenn systemfremdes Gedankengut von gesteuerter Einflussnahme, Interessensverstrickung und Lobbying ins Team eindringt, kann es äußerst problematisch werden. Das Team leitet die eigene Mission und Identität aus der Verpflichtung gegenüber dem Interesse für die Gesamtheit und dem Wohl aller ab. Es vertritt das gemeinsame Ganze und darf sich nicht zur Kampfarena zur Durchsetzung von Fraktionsinteressen und Teilbegünstigungen machen lassen.

Ein Mitglied schert aus und setzt sich nicht mehr ein.

Wenn es soweit kommt, dass ein Mitglied, das sich vorher verbindlich als Teil des Ganzen empfunden hat, in die „innere Emigration" geht, sind wahrscheinlich viele vorangegangene Warnsignale übersehen worden und unbeachtet geblieben. Einem derart einschneidenden Schritt des Abbruchs der Systemverbindlichkeit und damit der Kündigung der Zugehörigkeit gehen in der Regel diverse symptomatische Anzeichen von Ärger, Unverständnis oder Unzufriedenheit voraus. Eine passive Reaktion der Allgemeinheit von *„Der wird sich schon wieder einrenken!"* ist in einem Team völlig fehl am Platze. Kein Team kann hoffen, durch einseitige Fixierung an die Aufgabe oder durch das Verdrängen von Beziehungsproblemen, Konflikten sowie persönlichen Krisen der Mitglieder der Verantwortung seiner Funktion gerecht werden zu können. Vom Leiden einzelner kann das Wohl des Ganzen nicht unbeeinflusst bleiben. Es sollte nicht nur die Aufgabe der Einzelnen sein, sich ins Team zu integrieren, sondern auch das interdependente Bedürfnis der Gemeinschaft, allen Mitgliedern ihrem Recht auf Zugehörigkeit entsprechend Wertschätzung entgegenzubringen und Entwicklungsmöglichkeiten einzuräumen.

Der Moderator fühlt sich stark für das Ganze verantwortlich und versucht mit Lob und Tadel gegenüber einzelnen Mitgliedern seiner Aufgabe zu entsprechen.

Der Moderator ist für den Prozess der Teamberatung zuständig und in dieser Rolle von außerordentlicher Bedeutung für den Erfolg des Ganzen. Er genießt jedoch weder Vorrechte in Bezug auf den Inhalt der Beratungen noch verkörpert er die Position eines Patriarchen, der durch sein Urteil die Leistungen der Teammitglieder zu bewerten hat. So gut gemeint es auch sein mag, würde eine derartige Vorgehensweise Unmündigkeit und Abhängigkeiten ins Team bringen bzw. starkes Oppositionsverhalten bei jenen Mitgliedern hervorrufen, die ihre Eigenständigkeit und das partnerschaftliche Klima im Team aufrechterhalten wollen. Werden derartige Entwicklungen nicht rechtzeitig erkannt und korrigiert, kann es zu starken Konflikten oder zu Fluktuationen bis hin zur inneren Kündigung einzelner führen.

Langeweile und Routine lähmen das Team und führen häufig zu Missmut und Ärger.

Begeisterung und Motivation entspringen der Ebene erfüllenden Sinnbezugs und der gemeinsamen Vision. Die Zufriedenheit mit den Handlungsschritten und die positive Beurteilung des gegenwärtigen Kurses sind das Ergebnis klarer Zielorientierung. Langeweile und Routine sind entweder Signale für den Verlust der Verbindung zum Sinn und Zweck des Projektes oder deutliche Anzeichen dafür, dass man möglicherweise den zum Ziel führenden Weg verlassen hat, weshalb innere Einwände bei den Mitgliedern des Teams auftauchen. Auf keinen Fall sollte man durch Erhöhen von Druck oder Schüren von Ängsten darauf reagieren, noch erscheint es zweckdienlich, die Bereitschaft der Beteiligten durch materielle Zuwendungen oder Versprechungen persönlicher Vorteile erkaufen zu wollen. Einwände sollten Ernst genommen werden, da sie in der Regel zum Erkennen höherer Werte und der Notwendigkeit des Auffrischens des Systembewusstseins führen können.

Ein Mitglied wird von den anderen nicht sonderlich geschätzt, was besonders in den Pausen sichtbar wird, die es meist allein für sich verbringt.

Das Ausgrenzen von einzelnen Teammitgliedern oder gar Formen von Mobbing stehen im absoluten Widerspruch zu den Grundprinzipien einer Teamidentität. Wertschätzung und Beziehung zwischen den Teammitgliedern sind in erster Linie Ausdruck der gemeinsamen Zugehörigkeit zum Ganzen und der daraus entspringenden komplementären Zusammengehörigkeit und nicht von persönlich motivierten Freundschaften und Zuneigungen. Sollten die Mitglieder es zulassen, dass ihre persönlichen Vorlieben und Maßstäbe für Sympathie und Antipathie zum beherrschenden Kriterium werden, könnte dies die notwendige strukturelle Vielfalt des Teams blockieren. In der Praxis zeigt sich oft, dass Beteiligte erst durch das Zusammenarbeiten im Team wechselseitig die tieferen Ebenen ihrer Persönlichkeiten erkennen und schätzen lernen. Würde man die Merkmale bestehender Freundschaften zum entscheidenden Kriterium machen, dann würden sich in der Regel „Gleiche um Gleiche" scharen und man vergäbe die Chance, das Prinzip zu erfahren, dass sich „Gegensätze anziehen".

Das Team fühlt sich überlastet und findet sich geeint in der Kritik an der Führung.

Gefühle von Überforderung und Stress können oft ein Zeichen von mangelndem Sinnbezug oder von Wertekonflikten sein und nicht unbedingt die Folge von übermäßiger Belastung und Arbeit. Auch mentale Modelle, die die Mitglieder in eine Opferrolle hineinmanövrieren und Feindbilder entstehen lassen, sind für die echte Teamarbeit nachteilig, da sie einen Rückfall aus der Interdependenz in verschiedene Formen von Gegenabhängigkeit und Co-Dependenz verursachen können. Ein gut funktionierendes Team übertrifft gerade im Leistungsumfang bei weitem das Maß von Einzelpersonen oder Arbeitsgruppen.

In den Beratungen wird ständig vom Thema abgewichen, es herrscht mangelnde Zielorientierung. Mangels Prioritäten wird für unwichtige Fragen gleichviel Zeit aufgewendet wie für wichtige.

Es ist die Aufgabe der Moderation, darauf zu achten, dass in der Beratung die Beiträge themenbezogen eingebracht werden und man sich nicht infolge zu vieler gleichzeitig aufgeworfener Fragen verzettelt. Die vorbereitenden Schritte zur Themenfestlegung und der Einigung über die dahinter liegenden Prinzipien dienen auch dazu, eine gewisse Priorisierung der zu behandelnden Themen zu erreichen. Generell sollte bei dieser Gelegenheit auch darüber entschieden werden, welche der Tagesordnungspunkte tatsächlich im Team beraten und entschieden werden müssen und welche zu delegieren sind. Diese Maßnahmen bringen Disziplin in den Ablauf, dass man nicht alles im Team behandeln muss, wenn andere dafür zuständig sind und dass man nicht zu jeder Sache sich äußern muss.

Sobald Probleme auftauchen, wird nach Schuldigen gesucht.

Wenn bei Erfolgen einzelne Teammitglieder diese an ihre Brust heften wollen und bei Misserfolgen nach Schuldigen gesucht wird, ist dies Hinweis darauf, dass das Systembewusstsein als Team nicht vorhanden ist. Die Teilnehmer verhalten sich eher wie Mitglieder von Arbeitsgruppen, denen der Fokus auf eine gemeinsame Mission und Vision fehlt.

Solche Entwicklungen treten meist dann auf, wenn in der *Formingphase* die Teamidentität nicht eindeutig definiert und die Verbindlichkeit der Mitglieder nicht eingeholt wurde. Manchmal wird der Prozess der Teambildung auch indirekt untergraben, wenn man einzelne Personen dadurch zur Teilnahme zu motivieren sucht, dass man ihnen persönliche Vorteile wie Karrierechancen etc. in Aussicht stellt. Damit bekommen individuelle Interessen eine höhere Wertigkeit als die Teamaufgabe, was den Teamentwicklungsprozess gleich zu Beginn blockiert.

Beratungsinhalte geraten unkontrolliert nach außen, Familienmitglieder und Freunde sind bestens unterrichtet über die internen Abläufe.

Eine Kultivierung von Offenheit im Team setzt auch Vertraulichkeit und Verschwiegenheit nach außen voraus. Man braucht daraus keine Geheimniskrämerei zu machen, jedoch ist es wichtig, dass das Team durch Beschlussfassung festlegt, über welche Kanäle Informationen nach außen vermittelt werden. In der Regel ist dies die Aufgabe des Sekretärs, aber auch jedes andere Mitglied kann mit einer solchen Funktion betraut werden. Was der Sache des Teams aber Schaden zufügen und möglicherweise Uneinigkeit und Misstrauen verursachen könnte, wäre eine unkontrollierte Weitergabe von Teilinformationen durch einzelne Mitglieder. Unter keinen Umständen dürfen Aussagen darüber nach außen gelangen, welches Mitglied bei welchem Punkt der Beratung welche Äußerung getan hat. Dies würde eindeutig einem Vertrauensbruch gleichkommen und hätte Entfremdung und Missklang unter den Beteiligten zur Folge.

Ergebnisse werden nicht konsequent in die Praxis umgesetzt.	Es ist wichtig, dass die Mitglieder erfassen, dass die Umsetzung der Beschlüsse für das Team Teil des Gesamtlernprozesses ist und nicht eine unbequeme Pflichtübung. Gerade die komplementäre Zusammensetzung der Teammitglieder kann dafür sorgen, dass neben den Fähigkeiten der kreativen Ideenfindung und Planung auch Personen im Team sind, die mit derselben Konsequenz zur Realisierung anspornen können. Erst die praktische Umsetzung zeigt die Qualität und Richtigkeit der Beschlüsse der Teamberatung auf und ermöglicht dadurch einen Lernkreislauf mit reflexiver Evaluierung.
Während der Sitzung konzentrieren sich die Mitglieder nicht ausreichend auf die Sache.	Einerseits geht es auch dabei um die Klarheit und Fokussierung auf die gemeinsame Vision und Mission im Team. Zum anderen jedoch müssen Teammitglieder lernen, alle anderen privaten oder beruflichen Themen, die nicht zur Teamaufgabe gehören, sozusagen „bei der Garderobe abzugeben" und sich gedanklich auf das einzustimmen, was ihrer Funktion im Team entspricht. Zur Erleichterung dieses Schrittes des Loslassens kann die Einstiegsphase in die Teamberatung dienen, bei der man allen etwas Zeit gibt, sich auf den Sinn und Zweck des Ganzen auszurichten, bevor mit der Tagesordnung begonnen wird.
Es wird kritisiert, dass nicht alle Gesprächspartner gleichberechtigt in die Beratung eingebunden werden.	Zu den besonderen Aufgaben der Moderation zählt auch die behutsame Prozessführung, wodurch alle Mitglieder in ihrer gleichwertigen Bedeutung für das Teamergebnis bestätigt werden. Dafür wird es manchmal notwendig sein, zurückhaltende oder schüchterne Personen direkt nach ihrer Meinung zu fragen und andere zu ermutigen, sich etwas zurückzunehmen, um mehr Raum für die Sichtweisen aller zu gewähren. Auf keinen Fall hat die Moderation das Recht, Meinungsäußerungen zu bewerten oder einzelne Mitglieder zu bevorzugen. Die Erreichung des Ziels kollektiven Wissens und Lernens kann nur im harmonischen Zusammenspiel aller Beteiligten und deren unterschiedlichen Sichtweisen bewerkstelligt werden.

Es sind immer dieselben Personen, die sich zu Wort melden und die Beratungen „dominieren".

Es liegt durchaus im Ermessen der Moderation wie auch des Gesamtteams Beratungsprozesse zu „entschleunigen", damit alle Beteiligten Zeit finden, über Fragen kontemplativ nachzudenken, bevor man in den konkreten Meinungsaustausch einsteigt. Da die individuellen Wahrnehmungs- und Denkprozesse durchaus unterschiedlich sind, würden ansonsten immer diejenigen bevorzugt sein, die schneller aber nicht unbedingt gründlicher sind. Auch könnte das rasche Vorpreschen einzelner andere in ihrem Nachdenkprozess unterbrechen und somit wichtige Perspektiven und die mögliche Vielfalt unterbinden.

Manche Mitglieder reagieren anderen gegenüber mit verhohlenem oder offenem Misstrauen und vermuten ständig verdeckte Motive hinter deren Äußerungen.

Probleme und Konflikte bieten bei systemischer Herangehensweise echte Chancen für ein erweitertes Bewusstsein der Systemzugehörigkeit und Zusammengehörigkeit und sollten nicht verdrängt oder übergangen werden. Dinge lösen sich nicht einfach von selbst, sondern schwelen im Untergrund weiter und beeinträchtigen die Qualität des Miteinanders und der Ergebnisse der Teamberatung. Doch ist darauf Bedacht zu nehmen, dass nicht alle Themen im gesamten Team angesprochen werden müssen. Gerade Konflikte und ungeklärte Standpunkte, die ihren Ursprung im Privaten haben, benötigen die Vertraulichkeit und Geborgenheit einer Atmosphäre, die diesem Umstand Rechnung trägt. Teil der verantwortungsbewussten Haltung der einzelnen Mitglieder sollte sein, dass sie schon bei den ersten Anzeichen von Entfremdung und Missverständnissen aufeinander zugehen und nach Möglichkeit unter sich die Dinge bereinigen und jede Spur von Uneinigkeit aus Herz und Kopf tilgen. Dies wäre ein reifer Beitrag zu einer Kultur der Offenheit und würde dazu beitragen, dass alle Fehlinterpretationen und üblen Gefühle im Keim aufgelöst werden.

Wortmeldungen einzelner Mitglieder werden durch den Moderator abwertend kommentiert oder gar nicht zur Abstimmung gebracht.

Den Prozess einer Teamberatung zu moderieren, gehört mit zu den anspruchsvollsten Aufgaben, da damit nicht nur die Verantwortung für die Orientierung auf die wesentlichen Leistungsziele des Teams verbunden ist, sondern auch die Fürsorge für die Qualität und Unversehrtheit der systemischen Prinzipien innerhalb des Teams, wodurch Gleichwertigkeit, Wertschätzung, Vertrauen und Gerechtigkeit sichergestellt werden. Auch wenn eine Person mit der Funktion der Moderation beauftragt wird, sind die anderen Teammitglieder damit nicht aus der Verantwortung im Sinne interdependenter Verbindlichkeit befreit. Wenn anderen Mitgliedern derartige Vorkommnisse auffallen, dann können auch sie zu einer Lösung beitragen und damit den Moderator entlasten. Dabei sollte bedacht werden, dass alle im Team sich in einem Lernprozess befinden, und die Mitglieder nicht mit einem „fehlersuchenden Auge" aufeinander blicken, sondern einander in der gemeinsamen Entwicklung unterstützen sollten. Natürlich können derartige Mängel in einer konstruktiven Weise im Rahmen von Reflexion und Feedback angesprochen und behoben werden. Die Erhaltung der Einheit und systemischen Gesundheit des Teams sollte die Sorge aller gleichermaßen sein.

Es gibt Mitglieder, die sich laufend übergangen fühlen und dem Moderator ständig vorwerfen, sie übersehen zu haben, da sie sich vor anderen bereits zu Wort gemeldet hätten. Bei ihren Wortmeldungen vermitteln sie den Anwesenden stets ein schlechtes Gewissen und geben allen anderen Schuld an ihrer Opferrolle.

Wie bereits ausgeführt, bietet das Team ein Lernumfeld, in dem die „Unebenheiten" des persönlichen Charakters abgeschliffen und individuelle Reifeentwicklungen gefördert werden. Viele Mängel zeigen sich nicht in der isolierten Abgeschiedenheit, sondern erst im sozialen Zusammenspiel und benötigen Geduld und Verständnis seitens aller Beteiligten. Am besten lernt und entwickelt man sich in einem Umfeld ungeteilter Wertschätzung und Würdigung. Humor und die Fähigkeit, Situationen zu entkrampfen gehören genauso zum Repertoire eines reifen Teams wie das Bemühen, an sich zu arbeiten und aus Fehlern zu lernen. Auch wenn Opferhaltungen und Schuldzuweisungen auf einen Nachholbedarf im Bereich der Selbstkompetenz hinweisen, sind sie auch Signale nach einem tiefen Bedürfnis nach mehr Wertschätzung und Anerkennung. Nicht selten entdeckt man erst im Spiegel der anderen die Edelsteine im eigenen Bergwerk und lernt, sich selbst als wertvoll und einzigartig anzunehmen. Echte Teamarbeit bietet allen Beteiligten die einmalige Chance, sich in den Begegnungen von den Unvollkommenheiten der Oberfläche zu lösen und in die reich beschenkende Tiefe der Persönlichkeiten vorzudringen.

Gefühle von Minderwertigkeit, Konkurrenzdenken und gegenseitiges Abwerten bestimmen den Alltag und schaffen eine Atmosphäre, in der niemand den anderen einen Erfolg gönnt.

Mitglieder in Teams sollten lernen, die Wertigkeit ihrer Identität und Rolle aus ihrer verbindlichen Zugehörigkeit zum Teamsystem abzuleiten und nicht aus dem Leistungsvergleich mit anderen Akteuren. Dadurch wird auch eine klare Abgrenzung der verschiedenen Funktionen innerhalb des Teams bei Aufrechterhaltung der Einzigartigkeit und Gleichwertigkeit der Mitglieder bewahrt. Methoden der Win-lose-Beurteilung mit daraus resultierenden Über- und Unterordnungen durch gegenseitiges Messen und Vergleichen sind untaugliche Mittel für eine ernsthafte Teamarbeit. Das Team ist kein „Reibebaum" für pubertäre Identitätssuche, sondern ein Kooperationsumfeld für reife Persönlichkeiten im vereinenden Bewusstsein komplementärer Partnerschaftlichkeit. Aus der Einmaligkeit und Autonomie der Einzelnen geht die Qualität kongruenter Willensentscheidung zur Zusammenarbeit und für kollektive Lern- und Entscheidungsprozesse hervor. Der Vorzug des Teams ergibt sich nicht aus der Abwertung oder Überordnung einzelner Mitglieder, sondern aus ihrem gemeinschaftlichen Bewusstsein und Vermögen, ihre komplementäre Vielfalt einem höherwertigen Ergebnis zuzuführen.

Das Harmoniebedürfnis mancher Mitglieder scheint aus ihnen liebevolle Konformisten zu machen. Sie erlauben sich keine eigene Meinung. Wer immer gerade einen Vorschlag einbringt, findet ihre Zustimmung und bekommt überschwänglich Recht.

Ein Ausspruch besagt, dass es ein Zeichen von Intelligenz sei, in jeder Situation auch das Positive zu erkennen. Die empathische Fähigkeit, in die Welt anderer Menschen einzutauchen und sie und ihre Denkmodelle dadurch besser zu verstehen, ist eine besondere Stärke und ein wichtiger Bestandteil systemischer Kommunikation. Genauso wesentlich ist es jedoch auch, sich des eigenen Lebenssinns, der persönlichen Werte und leitenden Prinzipien bewusst zu sein, sowie klare Ziele zu haben. Harmonie im Miteinander erwächst nicht daraus, dass man die eigene Sichtweise zurückstellt, sondern aus einer gemeinsamen Vision und Mission verknüpft mit der Bereitschaft für Vielfalt der Perspektiven und Erfahrungen. Nicht Harmonisierung kann das Ziel sein, sondern das Erreichen der höheren Ebene kollektiver Erkenntnis und gemeinsamen Lernens. Anstatt Mängel bei einzelnen Personen ausmerzen zu wollen, kann man sich auch überlegen, ob diese so genannten Schwächen nicht durch Synergien mit komplementären Fähigkeiten anderer Teammitglieder zu Stärken für die Teamberatung gemacht werden könnten.

Bei der Verteilung der Aufgaben trifft es immer dieselben Mitglieder.

Menschen haben unterschiedliche Befähigungen und Vorlieben, wodurch sie sich auch für unterschiedliche Dienste und Aufgaben zur Verfügung stellen. Die Reifestufe der Dependenz bedingt, dass alle Mitglieder eines Teams aus freien Stücken ihren Beitrag an Verbindlichkeit, Verantwortung und Dienst am Ganzen leisten. Wichtig für die Umsetzung dieser Prinzipien ist jedoch, dass tatsächlich Beiträge und Erfolge in den Besitz des Gesamtteams übergehen (*ownership*) und nicht der Eindruck vermittelt wird, dass einige wenige ihren Stempel auf die Ergebnisse aufdrücken und die anderen Mitglieder deren individuellen Visionen zuarbeiten. Dieses Prinzip ist besonders dann zu bedenken, wenn man Leistungen loben möchte, so dass dabei nicht einzelne Personen hervorgehoben werden und das Team ungewürdigt bleibt. In echten Teams nach Stars zu suchen und diese als Individuen zu küren, wäre Ausdruck mangelnden Systemverständnisses und hätte einen zersetzenden Einfluss auf das Ganze.

Es wird oft vergeblich versucht, Uneinigkeiten in sachlichen und konstruktiven Diskussionen zu lösen.

Wo immer Uneinigkeit, Missverständnisse und Konflikte auftreten, ist dies selten dem inhaltlichen Aspekt der Kommunikation zuzuordnen als vielmehr der Beziehungs- und Prozessebene, welche die Bedeutung und Wirkung der Kommunikation beeinflussen. Anstatt sich auf die Sachebene zu fixieren, bedarf es des Ebenenwechsels zur Metakommunikation, wodurch die Unterschiedlichkeit der Semantik und Pragmatik der Kommunikationspartner erkannt und Verbesserungen und Lösungen ermöglicht werden. Gerade im Rahmen von Teamsystemen liegt der Einheit stiftende Lösungsansatz auf der Ebene der Teamzugehörigkeit und der gemeinsamen Verbindlichkeit zum Ganzen, wodurch das Wohlergehen aller Teile sichergestellt wird.

Kaum ein Teilnehmer wagt es, in Gegenwart des Projektleiters offen und ehrlich seine Meinung zu sagen.

Wenn die Anwesenheit irgendeiner Person im Team bei anderen Teilnehmern Gefühle von Dominanz, Machtgefälle, Angst, Minderwertigkeit und Abhängigkeit auslöst, ist dies ein Zeichen von Veränderung der inneren Ordnungsstrukturen von partizipativer Interdependenz zu hierarchischer Dependenz. Es ist sehr darauf zu achten, dass die Teammitglieder als gleichwertige Partner im Beratungsprozess fungieren und niemand eine hervorgehobene Machtposition bekleidet. Gerade wenn Führungspersonen Mitglied in einem Team sind, haben sie ihre unterschiedlichen Rollen innerhalb und außerhalb des Teams klar zu definieren und sich auch daran zu halten. Wird dies nicht beachtet, bleibt das Team lediglich ein solches auf dem Papier. Sollte eine für alle Betroffenen eindeutige und nachvollziehbare Trennung dieser beiden Funktionen nicht durchführbar sein, dann wäre es vorzuziehen, eine andere Lösung zu finden, in der die Führungsperson nicht als ständiges Teammitglied auftritt.

Einzelne Mitglieder üben ständig Kritik am Verhalten anderer oder am gesamten Team. Manche reagieren allergisch und sehr persönlich auf Kritik am Team.

Reflexion und Lernbereitschaft gehören zu den Grundpfeilern echter Teamarbeit. Eine konstruktive Feedbackkultur stellt ein wichtiges Instrumentarium für die dynamische Entwicklung eines Teams dar und muss bewusst gefördert und kultiviert werden. Weder ist es förderlich und sinnvoll, harsche und destruktive Kritik oder persönliche Angriffe auf einzelne Mitglieder zuzulassen, noch kann die Gegenreaktion der Tabuisierung von Kritik die Lösung sein. Feedback als Lerninstrument der Reflexion muss kanalisiert werden und mit Mäßigung konstruktiv zum Einsatz kommen. Selten ist es jedoch hilfreich, die einzelnen Mitglieder zum Inhalt dessen zu machen, sondern es ist zu empfehlen, an der Förderung der Teamfunktionen, Arbeitsabläufe und Interaktionen zu arbeiten. Wo immer die Kultivierung einer konstruktiven Feedbackkultur unterbunden wird, kommt es zu vielfältigen Formen von „Wildwuchs" im Teamprozess, was zu Verletzungen, Entfremdung und Uneinigkeit führt. Bei all dem darf das Grundprinzip nicht vergessen werden, dass jede Veränderung und jedes Lernen am besten auf einem Nährboden von Würdigung und Wertschätzung wächst, wodurch Freude geschaffen und Flexibilität erhöht wird.

Manche Mitglieder scheinen ihre eigene Suppe zu kochen und nicht wirkliches Interesse am Team zu haben.

Wenn zu Beginn der Teambildung die Systemidentität nicht eindeutig definiert und die klare Verbindlichkeit der Mitglieder eingeholt wird, entsteht statt eines echten Teams eher eine Gruppe, in der die persönlichen Interessen ausschlaggebend sind und im Vordergrund stehen. Auch wenn Mitglieder mit fehlleitenden Versprechungen hinsichtlich persönlicher Vorteile ins Team geholt werden, oder man bei einzelnen einen einsetzenden Rückzug in die „innere Kündigung" nicht rechtzeitig wahrnimmt, kann es zu derartigen Entwicklungen kommen, dass einzelne das Team eher als Plattform zur Umsetzung eigener Interessen missbrauchen. Auch Formen von Lobbying in Bezug auf Interessen externer Gruppen können zu ähnlichen Konsequenzen führen. Alle diese Fehlentwicklungen haben die gemeinsame Ursache darin, dass die klare Orientierung in Bezug auf Sinn, Zweck, Systemidentität und Zugehörigkeit nicht ausreichend verinnerlicht wurde und die Teammitglieder sich in der Folge nach anderen Kriterien orientieren und motivieren.

Einzelne Mitglieder fühlen sich verletzt, reagieren beleidigt und beteiligen sich nicht mehr an den Beratungen.

Das Bemühen in der Teamarbeit geht dahin, eine *Kultivierung von Offenheit* zu erzielen. In einer solchen Atmosphäre sollte sich jedes Mitglied frei fühlen, eigene Gedanken, Gefühle und Ideen einzubringen, und es ist in keiner Weise jemandem erlaubt, die Beiträge eines anderen herabzusetzen. Andererseits sollte sich niemand verletzt fühlen, wenn ein anderes Mitglied ihm widerspricht, denn nur wenn Fragen und Angelegenheiten eingehend beraten und untersucht werden, kann die gemeinsame Absicht erreicht und bestmögliche Lösungen gefunden werden. Dieses Prinzip darf jedoch nicht zum Freibrief für verletzende und beharrende Vorgehensweisen untereinander werden. Der Geist reifer Teamberatung findet seinen Ausdruck in Wertschätzung, Höflichkeit, Würde, Sorgfalt und Mäßigung. Auch feine Signale für Unzufriedenheit, Entfremdung und Missverständnisse sollten frühzeitig erkannt und in einer Haltung wechselseitiger Fürsorge und Verantwortlichkeit für das Wohl aller aus der Welt geschaffen werden, sodass keine Spur von Uneinigkeit und Missstimmung zurückbleibt.

Fragenkatalog zur Bildung und Entwicklung echter Teams

Die Berücksichtigung der angeführten Punkte kann sicherstellen, dass die wesentlichsten Aspekte der Teambildung gemäß den Kriterien offener Systeme Beachtung finden und nichts übersehen wird, das sich zu einem späteren Zeitpunkt im Prozess der Teamentwicklung als Blockade oder als unüberbrückbares Problem manifestieren könnte. Auch hängt davon ab, bis zu welchem Grad das Team als echte Holarchie funktioniert und in welchen Bereichen Bemühungen zur Qualitätsverbesserung sinnvoll angesetzt werden könnten. Die Fragen erweisen sich auch dann als hilfreich, wenn es darum geht, praktische und nachvollziehbare Erkenntnisse über den Stand der Entwicklung sowie über die Möglichkeit aussichtsreicher Verbesserungen zu gewinnen bzw. nachhaltige Fortschritte bei der Umsetzung des kollektiven Synergiepotentials des Teams zu erzielen.

Systemzugehörigkeit:

1	Ist das übergeordnete System, dem das Team angehört, eindeutig festgelegt (Abteilung, Unternehmen, Organisation)?	
2	Ist die Anbindung an das übergeordnete System klar definiert und nachvollziehbar? Ist damit der notwendige Fluss an Energie, Substanzen oder Informationen aus dem übergeordneten System sichergestellt? Wenn ja, in welcher Form?	
3	Welchen Sinn und Zweck leitet das Team aus dieser mehrschichtigen Zugehörigkeit ab? Welche gemeinsame Vision und Funktionen ergeben sich daraus?	
4	Welche Entwicklungen und Bedürfnisse bestehen im übergeordneten System, aus denen sich der teamspezifische leistungsbezogene Auftrag und die Mission ableiten?	
5	Entsprechen die Visionen und Ziele den Kriterien der Wohlgeformtheit und verstehen und beschreiben sie alle Mitglieder gleich (positiv, eindeutig und konkret, ohne verschwommene Abstraktionen)?	
6	Ist die jeweilige Bedeutung und Priorität der Leistungsziele allen Mitgliedern klar? Verstehen sie auch dasselbe darunter?	
7	Können sich alle Mitglieder mit den Zielen, mit ihrer relativen Bedeutung und mit der Art und Weise, in der ihre Verwirklichung gemessen werden soll, identifizieren?	
8	Enthält die Zielsetzung Aspekte, die besonders Sinn vermittelnd und bedeutungsvoll sind?	

Systemdefinition und Verbindlichkeit:

1	Welche Rolle und Funktion nimmt das Team in Bezug zum übergeordneten System ein?	
2	Ist die Corporate Identity des Teams damit eindeutig definiert und nachvollziehbar?	
3	Ist sichergestellt, dass nicht einzelne Mitglieder vorwiegend auf persönliche Vorteile abzielen und mit falschen Erwartungen ins Team geholt wurden?	
4	Ist abgeklärt, dass für die Mitglieder keine Abhängigkeiten und Loyalitäten zu externen Interessensgruppen oder Einzelpersonen bestehen, die die gemeinsame Teamidentität, Vision und Verantwortlichkeit für das Ganze beeinträchtigen würden?	
5	Sind die Grenzen des Teams gegenüber anderen Subsystemen im Umfeld klar festgelegt? Ist für alle Beteiligten zweifelsfrei festgelegt, wer zum Team gehört und wer nicht?	
6	Gibt es einen Team- oder Projektleiter? Wenn ja, in welcher Funktionsbeziehung steht dieser zum Team?	
7	Ist es klar, ob das Team als ein beratendes oder ein selbstorganisiertes, eigenverantwortliches Entscheidungsteam eingesetzt ist? Welchen Wirkungsbereich decken die Teamentscheidungen ab?	
8	Können sich die Mitglieder aus freien Stücken zu einer klaren Verbindlichkeit zum Teamsystem entscheiden?	

9	Gibt es irgendwelche Rollenkonflikte oder Double-Bind-Konstellationen aus widersprüchlichen Zugehörigkeiten einzelner Teammitglieder?	
10	Fühlen sich die Mitglieder individuell und gemeinsam verantwortlich für Existenzzweck, Ziele, Ansatz und Arbeitsergebnisse des Teams?	
11	Entspricht die Anzahl der Teammitglieder den Kriterien von Kooperation, Kommunikation und Funktionalität?	

Qualität der Teammitglieder:

1	Leiten die Mitglieder ihre Rolle und Funktion im Team aus ihrer Zugehörigkeit zum Ganzen ab oder bestehen persönliche vorrangige Interessen und Prioritäten?	
2	Verfügen die Mitglieder über ausreichendes Systembewusstsein, und entspricht ihre Entwicklungsstufe jener interdependenter Zugehörigkeit und Verantwortlichkeit?	
3	Weist das Team durch die komplementäre Zusammensetzung der Mitglieder ein adäquates Niveau einander ergänzender Fähigkeiten auf?	
4	Verfügen die Mitglieder über genügend Bereitschaft und Potential, um diese Fähigkeiten bis zu dem Niveau zu entwickeln, welches dem Zweck und der Aufgabe des Teams entspricht?	
5	Bringen die Mitglieder neben der Fachkompetenz auch jene Qualitäten der Sozial- und Selbstkompetenz mit, die integratives Lernen und kollektive Lösungsfindungen ermöglichen?	
6	Sind die Mitglieder vertraut mit den Prinzipien der Teamberatung und des systemischen Denkens oder benötigen sie dazu noch der Anleitung und Schulung?	
7	Haben alle Mitglieder das Gefühl, dass der Sinn und Zweck ihrer Teamaufgabe wichtig oder sogar begeisternd und mitreißend ist?	

Beziehungsnetzwerk und innere Struktur:

1	Entspricht die innere Teamstruktur den Kriterien der Gleichwertigkeit und Interdependenz?	
2	Besteht ein Bewusstsein wechselseitiger Verantwortlichkeit, und fühlen sich alle Mitglieder für alle Maßnahmen mitverantwortlich?	
3	Gibt es Formen von Freundschaften und Loyalitäten zwischen den Mitgliedern, die die Gefahr von Subgruppenbildung oder Abhängigkeiten in der Meinungsbildung bewirken könnten?	
4	Besteht unter den Mitgliedern Verständnis, Bereitschaft und Offenheit für die Dynamik von Wachstum und Veränderung gemäß den Notwendigkeiten des übergeordneten Systems?	
5	Ist eine „kollektive Lernatmosphäre" Teil der Teamkultur und sind die Mitglieder einzeln und gemeinsam gewillt, integratives Lernen zuzulassen und die erforderliche Zeit zu investieren, um sich selbst und den anderen dabei zu helfen, die nötigen Fähigkeiten zu erlernen und weiterzuentwickeln?	
6	Werden die Kriterien für Teamlernen verstanden und besteht die Bereitschaft, Ergebnisse anzustreben, die dem übersummativen Maßstab kollektiver Meinungsbildung und Lösungsfindung entsprechen?	
7	Teilen alle die Einstellung, dass man „nur als Team gewinnen oder scheitern kann" und dass es jedem Mitglied nur gut gehen kann, wenn es der Gesamtheit im Team gut geht?	

8	Verstehen die Mitglieder die Rollen, Fähigkeiten und Funktionen der anderen und können sie diese in Bezug auf das Teamsystem wertschätzen?	
9	Besteht eine Kultur von Offenheit und Meinungsfreiheit, die Vielfalt im Geist der Einheit und ein Streben nach bestmöglichen Lösungen zulässt? .	
10	Sind die teaminternen Funktionen für Organisation, Moderation, Schriftführung etc. festgelegt?	
11	Sind geeignete Regelungen für konstruktives Feedback, kontinuierliche Reflexion und Evaluation getroffen worden?	
12	Besteht der Geist wechselseitiger Fürsorge und Bereitschaft, andere in ihrer persönlichen Entwicklung zu unterstützen und somit die Basis für *Hochleistungsteams* zu legen?	

Spezifische Teamfunktion und angestrebte Ergebnisse:

1	Ist die Teamaufgabe als Funktion der Zugehörigkeit zum übergeordneten System und als Output-Ergebnis für das Gemeinsame klar vermittelt und von den Mitgliedern verstanden worden?	
2	Handelt es sich dabei um echte Teamziele, im Gegensatz zu Allgemeinzielen für die Gesamtorganisation oder lediglich individuellen Zielen?	
3	Ist der Ansatz klar und konkret, wird er von allen Beteiligten verstanden und geteilt? Ist er realistisch und zugleich anspruchsvoll?	
4	Sind die Fortschritte zu den spezifischen Leistungszielen evaluierbar? Sind sie klar definiert, einfach und messbar? Kann deren Erfüllung gemäß einem allseits nachvollziehbaren Beweisverfahren überprüft werden?	
5	Sind für die Zielerreichung Prozessschritte und Teilsiege im Sinne einer Stufenleiter des Erfolgs möglich?	
6	Sind der Bezug zu anderen Subsystemen im Umfeld und der notwendige Beitrag des Teams zu deren Funktionieren im Geist der gemeinsamen Zugehörigkeit verstanden worden?	
7	Haben alle Teammitglieder für sich integriert, dass die praktische Umsetzung der Teambeschlüsse Teil des Gesamtlernprozesses ist und daher der universellen Teilnahme aller bedarf?	

AUSBLICK

Unser ist ein Zeitalter, das Menschen belohnt, die das Trennende überwinden und den Reichtum der Vielfalt zum bunten Netzwerk der Einheit
flechten, Menschen, die die Edelsteine ihrer Persönlichkeit zum Diadem
der Gemeinsamkeit schmieden, Menschen, die nach Höherem dürstend
zu den Ebenen des nie versiegenden Stroms verbindenden Sinns empor-
steigen.

Ob wir die Wunder und Chancen der Gegenwart wahrnehmen oder
verschleierten Blicks vor der Realität der Auflösung erschauern, wird
über die Ernte unseres Lebens und das Fließen unserer Energien entscheiden. Wohl schwerlich werden die eingeschränkte Sicht und die
Ängstlichkeit des Sohnes in der folgenden Geschichte dazu imstande
sein, hinter der Verkleidung gegenwärtiger Geschehnisse die *Spuren der
Zukunft* zu entdecken. Dazu braucht es die Perspektive des Vaters:

> Es war einmal ein Vater, der mit seinem kleinen Sohn in
> ein fernes Land reiste. Sie stiegen auf den Gipfel eines
> Berges, wo sie die Nacht in einer Hütte verbrachten. Als
> der Morgen dämmerte, vertrieb die Sonne die Dunkel-
> heit und färbte die schneebedeckten Bergesgipfel mit
> hell leuchtendem Rot.
>
> Der Sohn erwachte. Er sah den glühenden Himmel
> und die flammenfarbenen Bergesgipfel. Er war ein klei-
> ner Bub und konnte nur durch den oberen Teil des Fens-
> ters hinausschauen. Er verstand nicht den hellen Glanz,
> der ihn erschreckte. Er sehnte sich nach der Geborgen-
> heit von früher, als er noch zu Hause bei seiner Mutter
> gewesen war, und er wünschte, er hätte diese Reise nie
> unternommen. Er glaubte sicher, dass es an dem fremd-
> artigen neuen Himmel nur Unheil und Feuer gebe.
>
> Die aufsteigende Sonne erwärmte den Schnee, der so
> lange Zeit kalt und festgefroren am Bergabhang gelegen
> hatte. Sie löste die Schneemassen und sandte sie als don-

nernde Lawinen in das Tal hinab.

Das furchtbare Dröhnen erschreckte den kleinen Sohn noch mehr als der flammende Himmel. Er lief zu seinem Vater und schüttelte ihn. Er weckte ihn auf und schrie: „Vater, Vater! Wach auf! Wach auf! Das Ende der Welt ist da!"

Der Vater öffnete die Augen. Er konnte alles deutlich durch das Fenster sehen, das noch zu hoch war für die Augen seines Sohnes.

Er sah die von der Sonne gefärbten Bergesgipfel in ihrem Morgenfeuer. Er hörte das Donnern der Lawinen, die von den wärmenden Strahlen der Frühlingssonne gelöst wurden. Er wusste, dass die Schneemassen bald frisches Wasser und neues Leben in das ausgetrocknete Land da unten bringen würden. Er verstand diese Dinge. Er nahm seinen Sohn an der Hand, um ihn zu beruhigen.

„Nein, mein Sohn", sagte er, „es ist nicht das Ende der Welt. Es ist der Anbruch eines neuen Tages." [176]

---

[176] William Sears, zitiert in *Goldene Äpfel – Sinnbilder des Lebens*

444

BIBLIOGRAPHIE

Abdu'l-Bahá: *Ansprachen in Paris*, Bahá'í-Verlag
Abdu'l-Bahá: *Beratung*, Bahá'í-Verlag
Altmann, Hans Christian: *Positives Denken: Schlüssel zur Verkäufermotivation*, Frankfurter Allgemeine Zeitung, 1988
Anderson, L.: *Argyris and Schön's theory on congruence and learning*, 1997
Araujo, L. and Burgoyne ,J. (eds.): *Organizational Learning and the Learning Organization*, London: Sage
Argyris, C.: *Personality and Organization*, New York: Harper Collins, 1957
Argyris, C.: *Interpersonal Competence and Organizational Effectiveness*, Dorsey Press, 1962
Argyris, C.: *Increasing leadership effectiveness*, New York: Wiley-Interscience, 1976
Argyris, C.: *Reasoning, learning, and action: Individual and organizational*, San Francisco: Jossey-Bass, 1982
Argyris, C.: *Strategy, change & defensive routines*, Boston: Pitman,1985.
Argyris, C.: *Overcoming Organizational Defenses. Facilitating organizational learning*, Boston: Allyn and Bacon, 1990
Argyris, C.: *Teaching smart people how to learn*. Harvard Business Review, May-June, 1991
Argyris, C.: *Knowledge for Action. A guide to overcoming barriers to organizational change*, San Francisco: Jossey Bass, 1993
Argyris, C. und Schön, D.: *Organizational learning II: Theory, method and practice*, Addison Wesley, 1996
Bahá'í International Community: *Entwicklungsperspektiven für die Menschheit – Ein neues Verständnis von globalem Wohlstand*, Horizonte Verlag, 1996
Bahá'í International Community: *Wer schreibt die Zukunft*, Bahá'í-Verlag, 1999
Bales, Robert F.: *In Conference*, zitiert in: Harvard Business Review, Heft 32 Nr. 2
Bass, Bernard M.: *Leadership, Psychology and Organizational Behavior*, New York, Harper & Row, 1960
Bateson, Gregory: *Ökologie des Geistes: Anthropologische, psychologische und epistemologische Perspektiven*, Suhrkamp, 1992
Beem, C.: *The Necessity of Politics. Reclaiming American public life*, Chicago: University of Chicago Press, 1999
Beer, Stafford: *Platform for Change*, John Wiley, 1981
Blumenthal, Erik: *Frieden mit dem Partner*, Horizonte, 1986
Bohm, David: *The Special Theory of Relativity*, 1965
Bommer, J.: *Seminar Systemtechnik. Brainstorming, Morphologie, Scenario, Delphi und Delphi-Conference-Methode zum Auffinden und zur Definition von Systemalternativen und zur Erstellung von Prognosen*. Manuskript: 1-74.

Braem, H.: *Brainfloating. Neue Methoden der Problemlösung und Ideenfindung*, München,1986

Buckingham, Marcus, Coffman, Curt: *Erfolgreiche Führung gegen alle Regeln*, Campus, 2005

Bulman, L. G. und Deal, T. E.: *Reframing Organizations. Artistry, choice and leadership*, San Francisco: Jossey-Bass, 1997

Capra, Fritjof: *Wendezeit*, Scherz, 1983

Clark, C.H.: *Brainstorming. Methoden der Zusammenarbeit und Ideenfindung*, München, 1972

Coopey, J.: *Learning to trust and trusting to learn: a role for radical theatre.*1998

Cove, Stephen: *Der Weg zum Wesentlichen. Zeitmanagement der vierten Generation*, Campus, 1998

Covey, Stephen: *Die Sieben Wege zur Effektivität*, Heyne Campus, 1992

Covey, Stephen: *Die effektive Führungspersönlichkeit*, Campus, 1999

Csikszentmihalyi, Mihaly: *FLOW – Das Geheimnis des Glücks*, Klett-Cotta, 2001

Csikszentmihalyi, Mihaly: *Dem Sinn des Lebens eine Zukunft geben*, Klett-Cotta, 2002

Danesh, Hossein: *Conflict-Free Conflict Resolution, Aufsatz an die Canadian Nuclear Association*, 1987

Dewey, J.: *How We Think. A restatement of the relation of reflective thinking to the educative process*, Boston: D. C. Heath, 1933

Dilts, Robert B.: Epstein Todd und Dilts Robert W., *Know-How für Träumer, Strategien der Kreativität*, Junfermann, 1994

Dreikurs, Rudolf: *Selbstbewusst*, Horizonte, 1987

Dreikurs, R./Soltz, V.: *Kinder fordern uns heraus*, Klett, 1975

Easterby-Smith, L. Araujo und J. Burgoyne: *Organizational Learning and the Learning Organization*, London: Sage

Easterby-Smith, M. und Araujo, L.: *Current debates and opportunities*, M. Easterby-Smith

Eccles, John C.: *Das Gehirn des Menschen*, Serie Piper, 1990

Edmondson, A. und Moingeon, B.: *Learning, trust and organizational change*, in M. 1999

Esslemont, J.E.: *Bahá'u'lláh und das Neue Zeitalter*, Bahá'í-Verlag, 1976

Finger, M. und Asún, M.: *Adult Education at the Crossroads. Learning our way out*, London: Zed Books, 2000

Follett, Mary Parker: *Dynamic Administration: The Collected Papers of Mary Parker Follett*, Harper & Brothers, 1940

Forrester, Jay: *Principles of systems*, Productivity Press, 1990

Frankl, Viktor E.: *Psychotherapie für jedermann*, Herder, 1971

Frankl, Viktor E.: *Der Mensch auf der Suche nach Sinn*, Herder, 1972

Furman, B. und Ahola T.: *Die Zukunft ist das Land, das niemandem gehört*, Frankfurt, 2001

Furutan, A.: *Mothers, Fathers and Children*, George Ronald, 1985

Gardner, Howard: *Dem Denken auf der Spur. Der Weg der Kognitionswissenschaft*, Klett-Cotta, 1992

Gergen, K.J.: *Realities and Relationships: Sounding in Social Construction.* Cambridge, MA: 1994

Gharajedaghi, Jamshid: *Systems Thinking - Managing Chaos and Complexity*, Butterworth-Heinemann, 1999

Gordon, Th.: *Familienkonferenz*, RORORO, 1984

Heisenberg, Werner: *Der Teil und das Ganze. Gespräche im Umkreis der Atomphysik*, DTV, 1976

Hüther, Gerald: *Bedienungsanleitung für ein menschliches Gehirn*, Vandenhoeck & Ruprecht, 2001

Hunke, Sigrid: *Allahs Sonne über den Abendland: Unser arabisches Erbe*, DVA, 1987

Kahl, Reinhard: *Treibhäuser der Zukunft. Wie in Deutschland Schulen gelingen*. Archiv der Zukunft, 2005

Katzenbach, J.R. und Smith, D.K.: *Teams - Der Schlüssel zur Hochleistungsorganisation*, Ueberreuter, 1993

Khavari, Khalil and Williston: *Creating a Successful Familiy*, Oneworld, 1989

Koestler, Arthur und Agnes von Cranach: *Der göttliche Funke. Der schöpferische Akt in Kunst und Wissenschaft*. Scherz Verlag, 1966

Kolb, D. A.: *Experiential Learning. Experience as the source of learning and development*, Englewood Cliffs, 1984

Kolstoe, John: *Consultation*, George Ronald, 1985

Kostner, Jaclyn: *König Artus und die virtuelle Tafelrunde*, Wien, 2000

Kostner, Jaclyn: *Bionic eTeamwork*, San Francisco, 2002

Küng, Hans: *Der Anfang aller Dinge*, Piper, 2005

Kuhn Thomas: *Die Struktur der wissenschaftlichen Revolutionen*, Suhrkamp, 1988

Laszlo, Ervin: *HOLOS - die Welt der neuen Wissenschaft*, Petersberg, Via Nova, 2003

Laszlo, Ervin: *Systemtheorie als Weltanschauung: eine ganzheitliche Vision für unsere Zeit*, Diederichs, 1998

Laszlo, Ervin: *The Systems View of the World*, Hampton Pr, 1996

Lewin, K.: *Resolving Social Conflicts. Selected papers on group dynamics*, Harper and Row, 1948

Lewin, K.: *Field Theory in Social Science*, Harper and Row, 1951

Lincoln, A.L.: *Politik des Glaubens*, Bahá'í-Verlag

Liß, E.: *Albert Einsteins Weisheiten und Ansichten - Eine Zitaten-Anthologie*

Luhmann, Niklas: *Soziale Systeme. Grundriss einer allgemeinen Theorie*, Frankfurt/M.,Suhrkamp, 1984

Maier, Norman R.F.: *Problem-Solving Discussions and Conferences: Leadership Methods and Skills*, McGraw-Hill, 1963

Maier, Norman R.F. und Hayes John: *Creative Management*, Wiley, 1962

Maturana, H. und Varela, F.: *Baum der Erkenntnis*, 1984

Maturana, H. und Bunell, P.: *Reflexion, Selbstverantwortung und Freiheit: Noch sind wir keine Roboter*, LO Lernende Organisation, Nr. 2 – Juli/August 2001

Miller, G.A.: *The magical number seven plus or minus two: Some limits on our capacity for processing information*, Psychological Review, Vol.63, 1956

Nimmergut, J.: *Regeln und Training der Ideenfindung*, München, 1975

Osborn, Alex F.: *Applied imagination*. Scribner, 1953

Peters/Waterman: *Auf der Suche nach Spitzenleistungen*, Verlag moderne Industrie, 1984

Pink, R.: *Wege aus der Routine: Kreativitätstechniken für Beruf und Alltag*

Planck, Max: *Vorträge und Erinnerungen*, S. Hirzel Verlag Stuttgart, 1949

Poostchi, Kambiz: *Goldene Äpfel-Sinnbilder des Lebens*, Petersberg, Via Nova, 2004

Poostchi, Kambiz: *Im Land der Einheit*, Horizonte, Stuttgart, 1994

Radatz, Sonja: *Evolutionäres Management. Antworten auf die Management- und Führungsherausforderungen im 21. Jahrhundert*, Verlag Systemisches Management, 2003

Ray, Paul H. und Anderson, Sherry Ruth: *The cultural creatives, How 50 million people are changing the world*, Three Rivers Press, 2000

Russell, Peter: *Awakening Earth: The Global Brain*, Arkana, 1988

Scheipers, Paul: *Naturwissenschaft und die Frage nach Gott*, Kreuz, 2005

Schön, D. A.: *The Reflective Practitioner. How professionals think in action*, London: Temple Smith, 1983

Scholles, Frank: *Brainstorming*, 2000

Schulz von Thun: *Miteinander reden 1, Störungen und Klärungen*, 1981

Schulz von Thun: *Miteinander reden 3, Das „innere Team" und situationsgerechte Kommunikation*. Reinbeck, 1998

Schwarz, Gerhard: *Konfliktmanagement: Sechs Grundmodelle der Konfliktlösung*, Gabler, 1990

Senge, Peter: *Die fünfte Disziplin*, Klett-Cotta, 1996

Sparrer, Insa: *Wunder, Lösung und System*, Carl-Auer-Systeme Verlag, 2001

Spiegel, Peter: *Faktor Mensch, Ein humanes Weltwirtschaftswunder ist möglich*. Horizonte, Stuttgart, 2005

Spitzer, Manfred: *Lernen – Gehirnforschung und die Schule des Lebens*, Spektrum Akad. Verlag, 2002

Starcher, George: *Toward a New Paradigm of Management*, European Bahá'í-Business Forums, 1991

Taherzadeh, Adib: *Treuhänder des Barmherzigen*, Bahá'í-Verlag

Universales Haus der Gerechtigkeit: *Das Wohlergehen der Menschheit*, Bahá'í-Verlag, 1999

Universales Haus der Gerechtigkeit: *Das Jahrhundert des Lichts*, Bahá'í-Verlag, 2003

Usher, R. and Bryant I.: *Adult Education as Theory, Practice and Research*, London: Routledge, 1989

Varga von Kibéd, Matthias und Sparrer, Insa: *Ganz im Gegenteil*, Carl-Auer-Systeme Verlag, 2005

Vester, Frederic: *Neuland des Denkens*, DTV Verlag, 1988

Walker, Penelope G.: *Beratung: Schlüssel zu kreativem Entscheiden*, Bahá'í-Verlag, 1982

Wallner, Heinz Peter und Narodoslawsky, Michael: *Inseln der Nachhaltigkeit*, NP-Verlag, 2002

Watzlawick, Paul: *Wie wirklich ist die Wirklichkeit*, Piper, 1995

Wheatley, Margaret J.: *Quantensprung der Führungskunst. Die neuen Denkmodelle der Naturwissenschaften revolutionieren die Management-Praxis*, Rowohlt, 1997

Weber, Gunthard: *Praxis der Organisationsaufstellungen, Grundlagen, Prinzipien, Anwendungsbereiche*, Carl-Auer-Systeme Verlag, 2000

Wöhlcke, Manfred: *Soziale Entropie*, dtv, 1996

ZUM AUTOR

Dipl. Ing. Kambiz Poostchi

Architekt und Unternehmensberater mit Schwerpunkt auf Unternehmens- und Organisationsentwicklung, Coaching und Teamtraining. Lehrtätigkeit in systemischer Kommunikation, Mediation, Coaching und systemisches Leadership. International aktiv im Rahmen diverser Projekte und Netzwerke für Kooperation, integrales Bewusstsein und nachhaltige Entwicklung. Autor des Buches „Goldene Äpfel – Sinnbilder des Lebens"

Ich fühle mich bei all meinem Handeln und Lernen zutiefst von der Vision getragen und inspiriert, dass wir heute als einzelne Menschen wie auch als gesamte Menschheitsfamilie in eine neue Phase der Entwicklung eingetreten sind, welche uns zur Erkenntnis eines höheren Identitätsbewusstseins und erweiterter Zusammengehörigkeit führt. Wir sind eingeladen, diesen Schritt aus mündiger Eigenständigkeit, in verantwortungsvoller Reife und gemeinsamer Entschlossenheit zu tun und diese Handvoll Staub, unseren Planeten, zu einer blühenden Heimat für alle Erdenbewohner zu machen.

Kontaktadresse:

Dipl.-Ing. Kambiz Poostchi
POOSTCHI SEMINARE
A-6200 Jenbach, Zistererbichl 16
seminare@poostchi.com
www.poostchi.com